蔡东藩
中华史
两晋 现代白话版

蔡东藩◎著 刘军◎译释

北京联合出版公司
Beijing United Publishing Co.,Ltd.

一批年轻的文化人，为了让更多读者体会蔡东藩《中国历朝通俗演义》的魅力，经过艰苦努力，以专业的精神和严谨的态度，将蔡著的"旧白话"——这种"白话"今天已经不大读得懂了——重新译为今人能够轻松理解的当代白话。毫无疑问，这是让蔡著得到传承的最好方式。他们的工作"活化"了蔡著，既是对于原著的一次致敬，也是一种新的可能性的展开。翻译整理后的作品，为普通读者提供了方便，无论任何人，都可以轻松地进入中国历史的深处。

蔡东藩的《中国历朝通俗演义》是一部让我印象深刻的书，少年时代曾经激起过我的强烈兴趣。那是二十世纪七十年代中期，可以读的书少得可怜，但一个少年求知的兴致是极高的，阅读的兴趣极强，加上当时的课业没有什么压力，因此可以读现在的青少年未必有时间去读的"杂书"。当时中华书局出版的蔡东藩的《民国通俗演义》就是让我爱不释手的"杂书"，它把民国时期纷乱的历史讲得有条有理，还饶有兴味。虽然一些大段引用当时文件的部分比较枯燥，看的时候跳过了，但这部书还是深深吸引了我。后来就要求母亲将《中国历朝通俗演义》都借来看。通过这部书，我对历史产生了兴趣。历史的复杂、深刻，实在超出一个少年人的想象，看到那些征战杀伐、官闱纷争之中人性的难测，确实感到真正的历史与那种黑白分明的历史观大不相同。当时，我们的历史知识都是从"儒法斗争"的框架里来的，历史在那个框架里是那么单纯、苍白；而蔡东藩所给予我的，却是一个丰富和芜杂得多的历史。在这部书里，王朝的治乱兴衰，人生的枯荣沉浮，都让人感慨万千，不得不去思考在渺远的时间深处的人的命运。可以说，我对于中国历史的真正了解，就是从这部历史演义开始的。

三十多年前的印象一直延续到今天。不得不承认，这部从秦朝一直叙述到民国的煌煌巨著，确实是了解中国历史的最佳读本。这是一部难得的线索清楚、故事完整、细节生动的作品。它以通俗小说"演义"历史，以历史知识"丰富"通俗小说，既可信又可读。

蔡东藩一生穷愁潦倒，他的经历是一个普通中国人的经历，他对于历史的描述是从普通人的视角出发的。他不是一个鲁迅式的启蒙者，但他无疑具有一种另类的现代性，一种与五四新文学不同的表达策略。蔡东藩并不高调激越，他的现代性不是启蒙性的，不是高高在上的"我启你蒙"，而是讲述历史，延续传统。他的作品具有现代的想象力，表现了现代市民文化的价值观。

在《清史通俗演义》结尾，蔡东藩对于自己做了一番评价，足以表现一个落寞文人的自信："录一代之兴亡，作后人之借鉴，是固可与列代史策，并传不朽云。"他自信自己的这部著作，足以与司马迁以来的史学名著"并传不朽"。

蔡著的不可替代之处，不仅在于他准确地挑出了历史的大线索，更重要之处在于，他关注了历史深处的人的命运。有些历史叙述者，过于追求所谓"历史理性"，结果常常忘记历史是鲜活生命的延展。在这些人笔下，历史变成了一种刻板和单调的表达。而蔡著不同，他的历史有血液、有温度，是可以触摸的。他的历史是关于人性的故事。

从蔡著中，我们可以感受到活的历史，体验到个人命运与国家、文化之间密不可分的关联。冯友兰先生在《西南联大纪念碑》的碑文中这样阐释中国文明的命运："我国家以世界之古国，居东亚之天府，本应绍汉唐之遗烈，作并世之先进。将来建国完成，必于世界历史，居独特之地位。盖并世列强，虽新而不古；希腊罗马，有古而无今。惟我国家，亘古亘今，亦新亦旧，斯所谓'周虽旧邦，其命维新'者也。"今天，中国文化所具有的历史连续性和不断更新的魅力正在焕发光芒，冯先生对于中国未来的期许正在成为现实。

在这样的时机，蔡著《中国历朝通俗演义》的新译，就更显其价值。我们期望读者能够从中获得阅读的乐趣，并从历史中得到启示，走向更好的未来。

让我们和读者一起进入这个丰富的世界。

是为序。

张颐武

张颐武：著名评论家、学者，北京大学中文系教授，博士生导师。

目录

笨儿当太子

晋朝起源于司马懿，司马懿起家于河内。司马懿曾在汉相曹操旗下任职，在曹丕谋权篡位之际掌握了兵权，并在与吴、蜀的数年对抗中积累起了赫赫战绩。司马懿死后，长子司马师继承父位，任大将军一职，统领各军。司马师位极人臣，飞扬跋扈，竟将魏主曹芳及皇后张氏废黜。司马师病死后，司马昭继承了兄长的职位。司马昭比兄长更为大逆不道，居然大摇大摆地穿龙袍、戴龙帽。魏主曹髦忍无可忍，愤恨交加道："司马昭之心，路人皆知。"随即召来后宫的侍卫和宦官，准备亲自讨伐司马昭。

魏主一行人刚走到南阙，就被一个中护军挡住了去路。此人是平阳人贾充，长得面目狰狞，须眉似戟。魏主喝令他退下，贾充不从，反而带着手下与侍卫扭打起来。打了一两个时辰，贾充见寡不敌众，正准备撤退。这时，太子舍人成济带兵过来，质问贾充为何与魏主大起争执。贾充厉声说道："司马公豢养你们正是为了今日，何必多问！"成济会意，于是举起长矛，突然刺向魏主。魏主猝不及防，竟然被他刺死了。其他人见此情形，立即逃散。

司马昭得知变乱的消息，立即召来群臣商议魏主的后事。尚书仆射陈泰流着泪对司马昭说道："应当诛杀贾充，向天下人谢罪。"贾充是司马昭的走狗，司马昭怎么舍得杀他？便想了一个李代桃僵的诡计，把责任全推给成济，将成济及其三族全部杀害。司马昭命长子司马炎迎来曹璜继承帝位。曹璜当时年仅十五岁，改名为奂。曹奂仅有帝名而已，一切国政全由司马昭把持。司马昭部署兵马，准备攻打蜀汉。猛将邓艾、钟会兵分两路，一举攻下成都，收降了蜀汉主刘禅。司马昭位居相国，加封晋公，不久又晋爵为晋王。没过多久，司马炎被任命为副相国。父子二人正准备篡取曹家的皇位，司马昭却患了重病，没几天便死了。司马炎继承父位不到两个月，便指使家臣胁迫魏主让位。魏主曹奂本来就是个傀儡，为保全性命只好退位让国。

当时已是隆冬时节，大雪纷飞。司马炎迫不及待要即位，当即选定吉日在南郊设坛，祭告天地，准备登基。祭礼完毕，返回洛阳宫，在太极殿里接受王公大臣的朝贺。司马炎随即颁发诏书，大赦天下，国号晋，改元泰始；封魏主曹奂为陈留王，将他迁到邺宫居住。曹奂不敢逗留，立即上殿辞行。朝中大臣只有太傅司马孚前来拜别故主，他边哭边说道："臣已年老，不能再有所作为，但一生只认自己是大魏的臣子。"司马炎受禅时，只有司马孚不赞成。司马孚是司马懿的二弟，即新主司马炎的叔祖父。他官至太傅，生平洁身自爱，从不干预朝政。

第二天，司马炎派遣太仆刘原前往太庙祭祀，追封司马懿为宣皇帝、司马师为景皇帝、司马昭为文皇帝，祖母张氏为宣穆皇后、母亲王氏为皇太后。相传，王太后年幼时聪慧过人，长大后又非常孝顺父母，深得邻人与亲友的喜爱。嫁给司马昭后，相夫有道，教子有方。王太后一共生了五个儿子，长子司马炎、次子司马攸、三子司马兆、四子司马定国、五子司马广德。司马兆、司马定国、司马广德三人先后夭折。司马炎，字安世，相貌出众，传说他发长至地，手长过膝，不是凡夫俗子的模样。司马攸，字大猷，深得司马昭钟爱，少年时饱读诗书，尤其擅长写文章，与司马炎相比，有过之而无不及。因为司马师没有儿子，司马昭便将司马攸过继给他。司马昭曾叹道："天下是我哥哥的天下，我只不过是依赖他才得以成就大业。我百年之后，天下归于哥哥的继子司马攸，我就放心了。"所以在与大臣商议册立世子时，司马昭力推司马攸。左长史山涛劝阻道："废长立少，违背礼节，不好。"当时贾充已晋爵列侯，也劝司马昭不要违背礼节。司徒何曾、尚书令裴秀同声附和，请求册立嫡长，司马昭才册封司马炎为世子。司马炎篡位时正值壮年，春秋鼎盛，大有可为。执政之初，他不但清政廉明，而且非常节俭。有官员上奏说，皇帝的牛绳套已经破旧到不能再用了，司马炎就下令用麻绳替代丝绳。高阳人许允被司马昭杀害，但他的儿子许奇颇有才华。司马炎破例任命许奇为太常丞，不久还升许奇为祠部郎。

史上称司马炎为晋武帝。司马炎篡位之后，大力革除魏朝弊政。他想，魏朝是因为骨肉相残才弄得江山旁落，我今天侥幸得到江山，我的子孙如果也像曹魏那样，岂不是要重蹈覆辙？于是大封宗室。封叔祖父司马孚为安平王，叔父司马干为平原王，司马亮为扶风王，司马伷为东莞王，司马骏为汝阴王，司马彤为梁王，司马伦为琅玡王，皇弟司马攸为齐王，司马鉴为乐安王，司马机为燕王。其他远房亲戚也被封王晋爵。

升骠骑将军石苞为大司马，封乐陵公，车骑将军陈骞为高平公，卫将军贾充为鲁公，尚书令裴秀为钜鹿公，侍中荀勖为济北公，太保郑冲为太傅兼寿光公，太尉王祥为太保兼睢陵公，丞相何曾为太尉兼朗陵公，御史大夫王沈为骠骑将军兼博陵公，司空荀𫖮为临淮公，镇北大将军卫瓘为菑阳公。其他文武百官也都加官晋爵。

转眼间便是泰始二年。有官员请求修建七庙，晋武帝担心劳民伤财，只将魏庙神位迁到其他地方，将魏庙改为太庙，所有魏氏诸王都降为侯。不久册立王妃杨氏为皇后。杨氏为弘农郡人，名艳，字琼芝。父亲名叫文宗，曾任魏朝的通事郎，母亲赵氏生下她便死了。杨氏从小被寄养在舅舅家，她姿容美丽，秀外慧中，相士曾说她日后定当大富大贵。司马昭得知后，便将其纳为司马炎的妻子。夫妻二人十分恩爱。杨氏被册封为皇后，念及舅舅家的恩情，请求武帝册封赵俊夫妇，武帝欣然答应。赵俊的哥哥赵虞也得到封官。赵虞有一个女儿名粲，颇有几分姿色。杨皇后召她入宫，让她陪伴自己。武帝退朝回到后宫，与皇后叙谈，赵粲也不回避，有时还与武帝调情作乐。杨皇后劝武帝纳赵粲为嫔嫱，封为夫人。武帝以为杨皇后是一个大度之人，哪里知道杨皇后正是要赵粲做帮手，好把持后宫。武帝为色相所迷，满心欢喜地纳了赵粲。

杨皇后曾经生过一个儿子，取名为轨，不到两岁就夭折了。后来又接连生了两个儿子，年长的名衷，年幼的名柬。司马衷十分愚钝，七八岁了还不能识字，师傅再三教导也毫无起色。武帝说："这孩子太笨了，将来恐怕不能继承社稷。"偏偏杨皇后钟爱此儿，经常劝说武帝立长子为太子，惹得武帝很不高兴。勉强地拖延了一年，司马衷已经九岁了。杨皇后时不时地在武帝耳边提起册立太子的事，赵夫人也在旁边劝说："司马衷是大器晚成之人，将来肯定能承继大统。立储事关国家根基，如今主上即位两年却还没有立储，群臣怎么能安心呢？还是速立司马衷为太子吧。"妻妾一唱一和，武帝即使铁石心肠也不禁动摇。泰始三年正月，司马衷被立为太子。

这一年武帝特下诏书，任命蜀汉李密为太子洗马。李密幼年丧父，母亲何氏改嫁，由祖母刘氏抚养成人。当时刘氏快一百岁了，起居服食全由李密一人侍奉。李密于是上表陈情，请求辞官回家，奉养祖母。表文言辞恳切，武帝阅览之后大为感动，感叹道："如此孝顺，名不虚传啊。"

泰始四年，皇太后王氏驾崩，武帝依照旧礼服丧。葬礼结束后，武帝依旧身披孝服临朝。直到百官再三恳请，武帝才恢复往常的穿着。母亲病丧后，武帝心中悲伤不已，无心处理外政，只将内政稍加整顿。百姓安居乐业，境内太平。过了一年多，武帝打算东征灭吴，特任将军羊祜为尚书左仆射，命他处理荆州军事。羊祜没有立刻与吴国交战，而是坐镇襄阳，日日操练士兵，静待时机。羊祜在军营中轻裘缓带，颇有儒将之风。这时候，雍、凉交界处突然出了一个叫秃发树机能的外寇，此人是鲜卑人。以前，鲜卑酋长匹孤集合上千人，从塞北迁居到黄河西面。当时酋长的妻子相掖氏怀有身孕，产期已经后延了一个月。一天，相掖氏突然要分娩，还没来得及起床，就在被子中生下了孩子。鲜卑人称被子为秃发，于是将秃发两字作为婴儿的姓氏，并取名寿阗。秃发寿阗长大之后，继承父亲遗业，虽没什么壮举，却也招揽了数千部众。秃发树机能是秃发寿阗的儿子，他勇敢果断，多谋善战，经常带领数万人出没在雍、凉一带。当年邓艾攻破蜀国时，秃发树机能及时上表投降，才得以保全族种。不想晋廷养虎为患，泰始六年，秃发树机能居然造反。

晋武帝被骗

秃发树机能领兵造反，气焰嚣张，雍、凉边境被他抢掠一空。晋武帝正是因为担心胡人作乱，才将秦州从雍、凉二州分离出来，并任命胡烈为秦州刺史，让他屯兵镇守，严防胡人。胡烈到任一年，秃发树机能就蠢蠢欲动，胡烈当然领兵讨伐。秃发树机能非常狡猾，他先用老弱残兵诱敌，交战了几个回合，便假装失败，仓皇逃去。胡烈三战三胜，不免轻敌。秃发树机能亲自前来叫战。胡烈一出营，秃发树机能就指挥士兵后退，胡烈追一程，他就退一程。等到胡烈想收军回营，秃发树机能又拨转马头，做出一副进攻的样子。就这样挑衅了两三次，激得胡烈向前猛追。大概追了数十里，进了一片乱山冈。秃发树机能的部下都跑进山谷中，不见了踪影。胡烈担心有诈，就按兵不动。谁知一声呼哨，叛旗升起，一个胡人指着晋军辱骂不休。胡烈忍耐不住，驱马向前，进入山中。霎时间叛军四起，把晋军截成数段，胡烈无法突围，伤重身亡，部下将士大多战亡。

扶风王司马亮奉命镇守雍、凉二州，听到消息后，急忙派遣刘旗将军支援胡烈。刘旗得知胡烈战败，不敢前进，在途中一味逗留。一时间，警报频传，朝野震惊。武帝下诏贬司马亮为车骑将军，并命司马亮将刘旗处死。司马亮回复道："镇守无方罪在司马亮，与刘旗无关。"武帝下诏将司马亮免官，并把他召回京都。任命尚书石鉴为安西将军，掌管秦州军事，讨伐秃发树机能。同时任命前河南尹杜预为秦州刺史，兼任轻车将军。杜预与石鉴向来不合，石鉴想借此机会陷害杜预，于是令杜预孤军出战。杜预知道石鉴是有意为难自己，就回复说："胡人马肥兵精，不可轻敌。我军远道而来疲惫不堪，又缺乏粮食，应该先养精蓄锐，等来年春天，再攻打敌兵，这样才能取胜。"石鉴大怒，立即弹劾杜预。晋武帝下诏派御史到秦州，将杜预押入京都。幸亏杜预娶了皇帝的姑姑高陆公主为妻，因为是皇亲国戚，才得以免罪。石鉴多次发兵，都被秃发树机能击退。泰始七年，秃发树机能与北边叛军互相联合，一同攻打金城。凉州刺史牵弘被他们杀害。之前高平公陈骞曾说："胡烈、牵弘有勇无谋，难当大任。"武帝不相信，等到两位将军先后阵亡，武帝后悔已经晚了。

武帝借秋猎之际挑选将帅，特命鲁公兼车骑将军贾充掌管秦、凉二州军事。诏书一下，贾充日夜担忧，不知所措。他本不懂用兵谋略，只是靠着阿谀奉承才得以位列元勋。贾充的长女贾荃是齐王司马攸的妃子。太尉临淮公荀𫖮、侍中荀勖、越骑校尉冯紞都与贾充狼狈为奸。侍中任恺、中书令庾纯刚正不阿，不愿意逢迎贾充。任恺等人担心贾充日后祸乱朝廷，趁机向皇帝建议命贾充负责秦、凉二州的军事。武帝竟然准奏，并且迅速颁下诏书。贾充仔细打探后，才知道是任恺等人推荐了自己。名为举荐，实是排斥。贾充没法，只好以征兵为托词拖延数月。朝廷诏书频频催促，贾充无计可施，只好硬着头皮上阵。

百官前往夕阳亭为贾充饯行。酒至半酣，贾充离席去换衣服，荀勖也起身随他出去。二人密谈许久，贾充皱眉问道："我实在不想去，你有没有什么法子？"荀勖答道："我筹划了很久，苦无良策。最近得知宫中消息，确有一隙可乘。如果成功，您就不必远行了。"贾充忙问何事，荀勖回答道："听说主上正在为太子议婚，您有两个女儿待字闺中，何不好好谋划？倘若皇帝准奏，大婚之际，皇帝也就不会派您远行了。"贾充讪讪笑道："恐怕鄙人没这福分。"荀勖靠近贾充，低声道："事在人为。"然后又低声说了几句。贾充听了喜出望外，连连拜谢，荀勖赶紧答礼。二人随后携手共出，回到酒席上开怀畅饮，直到天色已晚，兴致稍减，才告别离去。

贾充故意缓慢行军，每天只走数里。老天似乎也有意帮他，竟然连夜降雪。贾充立即派使者飞奏京都，说路上积雪甚厚，难以行军，只有等到天晴才可以继续前进。皇上体恤军心，下令贾充返回京都，择日再起程。贾充连忙返回京都。凑巧自己的三女儿竟然被选中，成了太子妃。真是天随人愿。

太子当时年已十二，武帝原本想纳卫瓘的女儿为太子妃。贾充的妻子郭槐暗地里贿赂宫中的人，让她们在杨皇后面前为自己的女儿说好话。妇道人家耳根子最软，听到身边人提及贾充的女儿，如何有德、如何有才，不由得喜欢起来。于是杨皇后就劝武帝纳贾充之女为太子妃。武帝摇头不允，杨皇后惊问原因，武帝答道："我打算聘娶卫家之女。卫家人个个贤能，德才兼备，女儿相貌秀美，秀外惠中；贾家人爱嫉妒，无德无才，女儿相貌丑陋，身短面黑。"杨皇后答道："听说贾充的女儿很有才华和品德，陛下不该固执己见，错失好儿媳。"武帝仍然不答应。杨皇后又请武帝询问群臣的意见，看看娶贾充之女是否可行。武帝这才点头答应。

武帝召群臣入宴，商议太子婚事。在夜宴上，荀勖力夸贾充之女如何贤惠、如何端庄。荀、冯沈也极力称赞贾充之女。武帝便问："贾充共有几个女儿？"荀勖答道："贾充前妻生两个女儿，已经出嫁，后妻生有两个女儿，尚未婚配。"武帝又问："尚未婚配的两个女儿，年龄多大？"荀勖又答道："臣听说他的小女儿最美，才十一岁，正好配给太子。"武帝道："十一岁未免太小。"荀勖立即接着说："贾充的第三个女儿，已经十四岁，虽然相貌比不上幼女，但才能和品德比幼女好。女子重德不重貌，请圣上明裁！"武帝道："既然这样，不如让贾充的第三个女儿嫁给我的儿子。"荀勖等人立即拜贺武帝，武帝面有喜色。这天贾充刚好回到京都，荀勖等人一出殿门，便欢天喜地跑到贾府道喜去了。

贾充原本娶了魏朝中书令李丰之女为妻。李氏很有才能，生下两个女儿。长女叫贾荃，是齐王司马攸的妃子；次女叫贾浚，也嫁入名门望族。后来李丰被司马师杀害，李氏受到牵连被贬到边境。贾充后来改娶城阳太守郭配的女儿郭槐为妻。郭槐向来善妒，凶悍成性，贾充很是怕她。晋武帝登上帝位后，颁诏大赦天下，李氏蒙恩回来，住在娘家。武帝感激贾充的旧恩，对贾充宠爱有加，允许他享齐人之福。贾充的母亲柳氏也嘱咐贾充迎前妻回家。郭槐气愤地骂道："李氏只是一个罪奴，怎么可以与我平起平坐？"贾充向来怕她，不敢违背她的意思，只好回复武帝，说自己没有什么功劳，不敢坐拥两位夫人。武帝以为他十分谦卑、自我节制，哪里知道是郭槐从中作梗。后来，贾荃成为齐王司马攸的爱妃，她屡次设法想让母亲回到贾家。贾充只给李氏修建了一处宅院，就再也没有与她来往。贾荃来到贾充面前，请求他与自己一同前去看望李氏，贾充不肯答应。贾充奉命西行时，贾荃又与妹妹贾浚一起劝贾充见见李氏，二人磕破了头，贾充还是不肯答应。郭槐妒上加妒，发誓要将自己的女儿嫁给太子，与贾荃比比气势。郭槐有两个女儿，大女儿叫贾南风，小女儿叫贾午。贾南风又矮又胖，目不识丁，贾午虽然矮小但面容姣好。这次嫁给太子的正是贾南风。贾充听说武帝答应了婚事，自然笑逐颜开，对荀勖等人感激不已。郭槐得到这个好消息自然欢喜无比。贾充天天忙着筹备嫁妆，早把西征之事给忘了。武帝也不再提及此事。年底武帝下诏，让贾充官复原职。

泰始八年二月，是太子司马衷纳妃的佳期。女方出自相府豪门，自然穿金戴银，装扮得十分华丽。只是累坏了一群官员，既要两边贺喜，又要两边送礼。愚儿丑女结为夫妇，也算是天设一对，地造一双了。武帝见了新妇样貌，心中懊悔不已，好在新郎新娘两人倒是亲热，武帝也只好由他们去了。郭槐因为女儿嫁入东宫，想去李氏面前逞逞威风。贾充在旁边劝阻道："夫人何必自找苦吃呢，李氏很有才气，足以应付你，你还是别去了。"郭槐不信，命令下属备好全副仪仗，坐着凤车到了李氏家。李氏不慌不忙，穿着日常的衣服出来相迎。郭槐见她举止端庄、容貌秀丽，不由得肃然起敬，竟向李氏屈膝下拜。李氏从容答礼，将郭槐引入正厅，不亢不卑，从容自然。郭槐自惭形秽，局促不安，勉强坐了片刻，急忙起身告辞。李氏也不挽留，由她自去。郭槐暗想，李氏确实貌美多才，贾充一旦前去看望她，定会被李氏迷住。从此每逢贾充出门，郭槐一定派遣亲信暗地里监视。她还规定贾充天黑之前必须到家，贾充完全遵从郭槐的命令，丝毫不敢违背。贾充的母亲柳氏，一直都崇尚礼节道义。听说成济杀害魏主，但不知道贾充是主使，多次痛骂成济不忠不义，家里的仆人听了都暗暗发笑。贾充对此守口如瓶，不敢让母亲知道。柳氏人老得病，病危之际贾充问道："母亲有没有什么要嘱咐孩儿的？"柳母长声叹气道："我让你迎李氏回家，你都不愿意，还问什么后事？"说完合目而去了。贾充办理母亲后事时，不允许李氏前来送葬，后来他也没有再见过李氏。长女贾荃为此抑郁成疾，没多久就病死了。

贾女偷香

　　贾充的女儿当上太子妃后，贾充成了皇亲国戚，不久又升官当了司空兼尚书令。南阳人韩寿是魏朝司徒韩暨的曾孙。他风流倜傥，才华横溢，为了追逐名利投身于宰相贾充的门下。贾充召见韩寿，见他果然风度翩翩，风采过人；考察才学时，韩寿又对答如流。贾充对韩寿大加赞赏，任命他为司空掾吏。宰相府里的文章，多半出自韩寿之手。

　　贾充对韩寿格外信任，每次宴请官员，必定让韩寿入席陪客。韩寿开始还有几分拘束，后来见自己已得主人欢心，逐渐放下心来，经常借酒显才，高谈阔论。座中佳客，无不赞赏。有一次高朋满座，韩寿也在宴席之上，喝到兴高采烈之际，他又开始畅谈古今。这时候屏风后面的帷帘时拉时放，隐隐约约露出一张姣好的面容。韩寿目光如炬，觉出帷帘之后有人偷看，以为是相府的仆人，就没有在意。哪知求凰无意，引凤有心。帷帘后面的娇人见韩寿这般风采过人，连魂魄都被他勾走了。直到酒阑人散，她还是呆呆地站在那里，经婢女大声呼唤，才怏怏不乐地退回闺房。到了闺房中，暗想世上竟有如此英俊的男子，如果能与他结为夫妻才不枉此生。当下问婢女，席间少年姓甚名谁。婢女回答说是韩寿，在相府中做掾吏。那娇人心中既喜又忧，喜的是意中人相离不远，相见不难，忧的是门窗重重，欲飞无翼。一片芳心恰如一池春水被风吹皱，从此长吁短叹，抑郁不已，吃不下也睡不着，竟然相思成疾。

　　那帘后娇人正是贾午。自姐姐出嫁后，闺中便变得无限寂寥，不知不觉地过了一两年，贾午已经到了出嫁的年龄。京城的王子公孙络绎不绝地前来提亲，贾充都不答应，认为就这么一个小女儿，应该留她在身边多待几年。俗话说得好，女大不中留。贾午年龄虽小，情窦已开，听到父亲拒婚，心中很是懊恼。这次初见韩寿，芳心大动，竟然思念成病。贾充夫妇又怎么懂得她的心思，还以为只是伤风感冒，一味给她请医官。医官们多次诊断，始终查不出病根，又不敢在贾充面前唐突出言，只好随便开了些药，蒙混过去。接连喝了数十剂药，丝毫不见成效。贾充见女儿身躯越来越弱，病症越来越深，很是忧心。郭槐更是焦灼万分，经常迁怒于婢女，责怪她们服侍不周。婢女们已经猜透贾午的病根，只是不敢明言。其中有一个婢女是贾午的心腹，她见贾午生病，就想撮合贾午和韩寿，只是担心贾午胆小，不敢答应，又担心贾充知道后必会严责，所以一直没说。

　　眼看着贾午的病越来越重，精神越来越恍惚，甚至在梦中都呼唤着韩郎。心病还须心药医，婢女不得不冒险一试，偷偷来到幕府中求见韩寿。韩寿生性聪明，突然听说贾府内婢求见，觉得事有蹊跷，立刻把她带到密室，询问缘由。婢女据实相告，韩寿还没有妻室，听完后惊喜交加，忽然说道："这事怎么行？"然后向婢女表明自己爱莫能助。婢女悲伤地说："如果您不过去看望，恐怕我家小姐就要命丧黄泉了。"韩寿听完这话，不免心动，就问贾午相貌如何。婢女口吐莲花，将贾午说得人间无二、世上无双。韩寿喜爱美色，也顾不了利害，就答应前去私会小姐。婢女立刻回去告诉贾午，贾午惊喜不已。婢女又为贾午出谋划策，想出一条往来的小路，方便他们私会。贾午为情所迷，完全听从婢女的安排，嘱咐婢女告诉韩寿暗号，并赠了韩寿定情信物，定好当晚为会面佳期。

　　一切安排妥当，贾午于是起床梳妆，擦粉脸、刷黛眉，打扮得千娇百媚，静静地等候韩寿。婢女则整理床被，熏香添枕，一切安排妥当后，来到后墙等着韩寿。到了二更天，四周寂静无声，婢女心烦意乱，担心韩寿失约，只眼巴巴地望着墙上。忽然一个黑影从墙上一跃而下，仔细一看，正是韩寿。婢女转忧为喜，悄悄问他怎么进来的，韩寿低声道："这样的矮墙，一跳就可以进来。我如果连这点能耐都没有，就不敢前来赴约了。"婢女立刻把他带到贾午的房间。贾午正望眼欲穿，突然房门半开，一抬头看见贴心婢女，后面便是那朝思暮想的意中人，不由得有点不知所措。等到韩寿走到自己面前，才慢慢地起身，向他行礼。二人四目相对，情投意合，那婢女已悄悄离去。男女二人，你推我挽，同入欢帏，一宵恩爱缠绵。最奇怪的是被底的幽香，既不是兰花香也不是麝香，却沁人心脾。韩寿询问贾午才知道是西域进贡的奇香，是武帝特别赐给贾充的。贾午从父亲那里讨得一些，一直藏到现在才拿出来用。韩寿对奇香大为称赞，贾午说："这不难，如果明天晚上你早点来，我可以送一些给你。"韩寿马上答应，天微微亮才离开。第二天夜里，他又从原路来到贾午的房间。贾午果不食言，从父亲那里偷了些奇香送给韩寿。

　　韩寿得到奇香后，藏在怀里带回住所，为了不让别人知道，特意将奇香放在隐秘的地方。偏偏这奇香一旦附于人身，香气整月都消散不了。

韩寿在相府当差，免不了被人闻到香气。众人问起，韩寿又闪烁其词，不肯说明原委。几个多嘴多舌的人私下议论，竟然传入了贾充耳中。贾充暗想，难道是西域奇香，但此香除六宫之外，只有我因宠得赏。我一直视若珍宝，只将少许分给妻子、女儿，怎么会到韩寿手中呢？最近小女儿忽然痊愈，满面春色。难道女儿胆大妄为与韩寿私通，所以把奇香赠予他吗？可府中戒备森严，女儿也没有外出，怎么与韩寿往来？左思右想，疑问百出，于是在半夜时候，贾充假称有盗贼入室，传令家僮搜查。仆人们拿着蜡烛四处寻找，没有发现盗贼踪迹，只在东北墙上发现一串脚印，立即上报贾充。贾充愈加怀疑，只是不便张扬，下令让仆人们回去睡觉。自己想了半夜，这东北墙正好与内室相近，通往女儿卧房，想那韩寿色胆包天，定是越墙而入的。

不久，晨鸡报晓，天色渐明。贾充穿好衣服走出房间，召来女儿的婢女，秘密查问。一吓二骗，婢女和盘托出。果然不出所料，贾充慌忙与郭槐商议。郭槐半信半疑，又去询问女儿。贾午自知无法隐瞒，只好如实交待，并说除韩寿以外宁死不嫁。郭槐视女儿如掌上明珠，不忍心责怪她，只好劝贾充将错就错，索性将女儿嫁给韩寿。贾充别无他法，只得应允。韩寿一跃成了宰相府的乘龙快婿。于是择吉入赘，正式行礼，洞房花烛，喜气融融，从此花好月圆。贾充、韩寿二人翁婿情深，蒙贾充推荐，韩寿官拜散骑常侍。

当时，安平王司马孚德高望重，官拜太宰，武帝对他恩宠有加。每次上朝，武帝都允许司马孚乘车入殿，还亲自迎他进去。待早朝完毕，武帝又邀司马孚进入内殿，以家人之礼相待。武帝亲自捧酒致敬，司马孚下跪答谢。武帝特赐云母车给司马孚，司马孚淡泊名利，并不以此为荣。司马孚九十三岁时病终，临死前对儿子说道："魏朝忠节之士司马孚，字叔达，不溜须拍马，不卑不亢，修身养性，始终如一，应当从简而葬。"儿子遵从父命，一切从简。武帝一再临丧，凭吊哀思，追封司马孚谥号宪，配飨太庙。司马孚的长子司马邕继承父亲的爵位，其他各子也都封官晋爵。后来博陵公王沈、巨鹿公裴秀等人相继病逝。武帝的儿子城阳王司马宪、东海王司马祗也都夭折。武帝多次哀悼，伤心不已。

不料福无双至，祸不单行，杨皇后做了八九年的国母，享尽人间富贵，竟然一病不起，也要归天了。杨皇后与武帝感情深厚，六宫之事全由杨皇后一个人裁断，是武帝的贤内助。从即位到泰始八年，武帝只选了左家女儿左芬为修仪。左芬是秘书郎左思的妹妹。左思，字太冲，临淄人氏，生于儒学世家，才气纵横，显赫文坛。曾作《齐都赋》，文采飞扬，奇妙至极。后来为了续编《三都赋》，左思苦苦思索，废寝忘食，四处搜集书籍，日夜研究，一有好句子就记录下来。蔺阳公卫、著作郎张载、中书郎刘逵等人听说左思好学能文，推荐他为秘书郎。左思十年辛苦终于完成《三都赋》。后人称其为炼都十年。《三都赋》脱稿之后，京都中人纷纷争抄，一时间洛阳纸贵。左芬得到兄长的指点，加上她的兰心惠质，也成了一位下笔千言的才女。武帝慕才下聘，左芬入宫。只因左芬姿色平常，武帝终究不满足。

当时四海昌平。武帝下诏挑选名门淑女充实后宫，凡是公卿之女必须参选。豪门贵族不敢怠慢，忙将女儿盛装打扮，送到后宫。武帝携同杨皇后一起选妃。杨皇后心怀妒忌，心中暗暗做好了打算。选女中凡有艳丽夺目者，杨皇后就斥责她妖媚、不正经，只选取了几个身材高大、面貌清秀、端庄雅静之女。武帝无奈，只好由她。有一个卞家女儿生得格外娇艳，武帝大为倾心，掩扇对杨皇后道："此女颇佳。"杨皇后答道："卞氏是魏朝皇亲国戚，三世后族。今日若挑选此女，岂不是自降身份？还是忍痛割爱吧。"武帝只好舍弃。卞女退出后，来了一个胡家女，此女艳丽过人，婀娜中又有刚正之气。她的父亲胡奋是镇军大将军，杨皇后无处挑刺，只得点头。当时中选的女子胳膊上都系着绛纱，胡家女儿戴着绛纱走出大殿，想到从此不能回家，不免哀伤哭泣。左右之人赶紧摇手道："别哭！别哭！小心被陛下听到。"胡家女儿大声答道："死都不怕，还怕什么陛下？"武帝听到后，暗暗称奇。当晚，武帝只召胡家女儿侍寝。问她闺名，单名芳。第二天清晨，武帝下旨，宣洛阳县令司马肇奉册入宫，封胡芳为贵嫔。担心左芬抱怨，也将左芬封为贵嫔。后来宠幸的女子中，只有诸葛冲的女儿诸葛婉最称武帝心意，被封为夫人。不过，诸葛婉始终不及胡贵嫔得宠。胡贵嫔地位仅在杨皇后之下，后宫之中无人敢和她争宠。杨皇后由妒生悔，由悔生愁，最后竟然因愁而去了。

堕泪碑

杨皇后去世两年后，武帝忽然想起杨皇后临终前，曾请求他将杨骏的女儿封为皇后。于是派内使打听，得知此女相貌出众，便在初冬之日举行册封大典，同时大赦天下。新皇后入宫正位，武帝特下旨赐宴。左贵妃下笔如神，写成一篇颂文，武帝一看，大赞："好！好文章！中宫有你，增色不少啊。"

武帝继后杨氏，名芷，字李兰，小名男胤，年方十八，性情温婉，颇有姿色。杨氏入主中宫后，与武帝很是恩爱。皇后的父亲杨骏曾是镇军将军，此时得以官拜车骑将军，封为临晋侯。杨骏的弟弟杨珧任职卫将军，他上疏说道："自古以来，一门之中出现两位皇后，往往不能保全宗族。何况臣家功德微薄，只怕难以承受如此圣恩。请陛下将臣的表文留在宗庙中，日后若果有不测，也可借此请求赦免。"武帝准奏。自此，杨骏自恃是皇亲国戚日渐骄横。尚书郭奕等人上表弹劾杨骏，武帝爱屋及乌，不予理睬。镇军将军胡奋直言奉劝杨骏道："从古至今，与帝王结亲而遭受灭门之灾的例子太多了。你不多加谨慎，反而如此骄奢，只怕会引来祸端。"杨骏反驳道："你女儿不也嫁入后宫了吗，你何必说这些话来恐吓我？"胡奋说："我的女儿只配做你女儿的奴婢，她们二人人如何能相提并论？你门第显赫，更容易招来祸患，望你深思。"杨骏不以为然，反而认为胡奋是嫉妒自己。

不久，卫将军杨珧等人上疏："封立王侯本意是为了防止王室的冲突。如今王公们都聚集在京都，实在不利于江山社稷。陛下应当派遣王公们驻守边疆，让他们监督边疆的异姓将领。"于是武帝核定国制，以人口的多少将城郡划分为三个等级。命令大城安置三路军队，以五千人为限；中等之城安置两路军队，以三千人为限；小城安置一路军队，以一千五百人为限。改封扶风王司马亮为汝南王，任镇南大将军，负责豫州军事；琅玡王司马伦为赵王，兼领任城守事；渤海王司马辅为太原王，督管并州军事；东莞王司马伷为琅玡王，汝阴王司马骏为扶风王，同时封太原王司马颙为河间王，改封河间王司马威为章武王。武帝命令各王公离开京都前往封地。不久武帝立皇子司马玮为始平王，司马允为濮阳王，司马该为新都王，司马遐为清河王。因为这几个儿子年龄还小，就让他们暂时留在京都。

征南大将军羊祜一直镇守襄阳，开垦田地八百多顷，兵强粮足。襄阳与吴国接壤，吴主孙皓是孙权的长孙，性情残暴，骄奢淫逸。吴国左丞相陆凯治国有方，很有威望，羊祜因此不敢贸然发兵。陆凯病死后，羊祜请奏攻打吴国。偏偏当时益州发生兵变，不得不将攻吴之事搁置下来。羊祜派参军王浚出任广汉太守，讨伐益州乱兵。不久叛乱就被扫平，王浚被封为益州刺史。因为他重信用、有威望，武帝打算任命王浚为大司农。羊祜想留下王浚一起征讨东吴，就上疏说："王浚适合领兵作战，不宜内用。"武帝于是加封王浚为龙骧将军，让他负责梁、益二州军事。

当时吴国有首歌谣唱道："阿童复阿童，衔刀浮渡江。不畏岸上兽，但畏水中龙。"王浚原籍弘农，小名阿童，年少时就胸怀大志。燕地的徐邈有一个女儿，聪慧美丽，年已十五，尚未出嫁。徐邈钟爱女儿，允许她自己选择夫君。恰巧徐邈出守河东，王浚任从事，徐邈见他年少英奇，心中颇为赏识。一天，徐邈大宴官吏，安排女儿坐在帷帘后面，女儿指着王浚说，此人日后必定不同凡响。徐邈就将女儿嫁给王浚。王浚夫妻二人琴瑟和谐，很是恩爱。后来王浚投入羊祜旗下，羊祜对他特别优待。羊祜的哥哥的儿子羊暨曾对羊祜说："王浚经常大言不惭，日后恐怕会惹上事端！"羊祜笑着说："你有所不知，王浚有大才，时机一到，必会建立丰功伟业，你可别轻视他！"

羊祜打算举兵灭吴，请朝廷令王浚秘密造船，武帝准奏。王浚立刻建造战船，船长达一百二十步，可容纳两千多人，船上采用木头建楼，四面有门，可以骑马。王浚日夜不休地赶工，木头竹屑顺着江水东下。吴国建平县太守吾彦看见江心的大量竹木，猜测上流必定在造船，立即捞取少量竹木呈报孙皓，说：晋国正在密谋攻打吴国，应该立即加强建平的防备。吴主孙皓正在兴建昭明宫，一门心思都在纵欲享乐上，哪有心思顾虑外敌？吾彦的奏表，吴主孙皓看完，随手搁在一边，并不在意。吾彦无法，只好命工人冶铁为锁，将水路横断，以此作为江防。

吴国西陵督军步阐畏罪降晋，吴国大司马陆抗领兵前去攻打，羊祜奉诏支援。到了江陵，羊祜另外派遣荆州刺史杨肇攻打陆抗。陆抗分军抵御，击败杨肇。羊祜听说杨肇战败而归，打算亲自前去督战，无奈西陵已被陆抗攻下，步阐也被杀害，羊祜只好率兵回到镇地。武帝将杨肇罢免。自此，羊祜开始以怀柔之术对待吴人。有时行军到吴境，军队如果割谷为粮，羊祜必定送去布匹补偿；在晋境狩猎，遇到从吴境跑来的受伤的禽兽，羊祜必定送还；吴人入晋境抢夺财物被晋军所杀，羊祜也厚加殡殓，并将他们的尸首送还；吴国的士兵被晋兵活捉了，不论是想投降晋国还是想回家，羊祜全部允准，不杀一个吴国人。因此，吴国人没有不信服羊祜的。

羊祜还派使者前往吴国与陆抗通好，互赠礼物。陆抗送酒给羊祜，羊祜当着使者的面喝下，丝毫不起疑心。陆抗生病了，羊祜送药给他，陆抗也是拿了药就服。部下从旁劝阻，陆抗摇头说："羊祜怎么可能毒害我?"还告诫部下说："他行德，我就不能行暴。如今只求各守边界，不求细利。"吴主孙皓却起了疑心，责骂陆抗私交羊祜。陆抗上书辩驳，并阐明十二条保国策略，吴主毫不理会。孙皓听信术士刁元的谗言，刁元说："在东南方出现了黄旗紫盖，陛下应该前往荆扬之地，才能坐稳江山。"孙皓听后，便领着士兵西行，后宫数千人全部随行。走到华里，春雪下个不停，天气异常寒冷，士兵们忍受不了寒冷，都悄悄地说："如果今日敌人来袭，我们定当战败。"孙皓听了这话，就领兵返回京都。陆抗忧国忧民，抑郁成疾，镇守西陵五年就去世了。遗言说，西陵建平地处吴国上游，务必要加强此地的防守。吴主命陆抗的三个儿子统领军队。陆抗的长子叫陆元景，次子叫陆元机，三子叫陆云。陆元机、陆云擅长作文章，颇具盛名，但不懂得领兵之道。

术士尚广为吴主卜卦，孙皓问天下是否有大难。尚广迎合孙皓的心意说："不久洛阳当有大难临头。"吴主大喜。没多久，临平湖忽然通畅了，朝廷大臣都说是祥兆。临平湖从汉末以来就一直堵塞，相传，"湖塞天下乱，湖开天下平"。吴主孙皓以为洛阳大难就在此时，于是问询都尉陈顺，陈顺回答说："我只懂得看相，不懂得看湖的开和堵。"孙皓便让他回去了。陈顺出来后，对密友说："青盖入洛，恐怕是衔璧的预兆。如今临平湖无缘无故地通畅了，怎么可能是吉兆呢?"不久，历阳长官上奏说历阳山出现吉兆，预示着天下太平。孙皓派遣使者前去祭祀，封山神为王，改元天纪。东吴上下一片欢腾，西晋那边羊祜却在修缮装备、训练士兵，上表奏请攻打吴国。

武帝看到表文后，立即召群臣商议此事。贾充、荀勖、冯沈力言不可，其他大臣同声附和，认为秦、凉之地还没有平定，不应该在东南方再起战事。于是，武帝令羊祜暂缓行军。羊祜再次上表说："攻下吴国，胡寇自当平定，应当立即举兵东伐，建立大业。"武帝被廷议所阻，不同意进军吴国。羊祜长叹："当断不断，反受其乱。如此良机，只怕日后难有啊。"不久，武帝封羊祜为南城郡侯爷，羊祜婉辞谢绝。通常，奖赏谋士必须先焚草上报朝廷，而羊祜任用谋士时却不让那人知道是自己引荐的。有人说羊祜心思太过缜密，羊祜感慨道："美人归属于君王，古之常训。至于推荐贤能是为人臣子的职责。拜爵于朝廷，谢恩于私室，这不是我的作风。"羊祜曾写信给堂弟羊琇，说："待边境之事完成，我将激流勇退，归隐山林。前人疏广就是我的师傅啊。"

咸宁四年春季，羊祜身患重病，带病进京。到了京都，羊祜仍然请求伐吴，说："臣死在旦夕，故特地前来觐见陛下，希望实现大志。"武帝好言劝慰，答应了他。羊祜于是在洛阳住了下来。武帝不忍让羊祜太过劳累，经常派中书令张华前去探望。羊祜对张华说："陛下自登基以来，还没有广施恩德。如今吴主不仁，正可替天行道，一统天下。如果孙皓早死，吴国人册立了新主，到时即使雄兵百万也不能轻易越过长江，后患无穷啊。"张华连声赞成。羊祜叹息道："只怕我是等不到灭吴那天了，将来只有你能实现我的理想。"张华唯唯受教，回去报告武帝。武帝让张华转达羊祜，让羊祜率兵灭吴。羊祜答道："灭吴不一定需要老臣亲自前往。只是灭吴之后，就要多劳皇上费心了，如果事情没有完结，老臣定当前往，皇上审择就行了。"不久，羊祜病重，他举荐杜预接替自己。杜预当时已是度支尚书，因羊祜的举荐，官拜镇南大将军，负责荆州军事。杜预还没离开京都，羊祜就病死家中，享年五十八岁。武帝素服临丧，痛哭不已，当时天寒地冻，眼泪沾在胡须、鬓发上，转眼就结成了冰。武帝回宫后，特赐羊祜东园秘器、朝服、三十万钱、百匹布，追封羊祜为太傅，赐谥号成。

羊祜是南城人，家族九代都以德行名闻天下。羊祜镇守襄阳时，起居饮食非常简朴，禄俸不是分给亲戚就是奖赏军士，从来不积蓄闲财，临终之际，还嘱咐葬礼一切从简。襄阳的百姓得知羊祜去世，痛哭不已。因为羊祜喜欢登岘山，百姓便在岘山脚下建立祠堂和石碑以纪念羊祜。百姓经过此碑，想起羊祜，就泪流不已。杜预称此碑为堕泪碑。

东吴的覆亡

武帝正准备举兵伐吴，却有消息说凉州兵败，刺史杨欣战死沙场。武帝不禁踌躇起来。仆射李熹举荐匈奴左部将领刘渊，侍臣孔恂进谏道："刘渊与我们不是同族，日后必定生变，让他讨伐秃发树机能，只会使西北边患更加深重。"武帝颇以为然，没有起用刘渊。

之前，南匈奴与汉朝和亲，自称是汉朝的外甥，冒称姓刘。魏祖曹操曾令南匈奴单于呼厨泉居住并州，将匈奴部众分为五部。其中，呼厨泉的侄子左部帅刘豹的部族最为强大。后来司马师采用邓艾的计策，将左部一分为二，册立一个右贤王，让他住在雁门。刘豹的儿子刘渊，字元海，俊逸非凡，拜上党人崔游为师，研习经书。刘渊不仅喜文，而且好武，天天练习骑马和射箭，官拜侍子，住在洛阳。安东将军王浑父子经常赞赏刘渊文武兼备，说他可以担任东南统帅，李憙又举荐他统领西军，都被孔恂阻止。刘渊得知消息后，对好友王弥说："王浑、李憙看重我，因而屡次向朝廷推荐我。只是他们不知道这样做非但不能帮我，反而会给我引来祸端啊。"说完纵酒长啸，叹息不已。有人将此事告知齐王司马攸，司马攸上奏武帝道："陛下不除掉刘渊，臣担心并州不能久安。"因为王浑在旁边替刘渊说情，武帝才没有诛杀刘渊。不久，刘豹去世，武帝封刘渊为左部帅，让他离开京都。

不久，秃发树机能攻陷凉州，武帝忧叹道："谁可以替我讨伐这帮胡人？"还没说完，左列中闪出一个人说道："如果陛下信任微臣，微臣定能平定胡虏。"武帝望过去，见是司马马隆，就问："你有何计？"马隆答道："陛下只须让臣募集三千勇士西行。至于策略，臣临敌谋划，定能取胜。"武帝大喜，当即命马隆为讨虏将军兼武威太守。

朝廷大臣都说马隆只是一员小将，信口开河，又说现有的士兵很多，无须再征勇士。武帝一概不听，执意重用马隆。马隆于是募兵，只有力大无穷、百步穿杨的人才算合格，最后募得三千五百人。马隆来到武库中挑选武器，武库官员却给他一些破旧的械具。马隆将此事告诉武帝，于是武帝下旨给武库，允许马隆随意挑选。马隆于是从武库中挑选精良武器分给勇士，然后入朝辞行。武帝答应提供三年军饷，马隆奉命出都，向西进军。

大军行至温水，秃发树机能拥兵抵抗。马隆见山路崎岖不易行进，就下令部下建造扁箱车，用扁箱车载着士兵缓慢前进。遇到辽阔的地方就联车为营，四面排成鹿角形状，一起前进；遇到狭窄的地方就将木板覆盖在车上，以挡住敌人射来的暗箭。胡虏虽然屡次设下埋伏，但都不起作用，出来截杀，又都被马隆杀退。马隆且战且行，一路势如破竹，杀死上千胡虏，直达武威镇。

自从马隆领兵西进后，音信全无，朝廷大臣议论纷纷，武帝很是担忧，甚至有人谣传马隆已经兵败被杀。等到马隆派遣的使者到达洛阳，朝野上下才知道他已经安全抵达武威镇。武帝开怀大笑，为自己用对了人而得意不已，他对群臣说道："如果当时我信了你们的话，只怕这时秦、凉一带已经失守了。"群臣惭愧不已。武帝颁诏奖赏马隆，加封他为宣威将军。不久，马隆传来捷报，说已经擒获和招降了几个鲜卑部酋长；

再不久，又传来更大的捷报，说贼寇秃发树机能已经被斩杀，秦、凉等地的贼寇全部平定。

马隆平定秦、凉后，朝廷商议封赏、犒劳西征将士。偏偏朝中有人出来阻挠，说西征将士在出征之前已经获得封赏，不应该再赏。卫将军杨珧出来反驳道："之前马隆募选勇士，加封爵位只是为了鼓励他。现在马隆和众将士已经平定整片西土，如果不加以赏赐，将来朝廷如何用人？"武帝听后，下旨酬谢所有将士。

西北尚未平定时，武帝无暇东顾，吴主孙皓以为天下太平，天天纵情酒色，宴请群臣，还安排了十来个黄门郎暗地里监视群臣。群臣酒醉后忘乎所以，难免失态。黄门郎立即弹劾，孙皓于是惩罚大臣。有的剥面，有的挖眼，一帮大臣被折磨得半死不活。晋国益州刺史王浚查明东吴情形后，上奏朝廷说："孙皓荒淫无度、惨无人道，应该立刻讨伐吴国。臣造船七年，这些船都还没用过。臣已经七十岁，没多久就要归天了，希望陛下不要错失良机，立即命臣东征！"武帝召群臣商议，贾充、荀勖等人执意劝阻，张华想起羊祜的遗言，极力赞同王浚东征。当时王浑调任扬州，镇守寿阳，与吴国人多次交战，他上奏说："孙皓大逆不道，意欲北上，我们应当及早筹备战事。"朝廷群臣认为天寒地冻，不宜出师，建议来年再讨伐吴国，武帝应允。

一天，武帝正与张华下棋，襄阳突然传来急奏，武帝一看是杜预的奏折，便顺手递给张华。张华看后拱手作揖道："陛下英明神武，国富兵强，号令如一；吴主荒淫无道，诛杀贤能。如今前往讨伐，定能迅速平定吴国，陛下不要再犹豫了！"武帝毅然道："朕决定明日发兵。"

第二天，武帝诏谕群臣，决定大举伐吴，任命张华为度支尚书，负责运输粮食接济军队。贾充赶紧上前劝阻，荀勖、冯沈也随声附和。武帝动怒，贾充、荀勖、冯沈只好磕头谢罪。武帝命琅玡王司马伷出兵涂中，安东将军王浑出兵江西，建威将军王戎出兵武昌，平南将军胡奋出兵夏口，镇南大将军杜预出兵江陵，龙骧将军王浚与广武将军唐彬率领巴蜀士兵顺江东下，二十多万人东西并进；任命太尉贾充为大都督，冠军将军杨济为副都督，让他们统领各军。分派好以后，武帝退朝。

东征大军陆续出发，恰巧西北捷报频传，武帝更加坚定东征。

王浚奉命东下，长驱直入丹阳。丹阳主将盛纪出兵迎战，不敌王浚，逃跑不及，被王浚的将士擒获。王浚顺流直进，发现浅江之处暗藏铁锁，江心埋着铁锥，战船无法前进。于是下令建造数十只大筏，然后缚草为人，让草人个个身披战甲，手持兵器。王浚让善于游泳的士兵在水中牵筏先行，大筏遇到铁锥就被阻住。士兵往大筏上倾倒麻油，点上大火，熊熊烈火烧断了铁锁，战船没有了阻碍，一往直前。

当时正是咸宁六年仲春，和风吹拂，绿波荡漾，王浚与广武将军唐彬领兵直达西陵。西陵是吴国的要塞，吴主派镇南将军留宪、征南将军成璩、西陵主将郑广、宜都太守虞忠扼守。西陵的吴国士兵懒惰成性，没料到王浚的士兵如此神勇，突然见敌军登城，吓得四处逃散。留宪、成璩等人见手下全部逃跑，只好束手就擒。王浚乘胜攻下荆门、夷道，擒住吴国大将陆晏。然后继续行军，在乐乡擒住吴国水军统领陆景。江东大震。吴国平西将军施洪等人望风投降。

晋国安东将军王浑从横江出发，攻克寻阳，击走吴国将领孔忠，抓获周兴等人，收降吴国厉武将军陈代、平虏将军朱明。镇南大将军杜预进军江陵，密派管定、周旨泛舟夜渡，自己在巴山上张旗举火以迷惑吴军。吴国都督孙歆看见后很是害怕，诧异道："难道敌军想飞渡长江？"当下派兵抗敌，却陷入管定、周旨等人的埋伏，吴军大败。孙歆还没得到消息，正安坐帐中，等到晋军冲入时，想逃跑已经来不及了，只能投降。管定、周旨两位将领向杜预报功，杜预亲临江陵率兵攻城。

吴国将军伍延假装投降，暗地里却部署士兵抵御杜预。杜预早已猜到，就趁伍延军队未整时，攻他个措手不及。于是城池被陷，伍延战死。江陵沦陷后，沅、湘以南各州郡望风而降。杜预派遣使节下诏，对他们进行安抚，同时让他们官居原职，远近之人对杜预敬佩不已。

平南将军胡奋攻克江安。朝廷下旨派胡奋、王浚、王戎合攻夏口、武昌，杜预镇守零陵、桂阳，安抚衡阳，待平定江汉后，再行军到吴国京都。杜预于是分兵援助王浚，胡奋与王戎也前去援助，一路破夏口、攻武昌，所向无敌。

当时春雨下个不停，江河水涨，众臣议论纷纷，贾充建议罢兵，武帝不为所动。杜预听闻贾充建议罢兵，急忙上表力争，同时召集各军商议攻取吴都之策。有人从旁阻挠，杜预气愤地说："如今军威大振，势如破竹，用不了多久，就会完成大业。如果罢兵，岂不是半途而废？"于是命令其他将帅直接进入秣陵。

吴国派遣丞相张悌和督军沈莹、诸葛靓等人领兵三万，渡江抗敌。行军至牛渚，沈莹对张悌说："晋国水军顺流而来，必定经过牛渚，我们不如在此以逸待劳。如果渡江作战，不幸战败，吴国就危险了。"张悌叹息道："吴国将要灭亡，天下人都明白。如今渡江还可以决一死战。如果坐等敌人前来，除了投降之外，还有什么办法？吴国名为江东大国，却没有一个人死于此难，你不觉得可耻吗？我已决定为国捐躯了。"说完，率众渡江。到了板桥，吴军与周浚的军队相遇。张悌立刻迎敌，晋军骁悍，吴军弃甲抛戈，纷纷逃跑。诸葛靓劝张悌逃跑，张悌流着泪说："今天就是我的死期。我官居宰相，以身殉国也算死得其所。"诸葛靓垂泪而去。张悌手执佩刀，斩杀数名晋兵，力竭而死。沈莹也战死沙场。

晋国将军王浚得知板桥得胜，便从武昌拥舟东下，直指吴都建业。扬州官吏何恽听说王浚东来，劝刺史周浚立即发兵攻克吴都，首建奇功，不要把功劳让给王浚。周浚派何恽前去告诉王浑，王浑摇头说："我奉命镇守江北，龙骧将军受我调遣。如果他前来，我和他一同进军。"何恽答道："龙骧将军自巴蜀东下，所到之处全部攻下，功勋卓著，他还愿意受你调遣吗？您身为上将，何必事事受诏呢？"王浑始终没有听从。

王浚初下建平时，奉诏受杜预调遣，直趋建业时又奉诏受王浑调遣。王浚到达西陵，杜预写信给王浚说："你平定西藩后，当继续攻取秣陵，以平定百年流寇，拯救天下苍生。自长江入淮河，肃清泗、汴，然后逆河而上，奏凯而归，这才算得上一时盛举！"王浚看过书信后大喜，写信给杜预说："我立即率水军顺流而下，抵达三山。"吴国的游击将军张象带领水师前来抵御，见敌军旌旗蔽空、战舰满江，慌忙请降。王浚立即进军建业。王浑派遣使者邀请王浚商议攻城之事，王浚答道："天公作美，我不能在此地逗留，我们改日再议。"使者回去禀报王浑，王浚则直赴建业。吴主孙皓连连接到警报，早已吓得不知所措。晋国将领王浚兵临城下，晋国琅玡王司马伷也进兵直逼近郊，吴国眼看着就要江山易主。孙皓不得不起草降书，派人分别送交给王浚、王浑，并将御玺交给司马伷。王浚接到降书后驱舰进入建业，招降吴主孙皓。然后进入吴都，封查府库，严禁部下抢掠，并向朝廷告捷。

朝廷大喜，开宴庆贺。武帝流泪感叹："这都是羊太傅的功劳啊！"武帝认为王浚功劳最大，准备下诏行赏。王浑却弹劾王浚不听从自己的调遣，奏请将王浚按例论罪。武帝不以为然，但还是下书责怪王浚，说他功大于过，应该奖赏，但是未免有失道义。原来，王浑得知王浚进入吴都后才领兵渡江，他见自己功落人后很是愤恨，想领兵攻打王浚。王浚的手下何攀猜测王浑必会前来争功，就劝王浚将孙皓送给王浑。王浑得到孙皓后，心里还是不舒服，就上表弹劾王浚。王浚奉命返回京都后也上表武帝为自己辩白。

武帝明白王浑嫉妒王浚，就下旨召回所有军队，亲自评功论赏。王浑押着孙皓与琅玡王司马伷会合，一同返京。朝廷下旨释放孙皓，赐他为归命侯，对东吴的名门望族都量才而用。武帝再次下旨大赦天下，改元太康。这时候，各位将领陆续回到都城，王浑、王浚也相继入朝。武帝让廷尉刘颂评定他们的功劳，刘颂偏袒王浑，评定王浑功劳最大。武帝认为刘颂评定不公，贬他为京兆太守。无奈王浑朝中私党甚多，儿子王济又与公主婚配，气焰逼人。武帝只得将王浑封为公爵，任命王浚为辅国大将军，与杜预、王戎等人同封为侯，其他将领也一一加以奖赏。随后，武帝派遣使者祭祀羊祜祠庙，封羊祜的妻子夏侯氏为万岁乡君。

东征之事至此结束。

羊车轶闻

王浚认为自己功高赏轻，心中愤愤不平，常常不等退朝就离开了。武帝念他有功，将一切含忍过去。益州护军范通是王浚的外亲，他对王浚说："您虽有平吴大功，却不懂得保全自己，实在可惜。"王浚惊问原因，范通答道："您返回京城后，为什么不激流勇退，口不言功呢？如果有人问及此事，你就说全是托陛下之福，群帅合力，老夫自己并无功劳。前人蔺相如因为谦虚忍让才使廉颇信服。您如果也这样做，足以令王浑羞愧。"王浚感叹道："原来是我自己没气量啊。"范通起身贺道："您能察觉自己的不足之处，定能保全自己。"从此，王浚不再争功，逐渐淡泊名利。博士秦秀、太子洗马孟康等人为王浚诉屈，武帝升王浚为镇军大将军，兼任散骑常侍，后来又调任他为抚军大将军。太康六年，王浚病终，享年八十岁，谥号武。

晋武帝未登基前，天下一分为三，三国鼎立。自从西蜀并入魏国之后，三国就成了两国。等到魏国改为晋国，吴国并入晋国，晋国已经一统中原了。武帝将全国划分为司、兖、豫、冀、并、青、徐、荆、扬、凉、雍、秦、益、梁、宁、幽、平、交、广十九州。

安乐公刘禅死于晋泰始七年，归命侯孙皓死于晋太康二年，两位降主都病死洛阳，晋朝从此没有了后患。废居于邺城的魏主曹奂无勇无谋，于晋惠帝泰安元年，在邺城病死。至此，武帝一统天下，下旨偃武修文。圣旨一下，交州县令陶璜立和右仆射山涛相继反对。山涛带病入朝，恳切规劝武帝不要去除州郡武备。武帝心想四海昌平，诏告也已经颁告天下，也不好再改了。

俗话说："饱暖思淫欲。"武帝听闻南方多美女，就想挑选几个充作妾婢。当时京都洛阳流行迎娶吴国女子的风俗。武帝于是下旨征选吴国女子入宫。武帝见这些征选来的女子，个个花容月貌，冰肌玉骨，顿时龙心大悦，将她们全部收纳。自此，后宫佳丽不下万人。每天退朝后，武帝就乘羊车游历于宫苑中。每次羊车一停，就有无数美人拥上来，见到心仪之人，武帝就设宴赏花，与佳丽寻欢作乐。武帝乐不思疲，今朝到东，明朝到西，好似花间蝴蝶四处漫飞。只是后宫佳丽近万，哪能个个都得到武帝宠幸。羊儿天生喜爱竹叶和食盐，聪明的宫女就想出一个方法，将竹叶插在门前，盐汁洒在地上，以此来吸引羊儿。这样一来就能获得武帝的临幸了。

武帝日日淫乱，难免昏昏沉沉，无心国事。皇后的父亲车骑将军杨骏、杨骏的弟弟卫将军杨珧、太子太傅杨济三人趁机揽权，权倾朝野，人称"三杨"。仆射山涛多次规劝武帝，武帝也觉得惭愧，但一见到美人，就把忠言抛在脑后了，哪里还管什么兴衰成败？

一天，侍臣捧入奏章让皇帝阅览，武帝批阅，发现是侍御史郭钦的奏章。武帝看了几行便笑着说："古人说的杞人忧天，就是这样的吧。"然后束之高阁，不再批答，依旧乘着羊车寻欢作乐去了。后来昌黎传来军报，说鲜卑部酋长慕容涉归率领手下入境抢掠。幸亏安北将军严询守备森严才没有兵败。武帝于是放下心来，更认为郭钦的奏文不值一提。不久，吴人叛乱，扬州刺史周浚采用围剿兼安抚之策，镇压了叛乱。南北之乱得以平定，君臣上下都安心享乐。权臣贵戚个个攀比，你夸多，我斗富，一座洛阳城顿时成了花花世界。

"三杨"之外，中护军羊琇、后将军王恺仗着自己是皇亲国戚，骄奢至极。羊琇是司马师继室羊后的堂弟，王恺是武帝的亲舅舅，他的姐姐是已故太后王氏，两家人都是皇室贵族，自然富贵。然而散骑常侍石崇比这两家人还要富有，羊琇自知比不上，倒也不与石崇攀比，偏偏王恺心中不服，时常与石崇攀比。

石崇，字季伦，是前司徒石苞的幼子，很有谋略。石苞临终分派财产，其他各子都分到钱财，只有石崇没有。石苞说石崇自己能发财致富，不用分给他了。果然，石崇年过二十就成为修武令，不久升为城阳太守，因为伐吴有功受封为安阳乡侯。再不久，升调为荆州刺史兼任南蛮校尉。在荆州时，他暗中派下属扮作强盗模样，抢劫豪贾巨商，一夜之间得以暴富。官拜卫尉后，石崇开始筑建规模宏大的住宅，数百间后房全部用珍珠镶嵌，日日夜夜歌舞升平。王恺用糖泡釜，石崇就用蜡作为柴火；王恺用紫丝布铺地，长达四十里，石崇就用锦布铺地，长达五十里；王恺用椒兰涂墙，石崇就用赤石脂涂墙；王恺屡斗屡败，就向武帝借来一株高约二尺的珊瑚树与石崇斗富。王恺扬扬得意，心想石崇家里肯定没有这样的宝贝。谁知石崇见到后，随手提起一把铁如意就将珊瑚树击成数段。王恺怒发冲冠，石崇却从容笑道："区区薄物，有什么值得炫耀？"然后命家仆取出家藏的几十株珊瑚树，最大的有三四尺高，稍小的也有二三尺高。石崇指着那些珊瑚树对王恺说："你想要哪个随便拿。"王恺不禁咋舌，赧然无言，一溜烟跑回了家。从此，石崇名冠洛阳。

车骑司马傅咸见奢靡之风日盛，有心矫正，特意上疏提倡节俭。朝廷却没有任何反应。司隶校尉刘毅直言进谏，弹劾羊琇纳贿，罪应处死，朝廷也没有答复。刘毅派程衡前往羊琇军营中，逮捕羊琇的属下拷问，获得确凿证据后再次弹劾羊琇，武帝才罢免羊琇的官职。可没过几个月，武帝又给羊琇封了官。太康三年元旦，武帝在南郊祭天，百官自然随从。武帝问校尉刘毅道："朕可与汉朝哪个皇帝相提并论？"刘毅应声道："汉朝桓、灵二帝。"一语既出，满朝震惊。刘毅神色自如，武帝不禁发怒道："朕虽不德，也不至于与桓、灵相提并论吧？"刘毅又答道："桓、灵二帝卖官所得的钱财都充入了官库，陛下卖官的钱财却都填充了私人的腰包，两者相比，恐怕陛下还不如桓、灵呢！"武帝忽然大笑道："桓、灵在世时，没有听到这些话，朕却有你这样耿直的大臣，毕竟还是高出桓、灵了。"说完，抽身离去。百官缓缓退出大殿，惊叹不已。刘毅不慌不忙，从容离去。

尚书张华很得武帝的宠信。当初伐吴时，张华因为没有与贾充、荀勖、冯沈等人站在同一立场而被他们忌恨。一天，武帝问张华："我可以将后事托付给谁？"张华大声答道："您的至亲齐王司马攸。"武帝听到这句话后，半天没有吭声。张华自知忤逆了武帝，也就不再吭声。一直以来，武帝很忌讳谈到齐王司马攸，张华却提及司马攸，武帝对张华也渐渐疏远了。荀勖、冯沈趁机捕风捉影，制造流言飞语上告武帝，张华因而被外调，督管幽州军事兼安北将军。张华本来就足智多谋，到任后一心一意地实行怀柔政策，戎夏百姓们对他心悦诚服。一直与晋国不相往来的东夷各国，也因为仰慕张华的大名而派遣使者入晋朝贡。武帝器重张华的才能，想召他还朝，让他担任宰相。此事还没来得及商议，就被冯沈看透隐情。冯沈于是与武帝谈起魏晋旧事。冯沈低声地说："老臣私下认为钟会之所以造成祸害，错在太祖司马昭。"武帝变色，喝道："你说什么？"冯沈摘下官帽叩头答道："老臣愚蠢妄言，罪该万死，但不得不言。钟会才智有限，太祖却过度宠信，以致他骄奢淫逸、胆大妄为，自认为劳苦功高，封赏不够，从而叛变！如果太祖一直提防着他，他自然不敢生乱了。"说至此，冯沈见武帝徐徐点首说"是"，于是接着说："陛下如果同意老臣所言，您就应当让钟会之事不再发生！"武帝问："当今之世，还有像钟会这样的人吗？"冯沈答道："臣不敢多言。"武帝于是屏退左右随从，让他但说无妨。冯沈说道："有大功，名闻四海，现在出踞藩镇，统领兵马的人，就是最让陛下忧心的人，不可不防。"武帝叹息道："朕知道了。"于是不再召还张华，继续任用荀勖、冯沈等奸臣。

不久，贾充病死，议立嗣子。贾充曾有个儿子，叫贾黎民。贾黎民三岁那年的一天，奶娘抱着贾黎民嬉戏，正巧贾充退朝回来，儿子朝贾充憨憨地笑着，贾充很自然地走过去抚摸儿子的头。贾充的妻子郭槐从屋内看到，怀疑贾充与奶娘私通，竟乘贾充上朝的时候将奶娘打死。可怜这三岁的孩儿依恋乳母，终日啼哭，患上慢惊症，不久就死了。不久，贾充又得了个儿子，前次事故再次发生。贾充从此断子绝孙。贾充死时已经六十六岁了，弟弟的几个儿子本来可以入继。偏偏郭槐想入非非，想将外孙韩谧过继给贾黎民，作为贾氏子孙后代。试想，三岁小儿怎么可能有继子？何况韩谧是韩寿的儿子，明明就是贾充的外孙，怎么可以冒充孙子呢？当时，郎中令韩咸与中尉曹轸都劝郭槐说："按照古礼，大宗无后就将小宗的儿子入嗣，从没有听过以异姓为后嗣的事情，此举绝对不可行。"郭槐不听，竟上疏陈请，假称是贾充遗愿，要立韩谧为世孙。武帝糊涂，居然下诏恩准。韩谧接到圣旨后，改姓为贾，参与丧礼。武帝厚加赏赐。

武帝驾崩

当时，齐王司马攸德高望重，荀勖、冯沈、杨珧三人整天想着如何除掉司马攸。三人不停地向武帝进谏谗言，冯沈说："陛下派遣各位王侯前往封地，为什么独独不派遣齐王司马攸呢？"武帝于是任命司马攸为大司马，负责青州军事。一时之间，朝野议论纷纷。尚书左仆射王浑首先谏阻道："齐王司马攸品德高尚，应该让他治理朝政，不应该派往藩地。"武帝不从。光禄大夫李熹、中护军羊琇、侍中王济、甄德都上疏谏阻，武帝仍然不从。王济的妻子是武帝的女儿常山公主，甄德的妻子是武帝的妹妹京兆长公主，王济、甄德见谏阻无效，只好请两位公主联袂入宫，请求皇上留下司马攸。

武帝决心已定，不愿从谏。两位公主长跪不起，叩头泣求，武帝气得拂袖而出。两位公主只好起身回家。武帝怒气冲冲地来到别殿。当时正是侍中王戎当班，武帝说道："我调派齐王是我的家事，甄德、王济凭什么强加干涉，还派妻子入宫，向我哭求。"王戎听了也不敢多言。武帝命令王戎起草诏书，贬王济为国子祭酒，甄德为大鸿胪。王济与甄德等公主回来，复述了武帝拒谏的情形后，觉得自讨没趣，等到贬谪命令下达，更加觉得扫兴。羊琇认为错在杨珧，于是怀揣暗器，要和杨珧当面理论。偏偏杨珧预先防备，称病不来，还嘱咐官员弹劾羊琇。羊琇被贬为太仆，愤恨而死。光禄大夫李熹也因年老而辞官，后来死于家中。

当时正是年末，齐王攸奉诏未行，暂时留在京都守岁。第二年仲春，武帝再次下诏命齐王出行。博士庾旉、秦秀等人上奏请求留下司马攸，没得到回复。祭酒曹志感叹道："亲如齐王，才如齐王，不令他治理朝政，反而调遣他前往偏远之地，恐怕晋国不能长久兴盛了。"随后又上疏力谏。武帝看完奏折大骂曹志，不但罢免曹志的官职，还将庾旉等七人除名。

司马攸也不愿离京，奏请为先帝守陵，武帝拒绝。司马攸满腔孤愤，郁郁寡欢，最后竟然口吐鲜血。武帝派遣御医前去诊视，御医为迎合武帝的心意，谎称齐王没病。武帝于是连下诏书催促。向来注重仪表的司马攸穿戴整齐，入朝辞行。武帝见他举止和往常一样，更加怀疑他狡猾多诈。哪知过了两天，司马攸的儿子司马冏就呈入讣文，说司马攸呕血不止，已经逝世。司马攸是晋国贤王，年终三十六岁。武帝悲痛不已，冯沈在旁边劝解道："齐王名不副实，如今去世了，说不定是社稷之福，望陛下节哀。"武帝这才止住眼泪，下诏为齐王发表，并亲自前去凭吊。武帝命司马冏继袭司马攸的爵位，追谥司马攸为献。扶风王司马骏听说武帝遣司马攸出镇，上疏力阻，因武帝不从，忧愤成疾，与司马攸同时去世。司马骏爱国爱民，百姓痛哭不已，为他立碑载德，朝廷追封司马骏为大司马，赐谥号武。

与此同时，武帝晋升汝南王司马亮为太尉，光禄大夫山涛为司徒，尚书令卫瓘为司空。山涛年近八十，请辞归田，武帝不允。山涛于是带病入朝，途中染上风寒，一病不起，没多久就去世了，武帝赐谥号康。山涛，字巨源，河内人氏，早年丧父，出身低贱，曾对妻子韩氏说："只要度过这段饥寒交迫的日子，将来我就能位列三公。"直到四十岁他还只是一个郡曹，因为自己的祖姑是宣穆皇后的生母，与武帝是表亲，得以升迁为尚书仆射。山涛生活节俭，没有三妻四妾，俸禄与赏赐全部分给亲朋好友，死后只剩下十间旧屋，子孙都没地方居住。左长史范晷奏明朝廷，武帝于是下令拨款，为他们修筑住宅。

与此同时，武帝提拔仆射魏舒为司徒。魏舒，原籍任城，年幼时丧父，寄食于舅舅宁氏家。宁氏修筑家宅时，看风水的人对宁氏说："这座房屋将出现显贵的外甥。"魏舒闻言很是自负，欣然说道："我当应验这句吉言。"然后离开宁家，到其他地方去了。魏舒身长八尺二寸，仪容秀伟，不拘小节，喜欢骑射，以渔猎为生。他曾投宿于野王的旅店中。一天睡得迷迷糊糊，恍惚听到远方有阵阵车马声，就走到门边，听到有人互相问答。一人问："是男是女？"另一人答："是男孩。"接着有人说："如果是男孩，十五岁当死于兵刃之下。"过了片刻，又有人问："什么人借宿此地？"有人回答说："魏舒。"说完便离去了。魏舒睡到天亮，起来后得知房主的妻子昨晚生了个儿子。后来魏舒起程离开。转眼间十五年过去，魏舒依旧穷困，于是前去探望当年的房主。房主黯然说自己的儿子砍柴时，被斧头砸到自己，重伤而亡。魏舒这才知道自己那天的听闻已经应验，只是时间一年年地过去，自己却没有任何变化，不知道是什么缘故。又想到自己平时一直不学习，怎么可能拜官封爵呢？于是发愤读书。一个月后参加乡试，官拜渑池长，后来更是官拜司徒。魏舒处事果断，事必躬亲，生活俭朴，乐善好施，声望与山涛不相上下。司空卫瓘与魏舒二人同心协力辅助武帝整治朝纲。太康年间，尽管武帝荒淫无道，"三杨"飞扬跋扈，幸好有这两位老臣极力维持，朝廷才得以安宁。

卫瓘世居安邑，他的父亲卫觊曾是魏朝时期的尚书大人，中年的时候就去世了。卫瓘因为父亲的庇佑，二十岁时就当了尚书郎，后来辅佐晋国立下功劳，受封为菑阳公。卫瓘的四子卫宣娶武帝的女儿繁昌公主为妻，卫瓘位列皇亲国戚，很受武帝宠信。卫瓘对武帝忠心耿耿，想劝谏武帝废除当今太子。入见武帝时欲言又止，始终不敢直抒胸臆。趁武帝在凌云台宴请百官，卫瓘假装喝醉，起身到御座前下跪道："臣有言上陈，不知陛下愿不愿听？"武帝让他但说无妨。卫瓘欲言又止，如此三次之后，才用手抚摩着座位道："此座可惜啊。"武帝明白了他的意思，说道："你真的醉了吧？"卫瓘叩头退出。武帝回宫后想了一个办法，将太子的所有官属全部召入殿中侍宴，暗地里让内侍把尚书那里的疑案交给太子，让太子判决。太子司马衷生性愚笨，突然接到案件，完全不知道该怎么判决，召问官属，却一个人也找不到，只好询问太子妃贾南风。贾南风略通文墨，但才疏学浅，于是派遣婢女去问其他大臣。

后来有个人代写了草文，这草文引古据今，旁征博引，很是出众。婢女将草文交给贾妃，贾妃担心慌乱之中会有错误，于是召入张泓，让他看看是否可行。张泓摇头回答道："太子不学无术，圣上早已清楚，这篇草文引古据今，一看就知道是他人所写。一旦事情败露，不但写此草文的官员要被贬官，就连太子之位也不能保全了。"贾妃大惊："那该怎么办？"张泓回答道："不如直接陈述观点。"贾妃转惊为喜，对张泓说："那就劳烦你为太子答复了，他日当与你共享富贵。"于是，张泓边陈诉观点，太子边下笔记录。太子写完，张泓检查后交给内使。武帝看了太子的答文，发现语句虽然粗俗，观点却很清晰，不由得放下心来。于是召卫瓘进殿，将太子的答文拿给他看。卫瓘看了几行便再三向武帝谢罪，众臣这才知道卫瓘诋毁过太子，于是异口同声称武帝圣明。卫瓘羞愧满面，武帝反而一再安慰他。当时贾充还在人世，听到这件事，派人对贾妃说："卫瓘这个老贼差点就毁了你的家庭。"自此，贾妃很是痛恨卫瓘，无奈武帝对卫瓘宠爱有加，贾妃不得不容忍过去。

卫瓘担任司空时，武帝不论什么国家大事都会与他商议，而卫瓘也时常献上良计，武帝很是受益。一天，卫瓘、汝南王司马亮、司徒魏舒三人联名上书，请求辞官，武帝没有答应。太康五年正月，在武库井中出现了一条龙，武帝亲自前往观看，很是开心。百官提议庆贺，只有卫瑾不吭声。突然旁边有一人说道："龙降夏庭，终为周祸。查阅古人书籍，从来就没有贺龙之事，现在怎么可以呢?"卫瑾闻言，抬头一看，原来是尚书左仆射刘毅，便也说道："刘仆射所言甚是啊，为什么要贺龙呢?"于是，百官取消贺龙的提议，武帝回宫。

不久，刘毅病逝，魏舒以老来得病为由辞官，不久也去世了。朝廷召镇南大将军杜预返回京都辅佐朝政。当时，杜预已经六十三岁，自荆州奉诏起程，走到邓县的时候一病不起，在驿馆病逝。自武帝偃武修文之后，士兵们变得非常懒惰，百姓也不务正业。只有杜预镇守襄阳，常常说："天下虽安，忘战必危。"杜预重文兴武，在内设立学堂，在外加强防备，开凿滍、淯之水以灌溉田地，疏通扬、夏之水以实现船运，造福于子子孙孙，百姓称他为杜父，又称他为杜武库。杜预平常喜好阅读经籍，撰写了《春秋经传集解》。当时，侍中王济善于相马，和峤善于积累钱财。杜预便说王济有马癖，和峤有钱癖，自己有《左传》癖。杜氏的《集解》一直流传至今。杜预死后葬于京都，谥号成。

朝廷元老一个个地去世，剩下一个卫瑾，既被贾妃忌恨又被杨氏排挤。卫宣曾娶武帝女儿为妻，他喜欢拈花惹草，夫妻之间很不和睦。杨骏等人趁机设计，认为只要卫宣和公主离婚，卫瑾必定辞官。于是嘱咐黄门侍郎弹劾卫瑾父子，说他们背地里嘲讽武帝强迫卫宣娶公主。卫瑾既惭愧又恐惧，请求辞官。武帝准奏，罢免了他的爵位，并命繁昌公主回宫居住。后来，武帝知道卫宣被人诬陷，准备让公主返回卫家，可是卫宣已经病逝了。

杨骏铲除卫瑾后，开始对付汝南王司马亮。武帝重用司马亮，封他为大司马，让他镇守许昌。与此同时，武帝封皇子南阳王司马柬为秦王，让他治理关中；始平王司马玮为楚王，管理荆州；濮阳王司马允为淮南王，负责扬、江二州军事。还册立司马乂为长沙王，司马颖为成都王，司马晏为吴王，司马炽为豫章王，司马演为代王，皇孙司马遹为广陵王。司马遹是太子的大儿子，是宫女谢玖所生。谢玖原本是武帝宫中的才人，秀外慧中，很受武帝的宠爱，武帝将她赐给太子。一年以后，她便生下一个儿子，取名为遹。司马遹五岁时就聪慧过人。一天晚上，司马遹在武帝身边侍候，宫外忽然失火，左右惶恐不已。武帝想登上城楼看看，司马遹牵住武帝的衣袖，不让武帝上楼。武帝问为什么，司马遹答道："外面又黑又乱，不能让火苗伤到陛下。"武帝不禁点头。众人都夸司马遹是个奇儿，并说司马遹长得很像宣帝，将来必能继承大统。尽管太子很平庸，武帝心想司马遹如此聪慧，将来应该没什么好担心的，就不想废掉太子。贾南风非常忌恨司马遹。太子的妾室一有身孕，贾南风就用刀把孕妇刺死。武帝听说，下令将贾南风打入冷宫。赵粲和杨皇后都替她求情，再加上杨珧进言说："贾充有功于社稷，朝廷不应该忘记他的功劳，还是不要废除他的女儿。"武帝才将此事搁置。

转眼间已是太康十一年，改元太熙。武帝升王浑为司徒，起用卫瓘为太保，任命光禄大夫石鉴为司空。尽管三人同心协力地治理朝政，却始终斗不过三杨。武帝晚年贪色成病，经常不理朝政，诏令都出自杨骏之手，其他王公大臣完全无法参与。杨骏擅自废立公卿，私立心腹。武帝连日昏昏沉沉，不省人事。杨皇后口宣皇帝的旨意，让华廙与何劭写下遗诏，任命杨骏为太尉，兼任太子太傅，统领各军，管理尚书政事。等他们拟订好了，杨皇后带着他们来到武帝病榻前，将草诏呈武帝阅览。只见武帝睁大两眼，看了许久才扔下，不说一句话。武帝在弥留之际问身边的人："汝南王司马亮来了没有？"他们回答："没来。"武帝长叹一声，闭目长逝。武帝在位二十五年，享年五十五岁。

悍后贾南风

武帝驾崩，杨骏主持国政。他将太子司马衷带到灵柩前，颁诏大赦天下，改太熙元年为永熙元年，尊皇后杨氏为皇太后，立贾妃南风为皇后。出殡之际，群臣退出大殿。杨骏命数百名勇士将殿门团团围住，派遣使者催促汝南王司马亮即刻起程。司马亮不敢前来参加丧礼，只在大司马门外向北致哀，上表请求送葬之后再起程。杨骏担心司马亮别有所图，迫使司马衷下诏派兵讨伐司马亮。幸亏司空石鉴从中劝阻，才没有发生大的变故。司马亮与廷尉何勖商议应对之策。何勖笑着答道："如今整个朝野唯公是望，你不愿意讨伐别人，还怕被别人讨伐吗？"司马亮胆小怕事，竟然连夜离开京都奔赴许昌。杨骏的弟弟杨济和杨骏的外甥李斌都劝杨骏留下司马亮，杨骏始终不肯答应。杨济托石崇劝谏杨骏，杨骏哪里听得进去。当时朝廷老臣大多去世，荀勖、冯沈等人也相继病终，杨骏独霸朝野，自然恣意妄行。一个月后，将武帝葬于峻阳陵，庙号世祖，尊谥武帝。

杨骏知道自己招人怨恨，就想用封赏来笼络人心。杨骏劝司马衷下诏，所有大臣位增一等，准备丧礼之臣位增二等，全部封侯。散骑侍郎何攀上奏说："如今给的封赏都超过了开国功臣和平吴各将帅，他日如何善后？请收回成命！"奏折被杨骏压下。不久传下诏书，任命杨骏为太傅、大都督，代皇上治理朝政，百官都当听命于杨骏。尚书左丞傅咸入朝对杨骏说道："新主谦逊，将朝政交付于你，天下人却不认同，试问你能担此重任吗？周公如此圣明，仍然招来漫天流言，如今新主已非年少之人，你贵为皇亲国戚，与周公不同，为什么不趁着葬礼事毕，慎言慎行呢？该退隐时就当退隐，不要违逆民心！"杨骏气得一句话都说不出来，傅咸告退。不久，傅咸再次进谏，杨骏恨他多嘴，准备调他出任郡守，杨骏的外甥李斌说："斥逐正义之士，恐怕会失去人心。"杨骏这才作罢。杨济偷偷写信给傅咸说："生个儿子痴痴傻傻，省得处理官事，只是当今官事并不易处理。我担心您招来祸难，因此直言相告。"傅咸回复说："歪曲事实或许会招来杀身之祸，但忠心耿耿反而招来怨恨，傅咸闻所未闻。"杨济看过信后，长叹一声，不再多说。傅咸也不再劝谏杨骏，双方相安无事。晋主司马衷登基以后，蠢笨如故，国事全部交给杨骏处理，内政全部由贾南风把持，自己如同木偶一般，史称惠帝。

杨骏见贾后阴险多谋，对她时时加以防备。特命外甥段广为散骑常侍，执掌国家机密；私党张劭为中护军，统领禁兵。所有诏书先给惠帝看，再让杨太后过目，然后才颁发。实际上都由杨骏一人主裁，太后与惠帝唯唯诺诺，从未有过异言。朝中大臣对杨骏的刚愎自用议论纷纷。冯翊太守孙楚直言奉劝杨骏，始终不见他采纳。少府蒯钦是杨骏姑姑的儿子，他多次进谏，不怕触怒杨骏。他人都担心蒯钦招来杀身之祸，蒯钦长叹："杨骏虽然糊涂，但也知道不可随意杀害无罪之人，我的劝谏不被采纳，只不过是被他疏远，我也可以因此免遭祸害了。"不久，杨骏任命匈奴东部人王彰为司马，王彰拒不接受。王彰的朋友诧异地问他为什么，王彰回答道："自古以来，一个家族里出现两位皇后，这个家族没有不灭亡的。何况杨太傅近小人，远君子，恣意妄为，必将灭亡。我远避千里，还担心大难临头，怎么会自投罗网呢？武帝册立的储君难承大业，临终之际又将天下托付给杨骏这种奸臣，天下即将大乱，祸事就在眼前，还想什么功名？我还是见机行事，远走高飞的好。"王彰的朋友听后，对他佩服得五体投地。

之前，侍中和峤曾启奏武帝说："太子淳朴诚实，颇有古风，但当今之世混乱复杂，太子如此单纯，恐怕不能处理陛下家事。"武帝没吭声。不久，和峤与荀勖进宫伺候，武帝对他们说："最近太子进步很大，你们可以前去验明虚实。"和峤与荀勖奉旨前往，回来时荀勖满口阿谀奉承，和峤却直说："和往常一样淳朴。"贾南风知道后，一直将此话铭记在心，一心伺机报复。惠帝登基半年后，立广陵王司马遹为太子，任中书监何劭为太子太师，吏部尚书王戎为太子太傅，卫将军杨济为太子太保，卫尉裴楷为少师，幽州都督张华为少傅，和峤为闲职少保，六大臣带着司马遹入宫谒见贾皇后。贾皇后看见和峤在列，半青半黑的脸上，不由得露出嗔容。和峤神色如常，假装没有看到。太子拜谒完后，贾皇后也进入内室。不久，惠帝出来，对和峤说道："你常说我不能处理家事，如今怎样？"和峤从容地回答道："武帝在世时，臣是说过这样的话。如果臣说错了，便是国家之幸了。"惠帝被和峤这么一说，反而哑口无言，不知道说什么了。

贾皇后生性阴险，不安本分。此时统领六宫，内权在手，就想干预外政，偏偏上有杨太后，下有杨骏，什么事都受到牵制，因此积怨成仇，恨不得立刻除去他们。再加上武帝在世时，杨太后曾严厉斥责过贾南风，贾皇后怀疑杨太后搬弄是非，所以处心积虑，伺机报复，却不知道暗地里杨太后曾多次为她求情。自从正位中宫后，贾皇后便日夜谋划。正好殿中中郎孟观、李肇为杨骏所憎恨，多次遭到他的辱骂。他们恨杨骏入骨，心甘情愿做中宫的耳目，并且四处造谣，说杨骏将威胁江山社稷，不可不防。从中牵合的人叫董猛，是贾皇后的心腹。贾皇后派他指使孟观、李肇，密谋铲除杨骏、废除杨太后。同时命李肇怂惠汝南王司马亮，入朝清除惠帝身边的奸人，司马亮胆怯没敢答应。李肇于是转而联络楚王司马玮。司马玮年少轻狂，生性乖戾，满口答应，上奏请求入朝。杨骏本来就很忌恨司马玮，曾想召他入宫以铲除他，只因司马玮凶悍过人，担心一时之间难以制服。现在听说他自请入朝，正合己意，于是劝惠帝准奏。

永熙二年，改元永平，春光和煦，司马玮与淮南王司马允联袂入朝。贾皇后听说司马玮已经到了京都，立即命孟观、李肇连夜启奏惠帝，诬告杨骏谋反。惠帝立即下旨将杨骏贬官。孟观与李肇请求发兵讨伐杨骏。惠帝便命东安公司马繇率殿中侍卫四百人包围杨骏的府第。楚王司马玮带领随兵驻扎在司马门，封淮南相刘颂为三公尚书，让他守卫殿中。

散骑常侍段广听闻变乱，连忙入宫觐见惠帝说："杨骏受先帝宠爱，一心一意辅佐朝政，他年老无子，哪有谋反的道理？愿陛下三思！"惠帝不听，段广便出宫告知杨骏。杨骏得知内变后，慌忙召其他臣子商议，主簿朱振献计道："如今忽生内变，肯定是宦官在为贾皇后出谋划策。目前的状况对你不利，你应该率家兵火烧云龙门，索要策划变乱的主谋，同时命太子的人马和外营兵拥皇太子入宫，迫使奸人交出首犯，这样你才能免祸。"杨骏犹豫不决，支支吾吾道："云龙门是魏朝明帝所建的，耗费巨大，怎么可以烧毁呢？"侍中傅祇见杨骏犹豫不决，知道他不能成事，便起身说："我还是入宫观察事态进展吧。"掉头对其他同僚说："宫中不可无人，在这里聚议徒劳无益。"杨骏的私党左军将军刘豫在万春门布置军队，遇到右军将军裴颜，便问他太傅在哪里，裴颜随口编道："我在西掖门遇见过太傅，他乘着素车，带着两人向西走了。"刘豫惊诧道："那我该去哪？"裴颜回答道："你可以到廷尉那里自首。"刘豫被裴颜所骗，匆匆离去，裴颜便接替刘豫任左军将军，扼守万春门。

　　贾皇后担心杨太后救父，派心腹监守太后宫殿，造谣说杨太后与杨骏一同谋反。东安公司马繇已率领殿中侍卫围烧杨骏的宅第，同时命弓箭手登上阁楼，射击杨骏家大门。杨骏与家属都无法逃走，司马繇带着几个人四面搜寻，随手杀死近百人，就是不见杨骏。走到马厩中，发觉有人蜷伏在马厩里，用长矛刺去，只听见几声惨叫。士兵拖出尸体一看，正是鼎鼎大名的杨太傅。孟观、李肇还抓获杨珧、杨济、张劭、李斌、段广、刘豫、武茂及散骑常侍杨邈、中书令蒋骏、东夷校尉文鸯等人，将他们斩首示众，诛灭三族，共处死数千人。杨珧临刑时要求见见司马繇，对他说："赦免的表文在宗庙中，你可以问张华。"司马繇置之不理，杨珧欲诉无门，转眼间刀落人亡。

　　汲郡有位高士名叫孙登，住在北山的窑洞里。夏季编草为衣，冬季用头发盖着自己，喜欢读书和抚琴，见人就笑。杨骏在世时曾听闻孙登的大名，派人召他入朝，孙登没答应。不久孙登却亲自来到杨骏的家中，杨骏给他金帛，孙登不要，杨骏给他布被，孙登拿着布被走出门外，随手乱劈并大声叫道："砍！砍！刺！刺！"布被被他撕得破烂不堪，孙登便扮死倒卧地上。所有人都以为孙登是个疯子，听说他倒地而死，第二天出来看，却不见人影。不久，温县出现一个狂徒，自己编造了四句话，在大街上唱道："光光文长，大戟为墙，毒药虽行，戟还自伤。"当时，众人都觉得莫名其妙。等到后来杨骏在家中被长矛刺死时，才明白这狂徒是个高人，能够先知先觉。

　　杨骏死后，尸体无人敢收。只有太傅舍人阎纂不忘故主，为他收尸，

031

并将他安葬。此后刑赏大权由东安公司马繇掌握。司马繇是琅琊王司马伷的三儿子，司马伷曾经平定吴国，后来在青州病逝。司马伷的长子司马觐继承父亲的爵位，不幸早逝，司马觐的儿子司马睿继承爵位，司马繇受封为东安公。此次应诏铲除杨骏，司马繇威震四海，太子太傅王戎对他说："大事已成，以后应当远离权势，不要重蹈覆辙。"司马繇却不肯听从。

第二天，惠帝下诏大赦天下，改永平元年为元康元年。贾皇后指使后将军荀恒将杨太后迁到永宁宫，让杨太后和她的母亲庞氏同居一室，暗地里教唆群臣弹劾杨太后。群臣趋炎附势，不敢违逆，于是联名上奏请求废除杨太后。太子少傅张华想了一个折中的办法，上奏道："杨太后并没有对不起先帝，不过，与父亲共同作恶，有违母仪，应按照汉朝废赵太后为孝成皇后的故例，废杨太后为武帝皇后，让她迁居离宫。"张华的奏折才呈上去，司马孚的四子下邳王司马晃，勾结左仆射荀恺等人，上疏废去太后尊号，将其囚禁于金墉城。其他王公大臣上疏赞同司马晃。惠帝于是下旨废杨太后为平民，囚禁于金墉城。贾南风心如蛇蝎，废除杨太后不久，又夺去了杨太后母亲庞氏的性命。

不久，惠帝封汝南王司马亮为太宰，让他与太保卫瓘共同管理尚书之事。升秦王司马柬为大将军，东平王司马楸为抚军大将军，楚王司马玮为卫将军，下邳王司马晃为尚书令，东安公马繇为尚书左仆射并晋爵为王，封董猛为武安侯，孟观、李肇等人也被封官拜爵。汝南王司马亮进入京都辅佐朝政后，追赏诛杀杨骏的功劳，再次封赏群臣。此时，傅咸已经迁任御史中丞。他曾经两次上疏劝谏司马亮，第一次是责怪司马亮赏赐无度，第二次是奉劝司马亮让权，司马亮毫不理会，变得越来越独裁。贾皇后的堂兄贾模、表舅郭彰和贾充过继而来的孙子贾谧三人颐指气使，独断专行。楚王司马玮与东安公马繇也一再干涉朝政。宗室与外戚，双方对峙，渐渐有了隔阂。司马繇见贾皇后凶悍无比，担心日后遭到她的陷害，就密谋铲除贾皇后。计谋还没有拟定，却被二哥司马淡加害，被排挤出了朝廷。司马淡曾受封为东武公，一直与司马繇之间有矛盾。司马淡多次向太宰司马亮进谗，说司马繇独断独行，意图谋反。司马亮信以为真，上奏请求罢免司马繇的官衔。司马繇与东平王司马楸常有来往，经常在司马楸面前诋毁司马亮。司马亮知道后调遣司马楸离开京都，并将司马繇贬到荒远之地。司马繇离去，贾谧、郭彰气势更盛，眼看着宗室日渐羸弱，敌不过外戚威权。

032

人臣的悲哀

贾皇后的党羽权焰日盛，太宰司马亮不但不提防，还要撤掉楚王司马玮的兵权，让临海侯裴楷代任。太保卫瓘自然赞成司马亮的提议。司马玮自恃有功，不愿意俯首听命，裴楷也不敢受职。司马玮的长史公孙宏和舍人岐盛不过是两个无赖，却成了司马玮的心腹。二人劝司马玮攀附贾皇后。贾皇后本来对司马玮暗怀猜忌，没想到他竟然会来迎合自己，于是命司马玮领太子少傅一职。司马亮与卫瓘心中很是担忧。卫瓘认为岐盛先归附杨骏，后来又背叛杨骏，居心叵测，不可不除，想上奏请求诛杀岐盛。岐盛得知后，立即到积弩将军李肇家中，说司马亮、卫瓘图谋不轨。李肇深得贾皇后的宠信，于是将岐盛的话转达贾皇后。贾皇后怨恨卫瓘，早就想铲除他，于是自拟召书，胁迫惠帝免除这二人的爵位。惠帝对贾皇后唯命是从，匆匆写完密旨，让黄门连夜赶去交给司马玮。

司马玮想，只要除去司马亮和卫瓘，自己便可以独揽朝纲，就欣然答应了。随后布置军队，召入三十六军，举着圣旨说："太宰、太保图谋不轨，我受惠帝密诏督领全军，你们与我共同去讨伐逆臣！"接着派遣李肇和公孙宏领兵讨伐司马亮，侍中清河王司马遐领兵逮捕卫瓘。士兵包围司马亮的府第后，司马亮走出来问道："我并无二心，为什么抓我？"公孙宏答道："我只是奉诏讨逆，其他一概不知。"司马亮说："既然有诏书，为什么不拿给我看？"公孙宏不理睬他，领兵硬闯。司马亮返回屋内，长史刘准说："这一定是后宫的阴谋，你府内勇士如林，可与他们决一死战。"司马亮犹豫不决。不久，李肇闯进内屋，指使士兵绑住司马亮，随后押他进宫。当时正是六月，司马亮被囚于车内，大汗淋漓。有几个监守同情他，便给他扇风驱热。李肇看见后竟然下令："斩杀司马亮者赏布千匹！"乱兵听了，有的割鼻子，有的劈耳朵，转眼间将司马亮折磨致死，然后将他的尸体扔在北门。司马亮的儿子司马矩也被杀害，只有幼子司马羕等人被奴仆背着逃走，在临海侯裴楷家里逃过一劫。裴楷和司马亮两家是亲家，裴楷因此对他们暗加保护。

清河王司马遐来到卫瓘家中，宣读诏书，然后要抓捕卫瓘。卫瓘的部下怀疑司马遐伪造圣旨，劝卫瓘上奏皇帝之后再自杀也不迟。卫瓘不想抗旨，坦然接受诏书。正准备束手就擒，没想到司马遐背后忽然闪出一人，拔出利刃，将卫瓘劈成两段。随后，此人又将卫瓘的三个儿子和六个孙子全部杀死。这人便是被卫瓘赶走的属下荣晦。卫瓘的两个孙子卫璪、卫玠当时得病，外出就诊，因而逃过此劫。荣晦跟着司马遐前往司马玮处复命。公孙宏、李肇等人也来到司马玮面前汇报。岐盛让司马玮趁机铲除贾谧、郭彰，以匡正王室、安定天下。司马玮没有答应，岐盛叹息而出。

天亮后，太子少傅张华派董猛到贾皇后那里，建议贾皇后借此机会除掉司马玮。贾皇后应允，让董猛告诉张华。张华上奏惠帝，惠帝立即派殿中将军王宫率兵前去抓捕司马玮。王宫到了司马玮的军营，大声说道："楚王伪造圣旨，大逆不道，谁敢跟从？"众人纷纷逃走，司马玮一下子成了孤家寡人，被士兵抓住。诏书传下，将司马玮立即处斩，特命尚书刘颂监刑。刘颂奉诏将司马玮斩首，司马玮从怀中取出圣旨递给刘颂，哭着说："我明明是受诏行事，怎么说是我自作主张呢？我一心一意为江山社稷谋福，却遭人诬陷！"刘颂泪如雨下，无奈朝廷下旨催促，只得下令斩杀。司马玮被斩后，公孙宏、岐盛二人同时被斩并被灭三族。卫瓘的女儿上疏朝廷，为父申冤，太保主簿刘繇等人也请求追查元凶。朝廷于是将一切罪过推到荣晦身上，将荣晦的头悬挂于城门之上，并诛其九族。然后恢复司马亮和卫瓘的爵位，追谥司马亮为文成，卫瓘为成。

自此，贾皇后朝纲独断，开始委任亲戚和党羽，任命贾模为散骑常侍兼任侍中，贾谧为散骑常侍兼任后军将军。贾谧对贾皇后说："张华是庶民，不会对您造成任何威胁，而且他为人儒雅、见识广泛，很得民心，可以将朝政交付给他。"贾皇后与裴頠商量，裴頠也很赞成。贾皇后于是任命张华为侍中兼任中书监，裴頠为侍中，裴頠的叔叔裴楷为中书令。让他们三人与左仆射王戎共同执掌国家机要。张华为国家尽职尽责，朝廷对他格外倚重，贾皇后对张华也是恭敬有礼。张华曾作《女史箴》呈入宫中劝谏贾皇后，贾皇后丝毫不记恨张华。贾模、裴頠都很佩服张华的才能和谋略，遇到重大事情就让张华裁断。因此元康年间，虽然惠帝昏庸无能，但朝廷还能安然无事。

第二年，弘农县降下三尺深的冰雹。第三年淮南洪涝严重，山崩地陷，上谷、居庸、上庸等地遭遇水灾，庄稼毁于一旦，暴发饥荒。第四年，荆、扬、兖、豫、青、徐六州遭遇洪水，武库发生火灾，历代藏宝全部被焚。宗室里如秦王司马柬、下邳王司马晃等人相继去世，朝廷元老如石鉴、傅咸等人也相继病逝。中书监张华晋升为司空，宣帝司马懿的弟弟陇西王司马泰晋升为尚书令，梁王司马肜已经是卫将军，加官太子太保。

这时，匈奴又开始蠢蠢欲动。头目郝散凶悍勇猛，率领上万兵马攻打上党，刺杀官兵。朝廷于是从邻近州郡发兵击退郝散。郝散兵败乞降，都尉冯翊斩草除根，将他处斩。郝散的弟弟郝度元率领剩下的士兵逃出境外，招兵买马，意图报仇。紧接着，郝度元又勾结马兰山的羌人、卢水附近的胡人，在晋国北方边境一同作乱。太守张损领兵抵御，不幸全军覆没。冯翊太守欧阳建前去剿匪，被数路夹击，侥幸逃回。朝廷决定任命赵王司马伦为征西大将军，让他统领雍、梁二州军事。此次盗匪犯境，本该由司马伦运筹帷幄，无奈司马伦不懂军事，加上又有一个孙秀从中揽权，以致贻误军机。羌胡叛乱，司马伦无法镇压。雍州刺史解系领兵抵御敌寇，独当一面。孙秀却说解系有二心，只让解系出讨羌胡。解系带兵出战，却遭到羌胡夹击，战败而归。于是，司马伦弹劾解系，解系也弹劾司马伦，二人各执一词。司空张华深知个中缘由，便上奏请求召司马伦还朝，再选将帅。于是，惠帝改命梁王司马肜镇守雍、梁二州，并担任征西将军。同时调回赵王司马伦，不但没有谴责他，还任命他为车骑将军。

秦、雍二州的氐人和羌人见朝廷赏罚不明，索性造反，拥戴氐人齐万年为将帅。齐万年自立为帝，领兵围攻泾阳。梁王司马肜刚抵达泾阳，见氐、羌很是猖獗，急忙上奏求援。朝廷任命安西将军夏侯司马骏为统帅，率领建威将军周处、振威将军卢播前去讨伐齐万年。中书令陈准入谏道："司马骏与梁王都是皇室贵戚，二人都能够进不求名，退不畏罪。周处是吴国人，忠勇果断。只是他和梁王等人结怨，此番出去如果得不到援兵，必定丧命。朝廷应命积弩将军孟观带领上万精兵做周处的前驱。否则梁王必定命周处做前驱，陷他于绝境。到时敌寇未灭，反牺牲了良将，岂不可惜？"朝廷置之不理。

有人奉劝周处道："你上有老母，为什么不以终养之名推脱呢？"周处慨然答道："自古忠孝不能两全，既然已经拜别家人，侍奉君主，就不能顾全私义。今天便是周处的死期了。"然后率军西去。周处是义兴人，父亲周鲂在吴国时曾任鄱阳太守。周处早年丧父，不拘小节，二十岁时臂力过人，勇猛好斗，乡里人都认为他是一大祸害。周处知道乡里人很不喜欢自己，于是暗思悔改。一天，他正四处晃荡，看见乡亲父老都愁眉不展，面带忧色，就问道："如今天公作美，收成丰厚，你们为什么还不高兴呢？"父老回答道："三大祸害还没有驱除，有什么可开心的？"周处问三害是什么，父老说："南山白额虎，长桥下巨蛇，还有一害就不用说了。"周处定要问明，父老才直言另一祸害正是周处。周处笑答："这有什么好担忧的？凭我的双手就可以全部除去。"父老道："如果你真能除去它们，那真是我们郡城的大幸了。"周处欣然告辞，从家中取了弓箭直奔南山，静候谷中。傍晚，果然看见猛虎奔来，周处连发两箭，射中猛虎要害，猛虎倒地而亡。随后，周处跳进水中与巨蛇搏斗了三天三夜，用剑斩下巨蛇的头，然后返回乡里。乡里人见周处前去斩蛇，三天没回来，以为他已经死了，于是互相庆贺。突然见周处斩蛇回来，不免喜中带忧。周处看透乡里人的心思，便说："现在已经除去两大祸害，周处也就此改邪归正。如果我再作恶多端，定遭天谴。"乡里人见他态度诚恳，这才欣然道谢，交相庆贺。

周处到吴国拜访陆机，遇上了陆机的弟弟陆云。周处上前表明自己的悔过之心，叹息道："我本想修身养性，只怕为此已晚，学了也没什么用。"陆云回答道："朝闻夕改，有何不可？你正当壮年，还不算晚，只要你意志坚定，不怕将来不成大才。"周处很是受教。自此以后，周处励志好学，克己复礼，言必信，行必果。第二年，周处担任吴国的东观左丞。吴国灭亡后，周处来到洛阳，先后担任新平、广汉太守，颇有政绩，不久官拜散骑常侍，再不久升为御史中丞。他刚正不阿，从不趋炎附势。梁王司马彤曾触犯律法，朝廷大臣因为他是皇亲国戚，都绝口不提，只有周处秉公执法。司马彤受到惩罚，对周处恨之入骨。其他权贵也痛恨周处的耿直，于是趁齐万年叛乱，将周处派遣出去，以除去周处。与周处交好的士大夫们都为周处担忧，就连齐万年得知周处奉命从军，也对属下说："周处曾担任新平太守，他文武兼备，你们不可轻敌。如果是他统领军队，我们只有退避。"于是带着七万人马屯守梁山。

周处和夏侯骏等人前去拜见梁王。梁王司马彤果然阴险，故意令周处率领五千勇猛的骑士先去攻打梁山。周处道："如果我军没有后援，必定全军覆没。周处死不足惜，但让国家蒙羞，这岂不可惜？"司马彤冷笑道："将军平日谁也不怕，现在怎么反倒怕起敌人来了？"周处正想辩解，夏侯司马骏马上说："将军放心前去，我会派卢将军、解刺史等人一同前去援助你。"周处领军前进，走到离敌人军营只有一里之遥的六陌整治军队，等候卢播、解系两军。短短一个晚上，那梁王司马彤竟两次下令催战。第二天一早，士兵们还没有吃东西，催战令再次传来。周处见卢播、解系两军还没有来到，知道梁王司马彤公报私仇，自己必死无疑。于是上马长叹一声，领军直进。齐万年领兵前来，两军交锋，拼死奋战。从清晨到日落，两军大战数百回合。齐万年这边有士兵源源不断前来援助，前后差不多有七万人；周处这边只有五千士兵，而且都饥肠辘辘，弓箭也用完了，援军却连半点踪影也没见到，属下劝周处退兵，周处按剑说道："今天是我为国效命的日子，怎么能够退兵？其他军队不来支援，让我孤军奋战，明明是想置我于死地，我死就是了！"说完便拍马向前，奋勇杀死数十名敌兵。无奈敌军重重包围，周处力战而竭，被刺死阵中，其他士兵全部阵亡。

周处战死沙场，权臣贵戚私下庆祝。张华、陈准等人不敢弹劾梁王，只是上奏说周处忠勇，应给与优厚抚恤。惠帝于是追封周处为平西将军，赐钱百万。

竹林七贤

转眼间，已经到了元康八年。梁王司马彤与夏侯司马骏等人逗留关中，毫无战绩。张华、陈准举荐积弩将军孟观讨伐齐万年。孟观奉命出征，士兵英勇善战，所向无敌。梁王司马彤等人知道孟观是朝廷宠臣，索性将关中所有士兵都交由孟观调遣。孟观游刃有余，全力攻打敌军。齐万年穷途末路，逃往中亭。孟观连夜搜剿，将齐万年擒住，就地斩首，齐万年的军队望风而逃。孟观围剿郝度元，郝度元逃跑，最后在沙漠中丧命。这时，马兰羌人和卢水胡人乞求投降，秦、雍、梁三州叛党全部肃清。

朝廷命孟观为东羌校尉，令他镇守西陲。令梁王彤返回京城，担任尚书，罢免了雍州刺史解系的官职。原来，赵王司马伦奉召返回京都后，解系上疏弹劾司马伦，并请诛杀孙秀，以谢天下。偏偏此事让孙秀知道了，他贿赂梁王参军傅仁，获得赦免，又随司马伦返回京都。孙秀见贾家人权势兴盛，便劝司马伦贿赂贾谧、郭彰，司马伦照做。果然钱可通神，贾皇后马上对司马伦宠信有加。司马伦的所有奏折，贾皇后全部批准，解系因此被免官归田。后来，司马伦先后请求录尚书事和尚书令的职位，都遭到张华、裴颜二人的阻拦。司马伦发誓与张华、裴颜势不两立。太子洗马江统认为羌、胡刚刚平定，还不足以警戒后人，特意写了一篇《徙戎论》。朝廷并没有采用。

当时，外族一天天地强大，侵逼中原。匈奴左部帅刘渊已是五部大都督，号建威将军，被封为汉光乡侯，威震北方。同时，慕容涉归的儿子慕容廆派遣使者前来向晋国俯首称臣，受封为鲜卑都督。相传慕容氏世居塞外，号称东胡，后来被匈奴人驱逐，逃到鲜卑山，于是就以鲜卑为名。魏初时期，莫护跋居住在辽西一带，率领属下建立了牙棘城。他发现燕国人都戴步摇帽，便蓄发效仿，并命令属下全部佩戴步摇帽。他们称步摇为慕容，于是就以慕容为姓氏。也有人说他们是"慕二仪之德，继三光之容"，因而号称慕容。莫护跋生下慕容木延，慕容木延生下慕容涉归。慕容涉归率领部落迁移到辽东一带，臣服于中原，被封为鲜卑大单于。武帝时期，慕容涉归在昌黎一带作乱，后被安北将军严询击退，逃回辽东。不久，慕容涉归病逝，弟弟慕容删篡位，妄图杀害慕容涉归的儿子慕容廆。慕容廆四处避难。鲜卑国人杀死慕容删，迎回慕容廆并立他为大单于。慕容廆身材魁梧，长八尺，有大将风度。张华担任安北将军时，见过慕容廆，称赞他气度不凡。慕容廆继位后，因为与邻近的宇文部落发生冲突，特地向朝廷上表请求讨伐宇文氏。朝廷没有答应，慕容廆便在辽西一带叛乱，后来被镇压。慕容廆上疏投降后，受诏为鲜卑都督。慕容廆认为辽东地区偏僻遥远，便迁到大棘城。随后不停地吞并小国，鲜卑国因而日益壮大。

此时，略阳氏人杨茂搜盘踞仇池，自号辅国将军、右贤王。仇池在清水县的中部，方圆百顷，四面环山，其间尽是羊肠小道，须绕三十六圈才能登上山顶。最初，氏人杨驹在此地居住，杨驹的孙子杨千万向魏国称臣后，被封为百顷王。杨千万的孙子杨飞龙迁居略阳，杨飞龙没有子孙，将外孙令狐茂搜过继为自己的儿子，于是令狐茂搜改名为杨茂搜。齐万年在关中作乱，杨茂搜就率领部落从略阳退回仇池。关中人士为了避难，纷纷投奔于他，因此杨茂搜的部落越来越强大，称霸一方。

巴地的李氏部落也很强大。秦始皇统一中原时，曾在巴地设立中郡，当地人自称賨人。东汉季年，张鲁占据汉中地区，賨人李氏率部落投奔鲁国。鲁国被魏武消灭后，李氏率全族五百家来到略阳北边，自称巴氏。后来，李氏家出了三个有勇有谋的兄弟，分别是李特、李庠、李流。齐万年作乱时，关中地区暴发饥荒，略阳、天水等六郡百姓四处逃荒，流落汉川。一路上饥民累累，李特三兄弟疏财相救，很得民心。其他难民到达汉中后，上疏乞求寄食巴蜀。朝廷不许，只派侍御史李苾前去安抚难民。李苾受百姓所托，上表说难民近十万，不是汉中一个郡县所能赈济的，应当让难民们前往巴蜀。朝廷便下令允许难民们前往蜀地。李特趁机进入仇池，遍览仇池形貌和地势后，李特叹道："刘禅有如此险要之地，却向他人投降，真是庸才。"然后与两个弟弟定居蜀地，开始从长计议。

晋国的王公大臣只顾享受眼前的富贵。张华、裴颜二人还算明智，但他们防御内讧都来不及，哪顾得上抵制外患？左仆射王戎官拜司徒，毫无建树，升贬频繁，且生性吝啬，田园遍布全国各地，日夜计较小利。王戎家里有上等的李子，有人出高价购买。王戎担心别人日后也种他这样的李子，便先将李子的核钻空，然后再卖。王戎有个女儿，后来嫁给了裴颜。出嫁时，曾向王戎借了好几万钱，一直没还。女儿回家省亲时，王戎面带怒色，对女儿不冷不热。直到女儿还清旧债后，王戎才喜笑颜开。二儿子结婚时，王戎送给他一件单衣，不久还向儿子要了回来，时人都讥笑他是守财奴。

王戎广交天下名士，自诩风流，曾与嵇康、阮籍等人在一片竹林之下畅谈天下，时人称他们为竹林七贤。这七贤之中，谯人嵇康擅长弹琴，会弹奏《广陵散》，因放荡不羁被司马昭所杀。阮籍喜欢饮酒、放歌长啸，他不循礼法，瞧不起凡夫俗子，曾作《咏怀诗》八十余篇，以顺应自然为主旨，作《达庄论》以宣扬'无为'，作《大人先生传》痛骂所谓的正直之士，后来老死于陈留。阮籍的第二个儿子阮咸也狂放不羁，担任散骑侍郎，武帝说他沉迷酒色、蔑视礼节，贬他为始平太守，但他得以寿终正寝。河内人向秀曾与嵇康讨论养生的诀窍，二人一来一往数万句，后来官至散骑常侍。沛人刘伶嗜酒如命，随身带着酒。刘伶的妻子倒光他的酒，扔了他的酒斛，哭着劝他戒酒，刘伶说自己将在神灵牌位前宣誓，让妻子准备酒和肉来拜祭。等到酒和肉陈列在灵位前时，刘伶向天跪拜道："天生刘伶，以酒为名，一饮一斛，五斗解酲，妇女之言，慎不可听。"说完便起身将灵位前的酒和肉喝光吃光，然后大醉不醒。刘伶的妻子只好付诸一叹。刘伶酒醉之后喜欢与人争论不休，性情粗暴的人便对他拳脚相加，刘伶便缓缓说道："我这鸡肋一样的身子骨哪里抵挡得了您的拳脚啊？"晋国初期，文人应试，畅谈无为，刘伶却因为无用被贬，不久去世，只有一篇《酒德颂》传诵后世。尚书仆射山涛也名列竹林七贤，声望最高。山涛以后，就属王戎的声望高。王戎原籍临沂，出身名门望族，崇尚虚无。

王戎的堂弟王衍眉清目秀，风度翩翩。王衍前来拜见山涛，山涛对他大为叹赏。等到王衍拜别离去时，山涛目送良久，叹道："到底什么人生下这样的孩子？只是，误天下苍生的，也必定是此人啊。"王衍十四岁时前去拜访仆射羊祜，天文地理王衍都能侃侃而谈，所有人都认为他是神童。杨骏想将自己的女儿嫁给王衍，王衍狂妄自大，傲然拒绝。武帝听闻王衍大名后，向王戎问道："当今之世哪个人可与王衍相比？"王戎回答道："当今之世无人可以与王衍相比，应当从古人中搜求。"武帝听后对王衍大为重用，多次提拔他，让他出任元城县令。王衍夸夸其谈，不理政务。不久，武帝召王衍回京，官拜黄门侍郎，王衍仍高谈如故。每次高朋满座时，王衍便手执玉柄、鹿尾，娓娓而谈，大力宣扬老庄思想，崇尚虚无，遇到纰漏之处便随口更改，没有人敢反驳他，但背地里却说他信口雌黄。王衍不以为耻，反而自比子贡，四处鼓吹，风靡一时。王衍娶贾皇后的表亲郭氏为妻，郭氏仗势欺人，作威作福，贪得无厌。王衍对妻子的贪财行径很不满，绝口不提"钱"字。郭氏曾命婢女用钱将整张床环绕，让王衍没法走过去。第二天清晨，王衍起床看见这些钱后，召来婢女说道："赶快将这些阿堵物搬开。"幽州刺史李阳和王衍是同乡，世人称他为大侠，郭氏很是敬畏他。王衍对郭氏说："你的所作所为，李阳很不认同。"郭氏这才稍加收敛，王衍因妻得宠，官拜尚书令。王衍的弟弟王澄像王衍一样聪慧过人，王澄的所有评议，都被认为是定理。

河南府尹乐广也喜欢夸夸其谈，与王衍兄弟是莫逆之交。官吏阮修、胡母、辅之、谢鲲、王尼、毕卓等人都与王澄互相往来，一起寻欢作乐。有一次，辅之喝醉了，辅之的儿子谦之大声呼叫父亲的小字："彦国老头，你怎么又喝醉了？"辅之毫不动怒，反而笑着叫谦之一起喝酒。毕卓也酷爱饮酒，听说邻居酿有好酒，很是垂涎。半夜起来去邻居家偷酒喝，最后醉倒在酒缸旁。毕卓曾说右手持酒杯，左手持蟹螯，这一生就足够了。乐广虽然狂放，却不是很赞同胡母、辅之、毕卓等人的行为，曾笑着对他们说："名教中自有乐地，为什么一定要这样呢？"侍中裴頠也作了一篇《崇有论》抨击时弊。无奈这种风气历时已久，只有一两个人正言相劝，始终不会有什么大作用。只好眼见着国运沦丧，大难来临。

与此同时，贾谧、郭彰等人则穷奢极欲，骄纵无比。郭彰病死后，贾谧更是恃才傲物，目空一切。一次与太子司马遹下棋，贾谧毫不相让，甚至恶言相向。成都王司马颖官任散骑常侍，在旁见了，厉声呵斥道："皇太子贵为一国储君，贾谧休得无礼。"贾谧闻言起身，悻悻离去，到贾皇后面前告状。贾皇后竟然将司马颖贬为平北将军，让他镇守邺城。后来又将司马颖与河间王司马颙一同外调，让他们镇守关中。

　　惠帝事事受制于后宫，对贾皇后唯命是从。当时，全国很多地方发生水灾，大闹饥荒，惠帝闻报后，随口说道："既然没米饭吃，那为什么不吃肉呢？"左右瞠目结舌。在华林园游玩时，听到蛤蟆声，便问左右道："蛤蟆乱叫，是为公呢，还是为私呢？"左右乐不可支，有一人回答道："在公家地为公，在私家地为私。"惠帝点头同意。惠帝如此昏庸，所有军国重权被贾皇后牢牢掌握，连贾皇后择人侍寝，也完全不知。太医程据相貌出众，贾皇后很是喜欢，常借医病之名召他入诊，最后竟然要他连夜侍奉。程据惧怕贾皇后，不得不遵命。贾皇后得陇望蜀，还命心腹在京都招寻美少年，让他们入宫交欢，稍有厌烦便立即将其处死。

　　洛南盗尉部的一个小吏面目清秀，长得像个美貌的女子。他失踪几天后又出现了，身上还穿着宫衣。不巧被人看见，便问他衣服是哪里来的。小吏不肯实言相告，别人都怀疑是他偷来的，私底下议论纷纷。恰巧这时贾皇后的远亲家里被盗，向廷尉请求追捕。于是，小吏成了嫌疑犯，不得不对簿公堂。小吏只好实话实说："几天前，我在大街上遇到一个老太太。她说家里有人生病，卜卦后得知，需要一个城南少年来家里，才能赶走病魔，让我跟她走一趟。于是，我跟着她登上马车。马车有厚厚的帷帘，帷帘内有个大竹箱，这老太让我藏在竹箱里，然后命车夫赶路。大概走了十来里，跨过六七道门，她才让我下车。我下车一看处处琼楼玉宇，和宫殿一般。老太替我香汤沐浴，让我穿锦衣、吃美食。到了傍晚，我走进一间屋子，里面有一个三十五六岁的贵妇，身材又矮又胖，面色青黑。她让我入席共饮，同床共寝。几天之后才允许我回家。临别时，她送给我这件衣服，并嘱咐我千万别告诉其他人。现在，我被人怀疑是盗贼，只好直言相告。"少年说完，原告面红耳赤地说："既然小吏不是小偷，就不必再问了。"说完就离开了，廷尉会意，让小吏日后别再乱说，一笑退堂。

枉死的皇太子

贾皇后荒淫无度，日益残暴。侍中裴颀等人引以为忧，就连贾皇后的党羽贾模也担心大难临头，累及身家，忐忑不安。裴颀看透贾模的心思，便来到贾模的私宅商议。正巧张华也来了，于是三人打算废去贾皇后，改立太子司马遹的生母谢淑媛为后。谢淑媛就是谢玖，因为司马遹立为太子，母以子贵，谢玖得封为淑媛。贾皇后很是妒忌，不许太子接见谢淑媛，并将谢淑媛迁往别宫。贾模与张华听后，齐声说道："陛下并没有废去贾皇后之意，我们擅作主张，如果陛下不同意，到时候我们怎么办？现在各封王兵强马壮，互相对立，一旦发生祸乱，身死国危，不仅无益反而有损了。"裴颀半天才说道："贾皇后如此残暴，我们能全身而退不受迫害吗？"张华回答道："你们二人都是贾皇后的亲戚，为什么不进宫劝诫她呢？如果她改过自新，天下将转危为安，我们也可安享晚年。"

原来，贾模是贾皇后的同族哥哥，裴颀的母亲是贾皇后的姨母，二人都与贾皇后有亲戚关系。于是裴颀来到贾府，拜托姨母郭槐劝诫贾皇后。贾模也多次来到后宫，向她陈明事情的利害。然而贾南风习性已经养成，怎么可能采纳良言？郭槐是贾皇后的生母，贾皇后虽不愿意听从，但不至于恨自己的母亲。而贾模一而再劝诫，贾皇后便以为他有异心，于是下令不准贾模入谒。贾模忧心忡忡，竟得了绝症而死。不久，诏书传下，升裴颀为尚书仆射，裴颀上表谢绝。朝廷再次下诏，裴颀还是不肯就职。经人一再进言规劝，裴颀才接受了诏书。

平阳名士韦忠很得裴颀的器重，裴颀将他推荐给张华。张华派人去召用韦忠，韦忠以患病为由拒绝了。有人问韦忠为什么拒绝大好的机会，韦忠大义凛然地说道："张华华而不实，裴颀贪得无厌，二人抛弃礼节，附庸贼后，这岂是大丈夫所为？我躲避他们都来不及，怎么可能自投罗网？"关内侯索靖料知天下将乱，经过洛阳宫门时，指着铜驼叹息道："铜驼啊铜驼，你将倒在一片荒芜中了。"

太子司马遹年幼时聪慧过人，长大后却不务正业，整天与宦官、宫女们寻欢作乐。贾皇后一直都对太子心存芥蒂，正希望他丧德败行，闯出大祸，然后借机废掉他。因此贾皇后偷偷嘱咐黄门宦官，叫他们引诱太子作奸犯科。宦官得了皇后的命令，就怂恿太子道："殿下可以及时行乐，不必拘束。"有一回，太子大骂一个官吏，宦官立即上前说道："殿下太过仁慈了，像他这种人应当用大刑伺候。"太子从此误入歧途。太子的母亲谢淑媛，幼时身份低微，家族世代都是屠夫。太子秉承遗传，将东宫变成市场，获得的收入又随手分给手下，毫不吝惜。平时，还动用大量人力物力来雕龙画凤，遇到要大面积修补墙壁时，他却完全听信阴阳家，顾忌特别多。冼马江统上表劝谏太子说，一要随时节省，二要尊师重道，三要减省杂役，四要撤掉市场，五要破除迷信。太子根本不听。舍人杜锡常劝太子要修德养性，太子嫌他多管闲事。一次，杜锡入见，太子暗中派人在杜锡的座位上插了数枚细针。杜锡完全不知，一屁股坐下，被针扎得满裤裆都是血，真是哑巴吃黄连，有苦说不出。

散骑常侍贾谧和太子年龄不相上下，又是表兄弟，二人亲密无间。太子喜怒无常，有时候与贾谧寻欢作乐，有时候又对贾谧毫不理睬。几次之后，贾谧难免心生隔阂。詹事裴权对太子进谏道："贾谧是贾皇后宠爱的侄子，一旦他与你对立，你就大势去了，希望殿下屈尊相待。"太子勃然大怒，连说可恨，裴权不敢多说，俯首告辞。太子并不是恨裴权，只是想起往事，才大骂可恨。之前，贾皇后的母亲郭槐想将韩寿的女儿嫁给太子，太子也想与韩家人结为亲家，以巩固自己的地位。韩寿的妻子贾午却不愿意，贾皇后也不赞成，她让太子娶王衍的女儿。王衍有两个女儿，大女儿貌美如花，小女儿相貌丑陋，太子想娶王衍的大女儿。贾谧垂涎王衍大女儿的美貌，乞求贾皇后作主。贾皇后便让贾谧娶了王衍的大女儿，让太子取了王衍的小女儿。太子娶了丑妇，自然痛恨贾皇后和贾谧，此时听到裴权的话，难免怒不可遏，大骂可恨。没想到贾谧探知此消息，便来到贾皇后面前诋毁太子。幸亏贾皇后的母亲郭槐从中调解，贾皇后才没有加害太子。

不久，郭槐病重。贾皇后前去探望，郭槐握住贾皇后的手说："你首先要保全太子，接着是防备赵粲、贾午。"贾皇后口头上答应，心中却不以为然。郭槐死后还在守丧期间，贾谧就跟跟跄跄地来到后宫，对贾皇后说："太子私敛钱财，结交小人，无非是想加害我们贾家人。哪天他登基为帝，只怕皇后您也要被囚禁在金墉城了。"贾皇后很是担心，连忙与赵粲、贾午商议如何废除太子。这时，贾午刚生下一个儿子，贾皇后于是派人将他秘密送入宫中，然后声称自己怀有身孕，快要生产。同时让内史四处宣扬太子的罪孽，准备李代桃僵，废除太子，然后册立自己的儿子为太子。中护军赵俊密请太子举兵废后，太子不敢。左卫军刘卞私自对张华说："东宫勇士如林，卫士也不下万人，只要你一声令下，我们就能废除贾皇后。"张华惊恐万分，不敢应允。刘卞叹气离开。第二天传来诏书贬刘卞为雍州刺史，刘卞服毒自尽。

元康九年十二月，太子的长子司马霖患病，太子举行祭祀，为儿子求福。忽然，内宫传来密诏，说皇上不舒服，让太子立即过去。太子只好前往。太子来到一间屋里，静待皇后的命令。这时只见宫女陈舞左手拿着一盘枣，右手拿着一壶酒，来到太子面前说："陛下命你喝完这壶酒。"太子只喝一半已是醉意醺醺，便摇手说不能再喝。陈舞瞪大眼睛说："这是陛下赐的酒，殿下怎么能不喝完？"太子无可奈何，只好将剩下的酒一饮而尽。不久，宫女承福拿着纸、笔过来，逼迫太子照抄一份原稿。太子醉眼蒙眬，也不知道上面究竟写了些什么，只是昏昏糊糊地照着原稿写，写完交给承福。后来太子被内侍们拥出宫，扶上马车，回去了。第二天清晨，惠帝命黄门令董猛拿出两张纸交给文武百官。惠帝怒道："这是不肖子司马遹所写，如此大逆不道，我只好赐他一死。"百官听得心惊胆战，张华、裴颁更觉得诧异，便接过那两张纸，只见一张纸写着：

陛下宜自了，不自了，吾当入了之；中宫又宜速自了，不自了，吾当手了之。

另外一张纸写着：

吾母宜刻期两发，勿因犹豫导致后患。茹毛饮血于三辰之下，皇天许当扫除患害，立道文为王，蒋氏为内主，愿成当以三牲祭祀北君，大赦天下。

这几句像是与谢淑媛约定同一天叛乱。文中所说的道文是太子长子司马霖的表字，蒋氏是太子所宠爱的美人。看完后，大臣面面相觑，不敢吭声，只有张华启奏道："从古到今，常因废除嫡长而招来祸乱，希望陛下查明此事后，再行定夺。"裴颁也说道："如果东宫真的藏有此信，是谁发现的？此信真伪难定，或许是有人陷害太子，请先验明真伪再行定夺。"惠帝听到这些，不再多说。此时，大殿后面走出一内侍，拿出太子平时手写的十来封信，让群臣核对笔迹。张华、裴颁等人核对后，发现笔迹确实相符，只是一个笔画端正，一个笔画潦草，一时也辨不出真假。原来，太子按照原稿写完后，字画有缺漏的地方，贾皇后便让潘岳补上。这个潘岳善于模仿别人的笔迹，几乎达到以假乱真的地步。裴颁说："必须查出是谁发现这封信的。"张华说："应该召太子前来对质。"其他大臣不便发表意见，这件事一下子进入了两难的境地。

贾皇后坐在屏风后面，听到张华、裴颁二人的议论，早已怒气冲冲。惠帝一言不发，任凭他们说个不停。贾皇后恨不得自己独断独行，只是大庭广众之下不便越礼，勉强容忍着，眼见着日落西山，还没有结果，就召董猛入内，嘱咐他在大殿上说："此事应该立即裁决，为什么商议了半天还没有定夺？如果群臣不肯传诏太子，那就军法处置。"董猛奉命照说，才说完，张华便斥责道："国家大事由皇上裁决，你算什么人？胡乱传达内宫的旨意，混淆圣听。"裴颁也骂董猛。董猛又愧又气，回去报知贾皇后。贾皇后担心事情有变，立即让侍臣上疏，奏请废太子为庶人。惠帝同意，拂袖退朝。尚书和郁等人立即来到东宫宣读圣旨，将太子司马遹贬为庶人。司马遹的妃子王氏和司马遹的三个儿子司马霨、司马臧、司马尚一同囚禁在金墉城。司马霨的母亲蒋氏被杖死，谢淑媛也被赐死。王衍得知变故后，急忙上表请求让自己的女儿和太子离婚，惠帝下诏准奏。

第二年，改元永康。贾皇后见朝廷对废立太子之事议论纷纷，就想杀死太子以绝后患。于是再次设下计策，嘱咐黄门自首，说自己与司马遹密谋造反。惠帝下诏命卫士将太子关到许昌宫，百官不得送行。右卫督司马雅是惠帝的远房亲戚，一直在东宫做事，很得司马遹宠爱。司马雅千方百计想让太子复位。他和副督司许超、殿中郎士猗等人日夜谋划，决定利用赵王司马伦共谋大事。赵王司马伦手握兵权，却生性鲁莽。司马雅请孙秀劝赵王司马伦废除贾皇后，迎回太子。司马伦完全听从，并让通事令史张林和省事张衡等人作为内应。偏偏孙秀对司马伦说："太子既聪明又刚烈，如果他返回东宫，必定伺机报复。你一直为贾皇后办事，即使现在为太子建立大功，太子也不一定感激你，说不定一有机会就想将你除掉。我们不如拖延时间，等到贾皇后害死太子，再以为太子报仇之名废除贾皇后，岂不是一举两得？"司马伦拍手赞成，连称好计。孙秀接着散布谣言，说有人想废除贾皇后迎回太子，同时劝贾谧赶紧除去太子。贾谧立即告诉贾皇后，贾皇后于是召来太医程据，让他用巴豆、杏仁配置成毒药，制成药丸。然后由孙虑假传圣旨，前去毒死太子。孙虑到了许昌宫后，逼太子吞下药丸。太子不肯，孙虑便从袖子中拿出药杵用力砸了过去，太子中杵倒地。孙虑又拾起药杵，用力猛捶太子，太子气绝身亡，年仅二十三岁。

官员请求用庶人之礼安葬太子，贾皇后上表用广陵王之礼将太子厚葬。没多久，天空降血，西方出现妖星，举国震惊。张华的小儿子张韪劝父亲辞官，躲避灾难。张华犹豫了好长时间，才答道："天道幽远，不可以完全相信，不如积德行善，驱除灾星，其他的就听天由命吧。"不久，孙秀派司马雅劝张华立即采取行动。张华还是没答应，司马雅气得掉头就走，边走边说："等到刀架到脖子上时，看你还是不是这副嘴脸？"司马伦于是伪造圣旨，召集兵马，准备入宫废掉贾皇后。

当时，齐王司马冏任翊军校尉，和司马伦率领三部司马闯进皇宫。华林让骆休作为内应，带司马冏来到惠帝的寝宫，逼迫惠帝前往东堂，并召贾谧进宫。贾谧应召前来，见士兵如林，经过西钟时，大喊："皇后救我！"还没说完，便被人一刀砍死。贾皇后听到贾谧的呼救声，慌忙出来，迎面看到齐王司马冏，就问道："你来干什么？"司马冏答："奉旨抓捕你。"贾皇后返回屋内，登上阁楼大喊："陛下的皇后都要被废了，恐怕陛下也要被废了。"司马冏带兵登上阁楼，威胁贾皇后迁居冷宫，贾皇后问："主谋是谁？"司马冏答："梁王和赵王。"贾皇后长叹一声，前往建始殿，司马冏派兵监守。之后，司马冏又领兵逮捕了赵粲、贾午，将二人送往阴曹地府。

接着，司马伦召中书监、侍中、黄门侍郎等人连夜进宫，拿下司空张华、仆射裴頠。张华与裴頠一同受刑，并惨遭灭族。张华享年六十九，著有《博物志》流传后世。张华的大儿子张祎和小儿子张韪同时遇害。裴頠年终三十四岁，他的两个儿子裴嵩、裴该因为有梁王司马肜的保护，才存活下来，一直流落他乡。

司马伦篡位

司马伦将贾皇后贬为庶人，囚禁在金墉城。贾皇后的党羽刘振、董猛、孙虑、程据等人全部被杀。司徒王戎因为是裴頠的岳父而免除一死，只是被罢了官。其他文武百官，只要与贾、郭、张、裴四家人有亲戚关系的，不是被杀就是被贬。前雍州刺史解系因为司马伦的弹劾被免官，此时还住在京都。司马伦趁机将解系和他的弟弟解结以及他们的妻儿全部杀死。

然后司马伦假颁圣旨，大赦天下，自封都督，兼任相国侍中。任大儿子司马荂为冗从仆射；二儿子司马馥为前将军，封为济阳王；三儿子司马虔为黄门郎，封为汝阴王；小儿子司马诩为散骑侍郎，封为霸城侯。大儿子没有封王，是为了让他将来继承自己的爵位。任孙秀为中书令，受封大郡。司马雅、张林等人全部封侯，手握兵权。百官听命于司马伦，而司马伦只信孙秀。后来，朝廷追封太子司马遹名号。太子的大儿子司马霖已经夭折，被追封为南阳王，将司马霖的弟弟司马臧封为临淮王，司马臧的弟弟司马尚封为襄阳王。有官员上奏说，尚书令王衍位列大臣，太子被诬陷时，他却不思营救，应该将他终身关押，朝廷准奏。王衍因而被免官，后来因为担心再遭迫害，索性装疯卖傻以避祸端。

　　淮南王司马允当时在自己的封地，不在京都。太子被废后，朝议决定立司马允为太弟，催促他立刻返回京都。此事还没定下来，赵王司马伦已经开始发难。司马允不置可否，完全置身事外，不久便被册封为骠骑将军，兼任中护军。司马允性格沉稳、坚毅，宿卫将士们对他很是敬服。司马允知道司马伦不怀好意，于是预先培养死士，以便将来诛杀司马伦。孙秀得知司马允的心思，就提醒司马伦提防司马允，司马伦这才有了防备之心。为防贾皇后与司马允勾结，二人就商议毒死贾皇后，册立皇太孙。当下，司马伦派尚书刘弘带着毒酒来到金墉城，贾皇后无可奈何，一饮而尽，命归黄泉。此后司马伦册立临淮王司马臧为皇太孙，召回原来的太子妃王氏，让她抚养司马臧。太子旧僚全部充当太孙官属，赵王司马伦兼任太孙太傅，追谥太子愍怀，改葬显平陵。

　　中书令孙秀一朝得志，便骄奢淫逸起来。他听说石崇有个爱妾叫绿珠，妖媚动人，能歌善舞，还善于吹笛，于是派人向石崇索要，并允诺恢复石崇的官职。之前，石崇因为贾谧而被免官，但没被抄家。因此，仍可以锦衣玉食，金屋藏娇。自从免官后，石崇便在金谷园休养，登高台、瞰清流，与婢妾饮酒赋诗，逍遥自在。孙秀的使者前来，石崇含含糊糊将他打发。第二天孙秀竟然派人抬着花轿过来。石崇命几十个美妇出来，让使者挑选。使者只说要绿珠，石崇勃然大怒道："绿珠是我的爱妾，怎么可以送人？"使者劝石崇三思，石崇不肯，使者再劝，石崇竟将使者赶走。孙秀知道后勃然大怒，一心想设计陷害石崇。

　　石崇知道自己惹祸上身，便与外甥欧阳建、旧友黄门郎潘岳私下商议，铲除孙秀。之前，孙秀是潘岳家的小吏，潘岳讨厌他阴险狡猾，曾鞭打过他，孙秀当了中书令后对此事仍然怀恨在心。潘岳提议："不如结交淮南王，让他起兵除去司马伦、孙秀。"淮南王司马允正想着铲除这二人，经潘岳等人一番劝解后，立即加紧筹备。司马伦与孙秀探明此事后，故意升司马允为太尉，想夺去他的兵权。司马允称病不肯接受，孙秀便派御史刘机前去逼迫，斥责司马允抗旨。司马允取过诏书仔细一看，发现是孙秀的笔迹，便怒骂道："孙秀算什么，竟敢伪造圣旨!"说完便转身取剑，直刺刘机，刘机狂奔出门才保住一命。司马允对身边的将士说道："赵王司马伦想要迫害我全家。"随即召集部兵七百人，说赵王造反，要讨伐乱臣贼子!士兵们都很恨赵王，纷纷跟随司马允。司马允率领士兵来到皇宫，见大门紧闭，便前去包围宰相府。司马伦与孙秀调来士兵与司马允对抗，屡战屡败。太子的属下陈徽也率领东宫士兵在宫内作为内应。司马允列阵于承华门前，命令士兵朝司马伦的军队射箭。司马伦正命令属下奋力抵抗，突然一支箭射过来，主书司马眭秘，挺身而出，替他挡了一箭，随即身亡。司马伦不禁魂飞魄散，四处张望，发现有几棵大树，便带着人躲到树后。

中书令陈准是陈徽的哥哥，在宫中值班，他一心想帮助司马允，于是向惠帝启奏道："应当派遣使者手持白虎幡前去调解战事。"惠帝便派司马督护伏胤率领四百骑兵，手持白虎幡从宫中出来。伏胤拿着空无一字的诏书来到司马允的阵前，对司马允说道："圣旨到。"司马允以为他是来帮助自己的，于是下马受诏。没想到，伏胤突然窜到司马允跟前，拔出利刃将司马允劈成两段，将士惊愕不已。伏胤便打开那道假诏书宣读道："司马允擅自起兵，罪不可赦，除了司马允的家人外，其他随从一律无罪。"司马允的儿子秦王司马郁、汉王司马迪等人被伏胤相继杀死。原来，白虎幡是用来指挥将士奋力作战的，并不是用来调解战事的。陈准知道惠帝愚昧，便故意请求派人手持白虎幡前去调解战事，本来是想借此除掉司马伦。偏偏惠帝竟派了一个贪利怀诈的伏胤，将陈准的一番苦心平白糟蹋。伏胤受命出宫，遇到司马伦的儿子汝阴王司马虔，司马虔许诺伏胤厚利，伏胤便投靠了司马伦。

铲除了司马允后，司马伦下令严查司马允的同伙。孙秀便说："石崇、欧阳建、潘岳等人都是司马允的党羽，应当全部杀死。"当时，石崇与绿珠等人正在欢宴，得知消息，石崇对绿珠说道："我因为你得罪了他们，如今如何是好?"绿珠哭道："事已至此，唯有一死。"于是叩头拜别石崇，纵身一跃，跳下楼去。石崇慌忙起座，想抓住她，却为时已晚。绿珠一缕香魂瞬间飘散。石崇不禁落泪，连叹可惜。随后石崇被押往东市斩首。石崇的外甥欧阳建及母亲、哥哥、妻子、儿子等人全部被杀，家产也被没收。

黄门郎潘岳同时被杀。潘岳，字安仁，长得俊美飘逸，擅长诗词歌赋。还没满二十岁时，曾在洛阳街上弹奏一曲，街上的女人都将自己的果子相赠，他满载而归。担任河阳县令时，潘岳在城内种满桃树，世人都说此地是"一县花"。妻子去世时，潘岳作了一首悼亡词，词文哀怨凄婉。潘岳性格急躁，追求名利，不能安于平淡，他的母亲曾劝诫他应该懂得知足。潘岳不听，等到被抓时，他才猛然省悟。潘岳与石崇在东市相对落泪，石崇问潘岳："你也要被杀头吗？"潘岳回答："这真是'白首同所归'。"潘岳住在金谷园时曾作一首诗，里面有这一句，没想到竟然应验了。潘岳全家，除了侄子潘伯武逃走外，其余全被杀害。

淮南王的弟弟吴王司马晏被贬为宾徒县王。齐王司马冏虽然官拜游击将军，但心中还是不满，孙秀便让司马伦将司马冏外调，让司马冏担任平东将军。司马伦想自加九锡之礼，吏部尚书刘颂直言反对。司马伦便想判他死刑，孙秀劝司马伦放过刘颂，以笼络民心。司马伦照做，果然如愿以偿。孙秀官拜侍中兼辅国将军，统领相国司马，宰相府增兵至两万人，与皇宫的宿卫数目相同。孙秀的儿子孙会官拜校尉，年仅二十，长得又矮又丑，却想和皇帝的女儿结婚。司马伦为孙秀的儿子做媒，让他娶惠帝的女儿河东公主为妻。同时，孙秀把将军孙旗的外孙女羊氏介绍给惠帝，请求册立羊氏为皇后。孙旗与孙秀是同族，孙旗的女婿是尚书郎羊玄之。羊玄之的女儿羊献容长得美若天仙，倾国倾城。

永康元年仲冬，羊献容被册立为皇后。册立典礼完成后，羊献容穿着厚重的礼服准备回宫，没料到礼服居然着火了，羊献容吓得魂飞魄散。幸亏侍女急忙扑救，才将火扑灭。羊献容换上另外一套皇后礼服，登上华丽的马车入宫拜见惠帝。见惠帝年过四十，丑陋不堪，又愚笨无才，不由得大失所望，哀叹自己命薄。自此，羊皇后的父亲羊玄之官拜光禄大夫，被封为兴晋侯。羊玄之为此，一心感念孙秀的恩德！

赵王司马伦深信鬼神之说。孙秀想让司马伦篡位，便派赵奉对司马伦说："宣帝托梦给我，希望您早日登基，他将在邙山北面帮助您。"此后，司马伦开始密谋篡位。司马伦命太子詹事裴劭、左军将军卞粹等人充当宰相府的从事中郎。同时命义阳王司马威和黄门郎骆休闯入内廷，逼惠帝写退位诏书，下诏禅位。惠帝无法，只得写下诏书，奉上皇帝御玺。司马伦接受诏书、御玺，派左卫将军王舆、前军将军司马雅等人率兵入殿，诏告三部司马。紧着着，司马伦进入皇宫，登上太极殿，改元建始。将惠帝及羊皇后迁往金墉城，尊惠帝为太上皇，改金墉城为永昌宫。

司马伦将皇太孙司马臧废为濮阳王，立自己的大儿子司马蒙为皇太子，封二子司马馥为京兆王，三子司马虔为广平王，四子司马诩为霸城王，并分握兵权。任梁王司马彤为宰衡，何劭为太宰，孙秀为侍中中书监兼骠骑将军，义阳王司马威为中书令，张林为卫将军，其他的人全部获赏。篡位后，司马伦前去太庙告祭祖宗，途中大风将御驾上的篷盖吹断。司马伦内心不安，派人杀死濮阳王司马臧，以绝后患。司马伦视孙秀为心腹大臣，每次下旨都先让孙秀过目。孙秀常常自写圣旨，圣旨朝令夕改，百官们都习以为常了。孙旗的儿子孙弼和堂兄孙髦、孙辅、孙琰四人因为孙秀的关系都被封为将军，孙旗也被封为车骑将军。身在襄阳的孙旗得知，担心大难将临，就派小儿子进京劝孙弼四人辞官。孙弼四人不愿意，孙旗也无计可施。

孙秀担心齐王司马冏、成都王司马颖、河间王司马颙三人坐拥强兵，镇守各地，难以控制。于是，孙秀派遣自己的亲信分别前往三王镇守之地，同时加封司马冏为镇东大将军，司马颖为征北大将军。偏偏齐王司马冏不接受他的笼络，首先发难，作檄文讨伐司马伦，并派人前去联合其他王公大臣。成都王司马颖迎进司马冏的使者，并召邺城县令卢志前来商议。卢志说："赵王谋权篡位，天人共愤，殿下顺承天命，讨伐逆臣，还用担心不成功吗？"司马颖便命卢志为谘议参军兼左长史。第二天又命兖州刺史王彦、冀州刺史李毅、督护赵骧、石超等人做前驱，领兵前往京都，自己则领兵做后继。

大军抵达京都时，远近响应，共集齐二十万士兵，声势大振。常山王司马乂与太原内史刘暾领兵响应司马冏。新野公司马歆是扶风王司马骏的儿子，他听闻司马冏起兵，一时之间不知所措。后来听从参军孙洵的建议，决定援助司马冏。前安西将军夏侯司马瓄在始平响应司马冏，并写信给河间王司马颙约好，一同前往京城。司马颙采用长史李含的计谋，灭掉了司马瓄。司马颙先是支持司马伦，后来得知司马冏、司马颖兵胜就投靠了司马冏。

各种警报陆续传入洛阳，司马伦与孙秀这才害怕，夜夜不安。赶紧派上军将军孙辅和折冲将军李严率领七千士兵攻打延寿城门，命虏将军张泓、左军将军蔡璜、前军将军闻和三人率领九千士兵攻打垚阪城门，命镇军将军司马雅和扬威将军莫原率领八千士兵，攻打成皋城门，共同抵抗齐王司马冏。同时，命孙秀的儿子孙会、督率将军士猗、许超三人率领三万宿卫，出城攻打成都王司马颖。命东平王司马楙为卫将军，负责军事，命京兆王司马馥和广平王司马虔领兵八千作为三军后援。司马伦心神不宁，和孙秀前往宣帝庙日夜祈祷，并拜道士胡沃为太平将军，求福驱灾，让巫师择定作战之期。

司马冏专权

齐王司马冏领兵来到颍河的南面，正好与张泓的军队相遇，双方交锋，司马冏大败。司马冏再战，又被张泓阻住。张泓在颍河边上列阵日夜防守，司马冏没法前进。此时，孙辅等人也陆续抵达，与张泓分地屯兵。司马冏乘夜袭击，张泓的兵马岿然不动，孙辅却当即逃回洛阳，他上奏道："齐王兵强马壮，势不可当，张泓等人已经战死沙场。"赵王司马伦不寒而栗，赶紧召来三子司马虔和许超进京护驾。许超急匆匆地赶来，司马虔也随后抵达。这时传来张泓的捷报，说已经击退司马冏的军队。于是，司马伦再派许超赶赴前线。张泓率军渡过颍河，直攻司马冏的军营。司马冏差点被擒，幸亏随从猛力截杀，才将张泓的部下孙髦、司马谭击退。孙髦、司马谭的部下逃回洛阳，孙秀又谎称得胜，并传报京都，大臣们都进宫道贺。不久，孙会战败的消息传来，司马伦吓得瞠目结舌。

原来，孙会、士猗、许超三人率军在黄桥大战司马颖的前锋将士，斩杀司马颖一万多人。司马颖想退兵返回封地，参军卢志进谏道："此时此刻，我军失利，敌军得志，敌军自然轻视我军。胜负乃兵家常事，我们不如挑选出精兵勇士，出奇制胜，一定可以战胜他们。"于是，司马颖选出精兵，当着他们的面，落泪起誓，激励他们全力以赴。司马颖这边抱着必死之心前来，全军奋力杀敌，势不可当。孙会的人马吓得屁滚尿流，步步后退。大战了两三个时辰，只见头颅乱滚，血肉横飞，孙会、士猗、许超三人丢下大军，自己一口气逃回洛阳。

孙秀见孙会等人逃回，心急如焚，只好召大臣们一同商议。有人说："集合剩下的士兵背水一战。"有人说："应该烧毁宫室，诛杀异党，南下投奔孙旗、孟观再作打算。"孟观自从灭掉齐万年后，便由东羌校尉调为右将军。司马伦篡位后，命孟观负责沔北军事。齐王司马冏将讨伐司马伦的檄文拿给孟观。孟观仰望紫宫帝座，发现星象没什么变化，认为司马伦气数未绝，于是继续为司马伦镇守，不愿意响应司马冏。孙秀担心孙旗、孟观二人不能依靠，犹豫不决。这时，左卫将军王舆与尚书广陵公司马漼见风使舵，带领七百多人从南掖门进入皇宫，倡言反正。三部司马依声附和，王舆便命三部司马分别守卫各个宫门，自己则领兵前往中书省捉拿孙秀。孙秀紧闭大门，不让王舆进来。王舆派兵登上围墙，扔进火把烧毁房屋，瞬间大火熊熊，浓烟密布。孙秀、士猗、许超三人准备逃走，左部将军属下赵泉赶来结束了三人性命。孙会、前将军谢惔、黄门令骆休、司马督王潜、尚书左丞孙弼等人全部被杀。

王舆返回云龙门，派人让赵王司马伦迎回惠帝。司马伦不得已只好下旨道："我将迎回太上皇。从此以后，归隐乡野不再过问朝事。"司马伦发出圣旨后，带上家眷从华林东门逃出。王舆率领数千人奔赴金墉城，迎回惠帝。惠帝与羊皇后并驾入宫，召百官入殿，下旨将司马伦父子送往金墉城，派兵监守。同时改元永宁，派人前去慰劳司马冏、司马颖、司马颙三王。梁王司马彤首先上表，请求诛杀司马伦父子以谢天下。惠帝召百官商议，百官都同意司马彤的建议，惠帝便命尚书袁敞带着毒酒前往金墉城。司马伦喝完毒酒后，用毛巾盖住脸哭喊道："孙秀误我！孙秀误我！"不久便毒发身亡了。司马伦的儿子司马荂、司马馥、司马虔、司马诩全部被杀，司马伦和孙秀的党羽有的被免官，有的被杀，所剩无几。

成都王司马颖抵达京都后，派部将赵骧、石超前去援助齐王司马冏，讨伐张泓等人。张泓等人听说京都复辟，司马伦被杀，便向司马冏投降。孙髦、张衡、伏胤等人被斩首东市，蔡璜畏罪自杀。义阳王司马威曾闯入皇宫抢走御玺，惠帝铭记于心，复位以后立即将司马威杀死。东平王司马楙被免去官职。不久，惠帝下诏处死孙旗、孟观，并灭其三族。

河间王司马颙与齐王司马冏一前一后抵达洛阳，司马冏的士兵多达几十万，威震京都。惠帝封赏功臣，授齐王司马冏为大司马，令他辅佐朝政；成都王司马颖为大将军，负责全国军事，兼任尚书事；河间王司马颙为传侍太尉；常山王司马乂为抚军大将军；广陵公司马漼由爵晋升为王，担任尚书一职；新野公司马歆也由爵晋升为王，负责荆州的军事；命梁王司马彤为太宰，担任司徒。惠帝又封前司徒王戎为尚书令，王衍为河南尹，立襄阳王司马尚为皇太孙，恢复宾徒县王司马晏吴王的封号。齐王司马冏上奏请求恢复张华、裴颜、解结兄弟原来的官衔。第二年，惠帝准奏，为张华、裴颜、解结兄弟等人洗清罪状，恢复他们的官职，并派人前去他们的陵墓拜祭。

晋国依旧内乱不断。东莱王司马蕤与左卫将军王舆密谋杀害司马冏，被人告发，阴谋破灭。司马蕤是齐王司马冏同父异母的哥哥，性情粗暴，经常欺负司马冏。司马冏念及手足之情，对他格外包容。司马冏起兵讨伐司马伦时，司马伦将司马蕤逮捕下狱。惠帝拨乱反正，司马蕤得以释放，他听说司马冏来到洛阳，便前往迎接。司马冏只是和他点点头，没有下马。司马蕤怒气冲冲地说："我因为他差点被害，他却如此无情无义。"不久，司马冏升为辅政大臣，司马蕤只做了个散骑常侍，心里更加愤愤不平，便向司马冏求官。司马冏没有答应，司马蕤恨上加恨，便秘密弹劾司马冏专权，劝惠帝将他贬官，惠帝没答应。左卫将军王舆认为自己有复辟大功，却没得到厚赏，与司马蕤结为知己。二人决定在皇宫附近埋伏，等司马冏入朝的时候将他刺死。偏偏司马冏得到消息，立即上奏惠帝。惠帝下旨逮捕王舆并将他斩首示众，司马蕤被贬为庶民，迁居上庸。上庸内史陈钟揣测司马冏的心意，暗中将司马蕤杀害。

司马蕤与司马冏两兄弟互相残害，导致其他大臣也互相怀疑，生出无数乱端。新野王司马歆要去荆州，临走前与司马冏同去拜祭陵庙，他对司马冏说："成都王司马颖是你的近亲，你们一同建立显著的功勋，应当留他辅佐朝政，否则就撤销他的兵权，免生事端！"司马冏点头。常山王司马乂与成都王司马颖一同前去拜祭陵墓时，司马乂趁机对司马颖说："天下是先帝的天下，你应该好好守住，别让齐王搅乱了！"司马颖颔首点头。回去之后，司马颖与参军卢志商议应对之策。卢志说："如今你和齐王共辅朝政。我听说一山难容二虎，你为什么不以奉养母亲之名，离开京都呢？将朝廷重任交给齐王，这才是上策。"司马颖于是听从卢志的建议。第二天入朝，惠帝在东堂对司马颖面加褒奖，司马颖拜谢道："这都是大司马司马冏的功劳，臣怎么可以夺人之美呢？"说完便起身退出，并上表说司马冏功德无量，应该委以重任，同时陈明母亲身体有病，希望回到封地奉养母亲。接着，他急匆匆地收拾好行李，乘车离开东阳门，一路向西朝邺城走去，随从只有卢志几个人。司马冏看到信后非常诧异，急忙骑马去追，直到七里涧才追上司马颖。司马颖停下马车，泪流满面地说："母亲有病，我非常担心，所以没时间向你当面告辞。"说完便赶着马车离开，绝口不提朝政。司马冏返回京都，心中仍是十分疑惑。

司马颖抵达邺城后，惠帝派人前去诏谕，让他辅佐朝政。司马颖接受了大将军职衔，并上表劝惠帝下旨运十五万斛米赈济难民。司马颖命人制造了八千多口棺木，用来安葬黄桥一战死去的士兵，并优抚他们的家眷，还埋葬了赵王司马伦部下死去的士兵。司马颖的所作所为，意在笼络人心，这一切全是卢志的精心策划。果然，两河南北的百姓对司马颖顶礼膜拜，连远在京城的百姓都称颂他是一代贤王。中书郎陆机以前是赵王府的参军。齐王司马冏进入京都后，看到当年司马伦的登基诏书，怀疑是陆机所为，便想杀他。幸亏司马颖相救，陆机才免于一死。司马颖奏请惠帝任命陆机为平原内史，陆机的弟弟陆云为清河内史，惠帝准奏。陆机的朋友顾荣、戴渊劝他返回吴地。陆机因感激司马颖的大恩大德，没有返回吴地。

司马颖这边优待百姓，礼贤下士，刻意求名。司马冏那边却是广结党羽，恣意妄为。功臣葛旟、路秀、卫毅、刘真、韩泰都被封为县公，人称"五公"，司马冏视他们为心腹大臣。司马冏将父亲司马攸的老房子扩建一番，又在豪宅中夜夜笙歌，寻欢作乐，常常不上朝。他的大儿子司马冰被封为乐安王，二儿子司马英被封为济阳王，三儿子司马超被封为淮南王。第二年，皇太孙司马尚夭折，梁王司马肜没多久也去世了。惠帝封常山王司马乂为长沙王、骠骑将军；任东平王司马楙为平东将军，负责徐州的军事，镇守下邳；恢复东安王司马繇的官爵，封他为宗正卿，后来升他为尚书。

齐王司马冏想长久地把持国政，见皇孙们都已去世，而成都王司马颖却名声显赫，心想如果立司马颖为皇太弟，对自己很不利，于是奏请立清河王司马覃为太子。司马覃是惠帝的弟弟司马遐的大儿子，年仅八岁。惠帝择日册立，让司马覃入居东宫，任司马冏为太子太师。当时，东海王司马越是宣帝的侄子，他的父亲司马泰曾受封为高密王。司马泰死后，司马越继承父亲的爵位，改封东海王。司马越年少时就颇有声望，他不贪图富贵，生活俭朴。永康初年，司马越官拜中书令。司马冏想拉拢他，便封司马越为侍中，不久又封他为司空，司马越这才进入朝中参与政事。侍中嵇绍见惠帝昏庸如故，内政被齐王司马冏把持，成都王司马颖又刻意求名，心想将来必生事端。于是上奏惠帝应当存不忘亡，安不忘危，预防祸乱。

嵇绍还写信给司马冏，援引古例规劝他。司马冏虽然回了信，但行动上却没有任何改进。惠帝又是一个糊涂人，不识好歹，只把嵇绍的奏折束之高阁。司马冏任人不公，任用宠臣。殿中御史桓豹有急事上奏，却因为没有事先上报司马冏而被贬官。南阳隐士郑方写信劝谏司马冏，司马冏毫不理睬。主簿王豹生性耿直，他写信给司马冏，劝司马冏让权返回封地。等了十来天，没有任何消息，便再写一封信给司马冏。司马冏连接两封信，这才回信说会考虑。掾属孙惠也写信规劝司马冏，说："大名不可久荷，大功不可久任，大权不可久执，大威不可久居，应当考虑如何功成身退，才能长保富贵。委重长沙、成都二王，然后自请归藩，这样才能保全身名。"司马冏没有采纳，孙惠便称病辞官了。司马冏问曹摅："有人劝我让权返回封地，你怎么看？"曹摅答道："大王能居高思危，激流勇退，这是上计。"司马冏犹豫不决。适逢长沙王来访，长沙王见案桌上有很多书信，顺手翻看，看到王豹的两封信时不禁勃然大怒："这小子竟敢离间骨肉，应当将他拖到铜驼下杀了。"司马冏经长沙王添油加醋一番，怒不可遏，奏请杀死王豹。惠帝准奏。王豹当即被活活打死。临死之前，王豹对监刑官说："把我的头悬挂在大司马门上，我要看着齐王被攻打的那一天。"

王室内讧

司马冏贪图享乐，整日大摆宴席。河间王司马颙先前曾依附赵王司马伦，司马冏让他返回封地，并对他严加提防。司马颙的长史李含被任命为翊军校尉，李含与梁州刺史皇甫商有过冲突。皇甫商成为司马冏的党羽后，李含坐立不安。司马冏的右司马赵骧与李含也有矛盾，李含更是心神不宁，竟然离开京都返回关中。司马颙见李含回来，问他原因。李含谎称自己前来传达密诏，命司马颙诛杀司马冏。司马颙半信半疑，李含说："成都王是皇室至亲，建有大功却远归封地。齐王司马冏把持朝政，朝野侧目。我为你想到一个计策，你让长沙王写檄文讨伐齐王，齐王必定诛杀长沙王，我们便可借此兴兵。如果除去了齐王，让成都王回来辅佐朝政，永安社稷，岂不是一番大功劳？"司马颙贪功，居然同意了，并上奏惠帝。

司马颙将奏折呈上后，命李含为都督，进军阴盘，张方为前锋，进军新安；同时派遣使者邀成都王司马颖、新野王司马歆、范阳王司马虓一同前往。司马虓是宣帝的侄孙，他的父亲司马绥曾受封为范阳王。司马绥死后，司马虓继承父亲的封号，担任安南将军一职，负责豫州军事，镇守许昌。这些人见到司马颙的使者后都按兵不动，静观成败。齐王司马冏听闻司马颙的上奏，惊慌不已，急忙召集百官商议。司马冏说："我带头起兵扫除司马伦，一片忠心可昭日月。如今二王听信谗言，忽然起兵。如何才是万全之策？"尚书令王戎答道："二王联手，恐怕你难以抵挡，何不放下权利返回封地呢？"东海王司马越赞同王戎的提议。忽然一个人走进来，怒目厉声道："当年，司马伦听信孙秀的谗言，偷天易日。只有齐王一人领兵起义，身披战甲，攻陷敌阵，大事才成。论功行赏难免有疏漏的地方，这也是赏罚部门的失误，罪责不在齐王。如今二王听信谗言兴兵作乱，我们更应该团结一心讨伐他们。至于劝齐王返回封地更不是什么好办法。你们何不想想，自汉魏以来，有王侯返回封地，还能保全妻儿的吗？如此建议的人实在应该斩首！"王戎听到此话大吃一惊，慌忙审视，发现此人是司马冏门下的中郎将葛旟。王戎再看齐王的脸色，更加心虚，于是谎称肚子疼要上厕所。装出一幅龙钟之态，才走到厕所便跌了一跤，弄得满身粪便，臭不可闻，于是踉踉跄跄地逃离司马冏的府第。其他大臣默不吭声，陆续溜了出来。

司马冏担心长沙王司马乂会充当司马颙的内应，赶紧派心腹董艾领兵攻打司马乂。司马乂早已率人进入皇宫，关闭所有宫门，并胁迫惠帝号召卫士攻打大司马府。董艾率军来到皇宫西门，放火烧了千秋、神武等门，司马乂便派部将宋洪前去烧了司马冏的府第。司马冏派黄门令王湖偷出驺虞幡，告示全军，说长沙王大逆不道、图谋不轨。司马乂却带惠帝登上城楼东门，逼惠帝口谕："大司马谋反。"董艾不顾利害，竟命属下朝城楼射箭，惠帝的随从伤的伤，死的死。其他将领见董艾如此无礼，以为司马冏真的谋反，于是转而攻打司马冏。接连战了三天三夜，司马冏大败。大司马长史赵渊抓着司马冏前来投降，入殿觐见惠帝。司马冏自陈冤屈，趴在地上痛哭。惠帝动了恻隐之心，想要赦免他。司马乂立即命属下将司马冏推出大殿一刀砍死，以儆示六军。司马冏的同党如董艾、葛旟等人全部被灭三族。司马冏的儿子司马冰、司马英、司马超都被削去爵位，关押在金墉城。司马冏的弟弟北海王司马寔也被废了封号。

惠帝下旨大赦天下，改元太安。命长沙王司马乂为太尉，负责全国的军事；封司马蘥的儿子司马炽为齐王，还恭敬地举着齐献王司马攸的牌位，令河间王司马颙等人罢兵。司马颙于是召李含、张方返回，李含闷闷不乐地回去了，不但没有遂愿，朝廷大权反被司马乂夺去。李含便想方设法挑衅，劝司马颙除去司马乂。

当时，李特在成都兴风作乱，司马颙有西顾之忧，便派督护衙博抵抗李特。李特三兄弟与难民一同西行，进入巴蜀。益州刺史赵廞见李特文武双全，就将他引为己用。李特的弟弟李庠和李流自然和他住在一起。李特仗势欺人，当地人都很怕他。成都内史耿滕上奏朝廷说："流民剽悍，蜀民懦弱，喧宾夺主，必定惹出祸乱。刺史赵廞不但不加以控制，反而任由李特等人胡作非为。为防患于未然，应当另派合适的人前往成都。"朝廷于是召回赵廞，任耿滕为益州刺史。赵廞原本是贾皇后的亲戚，接到朝廷圣旨，惊恐万分，暗想朝廷日益衰败，还不如抗旨据守蜀地，独霸一方。于是大发仓粮，赈济流民，厚待李特三兄弟。耿滕抵达益州时，赵廞竟发兵将耿滕杀死，还诱杀了西夷校尉陈总。然后自称大都督、大将军、益州太守，设置僚属，改变城门口令，派李特三兄弟屯守益州各处要地。封李庠为威寇将军，让他从各郡招募一万多壮士屯守北道。

赵廞的长史杜淑、张粲认为，赵廞将兵权全部交给外人，将来会被李庠吞灭。赵廞听完后，开始忌讳李庠。李庠毫不知情，赶来劝赵廞自立为帝，话还没说完就被杜淑、张粲二人拿下，砍头了事。赵廞派人安慰李特、李流道："李庠罪当一死，你俩不受牵连，尽可放下心来戍守。"李特与李流不服，领兵返回绵竹。赵廞担心李特、李流报复，决定派人防守。这时候，牙门将许弇请求担任巴东监军，杜淑、张粲二人不同意，许弇一气之下杀了他们，杜淑、张粲的属下随后又杀了许弇。这三人都是赵廞的心腹，如今同时毙命，赵廞如同断了左右手，不得不派长史费远、蜀郡太守李苾、督护常俊三人率领一万人前往绵竹防守。李特要为弟弟报仇，暗地里召集七千人趁夜袭击费远等人的军营。费远等人吓得朝成都奔去。李特乘胜追击，日夜不休。费远、李苾、张微趁天黑躲了起来，其他士兵则跑得一干二净。赵廞孤立无助，带上妻儿混出城门，乘船逃走。随从见赵廞失势，便一刀结束了赵廞的性命，将他的头送给李特。李特进入成都后，大肆抢掠三天，将赵廞的头颅挂上城门，并派遣使者前往京都，奏明赵廞的罪状，等候朝廷裁决。

之前，梁州刺史罗尚听闻赵廞谋逆，曾说赵廞过不了多久就会毙命。

现在果真应验了，朝廷便认为罗尚是个能人，任罗尚为平西将军并兼任益州刺史。罗尚率领牙门将王敦、广汉太守辛冉、新任蜀郡太守徐俭等人前往蜀地。李特听闻罗尚前来，派李骧绕道出迎，用珠宝和古玩贿赂罗尚。这些宝贝价值连城，罗尚见到后不禁大喜，立即任命李骧为骑督。李特与李流还带着酒肉来到绵竹，为罗尚接风。罗尚优待李特、李流，与他们一同进入成都，同时推荐李特为宣威将军，李流为奋武将军。此时，秦、雍两州接到朝廷圣旨，令流民返回故乡。朝廷派御史冯该前往蜀地监督，流民都不愿意离开。李特的哥哥李辅原本住在略阳，此时特意赶来蜀地，劝李特不要让流民回去。于是，李特再次贿赂罗尚和冯该请求延缓归期。罗、冯二人得了贿赂，就同意宽限半年。

转眼间就到了初秋，流民还是不想返回故乡，乞求李特再延缓一段日子。辛冉不肯，说应该履行前约。这中间其实还有一段隐情。当日李特、李流二人受官时，因为流民与李特等人一同攻打赵廞，惠帝便下旨说应该奖赏他们，辛冉贪财没有照办。流民因此都厌恶辛冉，感激李特。李特想笼络民心，便在绵竹建立很多大营安置流民，还写信给辛冉，求他法外施仁。辛冉看完信后勃然大怒，悬赏缉拿李特兄弟。李特派人揭下榜单，让李骧在上面添了这样几句："若能斩送流民首级，按照每个人头一百匹布赏赐。"流民大为愤怒，纷纷前来投奔李特，短短十天内就聚集了两万多人。

辛冉派广汉都尉曾元和牙门张显率领步兵、骑兵共三万人夜袭李特军营，罗尚也派督护田佐前往攻打李特。李特将部众分为两军，自己留在东营，让李流指挥西营，随时准备作战。曾元、张显、田佐等人到了李特的军营，见营中没有任何灯火，便放胆直入。突然一声炮响，伏兵四出，李特从营内杀出，李流从营外杀入。一阵乱剁，将曾元、张显、田佐三人的性命了结。流民推李特任镇北大将军，李流任镇东大将军兼东督护，李辅与李骧任将军领兵攻打辛冉。辛冉率兵迎战，屡战屡败，只好逃往德阳。李特占领广汉，任李超为太守，让他领兵前往成都。李超途中与蜀民约法三章，打开粮仓分派粮食，一路秋毫不犯。罗尚出兵迎敌，战败而退，不得不在城外建筑堡垒，同时写信向梁州与南夷校尉求援。

河间王司马颙得知成都被困，派衙博领兵前去援助。朝廷命张微为广汉太守，让他进军德阳。罗尚派督护张龟进军繁城。三路人马，遥相呼应，夹击李特。李特派次子李荡领兵攻打衙博，自己领兵攻打张龟，然后前往德阳抵挡张微。衙博领兵来到梓潼，在阳泚驻军。李荡前来，大胜衙博，衙博弃兵而逃，士兵全部投降。梓潼太守张演逃跑，西丞毛植投降。李特自封大将军、益州太守，改年建初。然后率领大军攻打张微。张微故意与李特僵持，一直不肯出兵迎战。等到李特的士兵松懈下来，才带兵突袭。李特抵挡不住，差点全军覆没。就在这时，一位少年将军手持长矛，越过李特，横冲直闯，将张微的军队杀退。李特放眼望去，发现正是次子李荡，不由得喜出望外，也领军追击张微。张微见李特追来，立即整军再战。李荡勇猛善战，仗着一杆蛇矛冲锋陷阵，轻而易举地斩杀千人。张微不敢再斗，只好逃回德阳。李荡领兵进军德阳，将张微刺死，活捉张微的儿子张存。李特接见张存时，张存跪在地上请求保全性命，李特便放了他。随后任命骞硕为德阳太守，准备再次攻打成都。

这时候，传来河间王司马颙，派梁州刺史许雄，领兵攻打李特的消息。许雄刚刚抵达，李特便杀了过去，许雄大败，只得逃回梁州。李特举兵西进，攻打罗尚。当时李骧正与李流联合攻打罗尚，交锋数次，每次都占上风。李特此时又领军渡江，联合李流、李骧两营直逼城下。罗尚叫苦不迭，寝食难安。成都分为内外两城，内城叫做太城，外城叫做少城。蜀郡太守徐俭见李特来势汹汹，竟然不战而降。罗尚孤守太城，只好向李特求和。李特没有立即答应，而是领军进入少城，并派人安抚蜀地百姓。李特颁布禁令，不准士兵侵扰百姓，无奈部下人数众多，粮食短缺，只好将他们分别派往附近的郡县。

不久，朝廷派荆州刺史宗岱和建平太守孙阜带领三万水军前去援助成都。宗岱让孙阜做前锋进军德阳。李荡前往抵御孙阜，一战失利，退回德阳。益州从事任睿向罗尚献计道："李特将部下全部调遣到各地，军中毫无戒备，而朝廷援军快要抵达德阳，这正是打败李特的大好时机。我们应趁此机会联合附近郡县百姓，约定日期一同攻打李特，内外夹击必能取胜。"罗尚命任睿连夜出城，前去联合附近郡县百姓。百姓得知孙阜率军入境，便答应了任睿。任睿返回内城报告罗尚，然后假意投降李特。李特不知是计，就将任睿留下。任睿在李特的营中留了两天便请求回家，李特毫不怀疑，由他自去。任睿返回内城，部署兵马，然后按照约定的日子领兵攻打李特。两军内外夹击，将李特、李辅一举歼灭。李流、李骧和李特的小儿子李雄三人带着家眷逃往赤祖。罗尚出城安抚百姓，将李特、李辅的首级送往洛阳。

平定荆州

李流领着几万残兵逃到赤祖，李荡从德阳前来协助李流防守。李流驻军北面，李荡、李雄驻军西面。部下推李流为大将军，任益州太守，厉兵秣马，以图一战。当时，孙阜已经攻下德阳，活捉守将骞硕，然后退守涪陵。罗尚派督护何冲、常深等分道攻打李流，涪陵百姓药绅也起兵相助。李流与李骧出兵攻打常深，命李荡与李雄领兵攻打药绅，何冲乘虚而入，袭击北营。李流外出作战，部将苻成、隗伯等人竟然投降了何冲。何冲趁势杀入，突然营中杀出一个女将军。只见她披甲执矛，指挥部众拼死相抗。何冲诧异至极，命属下包围女将，自己与她厮杀。那女将毫不畏惧，反而杀得何冲心惊肉跳。忽然，何冲背后闪出一人，手执利刃直奔女将，女将连忙闪避，但还是伤到了左眼，一时间血泪交迸，流个不停。谁知这女将并不逃跑，扬眉竖眼继续交战，大有拼个你死我活之势。这位女将正是李特的妻子罗氏，用刀刺伤罗氏左眼的人便是隗伯。

这时候，营中突然闯进两大头目，正是李流和李荡。原来，李流已经战胜常深，李荡前去攻打药绅，药绅得知常深战败，不战而退，所以李流与李荡收兵返回北营。何冲这一支孤军，怎么禁得住两路夹攻？只好逃走，苻成、隗伯随何冲一同逃往成都。李荡自恃勇力过人，持矛冲到成都城下。苻成、隗伯突然转身猛斗，一同袭击李荡。李荡一个失手被苻成刺中腰部，落马而死。苻成正准备砍下李荡的首级，见李流等人已经赶来，便与隗伯拍马入城。李流抱着李荡的尸体失声痛哭，准备继续攻城。忽然探子来报，说孙阜将至，李流长叹一声，载着李荡的尸体返回营中。

抵达北营后，李流清点营中士兵，见士兵死伤很多，又想到哥哥和侄子全都死了，孙阜将率大军抵达，不由得悲恐交加。李流的姐夫李含曾担任西夷校尉（这个李含和司马颙的长史同姓同名，但不是同一个人），他劝李流向孙阜投降。李流无可奈何，只好将儿子李世和李含的儿子李胡作为人质向孙阜求和。李骧、李雄劝阻，李流不肯听从。李胡的哥哥李离是梓潼太守，听说此事后，便与李雄商议袭击孙阜。李雄很是赞同，但担心李流不愿发兵。李离说："此事要是成功了，擅作主张也没关系。"李雄大喜过望，鼓动军中士兵团结一致攻打孙阜，以求死里逃生。士兵们踊跃听命，于是李雄与李离领军袭击孙阜。孙阜原以为李流已经求和，应当不会有变，就没有防备，因此被李雄杀得落花流水。孙阜带着几个人仓皇而逃。宗岱在下游驻军，得病身亡，荆州军也随即撤退。李雄向李流报捷，李流既高兴又惭愧，便将军事交由李雄主持。李雄再次出兵攻打汶山太守陈图，不久便攻下郫城。

相传李雄是罗氏所生。一天晚上，罗氏梦见大蛇绕身，第二天便怀上身孕，后来足足过了十四个月才产下李雄。罗氏心想这个孩子长大后肯定不是平常之人，便将此事告诉李特，李特为他取名李雄，表字仲俊。道士刘化见李雄俊逸非凡，说道："关陇的人都应该南迁，仲俊相貌非凡，将来必定贵为人主。"

朝廷见蜀乱还没平定，就改派侍中刘沈统领罗尚、许雄等军讨伐李流。刘沈经过长安，河间王司马颙仰慕刘沈的才学，留他做军司，奏请惠帝改派他人讨伐。惠帝于是命刘沈为雍州刺史，让司马颙派席薳前去讨伐李流。席薳有名无实，一直不肯西行。朝廷决定再择良帅，突然新野王司马歆递入急奏，说义阳蛮民张昌聚众为逆，锐不可当，请朝廷火速发兵，分道支援。当时，荆州东南方的蛮民，一直不肯向朝廷俯首称臣。司马歆镇守荆州，处事不当，惹恼了蛮民。义阳蛮民张昌手下有几千人趁机造反。这时候，朝廷在荆州大量征收壮丁，让他们前去讨伐李流，当地人都不愿远行。诏书再三督促地方官，地方官不敢怠慢，只好奉命行事。当地百姓走投无路，索性聚在一起沦为盗匪。张昌趁机四处煽动，将安陆县的石岩山当作自己的巢穴，同时易名改姓成李辰。百姓听说后，纷纷前去投奔。

江夏太守弓钦派兵前去围剿，结果大败而归。张昌于是下山攻打江夏。弓钦亲自领兵迎战，再次战败，随后与部将朱伺奔往武昌。张昌占领江夏后，造谣说当今之世，应有圣人成为万民之主。不久，张昌让山都县的一个小吏邱沈改名刘尼，假称是汉朝的后代。张昌拥刘尼为天子，对百姓说："这便是圣人。"然后，张昌自封宰相，指着野鸟说是凤凰，居然拥着邱沈拜天祭地，号为神凤元年，命所有百姓都按照汉朝的风俗来穿着打扮。张昌还造谣说："江淮以南已经造反，朝廷派大军前来镇压，我们幸得真主保护，才逃过此难。"一时之间，乱徒四起，纷纷前去投奔张昌，短短十天内就聚集了三万人。

新野王司马歆得知江夏失守，便派骑督靳满前往围剿张昌。靳满抵达江夏后，与张昌两下交锋，不到半日便被杀得大败而归。司马歆奏请朝廷派军援助，惠帝派监军华宏前去，华宏大败而逃。朝廷这才决定依从司马歆，发兵三道：一命屯骑校尉刘乔为豫州刺史进攻张昌东面；一命宁朔将军刘弘为荆州刺史进攻张昌西面；一命河间王司马颙派雍州刺史刘沈率州兵一万、西府五千人，出蓝田关进攻张昌北面。司马颙抗旨不从，因此北路兵完全不起作用。当时，刘乔已经屯军汝南，刘弘、前将军赵骧、平南将军羊伊三人屯军宛城。张昌派心腹黄林率两万人攻打豫州，自己领兵攻打樊城。新野王司马歆见乱党逼近，不得不亲自迎敌，两军相持，彼此列阵。司马歆这边，士兵们还未开战就四处逃散，乱党那边则摇旗呐喊，声势浩大。司马歆心慌意乱，正准备拍马逃跑，却被乱党一刀送往冥府。

兵败之事传到洛阳，惠帝赶紧命刘弘接替司马歆，担任镇南将军，统领荆州军事。刘弘是相州人，颇有才略，他采用宽严相济之策管理部下。张昌的党羽黄林进军袭击刘弘军营，被刘弘击退。刘弘接到朝廷圣旨后，立即赶往荆州。当时张昌还派了石冰攻打扬州，石冰击败刺史陈徽，扬州陷没。张昌接着攻破江州、武陵、零陵、豫章、武昌、长沙等地，名声大起。临淮人封云起兵呼应石冰，带兵侵扰徐州，导致荆、江、扬、豫、徐五州都被乱党占据。当地的官吏逃的逃，降的降，张昌便命部下担任太守。这群盗贼恃强行凶，到处掠夺，百姓不堪暴虐，巴望着早日赶走他们。刘弘御敌有方，一进入荆州境内，便废除苛政，然后任南蛮长史陶侃为大都护，牙门将皮初为都战帅，让二人进军襄阳，扼守要害。张昌屡攻不克，退守竟陵。陶侃让皮初留守襄阳，自己率兵攻打竟陵城，与张昌前后交战数十次，全是胜仗，斩杀数万敌兵，张昌弃城而逃。陶侃下令说："投降的人全部免死。"贼党于是弃戈抛甲，悉数投降。与此同时，刘乔派部将李杨等人攻下江夏，杀死刘尼，荆州自此平定。

刘弘领军来到荆州城下，见城门四闭，城上遍列官军。刘弘很是诧异，便呼城上人答话，叫他开门。守卒答道："我等奉范阳王命令在此守城。无论何人，概不放入。"刘弘答道："我奉诏前来管辖此地，难道范阳王不知道吗？究竟是谁在监守，让他出来说个明白。"说完，等了好一阵子，才见城门打开。一位将领带兵出门，跃马当先，来势汹汹。刘弘料他不怀好意，扬起马鞭向后一挥，将士们立即向前截住来将。来将无从杀入，这才自报姓名、职衔。原来是长水校尉张奕，奉范阳王司马嫚的命令驻守荆州。刘弘拿出诏书，张奕还是不信，挥刀想要打斗。刘弘一声喝令，将士们立即围住张奕，将他砍死。刘弘于是进入荆州城，安抚百姓。刘弘再命陶侃等人围剿张昌，张昌窜入下俊山，陶侃便领军入山搜缉，连斗数次，张昌的手下全部被杀，只剩下张昌一人一马逃往清水。不久，张昌便被陶侃追上，人头落地。陶侃率军回城复命，刘弘起座相迎，笑着对陶侃说："以前，我只是羊祜的参军，蒙他器重，他说我有朝一日必将镇守此地，如今果然应验。我看你也不是凡人，他日必定能继承老夫之位。"陶侃连声道谢。

陶侃，字士行，鄱阳人，自小家境贫寒，成年后当过县吏。鄱阳孝廉范逵曾造访陶侃，陶侃的母亲湛氏剪断自己的长发，换成美酒佳肴款待范逵，让他们畅饮尽欢。范逵吃完后准备离去，陶侃将范逵送到百里之外才停住，范逵问陶侃道："你想做郡曹吗？"陶侃答道："正苦于无人引荐，不知道你能否帮忙？"范逵满口答应，然后与陶侃辞别。范逵来到庐江后见到太守张夔，便向他力赞陶侃的才能。张夔任陶侃为督邮，担任枞阳县令。不久，张夔举荐陶侃为孝廉，陶侃被任命为郎中，后来升为吏部令史。刘弘奉命出军，令陶侃为南蛮长史，让他从军，陶侃果然建立了显赫的战功。刘弘上奏惠帝，惠帝封陶侃为东乡侯兼江夏太守。刘弘还举荐皮初为襄阳太守，朝廷认为襄阳是重城，担心皮初不能胜任，改派前东平太守夏侯涉前去。夏侯涉是刘弘的女婿，刘弘上奏道："夏侯涉是我的女婿，理应避嫌。皮初有功，应当让他担任襄阳太守。"朝廷准奏。刘弘说："为政应该公正无私，不能一味任用亲戚。"不久，刘弘劝百姓务农务桑，并减轻税赋。百姓欢庆不已。

这时，叛党石冰与封云相互勾结，攻陷临淮，气焰正盛。议郎周玘等人在江东起兵，推荐前吴兴太守顾秘统领扬州军事，并联合其他州郡讨伐乱党。周玘是前将军周处的儿子，颇有声望，只要他一声号召，便四处响应。前侍御史贺循起兵会稽，庐江内史华谭、丹阳人葛洪甘卓等人都起兵响应周玘。周玘连破石冰，斩杀一万多人。石冰从临淮退回寿春。征东将军刘准正驻守广陵，一听说石冰要来，吓得不知所措。只有度支陈敏愿出兵攻打石冰，刘准便派他前去抵御。陈敏以少胜多，屡战屡胜。石冰逃往建康，陈敏再与周玘合师进击，石冰再次战败。当时，封云正在徐州作战，于是石冰前去投奔封云。封云的部下张统料定石、封二人难成大事，便将二人的头割下献给陈敏，扬州、徐州平定。周玘与贺循遣散部众，辞官还乡，不求封赏。陈敏被封为广陵相，恃勇生骄，渐渐地生出异心来了。

烽火洛阳城

这时，洛阳已经闹得一塌糊涂，不可收拾。惠帝昏庸至极，任人播弄，大晋江山岌岌可危。河间王司马颙不服朝命，天天谋划着造反，长史李含又从旁挑拨，司马颙更加飞扬跋扈。成都王司马颖仗着自己德高望重，目中无人。长沙王司马乂把持朝政，事事都与司马颖商量，司马颖还不知足，反与司马颙密谋铲除司马乂。这时，皇甫商再次成为司马乂的参军，皇甫商的哥哥皇甫重出任秦州刺史。李含心怀旧恨，得知皇甫两兄弟深得宠爱，便想铲除他们。李含对司马颙说："皇甫商被司马乂重用，皇甫重又出任秦州刺史。二人都是司马乂的爪牙，将来必定成为我们的祸患。你应当奏请惠帝将皇甫重贬为内职，当他经过长安时，我们便能一举将他杀死，以绝后患。"司马颙于是上奏，惠帝竟然准奏。偏偏消息被皇甫重得知，他不甘坐以待毙，就起兵讨伐李含。司马乂从中调解，未能成功。李含又试图谋害司马乂，皇甫重早已料知，先下手将李含除了。司马颙得知消息，怒发冲冠，立即写信约司马颖共同讨伐司马乂。不料朝廷传下诏书，惠帝亲征讨伐司马颙，命司马乂统领全国军事。一场大战由此开始了。司马颙任张方为都督，率精兵七万从涵谷攻向洛阳东面。司马颖令陆机为前将军都督，率兵二十万攻向洛阳南面。

洛阳这边，惠帝亲自督战，长沙王司马乂一举将司马颖的军队击败，转而攻打司马颙。司马颙的都督张方率领军队靠近城门，见皇帝亲临，不禁沮丧，急忙后退。张方想要继续作战，部下却纷纷逃散，张方只好撤退。司马乂带兵从后面追上，杀死了张方士兵五千多人。张方退到十三里桥，鼓舞军心，带兵乘夜前进数里。沿路修筑多重堡垒，为持久战作准备。司马乂骄傲轻敌，再次与张方交战，竟然失利。司马乂战败，回到都城和群臣商议军情。众人想出一个调停的办法：先和颖军议和，再合力对抗颙军。司马乂和司马颖是兄弟，司马乂希望司马颖能顾及到兄弟之谊，停止战争。于是派中书令王衍和光禄勋石陋等人一同去劝说司马颖，让司马颖和司马乂分陕而居，司马颖不肯答应。司马乂又写信给司马颖劝他退兵。司马颖要求先杀了皇甫商等人，司马乂又不肯答应。司马颖派两镇军队同时逼近都城。骠骑主簿祖逖为司马乂献计说："雍州刺史刘沈忠勇刚毅，足以制服河间王。可以请皇上派刘沈从后面攻打颙军，颙军要顾全根本，必定召张方回去。张方一路退去，颖军也就无能为力了。"司马乂连声称好，立刻上奏，惠帝准奏。司马乂又让皇甫商带着诏令，命令金城太守游楷罢兵，并让皇甫重进军讨伐颙军。皇甫商在新平时碰到外甥，言谈之中谈及了这个计划，他的外甥竟然秘密通知了司马颙。司马颙派人抓到皇甫商，将他处死。同时令游楷等人迅速攻打秦州。幸好皇甫重坚持守战，才把秦州守住。

一年后，司马乂聚众誓师，鼓舞将士们和颖军决战。司马乂的军队屡战屡胜，斩杀司马颖的部下七万余人。张方见司马颖失败，准备退兵，但探听到都城粮食不足，料想城中将有内乱，于是留兵待变。果然不到几天，左卫将军朱默和东海王司马越通谋，勾结殿内的将士把司马乂拿下，攻进皇宫，免去了司马乂的官职，并将他囚禁在金墉城。司马越大赦天下，改元永安，开城和颖、颙两军议和。颖、颙二军欣然从命。可怜司马乂在金墉城仍向惠帝上疏，陈说自己的忠心和对奸臣当道的忧虑。

都城将士最初被司马越蒙骗，盲从司马越，后来见外兵不强，暗觉后悔，准备拥护司马乂抵抗司马越。司马越知道后，不禁慌张起来，召来黄门侍郎潘滔商量，准备杀死司马乂，以绝后患。潘滔反对，建议司马越借张方之手灭掉司马乂。张方杀人不眨眼，得到潘滔的命令后，命人把司马乂锁在柱子上，用炭火烧烤。司马乂最终被烧死，年仅二十八岁，尸体后来被刘佑收埋。

成都王司马颖进了都城后，派部将石超等人率领五万兵马分守十二城门。司马颖自命丞相，晋升司马越为尚书令，命卢志为中书监。雍州刺史刘沈当时还不知都城的情况，一得到密诏，马上集合七郡的部队，直接向长安进军。河间王司马颙驻守在关外，听说刘沈带兵赶来，慌忙退守到渭城，并派人火速召集张方。张方在洛中大肆劫掠，抢了官私奴婢一万多人，向西奔去。张方还没入关，颙军已经战败，退回长安。刘沈派安定太守衙博和功曹皇甫淡，带着五千精兵，偷偷来到长安城门，直逼颙军营地。不料旁边突然杀出一队人马，凶悍勇猛，把衙博和皇甫淡冲作两段。衙博和皇甫淡孤军作战，相继战死。刘沈赶到时，前军已经覆没，只好退兵。张方回来后，派部将敦伟夜袭刘沈的军营。刘沈防备不及，当即被擒。敦伟押送刘沈去见司马颙，司马颙责骂刘沈背信弃义，刘沈坦然说："知己恩轻，君臣义重，我奉天子命令，不敢不从。即便遭受酷刑，我也没有怨言。"司马颙愤怒至极，下令先鞭打刘沈，再处以腰斩。一道忠魂，便上升天界去了。

司马颖和司马颙上疏给惠帝称司马颖有大功，可作为储副。又建议废除羊皇后。晋惠帝虽然舍不得美人，但也没办法，只好忍痛将羊皇后废为庶人，迁居金墉城，把皇太子司马覃降为清河王。立司马颖为皇太弟，统领中外军事，兼任丞相，把他迁到邺城。提拔司马颙为太宰大都督，兼任雍州牧。

司马颖被封为皇太弟后，骄纵恣肆，目无君主。随从孟玖等人又仗势横行，司马颖在众人心中的威望因此大大降低。右卫将军陈眕、殿中中郎逯褘媛、成辅以及长沙王的故将上官巳等人，纷纷怂恿东海王司马越讨伐司马颖。司马越便和陈眕带兵攻进云龙门，召集三公百僚抓捕颖军将领石超。石超逃到邺城，赶紧找到羊氏，重新立其为后，并让清河王司马覃重进东宫，再做太子。司马越奏请惠帝北伐，自命大都督，带领前侍中嵇绍同行。嵇绍跟着惠帝到了安阳，沿途司马越不断招兵买马，募集了十万新兵。邺城得知后一片惊恐。司马颖召集将领商量对策。东安王司马繇走进军营道："皇上亲自征讨，臣子应当脱下盔甲，身着素衣，出门请罪。"司马颖听后大怒："难道你要我去自寻死路吗？"折冲将军乔智明也劝司马颖出门迎驾，司马颖不从，令司马繇和乔智明退下，让石超立刻带五万士兵前去迎战。

司马越驻军荡阴，打探到邺城人心不定，以为没什么隐患，就没有严加防备。哪知道石超带兵杀来，气势汹汹，转眼间就攻破了司马越的军营。司马越仓皇逃命，竟无暇顾及惠帝，自己一溜烟地往东海方向逃去。惠帝猝不及防，被飞箭射到，脸部中了三箭。众官兵纷纷逃窜，唯独嵇绍登上马车保护惠帝，石超率军一拥而上，拖下嵇绍。惠帝忙拉住嵇绍的衣服，惊慌喊道："这是忠臣嵇侍中，杀不得！杀不得！"只听得石超的士兵回答说："奉太弟命令，除了陛下之外，其他人都可以杀。"话音刚落，嵇绍已被一刀砍死。鲜血溅到惠帝的衣服上，吓得惠帝浑身乱颤，没有坐稳，摔落到车下，僵卧在草丛中。石超见惠帝掉下马车，亲自下马叫醒惠帝，扶他上车，然后把他带到军营。石超问惠帝哪里疼，惠帝说："疼痛倒可以忍耐，只是肚子已经饿了很久。"石超亲自递上水，吩咐左右送上秋桃，让惠帝姑且解解饥渴。

石超向司马颖告捷。司马颖命令卢志前去迎驾，和惠帝一同进入邺城。到了邺城，惠帝下诏大赦，改永安元年为建武元年。司马颖让惠帝召请司马越。司马越哪肯去邺城，只把使者打发走了。前奋威将军孙惠向司马越上疏，让司马越联合王侯一同辅助王室。司马越于是命孙惠为记室参军，和他一起商量策略。北军中侯苟晞投奔了范阳王司马虓，司马虓命他为兖州刺史。陈眕、上官巳回到洛阳，辅助太子清河王司马覃守护都城。此时张方却凭着一股蛮力，占据了洛阳。原来司马越讨伐司马颖时，司马颙派张方去支援邺城。司马越逃走，惠帝被司马颖劫去后，司马颙又让张方迅速占据洛阳。太子司马覃在广阳门外迎进张方，张方携司马覃一同进城，并派兵分守城门。两天之后，张方竟将羊皇后和太子司马覃废掉了，自己在洛阳城内独断专行。

司马颖命右司马和演为幽州刺史，让他杀害王浚。安北将军王浚曾是幽州统领，司马颖、司马颙和司马乂讨伐赵王司马伦时，司马颖曾让王浚起兵相助，王浚没有答应。司马颖于是怀恨在心，想要报复王浚。和演于是和乌桓单于审登商议。没想到审登却把和演的预谋告诉了王浚。王浚便和审登会师，杀了和演，并将幽州的营兵收归旗下。司马颖劫持惠帝，下诏宣王浚入朝。王浚知道司马颖不怀好意，决定联合外族讨伐司马颖。乌桓单于派部酋大飘滑弟羯朱带兵协助王浚，王浚的女婿段务勿尘是鲜卑支部的头目，也带兵前来相助。王浚又邀同并州刺史东嬴公司马腾联兵攻打邺城，司马腾答应下来。幽、并两州的将士以及乌桓、鲜卑的胡骑共十万人，直接朝邺城杀来。司马颖派北中郎将王斌和石超出兵抵御，司马颖担心司马繇响应外兵，便把他杀了。司马繇的侄子琅玡王司马睿害怕遭到不测，就从邺城逃跑。幸亏有宋典帮助，司马睿才跑到洛阳，接了太妃夏侯氏，匆匆赶往自己的封地去了。

司马颖和将领们商议军情。王戎说胡骑气势旺盛，不如同他们议和。司马颖却想带着惠帝回洛阳，暂时躲避敌军。此时，一个相貌堂堂、威风凛凛的大将信步迈入厅中，和众人行过礼后，坐下来对司马颖说："我有一个办法，或许可以为殿下解忧。"司马颖一看，原来是冠军将军刘渊，于是问他有什么好办法。刘渊说："我曾奉命担任五部的都督，如今愿意为殿下说服五部一起抵御强敌。"司马颖半天才说："我想带皇上回到洛阳，然后传檄天下，以顺制逆，你认为如何？"刘渊反对，说："殿下是武皇帝的亲儿子，有功于皇室，恩威远播。四海之内，谁不愿意为殿下效命？匈奴五部受你抚恤已久，一经调拨，不患不来。殿下若逃出邺城，就等于向人示弱，这样哪还有威信？现在不如鼓励将士，同心镇守邺城，我为殿下召集五部驱除外寇，两部抵抗东嬴公，三部对付王浚。"司马颖于是封刘渊为北单于，让他马上出发。

刘渊辞别司马颖，来到左国城。匈奴右贤王刘宣和部众联名要求刘渊接受大单于的封号。刘渊接受，共得部下五万人，定都离石，命儿子刘聪为鹿蠡王。刘渊令部将刘宏带着五千精兵支援邺城。这时，王浚和东嬴公司马腾已经打败了颖军将领王斌，正朝邺城长驱直入。石超带兵抵御，在平棘大败，石超退回邺城。邺城一片惊乱，中书监卢志劝司马颖赶紧带惠帝前往洛阳。将士一万五千人仓促准备，忙乱了一个晚上。第二天天亮后，士兵们待命起程，可是等了半天却没有任何动静。众人感到疑惑，打听后才知道，原来是司马颖的母亲程太妃不肯离开。不久有情报说外兵就要到了，众人四散而逃。司马颖惊慌失措，只带了十余人马，和卢志一起带着惠帝朝洛阳逃去。

惠帝坐着一辆牛车，仓皇出逃。来不及带粮食，又没有钱。中黄门的被子里藏着三千文私蓄，惠帝先向他借来，在路边买了饭食给随从吃了，晚上留宿客栈。第二天起程，在市场上买来粗米饭，惠帝吃了两瓦盆。有一个老人送上蒸鸡，惠帝抓来就吃，感觉比宫廷的佳肴还要鲜美十倍。惠帝无以为报，承诺免去老人一年的赋税，作为犒赏，老人拜谢而去。到了芒山脚下，张方亲自带领一万余人马前来迎接惠帝。惠帝升殿受朝，封赏从臣，并颁下赦书。不久，得到情报，说邺城已经被王浚各军抢劫一空。乌桓部酋没有追到司马颖，已经和王浚等人一同回去了。邺城已经残破，刘渊所派部将刘宏来不及支援，只好退兵回去，向刘渊报告。

刘渊建汉

刘渊得到刘宏的报告，立即令右于陆王刘景、左独鹿王刘延年率领步兵两万人征讨鲜卑。刘宣劝说刘渊不要为了晋朝攻打鲜卑、乌桓，应当安抚外族，控制中原，以重振呼韩邪的基业。刘渊笑着说："你很有见识，但志向还不够大。我们已经有十多万士兵，个个矫健，如果向南和晋争锋，可以以一当十。上可至汉高祖，下不失于魏武，呼韩邪又何足挂齿？"刘宣等人都叩头称："大单于英武过人，目光高远，我们远不能及。请即刻趁势称尊，抚慰众人。"刘渊缓缓地说："众人如果已经同心，我又何必去援救司马颖？暂且迁居左国城再作打算。"刘宣等人立刻起身，整理行装，随刘渊迁到左国城。远近又有几万人不断归附。刘渊正准备拥众称尊，统一北方，不料西方巴蜀已经有人先称了王。野心勃勃的刘渊急不可待，当即竖起了大汉的旗帜。

李雄占据了成都后，与叔父李流一同居住。蜀地的百姓相继避乱，有的南下宁州，有的东去荆州，城邑皆空，人烟稀少。唯独涪陵人范长生带着一千多户百姓，依着青城山，傍险而居。李流没地方抢掠粮食，部众都很饥饿。平西参军徐舆向益州刺史罗尚献计道："李流粮食匮乏，我们正好趁机征讨，可以邀范长生一起合攻。"罗尚不肯听从。徐舆被惹恼了，反而去依附李流，并说服范长生为李流运粮济困，李流的危机得以解除。不久，李流病重，即将去世，嘱咐部将效力于李雄，部将答应下来。李流死后，部将便推李雄为益州牧。

李雄令将校朴素写信给罗尚，假意说愿做内应。罗尚派隗伯攻打郫城，交战中，隗伯中了埋伏，被李雄的士兵抓住。李雄赦免了隗伯，令李骧带着投降的士兵连夜赶到成都，谎称已经攻占了郫城。守吏不知是诈，打开城门。李骧杀死守吏，占据外城。罗尚赶紧登城抵御，堵住外兵。李骧留兵继续攻打，自己则率兵去截罗尚的粮道。恰逢犍为太守袭恢运粮过来，李骧的部下杀死袭恢，把粮车夺走。罗尚困守内城，既没有粮食，还要应付李骧的攻打，更有李雄不断增派兵马，眼看着朝不保夕，危如累卵。罗尚见防守无望，索性留下牙将张罗在城内据守，自己趁夜开门逃走了。张罗心想罗尚才是将领，他都弃城逃跑了，自己只是一个部下，又何苦为国殉难呢？于是插起降旗，向李骧投降。李骧把李雄迎入成都，李雄兵不血刃，便将西蜀雄藩收入囊中。梁州刺史许雄被晋廷召回治罪。罗尚逃到江阳后，派遣使者向晋廷报告。晋廷当时正发生内乱，无暇追究，便令罗尚管治巴东、巴郡、涪陵等郡，收取军赋。罗尚派李兴到荆州求粮，镇南将军刘弘拨给他三十万斗粮米，罗尚得以维持生存。但兵力衰残，成都已经无法夺回。

李雄占据成都几个月后，见范长生德高望重，很受蜀民爱戴，便想立范长生为君，自己做臣子。范长生不肯从命，李雄只好自称成都王，大赦境内，号为建兴元年。接着，废除晋朝的弊制，与蜀中百姓约法七章，命叔父李骧为太傅，兄长李始为太保，折冲将军李离为太尉，建威将军李云为司徒，翊军将军李璜为司空，材官李国为太宰，母亲罗氏为王太后，追尊父亲李特为景王，并派使者迎接范长生。范长生身穿布衣，在青城山登上了马车。到了成都，刚进城门，李雄已经下马前来迎接。李雄握着范长生的手把他带进城，让他上坐，称他为范贤。范长生稍稍说了几句，很合李雄的心意，被封为丞相。

李雄是个流民子弟，尚能据地称雄，五部大都督刘渊文武兼备，才识过人，又怎么会甘心安居一隅呢？刘宣等人上疏刘渊，请他筑坛即位，立国纪元。刘渊笑着说："汉朝拥有天下，历世长久，恩结人心。所以昭烈帝仅占有益州就能和吴、魏抗衡，相持几十年。我是汉人的子孙，与汉昭帝约为兄弟，兄亡弟继，有什么不可？我就自称汉王吧。"于是下令在南郊筑坛，告天祭地。

登坛这一天，五部胡人都来拜贺。刘渊下令竖大汉旗帜，改称元熙元年，国号汉。立汉高祖以下三祖五宗神主，筑庙祭祀，追尊安乐公刘禅为孝怀皇帝，开国制度都依照两汉旧例。立妻子呼延氏为王后，长子刘和为世子，刘聪仍为鹿蠡王。刘渊有一个族子，名叫刘曜。刘曜生有白眉，目光炯炯有神，两手过膝，身长九尺三寸。他少时父母便去世，被刘渊抚养长大，既精通骑射，又擅长作文，刘渊曾称他为千里马。刘渊命刘曜为建武将军，又命刘宣为丞相。令上党人崔游为御史大夫，后部人陈元达为黄门侍郎。崔游是上党年高有德的人，刘渊曾授予他职务，崔游坚决推辞。陈元达也曾躬耕苦读，刘渊为左贤王时，曾想把他召为部下，陈元达没有答应。其他如刘宏、刘景、刘延年等人都是刘渊的族人，也都被授予要职。

刘渊称帝不久，便令部将攻打东嬴公司马腾。司马腾令将军聂玄带兵抵御。聂玄和刘渊在大陵交锋，两军力量悬殊，才几个回合，聂玄就战败，狼狈而逃。司马腾接到消息后十分惊恐，带着并州两万余户百姓去山东避乱。刘渊则四处劫掠，占据蒲子。刘渊又令刘曜攻打太原。刘曜的军队精锐勇猛，连连攻取泫氏、屯留、长子各县。别将乔晞被派去攻打介休。介休县令贾浑登城死守，大约过了十来天，内无粮草，外无救兵，孤城无法再支撑，最终被乔晞攻破。贾浑带兵巷战，力竭被擒。乔晞勒令贾浑投降，贾浑不肯屈服，说道："我是大晋守令，不能保全城池，已经有失臣道，如果再苟且偷生，屈事贼虏，还有什么颜面苟活于世？要杀便杀，绝不投降！"乔晞听到"贼虏"二字怒不可遏，喝令士兵把他推出去斩首。裨将尹崧劝阻道："将军为什么不放了贾浑，也好劝人尽忠？"乔晞愤怒地说："他为晋尽节，和我们大汉有什么关系？"随即催人把贾浑拉出去。

这时，一位青年妇人嚎哭着跑过来，和贾浑诀别。乔晞大声问："谁人竟敢来痛哭？快给我拿下！"左右拿下妇人，带到乔晞跟前，并报明妇人来历，原来是贾浑的妻子宗氏。乔晞见她散发乌黑，泪眼赤红，颦眉似锁，娇喘如丝，不由得怜惜起来，转怒为喜，说道："你何必哭，我正缺少一位佳人呢。"话音未落，外面已经有人把贾浑的首级呈进来了，宗氏见了，放声大哭。乔晞狞笑着说："不要悲伤，去帐后好好休息，我替你压惊。"宗氏听了，停住了哭泣，指着乔晞骂道："狗贼！天下有害死人夫，还想玷污人妇的人吗？我头可断，身不可辱，快杀了我，不必妄想！"乔晞本来不忍加害，经宗氏恶骂不休，激起了野性，竟拔出佩刀，起身下手。宗氏引颈而尽，渺渺贞魂，随夫而逝，年仅二十岁。刘渊得知消息后，不禁大怒道："乔晞杀忠臣，害义妇，天道有知，他还想有遗种吗？"于是下令厚葬贾浑夫妇，并把乔晞召回，将他降职四等。不久，司马腾又派部将司马瑜、周良、石鲜分别带兵攻打离石。数路人马和刘渊的将领刘钦交锋，四战皆败，全部逃回。刘渊于是横行北方，无人能敌。

　　晋廷内乱不休，哪还顾得了什么边防。单单一座洛阳城，就已弄得乱七八糟，没有宁日。张方带惠帝入都，独揽朝政，不但公卿百官无权无势，就连司马颖也被夺尽了权力。都城百姓都畏惧张方的淫威，不敢声张。唯独范阳王司马虓和东平王司马楙送来表书，劝惠帝召集贤臣，遣送张方还郡。不久，二人又上一疏，大致说"成都王实为奸贼所误，不要深究，可降封一邑，保全生命"等等。张方见了这两篇表文，生气地说："我奉迎皇帝，保全都城，明明是自守臣节，反说我不识变通，催我西还。王戎庸钝，怎能称为贤臣？东海王专擅，怎能安抚众人？王浚带兵犯驾，还说他有功于社稷。这些妄谈，不值一辩。我也无意留此，就变通一步，免得被人小看，看他怎么应付？"原来，张方久留洛阳，部下每天四处劫掠，洛阳已经是十室九空了。士兵们没东西可抢，都有了归意。张方正打算拥着惠帝西去，恰巧被表文所激，便决定西行。又怕惠帝和百官不肯照从，便借拜庙为名诱惠帝出宫。于是张方立刻派人禀告惠帝，请惠帝主持庙祀。惠帝不肯，张方顿时大怒道："他不出来拜庙，难道我就没办法让他西迁了吗？"随后，令部兵齐集殿门，自己带领亲兵数百人跨马入宫，胁迫惠帝。惠帝知道后，慌忙躲进后园竹林中。张方令士兵到处搜查，硬把惠帝拉出。惠帝面如土色，说车马未备，等备好再走。士兵大声说："张将军已备好坐驾来接陛下，陛下不必多虑。"惠帝无奈，流着泪上了马车。

　　张方在宫门前面候着，见惠帝乘车出来，才在马上叩首道："如今寇贼纵横，侍卫又少，愿陛下亲临臣的营寨，臣定当竭尽全力敬奉陛下。"惠帝无话可说，四顾左右，旁边没有一个公卿，只有中书监卢志，又担心他是张方的党羽，欲言又止。卢志对惠帝说："陛下今天还是听从张将军吧。"惠帝只得答应，命令张方多带车辆，载上宫人和宝物。张方随即命令士卒入宫载运。士卒贪婪至极，有这样的美差，自然不亦乐乎。当下便涌入宫中，见到有姿色的宫人便任情调笑，逼令为妻。所有库中的宝藏，值钱的都藏进私囊，单把些破烂杂物搬到车上。甚至你抢我夺，生怕分配不均。好好一顶流苏宝帐，被割成数十块。经过这番劫掠，魏晋以来百余年的积蓄荡然无存。穷凶极恶的张方，还想把宗庙宫室一概毁去。卢志急忙劝阻说："董卓焚烧洛阳，恶名流传至今，将军何必效仿他呢?"张方这才作罢。

过了三天，张方带着惠帝及司马颖、司马炽等人去往长安。当时正值寒冬，天降大雪，途中非常寒冷。到了新安，惠帝已经冻得手脚麻木，一不小心从车上摔下来，伤了右脚。尚书高光正在惠帝后面，赶紧下马扶惠帝上车。惠帝这时才感到脚痛，摸着伤口流泪。高光撕下自己的衣襟，帮惠帝裹伤。惠帝边哭边说："我实在愚钝，让你们这么劳累。"高光也不禁流泪。好不容易到了灞上，远远看到有一簇人马站在道路两旁，惠帝如惊弓之鸟，吓得冷汗淋漓。张方下马启奏说："太宰来迎车驾。"惠帝这才稍稍放心。不久太宰司马颙便到了驾前，拱手参拜。惠帝按照旧例，下车止拜，由司马颙带入长安。借征西府为行宫，休息了几天，再议大政。那时仆射荀藩、司隶刘暾、太常郑球、河南尹周馥等人都还在洛阳，称为留台。惠帝承制行事，称年号为永安。羊皇后被张方所废，仍居住在金墉城。留台各官迎羊氏入宫，再奉她为皇后。于是长安、洛阳各设政府，号称东、西台。太宰司马颙想罢黜司马颖，问张方是否可行，张方认为不妥。但司马颙已拿定了主意，决定立司马炽为皇太弟。惠帝兄弟二十五人，大都相继死亡，只有司马颖、司马炽和吴王司马晏还在。司马晏资质平庸，司马炽却聪敏好学，所以司马颙想推立司马炽为皇太弟。

司马越起兵

惠帝到了长安，政权已经被太宰司马颙把持。司马颙建议立豫章王司马炽为皇太弟，并将其他一切调停的法度都向惠帝说明。惠帝全都依议颁诏，并升司马越为太傅，给司马虓、司马楙等王重新分配职务和领地。颁下诏书后，又大赦天下，改元永兴。令太宰司马颙统领军事，张方为中领军，兼任京兆太守。一切军国要政由司马颙、张方处理。司马越辞去太傅职务，不愿入关。高密王司马略准备奉诏赴洛，却遭到东莱乱民攻打，逃到聊城去了。司徒王戎在张方劫驾时就已经逃到郏县，不到几个月，就病逝了。王衍向来狡猾，虽然已经受职，却并不西行。只有北中郎将司马模去了邺城，收拾残局，募兵防守。

第二年是永兴二年，张方又逼惠帝颁诏废去羊皇后。秦州刺史皇甫重因常年被敌军围困，派养子皇甫昌去东海，向司马越乞援。司马越不愿出兵，皇甫昌便径直来到洛阳，假传司马越的命令，迎羊皇后入宫，再借羊皇后的命令发兵讨伐张方，奉迎惠帝。事起仓促，朝廷百官还来不及考虑就相继从令。不久，皇甫昌的阴谋败露，百官立即杀了皇甫昌，把他的首级送到关中。司马颙和张方不想劳师动众，就派御史带诏书宣司马重入朝，司马重不肯奉命。秦州自被围困以后，内外隔绝，音信不通，长沙王遇害、皇甫商被杀等消息，司马重一概没有听说。司马重问御史及其侍从道："我弟弟早就说要来支援，为什么现在还没到？"侍从回答道："你弟弟早就被河间王杀了，难道还会死而复生吗？"司马重听后大惊失色，一刀将侍从杀死。城里的守卒知道外援已断，索性杀死司马重，提着他的首级乞降。司马颙又调派冯翊太守张辅为秦州刺史。张辅上任后，与金城太守游楷、陇西太守韩稚等人发生冲突，战争不断，最终战败而死。

东海王司马越不愿入关受职，因此与太宰司马颙之间互生怨恨。中尉刘洽劝司马越讨伐张方，奉迎惠帝。司马越听从了刘洽的建议，传檄山东各州郡，西向讨逆，奉迎天子，还复旧都。东平王司马楙把徐州让给司马越，范阳王司马虓和幽州都督王浚也都响应司马越，推司马越为盟主，联兵起战。司马越的两个弟弟司马腾和司马模都在方镇任职，受司马越管制。司马越改选各州郡刺史，朝臣们多奔赴东海。

这时，赵、魏交界处又出了一个公师藩，独自起兵攻打邺城。公师藩是成都王司马颖的故将，听说司马颖被废，心里不平，便自称将军，纠集万人，扬言要替司马颖报仇。当时有个叫石勒的羯人，原名叫匐，因祖先是匈奴别部的小帅，所以号为羯。石勒寄居在上党，十四岁时曾随同乡在洛阳做商贩，在东门叫卖时被王衍发现，王衍诧异不已，对人说道："小小胡人便有这般长相，将来一定会有异图，成为天下大患，不如趁早除了他。"随即派人抓捕石勒，石勒却已经先行逃跑了。几年之后，石勒已经长大，不但强壮无比，而且擅长骑射。相士曾说他相貌奇异，不可限量。正逢并州大饥，刺史司马腾掠卖胡人充作军费，石勒也被卖给茌平人师欢为奴。牧师汲桑和师欢家隔得很近，石勒和汲桑经常往来，二人意气相投，引为知己。石勒听到公师藩起兵的消息后，就和汲桑带领牧人投入公师藩部下。石勒骁勇善战，连破阳平、汲郡，杀死太守李志、张延，然后又转攻邺城。邺城都督司马模令将军赵骧抵御，并向邻郡求援。广平太守丁邵和范阳王司马虓也令兖州刺史苟晞前去援助赵骧。公师藩自然胆怯，于是和石勒退去。

司马越见邺城安定，便下令发兵西行，任刘洽为司马，尚书曹馥为军司，让他们带军前进；令琅玡王司马睿留守下邳，接济军需。司马睿请求留东海参军王导为司马，司马越答应下来。王导，字茂弘，是前光禄大夫王览的孙子，他明察秋毫，富有远见，和司马睿很是亲近。司马睿把他引入军营，让他做自己的参谋。王导也全心效力，知无不言。司马越留下这两个人，便放心西行了。到了萧县，旗下已有三万余人。范阳王司马虓也从许昌赶到荥阳，为司马越声援。司马越命司马虓为豫州刺史，调派原豫州刺史刘乔转任冀州，并任刘蕃为淮北护军，刘舆为颍川太守。司马虓把刘舆的弟弟刘琨也封为司马。刘乔不肯受命，发兵抵制司马虓，并上疏司马颙，历数刘舆兄弟的罪状，说他们协同司马虓为逆，应该讨伐等等。

刘舆，字庆孙，刘琨，字越石，他们的父亲刘蕃是汉朝中山静王刘胜的后代，世代都居住在中山。兄弟俩都很有才华，京都曾相传道："洛中奕奕，庆孙越石。"兄弟二人先后做过尚书郎，只因为依附过贾谧，所以受到诽谤。刘舆的妹妹后来嫁给了赵王司马伦的儿子司马荂。司马伦篡位时，刘舆是散骑侍郎，刘琨是从事中郎，父亲刘蕃为光禄大夫。司马伦被杀后，齐王司马冏辅政，司马冏对二人很器重，特别赦免了他们。仍命刘舆为中书郎，刘琨为尚书左丞，后来又担任司徒左长史。刘乔被司马越派遣，心里很不服气，于是归罪于刘舆、刘琨二人。太宰司马颙这边还在为公师藩叛乱的事情伤神，那边又听说司马越起兵，整日心神不宁。终于想出两个办法：一面让成都王司马颖做镇军大将军，统领河北军事；派兵一千，任卢志为魏郡太守，随司马颖镇守邺城，抵御公师藩。一面请惠帝下诏，令司马越等人各自回自己的封地，不得起兵。司马颖被司马颙所废，对司马颙心存抱怨，怎么肯再为他效力？司马越也不肯听从诏令。司马颙无计可施。

这时，刚好接到刘乔的奏章，司马颙于是令刘乔讨伐司马虓，以分散司马越的兵力；令镇南大将军刘弘、征东大将军刘准等协助刘乔进攻；又令大都督张方率领建威将军吕郎和北地太守刁默集兵十万，讨伐刘舆兄弟；还令成都王司马颖邀故将石超，出守河桥，做刘乔的后援。范阳王司马虓得到消息后，忙向司马越告急。司马越火速移师灵璧，支援司马虓。刘乔令长子刘祐带兵抵御司马越，自己则带领轻骑进攻许昌。尤为奇怪的是东平王司马楙，他占据兖州，却不发一兵，专门搜刮民脂民膏，累得州县官吏疲于奔命。兖州刺史苟晞之前被司马虓派去援助邺城，此时带兵回来，却又被司马楙拒绝。司马虓让司马楙迁往青州，司马楙觉得有失颜面，于是与司马虓为敌，勾结刘乔去了。唯独镇南大将军刘弘志意图平息争执，不想偏袒，于是写了两封信，分别寄给刘乔和司马越，劝他们释怨罢兵，共同匡扶王室。司马越和刘乔已经势不两立，哪里还听得进去。刘弘没法，只好向司马颙上书，陈述刘乔、司马越之间的冲突，劝他命刘乔和司马越不得擅兴兵戈。

司马颙看到刘弘的奏折，没有采纳他的建议。刘乔赶到许昌城下，乘夜登城。司马虓来不及防备，逃出城门，渡河北去。刘琨见许昌已经被刘乔夺取，便和刘舆朝河北逃去，但是父亲刘蕃被刘乔抓住。刘琨挂念父亲，急中生智，劝冀州刺史温羡让位给司马虓。温羡立刻把刺史的印信交给了刘琨，辞去官职。司马虓占据了冀州，派刘琨到幽州求援，幽州都督王浚见刘琨义愤填膺，也特选骑兵八百人支援刘琨。刘琨又在冀州招募了近千人，麾师南下。到了河上，看见前方扎着几个军营，刘琨立刻去攻打。营中的守将王阐被刘琨打败，断送了性命。司马虓听说刘琨得胜，答应做刘琨的后应，两军相继渡河。

当时，成都王司马颖见洛阳有变，趁机进据洛阳。石超见刘琨带兵杀来，仓促应战。不久，司马虓也来了，石超寡不敌众，往西南方向逃去。司马虓和刘琨在紧追不舍，追上石超，将石超一刀砍死。刘琨一心救父，带着五千健骑乘夜去攻打刘乔。见外兵突然进攻，刘乔料想抵御不了，急忙逃出城去，刘琨进城解救了父亲。第二天早上，司马虓也到了，两军设宴庆贺。酒后谈论军情，刘琨建议司马虓说："刘乔被打败后，一定会去灵璧与他的儿子合兵。我们最好联合司马越，夹击刘乔父子，灭掉刘乔，然后就能乘胜入关了。"司马虓拍手叫好。正准备拨兵和司马越会合，外面忽然有探子进来，说东平王司马楙已经出守廪邱，司马虓听了，勃然大怒道："司马楙这个小人一定是来接应刘乔的，让我去教训教训他。"刘琨请命前去应战，司马虓令田督护协助刘琨攻打廪邱。军队还没到廪邱，就接到探子报告，说司马楸怯战，逃回兖州去了。

刘琨派人去向司马虓汇报，自己则和田徽直接去了灵璧。一天，到了灵璧附近，有探子报告，说刘乔父子合兵打败了司马越，已经往谯州方向追去。刘琨对田徽说："果然不出我所料，我们应赶快去援救东海王。"说完，便赶紧朝谯州赶去。到了谯州，刘乔父子正在击杀司马越的军队。刘琨大喊一声冲了过去。刘祐见有来兵，便过去接战，刘琨持剑相迎，二人不分胜负。田徽此时则率军攻打刘乔。司马越听到后面有搏杀声，回头一看，见有刘字旗号，知道是刘琨杀来，急忙掉头继续作战。在两路军队的夹攻下，刘祐被杀，刘乔飞马逃进平氏县，才幸免一死。

刘琨、田徽和司马越会合，带兵挺进屯阳武，直指关中。幽州都督王浚令部将祁弘带领鲜卑，乌桓骑兵支援司马越，作为队伍前驱。于是军队朝长安奔去。张方此时驻守在灞上，他派吕郎去荥阳据守，自己仍按兵不动。刘弘见张方残虐无道，料想司马颙必败，于是写信给司马越，表示愿意归附他。司马颙听说刘乔被打败，令司马颖在洛阳抵御司马越，阻止司马越西去。司马颖已经进了洛阳，自然不听司马颙的命令。

司马颖占据洛阳的时候，对关中所有诏旨多半遵从。玄节将军周权忽然称接到诏令，再次册立羊皇后，自称平西将军，意图讨伐司马颙。洛阳令何乔知道真相后，带兵杀死周权，并报告司马颙。司马颙派尚书田淑伪令赐死羊皇后。留台校尉刘暾等人不肯照办，便派田淑递上奏折，力保羊皇后。司马颙看了奏折大怒，令吕郎从荥阳带兵去洛阳收服刘暾。刘暾料到会有大祸，早就逃到青州去了。成都王司马颖此时刚好到了河桥，趁着这个机会占据了洛阳，接着闭城抵抗吕郎，吕郎只好退去，羊皇后这才免得一死。

司马颙见司马越军队不断逼近，传令给司马颖又没有回音，只好和司马越议和。张方不从，司马颙便打消了议和的念头。司马颙有一个叫毕垣的参军，经常被张方欺侮，怀恨在心，常想设计陷害张方。得知司马越逼迫司马颙，他便趁机对司马颙说："张方久居灞上，一直按兵不动，一定是另有图谋。听说他的部下郅辅常和他秘密地谈论事情。为什么不下道诏令，先除去这个祸患呢？"缪播、缪胤还留在关中，此时也在旁边，便趁机插话说："山东起兵无非是因为张方一人，大王如果杀了张方，山东的士兵自然退去。"司马颙于是派人召来郅辅。郅辅是张方的心腹。郅辅应召入帐，毕垣贴在他耳边说："张方想造反，有人说你知道这件事情，所以大王特意把你召来。"郅辅惊愕不已，连称不知。毕垣装作不信的样子。郅辅对天发誓，说自己没骗他。毕垣又说："我知道你为人真诚，所以特地来告诉你。张方谋反属实，你没有听说倒也罢了，但大王今天问你，你应该说是，以免自招祸患。"郅辅点了点头。进了营帐，司马颙问他："张方谋反，你知道吗？"郅辅答了一个"是"。司马颙又说："我派你去取张方的首级，你能办到吗？"郅辅又答一个"是"字。司马颙便拿出一封信，让他转送给张方，并要他顺便取了张方的首级。郅辅连答三个"是"字，便退出了营帐。见到毕垣，毕垣又对他说："你能不能取得荣华富贵，就看这一次了，千万别误事。"郅辅匆匆赶到张方的营帐。当时已是黄昏，郅辅带刀走了进去。营帐外面的守卒，因郅辅是张方的心腹，丝毫没起疑心。张方见郅辅进来，问他有什么事情。郅辅递过司马颙的信，张方走到灯下正准备拆信，郅辅忽然拔刀砍去，砉的一声，张方人头便落了地。郅辅提着张方的人头，向司马颙复命去了。

呆皇帝暴死

司马颙升郅辅为安定太守，把人头送给司马越，想和司马越议和。司马越收下张方的首级后，却不答应议和。遣回使者后，司马越立刻令幽州将领祁弘做前锋，去长安接回惠帝。并派部将宋胄攻打洛阳，刘琨攻打荥阳。刘琨带着张方的首级来到荥阳城下，将首级呈给守将吕朗，吕朗急忙开城投降。宋胄在途中碰到邺城将领冯嵩奉命前来，二人于是一同赶往洛阳。司马颖只好往长安逃去。司马颖逃到华阴时，听说司马颙和司马越已经议和，担心司马颙谋害自己，就不敢再往西逃。司马颙见司马越并没有退兵，开始后悔杀死张方，再仔细盘问郅辅，才知道事情的真相，一怒之下就把郅辅杀了。司马颙又派弘农太守彭随和刁默率兵抵御司马越，并让马瞻和郭伟做后应。彭随和刁默到了关外，迎面遇到祁弘的军队。祁弘旗下的鲜卑兵把彭、刁的部下冲成数截，彭随、刁默两队死伤无数。祁弘行军到霸水，又碰上马瞻和郭伟，将两军打败。兵败的消息接连传到关中，司马颙吓得魂飞魄散，不知所措。不久，有人来报，说敌军已经深入。司马颙扬鞭逃跑，侥幸出城，旁顾四周，心想孤身一人不能远去，就策马向太白山奔去。

祁弘杀进长安，城内无人敢挡，任由鲜卑兵烧杀抢掠。百官都逃到山里去了，惠帝还在行宫，没人保护。刚好司马越随后赶到，禁止劫掠，进宫拜见，又召集百官，宣布即日东归。命太弟太保梁柳为镇西将军，留守关中，自己则带领各路军队奉惠帝回洛阳。到了洛阳，惠帝登上旧殿，朝见百官。司马越带领护驾诸臣草草拜谒，便算完事，转拜太庙，也是蛛网遍布，满眼苍凉。回到宫中，宫内空旷寂静，只剩下三五个老宫婢及六七个太监。惠帝寂寞得很，草草下了一道诏书，派宫监到金墉城迎回羊氏。羊皇后又惊又喜，略略梳洗，便与来使乘车入宫。桃花无恙，人面重逢，惠帝欢天喜地，仍令她主持中宫，并颁诏内外。

永兴三年六月，又改元为光熙元年。惠帝下诏封赏迎驾诸臣，升司马越为太傅；范阳王司马虓为司空，仍驻镇邺城；司马模为镇东大将军，镇守许昌；王浚为骠骑大将军，统领东夷河北军事，兼任幽州刺史。此外如皇太弟以下，仍然各司其职。对司马颖和司马颙，只下了一道赦书。

说也奇怪，惠帝在长安时，江东出了一个假皇太弟，居然承制封官，占据一方。这个假皇太弟，便是丹阳人甘卓。甘卓本来是吴王的随身侍卫，曾和陈敏等人一起讨伐石冰。石冰后来被陈敏的部下杀死，甘卓因此得功受封为都亭侯。东海王司马越请他做过参军，后来因天下大乱，甘卓便弃官东归。甘卓走到历阳时，遇到了陈敏，二人阔别数年，意外相逢，自然要叙叙旧。陈敏心里已经有一个打算，但当时没有对甘卓说，只是表现得和甘卓很是亲热，并提议两家结为亲家。甘卓答应下来。不久之后，男婚女嫁，当即成礼。不料陈敏却和甘卓商量，要他假充皇太弟。原来陈敏打败石冰后，认为自己无人可敌，便想占据江东。陈敏的父亲多次劝阻，陈敏却态度坚决。司马越起兵时，起用陈敏为右将军。灵璧一战，陈敏先是被打败了，后来得到刘琨相助才转败为胜。陈敏回到历阳后，开始召集将士，准备叛乱。刚好碰到了甘卓，陈敏想让他做帮手，于是先结婚约，再和他商议。甘卓已经中计，只好将错就错，做起了"皇太弟"，命陈敏为扬州刺史。陈敏派二弟陈恢及部将钱端往南攻取江州，派三弟陈斌往东夺取东部各郡。江州刺史应邈、扬州刺史刘机、丹阳太守王旷闻风而逃，陈敏占据江东。然后陈敏遍征名士，召顾荣为右将军，贺循为丹阳内史，周玘为安丰太守。贺循和周玘都称病不肯赴任。顾荣担心不听从命令会触怒陈敏，便去见陈敏。陈敏听说顾荣肯应召，立刻把顾荣迎进。寒暄过后，陈敏便和顾荣谈起招募的事情。顾荣建议他要以诚相待，不记小恨，不听谗言。陈敏听了，起座谢教，令顾荣担任丹阳内史。然后令众人推自己为楚公，统领江东军事，兼任大司马。陈敏又谎称接到密令，顺江入汉，奉迎惠帝，当下率兵出发。

镇南将军刘弘派江夏太守陶侃和武陵太守苗亮戍守夏口，又令南平太守应詹调集水师响应陶侃等军。这时，太宰司马颙还在关中，他令顺阳太守张光带着五千步骑，去荆州协助刘弘。刘弘让张光前往夏口，与陶侃合兵。陶侃和陈敏同郡，又和陈敏同年当官。随郡内史扈怀担心陶侃与陈敏相互勾结，对荆州不利，便偷偷对刘弘说："陶侃手握强兵，一旦造反，荆州就保不住了。"刘弘笑了笑说："陶侃忠心耿耿，尽可放心。"陶侃知道后，就将儿子陶洪和侄子陶臻送给刘弘做人质，以表忠心。刘弘让陶洪做参军，并出资送陶臻回去。陶臻临行前，刘弘嘱咐他尽心侍奉祖母。陶臻走后，刘弘又提升陶侃为督护，让他安心抵御陈敏。陶侃心存感激，于是整军待敌。陈敏的弟弟陈恢受了陈敏的伪令，挂了荆州刺史的头衔，进逼武昌。陶侃用运船做战舰，载兵抵御陈恢。交战中，陶侃连连战胜。陈敏又派钱端进攻，陶侃联合张光、苗亮两军，大胜钱端。陈敏见状，只好收兵退去，不敢再窥视江汉。

刘弘让张光回长安，并向司马颙上疏陈述各位将军的战功，把张光列在首位。并派张光西去。张光入关后，司马越的军队已经到达长安。刘弘令参军刘盘去与司马越会合。司马越升刘弘为车骑将军。刘弘积劳成疾，准备辞官，辞呈还没送上，就去世了。刘弘在江汉一带很有威信，每次打了胜仗总是归功于别人，失败了却归咎于自己；发生事情，总是亲自写信给部下，仔细叮咛。部下都很敬重刘弘，愿意为他效命。朝廷赐刘弘谥号元，追封他为新城郡公。刘弘的司马郭劢因刘弘病故，想把成都王司马颖接到襄阳。刘弘的儿子刘璠身披孝服，率兵杀死郭劢，保住了襄阳。太傅司马越写信给刘璠，对他大加称赞，并调高密王司马略镇守荆州。

南方的宁州，因为李氏兄妹二人而转危为安。宁州常年饥荒，瘟疫不断。边疆的蛮夷势力逐渐强大，趁机在宁州大肆劫掠，甚至围逼州城。宁州刺史李毅身患重病，听说夷人进攻，急上加急，竟然气绝身亡。宁州百姓都很惶恐，这时一位年仅十五岁的女子，满身缟素来到州府门口，召集兵民，流着泪宣誓说："父亲身亡，小女子当和全城同生共死，奋力抵抗夷虏。"众人一看，原来是刺史的爱女李秀，不由得肃然起敬，齐声响应。李秀又说："我只是一个弱女子，恐怕难以制服夷虏，希望各位推举一名主帅，统领军政，以保万全。"众人见她气宇不凡，都推她为主帅。李秀大声道："各位推我暂做主帅，试想保住全城责任何等重大，敢问各位肯听我命令吗？"众人齐声答道："愿意！"李秀便指挥士兵分队守城，并亲自写了几条赏罚条例，贴在城门上。李秀身穿银铠，脚跨蛮靴，左持宝剑，右执令旗，整天登城巡逻，毫不松懈。一看到夷人戒备有所松弛，便出兵攻打。夷人虽然气馁，但一时还不肯退兵。不久，城内粮食断绝，没有吃的，只能用老鼠、草根做口粮。李秀却坚定如故，士兵很受鼓舞，誓死抵御。刚好这时，李毅的儿子李钊从洛阳赶来，带着几百兵马来援救宁州。李秀从城内杀出，与李钊内外合攻，终于杀退夷虏，保全了宁州。李钊本在洛阳做官，李毅去世后，李秀向李钊报丧，并把夷人猖獗的情况告诉了他。于是李钊招募勇士，连夜赶来营救宁州。李秀当即把保城大任交给李钊，众人也都愿意推李钊为主帅。李钊暂时从命，并派使者去洛阳，请求宁州另派刺史。朝廷命王逊为南夷校尉兼任宁州刺史。王逊任职后，安抚饥民，击退夷人，李钊兄妹便回家守丧去了。

成都王司马颖从洛阳逃到华阴后，听说惠帝回了洛阳，先是折回南行，后来又渡河北上，准备投靠公师藩。顿邱太守冯嵩在路上截住司马颖，把他送到邺城囚禁起来。公师藩得知后，亲自带兵攻打邺城，司马虓急忙令兖州刺史苟晞带兵御敌。交战中公师藩被杀，汲桑、石勒等人逃跑。不久，司马虓在邺城病死。长史刘舆担心邺城人会释放司马颖，于是令人假充朝使，逼司马颖自尽，然后为司马虓发丧，并报告朝廷。司马颖的两个儿子也被杀死。司马越征召刘舆为左长史，和他商量镇邺事宜。刘舆请求司马越调东嬴公司马腾镇守邺城，推荐自己的弟弟刘琨任并州刺史，委镇北方。司马越于是命刘琨为并州刺史，升司马腾为东燕王兼任车骑将军，统领邺城军事。

河间王司马颙逃进太白山，一直不敢露面。故将马瞻等人召集散卒，混入长安，杀死关中留守梁柳，然后和始平太守梁迈一起去太白山接司马颙进城。弘农太守裴廙、秦国内史贾龛和安定太守贾疋又起兵攻打司马颙。马瞻和梁迈立刻率兵抵御，因寡不敌众，双双战死。幸好镇守冯翊的平北将军牵秀赶来，才把三镇士兵全部击退。太傅司马越听说司马颙入关，马上派督护麋晃带兵征讨，麋晃在路上接到三军败退的消息，不敢进军。谁知司马颙又遭遇内变，长史杨腾想背叛司马颙归附司马越，于是假传司马颙的命令，令牵秀罢兵。牵秀出营迎接，却当头挨了一刀，倒地身亡。这一刀便是杨腾下的毒手。杨腾骗牵秀的属下，说自己是奉命行事。士兵们见牵秀无辜被杀，对司马颙更加不服，不肯为他效命。杨腾把牵秀的首级送给麋晃，麋晃正打算进关，都城却传出急诏，说惠帝暴崩，太弟登基，大赦天下。知道不必去讨罪了，麋晃乐得在途中等候，静待后命。

据说惠帝是被太傅司马越毒死的。一天晚上，惠帝在显阳殿里吃了几个饼子，不一会儿，忽然肚子绞痛起来。内侍召进御医时，惠帝已经不省人事了。御医诊视六脉，发现脉搏已如游丝，于是摇头说："罢了！罢了！"宫人问是什么病，他不敢说明，等穷究细问后，他才轻轻地说出"中毒"二字，然后一溜烟地出宫去了。究竟毒是谁下的，无从追究。不过司马越掌握政权后，对皇帝暴崩的事一点也不追究，只令侍中华混赶紧召太弟司马炽继位。说他可疑，还有一个原因，便是皇后羊氏担心太弟司马炽被立为皇帝，自己只能做皇嫂，做不了太后，于是密召清河王司马覃进入尚书阁，有意推立司马覃。恰巧司马炽也进来了，又有太傅司马越在旁拥立，羊氏一时尴尬，只好闭口不言，任司马炽即位。照此看来，内外早已明争暗斗，羊皇后想立司马覃，司马越想立司马炽，只可怜那呆皇帝被人无辜毒死。惠帝在位共十六年，改元七次，享年四十八岁。

太弟司马炽是武帝的幼子，继承兄位，大赦天下，即晋怀帝。尊谥先帝为孝惠皇帝，号羊皇后为惠皇后，让她移居弘训宫；追尊生母太妃王氏为皇太后，立妃梁氏为皇后，命太傅司马越辅政。司马越请出诏书，封河间王司马颙为司徒。司马颙应诏前去洛阳，当下携着家眷上车，出关东行。路过新安时，忽然来了一班凶悍的武夫，手持利刃，拦住司马颙的去路，大声喝道："快留下脑袋！"司马颙被吓呆了，不得不硬着头皮，战栗地问来人："你们是谁，居然敢拦我的车？"来人却反问司马颙是谁。司马颙说："我是河间王，被封为司徒，现在奉诏去洛阳。"来人哄然大笑，跳上车，把司马颙按倒，扼住他的喉咙。司马颙的三个儿子上前相救，却被这班莽夫拳打脚踢一阵，相继毙命。司马颙被扼了很久，气不能出，两手一抖，双足一伸，一命呜呼！

陈敏败亡

在新安杀死司马颙的武夫，并不是强盗，而是司马模的部将。司马模除掉司马颙后，被封为南阳王。前冀州刺史温羡升为司徒，尚书仆射王衍升为司空。

惠帝被安葬在太阳陵时，已经是残冬腊月了。第二年元旦，怀帝登殿受朝，改元永嘉，颁诏大赦，废除株连三族的刑罚。清河王司马覃不能继位，退居在外邸。司马覃的舅舅吏部郎周穆和妹夫御史中丞诸葛玫一直想立司马覃为帝，一起向司马越进言说："皇上当初被立为太弟，是张方一个人的意思，不合众情。清河王本来就是太子，却无端被废黜，先帝又暴崩，众人都怀疑太弟。你为什么不效仿霍光，安定社稷呢？"话音未落，司马越大怒道："大位已定，你们还敢乱言？罪当斩首！"于是令左右把二人拉出去处斩。周穆是司马越姑姑的儿子，本应按大逆不道的旧例诛灭三族，司马越却法外开仁，称诸葛玫和周穆世家不应连坐，并请求废除株连三族的旧刑。于是怀帝才下了废除株连三族刑罚的诏书。

司马越请怀帝追复废太后杨氏尊号，依礼改葬，赠谥号武悼。怀帝二十四岁，没有子嗣，司马越倡议立清河王的弟弟司马诠为太子。司马诠曾受封为豫章王，现在尚且年幼。司马越主张立司马诠，其实是出于一番调停的苦心。怀帝刚登基不久，不得不听从司马越的提议，但对立储一事，不免心有不甘。于是援武帝旧制，听政东堂，每天朝见百官，留意政治，勤学不倦，黄门侍郎傅宣叹为重见武帝盛事。怀帝其实是想亲揽政务，免得军国大权落入司马越手中。司马越暗中窥探，想自立为藩。司马越一再奉表，终于被允许原官镇守许昌。于是调南阳王司马模为征西大将军，统领秦、雍、梁、益四州军事，镇守长安；改封东燕王司马腾为新蔡王，统领司、冀二州军事，仍居住在邺城。司马腾曾镇守并州，因当时屡遭饥荒，又遭到汉刘渊部众的劫掠，刘琨出任并州刺史后，司马腾便移往邺城。当时，司马腾喜出望外，不等刘琨到来他便已经东下，吏民一万多人都随司马腾去了邺城。刘琨到上党时，听说前途多阻，于是招募五百士兵，边打边走，终于进了晋阳。晋阳境内萧条不堪，经刘琨勤加安抚，城中才稍微安定。司马腾到了邺城后，本以为可以高枕无忧，哪知汲桑和石勒又来侵扰，司马腾一条性命，竟被二寇索了去。

汲桑自从公师藩战败后，便逃到牧马苑，石勒也一同逃去。二人仍纠集亡徒，劫掠郡县。汲桑自称大将军，命石勒为讨虏将军，声称为成都王报仇，率兵攻打邺城。司马腾仓促中接到消息，慌忙调顿邱太守冯嵩移守魏郡，抵御汲桑和石勒。冯嵩出兵迎敌，最终战败。石勒做前锋，带兵直抵邺城。司马腾向来悭吝，邺城府库又连年亏空，司马腾大肆克扣士兵的军饷，众人对他都有怨言。石勒兵临城下时，将士不愿效力，全都一哄而散。司马腾骑马外逃，被汲桑的将领李丰一路追赶。司马腾没法逃跑，只好拔出佩刀，才交战几个回合，便被李丰刺中要害，从马上跌落下来。李丰割下司马腾的首级向汲桑报告。

汲桑和石勒此时已经攻进邺城，在城内放火杀人，无恶不作，城内宫室都被毁去。二人又抬出司马颖的棺木，载到车上，一路呼啸而去。二人从南津过河，去攻打兖州。太傅司马越得知消息后，飞速调遣兖州刺史苟晞和将军王赞抵御汲桑和石勒。两军在阳平相遇，旗鼓相当，大小三十余战后，仍然难分胜负。司马越于是去官渡守御，支援苟晞。苟晞擅长用兵，见汲桑和石勒连战不下，干脆固垒自守，以逸待劳。流寇们进退两难，加上粮食已经吃完，纷纷懈怠下来。苟晞连日坐守，见他们松懈下来，立即率军杀出，连破汲桑的八座营垒，杀死一万多人。汲桑和石勒刚准备收拾残余军队，渡河北逃，在赤桥被冀州刺史丁绍一番截杀，又死伤无数。汲桑逃回马牧，石勒逃往乐平。司马越连连收到捷报，便回许昌驻守，封丁绍为宁北将军，统领冀州军事。仍令苟晞镇守兖州，加官为抚军将军，统领青州、兖州军事。王赞也得到封赏。东平王司马楙之前因刘琨、田徽等出兵，弃城而逃，后来被司马越调回洛阳。怀帝即位后，东平王司马楙被改封为竟陵王，担任光禄大夫。后来苟晞久镇兖州，训练士卒，累战不疲，威名显赫。汲桑逃到马牧后，田甄、田兰等人要为司马腾报仇，于是攻打汲桑。汲桑抵御不了，又逃往乐陵，路上被田甄、田兰等人追上杀死。田甄、田兰又将成都王司马颖的遗棺投进枯井，后来遗棺经司马颖旧日部下再次收埋，最后由东莱王司马蕤之子司马遵奉怀帝诏令，将其迁葬到洛阳。

石勒从乐平还乡后，正碰上胡部大、张匋督等人入据上党。石勒于是去求见张匋督。张匋督有勇无谋，只靠着一身蛮力做了头目。石勒能言善辩，见了张匋督，言论滔滔，张匋督心服口服，对他很是信服。原来石勒本想投奔刘渊，又怕只身奔往，不被刘渊重视，于是特来游说张督，劝他归汉。石勒趁机道："刘单于举兵攻晋，所向无敌，唯独胡部大拒绝归附他。如果可以长久独立，当然最好，但不知道胡部大有这个能力吗？"张督想了片刻，说："怕是不能。"石勒又说："胡部大自思不能独立，为什么不趁早归附刘单于呢？如果迟疑不决，恐怕你的部下会背叛你，先行归附刘单于啊。"张督听了，似有所悟，说："就听你的吧。"于是令部众防守上党，自己则和石勒去拜见刘渊。刘渊自然纳用他们，命石勒为辅汉军统帅，封为平晋王，张督为亲汉王。并派石勒去上党召入胡人，归石勒统带，作为亲军。乌桓张伏利度手下有两千兵将，常常出没于乐平。刘渊曾派人招揽，却遭到拒绝。石勒假装叛离刘渊，投奔张伏利度。张伏利度见到石勒后特别高兴，和他结为兄弟，并派他率众劫掠。石勒英勇绝伦，众人都对他敬畏有加，稍后他又买动众心，更得众人拥护。石勒回到军营报告。乌桓张伏利度出帐迎接，石勒忽然握住他的双手，呼令部众把他绑住，对众人说："今天如果要起大事，我和乌桓张伏利度，谁配做主帅？"众人都推立石勒。石勒便笑着对乌桓张伏利度说："众人都愿奉我为主帅，我尚且不能自立，只好归附刘大单于，试问你究竟有什么本事，能反抗刘单于？"乌桓张伏利度已经被绑，思量自己确实不如石勒，便答应听从他。石勒亲手为乌桓张伏利度松绑，并向他道歉。乌桓张伏利度于是死心塌地跟着石勒归汉。刘渊大喜，令石勒统领山东军事，由石勒调遣乌桓张伏利度的旧有部众。

伪楚公陈敏占据江东已经一年有余，江东混乱，民不聊生。他又纵容子弟行凶，不加管束。顾荣等人引以为忧，常想叛离陈敏。恰逢庐江内史华谭、遗荣送来密信，说陈敏是个叛逆奸人，号召众人一起对抗他。顾荣看了密信后，立刻派人约征东大将军刘准发兵攻打临江，自己做内应。刘准令扬州刺史刘机带兵去历阳。陈敏召顾荣商量，顾荣说："你的弟弟广武将军陈昶和历阳太守陈宏都很有智谋，如果让陈昶出守乌江，陈宏出守牛渚，据守要害，即使强敌有十万人马也不敢轻举妄动。"陈敏立刻依从了顾荣的建议，派兵给弟弟陈昶和陈宏，让他们守御。陈敏的一个弟弟此时正在陈敏身边，顾荣退出后，他悄悄对陈敏说："我担心顾荣不怀好意，故意遣开我们兄弟。一旦生变，恐怕就来不及了，不如先杀了顾荣。"陈敏怒道："顾荣是江东名士，跟从我已经一年多了，从没有过谋逆之心，我怎么能杀他？顾荣一死，将士离心，我们到时候怎么办？"陈昶、钱广和周玘都是安丰人，周玘寄让司马钱广杀了陈昶，钱广答应下来。等到军队在途中安营，陈昶在营帐内熟睡的时候，钱广持刀冲进营帐，砍死了陈昶，并把陈昶的首级示众。众人唯命是从，被钱广带回，驻守在朱雀桥南。钱广又传檄征讨陈敏。

陈敏听说钱广叛变，非常惶恐，令甘卓前去抵御，所有坚甲精兵都让甘卓带去。顾荣担心陈敏起疑心，赶紧来到陈敏身边说："钱广叛变，应当速讨，我担心城内有钱广的同党，所以特来保护你。"陈敏说："你应该出去守卫，怎么能只顾着我呢？"顾荣于是退出，又找到甘卓，对他说："陈敏是个庸才，朝令夕改，没有主见，子弟又极为骄奢，除了失败还会怎样？我们如果安然受命，不是和他一同受死吗？等到江西各军把我们的首级到洛阳，说这是逆贼顾荣、甘卓，这岂不是万世奇辱？请你三思而行！"甘卓踌躇说："这不是我的本意，但是我的女儿已经做了陈敏的儿媳，我中了计，只好勉强相从。如果背叛陈敏，未尝不是正理，但是我的女儿就要惨死了。"顾荣感慨地说："以一女害三族，不是智士所为，何不把你女儿救出？"甘卓问有什么办法，顾荣贴在他耳边说了几句，甘卓转忧为喜。等顾荣回去，甘卓便去防守朱雀桥，和钱广对垒。第二天早上甘卓假称有病，卧床不起，派人向陈敏报告，并让女儿前来探望。陈敏不知有诈，竟让甘卓的女儿去了。甘卓接回了爱女，马上麾兵渡桥，把桥拆断，和钱广合兵。顾荣、周玘及丹阳太守纪瞻都和甘卓、司马钱广联合一气，讨伐陈敏。

陈敏接到消息后大为惊恐，召集一万五千名亲兵出城抵御甘卓，两军隔水而列。甘卓对陈敏的军队喊道："我本想效力陈公，但顾荣、纪瞻、周安丰等名士都已变志，我也无法再坚持下去，你们自己也趁早为自己考虑吧。"将士们听了，正犹疑不决。只见顾荣跃马而出，揽辔喊道："陈敏大逆不道，触怒上天。如今新主当朝，派兵征讨，早晚将至。我们受密诏征讨叛臣，你们难道自甘灭亡吗？"说着，将手中所执的白羽扇向敌军一挥，敌军顿时哗然散开，除陈敏一人，其余全都逃走了。陈敏见势不妙，只好往北逃，陈处随后跟着逃命。顾荣又把白羽扇向后一招，部众便下舟渡江，登岸追击陈敏。不出几里，就将陈敏兄弟抓住，押回了建业。顾荣和甘卓等人都已经到了建业，立刻下令将陈敏兄弟处斩，陈敏的部下也一并捕杀。

这时，征东大将军刘准已经调离，平东将军周馥继任征东大将军一职。建业各军带着陈敏的首级，交给周馥，周馥把它传到都城。怀帝下诏叙功，征顾荣为侍中，纪瞻为尚书郎太傅。太傅司马越把周玘召为参军。顾荣等人奉命北行，到了徐州，听说北方尚未平定，随即返回。朝廷命琅玡王司马睿为安东将军，统领扬州诸军事，镇守建业。司马睿到江东后，仍用王导为司马，对他非常宠信。王导劝司马睿招揽豪俊，司马睿自然依从。只是司马睿还没有重望，为吴人轻视，虽然一再征求，总是无人应命。王导为司马睿出计，让司马睿沿江祭祀。司马睿坐在轿子里，王导和随从骑着骏马徐徐跟随。吴中人士见队伍仪采雍容，便知道司马睿真心爱士，纷纷称扬。碰巧顾荣、纪瞻等人也在江边，睹此风采，也觉倾心，不由得朝队伍下拜。

北宫纯平贼

江南安定后，河北一带却仍有乱事。太傅司马越虽然出镇许吕，但一切朝政事务仍然由他主持，怀帝没有实权。司马越以邺城空虚为由，特征北将军驻守邺城，并令王衍为司徒。怀帝自然答应。王衍对司马越说道："如今朝廷危乱，需要文武兼全的人才。"司马越问什么人可以用，王衍推荐了亲弟弟王澄和族弟王敦。司马越于是授王澄为荆州刺史，王敦为青州刺史，二人当然受职。王衍对他们说道："荆州形势雄固，青州面临东海，是险要之地，两位弟弟在外，我在都中，正好算是三窟了。"王敦眉目俊朗，神情洒脱。少时号称奇童，成年后娶了尚武帝的女儿襄城公主，拜为驸马都尉，兼太子舍人，声名更盛。但他生性残忍，不惜人命，堂弟王导曾说他不能终了，太子洗马潘滔也曾笑他豺声未振，蜂目已露。

王敦刚到青州，就被太傅司马越征令还朝，授为中书监，王敦不免感到失望。青州刺史职位空缺，便由兖州刺史苟晞调任。苟晞曾多次击破巨寇，被司马越器重，司马越与他结为异姓兄弟。潘滔是司马越的长史，他派人对司马越说道："兖州为东部要塞，魏武帝曾借此创业。苟晞据守此地已有多年，苟晞如果有大志，是不会甘心做一个臣子的。不如派他镇守青州，你自己担任兖州牧，保卫本朝，这才叫防患于未然。"司马越于是自为丞相，担任兖州牧；升任苟晞为征东大将军，担任青州刺史，并封他为东平郡公。苟晞猜透司马越的意思，暗生怨恨。他本来就严刑好杀，不肯稍稍放宽。在兖州时迎养姨母，姨母为子求官，苟晞摇头说："王法无亲。堂弟如果犯法，我便不能顾及，不如不做为妙。"姨母坚持，苟晞说道："不要后悔。"于是令堂弟为督护。后来堂弟犯法，苟晞要将他处斩。姨母叩头请饶，苟晞坚决不从。等到将堂弟斩首之后，苟晞哭道："斩你的人是兖州刺史，哭你的是苟晞。"部下见他情法兼顾，很是慑服。移镇青州后，苟晞又以严刑示威，横加杀戮，血流成河，州人称他为屠伯。

苟晞的弟弟名叫苟纯，颇懂用兵之术，苟晞派他讨伐盗贼头目王弥。王弥是刘伯根的长史，刘伯根曾纠众作乱，被幽州都督王浚讨平。王弥逃亡为盗，又召集刘伯根的部众出没于青、徐两州。阳平人刘灵少时贫贱，力大无穷，能拦住奔跑的牛，跑得比快马还快，常感叹无人引荐。刘灵见晋室衰落，不由得叹息道："老天！我一贫如洗，莫非令我造反不成？"听说王弥作乱后，刘灵也召集盗贼，揭竿起事，自称大将军，攻掠赵魏。不久，王弥被苟晞打败，刘灵被别将王赞打败，二人都捧书降汉，不再作乱。

顿邱太守魏植被流民所迫，率领部下五六万人大掠兖州。太傅司马越赶紧令苟晞带兵支援，苟晞出守无盐，派苟纯据守青州。苟纯嗜杀，比苟晞还要严厉，州民都流传道："一苟不如一苟，小苟毒过大苟。"不久，苟晞打败魏植，回到青州。王弥却又蠢蠢欲动，召集数万党羽分别进犯青、徐、兖、豫四州。苟晞奉诏出征，连战不胜。司马越下令戒严，然后移镇鄄城。听说前北军中侯吕雍和度支校尉陈颜，图谋立清河王司马覃为太子，司马越便假传圣旨，制服了吕雍和陈颜，将司马覃囚禁在金墉城。一个月后，又命人把司马覃毒死。

司马越只能制内，不能制外。王弥从小路攻入许昌，又从许昌进逼洛阳。司马越派司马王斌率领五千士兵护卫京师。凉州刺史张轨也派督护北宫纯领兵支援。张轨是汉张耳的十七世孙，家住安定，才思敏捷，姿容秀雅，隐居在宜阳女儿山，与同郡皇甫谧关系亲密。泰始初年，张轨的叔叔张锡进京做官，张轨也随他入侍，被授为五品官，后来又进官为太子舍人。他见国家多难，便图谋占据河西，刚好卜得《周易》中的泰与观卦，便投卜大喜道："这是霸兆，从来不曾有过。"于是求凉州刺史一职，随即如愿以偿。张轨带兵出守凉州时，恰逢鲜卑作乱，盗贼纵横。他调兵出讨，斩敌一万多，从此威著西州，名震河右。张轨听说王弥劫掠洛阳，便带兵捉拿王弥。晋廷刚令司徒王衍发兵抵御，王衍被王弥杀败，溃散而逃。京师大震，宫城尽闭。王弥又去进攻津阳门，正巧凉州兵赶到，统将北宫纯入城见了王衍，和东海司马王斌会师，相约出战。北宫纯挑选一百多名勇士作为前锋，然后疾驰而出与王弥对战。刚开始交战，北宫纯便挥动令旗，一队身长力大的壮士身跨铁骑，手持利刃，不管枪林箭雨，硬着头皮朝城内冲去。凉州兵也不甘落后，拼了性命，一齐跟入。王弥党羽心慌意乱，纷纷退后。北宫纯趁势追杀，王斌也率兵跟近，杀得王弥大败，抱头东窜。

此时，都城里又冲出一支生力军，来接应北宫纯、王斌。军官是左卫将军王秉。王秉一路人马继续追击王弥，一直追到七里涧，王弥以为来军较弱，当下勒马横刀和王秉对战。众人勉强从命，但略一交手，便又溃散。王弥与部下王桑投奔汉主刘渊。刘渊和王弥是旧交，当即便派使者迎接。王弥大喜，随使者去见刘渊。刘渊当即命王弥为司隶校尉，并命王桑为散骑侍郎。刘灵也投奔刘渊，被封为平北将军。刘渊让他们做向导，令刘聪带领数千士兵一同朝河东进袭。北宫纯从洛阳回师，途中遇到刘聪的军队，北宫纯带兵冲杀过去。刘聪突然遭袭，手忙脚乱，匆匆收兵往回逃去。北宫纯回到凉州，向张轨禀明情况。朝廷下诏封张轨为西平郡公，张轨没有受命。

刘渊听说刘聪兵败，未免失望。并州一带，刘琨据守晋阳，也是无机可乘。刘渊曾派将军刘景攻打刘琨，又连连战败。侍中刘殷、王育向刘渊建议："殿下自起兵以来，专守偏远地带，所以王威未能大振。如果派将四出，斩刘琨、定河东、建帝号，一鼓南下，攻克长安，作为都城。再用关中兵马席卷洛阳，易如反掌。从前高皇帝荡平强楚也是这番谋划，殿下何不仿效？"刘渊听了，击掌赞许道："这正是我最初的打算！"于是趁着秋高马肥，麾兵南下。到了平阳，太守宋抽惊慌失措，弃城南逃。刘渊占领了平阳，再攻河东。河东太守路述出城迎战，因寡不敌众退守城中。刘渊率兵猛攻，路述坚持死战，力竭捐躯。刘渊连得数郡，便移居蒲子。上郡四部鲜卑陆逐延、氐酋单征都向刘渊投降。刘渊又派王弥、石勒分兵攻打邺城。征北将军和郁贪生怕死，将邺城拱手相让。刘渊雄心得逞，公然称帝，大赦境内，改元永凤。命嫡子刘和为大司马，封为梁王；尚书令刘欢乐为大司徒，封为陈留王；御史大夫呼延翼为大司空，封为雁门郡公；改蒲子城为汉都。

刘渊称帝后，两河大震。晋廷派豫州刺史裴宪戍守白马，车骑将军王堪镇守东燕，平北将军曹武驻守大阳。刘渊令石勒、刘灵率三万士兵攻打魏、汲、顿邱三郡，百姓纷纷降附。石勒和刘聪请刘渊从中挑选五万壮丁作为士兵。魏郡太守王粹领兵抵御，被石勒活捉，押到三台，一刀毙命。

第二年为晋怀帝永嘉三年。正月初一，荧惑星入犯紫微。汉太史令建议迁都，刘渊马上下令迁都平阳。恰巧汾水边有人拾得玺篆献给刘渊，刘渊认为是祥瑞之物，又再改元，以"河瑞"二字为年号。封儿子刘裕为齐王，刘隆为鲁王，刘聪为楚王，然后南向窥晋。

晋廷全靠太傅司马越处理朝政事务，司马越却不务防外专门防内。一天，他忽然从荥阳带兵入朝，都城人士疑惑不解。司马越进了洛阳，求见怀帝，愤然对怀帝说："我出守外藩，尽心报主，不料陛下左右却捏造谣言，意图作乱，所以我来清君侧。"怀帝听了，大感疑惑，便问何人谋乱。司马越没有说明，只对外面大呼一声："侍卫何在？"声音未落，平东将军王景领着三千甲士鱼贯入宫。司马越随手指挥，竟命甲士将怀帝的舅舅王延以及尚书何绥、太史令高堂冲、中书令缪播、太仆卿缪胤等人一股脑儿拿到御座前，请怀帝下旨施刑。怀帝不敢不从，可又于心不忍，迟疑不决。司马越厉声对王景说道："我不习惯久等，你取得圣旨后，把此等乱臣交付廷尉便是。"说完，掉头离去。怀帝不禁长叹道："奸臣贼子无代不有，扰乱朝政，祸国殃民，真是可恨可痛。"说着起身离案，泣涕而下。王景一再请旨，怀帝终于下旨，递给王景道："你且带去，为朕转告太傅，叫他可赦便赦，否则就任凭太傅处置罢了。"王景向司马越复命，司马越下令全部斩杀。

何绥是前太傅何曾的孙子。何曾先前在武帝身边侍宴，他对子孙们说："主上开创大业，我每次宴见，不曾听君臣谈及经国远图之事，只听见尽说生活常事，这岂是盛朝迹象？后嗣子孙，如何免祸？我已经年老，看不到祸难了。你们也可以无忧。"然后指着诸孙说道："此辈可惜，必遭乱亡。"这话果然应验。

司马越解去兖州牧的职务，派东海国将军何伦和和王景宿卫宫廷，各带一百部兵，以两将为左、右卫将军。散骑侍郎高蹈见司马越如此跋扈，略有异言，就被司马越逼令自杀。一时间，朝野侧目，上下痛心。司马越留居都中，监制怀帝。

汉大将军石勒率领十多万兵马进攻钜鹿、常山，以张宾为主谋，刁膺、张敬为臂膀，夔安、孔苌、支雄、桃豹、逯明为爪牙。张宾是赵郡中邱人，胸怀大志，常自比张良。石勒袭掠山东时，张宾对亲友说："我从来没有见过这样有勇有略的将军。如果能与他共成大业，即便让我

089

屈志相从，我也甘心。"于是提着剑来到石勒的军营，大呼求见。石勒召他进去后，稍稍一问，张宾应对如流。后来张宾又屡次向石勒献策，无一不是好计，石勒将他视为亲信，任命张宾为军功曹。刺史刘琨得知石勒率兵攻来，急忙派将军黄肃、韩述赶来支援。黄肃和石勒在封田交战，黄肃战死。韩述在西涧和刘聪交战，兵败战死。

消息传到洛阳，太傅司马越又令淮南内史王旷和将军施融、曹超一起抵御汉兵。王旷渡河疾进，施融劝阻他阻水自固，见机而行。王旷发怒，施融只得退下，自言自语道："贼寇善于用兵，我们冒险轻进，必死无疑了。"军队直驱北上，翻过太行山，在长平坂驻扎。刘聪、卜弥两军猛扑过来，直入晋军阵内，晋军大乱，王旷战死，施融、曹超也相继身亡。刘聪乘胜进军，击破屯军，攻陷长子，斩获一万九千人。上党太守庞淳举壶关全城向汉投降，汉军势力大增。刘渊连收捷报，又令刘聪等人进攻洛阳。晋廷令平北将军曹武率兵抵御，却连战皆败。刘聪又入攻宜阳。弘农太守垣延探知汉兵骄傲懈怠，用了一条诈降计，亲自参拜刘聪，假意投降。刘聪沿途纳降，丝毫不怀疑。谁知到了半夜，营外喊声连天，营内呼声动地，外杀进，里杀出，刘聪的军营立刻被晋军踏平。刘聪慌忙上马，率众而逃，侥幸保全了性命。垣延上表报捷，朝臣称庆。不料过了二十来天，刘聪等人又杀到宜阳，前有精骑，后有锐卒，更为猖狂。

刘聪继位

刘耀、刘景、王弥、呼延翼诸将随刘聪来到宜阳，共有五万骑兵，三万步卒，大有气吞河山之势，洛阳城内一片惊恐。刘聪连破晋军，直达洛阳，在西明门外扎下营垒。凉州刺史张轨派北宫纯等进城支援洛阳。北宫纯赶到洛阳，和汉军相向而驻。半夜，北宫纯率兵偷袭汉营。刘聪令征虏将军呼延颢出营抗敌，呼延颢刚出营门就被北宫纯一刀砍死地上。汉兵见呼延颢被杀，惊慌失措。北宫纯趁机冲入营中，左劈右杀，杀死几十个汉兵。刘聪的军队招架不住，边战边逃，退到洛河沿岸的寨中。北宫纯见天色已暗，担心有埋伏，只好收兵回营。

第二天，呼延翼的军营发生内变。士兵不服呼延翼的命令，杀死了呼延翼，然后各自逃散。刘渊听到消息后，命令刘聪迅速回师。刘聪不肯退兵，刘渊于是让刘聪留攻。刘聪攻打宣阳门，派刘曜攻上东门，王弥攻广阳门，刘景攻大夏门，四面同时进攻，杀声震天。太傅司马越绕城固守，又调北宫纯登城抵御。刘聪连攻几天，无法攻克，竟想去嵩山求神佛保佑，好快点攻取洛阳。当即令平晋将军刘厉和冠军将军呼延朗暂时带军，自己则策马朝窝山奔去。司马越的参军孙询得知刘聪不在军营，告知司马越。司马越令孙询挑选三千精兵，由将军邱光、楼哀等带领，朝汉军冲杀而去。呼延朗冒冒失失应战，一个疏忽就被邱光、楼哀结束了性命。刘厉急忙率兵来救，已经来不及了。邱、楼二将带着士兵横冲直撞。刘厉只好带兵逃跑。刘聪在半路上得到消息，急忙赶回。邱、楼二人才收兵进城。刘厉担心刘聪怪罪，竟投河自尽了。王弥劝刘聪班师，稍后再作打算，刘聪担心不妥。王弥笑道："这有什么可担心的，我帮你想个办法。"王弥写信给宣于修之，托他为刘聪说情。宣于修之已经料到刘聪此次交战定会失利，收到王弥的信后，就劝刘渊让刘聪退兵。刘聪和刘曜收到命令，一同收兵。王弥则一路南行，沿途招募了数万士兵。

　　石勒自从攻破壶关后，在并州一带烧杀抢掠，收服了山北诸胡，又和刘灵进攻常山。幽州都督王浚派部将祁弘与鲜卑部酋段务勿尘带领十多万骑兵讨伐石勒。石勒在飞龙山扎营，专等祁弘前来。祁弘带兵一路长驱直入，到了飞龙山，见石勒的军队已经扎稳，便心生一计，让段务勿尘带着本部人马登山而下，直逼石勒的大营。自己则率领部众和石勒直接交战。石勒令刘灵守营，二人分兵力战祁弘。两军都是劲旅，旗鼓相当，不分胜负。这时段务勿尘从石军身后压来，直攻大营，刘灵保不住营寨，只得逃出。石军见此情景，自然慌乱，石勒惊恐万分，向南奔去。刘灵稍迟一步，被祁弘从后追上，用槊猛戳，当即毙命。汉军将士共死了一万多人。石勒垂头丧气地逃到黎阳，听说幽州兵已经回去，马上又兵分四路，攻陷三十余座城寨，再次进兵信都。东海司马王斌带兵抵御石勒，一战即亡。晋车骑将军王堪、豫州刺史裴宪奉诏联兵，合攻石勒。石勒带兵抵抗，取道黄牛垒，魏郡太守刘矩举城投降，石勒兵势得以增强。裴宪得知石勒的军队更加强大，偷偷南逃。王堪孤掌难鸣，只得退到仓坦。石勒又从石桥渡河，攻陷白马，杀死三千多人，然后东袭鄄城，杀死兖州刺史袁孚。紧接着，石勒又进攻仓垣，大胜王堪，然后和王弥合兵，连连攻克广宗、清河、平原、阳平诸县。捷书屡次传到平阳，刘渊封石勒为镇东大将军兼汲郡公，又令刘聪、刘曜等带兵会合石勒，一同进攻河内。河内太守裴整飞书求援，晋朝廷命宋抽为征虏将军支援河内。路上，宋抽遇上石勒的军队，被石勒击败。裴整向汉投降，被汉廷封为尚书。河内督将郭默收集残余部将，自命为坞主。刘琨上表，任命郭默为河内太守。

这一年已经是怀帝永嘉四年。刘渊患病，于是召回各路汉军，河北、山东暂得安宁。刘渊的皇后呼延氏病死后，刘渊又立氏酋单征之女为皇后。这位新皇后美艳无双还为刘渊生了一个儿子，取名为刘乂。刘渊对刘乂特别宠爱，呼延氏病死后，刘渊便封单氏为皇后，封刘乂为北海王。单氏对此感激不尽，更加悉心侍奉刘渊。刘渊见她风情万种，不由得为色所迷，贪欢无度，怎奈年岁已迈，酿成羸疾。刘渊担心自己时日不多，便下了顾命，命梁王刘和为太子，齐王刘裕为大司徒，鲁王刘隆为尚书令，楚王刘聪为大司马、大单于，北海王刘乂为抚军大将军，始安王刘曜为征讨大都督兼单于左辅，廷尉乔智明为冠军大将军兼单于右辅。还将同姓老臣陈留王刘欢乐升为太宰，长乐王刘洋升为太傅，江都王刘延年升为太保。刘渊视三人为心腹，所以让他们位列三公，委以重任。弥留之际，刘渊召刘欢乐、刘洋、刘延年三人入宫，亲授遗命，让他们拥立太子，同心辅政。两天之后，刘渊便逝世了。刘渊称王四年，称帝三年。

太子刘和继为汉主。刘和为刘渊的妻子呼延氏所生。前大司空呼延翼便是呼延氏的父亲，已在洛阳战死。呼延翼的儿子名叫呼延攸，官拜宗正卿。因呼延攸素来没什么才能，刘渊一直没有给他升官。侍中刘乘对刘聪颇有敌意。西昌王刘锐没有得到刘渊的顾命心中不满。三人共怀不平，串通一气，进殿劝刘和先发制人，制服裕、隆、聪、乂四王。刘和于是连夜召集武卫将军刘盛、刘钦及左卫将军马景等人，令他们图谋裕、隆、聪、乂四王。刘盛反对，刘锐和呼延攸立即斥责刘盛不遵圣命。刘盛还想再说，却被刘锐劈为两段。刘钦和马景慌忙应命，议定第二天一早行动。

天亮之后，刘和便派兵四路，分攻四王。刘锐和马景到单于台进攻楚王刘聪；呼延攸和右卫将军刘安国到司徒府，攻打齐王刘裕；刘乘和刘钦攻打鲁王刘隆；尚书田密和武卫将军刘璿攻打北海王刘乂。刘乂年少，不懂得如何守御，立即被田密、刘璿等人攻入，刘乂只好引颈待死。不料刘璿抢步上前，把刘乂护住，招呼部下赶紧离开，然后朝单于台奔去。见到刘聪，刘璿向其报明了内变。刘聪见刘乂无恙，心中大喜，令军士做好准备，静待刘锐到来。刘锐听说田密和刘璿投奔刘聪，于是返回城中，进攻刘隆和刘裕，将刘安国、刘钦和刘裕、刘隆杀害。

当晚，大司马刘聪率领全军攻打都城。刘锐、呼延攸、刘乘三人连忙登城防守，却被刘聪攻入。刘聪率军进城，把刘锐、呼延攸、刘乘捉住，并将刘和杀死。刘聪进了光极殿，下令诛杀刘锐、呼延攸、刘乘三人，枭其首级，示众三天。

群臣联名上疏，让刘聪继承皇位，刘聪一再推迟，说应当由北海王刘乂即位。话刚说完，便有一少年跪到刘聪面前，哭诉道："先帝创业未终，全靠兄长继承先志，如果舍长立幼，如何维持？还请兄长听从众人之言。"刘聪低头一看，正是北海王刘乂。刘聪连忙离座搀扶刘乂，刘乂不肯起来，百官也全都跪下。刘聪于是慨然说道："今天我暂且遵从诸位，待刘乂年长之后，再立其为君。"百官相互称颂，刘乂也跪下拜谢。众人便起身出殿，筹备新君即位礼仪。

刘聪进去拜见单皇后，请安问候。单皇后见他仪容秀伟，更是盛情款待。因刘聪对儿子刘乂多方保护，便柔声道谢。刘聪听得一副娇喉，禁不住情迷心荡，再细看单氏花容，果然轻盈艳冶，与众不同。勉强稳定心神，对答数语，便转往别宫，去问候生母张夫人。

刘聪是刘渊的第四个儿子，母亲是刘渊之妾张氏。张氏在怀刘聪时曾梦到太阳落入怀中，醒来后告诉刘渊，刘渊称为吉兆。张氏足足怀了十五个月，才产下男婴。见他相貌不凡，左耳有一根白毛，长二尺，闪闪有光，刘渊就给孩子取名刘聪。刘聪幼时便聪敏过人，十四岁时已经博览百家经书及孙吴兵法，又擅长书法，善作诗文。十五岁演习骑射，能拉开三百斤的弓。刘渊说此儿不可限量，对他很是钟爱。

刘聪继位后，改元光兴，尊单皇后为皇太后，张夫人为帝太后，立刘乂为帝太弟，统领大单于、大司徒。立妻呼延氏为皇后，封子刘粲为河内王、抚军大将军。封子刘易为河间王，刘翼为彭城王，刘悝为高平王。之后便为父亲刘渊发丧，移棺奉葬，称刘渊墓为永光陵，追谥刘渊为光文皇帝，庙号高祖。

刘聪将国家要事依次处理，所有王公大臣仍任原职，众人都毫无异言。刘聪便趁国中无事，寻欢作乐。不过他心中只有一人，便是皇太后单氏。二人年貌相当，意外鸳鸯，倍有乐趣，从此便春宵帐暖，连夕作欢。俗话说得好，好事不出门，坏事传千里。这汉主刘聪的不伦行为，没过几天，就传遍宫廷内外，说他们母子通奸。别人不过传为笑谈，最难堪的是北海公刘义，他少年好胜，禁不起别人冷讽热嘲。有时入宫看望母亲，隐约规劝，单氏也深感惭愧，但木已成舟，无可挽回。到了黄昏时候，新皇帝再来续欢，二人依旧是意深情浓，只有北海王刘义暗地里气得不得了。

这时，略阳出了一个叫蒲洪的氐酋，相传是夏初有扈氏的后裔，家族世代都为西戎酋长。蒲洪身长力大，谋略过人，威震一方。汉主刘聪想把他招入朝廷，特派使者到略阳册封蒲洪为平远将军。蒲洪不肯受命，不久，自称秦州刺史、略阳公，刘聪也无暇过问。雍州流民王如寄居在南阳，因晋廷逼迫他还乡，一气之下揭竿作乱。于是召集四万兵马，攻陷城邑，杀死令长，自称大将军，向汉称藩。汉主刘聪令石勒担任并州刺史，先安定河北，然后攻下河南。晋廷的并州刺史刘琨与鲜卑部酋拓跋猗卢挺身应敌。晋廷封拓跋猗卢为大单于、代公。

拓跋氏即索头部，喜欢用绳索编发，因此称为索头。拓跋氏世代居住在北部荒凉地区，传到酋长拓跋毛的时候，拓跋氏开始强大起来。五世酋长拓跋推寅，带领拓跋氏往南迁到大泽。传到七世酋长拓跋邻的时候，拓跋氏有兄弟七人，他们将部众分成七部，各自统领。拓跋邻传位给儿子拓跋诘汾，拓跋诘汾南迁到匈奴故地居住。相传拓跋诘汾爱好打猎，有一次，拓跋诘汾在山泽打猎时，看见一辆马车从空中冉冉而下，马车中坐着一个美妇，姿容秀丽，自称是天女。天女下车与拓跋诘汾交合，尽欢而去。第二年，拓跋诘汾又去原地游猎，天女抱着一个男婴，说是拓跋诘汾的儿子，交给他，说完就离去了。拓跋诘汾便将男婴抱回去抚养，取名为拓跋力微。拓跋诘汾死后，拓跋力微继位，又迁居到并州塞外的盛乐城，部落兴盛。晋朝初年，拓跋力微曾两次派儿子拓跋沙漠汗向晋廷进贡。拓跋力微活到一百零四岁，因病去世。拓跋沙漠汗已经去世，由的弟弟拓跋悉鹿即位。拓跋悉鹿后又传给弟弟拓跋绰，拓跋绰传位给儿子拓跋弗。拓跋弗死后无嗣，叔父拓跋禄官继位，将部落一分为三，令拓跋沙漠汗的儿子拓跋猗㐌管治代郡附近，拓跋猗卢管治盛乐城，自己管治上谷的北边。拓跋猗卢善于用兵，多次攻破匈奴、乌桓各部，降服三十余国。刘渊起兵时，幽州刺史东瀛公司马腾曾向拓跋猗㐌求援。拓跋猗㐌和弟弟拓跋猗卢率众支援司马腾，击败了刘渊的军队。晋廷封拓跋猗㐌为大单于。不久，拓跋猗㐌和拓跋禄官先后去世，拓跋猗卢总领三部。

刘琨到了并州，想要讨伐匈奴遗裔铁弗氏，于是派使者厚礼结交拓跋猗卢，请他出兵相助。拓跋猗卢便派儿子拓跋郁律带领两万骑兵协助刘琨，击破铁弗氏酋长刘虎。刘琨和拓跋猗卢结为兄弟。后来汉寇日渐兴盛，刘琨便奏请晋廷将代郡封给拓跋猗卢，朝廷同意。代郡属幽州管辖，幽州都督王浚不肯照办，发兵攻打拓跋猗卢，却被拓跋猗卢打败。从此王浚对刘琨心怀怨恨，刘琨为讨拓跋猗卢欢心，无暇顾及王浚。拓跋猗卢因为封地不能相接，便将部落从云中迁到雁门，向刘琨求取陉北地区。刘琨把楼烦、马邑、阴馆、繁畤、崞五县百姓迁到陉南，将陉北地区让给了拓跋猗卢。

司马越自误误国

汉主刘聪大举进攻晋国，派河内王刘粲、始安王刘曜以及王弥率兵攻打洛阳，又令石勒发四万骑兵和刘粲会师，一起前往大阳城。晋监军裴邈在渑池被汉军打败，往南逃去。汉军兵分两路直指洛川，刘粲从辕辕出兵，石勒从成皋出兵，沿途四掠，烽火连天。刘琨在并州得到消息，与拓跋猗卢一同发兵攻打刘聪、石勒，并先派人到洛阳向太傅司马越报信。司马越另有疑虑，回信阻止了刘琨。

司马越阻止刘琨，不是因为汉军，而是因为青州都督苟晞和司马越不和。司马越担心他趁机作乱，袭取并州，所以让刘琨守住并州。刘琨无可奈何，只好奉命而行。汉军齐逼洛阳，有进无退。洛阳城已是粮食匮乏，军民疲惫，眼看快要守不住了。司马越向各地传发檄文，下令征兵支援。怀帝对使臣说：“替我带话给各镇，今日还可支援，再迟就来不及了。”可是朝臣们都已四散而逃，多半不肯应召。只有征南将军山简，派督护王万带兵入援。到涅阳时，王万被流寇王如攻打一阵，士兵四散而逃。王如与党徒严嶷、侯脱等人大肆抢掠一番后，进逼襄阳。荆州刺史王澄号召各军解救国难。前锋军队到了宜城，听说襄阳被困，不由得胆怯起来，往回逃去。汉将石勒带着士兵们赶往南阳，王如不愿投降，将石勒堵截在襄阳。石勒大怒，把贼党一万多人全部擒住。侯脱被杀，严嶷投降，王如逃跑。石勒趁机占据襄阳，攻破江西四十多所垒壁，在襄城驻兵。

晋太傅司马越已经失去众望，心里却不服气，听说胡寇日渐猖狂，便穿着战袍自请讨伐石勒。怀帝悲切地说：“如今胡虏侵逼都城，王室朝臣都没有斗志，朝廷社稷只靠你一个人维持，你如果远去，谁来处理朝政呢？"司马越回答道："我率众出征是为了讨伐贼寇。剿灭贼众之后，国威可振。如果坐守都城，恐怕贼寇猖獗，朝廷的后患就更大了。"怀帝也不苦留，任凭司马越出征去了。司马越留下儿子司马毗以及龙骧将军李恽、右卫将军何伦守卫京师，命长史潘滔为河南尹，掌管留守事宜，自己则调集四万兵马，即日出发。并用王衍为军司，单留几个无名朝臣、已老将官保护皇帝。没过多久，都城中无财无粮，大闹饥荒，盗贼横行。

司马越屯守项城，命豫州刺史冯嵩为左司马，又向各处传发檄文，号召全国官吏、百姓共同讨伐汉军。檄文发出去后，无一州一郡起兵响应。怀帝见司马越已经出征，以为少了这个眼中钉，自己终于可以自由行动了，哪知道何伦等人比司马越还要厉害，对他日夜监察，如同看管犯人一般。东平王司马楙当时已改封为竟陵王，他偷偷建议怀帝派卫士夜袭何伦。卫士都是何伦的耳目，不听从怀帝的命令，反而将此事告诉了何伦。何伦带剑入宫，逼怀帝交出主谋，怀帝没有办法，只好供出司马楙。何伦于是出宫抓捕司马楙，幸亏司马楙早得到风声，逃往别处了。

汉兵日益逼近都城，朝臣们提议迁都避难，只有王衍一再谏阻，誓不迁都。这时扬州都督周馥又向朝廷上疏，提议迁都寿春。司马越得知后，怒火中烧，当即下了一道军符，令淮南太守裴硕和周馥一同入都。周馥知道自己触怒了司马越，不肯前去，只让裴硕带兵先行。裴硕诈称接到司马越的密令，带兵攻打周馥，反被周馥打败，于是退到东城，派人去建业求援。琅玡王司马睿认为周馥违逆，便派扬威将军甘卓攻打寿春。周馥的将士被打得落荒而逃，周馥也向北逃去。豫州都督新蔡王司马确，是司马越的侄子，镇守许昌，当即便派兵将周馥逮住，周馥竟活活气死。

石勒开始攻打许昌，司马确出兵防御。司马确到了南顿，正碰上石勒率众杀来。见敌军矛戟如林，士卒如蚁，晋军大惊失色，立即往回逃去。司马确还想禁止，要和石勒决一胜负，哪知部下都情急逃生，不肯听令。敌军抢前冲来，一阵乱砍，晋军伤亡惨重，司马确也成了刀下鬼。石勒扫尽了司马确的部众，又进军许昌，杀死平东将军王康，占住城池。

许昌失守，洛阳更加危急。怀帝寝食难安，急忙下诏令河北各将连夜进都支援。青州都督苟晞接到诏书后，向部下说道："司马越无道，使天下大乱，我怎能以不义示人？汉韩信不忍小惠，所以死在妇人手中。如今为国家计，我唯有上尊王室、入诛国贼，和诸君共建大功。为国尽忠，本是应该，何足挂齿？"说完，便令记室代写檄文，告示各州。当即便有人将檄文传到都城，怀帝看完后，下诏慰勉苟晞。汉将王弥这时已派左长史曹嶷为安东将军，向东进略青州。曹嶷攻破琅珥，进入齐地，连营数十里进逼临淄。苟晞登城见敌兵气势汹汹，不禁心惊胆战，直到曹嶷的军队靠近了城池，他才麾兵出战。曹嶷且退且进，苟晞且战且守。大战了一天后，苟晞挑选精兵开城大战。不料忽然起了大风，尘沙飞扬，汉兵正得上风，顺势猛扑，苟晞招架不住，弃城而逃。苟纯随苟晞一同逃往高平。苟晞在高平重新招募了几千士兵，这时传来怀帝的密令，让苟晞讨伐司马越。苟晞听说河南尹潘滔和尚书刘望在司马越面前诬陷自己，便向怀帝上疏历数司马越的罪状。

怀帝看了苟晞的表文后，盼望苟晞能出兵进入项城，削除司马越的权势，苟晞却一直没来。这时，已经是永嘉五年的仲春了，怀帝既担忧司马越，又惧怕汉寇，整天对花垂泪，望树怀人。何伦等人又倚势作威，形同盗贼，还带兵抢掠宦官，甚至连广平、武女两位公主也不放过。怀帝忍无可忍，又下诏给苟晞，让他擒获司马越。苟晞接到诏书后，派征虏将军王赞为先锋，带着裨将陈午赶赴项城，并写了一篇表文让使臣带给怀帝。

使臣带着表文走到成皋的时候被骑兵截住，把他押到项城去见司马越。司马越搜到苟晞的表文，不禁大怒道："我早就想到苟晞与皇上通使，必有隐情，现在果然被我截获。可恨！可恨！"于是将使臣扣住。又令从事中郎杨瑁担任兖州刺史，与徐州刺史裴盾，一起征讨苟晞。苟晞偷偷派骑兵到洛阳抓捕潘滔。潘滔趁夜逃走，尚书刘曾和侍中程延被骑兵抓到，苟晞审讯后得知二人都是司马越的私党，就将其全部斩首。

司马越得到消息，顿时感到内外交迫、进退两难，竟忧愤成疾。临死时召入王衍，嘱咐后事。王衍秘不发丧，只将司马越的尸体棺殓，装在车上，打算回东海安葬司马越。众人推举王衍为元帅，王衍推荐襄阳王司马范。司马范是楚王司马玮的儿子，此刻，他也不肯受命。司马范、王衍二人一起从项城起程，向东海赶去。讣告传到洛阳，何伦、李恽等人担心汉军攻来，于是带着裴妃母子逃出都城。城中的士兵百姓也都惊恐不已，多半出城外逃，晋朝宗室的四十八位王爷也和何伦、李恽一同避难去了。洛阳城霎时间空空荡荡，只有怀帝及宫人还在，孤危无助，满目苍凉。怀帝认为洛阳之所以会如此萧条败落，责任都在司马越身上，于是追贬司马越为县王；并封苟晞为大将军、大都督，命他掌管青、徐、充、豫、荆、扬六州军事。

汉将石勒听说司马越病死，即刻快马加鞭追来，在苦县宁平城当头碰上了给司马越送丧的队伍。王衍不会用兵，襄阳王司马范等人也都没有经历过大敌，二人面面相觑，不知所措。只有将军钱端带领士兵朝石勒攻去。两军交战了两三个时辰，汉军很是厉害，任意厮杀，无人敢挡，钱端战死。石勒又指挥铁骑围住王衍等人。王衍的部下虽有好几万，却没有一个不怕死，再加上统帅无人、号令不一，人人都抱着一个逃命的心思，你想先跑，我怕落后。一时间自相践踏，积尸如山。最凶狠的还是石勒，他发出一声号令，叫骑士四面乱射，不让众人逃脱。王衍以下只有闭目等死，束手就擒。除王衍及襄阳王司马范外，还有任城王司马济、武陵王司马澹、西河王司马喜、梁王司马禧、齐王司马超以及吏部尚书刘望、廷尉诸葛铨、前豫州刺史刘乔、太傅长史庾呆等人也统统被拿住，押入石勒的军营。

石勒升帐上坐，令王衍等人坐在幕下，问王衍道："你是晋廷太尉，为何让晋廷衰乱到如此境地？"王衍支支吾吾地推卸责任，把一切罪责推到太傅司马越身上，并谄媚说："晋室危乱，这是天意要灭晋。将军正可应天顺人，建国称尊。"石勒抚须狞笑道："你少壮之时就入朝做官，一直身居重任。天下之所以衰乱，正是你的罪过，你还抵赖什么呢？"这一席话，说得王衍无言以对，羞惭不已。石勒命左右将王衍扶出，又审问其他人。众人都怕死，纷纷乞怜，只有襄阳王司马范神色不变，呵斥道："事已至此，何必多言！"石勒于是转身问部将孔苌："我自从戎以来，东驰西奔，足迹遍布天下，从来没见过此等人物，你认为能给他一条活路吗？"孔苌答道："他是晋室王公，未必会为我们效力，不如就将他处决吧。"石勒思量了一阵，便说："你说得对。但不要对他们动刀，让他们全尸而终吧。"说完，便令人将俘虏全部囚禁在民舍。到了半夜，令士兵推倒墙壁，将囚徒压死。石勒又令人劈开司马越的棺材，焚骨扬灰，并说道："扰乱晋朝天下的就是此人，我今天为天下泄恨，焚烧其骨以告天地。"王弥的弟弟王璋是石勒的部下，他又将道旁的尸首全都烧毁，见有肥壮的死人还割肉煮食，饱餐一顿才带兵出发。到了洧仓，又碰到何伦、李恽等人。冤冤相凑，李恽自知这次是羊入虎口，连忙杀了妻儿，然后逃往广宗。何伦也逃往下邳。晋室四十八王及司马越的儿子司马毗统统被石勒兵掳去，死多活少。唯独司马越的妻子裴氏由于年老，没人注意，趁乱逃脱了。后来被土匪卖给吴姓人家，成为佣人。元帝偏安江左后，她才辗转渡江，得蒙元帝收养，老有所终。

洛阳失陷

司马越病死后，怀帝改任众大臣。升太子太傅傅只为司徒，尚书令苟藩为司空，幽州都督王浚为大司马，南阳王司马模为太尉，凉州刺史张轨为车骑大将军，琅玡王司马睿为镇东大将军。又颁诏天下，督促各地带兵前来护卫京师。此时此刻，天下纷争不断，世道日益混乱，两河南北又频频遭到胡虏劫掠，各镇将领自己都顾不上，又怎么会去护卫都城？

荆州、襄阳一带闹得一塌糊涂。征南将军山简驻守在襄阳时，襄阳时而被王如所逼，时而被石勒所攻，山简只好迁到夏口勉强支撑。荆州刺史王澄误信谣言回到江陵，那时巴、蜀流民游居在荆、湘两地，杀害了当地县令。王澄派内史王机带兵平定，流民望风请降，王澄假装受降，私底下却令王机夜袭流民，斩杀了八千多人。益州、梁州的流民看到这情形，不免兔死狐悲。湘州参军冯素对流民赶尽杀绝，流民被迫造反，攻破零陵，进掠武昌。王机派兵抵御，失败而回。王澄对此并不在意，依旧和王机日夜纵酒，消遣光阴。

成都被李雄占据，前益州刺史罗尚始终无法收复。李雄又出兵东侵，攻打涪城。梓潼太守谯登固守三年，粮尽援绝，成都最终陷没。谯登战败被抓，李雄将其处死。长江上下游一派纷乱。只有琅玡王司马睿在江东安居无事。

一国之都的洛阳城，此时内无粮草，外无救兵。怀帝终日愁苦，但也无可奈何。这时，大将军苟晞上疏请求怀帝迁都仓垣，并派从事中郎刘会带着十几艘船、五百名护卫、上千石谷米，来接怀帝。怀帝召集朝臣商议。朝臣已经寥寥无几，只剩几个糊涂虫，良久不能决断。身边的侍从顾虑到家室，不愿离去。怀帝不能孤身一人投奔苟晞，只好顺从众人，又耽搁了一阵。不久，洛阳城内饥困成灾，百姓流离失所。怀帝又召集众人商议，决定起程，然而此时宫内却连车都没有了。怀帝只好令傅只准备船只，自己和大臣数十人步行出了西掖门。到了铜驼街，盗贼满街，随处抢掠。众人没法过去，只好又返回宫里。度支校尉魏浚带领流民出守河阴的硖石，抢到谷麦献入宫廷。怀帝饥不择食，不问来历，就把谷麦拿来救济宫中，并升魏浚为扬威将军，令他继续统领度支。

忽然传来消息说，汉大将军呼延晏率领两万七千士兵朝洛阳杀来，接着败报又频频传来。不久又听说刘曜、王弥、石勒三路人马和呼延晏一同逼近洛阳。几天之后，汉军果然到了洛阳，猛攻平昌门。城内将士们无心拒守，才一晚上，外城便被汉军攻破。汉军又攻进内城，在城内杀人放火，很是猖獗。汉军骚扰了一天一夜，竟自己退去了。怀帝赶紧命苟藩兄弟备好船只，准备东行。苟藩和弟弟苟组奉命而去，却发现船只已经被汉军烧毁。二人不敢回去见怀帝，只好逃跑。

都城已经残破不堪，宣阳门更是形同虚设，呼延晏和王弥轻而易举地进了城。城内侍卫纷纷逃窜，汉军横冲直撞，如入无人之境。两位汉将带兵闯进南宫，纵兵大肆抢掠，把宫中抢劫一空。怀帝带着太子司马诠、吴王司马晏、竟陵王司马楙等人逃出华林园门，打算逃往长安。不料迎面遇到刘曜，刘曜将他们拘禁在端门。朝臣及太子司马诠和司马晏、司马楙接连被杀。只有侍中庾珉和王俊被留下性命，陪侍怀帝，全城共死亡两万多人。刘曜令士兵把尸体运到洛河北岸，筑为京观，还挖掘皇陵、焚烧宗庙。刘曜下令搜劫后妃，分赏给各将领充作妻妾。自己则逼惠帝的皇后羊氏与他寻欢。羊皇后在惠帝时九死一生，后来留在弘训宫，虽然年已三十，依旧风姿卓绝。此次被刘曜所逼，羊氏不得不委身强虏。已故太子司马遹的妃子王氏誓不相从，被乔属砍死。石勒进了洛阳，见城里已经形同废墟，便带兵去了许昌。

刘曜嫌抢到的钱财不多，不禁埋怨王弥，说他先进洛阳，多占了财物。王弥不知道刘曜正埋怨自己，还对刘曜说："洛阳是天下的中心，殿下应建议皇上迁都洛阳，好坐镇中原、揽有华夏。"刘曜借机冲王弥发怒道："洛阳四面受敌，又被你们掠夺得一干二净，只剩下一座空城，还有什么用？"王弥一气之下，带兵去了项关。刘曜令呼延晏押着怀帝及庾珉、王俊等去平阳，把城内宫殿全都毁掉，然后带着羊皇后麾兵北去。汉军分三路离开，都城解严。

大将军苟晞驻守在仓垣，豫章王司马端从洛阳逃到仓垣。苟晞这时才知道洛阳失陷，于是奉司马端为皇太子，迁守蒙城，设立行台。自命太子太傅，令别将王赞驻守阳夏。苟晞出身微贱，却志骄气盈，这次挟持司马端即位，独揽大权，更是得意扬扬，整日饮酒作乐。部下稍有忤逆，苟晞就对他们施以酷刑，他还对百姓横征暴敛。因此将士离心，百姓怨声载道。辽西太守阎亨上疏劝谏，却被苟晞下令斩首。从事中郎明预在家养病，听说阎亨被杀，带病到苟晞府中恳切规劝，痛陈利害。苟晞虽觉惭愧，骄纵荒淫的习气仍是不改。

部将温畿、傅宣等相继叛离苟晞，瘟疫、饥荒又频频发生，眼看仓垣将要保不住了。这时石勒从许昌杀来，攻破阳夏，擒获王赞，奔往蒙城。苟晞只知道饮酒调情，直到石勒的军队进了城，他才慌忙集合军队。然而已经来不及了，苟晞兄弟和豫章王司马端都被石勒抓住。石勒有意羞辱苟晞，锁住苟晞的脖子，命其为左司马，并派人向刘聪报告。刘聪升石勒为幽州牧。王弥本想在青州称王，因对石勒有所顾虑，便趁此机会给石勒写了一封信，说："石公一举捕获苟晞，令人佩服。如果再用我做你的左臂右膀，天下还有什么难对付的呢？"石勒看完信，对参谋张宾说："王弥位重言卑，一定不怀好意。"张宾认为王弥在试探石勒，于是劝石勒先下手为强。石勒让张宾回信给王弥，令王弥掌管青州，自己掌管并州，在信中约好了会盟日期。王弥信以为真，回信赴约。石勒便请王弥到军营喝酒。酒席上，石勒对王弥殷勤备至，王弥渐渐放松了戒备。酒至半酣，石勒忽然拔剑朝王弥挥去，霎时间，王弥人头落地。王弥的部下不敢反抗，都投降了石勒。

刘聪责备石勒，石勒却称王弥想要谋叛。刘聪因王弥死去，已经损失了一名大将，不得不拉拢石勒。于是升石勒为镇东大将军，让他统管并、幽两州军事。苟晞和王赞密谋杀死石勒，消息泄漏后，反被石勒所杀，豫章王司马端和苟纯也被杀死。石勒带兵攻打豫州各郡，在葛陂驻军。

刘曜进攻蒲阪，守将赵染在蒲阪驻守，见到汉军就举城投降。刘曜命赵染做先锋，攻打长安，自己做后应。刚好刘粲赶来，便一起进军。路上接到赵染的捷报，说在潼关大胜司马模，正朝下邽挺进，刘曜、刘粲大喜。不久，又接到捷报，说司马模已经投降，刘粲便带兵去长安掠夺。到了长安，刘粲立刻下令将司马模斩首。刘粲将司马模的妃子刘氏赏给了奴仆张本，并处斩了范阳王司马黎。司马模的长子司马保，因为当时在上邽而幸免于难，都尉陈安带着司马模的残余部众投奔司马保。其他的部将都做了俘虏，被刘粲送往平阳。当时关西正闹饥荒，刘粲无处掠夺，怏怏回去，留下刘曜驻守长安。刘聪封刘曜为中山王兼雍州牧，让他带兵攻打州郡。

安定太守贾疋畏惧汉军，写信给刘曜表明投降的意思。使臣在路上遇到冯翊太守索綝，索綝问明情由并拉着使臣一同去见贾疋。索綝生气地问："身为晋臣，怎么能未战先降？关西不乏将士，为什么不倡议众人共图兴复？"贾疋惭愧地说："兵力不足，只能先求保住百姓。现在有你相助，我就不担心了。"索绑于是把魏允、梁肃叫到安定。他们推贾疋为平西将军，然后麾军长安。雍州刺史魏特、新平太守竺恢、扶风太守梁综纷纷响应，集合了十万人马和贾疋会合。刘粲在新丰接到关西情报，令赵染和刘雅去新平防御。索绑也急忙率兵支援贾疋，杀退赵、刘二将，然后和贾疋会合，进逼刘曜。两军在黄邱大战一场，刘曜兵败退回长安。贾疋又移兵攻打梁州，杀死汉刺史彭荡仲，派魏特等人攻打新丰。魏特也一举打败刘粲，刘粲逃回平阳。贾疋于是大集将士，合攻长安。

刚巧，前豫州刺史阎鼎，此时随秦王司马业来到蓝田。阎鼎派人通知贾疋，贾疋得到消息后，派人把阎鼎等人接到雍城，并让梁综带领他们入城。司马业是吴王司马晏的儿子，十二岁时就过继给了秦王司马东，同时也是司空荀藩的外甥。荀藩和弟弟荀组一起去密县时，司马业也跟了去，刚好碰到阎鼎在密县召集西州流民。荀藩便奉司马业为主，让阎鼎为佐将。前中书令李㫤、司徒左长史刘畴、镇军长史周顗、司马李述陆续依附荀藩。众人认为阎鼎很有才能，劝荀藩任命阎鼎为冠军将军及豫州刺史。阎鼎想回家乡，就和众人商量，打算奉司马业入关。荀藩等人不愿意西去，准备前去许、颍两地。河阳令傅畅是傅只的儿子，他写信建议阎鼎回长安，起兵雪耻。阎鼎因而决定进兵长安。途中，荀藩等人逃跑，阎鼎派兵去追，李㫤被杀，荀藩、荀组、周顗、李述四人则分路逃走了。阎鼎追不上他们，就去了蓝田，正好碰到贾疋，于是一同进了雍城。

荀藩兄弟和李述到了荥阳，马上招揽旧部，驻守开封。周顗则渡江东行，投奔琅玡王司马睿。司马睿任命周顗为军谘祭酒。当时海内大乱，唯独江东稍微安宁，士大夫们为了避乱，陆续来到江东。王导劝司马睿广揽俊杰，司马睿于是招集了一百零六个人，个个都授为佐吏，称为百六掾。其中最著名的有前颍川太守刁协、东海太守王承、广陵相卞壶、江宁令诸葛恢、历阳参军陈頵、前太傅佐吏庾亮等人，周顗也是其中之一。不久之后，前骑都尉桓彝也来投奔建业，他见过司马睿之后，对周顗说："我因为中州动乱，所以来这里，可是琅玡王这么单弱，能干成什么事呢？"周顗也一再叹气。桓彝又去见王导，和王导谈论时事，王导口若悬河，令桓彝心悦诚服。回去后桓彝又对周顗说："江左有管夷吾，我不再担心了。"建业城南有一个亭子，叫做新亭。王导经常在亭里设宴与周顗共饮。一次，周顗喝了几杯酒，悲从中来，叹息道："风景不变，山河却已经变样。"众人听了，流下眼泪。王导却神情激昂，举杯对众人说道："我们聚集在此，应当共同效力王室，恢复大业，为何颓然不振，像楚囚一样流泪呢？"众人于是擦掉泪水，互相勉励。王导又借着酒兴，畅谈匡复国家之事，然后才与众人辞别。

怀帝愧死他乡

江东初定，百废待兴。这时传来石勒在葛陂征兵造船，将要攻打建业的消息。司马睿得知后，在寿春城召集士兵，命纪瞻为扬威将军征讨石勒。石勒率兵抵御，两军僵持了三个多月。僵持的这段时间，因为一直下雨，石勒的士兵都染上了瘟疫，加上粮食短缺，士兵死亡过半。石勒不免担心起来，和将领们商量停战。右长史刁膺认为不如向江东暂时求和，而以孔苌为首的三十几位将领则厉声说道："一派胡言！我们没有失败，为什么要投降？如果分路进军，晚上攻进寿春，斩杀敌军将领，夺取城内粮食，然后乘胜攻占丹阳，夺取江南，不出一年，就能大告成功了！"石勒大喜，赏给他们每人一匹战马。谋士张宾始终不说话。石勒问道："你有什么看法？"张宾回答道："我认为，将军最好先去占据邺城，夺下河北。河北攻取下来后，再麾兵南下。可以先把军备运走，将军在后面慢慢退兵，这样就不会出什么问题了。江东的军队听说我们北去，庆幸还来不及，哪还愿意追？"石勒卷起袖子，兴奋地说道："妙计！妙计！就听你的了。"又斥责刁膺说："你既然来辅佐我，就应该助我成就大业，怎么能劝我投降？本应该把你处死，但看你没有什么恶意，姑且饶了你。"刁膺慌忙拜谢，羞愧退下。石勒降刁膺为裨将，升张宾为左长史。

石勒派侄子石虎带领两千骑兵抵挡晋军。然后亲自带兵从葛陂出发，军备在先，兵队在后，依次北去。石虎在去寿春的路上碰到几十艘江南船只运米而来，他马上带兵去抢，不料两边的伏兵蜂拥而起。石虎的军队只顾着抢米，已经乱作一团，一经交锋，纷纷溃散。石虎也拍马而逃，晋将纪瞻带兵追了一百多里，正碰上石勒的军队。石勒严阵以待，很是威严。纪瞻不敢进攻，只好退回寿春。石勒继续率军北行，沿途都是旷野，无法劫掠，士兵们都饿得不成人样了。东燕渡河时，石勒听说汲郡太守向冰带着几千人在堤堰驻扎，石勒担心遭到攻击，就和将领们商量对策。张宾拍手道："现在我们正愁没船过河呢，为什么不跟向冰借呢？"将领们听了，都捂着嘴笑，就连石勒也感到疑惑不解。张宾又说："你们别笑！向冰的船都在对岸，我们如果派人乘筏，从小路把船抢过来，运给大军，军队一过河，还怕向冰吗？"石勒于是令部将孔苌、支雄前去抢船。船上没有防备，所有的船只都被孔、支二人抢了过来。向冰知道后，带兵收船，已经晚了，勒军早已过了河。向冰只好回营防守。

石勒令主簿鲜于丰攻打向冰，预先设好埋伏。向冰起初不想接战，可鲜于丰在营前百般辱骂，激起了他的怒气，他便带兵来追。鲜于丰边战边跑，把向冰引进埋伏。周围的伏兵突然一拥而起，四面夹攻。向冰奋力杀开一条血路，落荒而逃。石勒攻进向冰的军营，把营里所有财物都拿了去，然后奔向邺城。邺城守将刘演把守兵分布在铜雀、金虎、冰井三台，严阵以待。勒将孔苌等想立刻攻取三台，张宾阻止说："刘演虽然薄弱，但部下还有几千人，三台也很险固，不容易攻取，我们何必在这里费劲？王浚和刘琨才是大敌，应该先去攻打他们。况且现在天下大闹饥荒，不如先占据要地，广储粮食，再往西占领平阳，往北攻取幽、并二州，这样才能成就霸业。"石勒问："依你之见，我们该去哪里？"张宾答道："邯郸和襄国，你选一个吧。"石勒兴奋地说："襄国。"于是率兵攻打。襄国城里毫无防备，石勒毫不费力就占取了城池。张宾又建议石勒收集野谷充作军粮，并上报平阳说明情形。石勒于是上表刘聪，并派各将领去攻打冀州、收降郡县，抢来当地粮食作为军备。刘聪下诏褒奖，晋升石勒为散骑常侍，并封他为上党公。

石勒小时候被卖到茌平，和母亲王氏失散。并州刺史刘琨找到了王氏，派属吏张儒把王氏接到府里，款待了几天，然后将王氏送到石勒的军营。石勒见到母亲，又悲又喜，命人厚待张儒。张儒则取出刘琨的信交给石勒。石勒打开信一看，原来刘琨想让石勒背叛刘聪归附他，刘聪允诺封石勒为车骑大将军，兼任护匈奴中郎将、襄城郡公。石勒看完信，捋着胡子浅浅一笑，没有说什么。然后设宴招待张儒，留他住了一晚。第二天又给张儒送了很多礼物，并让张儒带了名马、珍宝和一封回信酬谢刘琨。张儒回到晋阳后，把回信及礼物呈给刘琨。刘琨打开信，里面只有四句话，无非是婉言谢绝而已。

刘琨扔下信，大叹了几声，然后去了后庭，叫来歌伎歌舞作乐，排遣愁闷。刘琨向来奢侈，尤其喜好声色。河南人徐润擅长音律，刘琨对他很是宠爱，封他为晋阳令。徐润骄纵横行，干预朝政。护军令狐盛常劝刘琨除掉徐润，刘琨不听。不久，徐润诬陷令狐盛有二心，刘琨大怒，下令将令狐盛斩首。刘琨的母亲知道后，责骂刘琨："你不召集豪杰，和他们共商大事，却亲小人，远贤臣。照此下去，我也必定遭殃。"刘琨虽然谢罪，仍然不肯杀了徐润。愁闷无聊时，仍借酒色消遣。部下都说他纵逸忘情，议论纷纷，又因令狐盛枉遭杀害，人心因而离散。

令狐盛的儿子令狐泥要为父亲报仇，前去投奔刘聪。刘聪向他询问晋阳的情况，令狐泥一一告知。刘聪大喜，令刘粲攻打并州，令狐泥为向导，并让刘曜带兵在后面支援。刘琨听说汉军打来，急忙令部将郝诜和张乔带兵抵御刘粲。偏偏雁门诸胡趁机造反，上党太守龚醇又投降汉室，刘琨一时应付不过来，只好派人去向代公拓跋猗卢求援，打算先平定胡人，再抵御汉军。可汉军步步进逼，郝诜和张乔一战而亡。刘粲和刘曜乘虚进攻晋阳，晋阳城内多是老兵残将，根本无法抵御。刘琨派太原太守高乔和并州别驾郝聿等人据守晋阳，两位将领却打开城门，迎汉军进城。刘粲和刘曜搜捕刘琨家眷，将刘琨的父母杀害。

刘聪接到晋阳捷报，命刘曜为车骑大将军，任刘丰为并州刺史，镇守晋阳。刘琨听说晋阳已经被汉军包围，急忙派兵回去支援，并派使者催促拓跋猗卢支援。拓跋猗卢让儿子拓跋六修、侄子拓跋普根以及将军卫雄、范班、箕淡等，带领几万士兵做前锋，自己率大军做后应，浩浩荡荡地朝晋阳赶来。刘琨又集合了几千散卒，把他们带到汾东。刘曜带兵出来和刘琨交战。刘曜的军队先前已经饱掠了一番，此时已没了斗志；拓跋猗卢的兵士却如同出水蛟龙一般，异常勇猛，把刘曜的大军杀得七零八落、东逃西窜。刘曜在交战中被刺中，从马上摔落下来。汉讨虏将军傅虎急忙跑过来，杀退敌人，扶起刘曜，让他上马远逃。刘曜不肯，让傅虎去晋阳带大军给他报仇。傅虎流着泪说："我多亏大王赏识，才有今天的地位，今天是为您效命的时候了。汉室刚立，绝不能没有大王！"说完便把刘曜扶上马，亲自将他送到汾河。等刘曜过了河，傅虎又回去截杀追兵，最终战死。

刘曜逃回晋阳后，趁夜和河内王刘粲、并州刺史刘丰带兵外逃。刘琨连夜追赶，在蓝谷大破汉军，抓住刘丰，杀死汉将邢延三千多人，只有刘曜和刘粲逃脱。拓跋猗卢回到寿阳山，令部众陈阅尸首，寿阳山上血流成河。刘琨走进拓跋猗卢的营帐道谢，想让拓跋猗卢继续进军。拓跋猗卢说："你已经收复了州境，我的军队远道而来，已经疲惫不堪。

不如稍做休息，日后再战。"刘琨不能强求，只好摆宴饯行。拓跋猗卢让部将箕澹、段繁继续助守晋阳，自己带着大军回去。刘琨进了晋阳，收埋了父母的尸首，然后迁居阳曲。

关中郡县自从被贾疋、索綝等人带兵平复后，多半已经安定，刘曜也已被赶出长安。贾疋于是等人奉秦王司马业为皇太子，把他接到长安，并建立行台。司马业命阎鼎为太子詹事，加封贾疋为镇西大将军，命南阳王司马保为大司马兼任秦州刺史，荀藩仍任本职，荀组为司隶校尉兼豫州刺史。仍采用永嘉年号。

此时，怀帝已被汉军捉去有一年多了，由呼延晏押送到平阳。刘聪升殿受俘，升任呼延晏为镇南大将军。见到怀帝及晋臣庾珉、王俊时，刘聪狞笑着说："我父亲和你们先帝有交情，你们就留居这儿，只要听我的话就没事。"怀帝和庾珉、王俊不得不叩头拜谢。刘聪于是下诏大赦，改元嘉平，封晋主为平阿公，晋臣庾珉、王俊为光禄大夫。怀帝忍辱含羞，做了汉廷的臣奴。

刘聪和单太后举止亲昵，太弟北海王刘乂实在看不过去，多次进宫规劝单太后。单太后又恨又愧，竟然因此生病，不到一年便死了。刘聪悲痛万分，哭了好几天。后来听说单太后病死，是因为北海王刘乂常进宫劝谏，便对北海王刘乂心存怨恨。刘聪的皇后呼延氏也忌恨北海王刘乂。一天，她对刘聪说："父死子继，是古今常道。如今陛下已经登上皇位，为什么还要立一个太弟呢？我担心陛下百年以后，刘粲兄弟将不能继位。"刘聪半晌才答："让我再想想。"呼延皇后又说："事缓变生。太弟见刘粲兄弟渐渐长大，定然不安，万一有他人挑拨，祸患立即就会酿成。陛下能容纳太弟，太弟未必肯侍奉陛下。"刘聪应声道："你不要说了，我知道了。"单太后有个哥哥叫单冲，曾担任汉光禄大夫，他对北海王刘乂悄悄说道："疏不如亲，皇上已有意让河内王继位，殿下还是先行退让，免遭祸事！"刘乂不解，说道："河瑞末年的时候，皇上因嫡庶有别，让我做皇帝。我因为皇上比我年长，所以让他来做。天下是高祖的天下，弟弟继承兄长的皇位，有什么不对？就是刘粲兄弟将来也可以这样。如果说疏不如亲，我想儿子和弟弟也都差不多，皇上未必爱儿子不爱弟弟。"单冲见北海王刘乂不相信，只好退下。而刘聪虽然听信皇后的话，有意废掉北海王刘乂，但忆起单太后的柔情又于心不忍。过了一两年，呼延后得病身亡，刘聪便把这件事搁置了。

106

刘聪是个好色之徒，单太后和呼延后死后，他立刻广纳美人。听说太保刘殷的两个女儿、四个孙女都是天姿国色，秀丽绝伦，便想一并纳入，充作妃嫔。太弟刘乂上疏劝阻。刘聪不听，一意孤行，将刘氏的两个女儿和四个孙女都召进皇宫，封刘氏的两个女儿为左、右贵嫔，四个孙女为贵人。六个美人同时进宫，汉主应接不暇，整天深居简出，不理朝政。如果有朝臣上奏，他就让中黄门收下奏折，交给左、右两个贵嫔处理。

不久，刘聪为怀帝授职，加封他为会稽郡公。庾珉和王俊也都得到官职。这三人入朝拜谢，刘聪邀他们一起喝酒，对怀帝说："你是豫章王的时候，我在中原，曾和王济去拜访过你。你请我听乐府歌，带我去射厅比试技艺，那时你送了柘弓和银砚给我，你还记得吗？"怀帝答道："我怎么敢忘记，只恨当时没有早识龙颜。"刘聪又说："你们为什么总是自相残杀呢？"怀帝说："这是天意。大汉将应天受命，所以上天为您驱除障碍，如果司马家能守住武帝的遗业，九族和睦，陛下哪还能得到天下？"刘聪听了大笑，黄昏时候，他竟把小贵人刘氏赏给怀帝，对怀帝说："这是名公的孙女，现在赏给你做妻子，你要好好对待她，千万不能委屈了她啊！"说完，叮嘱了刘氏几句，封她为会稽国夫人，让怀帝当晚就领回去。

时光飞逝，第二年元旦，刘聪在光极殿大宴群臣。令怀帝改穿青衣，站在一旁给他斟酒。怀帝满脸羞惭，庾珉和王俊见此情形，不禁哭泣。刘聪大怒，等怀帝斟完酒，令人将他们三人赶了出去。一个月之后，有人诬陷庾珉和王俊密谋叛乱。刘聪便令人杀了庾珉和王俊，又赐给怀帝一杯毒酒。怀帝在位四年，做臣奴一年多，死时仅三十岁。

祖逖渡江

秦王司马业进入长安已经一年了，长安又遭丧乱，百姓不足百户，到处荆棘成林。太子詹事阎鼎和征西将军贾疋执掌内外朝政，免不了挟权专制。汉梁州刺史彭荡仲被贾疋杀死，彭荡仲的儿子彭天护便纠集众人攻打长安。贾疋带兵抵御，却战败而逃。彭天护带兵去追，由于天色已黑，贾疋跌足掉进山谷，士兵们都忙着逃命，竟然没人顾得上去救贾疋。彭天护又命士兵乱投矢石，可怜贾疋就这样一命呜呼。彭天护杀死贾疋后，便带着众人回去了。扶风太守梁综被调任为京兆尹后与荀鼎争权，被荀鼎杀死。梁综的弟弟梁纬驻守冯翊，梁肃又新任为北方太守，听说哥哥遇害，自然想要报仇。索綝和麴允倡义勤王，本来应当功居首位。但秦王入关后，反让阎鼎拣了个便宜，做了首辅，专揽大权。二人对此心中怀恨，很是不服。索綝和梁氏兄弟又是姻亲，二人联合起来，一面弹劾荀鼎擅杀大臣，目无君主，请求秦王对荀鼎严加惩治；一面号召党羽，准备声讨。荀鼎担心斗不过麴允和索綝二人，就逃到雍城，却被氐人窦首杀死，窦首把荀鼎的首级传到长安。麴允因此兼任雍州刺史，索綝兼任京兆太守，二人一同号令关中。

怀帝去世后，秦王司马业主持丧礼，索綝、麴允两位大臣和卫将军梁芬等人便奉司马业即位，即晋愍帝。于是传旨大赦，改元建兴。司马业命梁芬为司徒，麴允为尚书，索綝为尚书兼吏部京兆尹。不久，又升索綝为卫将军兼太尉。新朝廷总共只有四辆马车，百官没有官服印绶，就在衣服上署号，将就了事。愍帝后来又命琅玡王司马睿为左丞相，统领陕东军事，南阳王司马保为右丞相，统领陕西军事，并且给两王下了诏令，让他们兴师北伐。

琅玡王司马睿无心北上，得到新皇的诏旨后，只派使者前去祝贺，却并不兴师。前中书监王敦在洛阳沦陷之前，已经出任扬州刺史，司马睿把他召为军谘祭酒。扬州都督周馥死后，司马睿又令王敦继任扬州都督，负责征讨事宜。江州刺史华轶和豫州刺史裴宪不听从司马睿的命令，王敦会师讨伐他们，斩华轶，逐裴宪，一时间，王敦威名显赫。荆州刺史王澄多次被杜弢打败。王澄和王敦是同族弟兄，王澄向王敦求助。司马睿便派周颛去接替王澄，召王澄为军谘祭酒，并让王敦接应周颛，一同讨伐杜弢。王敦进兵豫章，做周颛的后援。王澄回到豫章来见王敦。王敦盛情接待他，和他共叙亲情。但王澄向来轻视王敦，如今虽遭挫败，在王敦面前却仍然摆出一副傲然自若的样子，王敦怎么受得了？于是眉头一皱，计上心来。王敦假意请王澄在军营留宿，暗中却想杀害他。晚上，王澄的二十个护卫手持利刃，守卫在王澄的周围，王澄则手握玉枕，防备不测。王敦没法下手，又想出一计，宴请王澄的左右，将他们灌醉。然后进王澄的住处，假装借玉枕看，王澄不知有诈，就把玉枕给了王敦。王敦突然召猛士路戎等人进来，王澄大骂王敦不义，会遭报应。王敦毫不理会，指挥猛士上前，王澄最终被路戎活活掐死。

王澄死后，司马睿又召华谭为军谘祭酒。华谭以前是周馥的属吏，投奔到建业后，司马睿曾问他："周馥为什么要造反？"华谭回答说："周馥见贼寇日益猖獗，都城危难，就建议皇上迁都，以解除国难。执政者却不高兴，兴兵讨伐周馥。周馥死后不久，洛阳就沦陷了。照此看来，说他有意造反，实在是诬陷。"司马睿说："周馥身为镇将，拒召不入，见危不扶，即便他没有造反也是天下的罪人。"华谭接着说："如果说见危不扶该罚，那天下人都该受罚，不能专罚周馥一个。"司马睿听了，就不再说什么了。参军陈頵为人正直，常常直言劝谏，府吏都对他心怀嫉恨，司马睿也很厌恶他，就把陈頵派到谯郡做太守。

　　不久，长安又有诏令送来，再次让司马睿北伐。司马睿读完诏书，踌躇半天，便与来使刘蜀和苏马商谈，说请皇上再宽限时日，等他准备好了再兴师。刘、苏二人不便力劝，当即告辞。司马睿写了一封表文当做复命。司马睿的做法惹恼了军谘祭酒祖逖。祖逖，字士雅，祖籍范阳，小时候就失去了父亲，为人不拘小节，仗义疏财，与刘琨一同做过司州主簿，二人意气相投，共被同寝。夜半听到鸡叫声，祖逖就把刘琨踢醒，说："这不是恶声，是唤醒世人的声音，赶快起床舞剑。"有时谈到世事，二人也互相鼓励说："如果天下大乱，豪杰并起，我和你也当共济社稷。"不久，祖逖做了太子舍人，后来又被调为济阴太守。母亲去世后，他才辞官回家守丧。中原动乱时，祖逖带着亲党到淮泗避难，衣服粮食都和众人共享，众人对祖逖心悦诚服，推他为行主。司马睿听说祖逖的大名后，特意任命他为军谘祭酒，令祖逖戍守京口。祖逖一心匡复社稷，经常结识勇士，与他们探讨如何为国效力。

　　听说司马睿两次受诏，却都拒绝北伐，祖逖毅然前去拜见，对司马睿说道："国家丧乱不是执政者昏庸，而是因为藩王争权、自相残杀，胡贼才得以趁机作乱，流毒中原。如今百姓正处于水深火热之中，人人都想铲除强胡，大王如果发布威令，派有志之士做统率，收复中原，料想各郡国的豪杰一定闻风依附。这样一来必然能够收复中原，洗雪国耻，希望大王不要错失良机！"司马睿见他义正词严，倒也不好驳斥，就命祖逖为奋威将军兼任豫州刺史。送给祖逖一千人的粮食和三千匹布，却不发军械和士兵，只让祖逖自己招募。祖逖立刻回到京口，率领一百多部众乘舟渡江。船队行驶到江中时，祖逖击桨宣誓，誓要收复中原。众人见他神采奕奕，气宇轩昂，都慨然叹服。到了江阴，祖逖马上打造兵器，招募了两千多人，然后北进。并州都督刘琨听说祖逖起兵渡江，感慨万千："我曾担心祖逖会比我先立功，如今他果然行动了。"

此时的刘琨，已被愍帝拜为大将军，统领并州军事。刘琨有志为国效力，却苦于兵力不足。被拜为大将军时，刘琨曾向愍帝上过一篇表文，说得深刻入理，慷慨淋漓。刘琨上疏之后，恰逢石勒派侄子石虎带兵攻打邺城。石虎身高七尺五寸，凶悍好杀。石勒因为他生性凶残，曾经想杀了他，却被母亲阻止。母亲对石勒说："用快牛拉车，往往会把车拉破，你还是容忍一下吧。"石勒因此没杀石虎，常常派他带兵劫掠。邺城的守将刘演是刘琨的侄子，据守三台。邺城被石虎攻破，刘演逃到廪邱。刘琨命刘演为兖州刺史，让他暂时驻守廪邱。后来因汉军越来越嚣张，刘琨就和拓跋猗卢约好一起抵御汉兵。拓跋猗卢令拓跋普根进军北屈，刘琨也进军蓝谷，并令监军韩据带兵攻打西平。刘聪令刘粲抵御刘琨，刘易抵御普根，兰阳助守西平。刘琨见汉军已经做好防备，不敢再战，就退兵回去了。汉军却没撤兵，仍然防守，刘聪派刘曜攻打长安。刘曜让降将赵染做先锋，驱兵直入。愍帝得到消息后，急忙命麹允出守黄白城，抵御汉军。麹允和赵染交战数次，麹允屡战屡败，刘曜又带兵猛攻，长安眼看就要沦陷了。愍帝又命索綝为征东大将军，带兵支援黄白城。赵染听说索綝也带兵来了，就对刘曜说："麹允和索綝先后而来，长安必定没人防守，如果我们现在去攻长安，一定可以拿下。"刘曜立即让赵染带领五千精兵进兵长安。赵染带兵从小路一直绕到长安城下。长安城中果然没有防备，再加上赵染是带兵夜袭，大军长驱直进，如入空城。

　　半夜，愍帝正在秦宫酣睡，忽然有卫士进来报告，说汉军已经进了外城。愍帝吓得不轻，慌忙披衣起床，往射雁楼跑去。幸好内城各门还是紧闭，城墙上也有士兵防守。赵染没法攻入，只在龙首山下纵火焚掠军营。第二天天亮，赵染退到逍遥园，晋将麹鉴从阿城带兵过来，杀退赵染，又乘胜一直追到灵武。这时刘曜带兵过来，赵染得了援军立即杀回去。麹鉴只有五千人，哪里敌得过汉军的两路人马，顿时全军溃散，逃回阿城。刘曜和刘染在灵武扎营，打算休息一晚，第二天再攻长安。到了半夜，突然，满寨皆红。刘曜从梦里惊醒，慌忙迎敌。部众们都是睡眼蒙眬，穿衣服、拿刀枪，手忙脚乱。汉冠军将军乔智明带兵上前堵截，被来兵四面攒刺，当场毙命。汉兵无从抢救，更加心慌，想着逃命要紧，就都朝营外奔去，刘曜和赵染也从营帐后逃跑了。到了天微亮的时候，汉垒已经被扫光，只剩下一堆尸骸，约有三五千人。来兵得胜而返，为首的大将，就是晋尚书左仆射麹允。麹允料到刘曜有恃无恐，就趁夜劫营，果然大获全胜。刘曜和赵染逃回了平阳，此后好几个月不敢动兵。

占据襄国的石勒一心想夺取幽、并两州，想了许多办法，欺王浚、骗刘琨，最后终于把幽州夺了去，然后又计划夺取并州。幽州都督王浚自从洛阳陷落后，就设坛祭天，布告天下，谎称受诏，假立太子，自命尚书令，设置百官。前豫州刺史裴宪从南方过来投奔，王浚便命裴宪和枣嵩为尚书。王浚派督护王昌、中山太守王豹等，会同鲜卑段疾陆眷、段疾陆眷的弟弟段匹磾、段文鸯和堂弟段末柸率兵三万攻打石勒。石勒出战不利，逃回城中。段末柸带兵攻城，被石勒擒住作为人质，派人向段疾陆眷求和。段疾陆眷答应议和，用铠甲金银赎回段末柸。石勒召来段末柸一起饮酒，以金帛厚赠，然后把他送到段疾陆眷的军营。段疾陆眷感念石勒的厚恩，和石虎订盟，结为兄弟，发誓互不相侵，随后带兵退去。王昌失去援助，只好退兵。

王浚和段氏，本来是甥舅亲戚，相约互相援助。这次段氏被石勒诱去，王浚如同断了一只胳膊。王浚尚不在意，还和刘琨争夺冀州。原来代郡、上谷、广宁三郡百姓都属冀州管辖，因为王浚残暴，纷纷趋附刘琨。王浚愤愤不平，竟撤回征讨石勒的各军，转攻刘琨，劫掠三郡。刘琨不能与他相争，只好由着他耀武扬威，三郡的百姓都被王浚驱赶出塞，在外颠沛流离。王浚自加尊号，戕杀谏官，强虏见此情景，生出异心，伺机而入。

大意失蓟城

王浚骄横放肆，妄想当皇帝，就去和燕相胡矩商议。胡矩婉言劝阻，却被王浚贬为魏郡守。北海太守刘博和司空掾高柔先后劝谏王浚，都被王浚杀害。王浚的女婿枣嵩最受王浚宠信，还有个叫朱硕的人，字丘伯，善于献媚讨好，也非常讨王浚欢心。枣、朱二人狼狈为奸，贪婪无度，当时，北州有歌谣唱道："府中赫赫朱丘伯，十囊五囊入枣郎。"

王浚先命令枣嵩带领军队驻扎易水，又让段疾陆眷与枣嵩一起讨伐石勒。段疾陆眷之前曾与石勒订有盟约，因而不肯出兵。王浚恨之入骨，派人用黄金布帛贿赂代公拓跋猗卢，让他征讨段氏；并写信给鲜卑部的首领慕容庞，让他发兵协助拓跋猗卢。拓跋猗卢派拓跋六修出兵，却被段疾陆眷打败。好在慕容廆骁勇，每战必胜，顺利攻下徒河。

慕容氏原本是河洛人，因为到北方避难，不得不依附王浚。当时外族人中，段氏和慕容氏的势力最强。段氏兄弟崇尚武力，慕容廆则喜欢结交朋友，招揽英雄豪杰，所以文人志士大多投靠到他门下。慕容廆曾自称鲜卑大单于，后来王浚掌权，又授予他各种封号，慕容廆都没有接受。此次奉命攻打段氏，慕容氏并非甘愿为王浚效力，只因段氏日益强大，犯了他心中大忌，所以乐得卖个人情，出兵征讨。河东人裴嶷、代郡人鲁昌和北平人杨耽是慕容廆的心腹。另外，广平人游邃、北海人逢羡、渤海人封抽、西河人宋奭和河东人裴开是慕容廆的左膀右臂。后来人心涣散，经常有人叛逃。当时幽州一带，连年饥荒，旱灾、蝗灾不断，百姓困苦不堪。而王浚、枣嵩却更加横征暴敛，为非作歹。

就在幽州衰落之际，石勒来了。他虽然对幽州虎视眈眈，却不敢贸然动手，想先写信给王浚，探明虚实。石勒向张宾请教，张宾说："王浚名为晋朝臣子，实则想自立为王。只是担心天下人不服，所以拖延至今。将军威震天下，即使态度谦卑、厚礼相送，他也未必能相信您，更何况要正面和他对抗？"石勒犹豫一会儿，问："依你之见，应当用什么方法？"张宾说道："荀息灭虞、勾践伐吴的故事，详细记录在《春秋左传》里，何不借鉴前人的方法？"石勒立即令张宾草拟一份奏表，交给门下舍人王子春和董肇，让他们带些奇珍异宝，一半献给王浚，一半赠给枣嵩。王子春与董肇随即到了幽州，王浚召见了他们，问明来意。王子春格外谦恭，上前跪拜并呈上表文，王浚打开一看，大意是石勒有意投靠，并大赞王浚德高望重，表示愿意辅助王浚早登帝位。王浚看完奏表，不禁喜笑颜开，王子春趁机献上宝物。王浚命令手下一概全收，并请王子春等人就座，面带笑容地问："石公也是当世英雄啊，占有赵魏之地。而今却向我称臣，不知是为何啊？"王子春本就善辩，随口答道："石将军虽然兵力强盛，但殿下在中州声望威震，石将军自惭形秽，所以愿意为殿下效力。从古至今，胡人只有当大国的名臣，从没有过崛起称王的，殿下又何必多疑呢？"王浚大悦，立即封王子春等人为列侯。王子春等人拜谢后返回住地。随后，王子春又去拜见枣嵩，将礼物赠与他，托他代为周旋。枣嵩满口答应，与王浚商议后，派使者随同王子春和董肇去往石勒驻地。

使者来到石勒的驻地时，石勒早将强兵精甲换成了羸弱士兵。石勒朝北跪拜，恭敬地接受使者递来的信函。使者带来几件小礼物，其中有一柄尘尾。石勒假装不敢拿，命人将它高高挂在墙壁上，对使者说："我见此物，如见王公，必定每天早晚跪拜。"随即设宴款待使者，好几天之后才送使者回去。然后又派董肇送一份奏表给王浚，约定入朝拜见他的日期，并写信给枣嵩，求封并州牧兼广平公。王浚的使者返回后，奏报说石勒实力弱小，但心意诚恳。看了董肇的上表后，王浚翁婿二人高兴得如痴如狂，有说不尽的快活。

石勒部署兵马，准备奔赴幽州，但心中还有一丝疑虑。张宾问："将军如果真想进攻，必须趁其不备。如今兵马已经准备好了，还延迟不走，难道是担心刘琨及鲜卑、乌桓等部落，乘后方空虚前来袭击吗？"石勒皱眉道："正是担心这个，长史有何妙策？"张宾说："刘琨及鲜卑乌桓智勇都不及将军。将军即使远行，刘琨等人也不敢轻举妄动。况且刘琨他们也不知道将军此去，定能速取幽州，将军轻骑往返不过二十天，就算刘琨等人出兵进犯，将军也能很快回来抵御。如果担心有意外，还可以假装向刘琨求和。刘琨与王浚名为同僚，实是仇敌，即使得知我军偷袭王浚，也不会去援助。兵贵神速，不要再延迟了！"石勒于是命令部下深夜起程。

张宾替石勒写信求和，派人送给刘琨。刘琨得信后大喜，还四下传给下属看。石勒在途中接得消息，越发放心前进。大军走到易水时，王浚督护孙纬发觉，急忙快马入朝，禀告王浚。王浚笑着说："石公此次前来，是履行之前的约定，怎么能闭城拒绝？"众武将齐声进谏道："羯胡贪婪而且没有信用，此次前来一定有诡计，还是出击为好。"王浚不禁大怒，这时，仆人呈上范阳镇守游统的书信，信中说"石勒前来，志在劝进，请勿多疑"等等。原来，游统早就暗中投靠了石勒，因此特地写信帮石勒说话。王浚信以为真，当即下令道："再有说出兵攻打石勒者，杀无赦！"将士们不敢再说。王浚预备盛宴，专等着为石勒接风洗尘。

两天后，石勒率兵到了蓟城。天刚破晓，石勒担心城内有埋伏，就先赶了几十头牛羊进城，说是带来的礼物。实际上是想借此堵塞街道、阻碍伏兵。大军进到城里，石勒发现城中守备空虚，立即领兵进犯，四处杀掠。王浚得知后惊慌不安。石勒率众人来到大厅，令王浚出来相见。王浚还心存侥幸，以为石勒能好意相待，不料刚到大厅，就被石勒的部下绑了起来。

王浚没有儿子，几位妻妾都被人拉了出来交给石勒。王浚的夫人是继室，年纪不大，颇有几分姿色，石勒让她与自己坐在一起，接着让士兵将王浚推进大厅。王浚羞愤交加，大骂石勒大逆不道，石勒笑着说："王公位居高位、手握重兵，却坐观神州倾覆，只思自立为王，不也是大逆不道吗？听说你还任用奸臣，残虐百姓，陷害忠良，这才叫大逆不道。"说完派部将王洛生将王浚押往襄国。王浚的一万多党羽全部被处死。

王浚大势已去，部下纷纷到石勒帐中谢罪，惟独少了尚书裴宪和从事中郎荀绰。石勒找来他们二人当面呵斥。裴宪说："我们世代侍奉晋国，蒙受朝廷恩宠，王浚虽然狡诈，却还是朝中大臣，因此我二人才追随他。人生在世，早晚会死，又何必求饶？"说完掉头就走，石勒急忙叫住他们，以礼相待，反而将枣嵩、朱硕处斩。游统前来道贺，他自恃功高，认定石勒必定会重重封赏自己。没想到石勒却大骂游统不忠，砍了他的脑袋。石勒对心腹说道："我最高兴的不是得到了幽州，而是得到了裴宪、荀绰二人。"于是任命裴宪为从事中郎，荀绰为参军。在城里住了两天，石勒打算回去，封尚书刘翰为幽州刺史，让他守卫蓟城。石勒临行前烧毁了晋宫，然后返回襄国。途中被督护孙纬袭击，石勒吃了败仗，只有他一人得以逃脱。回到襄国，石勒愤恨不已，立即杀死王浚，将他的首级用盒子装好送往平阳。汉主刘聪授予石勒大都督兼骠骑大将军，并加封他为东单于。

乐陵太守邵续曾是王浚的部下，儿子邵义被石勒俘虏并做了石勒的督护。邵义跑到父亲这边劝降，邵续孤立无援，只好暂时投靠了石勒。渤海太守刘胤放弃封地投靠邵续，对他说："大丈夫应当考虑保全名节，您是晋朝的臣子，怎么能与贼寇同流合污呢？"邵续凄然一笑，将心中的愁苦说给刘胤听。恰好此时，幽州留守刘翰也不愿投靠石勒，干脆将全城交给了段匹磾。段匹磾是段疾陆眷的弟弟。段疾陆眷和石勒联盟，段匹磾心里很不乐意，私下仍和刘琨通信，因此刘翰甘愿请他来守卫蓟城。段匹磾写信给邵续，让他归附晋朝，邵太守自然答应。这时有人劝邵续不要背叛石勒，说这样会害了他的儿子，邵续流着泪说："我生来就应当为国效力，怎么能为了保全孩子而背弃国家大义呢？"当下与石勒断绝往来，派刘胤前往江东报信，表示愿意听从琅玡王司马睿的调遣。司马睿任命刘胤为参军、邵续为平原太守。石勒得知后，杀了邵义，然后发兵攻打邵续。邵续连忙向蓟城求援，段匹磾派段文鸯领兵救下邵续。

刘琨得知幽州军情后，才知道被石勒骗了，一时懊悔不已，于是派人请拓跋猗卢一起攻打汉军。不料，拓跋猗卢内有国祸，无暇分心，刘琨只好作罢。不久，长安派来使臣，手捧诏书，说关东打了大胜仗。刘琨留下使者，细问情形。

原来，汉中山王刘曜被麴允打败后，与赵染逃回平阳。二人休养了数月，整顿兵马，又从平阳出发，想攻下长安。刘曜驻扎在渭汭，赵染在新丰。晋征东大将军索綝带兵迎敌，走到新丰附近，有密探将他的行踪报告了赵染。当时刚好天黑，急于出营杀敌的赵染经鲁徽再三劝阻，勉强压下一肚子火，睡觉去了。第二天一大早，赵染便带着几百轻骑出发，扬言道："等抓住了索綝，再吃饭也不迟。"没走多远，便在新丰城西与索綝的军队相遇，两军随即厮杀起来。索綝见赵染带兵不多，不敢轻敌，所以先派了前队士兵上阵交锋。大约过了两个时辰，赵染和士兵们腹中空空，力气大不如前。索綝派出后队生力军一拥而上，逢人便砍，见马便戳，将汉军斩杀殆尽。赵染骑马撤退，追兵紧随其后。幸亏鲁徽派兵援救，赵染才平安回营。赵染心里明白，正是因为没有听鲁徽的话才会失败，想到自己回去也没脸见鲁徽，不如杀死他算了。刚入营门，赵染便将鲁徽捆绑起来就地斩杀，然后率兵进发长安。

索綝打了胜仗，被加封为骠骑大将军。这时，汉兵再次进逼长安，晋愍帝连忙派麴允前去迎战。麴允到了前线，一战即败。麴允收集残部，当晚进袭汉营，斩杀了汉将殷凯。刘曜担心打不过麴允，于是转攻河内太守郭默的守地。郭默守备坚固，但城内粮食不够，只好向刘曜投降，并把妻儿送给他做人质，刘曜于是派人给郭默送去了粮食。哪知郭默得到粮食后依然紧闭城门，刘曜一怒之下将人质投入河中溺死，发兵再攻。一天深夜，郭默悄悄派人出城，前往新郑向太守李矩求援。李矩让外甥郭诵前去解围，途中遇到刘琨派来的部将刘肇。刘肇带了五百多名鲜卑骑兵，准备援助长安，因为前路阻塞而改道，经过李矩的营地。李矩邀请刘肇一起进击汉军，汉军还没开打就撤退了。

刘曜撤退到蒲坂，赵染则转战北方。麴允调兵前去抵御，再度与赵染对垒。夜里，赵染从噩梦中惊醒，梦见鲁徽引弓射杀了自己。次日清晨出战，赵染中了麴允的埋伏。突然四面出现许多弓弩手，弦声齐响，霎时间赵染满身是箭，像刺猬一般，最后坠马而死。其他的汉军将士也大多战死，这一仗晋国总算是大获全胜。

关东大捷。刘琨马上向晋愍帝上表道贺，并表明自己的忠心，奏请皇帝允许他带兵出征，攻打刘聪和石勒。愍帝看完刘琨的奏表，派大鸿庐赵廉奉诏书任命刘琨为司空，统领并、冀、幽三州军事。刘琨辞去司空一职，接受都督之位，并请求皇帝加封拓跋猗卢为王，好让他知恩图报，与自己一起讨伐刘聪。

陶侃勇破乱贼

愍帝加封拓跋猗卢为代王，并为他置办王府。拓跋猗卢向刘琨借人，请求征用莫含为参军。拓跋猗卢对莫含以礼相待，经常与他商议大计。拓跋猗卢非常疼爱小儿子拓跋比延，想立他为继承人，于是将长子拓跋六修派到新平城，并且废去拓跋六修的母亲。父子、兄弟之间由此互生嫌隙，家族内部暗伏祸患。拓跋猗卢担心发生变故，不敢外出远行，因而无法帮助刘琨伐汉。

汉主刘聪自恃强大，恣意妄为，奢靡淫乱。他先将晋怀帝毒死，又把小刘贵人收入后宫。平日里吃则珍肴美味，住则富丽堂皇。一次，刘聪大清早出门游猎，玩到天黑，命令宫人点起蜡烛，观看汾水里面的游鱼。中军将军王彰直言规劝，却被他投进大牢。王彰的女儿是后宫的上夫人，她替父亲求情，也被刘聪投入大牢。刘聪的母亲张氏为此三天不吃东西。太弟刘乂与河内王刘粲入宫冒死进谏，太宰刘延年率百官跪伏宫外，刘聪才将王彰释放。

刘聪想立左贵嫔刘英为皇后，母亲张氏不答应，并让弟弟张实的女儿张徽光、张丽光入宫，将她们封为贵人，命刘聪从中选一个做皇后。刘聪迫于母命，只好选了张徽光。不久刘英的父亲病故，刘英郁郁成疾，不久也玉殒香消。刘聪正式立张徽光为皇后。过了数月，刘聪的母亲张氏病故，皇后悲痛欲绝，芳魂竟化做一缕青烟飘入冥界。张徽光已逝，张丽光本可继立为皇后。但之前册立张徽光，刘聪只是迫于母亲的压力，此时母亲已经去世，中宫位置终被刘家女子夺去，刘英的妹妹刘娥做了皇后。刘聪对她万分宠爱，下令建造宫殿金屋藏娇。

廷尉陈元达上疏刘聪，大赞高祖与文帝俭朴治国，劝刘聪不要再建宫室。刘聪看完奏书，扔到地上，骂道："朕不过是建个宫殿，关他什么事！还敢口出狂言藐视朕，怎能不杀？"于是喝令左右将陈元与他的夫人斩首！说完，就前往逍遥园逍遥去了。

陈元达不服，在自己腰间绑上铁链，闯进逍遥园，并将链子缠绕在堂下的一棵李树上，大声喊道："臣所说之事，关系国家社稷。陛下非但不听，还要杀臣。朱云①曾说：'臣得与比干同游地下，也可无恨。'但臣很想知道，陛下这样错下去，会有什么好结果？"刘聪听完，更加恼怒，命令侍卫把陈元达拉出去砍头，可陈元达牢牢抱住李树，怎么拉都拉不动。刘聪气得拔出佩刀要去杀他。大司徒任颛、光禄大夫朱纪、左仆射范隆、骠骑大将军刘易跪在堂下苦苦哀求。刘聪怒火未平，怎么也不肯答应。忽然一位内侍跟跟跄跄地跑来，呈上一封奏表，刘聪见是皇后的笔迹，便看了下去：

听到敕旨，才知道陛下要建造新殿，但现有的宫室已经齐备，无须再建。如今四海未定，祸乱频繁，陛下更要爱惜民力。廷尉所说都是为了国家社稷，陛下本应给他加官晋爵，现在却要诛杀他，试想天下人会怎么评说陛下？进谏的忠臣，一定不顾自身安危；而拒谏的主公，也一定不顾自身安危。陛下为给臣妾建造宫殿，杀了谏臣，以后忠良再也不敢直言进谏，岂不是臣妾的罪过？陛下公私不分是因为臣妾，日后国家危亡也是因为臣妾，普天下的罪孽，全归咎于臣妾，到那时臣妾该如何自处？自古亡国败家的都是因为妇人，每次翻阅古卷，臣妾都愤愤不已。为何今天臣妾也成了这样？将来后人评说臣妾，就会像臣妾现在看前人一样。臣妾又有何脸面见天下人？只好请求一死，以弥补陛下的过失！

刘聪看到"死"字，急得神色仓皇，连下文都无心再看，便对内侍说："快……快去告诉皇后，朕决定赦免陈元达了，让皇后放心！"内侍奉命入宫，刘聪放下奏表，召来任颛等人，缓缓说道："朕最近得了轻微的狂疾，时常喜怒不能自制。陈元达其实是忠臣，朕没能细察，幸亏有诸位爱卿及时规劝，才没有酿成大错。朕愧对诸位爱卿啊。"任颛等听完，自然说些皇帝圣明的套话，引得刘聪沾沾自喜，脸上也露出了笑容，当下命侍卫解开陈元达的锁链，并赐他衣帽。等陈元达入座后，刘聪将皇后的奏表拿给他看，并说道："朝廷有你这样的贤臣，后宫有皇后这样贤德的妇人，朕就没有后顾之忧了。"随后，刘聪下令将逍遥园改名为纳贤园，还笑着对陈元达说道："本想让卿惧朕，但今天却是朕畏惧卿了。"众人拜谢而出。

嘉平四年正月，天象、地理相继出现异常。西方天空出现了三个太阳，缓慢向东行进。平阳发生地震，崇明观陷落成大水池，如血般鲜红

---

① 朱云：西汉时人。

117

的池水中，一条赤龙奋身跃出。最奇怪的是从牵牛座飞来的流星，状如龙形，进入紫微垣①，然后坠落在平阳以北十里的地方。流星坠地后化为一个肉团，散发的臭味都能传到平阳，肉团旁常常传来哭声，昼夜不停。平阳内外哗然，都说这事太怪。刘聪于是召公卿等人入宫询问吉凶。陈元达和博士张师同时回禀道："有如此异样的星变，臣等担心凶多吉少。如果后宫内宠过多，三后并立，必将导致国难，请陛下早做防范。"刘聪听完，拂袖而出，依旧纵情声色。

此时刘皇后恰好怀孕。过了数月，临盆的时候却十分困难，经医官竭力救治，皇后才分娩出来。不料生下的却是两个怪物，一条半红半白的怪蛇和一个有角有头的怪兽。蛇兽并出，吓坏了两旁的侍从。霎时间怪蛇窜去，异兽逃走，不知去向。有人依着踪迹寻找，在肉团附近看到两只怪物，似死非死。刘皇后难产之后受到惊吓，酿成重病，气绝而亡。那肉团随即消失不见，哭声也停止了。汉主最宠爱刘皇后，因此丧葬仪式格外隆重，皇后谥号武宣，刘英也被追谥为武德皇后。刘英姐妹虽然死了，还有四个小刘氏在觊觎皇后之位。刘聪将她们分别封为左贵嫔、右贵嫔。

一天，刘聪到中护军靳准家中喝酒。靳准让两个女儿靳月光、靳月华出来拜见刘聪。刘聪一瞧，见她们姐妹二人好似仙子下凡、嫦娥出世，不由得拍案叫绝。靳准趁势将她们献给刘聪。刘聪立即带二女入宫，彻夜缠绵，第二天便封二女为贵嫔。靳月光尤其妖媚，刘聪被迷得神魂颠倒，不久便立她为皇后。过了数月，刘聪感念两个刘贵嫔侍奉自己多年，于是册立左贵嫔为左皇后、右贵嫔为右皇后，加封靳月光为上皇后。这时，校尉陈元达又进言道："三后并立，正应了臣的忧虑，请陛下收回成命。"刘聪不听，任命陈元达为右光禄大夫，表面上是礼遇，实际上却是夺了陈元达的兵权。后来因为众多大臣多番劝说，刘聪才升陈元达为御史大夫。

陈元达又担任谏职，照旧监察宫廷，发现问题便上书直言。查到一件秽史，于是如实陈词，递了上去。刘聪拿来一看，是弹劾上皇后靳氏的，说她暗中引诱俊美的少年，带入宫中苟合等等。刘聪虽然宠爱靳皇后，但看了"犯奸"二字，不禁怒火中烧。他来到上皇后宫中，痛骂靳月光，并将陈元达的原奏扔给她看。靳月光畏罪心虚，哭着请求原谅，

---

① 紫微垣：星座名。星相家认为由它的明暗可以判断皇家的兴衰。

刘聪拂袖而去。第二天，内侍上报刘聪，说上皇后已经服药自尽。刘聪急忙去探视，见靳月光遗容惨淡，紧皱眉头，不由得怜惜起来，抱着她的尸身大哭一场才下令安葬。从此，刘聪嫉恨陈元达，而且更加恣纵荒淫，终日不出宫门。刘聪之子刘粲受命为丞相，总揽大权，一切国事都由他处理。

刘聪虽然不是明君，但余威尚存。石勒、刘曜进退无常，终为晋患。晋愍帝孤守关中，岌岌可危，只盼着三路兵马合力勤王。建兴三年二月，愍帝任命左丞相司马睿为丞相，统领内外军政，南阳王司马保为相国，刘琨为司空。此时给他们加官晋爵，无非是劝勉征战之意。无奈刘琨在晋阳，介于胡、羯之间，一步都不敢远离。司马保占据秦州，收抚氐、羌后军威稍振，但也无心顾及长安。司马睿据有江左，相比之下实力较强，但是与关中一东一西，距离太远。荆、湘一带又发生叛乱，司马睿的军队在途中被阻。所以尽管诏书一次比一次催得紧，司马睿总以道路不顺为由，说等两江平定后才能起程。

沿江的乱贼头目，分别是杜弢、胡亢和杜曾。胡亢曾是前新野王歆牙的门将，歆牙死后将士四散，胡亢来到竟陵，纠集散众，自号楚公，任用杜曾为竟陵太守。杜曾英勇过人，能披甲入水而不沉没，胡亢视杜曾为心腹，经常命他抢掠荆、湘二地。百姓因此不得安居，流离失所。荆州刺史周颛前去镇压，却被杜弢打败，退到浔水城。扬州刺史王敦屯兵豫章，得知消息后，让武昌太守陶侃、寻阳太守周访和历阳内史甘卓与他合力讨伐杜弢。此时杜弢正包围浔水城，陶侃命明威将军朱伺为前锋，奋力击退杜弢。杜弢带兵撤退，陶侃便对朱伺说："杜弢必定会趁我不备，转攻武昌，我军应当回城拦堵，不能中计！"说完，命朱伺带一小队轻骑，从小道先回，自己则率兵跟在后面。

朱伺到了江陵，正在城外安营时，忽然听到远处喊声大震。朱伺料想是杜弢率兵赶来，不禁大呼："陶公真是神算啊，现在有我在此镇守，看贼兵还能撼动江陵吗？"不消片刻，杜弢率兵而来。朱伺骑马杀出，迎头痛击，反使杜弢有些意外，仓促应战。双方正在酣战，不料后面又来了一支步兵，各执短刀，杀入阵中。杜弢等人前后受敌，立即溃散，逃往长沙。朱伺会合步兵，追了数十里，擒斩近千人，方才回城。这支步兵正是陶侃带来的。得胜后，陶侃派参军王贡向王敦告捷，王敦欣然道："今天如果没有陶侯，也就没有荆州了。"随后王敦上表朝廷，封陶侃为荆州刺史。周颛从浔水城退到豫章后，被琅玡王召回建业，复任军谘祭酒。

陶侃的使者王贡从豫章回营，取道竟陵。此时竟陵城内，杜曾因胡亢猜忌，失去下属支持，便指使参军王冲杀了胡亢，吞并胡亢的部众。王贡想趁机立功，就进入竟陵城，假传陶侃命令，任命杜曾为前锋大都督，命他杀死王冲。王冲本来在山简麾下做事，山简病死夏口后，他就聚众作乱。杜曾听了王贡的话，立即见风使舵，将王冲杀死。王贡给陶侃写信，只说杜曾愿投降，却没有提及假传命令之事。陶侃于是回信征召杜曾，杜曾见信中没有提及册封自己为前锋大都督一事，未免起疑，不肯应召。王贡担心假传命令之事泄露，自己会被处死，索性将实情告诉杜曾，并与杜曾合谋，准备袭击陶侃。陶侃不知二人的密谋，未做丝毫防备，突然被杜曾带兵杀入，全营大乱，陶侃侥幸逃脱。王敦因此上表朝廷，夺了陶侃的官位。不久，陶侃与周访等人一起打败杜弢，得以官复原职。

杜曾、王贡与杜弢联合起来到处劫掠，王敦命陶侃、甘卓等人合力退敌。经过大小数十战，杜弢的士兵死伤惨重，于是派使者到建业向司马睿乞降，司马睿没有答应。杜弢无计可施，便给南平太守应詹写信，托他代为周旋，表示愿意立功赎罪。应詹将原信转呈建业，并称杜弢已经有悔改之意，应当借此平息战事。司马睿派前南海太守王运前去接受杜弢的投降，并令杜弢为巴东监军。杜弢已经受命，但征讨他的诸多将士却不肯罢兵，仍然攻伐不止。杜弢愤怒不已，继续作乱，派部将杜弘、张彦偷袭临川和豫章。临川内史谢擒被杀，豫章几乎被攻陷，幸亏周访杀了张彦，驱逐杜弘，豫章才安定下来。陶侃专门进攻杜弢，杜弢派王贡迎战，王贡却被陶侃慑服，反戈攻打杜弢。杜弢打不过王贡，除逃跑外别无他法。但王贡与杜弢麾下的将士早已熟识，便向他们大呼："投降的不但可以免死，还可以升官。"于是人人解甲，只剩下杜弢一人一骑狂窜而去。投降的众将士，陶侃择优录用。士兵们乘胜追到长沙，杜弢下落不明，或许是死在荒野了。杜弢已死，只有杜曾逃到了石城。琅玡王司马睿得了长沙捷报，依例颁发敕书，分赏诸将。

西晋亡

杜弢战死，湘州平定。琅玡王司马睿提拔王敦为镇东大将军，并封他为汉安侯。王敦掌管六州兵权，权势越来越大。当时长江东面一带，对内倚仗王导，对外依赖王敦。荆州刺史陶侃最有功劳，自然遭到王敦的嫉妒。陶侃却不知道王敦的心思，只知道平定战乱，带兵前去攻打杜曾。

这时候，愍帝派侍中第五猗为安南将军，统领荆、梁、益、宁四州军事。第五猗从武关南下，杜曾到襄阳迎接他。二人情深意重，杜曾的侄子曾娶第五猗的女儿为妻，杜曾和第五猗又分别占据汉、沔，互为掎角。陶侃前往石城攻打杜曾，司马鲁恬向陶侃进谏道："兵法说，知己知彼，百战不殆。杜曾不可轻视，您要小心，不要中了他的诡计。"陶侃不以为然，直接向石城进发。到了城下，杜曾从前面杀出，又派骑兵从后面攻打，陶侃腹背受敌。幸亏他的军队向来纪律严明，临危不乱，才勉强支撑下来。杜曾见陶侃力战不退，也不愿坚守石城，于是与陶侃作别。陶侃不愿意相逼，由他去了。

当时，山简已经战死，朝廷派襄城太守荀崧掌管荆州、江北的军队，驻扎在宛城。杜曾从石城率军兵攻打荀崧，将宛城围住。荀崧少兵缺粮，只好向外求援。那时候，襄阳太守石览是荀崧的老部下。荀崧写了求救信，打算派人送到襄阳，请求援兵。偏偏差役不敢出城，得了荀崧的命令，都面面相觑，呆立不动。荀崧急得没法，只能靠着桌子叹息。忽然一名女子从屏后出来，向荀崧说道："我愿前往！"荀崧一看，竟是十三岁的女儿荀灌，不由得叹息道："你虽愿意去送信，但是你一个弱女子如何冲出重围呢？"荀灌答道："城池破灭同样没命。如果能突出重围，请到援兵，那时城池可保，身家两全，不是很好吗？万一不幸被捉，不过一死罢了。同是一死，为何不冒险一试？"旁边站立的差役不禁暗暗佩服。荀灌召集军士说道："我的父亲和各位同舟而行，共存共亡。我不忍心看着大家同亡，所以自愿前去求援。今夜出发，与我有相同想法的人请跟随我一同前去。击退敌人以后，我父亲不吝重赏，与大家共享安乐！"话没说完，就有数十名壮士踊跃上前道："你一个弱女子尚且不惜身家性命，我堂堂男儿又怎能怯步？我们愿做你的先锋！"全军士气激昂。荀灌又对差役说道："荀灌冒昧求援，往返需费时日，守城重任，还要倚仗各位。"差役听了，应声从命。荀灌和勇士准备半夜出城。

到了黄昏时分，荀灌束住头巾，缚紧腰肢，身披铁铠，足蹬蛮靴，佩上三尺青虹剑，带了两把绣鸾刀，来到堂上，辞别父亲。荀崧瞧去，好一个女侠模样，不禁又喜又惊，便嘱咐她小心行事。荀灌答道："女儿此去，必有佳音，父亲不要担心！"荀崧把信交给荀灌，荀灌接过来藏在怀中，走出大厅。数十名壮士已经准备妥当，带好兵器在一旁待命。

荀灌命众人上马，打开城门，疾驰而去。杜曾军营外面有骑兵巡逻，见城内有人出来，急忙报告杜曾。等到杜曾派兵阻拦，荀灌等人已经穿过营垒。杜曾派兵追击，荀灌指挥壮士回击，砍倒数名士兵。

荀灌一路奔到襄阳，拜见石览，呈上父亲的信函。石览见荀灌是个少女，却能突围求救，自然另眼相看。再加上荀灌语气激昂，石览当即赴援。荀灌担心石览兵力不足，便代荀崧起草信函，派人迅速报告寻阳太守周访，请他相助。然后荀灌与石览的士兵回去支援宛城。城中日夜盼望援兵，见有救兵来，顿时欢声四起。荀崧立即指挥士兵出迎。荀灌和石览率军来到城下，被杜曾拦住。荀灌带兵迅速突围，石览的军队也奋力攻杀。荀崧带兵杀了出来，里应外合，将杜曾兵击退。荀崧、石览一起入城，荀灌紧随其后。不一会儿，又有一员小将带着三千士兵前来支援荀崧。杜曾见救兵陆续到来，知道宛城难以攻下，只得见机撤退。那位小将是周访的儿子周抚。荀崧请周抚入城，并宴请他和石览。宴席上谈到荀崧的女儿，石览与周抚都赞叹不已。荀灌芳名传诵一时。

石览、周抚告辞回去。杜曾退到顺阳，派人送信给荀崧，表示愿意投降。荀崧见宛城兵少，担心杜曾再来攻打，就答应了。陶侃知道以后，写信劝荀崧千万不要轻信杜曾。荀崧不听。后来，杜曾果然围攻襄阳。亏得襄阳有所防备，杜曾才带兵退去。陶侃要回江陵，前去与王敦告别。部下朱伺等人都劝阻，说王敦妒忌心强，不宜前去。陶侃不以为然，坦然前去，却被王敦扣押。王敦任弟弟王廙为荆州刺史。陶侃的部下郑攀和马俊拜见王敦，请求侍奉陶侃，王敦当然不同意。郑攀于是率领三千士兵迎进杜曾，一同攻打王廙。王廙逃到江安，调集各路军马讨伐杜曾。杜曾、郑攀、第五猗合兵攻打王廙，王廙又被打败。王敦的手下钱凤素来嫉妒陶侃，就诬蔑郑攀等人作乱。王敦顿时起了杀心，披甲持矛要杀陶侃，转念一想，不能杀陶侃，就回去了。再转念一想，仍要杀陶侃，又带兵前往。王敦如此辗转了四五次，陶侃得知后，昂然前去，见到王敦，陶侃说道："如果你有雄才大略，当统治天下，为什么迟疑不决呢？"说完，大笑而出。谘议参军梅陶、长史陈颂，一起进谏王敦道："周访和陶侃是姻亲，如同左右手。岂有左手被断，右手会不援应的道理？愿您慎重！"王敦于是释甲投矛，摆下盛宴招待陶侃，并任命陶侃为广州刺史。陶侃大吃一顿就走了，儿子陶瞻留在王敦那儿，被封为参军。

先前广州百姓不服刺史郭讷，王敦于是另外任命前荆州内史王机为广州刺史。王机到广州后，担心被王敦讨伐，表示要到交州任职。王敦允诺，所以派陶侃去广州任职。偏偏王机收纳了杜曾的将领杜弘，他听信杜弘的话，仍然攻打广州。陶侃赶到后，击败王机和杜弘。王机死在逃跑的路上，杜弘则奔投王敦。广州平定，陶侃被封为柴桑侯。

汉中山王刘曜奉汉主刘聪之命，出兵攻打关中。晋愍帝令麹允为大都督，率兵抵御，任索綝为尚书仆射，保卫长安。刘曜进军冯翊，太守梁肃弃城逃到万年。刘曜占领冯翊，移兵攻打北地。麹允在灵武，因为势单力薄，不敢轻进，请求长安支援。长安无兵可调，只得向南阳王刘保征兵。南阳王刘保不愿支援长安，但也不好推辞，于是命胡崧为前锋都督，会集各军，然后进援。麹允等不到援兵，又请求保卫皇帝。索綝阻拦他，不让他去保卫皇上，并且督促麹允速速救援北地。麹允不得已，率众救援，途中遥望北地，只见烟焰蔽天，大火燎原，心中惊疑不已。又见一班难民，狼狈前来，便停止行军，问明北地情形。难民答道："郡城已经沦陷，恐怕来不及救援了。"说完，踉跄而去。麹允听了这话，进退两难，不料部众竟然各自逃回去了，麹允也只好上马返回。其实，当时北地尚未沦陷，刘曜令汉兵假扮难民，前去迷惑麹允。麹允不辨真伪，竟然中计。麹允返回到磻石谷，被刘曜追杀。麹允连忙逃窜，一直跑到灵武城内。麹允手下的数百骑兵能够安全归来，还算大幸。

麹允为人忠厚，可惜既不果断，又没有威信，将士人心涣散。安定太守焦嵩，本来由麹允举荐，可他却瞧不起麹允。麹允派人告知焦嵩，让他立即支援。焦嵩冷笑道："等他危急了，再救也不迟。"让来人先回去，说会齐人马，然后救援。麹允无法催逼，只好束手坐等。刘曜此时已攻取北地，攻占泾阳。渭北诸城，相继失守。刘曜长驱直入，势如破竹。晋将鲁充、梁纬沿途抵御，都成了俘虏。刘曜听说鲁充是有名的贤士，就召他共饮，并劝鲁充道："司马氏气数已尽，您应当与我同心共事。这样平定天下就不难了。"鲁充怅然道："身为晋将，不能为国御敌，以至战败，还有何面目求生？如果你赐我一死，我感激不尽！"刘曜连称鲁充为义士，取剑交给鲁充，鲁充当即自刎。梁纬不肯向刘曜投降，也被杀死。梁纬的妻子辛氏形容秀丽，仪态端庄，刘曜想纳她为妾。辛氏大哭道："丈夫已死，我也不能独生。况且烈女不事二夫，我如果失节，试问您又怎么看得起这样的妇人呢？"刘曜叹她是个贞妇，由她自尽。随后命士兵依礼殓葬了梁纬夫妇和鲁充。

刘曜率军进逼长安。晋愍帝四面征兵。并州都督刘琨还想约代王拓跋猗卢，一同支援关中。偏偏拓跋猗卢被拓跋六修杀死，国中大乱。拓跋普根得知，仗义兴师，攻打拓跋六修。拓跋六修连战失利，不久被杀。国中尚未安定，拓跋普根当然不能出兵帮助刘琨。刘琨孤掌难鸣，只好自保。琅玡王司马睿因为路途遥远，一时不能西行。凉州刺史张寔派遣王该率五千人入援长安。

张寔是凉州牧张轨的儿子。张轨在凉州多年，始终效忠晋朝廷。国家一有危难，就发兵救援，晋廷封他为凉州牧、西平公。晋愍帝二年六月，张轨一病不起。张轨死前嘱咐儿子及将士，让他们安抚百姓，报效国家。张轨死后，张玺等人表面上辅佐世子，暗地里却妄图谋取大位。晋愍帝任张寔为凉州刺史，承继西平公爵位，赐张轨谥号武穆。凉州军士得到一个刻着"皇帝行玺"四字的御玺，将它献给张寔。张寔秉承父命，不肯背叛晋朝廷，将御玺送入长安。皇帝命张寔掌管陕西军事，当时张寔的弟弟张茂是秦州刺史。长安被困后，张寔派王该支援。王该带兵不多，不能击退敌军。安定太守焦嵩与新平太守竺恢、弘农太守宋哲发兵援助长安。散骑常侍华辑也来救援，打探到刘曜声势浩大，不敢前进，只好作壁上观。南阳王刘保派胡崧带兵进援长安，胡崧独自率军到灵台袭击刘曜的营垒。索綝、麹允却没有派人犒赏胡崧，胡崧怀恨离去。走到渭北，胡崧突然返回槐里。刘曜率军大进，攻打长安，直逼内城。

长安城中粮食匮乏，一斗米值黄金二两，百姓有的饿死，有的逃亡。凉州一千义勇入城助守，誓死不移。麹允运来些酒糟，碾碎了做成粥，暂时供应宫廷。当时已经是晋愍帝三年深冬，雨雪霏霏，饥寒交迫，外面的锣鼓声、刀箭声，络绎不绝，日夜惊心。晋愍帝召见麹允、索綝共商大计。麹允垂泪不语。索綝只说了一个"降"字。晋愍帝也不禁泣涕不已，对麹允说："外无救援，看来只好忍耻投降。"麹允仍然不答。晋愍帝长叹："误我国事的就是麹允、索綝两个人啊。"随即召入侍中宗敞，叫他写好降书，送往刘曜军营。宗敞拿着降书出了大殿，转交给索綝。索綝留下宗敞暂住，派人出城拜见刘曜，要刘曜封他为万户郡公才肯举城投降。刘曜大怒，将使者斩首示众。索綝没办法，只好让宗敞前去拜见刘曜，商议投降事宜。

刘曜收了降书，令宗敞回去复命。晋愍帝亲自乘着羊车，出了东门，悲不自胜。御史中丞吉朗掩面而泣，叹道："我既没有智谋，又没有勇略，还有什么脸面侍奉君主？"说完用头撞门，倒地而亡。晋愍帝前往刘曜的军营。刘曜见了晋愍帝之后，让宗敞侍奉晋愍帝回宫，收拾行装，准备东行。

第二天，刘曜进入长安城，查检府库，并命令士兵将晋愍帝带往军营。又过了一天，刘曜派将士押解晋愍帝等人前往平阳。晋愍帝进了汉光极殿，叩头行礼。麴允伏地痛哭，刘聪大怒，下命将麴允关入狱中，麴允当即自杀。刘聪任晋愍帝为光禄大夫，封为怀安侯。封麴允为车骑将军，以颂扬忠节，并将索綝斩首。之后，汉主刘聪下令大赦，改年号为麟嘉，命中山王刘曜掌管陕西军事，担任太宰，改封为秦王。于是西晋两都一并沦陷，西晋灭亡。

愍帝之死

长安陷落，晋愍帝被掳。援兵都已撤退，凉州派来的王该也收回义军，和黄门郎史淑一同离去。晋愍帝投降的前一天，史淑曾让愍帝写好诏书，加封张寔为凉州牧。诏书说："朕已经命琅琊王司马睿继承大位，愿各位协助琅琊王共渡难关。"史淑和王该一同前往姑臧，拜见张寔，说明晋愍帝被掳情形。张寔没有接受官职，大哭三天。又派司马韩璞等人率领近万人攻打汉室，并给南阳王刘保写信，说道："王室多难，朝廷倾覆。今日派韩璞讨伐贼臣，愿你即日会师，一同举义，张寔当唯命是从。"然后将信交给韩璞带去。韩璞到了陕西，被寇贼阻拦。韩璞见双方实力悬殊太大，于是领兵撤回。凉州一带，由张氏镇守，仍旧安然无恙。关中有歌谣说："秦州中，血没腕，唯有凉州倚柱观。"长安陷落之后，汉兵四处劫掠，氐、羌也趁机作乱，侵扰陇右。雍、秦两州百姓颠沛流离，十死八九。只有凉州安然无恙。弘农太守宋哲从长安逃到建康，拜见琅琊王司马睿。宋哲从怀中取出晋愍帝的诏书宣读。琅琊王司马睿跪下接旨，宋哲宣读道：

"朕不能祈天永命，致使胡虏犯上作乱。今日被困，忧虑万千。故令平东将军宋哲代传朕意。汝当恢复旧都，修缮陵庙，以雪国耻。众望所至，丞相切勿推辞！"

宋哲读完诏书，琅琊王司马睿起身拜受，留宋哲住在府里。宋哲说起了长安的情形，琅琊王司马睿身穿素服，准备北征。前汝南王司马亮的三儿子西阳王司马羕，曾随琅琊王司马睿渡江，被封为抚军大将军。

司马羕邀请同僚佐牧守一起劝说司马睿即位，司马睿不肯。西阳王司马羕再三请求，司马睿慨然道："我是晋国的罪人，只有报仇雪耻才能赎罪。况且我本是琅玡王，如果各位硬要相逼，我只有回我的藩地去了。"说罢，便叫奴仆驾车回去。西阳王司马羕等人不敢再劝，只好称司马睿为晋王。琅玡王司马睿同意，择日继承晋王之位。司马睿改建业为建康，颁令大赦，召集百官。有人请命册立王太子，司马睿疼爱次子宣城公司马裒，打算立他为太子，因而与王导商议。王导主张立长，说世子司马绍和宣城公司马裒二人不相上下，但立长子较为顺应常理，不可乱了顺序。司马睿就立世子司马绍为王太子，次子司马裒为琅玡王。司马绍与司马裒都是宫人荀氏所生，荀氏颇得司马睿的喜爱。妃子虞氏向来妒忌荀宫人，荀氏不免有所怨言，司马睿听到后逐渐疏远荀氏。虞妃没有儿子，等到司马睿当上晋王的时候，虞妃已经去世。所以司马绍虽被立为王太子，但其母亲荀氏仍不得加封，而是追封虞氏为王后。西阳王司马羕被封为太保。征南大将军王敦晋升为大将军，并担任江州牧。右将军王导晋升为骠骑将军，封为扬州刺史，掌管军事。左长史刁协为尚书左仆射，右长史周𫖮为吏部尚书，军谘祭酒贺循为中书令，右司马戴渊王邃为尚书，司直刘隗为御史中丞，参军刘超为中书舍人。王敦辞去江州牧一职。贺循自称年老体衰，辞去中书令。司马睿都允准了，改任贺循为太常卿。贺循是江左儒宗，精通礼仪，司马睿极为推崇他。刁协熟悉旧例，司马睿遇事便向他咨询。国都刚刚建立，百废待兴，国中事情都必须经过贺循、刁协二人的决议，才能施行。

没过多久，又来了一个名士，姓温名峤，字太真。温峤是已故司徒温羡的侄子，祁县人，父亲温憺是河东太守。温峤生性聪颖，博学能文，十七岁已经颇负盛名。先担任东阁祭酒，后来又被任命为潞令。温峤的姨母是并州刺史刘琨的妻子。刘琨封温峤为上党太守，并加封他为建威将军。刘琨派温峤攻打石勒的时候，温峤战功卓著，又任命温峤为右司马。

长安陷落的时候，刘琨被石勒攻打，逃到蓟城。汉主刘聪派刘曜攻打长安，派石勒攻打并州，免得刘琨再入长安。石勒攻陷廪邱，守将刘演逃往段氏。石勒又进而围攻乐平，太守韩据向刘琨求救。此时刘琨的儿子刘遵因为平定了代国的内乱，便召集人马，赶往晋阳。刘琨得到援助，立即出兵抵御石勒。刘琨一心想要取胜，不听箕淡的意见，派箕淡率领代国的兵众前去解救乐平，自己屯兵广牧作为后援。箕淡中了石勒的埋伏，人马损失了一大半。韩据也弃城逃走，并州大乱。石勒从小路袭击晋阳，留守长史李弘竟然举城投降。刘琨进退两难，只好逃往蓟城，投靠段匹磾。段匹磾当时担任幽州刺史，他见刘琨前来投奔，非常器重他，和刘琨以兄弟相称，并结为亲家。二人歃血为盟，发誓一同光复晋室。段匹磾、刘琨邀同荀组、刘翰、段辰、段眷、邵续、刘广、崔毖、慕容廆等人推立晋王司马睿为晋主，一同征讨汉国。占据齐、鲁地区的汉将曹嶷因为和石勒有过节，也赶来投奔刘琨。刘琨令温峤去建康，说服司马睿做晋主。温峤不顾母亲的阻拦，日夜兼程赶到建康，王导、周顗等人将他迎入，问明来意。温峤将来意说明，王导等人随即带着温峤去拜见司马睿。司马睿对温峤慰问一番后便开始看信。

司马睿看完信，半晌才说道："皇帝有难，臣子自当效力，怎么敢窃取皇位？"于是把温峤留在建康，另派使者送信给刘琨。刘琨得到晋王司马睿的回信后，便和段匹磾商议，先讨伐石勒，再攻打平阳。段匹磾推举刘琨为大都督，自己做刘琨的副将，召集各路军马，进屯固安，准备和橛州郡牧守在襄国会师。偏偏段末柸收受了石勒的贿赂，多方阻挠。各州郡牧守也多徘徊观望，不肯出兵。刘琨和段匹磾失落地回到蓟城。

建武元年十二月，汉主刘聪杀死晋愍帝。晋愍帝被杀，全是刘粲的主张。刘聪宠爱妃子，整日不理朝政，凡事都交给刘粲办理，还加封刘粲为晋王。刘粲不但想代替父亲统治国家，还想一统中原，做一个华夏大皇帝。做事有先后，第一步就是除去太弟刘乂。太弟刘乂在东宫也是日日自危。一天，天空忽然下血，东宫延明殿中下血尤多。太弟刘乂又惊又忧，于是召来太傅崔玮、太保许遐二人商量。崔玮、许遐齐声说道："天象已经明示殿下，必须流一次血才能高枕无忧。皇上现在已有意立晋王为太子。晋王的权势已经高出东宫，殿下如果再容忍下去，恐怕会有不测。所以不如先发制人，以免被晋王暗算。"太弟刘乂迟疑不答。二人再劝，刘乂始终不肯答应。

东宫舍人荀裕告知刘聪，说崔玮、许遐劝太弟刘乂谋反。刘聪立即把崔玮、许遐押入狱中，打算将他们处死。派冠威将军卜抽率兵监守东宫，禁止太弟刘乂上朝。刘乂非常恐惧，上奏请求降为庶人，立晋王刘粲为太子。但他的奏折被人扣下，没有送到刘聪手中。护军靳准的堂妹靳氏是太弟刘乂的小妾，因为和差吏做出淫乱之事，被刘乂杀死。靳准心怀怨恨，就向刘粲进谗，诬陷太弟刘乂谋反。刘粲不禁着急，向靳准询问计策。靳准说道："皇上很信任刘乂，如果贸然相告，皇上一定不信。不如撤回东宫监守，让太弟刘乂依旧召见宾客。刘乂向来喜欢招待宾客，一定不会加以防范。等到时机成熟，下官就可以告发他，再捉来几个经常与刘乂往来的宾客，威逼利诱一番，不怕他们不认罪。到时一定能让刘乂入狱！"刘粲听了靳准的话，便命令卜抽撤兵。太弟刘乂还以为是相国顾念旧情，不再监禁自己，哪里知道这其实是相国请君入瓮的诡计。

汉主刘聪越来越糊涂，沉湎于酒色之中，好几个月都不理朝政。后宫有皇后七人，靳月华是正皇后。宫人樊氏本来是刘聪母亲张氏的侍婢，从小入宫，长大后妖媚无比，因此得到皇上的宠幸。刘聪十分宠爱她，竟让她做了皇后。中常侍王沈、宣怀、中宫仆射郭猗等人都在宫中任职，家人多被封为守令。靳准要设法除去太弟刘乂，不得不勾结太监，与他们狼狈为奸。东宫少府陈休和左卫将军卜崇为人正直，向来忌恨宦官，虽一起共事，却不和王沈等人交往。侍中卜干曾借用窦武、陈蕃之事告诫陈休、卜崇。陈休、卜崇宁死也不愿屈从，不久即被无端诬陷，大祸临头。汉主刘聪命人捉拿陈休、卜崇，并将尚书王琰、田歆、大司农朱诞一并打入监狱。侍中卜干瞥见圣旨，慌忙进谏。王沈厉声说道："卜侍中胆敢抗旨吗？"随后将陈休、卜崇等人都被押了出去，一齐处斩。太宰河间王刘易、大将军渤海王刘敷、御史大夫陈元达、光禄大夫西河王刘延等人联名上奏，弹劾宦官。汉主刘聪反而把奏章拿给王沈看，并笑着说道："陈元达这群人，怎能说出这等蠢话呢？"王沈叩头谢恩。刘聪又召见刘粲进来询问，刘粲极力说明王沈等人一片忠心，刘聪于是封王沈等人为列侯。刘易听说后，立即谏阻。刘聪竟然大怒，撕碎奏章，扔还给刘易。不久，刘易愤懑而死。陈元达在刘易的丧礼上悲痛地说："我不能再进谏，还活着做什么？"丧礼完毕后，陈元达服毒自杀。

刘聪大宴群臣，召见太弟刘乂，见他面容憔悴，不禁潸然泪下。刘聪召太弟刘乂一起畅饮，依旧像从前一样带对待刘乂。靳准、王沈等人非常担心，与相国刘粲密谋一番。王粲让私党王平去告诉刘乂道："刚得到密旨，说京师将有大变，请大家加强戒备，以备不时之需。"刘乂信以为真，命部下整装待发。靳准、王沈借此诬蔑刘乂，刘聪听信谗言，派刘粲逮捕刘乂的部下。士兵们屈打成招，说是与刘乂谋反。刘聪一怒之下废掉太弟刘乂。刘粲趁机派靳准将刘乂毒害。刘粲被立为皇太子，但仍担任相国，管理朝政。

刘聪出游狩猎，召晋愍帝担任车骑将军，让他拿着戟走在前面。平阳的百姓在路旁观看，惨然说道："这是长安以前的天子啊！"刘粲当时也在，听到这话，不禁有所感触。狩猎回宫后，便向刘聪进言道："周武王也不愿意杀死纣王，只是怕生出祸患，才将纣王杀死，陛下应早日处死晋愍帝。"刘聪踌躇不已。刘粲一再恳请，直到刘聪说他日再议，刘粲才退出。没过多久，光极殿设宴，刘聪让愍帝斟酒，更衣的时候又让愍帝在旁伺候。晋尚书郎辛宾见此情景，不禁失声大哭。刘聪大怒，命人拉出辛宾，将他一刀杀死。愍帝吓得浑身乱抖，刘聪让他回去。

荥阳太守李矩招降洛阳汉将赵固，与河内太守郭默一同攻打汉境，军队驻扎在小平津。刘聪令太子刘粲抵御，赵固扬言要活捉刘粲，换回天子。刘粲派人上奏道："如今司马睿占据江东，赵固、李矩叛变都是打着愍帝的名号。只有杀了愍帝，才能断了他们的念头。"刘聪于是下令处死愍帝。愍帝去世时，才十八岁。

愍帝遇害，赵固、郭默被刘粲发兵击退。

东晋的兴立

愍帝被害的消息传到建康，晋王司马睿悲痛万分。百官请他称尊，司马睿不肯，前任会稽内史纪瞻，上奏说道：

国家危难，天下无主，陛下当继承大位，光复晋室，造福百姓。陛下与天地合德，日月并明，怎能错失良机？请陛下垂察！

纪瞻一面上疏，一面准备御座，召集百官，力劝晋王司马睿登位。司马睿为之动容，令文官写好令文，颁示朝堂。

令文刚刚颁发下去，周嵩就递上奏章，谏阻登基，说愍帝的棺木尚未运回，都城还没有安定，应当先雪耻报仇，然后再称尊即位。读了这道奏章，司马睿不由得一惊。司马睿思量多时，把奏折递给百官，一再谦让。纪瞻等人顿时哗然大怒，都说周嵩无知，应被贬斥。右将军王导进言道："各位不必喧哗，殿下也不必过谦。圣人孔子都说要听从众人的意见，一两个人有异议，不必介意。请殿下更衣登基，君临万民。四海有主，才好一心征讨胡虏。"司马睿听了王导的话，才决意登基。于是穿上龙袍，戴上龙冠，祭告天地，继承皇位，受百官拜贺，然后下诏登基。

司马睿是江东开国的第一个君主，历史上称为东晋，又因他后来庙号是元皇帝，所以沿称元帝。元帝司马睿既已即位，颁诏大赦，改建武二年为太兴元年，立王太子司马绍为皇太子。司马绍幼年聪颖，一向受父亲宠爱。一次长安使者到来，元帝问司马绍道："你说太阳和长安哪一个更近？"司马绍答道："长安近。只听说有人从长安来，没听说过有人从太阳上来。"第二天，元帝款待来使，并宴及群臣，又召司马绍出来问道："究竟长安近呢，还是太阳近呢？"司马绍却答说："太阳近。"元帝怒道："你不是说长安近吗，为什么今天变了说法？"司马绍又答道："抬头就能看见太阳，却看不见长安，所以说是太阳近。"元帝更加觉得惊异，群臣都说司马睿是奇童。司马绍长大以后，颇为仁孝，又擅长文辞武艺，亲贤礼士，虚心纳谏，庾亮、温峤等人是他的布衣之交。庾亮风格峻朗，善谈老、庄。元帝称庾亮有清才，所以让司马绍娶庾亮的妹妹为妻。司马绍当了太子，庾氏自然就成了太子妃，庾亮也得以侍奉东宫。元帝曾赐给太子韩非子的著作，庾亮进谏道："韩非子太过刻薄，不足效仿。"太子司马绍采纳庾亮的建议，主张宽仁，人们都称赞司马绍是贤能的储君。

琅玡王司马裒曾奉父命带领三万精锐援助祖逖，共同讨伐石勒。祖逖渡江之后攻入谯城。流犯张平、樊雅在谯城称王。祖逖派参军殷乂前去招抚张平、樊雅。殷乂轻视张平，说张平的房子不过是个马厩，又说他的大锅可以做铁器。张平夸口说那是帝王锅，等到天下清平时大有用处。殷乂冷笑道："你的性命尚且不保，还这么珍爱这口锅吗？"张平勃然大怒，拔剑杀死殷乂，然后命令将士坚守城池。祖逖无法攻克谯城，只好用重金收买张平的大将谢浮，让他杀死张平。谢浮见利忘义，杀死张平，把他的首级献给祖逖。樊雅镇守谯城，不肯降服，祖逖又派人劝降，谯城随即被攻下。石勒派侄子石虎围攻谯城，正碰上王含派桓宣支援谯城，石虎与之交战，最后被击退。祖逖加封桓宣为谯国内史。等到琅玡王司马裒赶到的时候，谯城已经解围，司马裒回到建康，几个月后就病逝了。司马裒的弟弟司马冲被封为东海王，司马晞也被封为武陵王。加封王导为骠骑大将军，晋升王敦为江州牧，升刁协为尚书令，荀崧为尚书左仆射，其余文武大臣都加官二等。只有周嵩被贬为新安太守，以示惩戒。

这时，忽然从河北传来消息，说前并州都督刘琨被幽州刺史段匹磾杀死。段匹磾和刘琨既是异姓兄弟又是亲家，段匹磾怎么会杀害刘琨呢？

原来元帝即位后，曾命刘琨为太尉，封他为广武侯，段匹磾为渤海公。那时段匹磾的弟弟去世，段匹磾前去奔丧。刘琨派儿子刘群去送段匹磾。段匹磾的侄子段末杯私通石勒，率军袭击段匹磾。段匹磾逃脱，刘群却被段末杯捉住。段末杯对刘群以礼相待，许诺让刘琨做幽州刺史，诱使刘琨和他一起攻打段匹磾。刘群不得已，只好答应段末杯，给父亲刘琨写信，请求他做内应。段匹磾当时已经回到蓟城，为了防备段末杯，屡次派人侦察。凑巧段末杯的信差被段匹磾抓住，刘群的信被段匹磾搜出。段匹磾随即把原信拿给刘琨看，刘琨大为惊讶。段匹磾道："我知道您没有这个意思，所以才给您看。"刘琨答道："这是段末杯的反间计，他想以此离间我们，我不会因为一个儿子就背弃信义。"段匹磾听了一笑了之。刘琨原本驻扎在别的军营，此时被段匹磾召来，彼此表明心迹，和好如初。刘琨打算回到驻地，段叔军说道："胡人向来被晋国轻视。现在晋国不过是畏惧我们兵多，所以才甘心听命我们。如今我们骨肉相残，如果有人劝刘琨向我们发难，我们就危险了。"段匹磾因此迟迟不肯让刘琨离开。刘琨的儿子刘遵留守北府小城，听说刘琨被拘禁，便和左长史杨桥闭门自守。段匹磾派人劝告，刘遵等人不从。段匹磾发兵围攻，相持了二十天，城中粮尽箭空。守将龙季猛暗中投降段匹磾，杀死杨桥、如绥，挟持刘遵，开城迎纳段匹磾。刘琨听到后，将生死置之度外，毫不慌忙，只是一腔忠愤，无处表明，特作一首五言诗，寄给卢谌，诗云：

握中有悬璧，本自荆山球。维彼太公望，昔是渭滨叟。邓生何感激？千里来相求。白登幸曲逆。鸿门赖留侯。重耳凭五贤，小白相射钩。能通二霸主，安问党与仇？中夜抚枕叹，想与数子游。吾衰久矣夫！何其不梦周？谁云圣达节？知命故无忧。宣尼悲获麟，西狩泣孔丘，功业未及建，夕阳忽西流。时哉不我与，去矣如云浮。朱实陨劲风，繁英落数秋。狭路倾华盖，骇驷摧双辀。何意百炼刚，化作绕指柔？

诗中寓意，无非借鸿门、白登的典故激励卢谌。卢谌愚钝，反说刘琨不应有称帝的想法。刘琨见他不能明了己意，只能付诸一叹。不久，代郡太守辟闾嵩、雁门太守王据、后将军韩据共同商议攻打段匹磾，救出刘琨。韩据的女儿是段匹磾的儿媳，她得知三人的密谋后，竟告诉了段匹磾。段匹磾设计擒获了王据、辟闾嵩，并杀死他们。这时江州牧王敦寄信给段匹磾，唆使他杀掉刘琨。段匹磾担心会引起民愤，便借口说建康有诏书要处死刘琨。刘琨得知王敦的使者到来，对子侄说道："王敦的使者来了，却没人告诉我，这明明是诱杀我。死生由命，怨不得人。只是仇耻未雪，没有颜面去见死去的君王。"说完呜咽流涕。不一会儿，有官吏进来，假传诏命，逼迫刘琨自缢。刘琨与子侄四人同时被害。卢谌等人带着刘琨的部下投靠段末杯，推刘群为首领，暂且做了段末杯的部下。

元帝听说段匹磾杀死刘琨，迫于段匹磾逼人的气势，不敢斥责他，也没有为刘琨举行葬礼。刘琨的右司马温峤上奏元帝，说刘琨为皇室尽忠，应当加以褒奖和厚葬。元帝没有准奏。温峤正因刘琨的去世悲痛不已，又接到母亲去世的消息，于是请求辞官北归。有诏不许。

此时，凉州刺史张寔派牙门将蔡忠送信到建康，信中用的是建兴年号，不称太兴。当时东西两地阻隔，元帝即位的诏书尚未颁到，所以仍用旧年号。南阳王都尉陈安举兵进逼上邽。司马保向凉州告急，张寔派两万精兵前去支援司马保，陈安才撤兵。凉州兵撤回，说司马保想自加尊号，张诜向张寔建议道："晋王司马睿是晋室近亲，在外又有德名，应当推他为天下之首。"张寔于是派蔡忠前往建康。等到蔡忠从建康回来，张寔也已得知元帝即位的消息。张寔不免心生嫌隙，表面上听命于晋，暗地里却另有打算。此时凉州也已经成了一个独立的小国了。

南安赤亭羌人姚弋仲，是后汉西羌校尉姚迁那的儿子。怀帝末年，因中原大乱，数万人从赤亭向东迁徙到榆眉。姚弋仲自称扶风公。洛阳氐酋杨茂搜的儿子杨难敌占据梁州，刺史张光悲愤而死，张光的儿子张迈战死。张咸率军打退杨难敌，投靠了成都。成主李雄管治梁、益二州。杨茂搜病死，杨难敌回到洛阳继承父位。代王拓跋普根平定战乱，不久就去世了，国人立拓跋猗卢的侄子拓跋郁律为王。拓跋郁律英勇善战，他击退铁弗部酋刘虎，收降刘虎的士兵，又占领乌孙的属地，并攻克勿吉等地。慕容廆的兄长吐谷浑，与慕容廆分部自治。鲜卑称兄长为阿干，慕容廆为纪念兄长吐谷浑，特意作了一首《阿干歌》，相传吐谷浑有六十个儿子。长子吐延即位，没多久就被羌人杀死，次子叶延继位。叶延好学尚礼，将"吐谷浑"三字作为国号，他在位时间最长，在五胡十六国中也算是个枭雄了。

汉主刘聪骄淫荒虐，荒废政事，朝廷内外，奸臣当道，贿赂成风。刘聪次子刘敷屡次进谏良言，刘聪反而大怒。后来，刘聪住的螽斯百则堂突然发生火灾，烧死刘聪子孙二十多人，刘聪当时躲在床下，晕了过去，好久才醒来。事过之后，刘聪依然荒淫无度。中常侍王沈有一个养女，年方十四，生得娇小玲珑，刘聪将她立为左皇后。尚书令王鉴、中书监崔懿之、中书令曹恂等人上疏谏阻。刘聪大怒，随即令太子刘粲立即派兵吏逮捕王鉴等人，要将他们斩首。王沈赶往市曹监斩，用棍子敲打王鉴等人道："庸奴！庸奴！看你今天还能逞刁吗？汉主要立皇后，关你们什么事？"王鉴呵斥道："奸臣！如果皇汉灭亡，就是因为你和靳准。我死后，定会在先帝面前痛斥你们，把你们活捉到地下。"崔懿之厉声道："靳准猖狂放肆，必为国患，你们都是国家的蠹虫。现在你吃别人，他日必定被人吃，看你能活到几时？"王沈又愤怒又惭愧，立即让刑吏行刑，刀光起处，人头落地，在场的人都为王鉴等人喊冤。

中常侍宣怀发现一个绝色美女，把她献入汉宫。刘聪当然多多益善，立她为中皇后。这八九个女子轮流侍寝，再加上后宫粉黛不下千百，任刘聪随意召选。时间一长，刘聪渐渐觉得体力不支。因为时常在光极殿的寝室中听到鬼哭，刘聪就搬到建始殿，但还是能听见鬼哭。刘聪的小儿子东平王刘约当时已经夭折。一天，刘聪正在睡午觉，忽然看见帷帐外有一个人影，仔细一看，不是别人正是东平王刘约。刘聪不禁大声惊呼，那人影却杳然不见了。刘聪越想越觉得惊疑，便召太子刘粲进来，握着他的手叮咛道："我现在病情日益加重，常看见鬼怪，今天又看见刘约，想必是我寿命该尽，此儿特来接我。现在国家没有平定，我如果死了，你不必拘守古制礼节，朝死夕殓，十天后出葬就可以了。"刘粲含糊答应。刘聪又命刘粲颁发诏令，任刘曜为丞相，石勒为大将军，辅佐朝政。二人都上奏不肯受命。刘聪又改任刘景为太宰，刘骥为大司马，刘颙为太师，朱纪为太傅，呼延晏为太保并掌管尚书事。范隆守担任尚书令，掌管三司。靳准为大司空，兼任司隶校尉。过了几天，刘聪病势加重，浑身疼痛，两目一翻，呜呼而逝。刘聪共计在位九年。太子刘粲继任汉主，遵照刘聪的遗命，十天后就将刘聪入土下葬，追封刘聪为昭武皇帝，庙号烈宗。

石勒建后赵

刘粲是刘聪的长子，小时候倒也聪颖，文武兼备。自从做了宰相之后，刘粲就变得任性苛刻，不听劝谏，而且大兴宫室，相国府的气派几乎赛过皇宫。刘聪的皇后靳月华被尊为皇太后，樊氏为弘道皇后，宣氏为弘德皇后，王氏为弘孝皇后。这四位皇后都正值妙龄，未满二十，面容姣好，模样又很轻佻。此时，刘聪已死，刘粲体心贴意，代替父亲，一身周旋四后，夜以继日。妇人家水性杨花，乐得共享欢乐。但刘粲已有妻妾，难免有人多嘴。刘粲于是立妻子靳氏为皇后，立儿子刘元公为太子，大赦天下，改年号为汉昌。

司空靳准心怀鬼胎，暗中对刘粲说道："臣听说各位公侯有心谋乱，准备先杀太保再杀大臣，另推大司马为主。陛下如果不先铲除他们的话，臣担心陛下将有大祸。"刘粲惊慌道："恐怕并无此事，你不要乱猜!"靳准默然退出，担心刘粲告诉诸王，急忙和皇太后、皇后商议，让她们借机向皇上进言。二后趁着刘粲入宫行乐的时候，便进谗言。虽然是无端捏造，一经莺簧百啭，刘粲竟毅然下令，将太宰上洛王刘景、太师昌国公刘颛、大司马济南王刘骥、大司徒齐王刘劢等人一并斩首。刘骥的弟弟吴王刘逞也连坐被诛。只有太傅朱纪、太保呼延晏和太尉范隆逃出长安。

刘粲大阅上林苑，谋划讨伐石勒。命丞相刘曜为相国，掌管军事，镇守长安；任靳准为大将军，掌管尚书事务。靳准暗地里嘱咐内侍，令他劝刘粲安享后宫之乐，军国重事尽管交给大将军裁决。刘粲正流连四美，巴不得有这样的良臣代为治理国事。哪知靳准大权到手后，第一步就是控制宫廷侍卫。金紫光禄大夫王延老成有德，靳准想拉拢他，于是派人和他密谋。王延不肯叛乱，还打算进宫告诉刘粲。途中被靳康劫住，将他送到靳准面前。靳准将王延拘禁起来，当即带兵入宫，直登光极殿，派人挟持刘粲。刘粲见侍卫突然闯入，还以为是同宗发难，连忙躲到龙床下面。侍卫呼道："司空有令，请主上进殿!"刘粲听了"司空"二字，便放心跟着侍卫走进殿中。谁知靳准竟然端坐在御座上，怒斥刘粲。刘粲慌忙跪地求饶。靳准令人将刘粲刺死，并派人拘拿刘氏家眷，将他们全部斩首，只留下靳太后和靳皇后二人。他还命人挖开刘渊、刘聪的陵墓，将刘聪的尸体悬挂示众，并纵火焚毁了刘氏宗庙。只有征北将军刘雅幸免于难，逃到了西平。

靳准自号大将军、汉天王，召见汉臣胡嵩，让他将传国御玺送还晋廷。胡嵩不敢受命。靳准大怒，随即下令斩杀胡嵩，另外派人将传国御玺送往司州。当时司州还有晋国的属地，河内太守李矩担任刺史。他听到汉使前来，急忙接见。来使说道："靳准大将军已经铲灭了刘氏，为晋朝报了仇，正要率军回归故里，请你务必转告皇上!"李矩火速上奏元帝，派太常韩胤等人恭迎靳准。韩胤还没到平阳，刘曜、石勒等人已经出兵攻打靳准。战火纷纷，不便前行。靳准擅任私党，诛杀异己。靳准释放王延，任他为左光禄大夫。王延不从，靳准大怒，将王延杀死。

相国刘曜从长安发兵，讨伐叛贼，大将军石勒也率五万精兵讨伐靳准，并占据襄陵北原。靳准屡次出兵宣战，石勒都坚守不动，只是写信让刘曜也举兵讨伐靳准。刘曜率军来到赤壁，正好与呼延晏、朱纪、范隆相遇，此刻才知道母亲和兄弟都遇害了。刘曜大为悲痛，发誓要报这血海深仇。呼延晏等人请刘曜称尊，刘曜依从众议，在赤壁设坛，即位称尊，大赦天下，只有靳准及其家人不在赦免之例。刘曜改元光初，任朱纪为司徒、呼延晏为司空，太尉范隆等人仍担任原职。任石勒为大司马大将军，封为赵公。石勒进攻平阳，七万多名羌羯百姓投降。刘曜让征北将军刘雅、镇北将军刘策在汾阴驻扎，作为声援。

靳准听说刘氏分两路进兵，担心不能抵挡，就派侍中卜泰将龙辇、龙袍送往石勒军营，表示愿意修和。石勒将卜泰押送到刘曜军营，刘曜给卜泰松了绑，说道："如果靳准能早迎大驾，我必将国家大事委任于他，也不至于像今天这样兵戎相见?"卜泰回去后，报告靳准。靳准害死刘曜的母亲和兄弟，担心刘曜未必肯相容，因而犹豫不决。车骑将军乔泰、王腾、卫将军靳康与将军马忠等人见此情形，刺杀了靳准，推靳明为盟主，再让卜泰将传国御玺献给刘曜。刘曜厚待卜泰，令人回去报告靳明，答应让他归降。

卜泰带着御玺投降刘曜，却没有禀报石勒。石勒听说后，不禁大怒，立即派兵攻打靳明。靳明屡次出兵都以失败告终，只好固守城池，并向刘曜求救。刘曜派刘雅等人前去招降，靳明带着平阳成千上万的百姓投奔刘曜的军营，没想到刘曜却下令把他绑住，推出去斩首，并将靳氏全家处死。靳康的女儿姿容艳丽，刘曜很是喜欢，想纳她为皇后。谁知她抱定一个"死"字，不肯依从刘曜。刘曜只好赦免了靳康的一个儿子，让她打消死的念头。

刘曜迎回母亲胡氏的棺椁，将她葬在粟邑，追封她为宣明皇太后。随后刘曜迁都长安，先建造了光世殿，又修建紫光殿。羊氏是晋惠帝的姜室，从前五废五立，九死一生，没想到现在竟被刘曜立为皇后，做了正宫。刘曜私下问羊氏道："我和司马氏相比谁更好?"羊氏嫣然一笑，柔声说道："陛下是开国圣主，怎么能和亡国之人相提并论？司马衷虽然贵为帝王，却连妻儿都保护不了，使得妻儿跟着他受尽欺辱。臣妾出身名门，却误嫁给一个庸才，一直疑惑为什么世间男子都没有大丈夫气概？等到侍奉陛下，才知天下还有真正的大丈夫，世间男子并不能一概而论。"刘曜听后，非常高兴，对羊氏更是宠爱有加。羊氏也格外逢迎，床笫承欢，柔情百倍。羊氏接连生下三个儿子，大儿子叫刘熙，二儿子叫刘袭，小儿子叫刘阐，都很受刘曜宠爱。刘曜的前妻卜氏虽早已生下好几个儿子，刘曜却把羊氏的大儿子刘熙册封为太子。刘曜和司空呼延晏商议国事时，呼延晏说道："不必沿用汉朝的年号，可以改称为赵。"刘曜于是称国家为大赵，又以匈奴大单于为太祖，颁令大赦天下。刘曜派侍中郭汜封石勒为太宰、大将军，封为赵王。

石勒进入平阳后，修缮了刘渊、刘聪的陵墓，将刘粲等上百人的尸体掩埋。并把浑仪、乐器带到襄国，派左长史王修到长安恭贺刘曜即位。王修拜见刘曜，俯首称臣，并呈上石勒的书信。刘曜见信中所言很是恭逊，大感欣慰，便将王修留下，盛情款待。石勒又派舍人曹平乐到长安拜见刘曜，曹平乐应对恭敬有度，刘曜非常满意，并将他留在身边。曹平乐向刘曜进言道："大司马派王修前来拜见，实际上是想借机打探虚实。石勒不讲信用，陛下不可不防！"刘曜说道："你说得极对，朕险些被他算计。"于是派轻骑追回郭汜，并将王修斩首。王修的部下刘茂逃了回去，向石勒报明王修被杀情形。石勒于是回到襄国，将曹平乐的家人杀害，追封王修为太常，并昭告天下，与刘曜势不两立。

晋南阳王司马保手下有个都尉，名叫陈安，是个反复无常的小人，曾背叛司马保依附汉朝，不久又向程都投降。等到刘曜即位，陈安又派人上表给刘曜，说要为司马保报仇。原来司马保得知愍帝逝世，便想称尊。好容易过了一年，司马保自称晋王，改元建康。司马保身体肥胖，相传有八百斤，平日里极爱睡觉，昏庸无能。部将张春、杨次因触怒司马保而被斥责，心中愤愤不平，密谋杀害了司马保。陈安曾经逼攻上邽，他这次上表刘曜，自称是秦州刺史，谎称征讨贼兵。刘曜权衡之后，派陈安带兵攻打杨次、张春。陈安找到司马保的尸首，以天子之礼将他安葬，谥号元，随即向刘曜告捷。刘曜任陈安为大将军，命他镇守上邽。

蓬陂坞主陈川曾经自称宁朔将军，兼任陈留太守。晋豫州刺史祖逖派人招抚陈川，陈川表示愿意为祖逖效犬马之劳。祖逖攻打张平、樊雅的时候，陈川曾经派部将李头援助祖逖，立有战功，得到祖逖的赏识。李头感叹道："能做祖逖的部下，虽死无憾。"后来，张平被杀，樊雅投降，李头返回蓬陂。陈川因为怀疑李头投靠了祖逖，而将李头杀死。李头的党羽冯宠率领亲信投奔了祖逖。陈川听说后更加愤怒，竟然掠杀豫州各郡，掳获了大量车马物资。陈川率兵行至谷水，前方突然杀出一班人马，将陈川截住。陈川的手下只顾逃命，胡乱奔窜。这队人马正是祖逖派来的，卫策是统将。卫策截获陈安掠夺来的物资，立即回去报告祖逖。祖逖命令卫策将陈安掠夺的东西各归原主，百姓大悦。陈川担心祖逖进讨，想求助外援，于是就近依附了石勒，并派人送信到襄国求助。石勒派侄子石虎率兵前去支援陈川。可巧祖逖带兵攻来，彼此相见，免不得大战一场。祖逖兵寡失利，退守梁国。石勒的大将姚豹率领精骑赶到蓬关，与石虎、陈川共同攻打祖逖。祖逖设好埋伏，打败了石虎的前驱部队。石虎退去，与陈川一同回了襄国，留下姚豹镇守蓬陂坞。

石虎当下倡议，请石勒称尊。左长史张敬、右长史张宾、左司马张屈六、右司马程遐及众位将士百余人都赞成石虎的提议，异口同声要石勒称尊。石勒于是继承赵王位，大赦天下，将百姓田租减半，并赐给孤老鳏寡每人两担谷子，随即大宴七天。并依照春秋列国及汉初侯王旧例，号为赵王元年。史家称其为后赵，是为了和刘曜有所区别。紧接着，石勒建社稷、立宗庙并设置官署，从象中郎裴宪、参军傅畅、杜嘏担任经学祭酒，参军续咸、庾景担任律学祭酒，任播、崔浚担任史学祭酒，中垒将军支雄、游击将军王阳担任门臣祭酒。下令禁止胡人凌侮汉人，并派官吏到各个州郡劝民务农，朝会时用天子礼乐。加封张宾为大执法，总揽朝政。任命石虎为单于元辅，掌管禁卫军，加封骠骑将军，并赐他中山公爵位。又召来武乡的故人到襄国，一同欢饮，畅叙平生。唯独李阳不敢赴召。李阳曾经与石勒争夺沤麻池，所以不敢前来。石勒派人去请李阳，李阳只好硬着头皮拜见石勒，伏地谢罪。石勒走下御座来扶李阳，拉着他的手臂让他起来，笑道："过去的恩怨已经成为往事，你又何必耿耿于怀呢？"于是特地给李阳大酒杯，让他畅饮，封李阳为参军都尉。随后下令道："武乡是我的故土，不能让我的乡人受苦，我决定免收武乡三代赋役。"

石勒听说姚豹在蓬陂大败而回，很是忧虑，于是与祖逖讲和。姚豹据守蓬陂，祖逖派部将韩潜率兵攻打，占领了东台，从东门出入。姚豹据守西台，从南门出入，与韩潜相持了四十多天。祖逖将士兵装在布袋里，伪称是米粮，派一千人运送给韩潜，又另派数人挑米送去。姚豹见他陆续运粮，便发兵去抢，运米的人弃担而逃。姚豹军营正苦于没有粮食，夺得粮米后，自然喜欢。唯独姚豹以为祖逖粮食充足，不免有所忧虑。祖逖令部将冯铁在汴水来回巡查，正赶上石勒大将刘夜堂运粮给姚豹，冯铁立即报告韩潜。韩潜随即带兵截击，打败刘夜堂，夺下军粮。姚豹听说军粮被夺，连夜逃往东燕城去了。

祖逖又派韩潜进攻封邱，冯铁镇守蓬陂。祖逖驻扎雍邱，既出兵剿杀同时也派人招抚各处。石勒的镇守将士不是逃走，就是投降。石勒无计可施，只好与祖逖修好，乞求通商。祖逖不做任何回复，默许商人往来，按货缴税。石勒得知祖逖祖父和父亲的陵墓都在老家范阳，特地令范阳守吏修缮陵墓，并派人守墓。祖逖派使者向石勒致谢。石勒厚赏了祖逖的使者。后来祖逖的将领童建擅自杀死新蔡内史周密，投奔了石勒。石勒割下童建的头送给祖逖，并修书一封给祖逖，信中说道："叛臣逃吏童建背叛将军，我已经将他处死。"祖逖回信表示谢意。后来，石勒曾率军前来投降，祖逖没有接受，但彼此互不侵犯，两河南北，得到片刻安宁。

王敦造反

幽州刺史段匹磾害死刘琨，百姓不服，众叛亲离。段末柸多次攻打段匹磾，段匹磾不敌，逃到乐陵，打算投奔冀州刺史邵续。段匹磾在盐山被石越截住。段匹磾不敢硬拼，带兵和石越小杀一阵，就撤到蓟城。随后，石勒派部将孔苌攻陷幽州，准备攻打蓟城。段匹磾弃城逃往上谷。代王拓跋郁律发兵阻击，不让段匹磾前行。段匹磾慌忙逃窜，途中又遭到段末柸的袭击。段匹磾和段文鸯等人只好投奔邵续。邵续顾念旧情，留下段匹磾。段匹磾凄然说道："我本来是夷人，您如果不忘旧情，与我一同讨伐段末柸，我将感激不尽。"邵续便带领人马与段匹磾一同攻打段末柸，段末柸仓皇逃去。段末柸的弟弟占据蓟城，段匹磾与段文鸯于是移兵攻打蓟城。

邵续驻扎在乐陵。石虎与别将孔苌见城中空虚，竟然发兵攻打邵续。邵续率兵出战，石虎假装不敌，诱使邵续远追，暗中却让孔苌带着精兵绕到邵续的后面，二人前后夹攻邵续。邵续中箭落马，被石虎擒住，带到城下，胁迫守城士兵投降。邵续对侄子慨然说道："我立志报国，却不幸被捕，你们一定要努力守城，尊段匹磾为主，不可以生二心。"石虎将邵续押往襄国，石勒派人斥责邵续。邵续答道："邵续身为晋臣，本无二心。大王不明真相就诛杀了臣的儿子，是大王有负于臣，而不是臣辜负了大王。大王如果要杀臣，臣甘愿领死。"石勒听了之后，让张宾好好招待邵续。张宾盛情款待邵续，任命他为从事中郎。邵续不愿侍奉石勒，退隐田园。

段匹磾得知邵续被擒，急忙与段文鸯支援乐陵，中途遭到石虎的偷袭，士兵纷纷逃散。亏得段文鸯带领数百亲兵保住段匹磾，血战一番才得以进城。此后，段文鸯又与邵缉、邵存和邵笠等人奋力镇守乐陵。石虎、孔苌攻打乐陵，屡攻不克，孔苌一时防备不慎，反被段文鸯袭击，大败而归，退军十里，石虎随后撤退。不久，石虎与孔苌再次进攻，双方相持了几十天，城内已经没有粮食，城外也被掠夺一空。段文鸯请段匹磾决一死战，段匹磾不同意。段文鸯毅然道："我以勇力闻名，受百姓爱戴。如今不能救民于水火之中，已经失去民心。况且粮尽无援，守或战都是一死，倒不如战死沙场。"说完，立即率领数十名壮士出战。段文鸯手执长槊，左挑右拨，杀死无数士兵。石虎高声喊道："你我都是夷狄，不如放下兵器，共叙情谊。"段文鸯骂道："你这寇贼，早该处死，我宁愿战死，也决不屈服。"说着，下马再战，最后力竭被擒。

邵续被围，消息传到建康，吏部郎刘胤奏请元帝发兵往救。元帝不听。等到邵续被擒，元帝才令王英北伐，令邵缉接任邵续的职位。王英到了乐陵，被困在城中。段匹磾想和王英突围，一同赶赴建康。偏偏邵泪不但不许段匹磾出城，还要把王英交给石虎。段匹磾责骂邵泪忘恩负义。邵泪竟然胁迫邵缉、邵笠等人投降。石虎进城见到段匹磾，拱手行礼。段匹磾说道："我受晋朝恩典，立志灭你。不幸我国竟然发生内乱，我不能战死，但也绝不受你的欺凌。"石勒封段匹磾为冠军将军，段文鸯为左中郎将。于是幽、冀、并三州都归属了后赵。段匹磾留在襄国，依然身着晋朝的服饰，遵守晋朝的礼节。段匹磾昔日的部下密谋匡复晋室，于是推举段匹磾为主，不幸事情败露，通通被石勒杀死。段文鸯、邵续也被毒死。只有段末柸生还。

晋江州牧王敦扼守长江，势力强大，担心杜曾难以制服，特别嘱咐梁州刺史周访捉拿杜曾，并许诺荆州刺史一职给周访。之前，杜曾出没汉沔，并与郑攀、马俊屡次为难荆州刺史王廙。后来武昌太守赵彦、襄阳太守朱轨合兵援救王廙，打败郑攀、马俊，郑攀等人慌忙投降。杜曾又请命率兵攻打第五猗以立功赎罪，王廙见杜曾已经服罪，便从江安赶赴荆州，留下长史刘浚镇守扬口。竟陵内史朱伺对王廙说道："杜曾非常狡猾，现在他之所以屈服，是为了诱导你西行。等到你起程以后，他一定会来袭击扬口。"王廙不听朱伺的劝告，一意孤行。途中，王廙接到刘浚的急报，说杜曾等人袭击扬口。王廙慌忙派朱伺回去救援，但扬口已经被围。朱伺力战受伤，渡水逃跑。杜曾派人招抚朱伺，被朱伺拒绝。朱伺返回营中援救王廙，后来病死甑山。杜曾攻占扬口，击退朱轨，直逼沔口。朱轨等人连战连败，杜曾气势大振。周访屯兵沌阳，出奇制胜，大胜杜曾。杜曾逃往武当。汉、沔得以平定。

周访因而被提升为南中郎将，担任梁州刺史一职，在襄阳驻军。周访对将士说道："现在不斩杜曾，必有后患，我应当和各位再接再厉，一举剿灭杜曾。"于是带领兵马，再次出击。杜曾在武当没有设防，大败逃跑，被周访的部将苏温带兵擒获。周访历数杜曾罪状，将他斩首示众，之后又出兵攻打第五猗。第五猗东逃西窜，最终还是落入罗网，被周访擒获。王敦在武昌驻军，周访将第五猗押到王敦那里，请求王敦从宽处置，免他一死。王敦正想杀人示威，第五猗一到，立即被处死。

与此同时，王廙在荆州滥杀陶侃部将，军民怨声载道。元帝听说后，让王廙任散骑常侍，派周访担任荆州刺史。偏偏郭舒对王敦说："荆州是军事要地，不可轻易送人。周访已经是梁州刺史，倘若再将荆州给他，势必尾大不掉，恐怕将来反而会成为您的隐患。"王敦于是上奏元帝，表示自己要担任荆州刺史一职。元帝不好反驳，只得将荆州赐给王敦，封周访为安南将军。周访虽然为人谦逊，从不邀功，这次也不禁动怒，写信大骂王敦。王敦回信慰藉，并送玉环、玉碗给周访，以表同情。周访将玉环、玉碗扔到地上，怒骂王敦的使者。周访随即务农训兵，喂饱马匹，磨快兵器，准备作战。周访本来打算收复河、洛，自从与王敦不和之后，隐约觉察到王敦的野心，就处处防范王敦。守宰一职无人担任，周访便选择心腹补上，然后奏明圣上。王敦虽然严加防范，但畏惧周访的勇略，也不敢逞威。可惜周访当时已经老迈，击败杜曾一年之后就病逝了。周访是南安人，与陶侃是儿女亲家。

庐江人陈训擅长看相，周访和陶侃还是平民时，陈训曾对二人说："二位都将成为将帅，功名也大略相同。但陶侃寿长，周访命短。寿有长短，这是不能改变的。"周访在梁州任职病逝时，享年六十一岁。元帝下诏封周访为征西将军，赐谥号壮，另调湘州刺史甘卓继任梁州刺史，掌管沔北军事，镇守襄阳。

甘卓还没有赶到，王敦已经派从事中郎郭舒掌管襄阳兵马。甘卓到达后，王敦便召还郭舒。元帝封郭舒为右丞，王敦却扣留郭舒不让他走，元帝不免怀疑王敦，另派刁协、刘隗等心腹钳制王敦，连佐命元勋王导也被元帝疏远。中书郎孔愉进谏道："王导为人忠贤，德高望重，应该让他官复原职。"元帝并不听从，竟然任孔愉为司徒左长史。王导随势浮沉，倒也不怎么介意。王敦却愤愤不平，立即上书元帝表示抗议。王敦派的使者到了建康，取出奏章交给王导。王导看完后，摇头道："这封奏章不能呈给元帝，你还是带回去吧。"于是将奏疏封好，交给来使。

王敦不肯罢休，派人直接上奏。元帝看到后，很是怀疑，便连夜召见谯王司马承入宫，说道："朕待王敦不薄，现在王敦却索求不断，语言激愤，究竟该如何处置？"谯王司马承答道："陛下没有早些抑制他，才会有今日，如果继续姑息，恐怕祸患不远了。"元帝不免叹息。第二天，元帝又召刘隗商量，刘隗建议迅速派重臣守备，严加防范。元帝同意。这时，王敦又推荐宣城内史沈充代替甘卓任湘州刺史，元帝没有答应，并召见谯王司马承道："王敦谋逆的心思已经暴露，朕若不杀他，必定被他所害。湘州地势险要，怎么能再任用王敦的心腹？看来只好烦劳叔父担任此职了。"司马承答说道："臣仰承诏命，自当尽力，怎敢推辞？但是湘州连遭寇乱，民生凋敝。必须得三年的时间，才可以驻军镇守。否则即使鞠躬尽瘁，也是无济于事。"元帝于是颁下诏书，令司马承为湘州刺史。

司马承是谯王司马逊的次子，也是城阳亭侯司马进的孙子。司马承的兄长司马随死后，司马承继承了父亲的爵位。司马承秉性忠厚，元帝对他极为信赖。此次司马承出任湘州刺史，和元帝辞行后便上路了。司马承走到武昌，撤去戒备，坦然与王敦相见。王敦不得不设宴款待，在席间讥讽司马承道："大王是雅士，恐怕不是将帅之才啊。"司马承也知道他有意揶揄，便应声答道："铅刀虽钝，贵在一割。你可不要看不起人啊。"王敦付之一笑。等宴毕散席后，王敦对参军钱凤说："司马承不知道害怕，说出那样的豪言壮语，一看就是夸夸其谈，能有什么作为呢？"于是任由司马承前去湘州。

第二年是太兴四年，春季天象大变，太阳中出现黑子，夏天地震，终南山忽然崩塌，当时的人都认为是不祥之兆。元帝担心王敦叛乱，命尚书仆射戴渊为征西将军，掌管司、兖、豫、并、雍、冀六州军事，担任司州刺史，镇守合肥。丹阳尹刘隗为镇北将军，掌管青、徐、幽、平四州军事，担任青州刺史，镇守淮阴。二人都带兵赴任，名义上说是征讨胡虏，实际是为了防范王敦。一切机密大事，元帝只和刘隗密通信函。

王敦于是写信给刘隗，说道："你近来很得圣上宠幸，朝野共知。如今北虏未灭，中原鼎沸，王敦愿与你共同平定海内。"刘隗回信道："鱼相忘于江湖，人相忘于道术。我自当竭尽全力，以表忠诚，我的志向仅此而已。"王敦看过信后，更加愤恨。

王敦狂傲自大，根本不把刘隗、刁协等人看在眼里，他畏惧的只是豫州刺史祖逖。祖逖已经肃清河南，荡平群敌，正要平定河北，偏偏朝廷派戴渊来治理豫州。祖逖知道戴渊徒有虚名，不足以与他共事；又听说王敦和刘隗、刁协不和，导致发生内乱，眼见国家多难，却不能收复中原，忧愤成疾。祖逖病重之时，仍然派人修建监牢。监牢还没有竣工，祖逖就去世了。当时豫州一带发现妖星，术士戴洋说祖逖会在阴历九月去世，历阳人陈训也说西北将有一位大将病亡。祖逖也略知星象，抱病长叹道："我一心想平定河北，但是上天偏要杀我。我死之后，平定河北一事还有什么希望呢？"祖逖卒年五十六岁。豫州百姓悲痛万分，谯梁百姓为祖逖建造祠堂来怀念他。元帝下诏封祖逖为车骑将军，让祖逖的弟弟祖约掌管州事。祖约没什么才能，不得人心，将士都不肯听从他的指挥。

王敦听说祖逖病死，喜出望外，决定立即发兵。太兴五年正月，元帝改元永昌，颁诏大赦。王敦向元帝上呈檄文后，便带领水陆各军向武昌进发。宣城内史沈充回老家吴兴招募兵马，响应王敦。王敦到了芜湖后，任命沈充为大都督，让他掌管东吴的兵权，又上奏历数刁协的罪状，要求元帝杀死刁协。

谯王举义

元帝得知王敦造反，大发雷霆，立即召回征西大将军戴渊、镇北将军刘隗守卫京师，并下诏讨伐王敦。

王敦毫无惧色，仍然决意进兵，并招揽乐羊曼、前任咸亭侯谢鲲、郭璞等名士。羊曼本是黄门侍郎，生性爱好饮酒，曾担任晋陵太守一职，后来被免官。王敦任命羊曼为左长史，羊曼不便推辞，只好整日饮酒。谢鲲字幼舆，放浪不羁，能琴善歌，家住阳夏，曾经担任东海掾吏，因为行为轻佻，被撤职遣回原籍。见邻居高氏的女儿容貌秀丽，谢鲲屡次挑逗，被高氏的女儿用织布的梭子打中嘴巴，砸掉了两颗门牙，当时的人们都以此讥笑谢鲲。谢鲲并不以此为羞，怡然说道："牙齿掉了不妨碍我长啸，掉了又有何妨呢？"后来王敦任谢鲲为长史，派他讨伐杜弢。谢鲲攻打杜弢有功被封为咸亭侯，不久因为母亲去世要求辞官。王敦不肯答应。后来王敦造反，又任用谢鲲为豫章太守。等到王敦起兵东下的时候，又胁迫谢鲲同行。

郭璞是河东人，擅长经学，爱好古文奇字，精通阴阳算历。郭璞曾拜隐士郭公为师，得到九卷《齐书》，日夜钻研，并熟知五行、天文、卜筮。惠帝、怀帝的时候，河东战乱，郭璞为自己占卜，卦象显示走东南方向能避开凶难。郭璞于是沿着东南方向走去，顺利到达将军赵固的营地。当时，赵固的坐骑死了，郭璞说："派二三十人拿着长竿，往东走三十里，看见小庙便用长竿打拍，可以得到一个猎物，把猎物带回来，就能医活此马。"赵固立即派人按照郭璞所说的去做，果然得到一个像猴的猎物。猎物朝马鼻子吹了一口气，马立即一跃而起，猎物却不知跑哪去了。赵固惊喜不已，给了郭璞很多赏赐。郭璞到庐江的时候，正赶上太守吴孟康被封为军谘祭酒，吴孟康却不愿意南渡。郭璞替他占卜，告诉他不要再待在庐江。吴孟康不信。郭璞住在旅店的时候，看见店里的女仆长相可人，便用三斗小豆分撒在旅店主人的住宅旁边。店主人早晨出来，被数千个红衣人缠住，慌忙跑了回去。郭璞自称能赶走这些红衣人，但要以女仆作为交换，店主人只好同意。郭璞为店主人画了一张符，扔进井里，数千赤衣人也都跳进井中，瞬间就不见了踪影。店主非常高兴，厚赏了郭璞。

几十天过后，庐江果然被寇贼蹂躏，成了一片废墟。郭璞刚过庐江，宣城太守殷祐就封他为参军。郭璞每次占卜都很灵验。王导听说后，就把郭璞招募为手下。王导让郭璞占卜，郭璞说道："您要有大难了。请您马上派人到数十里外带回一株和您一样高的柏树，放在卧室旁边，这样就能免除灾祸。"几天后，王导的卧室传来巨响，柏树粉碎，王导却安然无恙。

元帝还没有登基时，郭璞卜卦并对王导说，东北的武名郡县会有铜铎出现，西南阳名郡县的井水将会沸腾。随后武进县人果然在田里发现五枚铜铎，并献入建康；历阳县井水沸腾了好几天才恢复原状。元帝当上晋帝后，又令郭璞占卦。郭璞说道："会稽会出现瑞钟，上面有铭文。"没过多久，在会稽剡县的一口井中发现一钟，上面刻有十八个字，只有"会稽岳命"四个篆文还能辨认，其他的字都无法识别。郭璞著有《江赋》，又叫做《南郊赋》，元帝很是欣赏，任命郭璞为著作佐郎。

王敦听说郭璞会占卜，便给王导写信要召见郭璞。王导于是派郭璞去武昌，王敦封郭璞为记室参军。郭璞知道王敦一定会叛乱，担心自己有大难，忧心忡忡。大将军掾吏陈述，字嗣祖，深得王敦器重。王敦要起兵叛变的时候，陈述病逝。郭璞哭得很厉害，向灵柩连声呼道："嗣祖啊，嗣祖！你真会避乱求福啊。"王敦见朝政无人掌管，便率兵叛乱。王敦的兄长王含听说王敦已经到了芜湖，便溜出都门，坐船投靠了王敦。王敦曾派使者与梁州刺史甘卓密谋造反，甘卓答应下来。王敦起兵后，甘卓反而派参军孙双阻拦王敦。王敦让孙双回去劝甘卓遵守约定，甘卓派人转告顺阳太守魏该，魏该答道："魏该只知道尽忠王室。王敦举兵造反，我怎么能跟着他造反？"甘卓听了魏该的话后，更不愿意与王敦谋乱。

王敦又派参军桓罴任命谯王司马承为军司，司马承长叹道："我是将死之人了，但死也要死得忠义。"于是留住桓罴，任长沙虞悝为长史。虞悝的母亲去世后，司马承亲自去吊唁，并向虞悝问计道："我想讨伐王敦，但是兵少粮乏，您是湘中豪杰，您认为我该怎么办？"虞悝答道："大王不认为虞悝鄙陋无才，虞悝定当效犬马之劳。大王不如派兵驻守湘州，然后号令四方，先分散王敦的势力，然后再聚兵攻打王敦，或许还能成功。"司马承于是任虞悝为长史，虞悝的弟弟为司马，掌管军事。并发出檄文讨伐王敦。零陵太守尹奉、建昌太守王循、衡阳太守刘翼、春陵令易雄纷纷响应，举兵讨伐王敦。只有湘东太守，也就是王敦的姐夫郑澹没有出兵。司马承令司马虞望攻打郑澹，郑澹兵败被杀。

司马承又派主簿邓骞劝说甘卓讨伐王敦。甘卓微笑不语。邓骞还想再说，参军李梁说道："东汉初年，刘隗飞扬跋扈，窦融镇守河西。现在将军控制上游，还可以效法古人按兵不动。如果大将军得胜，您必然能得到好处，失败了也可以向朝廷请命代替大将军，这样您始终不失富贵，何必出生入死呢？"李梁还没说完，邓骞接口反驳道："现在怎么能和过去相比？光武创业的时候，中原还没有平定，所以窦融可以从容观望。现在将军已经侍奉晋室，理应为国尽力。襄阳又不像河西可以固守，如果大将军能打败刘隗，镇守武昌，增加石城的守将，断绝荆、湘的粮运，那么将军您将去哪呢？参军又要依附何人呢？"李梁被邓骞一驳，倒也哑口无言。甘卓还迟疑不决，只留下邓骞小住。

邓骞等了两三天，见甘卓没有什么行动，就对甘卓说道："现在你既不造反也不出兵，难道要等着大祸临头吗？将军有过去的盛名，率领本府的精锐部队讨伐逆贼，还怕不能取胜吗？现在将军应该乘虚攻打武昌，一旦攻下武昌，马上占据军械，施德行惠，镇守二州，截断大将军的归路，大将军必然不战自溃，还怎么与您为敌？您现在束手安坐，自等灭亡，岂非不智，岂非不义？"甘卓听了邓骞的话，觉得颇有道理，不禁跃跃欲试。

可巧王敦的参军乐道融拜见甘卓。乐道融说："大将军派您东行，您是愿意还是不愿意？"甘卓半天不答一词。乐道融请求甘卓屏退左右，然后进言道："如今王敦擅权构衅，举兵犯上，敢冒天下之大不韪。您深受皇恩，自然不能造反。一旦造反便是违背大义，生为逆臣，死做叛鬼，岂不是可惜？您不如假装答应出兵，暗中袭击武昌，叛军自然溃散，您就可以建立大功了。"甘卓欣喜道："正合我意，我下定决心了。"甘卓便让乐道融和邓骞留下参议军事，同时约同巴东监军柳纯、南平太守夏侯承、宜都太守谭该等人，历数王敦罪状，合军讨伐。派遣参军司马赞、孙双进城打探消息，报明起义的情形。甘卓又派参军罗英南赶赴广州，邀同陶侃会师讨伐王敦。陶侃便派参军高宝带兵北上，作为声援。

元帝加封甘卓为镇南大将军，兼任梁州刺史。陶侃为平南将军，兼任江州刺史。王敦得知后很是担心，便让王含固守武昌，谨慎防备陶侃等人。同时，甘卓让南蛮校尉魏义、将军李恒率领两万精兵攻打长沙。长沙是湘州的管辖之地，城郭不完整，又没有什么储备，单靠谯王司马承一腔忠义，到底也坚持不了多久。有人劝司马承投降陶侃，或者退到零陵、桂阳。司马承慨然说道："我起兵时就志在死节，岂能贪生怕死，临难脱逃？事情如果不能成功，我死而无憾。"司马承派司马虞望出城交战，后来又连战数次，司马虞望中箭身亡。全城痛哭不已。

邓骞得知长沙被围，便请甘卓立即前去支援。甘卓还想留下邓骞，邓骞一再拒绝。甘卓派参军虞冲和邓骞同赴长沙，并给谯王司马承写信，说："我将出兵沔口，断绝王敦的退路，到时湘州之围就可以解除了，请你严加防守"。司马承派虞冲给甘卓带信说："您能带兵速来，还有一线希望，如果晚了就来不及了。"偏偏甘卓年事已高，讨伐王敦的时候还执戈前驱，但是没过几天就衰靡下去了。再加上州郡各军一时没有聚齐，甘卓便得过且过，无心顾及长沙了。

戴渊、刘隗奉命前去支援，刘隗先到建康，百官夹道迎接。刘隗头戴岸巾，腰悬佩刀，谈笑自若，意气风发。刘隗和刁协拜见元帝，请求元帝诛杀王敦。元帝没有答应，刘隗心中开始有些害怕了。司空王导率堂弟中领军王邃、左卫将军王廙、侍中侃彬及宗族二十多人，每天都去请罪。尚书周颐早晨上朝的路上，王导对周颐说道："周颐！我家几百口

145

性命全要仰仗您了啊。"周顗没有理会，朝见元帝时，却极言王导的忠心。元帝听了，让周顗侍饮畅谈。周顗生性嗜酒，直到喝醉了才出来。王导还在守候，又连叫周顗，周顗还是不理他，只是说："我现在要杀贼，好拿上斗大的金印系在胳膊后面。"一面说，一面走进宅中，又上表说明王导无罪。王导不知底细，还以为周顗从中作梗，暗暗怀恨。后来中使传达元帝命令，归还王导朝服，王导进殿谢恩，拜谢而起，请求讨伐王敦。于是元帝命王导为前锋大都督，封戴渊为骠骑将军，让二人一同掌管军务。升周顗为尚书左仆射，王邃为右仆射，又派王廙让王敦撤兵。王敦不肯听命，并强行留下王廙。王廙是王敦的堂弟，乐得在王敦营中享乐。王敦便从芜湖向石头进发。元帝命征虏将军周札为右将军，掌管石头的军事，又派刘隗驻守金城。元帝亲自披甲上马，大阅军队，然后返回都城。王敦到了石头后，打算攻打金城，杜弘献计攻打石头。王敦便命杜弘为前锋，带兵到石头城下，鼓噪攻城。城内守兵没有斗志，个个都想逃跑。周札于是开门迎进杜弘。杜弘麾军直入，占住石头。听说刁协、刘隗、戴渊等人率军而来，王敦麾兵出战。刁、刘等人不懂兵法，加上所率领的军士又没有什么纪律，一经对垒，都观望不前。王敦部下不费吹灰之力便打了胜仗。刁协、刘隗、戴渊三部将士都已溃散，他们三人也拨马奔逃，王导、周顗带领郭逸、虞潭分道出击。王导对周顗已经心有怨恨，巴不得周顗战败，哪里还肯同仇敌忾？于是号令不一，行止不同，只落得土崩瓦解，四散奔逃。郭逸、虞潭相继战败，周顗也撤退，王导没有出兵，却上报说自己兵败。

战败的消息接连传进宫廷，太子司马绍打算亲自带兵出征，当下就要驾车出发。中庶子温峤拉住缰绳进谏道："殿下是国家的未来，责任重大，怎么能轻易冒险呢？"司马绍不肯听从，温峤拔剑砍断缰绳，司马绍这才留下来。宫廷卫士惊慌不已，逃的逃，躲的躲，只有安东将军刘超及侍中二人还在殿中。元帝一筹莫展，脱去战衣，改穿朝服，闷坐殿上，对刘超说道："想要我的位子，早说就是了，何必伤害无辜的百姓？"刘超也随声叹息。这时又听说王敦纵容士卒掠杀到都城。元帝便派遣使者下诏书给王敦："如果您还不忘朝廷，请就此息兵，共图安乐。只要你同意，朕便让位于你。"王敦置之不理，元帝无计可施，越发觉得慌张。刁协、刘隗狼狈入宫，在元帝面前呜咽不止。元帝握住二人的手，半天才说出两句话："事已至此，你们二人快逃命去吧。"说着，便让侍从选了两匹良马赐给刘隗、刁协。二人拜别出殿，刁协年老，不能骑马，走到江乘

146

被人杀死，头颅也被献给王敦。刘隗返回府第，带领妻儿及亲信数百人投靠了后赵，石勒封他为从事中郎。刘隗后来官至太子太傅，寿终正寝。

元帝饮恨

刁协被杀，刘隗投奔后赵。王敦收兵还镇，占据石头，按兵不动。元帝让百官前往石头劝王敦罢兵，王敦不肯。王导和百官商议一番，回去请元帝颁发赦书，加封王敦官爵，好令王敦退兵。元帝只得下诏大赦，任王敦为丞相，封他为武昌郡公。太常荀崧前去传诏，王敦对荀崧道："我不指望升官，只想为国家除害。我不接受这些封爵，烦劳你禀明圣上。"荀崧劝了好久，王敦始终不听，荀崧只得回去复命。王敦召集百官，商议废除太子一事。并传中庶子温峤来见，厉声诘问道："太子有什么威望，你侍奉东宫，一定深知。皇帝犯了过错，太子却不谏阻，难道是仁孝吗？"温峤从容答道："据温峤看来，太子既贤德又恭顺。"众人都随声附和，王敦无可辩驳，只好含糊过去。百官随即返回朝廷。

元帝召见周颛，对周颛说道："大将军能不计较前事吗？"周颛答道："臣等生死难料。"元帝长叹。周颛退出朝堂，护军长史郝嘏等人与周颛相遇，劝周颛暂时躲避一下。周颛道："身为大臣，坐视朝廷有难，已经羞愧，怎能苟且偷生，投靠胡越之人？"郝嘏等人不便再劝，各自叹息而去。果然不到数天，战乱发生。为首的是王敦的参军吕猗，从犯是王导。吕猗曾经是台郎，善于谄媚阿谀，周颛、戴渊非常忌恨他。吕猗趁机对王敦说道："周颛与戴渊都很有名望，现在不除的话，以后必定是祸患。"王敦一听吕猗的话，顿时起了杀心。正巧这时王导进来，王敦便问王导："周颛、戴渊德高望重，能让他们位列三司吗？"王导默然不答。王敦又道："如果不位列三司，可以让他们担任令仆吗？"王导又不答。这时王敦道："既不应该列为三司，又不应该为令仆，看来只好杀了他们二人。"王导仍然不答。于是王敦派部将邓岳率兵捉拿周颛、戴渊。

随后，王敦召谢鲲进来问道："最近百姓都在议论什么？"谢鲲应声道："您曾说再没有比周颛、戴渊更德高望重的朝臣了，如果您委以二人重任，百姓自然不会再议论。"王敦大怒道："真是见识浅薄，不懂时事，这两个人怎么可以重用？我已经派人逮捕他们了。"谢鲲十分惊愕，正想进言，只见参军王峤向王敦谏阻道："您为什么要杀戮名士？"王敦听了，怒上加怒，要杀王峤。谢鲲进谏道："要成大事，就不能妄杀。王峤不过是直言不讳，您就要杀了他，也未免太没度量了。"王敦这才把王峤放了，但却罢免了王峤领军长史一职。周颧被捉拿，途中经过太庙，周颧便对着太庙大呼："贼臣王敦颠覆社稷、枉杀忠臣，神祇有灵的话应当马上杀了他。"话音刚落，兵士便用戟刺他的嘴，血一直流到脚后跟，周颧仍然不改言行。路旁的人看了，都为他流泪。不久，周颧被杀，戴渊也相继被杀。

元帝又派王彬慰劳王敦。王彬先去祭奠周颧，然后再去拜见王敦。王敦见他神情凄惨，脸上有泪痕，便问原因。王彬直说道："看到周颧的尸首，忍不住落泪。"王敦愤然道："周颧自寻死路，有什么可惜的！"王彬答道："满朝大臣，像周颧那样忠直的实在不多。周颧没有大罪却遭此酷刑，怎能不让人不悲痛呢？"王敦又道："你疯了吗？"王彬道："如果你还要杀害忠良，图谋不轨，恐怕要祸及全家了。"王敦捋起袖子大骂："你以为我不敢杀你吗？"声音很大，传到帐外。王导赶紧跑来劝解，并劝王彬向王敦叩拜道歉。王彬答道："我脚痛不能叩拜。何况我并没有冒犯他，为什么要道歉？"王敦狞笑道："脚痛和脖子痛哪一个更痛？"王彬仍然面无惧色，不肯叩拜。王导担心王彬再次激怒王敦，就把王彬拉了出来，王敦也不再追究。后来王导得知周颧救过自己，不禁痛哭流涕，悔恨不已。

王敦仍然不肯罢兵。王敦大将沈充攻陷吴郡，吴国内史张茂被杀。此时镇南大将军甘卓却驻军睹口，逗留不前。甘卓的侄子甘卬曾是王敦的参军，王敦派甘卬规劝甘卓，并让甘卬传令甘卓不要再抵抗。甘卓乐得观望徘徊。之后王敦又派台使拿着驺虞幡令甘卓退兵。甘卓问明台使，得知周颧、戴渊二人已死，哭道："王敦得志，忠良遭殃，幸好圣上和太子平安无事。我如果进攻武昌，王敦无路可走，必然劫持天子，我不如退到襄阳，再作打算。"于是下令军队拔营退回。都尉秦康和乐道融一起进谏，劝甘卓抵抗王敦，匡复社稷。甘卓不肯听从。乐道融几番泣谏，甘卓都不采纳，乐道融最终忧愤而死。甘卓带兵退回襄阳。

王敦听说甘卓退兵，便令西阳王司马羕为太宰，王导为尚书令，王廙为荆州刺史，并擅自调任百官及各处镇将。然后王敦率兵西回武昌，谢鲲进言，建议王敦去朝见天子，化解君臣之间的猜嫌，好让百官心服。王敦担心会有变故，谢鲲答道："您如果怕有不测，谢鲲愿意随您一起去。"王敦勃然大怒道："你们这些人总是来多嘴，我就是杀了你们这几百人也没什么害处！"谢鲲见王敦声色俱厉，匆忙告退，不久便病逝了。王敦始终不去朝见元帝，自认为部署妥当后，便直接回武昌了。

王敦派魏乂围攻湘州，谯王司马承坚持守了好几个月。宜都内史周级秘密派侄子周该送降书给司马承，并约为援应。周该见司马承城中危急，便请命外出求援。司马承派周崎和周该一同前去。周崎和周该路上被魏乂的大军捉回军营。魏乂对周崎说道："你还想活吗？"周崎答："要杀要剐随你的便。"魏乂又说："你如果肯听我的话，不但能活命，而且还有奖赏。"周崎问："此话怎讲？"魏乂说道："现在你去城下转告守卒，说大将军已经攻下建康，甘卓退到襄阳，已经没有外援了，让他们快快投降。"周崎允诺，来到城下，大声呼道："我不幸被叛贼捉住。各处援兵马上就要到了，望诸君努力坚守。"魏乂大怒，立刻让军士带回周崎，并将他杀死。同时严刑逼问周该，问他为什么到此。周该屡受拷打，至死也没有吐露实情。

魏乂等人奋力攻了好几天，都没能攻下城池。后来，王敦令魏乂射箭攻城，守兵誓死防守，各无二心。相持一百多天后，城内粮食颗粒全无，衡阳太守刘翼阵亡，城中才被魏乂攻陷，谯王司马承力竭被擒。长史虞悝大骂魏乂助逆不忠，魏乂下令处死虞悝。虞悝将被处死，部下泣不成声，虞悝却慨然道："人总有一死，如今满门都是忠义鬼，死后得以留名，有什么好遗憾的？"随后，毅然赴死。虞悝的部下也多被杀害。魏乂将司马承和春陵令易雄押往武昌。司马承的部下主簿桓雄、西曹书佐韩阶、从事武延三人扮作家僮模样，随司马承同行。魏乂见桓雄仪容不凡，料知他不是普通人，便将他杀死。韩阶与武延依然一路跟随司马承。途中遇到荆州刺史王廙，王廙密承王敦意旨来杀司马承，司马承当场被害，年仅五十九岁。韩阶和武延二人为司马承收尸殓棺，把他安葬在都城，然后离开。

易雄被拘禁在武昌，志坚不移，不肯屈从。王敦取出檄文，派人对易雄说："你一个小小县令，还敢在檄文中署名？"易雄答道："可惜易雄位卑力弱不能救国。今日战败被擒，死也甘心。"王敦不便明杀，只好暂时将他放了。众人看到易雄又活着回来，都向他道贺。易雄微笑道："我不过暂且活几天而已，怎么能说是再生呢？"果然没过几天，王敦就派心腹将易雄秘密杀害。长沙主簿邓骞回到故里，魏乂屡次派人前去搜捕，乡人都替邓骞担心。邓骞却笑道："有什么可怕的？魏乂不但不会杀我，反而会重用我。魏乂刚刚占据湘州，杀了很多忠臣，知道众人对他不满，所以会求我出来为他办事。"邓骞说完，直奔长沙面见魏乂。魏乂果然对邓骞大加称赞，并委以重任。邓骞谎称患病，返回老家。

晋廷调陶侃任湘州刺史，王敦写信阻止陶侃。陶侃便按兵不动，韬光养晦，将参军高宝召回广州共商对策。甘卓退回襄阳后，性情粗暴，举动失常。一次对镜自照，却没有看到自己的头颅，环视院中的树，看见自己的头颅好像在树上，更加惊讶。后来，家中的金柜忽然发出响声，好像槌子击打的声音。甘卓让巫师前来占卜。巫师说金柜要离开家了，所以悲鸣。主簿何无忌及家人都劝甘卓加紧戒备。甘卓听到劝谏后大怒，厉声呵斥，并且遣散士兵，丝毫不加防范。襄阳太守周虑得到王敦的密信，信中让他杀死甘卓。周虑想了一个计策，诈说湖里有很多鱼，劝甘卓派手下人去捕鱼。甘卓便令帐下士兵都去捕鱼。到了夜间要就寝的时候，外面人马喧闹，甘卓出去查看，竟被周虑砍杀，当场身亡。甘卓的儿子也都被杀。周虑把甘卓的首级送给王敦。王敦非常高兴，便命从事中郎周抚掌管沔北军事，镇守襄阳。周抚是已故梁州刺史周访的大儿子，承继父位，任武昌太守一职。周抚与父亲周访的志趣不同，甘心为王敦效力，王敦非常信任他。

此后，王敦更加骄横。四方上贡给朝廷的物品，都被他藏入自己的府第。沈充、钱凤是王敦的谋士，诸葛瑶、邓岳、周抚、李桓、谢雍是王敦的党羽。沈充等人凶狠残暴，无恶不作。百姓对他们痛恨不已。这时候，荆州刺史王廙病逝，王敦也不上奏，只是令卫将军王含代任荆州刺史一职。王敦又派下邳内史王邃掌管青、徐、幽、平四州军事，镇守淮阴。任武昌太守王谅为交州刺史，令王谅诱杀前任交州刺史修湛。朝廷对此也无能为力，只好听之任之。长江上下游，全都划入了王敦的势力圈。淮北、河南又屡遭后赵袭击。泰山太守徐龛忽叛忽降，被石虎所杀。兖州刺史郗鉴退到合肥，徐州刺史卜敦也退到盱眙。石虎又攻陷青州，别将石瞻也攻取东莞、东海，河南被后赵将军石生攻克。司州刺史李矩和颍川太守敦默屡战屡败，转而向赵主刘曜求援。刘曜出击石生，大败而回。敦默南逃建康，李矩也率军南归，二人都死在了路上。豫州刺史祖约从谯城退到寿春，陈留城随后沦陷。后来，司、豫、青、徐、兖诸州都被后赵夺去。

元帝内受叛臣胁迫，外遭强寇攻打，整日发愁，不久忧郁成疾。令司徒荀组为太尉兼任太子太保，本想让他主持朝事，牵制王敦，偏偏司徒荀组那时已经六十五岁了，还没入朝觐见，就去世了。元帝悲叹不已，索性将司徒、丞相二职暂且空着。过了几天，元帝病势加剧，弥留之际召见司空王导，传授遗诏，令王导辅佐太子司马绍即位。当天傍晚。元帝驾崩。元帝在位五年，改元两次，享年四十七岁，生平没什么政绩，只是崇尚节俭一事还值得一提。元帝注意减轻赋税，所以民间没有怨声。可惜自治有余，治人不足，以至于豺狼当道，饮恨终身。

太子司马绍即位，称为明帝。循例大赦，尊生母荀氏为建安郡君，并为母亲另外建了一座宅邸让她颐养。那时已经是永昌元年腊月，没过多久腊尽春来，由于还在服丧期间，元旦不接受朝贺，年号沿用永昌。又过了一个月，将元帝安葬在建平陵，庙号中宗，尊谥元帝。明帝送葬尽哀，然后回宫。又过了几个月，明帝改元太宁，立妃庾氏为皇后，封皇后的哥哥庾亮为中书监。命华恒为骠骑将军，掌管石头的水陆军事。兖州刺史郗鉴为安西将军，掌管扬州江西军事。这两处镇将都是为了防备王敦。王敦知道明帝的心思，故意上表祝贺。明帝将计就计，下诏召王敦觐见。王敦借口觐见，带兵来到姑孰，在湖县驻扎。然后上疏请求明帝任王导为司徒，自己为扬州牧。王敦又部署士兵，准备造反。王敦的堂弟王彬再三谏阻。王敦大怒，但又不忍心杀他，仍让王彬担任豫章太守。令郗鉴掌管扬州、江西，上表请示任郗鉴为尚书令。明帝批准，郗鉴进城，路过姑孰和王敦相见。王敦让他东行。郗鉴到了建康，便和明帝商议讨伐王敦。直到这时，明帝才有了一个可靠的心腹。

讨伐王敦

明帝谋划着征讨王敦，虽然有郗鉴参与密谋，但王室孤危，又不能仓促行事。而王敦谋逆的心思，却一天比一天急迫。王敦的侄子王允之，年纪很小，却十分聪敏，王敦非常喜爱他。一天晚上，王允之和王敦在一起饮酒，王允之稍有醉意，于是到卧室小睡。王敦便和钱凤等人商议谋逆之事，不料都被王允之听到。王允之担心王敦怀疑自己，就把手指伸进喉咙里，吐出了许多食物，把衣服和脸都弄脏了，然后闭上眼睛躺着，故意打鼾。王敦散席之后，进来查看，还故意叫了几声，王允之假装睡着。王敦才放心去睡。后来王允之的父亲王舒被封为廷尉，王允之请求回去看望父亲。王敦允许，王允之于是赶赴建康，并将王敦、钱凤密谋之事告诉了父亲。王舒与王导随即觐见明帝，让明帝加强戒备。王敦不知道逆谋已经泄露，还上表请求调任王含为征东将军，掌管扬州、江西军事，任王彬为江州刺史。王含是王敦的哥哥，二人狼狈为奸。王舒、王彬虽然是王敦的堂弟，却不愿和王敦一起叛乱，所以明帝答应将他们调迁。

　　会稽内史周札在石头的时候，曾经开门迎进王敦大军。得到王敦的推荐，周札被封为东迁县侯。周札一门五侯，贵盛无比。周筵母亲去世的时候，上千人给她送葬，王敦很是嫉妒。王敦生病的时候，钱凤便劝王敦早日除掉周札，王敦自然同意。周颚的弟弟周嵩被王敦任命为从事中郎，周嵩每次想到哥哥无故被害，心里就很难过。王敦没有子嗣，便收养王含的儿子王应为继子，并让王应统兵。周嵩是王应嫂嫂的父亲，因为怨恨王敦，便说王应难以掌管军事。王敦因此对周嵩产生怀疑。那时有一个叫李脱的道士，妖言惑众，自称已活了八百岁，号为李八百。还有一个叫李弘的人更能蛊惑人心，说王应能当天子。王敦趁机唆使庐江太守李恒上疏建康，说："李脱勾结周札等人谋反，请立即将李脱正法"。晋廷于是派人捉拿李脱，将他斩首示众。王敦得知李脱已死，一面遣人到灊山诛杀李弘，一面在营中杀死周筵，并将周嵩也连坐在内。

　　周嵩是已故安东将军周浚的二儿子，与周嵩都是周浚的小妾所生。周浚的小妾名叫李络秀，是汝南人。周浚任安东将军时候，一次外出狩猎，在李家避雨。李氏的父亲和兄长都外出了，只有李络秀在家。于是李络秀宰杀牲畜，款待周浚等人。周浚部下数十人得以饱餐一顿。周浚听到内室很是寂静，暗中一看，只有一女一婢。见李络秀容貌秀美，心里喜欢，回到府里便令人带着金帛去李家，要纳李女为妾。李氏的父亲和兄长颇感为难。李络秀道："门户寒微，何惜一女？能与贵族联姻，总有益处。得罪了军门，只会惹来祸端。"父兄二人听了，就答应了这门亲事。周浚非常宠爱李氏，李氏接连生下三个儿子，大儿子是周颚，二儿子是周嵩，三儿子是周谟。周颚等人还未成年，周浚已经去世，李络秀对儿子们说道："我之所以屈节做妾，是为了使家人免遭祸难，你们不和我家的人相认，我活着还有什么意思呢？我情愿随你父亲同去。"周颚等人惶恐受教，与李家互相往来。晋代最注重门阀，自从周李联为姻戚，李氏才得以列入望族，不被人奚落。等到周颚等人都成了达官显贵之后，李氏也得以受封。冬至这天，母子团聚，李络秀举杯说道："现在你们都做了大官，我也就没有什么可担忧的了。"周嵩道："恐怕将来难如母亲心意。周颛志大才短，恐怕不能自保，周嵩性格直率也为世难容，也许只有周谟能赡养母亲终老。"李络秀听了，心里很不高兴。哪知后来果然如周嵩所言，只有周谟免除一死，官至侍中中护军，后来寿终正寝。

王敦枉杀周嵩、周筵，又派遣参军贺鸾去攻打沈充，进攻会稽。周札没有预先防备，只能仓促应对。周札贪财好色，库中虽然备有精良兵器，却舍不得用，只拿了一些不好的兵器发给将士。人心涣散，周札战败被杀。

这时已是太宁二年，王敦的身体还没有恢复，到了夏季，病情反而加重。王敦便下诏封养子王应为武卫将军，兄长王含为骠骑大将军。钱凤探望王敦，问道："如果您真有不测，您要将大权交给王应吗？"王敦叹道："王应年纪还小，担不起这样的大任。我如果不行了，只有三计可行。"钱凤问是哪三计，王敦说道："我死以后，立即遣散士兵，归顺朝廷，保全门户，为上计；退到武昌，敛兵自守，是中计；要是我还能活着，就率军东下，如果不幸失败，身死族灭，就是下计了。"钱凤应命退出，对同党说道："主上的下计实为上策，我等就依此计行事吧。"于是钱凤写信给沈充，约好一同起兵攻打建康。中书令温峤先前遭到王敦的忌恨，王敦上疏将他封为左司马。温峤去看望王敦，十分恭敬。温峤与同僚谈起钱凤，一定称赞钱凤。钱凤得到温峤赞扬，欢喜不已，就和温峤成了莫逆之交。恰巧丹阳尹一职，还没有候补人选，温峤便向王敦推荐钱凤。王敦召见钱凤，钱凤却推荐温峤。王敦于是上疏让温峤担任丹阳尹。朝廷下诏让温峤立即赴镇。温峤本来打算得到丹阳尹一职后，就去觐见明帝，设法除掉王敦，于是向王敦告辞。王敦要为温峤饯行，钱凤也列席其中。温峤担心自己走后，钱凤会派人跟踪，心生一计，他假装喝醉，给钱凤斟酒，并让钱凤一口喝干。钱凤迟疑了一下，温峤就用手扳着钱凤的酒杯说道："温峤给你敬酒，还不赶快喝了？"钱凤有些不高兴。王敦见温峤已经喝醉，赶忙出言劝解。后来温峤与王敦话别，温峤涕泪横流，依依不舍。钱凤对王敦说道："温峤与庾亮是老朋友，心在晋室，恐怕会成为我们的祸患。"王敦冷笑道："温峤喝醉了，对你稍有不恭，你就来进谗言吗？"钱凤碰了一鼻子灰，默然退去。

几天后，王敦接到建康探子的报告，得知温峤与庾亮正在密商讨逆大计。王敦勃然大怒，随即写信给王导，说要派人捉拿温峤以泄心头之恨。王导此时已不愿再依附王敦，因此置之不理。温峤与庾亮等人一起觐见明帝。明帝决定兴师讨逆，只因没有探明王敦的军情，便打算亲自前去打探。于是明帝骑着巴滇骏马，微服出都，随身只带了一两个人。王敦当时正在睡午觉，忽然梦见旭日绕城，红光炎炎，顿时惊醒。这时帐外有侦骑来报，说有人在窥视军营，其中有一个人相貌非常英武。王敦不禁跃起道："一定是黄须鲜卑奴，快快去追，千万不要让他逃脱。"帐下将士领命后，立即追去。原来明帝的生母荀氏是代郡人，明帝长相随母亲，胡须颇黄，所以王敦称明帝为黄须奴。王敦追兵出发时，明帝已经离去，并用水浇湿马粪，好让马粪迅速冷却。路旁有老婆婆在卖饼，明帝买了几枚，赠给老婆婆七宝鞭，对老婆婆说："后面有骑兵追来，您就把鞭子给他们。"说罢就走了。一会儿，追骑到了卖饼的地方，询问老婆婆，老婆婆就取出七宝鞭给他们，然后说："客人已经走远，恐怕追不上了。"追兵互相把玩七宝鞭，看到马粪已冷，就掉头回营，明帝得以安然回宫。

第二天上朝，明帝加封司徒王导为扬州刺史，丹阳尹温峤为中垒将军，让他们与右将军卞敦共同戍守石头城。光禄勋应詹为护军将军，掌管前锋及朱雀桥南的军事。尚书令郗鉴担任卫将军，掌管从驾军事。中书监庾亮任左卫将军，尚书卞壶担任中军将军。王导等人都接受封职，只有郗鉴拒不接受，请求征召外镇军队保卫京师。于是明帝下诏征徐州刺史王邃、豫州刺史祖约、兖州刺史刘遐、临淮太守苏峻、广陵太守陶瞻等人即日进京。同时明帝下诏治王敦的罪。王导听说王敦卧病在床，便建议道："不如诈称王敦已死，并嫁祸给钱凤，以振作士气。"王导于是率众人为王敦举哀，并令尚书颁诏讨罪。

诏书传到姑孰，王敦懊恼不已，病上加病。只是王敦心中总不肯罢休，还想进入京师，便召见记室郭璞，让他占卜。郭璞占卜完，说出兵不能取胜。王敦含怒问道："你算算我的寿命有多长？"郭璞答道："不必再卜，和前卦一样，您如果再起事，就祸在旦夕。只有退居武昌，才能长寿。"王敦大怒道："你的寿命有多长？"郭璞又道："今天午时我就没命了。"王敦命人将郭璞处斩。郭璞一出王敦府第，就问役吏道："我们要去什么地方？"役吏说："南岗头。"郭璞道："我应该死在双柏树下。"等到了南岗，果然有柏树立在那儿。郭璞又说道："树上应该有大鹊的窝巢。"役吏找了很久都没有找到。郭璞又让他们仔细找，树枝上

154

果然有一个鹊巢；鹊巢被叶子遮蔽了，所以一时没看见。之前，郭璞经过城里，见到一个人也叫郭璞。郭璞便将裤褶赠给那人，那人不肯接受。郭璞道："不必谦让，将来自有分晓。"那人才接受。郭璞要被处斩，正是那人给他行刑。行刑人感念郭璞的恩惠，就把郭璞棺殓，将他埋葬在岗侧。后来郭璞的儿子郭骜做了临贺太守，才将郭璞改葬。郭璞撰写了很多卜筮之书，还注释《尔雅》、《山海经》、《穆天子传》、《三仓方言》及《楚辞》、《子虚上林赋》，流传后世。郭璞死时四十九岁，等到王敦被铲除，郭璞才被追封为弘农太守。

王敦杀了郭璞，就派钱凤、邓岳、周抚等人率众三万，东指京师。王含对王敦说："这是家事，我也应当前去。"王敦于是又令王含为元帅。钱凤临行的时候问王敦："事情如果成了，如何处置天子？"王敦道："只要保护东海王司马越和他的妻子裴妃就行了，其他人不用顾虑。"钱凤领命出发，王含随后东行。

秋天的晚上，一轮新月挂在空中。王含等人带领水陆五万兵马，走到江宁西岸，将士都很恐慌。温峤移军水北，烧断朱雀桥，阻住叛兵。王含等人无法渡江，只好在桥南安营扎寨。明帝想亲自攻打王敦，听到桥梁被毁，不禁动怒，召见并质问温峤。温峤答道："现在我们兵力薄弱，如果被逆贼冲入，危及社稷，宗庙恐怕不保啊，何必吝惜一座桥梁呢？"明帝这才无话可说。王导写信给王含，劝他退兵。

王含并不答复。王导等了两天都没有得到回信，就与人商议战守事宜。有人建议明帝亲自出征，郗鉴道："群贼作乱，势不可当，应当智取不要硬拼。王含等人号令不一，只知抢掠，各自为守。我们以顺制逆，还担心不能取胜吗？倘若旷日僵持，彼竭我盈。我军一鼓作气，定能剿灭贼寇。仓促决战，万一失利，就无力回天了，为什么要孤注一掷呢？"于是各军都固垒自守，按兵不动。王含、钱凤屡次出兵叫战，都无仗可打，渐渐懈怠。郗鉴趁敌方不备，趁夜突入王含军营。王含仓促迎战，前锋将何康被段秀一刀劈落马下。王含的将士惊慌失措，都和王含一起逃走。段秀等人杀到天明，才渡江回营。王敦在姑孰养病，听说王含战败，大怒道："王含不堪一战，狼狈溃败，大势去了。看来只好由我亲自出马了。"说完，王敦就从床上坐起来，正要下床，不料一阵头晕，倒在床上，竟然不省人事。

明帝早逝

王敦晕倒在床上，不省人事，部下设法营救，王敦才苏醒过来。王敦长叹一声，睁开眼睛四顾，见舅舅羊鉴和养子王应都在床边，呜咽着说道："我已经不指望再活了。等我死后，王应立刻即位称尊，先任命朝廷百官，再办理丧事，这样才不辜负我一番辛苦经营啊。"羊鉴与王应唯唯受命。第二天，王敦就死了，王应秘不发丧，只用席子裹着王敦的尸体暂且放在大厅中，自己与诸葛瑶等人任情淫狎，丝毫不理军情。

王含在江宁战败后，退军数里，一心等着沈充前来会师。明帝也担心沈充前来，所以派遣廷臣沈桢去劝沈充投降，沈充拒绝。沈充举兵赶往江宁。宗正卿虞潭因病告假，辞官回到会稽老家，只有余姚讨伐沈充。明帝便让虞潭担任会稽内史。前任安东将军刘超、宣城内史钟雅也都带兵起义，与沈充为敌。义兴人周蹇杀死手下的太守刘芳，平西将军祖约打败了王敦手下的淮南太守任台，周蹇、祖约效命朝廷，一同讨伐沈充。沈充与王含合兵，司马顾扬对沈充说道："我们被王师挡住了去路，相持日久，必定失败。如今不如毁坏堤坝，引湖水灌入京城，便可不战而胜。如果此计不行，我们还可与东西各军共同进攻，我众彼寡，定能取胜。如果想转祸为福，就得设法除掉钱凤，带着钱凤的人头投降朝廷，这是下计了。"沈充迟疑半晌，一直没有说话。顾扬料想沈充不能成事，就回吴兴了。

兖州刺史刘遐、临淮太守苏峻已经各率数万精兵，前来援助朝廷。明帝连夜召见二人，拿出库中金银分赐将士。沈充、钱凤借着大军初到的士气，从竹格渚渡过淮河，直接进攻都城。护军将军应詹、建威将军赵胤等人首战失利，退到宣阳门。沈充与钱凤乘胜进逼，刘遐、苏峻忽然从东塘横扫过来，将沈充、钱凤两军截断，应詹、赵胤也来助战。沈充、钱凤大败而逃，叛军慌忙渡河，溺死了三千人。刘遐尾追不放，在青溪又与沈充奋战一回，沈充狼狈而逃。

寻阳太守周光是周抚的弟弟，王敦举兵造反的时候，曾率领数千人援助王敦。到了姑孰，周光与王应相见，便想探望王敦。王应却说道："父亲病重，不愿见客，你姑且再等几天再见吧！"周光退出来，自言自语道："想必王公已经死了。"周光带军前去看望周抚，说道："王公已

156

死，哥哥为什么还要和钱凤做叛贼呢？"众人听了不胜惊愕，连周抚也有悔意，于是退兵离去。王含势孤力单，只好连夜逃走。

明帝本来已经屯兵南皇堂，听说叛党逃走，就回宫下令大赦天下，只有王敦叛党不在赦免之列。明帝命庾亮追击沈充，又令温峤追击王含、钱凤。王含逃回姑孰，带着王应逃奔荆州。王应要投靠江州，王含不肯听从，一定要带着王应坐船投奔荆州。荆州刺史王舒带兵出迎，等王含父子进了城，王舒立即下令将二人拿下，然后把他们投入江中，王含父子葬身鱼腹。江州刺史王彬准备好了舟楫，静候王含父子，过了许久都不见王含父子前来，料想他们可能已经死了，心里十分内疚。钱凤逃到阖庐洲被周光杀害。沈充逃回吴兴，听说已故吴内史张茂的妻子陆氏召集张茂的老部下，要在途中杀死自己，为丈夫报仇。沈充不敢直接回去，于是绕道而行，谁知却迷了路，闯进了老将周儒家里。周儒笑着对沈充道："我要做三千户侯了。"周儒杀了沈充，把沈充的头送到建康。沈充的儿子沈劲被同乡钱举藏了起来，幸免一死。后来沈劲为父报仇，灭了周氏全家。

叛党平息，晋廷解严。有人将王敦的尸首挖出，焚去衣冠，扶尸跪着，斩去了王敦的首级。郗鉴奏请明帝，派人将王敦安葬，以示皇恩。明帝准奏。王敦的党羽周抚、邓岳相继逃走。周光给兄长周抚筹备路费，并让周抚捉拿邓岳。周抚不肯，等到邓岳来了，周抚就跑出去，让邓岳快逃。周抚随后拿着盘缠追上邓岳，二人一起逃到西阳蛮中。后来，明帝大赦，二人才得以东还。

明帝加封王导为始兴公，温峤为建宁公，卞壶为建兴公，庾亮为永昌公，刘遐为泉陵公，苏峻为邵陵公，郗鉴为高平侯，应詹为观阳侯，卞敦为益阳侯，赵胤为湘南侯，其他人也都按功行赏。有人奏称王彬等人是王敦的亲族，也应该处死。明帝又下诏说："司徒王导大义灭亲，应该大加封赏。王彬等人都是王导近亲，没有参与谋乱，是有功之人。"王敦昔日的部下都被罢免了官职，打入大牢。温峤奏请明帝赦免他们。明帝准奏，王敦的党羽因此得以生还。张茂的妻子陆氏上疏给明帝，言辞哀痛，明帝于是封张茂为太仆，并拨取库银抚恤陆氏。陆氏这才谢恩回家。之后明帝再命王导为太保兼任司徒，西阳王司马羕任太尉，应詹为江州刺史，刘遐为徐州刺史，苏峻为历阳内史，庾亮加封护军将军，温峤加封前将军。王导推辞不肯受职。江州本来由王彬镇守，突然换了人，民心大为不安。后来因为应詹管理得当，百姓才相继信服。

转眼又过了一年，明帝追封司马承、甘卓、戴渊、周颉、虞望、郭璞、王澄等人，却没有追封周札。周札的老部下为周札诉冤，明帝追封周札相应的官爵。

　　当时储君还没有册立，明帝便立长子司马衍为皇太子。司马衍是皇后庾氏所生，年仅五岁。明帝调荆州刺史王舒为安南将军，掌管广州军事，任广州刺史。升陶侃为征西大将军，掌管荆、湘、雍、梁军事，任荆州刺史。陶侃做事勤谨，终日敛膝端坐，军府事宜都认真处理，远近书信也及时回复。宾佐求见，陶侃无不接洽。陶侃曾经说："大禹圣人还珍惜时间，我们更应该珍惜光阴，怎么能虚度光阴呢？活着如果不能为国家做贡献，死后就不能传名于世啊。"参佐们有的好饮，有的好赌，陶侃经常让人搜查，并将搜到的酒器和赌博器具扔进江水里。如果有人再犯，就鞭打他们，以示惩戒。那时候清谈余风还没有彻底改掉，陶侃愤恨道："老庄浮华，你们怎么能遵照老庄学说为人处世呢？君子应该衣冠整洁，气度不凡，哪有蓬头垢面，自诩宏达的？"一天，陶侃外出游玩，看见有个人手上拿着一棵禾秆，禾秆上的谷子还没有成熟，就问他拿着禾秆做什么。那人说禾秆掉在路旁，自己看到就拾了起来。陶侃大怒，说道："你明明是私自摘取别人的谷物，还不知罪吗？"那人一听，赶紧认错。荆州百姓听说陶侃又回来了，都互相庆贺。陶侃注重农桑，百姓因而不再嬉游度日，每天都辛勤耕作。陶侃管辖的地方社会安定，百姓安居乐业。见陶侃把竹头木屑都收藏起来，众人很是不解。元旦的时候，天气放晴，厅前还有余雪，陶侃就将木屑铺在地上，以方便路人行走。

　　明帝开始调王舒镇守广州，后来又派他镇守湘州，让湘州刺史刘颙镇守广州。命尚书令郗鉴为车骑将军，掌管青、兖二州军事，暂时镇守广陵。封领军将军卞壸为尚书令。提拔尚书仆射荀崧为光禄大夫，起用尚书邓攸为尚书左仆射。

　　到了闰七月的时候，明帝忽然得了大病，医治无效，龙体垂危。他召见太宰西阳王司马羕、司徒王导、尚书令卞壸、车骑将军郗鉴、护军将军庾亮、前将军温峤、领军将军陆晔，令他们共同辅佐太子。

　　第二天，明帝驾崩，年仅二十七岁，在位三年。明帝遗诏命庾亮为中书令，庾亮因此得以专政。

　　太子司马衍即位，王导称病没到。卞壸厉声说道："皇上登基，岂是大臣借病推辞的时候？"王导听说后，连忙带病谒见新主。群臣商议，认为新皇才五岁，不能亲政，应该请皇后临朝。于是尊皇后庾氏为皇太后，让她垂帘听政。命王导担任尚书事，与中书令庾亮一同辅佐帝室。

庾亮是太后的亲哥哥，太后当然对他委以重任，所有军国重事全由庾亮一人裁决，王导不过是担一虚名罢了。庾亮改任汝南王司马祐为卫将军，然后料理丧事。十月初，将明帝安葬在武平陵，庙号肃祖，谥号明。太子司马衍即位，史称成帝，第二年改元咸和。

尚书左仆射邓攸、徐州刺史刘遐、江州刺史应詹相继去世。邓攸即邓伯道，是平阳襄陵人，幼年时父母双亡。先祖邓殷曾经是中庶子，邓攸得承祖宗庇佑，年轻时就担任太子洗马，后来又担任河东太守。永嘉末年，邓攸被石勒打败，石勒让他做参军，邓攸不肯，带着妻儿和侄子邓绥往南逃去。途中不幸遇到山贼，行李被抢劫一空。由于儿子和侄子年纪都还小，不方便都带走，邓攸只得忍痛放弃儿子，带上侄子。他对妻子贾氏说道："我弟弟早逝，只留下一个儿子，我不能让他断后，只好把我儿弃去。我如果能活着，老天会体谅我的苦衷，让我再生一个儿子。"贾氏忍泪答应。邓攸将儿子放在树上，然后抱着邓绥急忙逃跑，辗转逃到江东。元帝令邓攸为中庶子，后来又让邓攸镇守吴郡。邓攸带米赴任，不要俸禄。正赶上吴郡大闹饥荒，邓攸开仓赈灾。后来邓攸因病辞官，始终不拿吴郡一分钱。百姓夹道挽留，邓攸稍加停留，到了深夜才趁机离去。邓攸病愈后，担任侍中，升为吏部尚书，后来又被升为右仆射。邓攸去世后被追封为光禄大夫。邓攸的妻子贾氏，始终没有再怀孕。邓攸生前纳得一小妾，对她非常宠爱。后来得知小妾竟然是自己的外甥女，邓攸非常悔恨，就不再纳妾，因而一生无子。侄子邓绥为他服丧三年。

刘遐是已故冀州刺史邵续的女婿，勇健无敌，冀人将他比作关羽、张飞。河朔大乱的时候，刘遐曾经派遣使者到建康护卫元帝，元帝命刘遐为龙骧将军。刘遐的妻子邵氏非常勇敢，刘遐被石虎包围时，妻子邵氏披甲跨马，率兵救出刘遐。后来刘遐渡江入朝，担任刺史，被封为泉陵公，死后被追封为安北将军。

应詹是汝南人，小时候就博通文辞。前任镇南大将军刘弘推荐应詹为长史，对他委以军政。后来，应詹升为南平太守，治理天门、武陵二郡，平定叛蛮，受到百姓的爱戴。应詹攻破杜弢，打败杜充、钱凤，出任江州刺史。应詹病重的时候，还写信给陶侃，互相勉励。少府卿韦泓深受应詹的厚恩，为应詹送葬。江州百姓听说应詹病逝，哀痛不已。晋廷追封应詹为镇南大将军，谥号烈。

苏峻造反

刘遐、应詹相继去世，晋廷特派车骑将军郗鉴担任徐州刺史，前将军温峤担任江州刺史，又命征虏将军郭默为北中郎将，掌管淮南军事。刘遐的妹夫田防及部将史迭、卞咸、李龙等人竟然违抗朝廷命令。刘遐的妻子邵氏奋力阻止，依旧无效，只好纵火毁去甲械，免得田防、史迭、卞咸、李龙等人滋乱生事。田防等人不肯罢手，仍然带领士兵准备作乱。晋廷派郭默进兵讨伐乱党。郭默刚上路，临淮太守刘矫已经乘便袭击，杀了田防、卞咸。史迭、李龙逃往下邳，被刘矫带兵斩杀。朝廷令刘遐的家眷和参佐、将士都回到建康。邵氏和刘遐的儿子刘肇并没有作乱，朝廷便令刘肇继承刘遐的爵位，留在都城奉养母亲。

郗鉴出都，朝臣都为他饯行。王导常称病告假，这时也出来给郗鉴送行。尚书令卞壶因此上疏弹劾王导。朝廷搁起不提，但全朝上下都忌惮郗鉴，各有戒心。卞壶生平廉俭，处事勤敏，不肯苟合时俗。丹阳尹阮孚曾经问卞壶道："您终日劳神就不嫌辛苦吗？"卞壶不以为然，依旧我行我素。那时候人们大多羡慕王澄、谢鲲等人的放荡无羁。卞壶却在朝堂上指斥道："中朝倾覆，就是因为有这样的人，我恨不能将恶习一扫而尽。"王导向来宽厚和气，深得众心。庾亮任性独断，朝臣都不服气。豫州刺史祖约自恃有威望，明帝去世后，他见自己不被朝廷重用，心里极为不平。等到明帝遗诏褒奖大臣的时候，不但没有他，连陶侃也没有。祖约就写信给陶侃，认为是庾亮从中捣鬼。陶侃也不禁对庾亮有所猜疑。

历阳内史苏峻自恃讨贼有功，军队精良，便轻视朝廷，蔑视县官，稍不如意就破口大骂。庾亮得知后，令温峤担任江州刺史，据守武昌，又调王舒为会稽内史，并下令修缮石头城。丹阳尹阮孚私下对亲信说道："江东创业不久，主上年幼，时局混乱，庾亮狂傲蛮横，恐怕又要有祸乱了。"阮孚请求担任广州刺史，得到命令后就出发了。南顿王司马宗被庾亮调为骠骑将军，失去要职，心生怨恨，就和苏峻通信，密谋废除庾亮。庾亮听说后，已经想要除去司马宗，正巧中丞钟雅弹劾司马宗谋反，庾亮没有请示朝廷，就派右卫将军赵胤率兵逮捕司马宗。南顿王司马宗率军抵御，战败被杀。司马宗的三个儿子司马绰、司马超、司马演都被贬为庶人。西阳王司马羕是司马宗的兄长，被降为弋阳县王。前任右卫将军虞胤先前被降为大宗正，这次又被降为桂阳太守。司马宗是王室近亲，司马羕又是先王保傅，一旦获罪，罪状不明，势必不能服众。成帝对此事全然不知，过了几天，忽然问庾亮道："前几天的白头公已经好久不见了，他去了哪里？"因为南顿王司马宗白发比较多，所以成帝称他为白头公。庾亮沉吟半天，才回答说司马宗谋反被杀了。成帝痛哭不止，说道："舅舅说谁谋反，谁就要被处死，倘若有人说舅舅谋反，应该如何处置呢？"庾亮听了，不禁大惊失色。

庾亮以为幼主好欺瞒，所以大肆排斥异己。南顿王司马宗的党羽卞阐逃到历阳，庾亮派人前去捉拿。苏峻不肯交出卞阐，庾亮因此更加忌恨苏峻。当时后赵将军石聪进攻寿春，豫州刺史祖约正在寿春驻守。祖约听说石聪前来进攻，就向建康求援。庾亮忌恨祖约，不肯发兵。石聪进犯阜陵，建康震惊。幸亏苏峻派韩晃带兵阻截，才击退石聪大军。庾亮想就河筑塘，将寿春隔开，以便遏制胡寇。祖约大怒，说道："这不是陷我于险地吗？"祖约于是与苏峻密谋抗命。庾亮认为苏峻、祖约二人相互勾结，一定会成为祸患，便下诏征苏峻入朝。司徒王导劝阻，庾亮不以为然，还扬言道："苏峻狼子野心，必定作乱，现在就颁诏征讨苏峻。"众人听了，没有一人敢反驳。只有卞壶说道："苏峻一旦被逼，带着强兵进逼京城，朝发夕至，而京城空虚，恐怕不能抵挡，还是谨慎些好。"庾亮不肯听从。卞壶知道庾亮必败，就写信与江州刺史温峤商议此事。

温峤得知消息后，写信劝谏庾亮，庾亮依旧不听。苏峻得到消息，派司马何仍入京，婉言与庾亮商量道："臣奉命讨贼，现在还没有将贼寇扫尽，恐怕还不是回朝的时候，还请收回诏令。"庾亮却遣回司马何仍，召北中郎将郭默为后将军，命司徒右长史庾冰为吴国内史，严兵戒备。庾亮下诏征苏峻为大司农、散骑常侍，令苏峻的弟弟苏逸统领苏峻的部众。苏峻上表推辞，庾亮置之不理，只是催促苏峻即日入都。苏峻整装将发，欲行又止。参军任让说道："将军此次回去恐怕是没有生路了，不如勒兵自守，起码还能保全自己。"阜陵令匡术也劝阻苏峻入都，苏峻于是征兵，准备征讨事宜。

温峤听说此事，便写信给庾亮，表示愿意率众保卫京师。庾亮回信婉拒，温峤也就不再说什么了。庾亮派遣使者对苏峻说，自己没有要诛杀他的意思，让他放心。苏峻对朝使说道："庾亮说我要造反，我回去还有活路吗？我宁愿在边陲遥望京师，也不愿在京师遥望边陲。过去国家有难的时候就任用我，现在狡兔已死，猎狗也到烹杀的时候了。我知道自己终究难逃一死，不过我死也要死得明白。"朝使见话不投机，就回去复命了。

苏峻立即派参军徐会赶赴寿春，推举祖约为盟主，共同讨伐庾亮。祖约于是决定发兵援助苏峻。谯国内史桓宣对祖约说道："强胡未灭，应该戮力讨伐胡虏，为何要反抗帝室？如果您想称霸，为什么不讨伐苏峻，以显威名？何必落一个造反的恶名呢？"祖约不肯听从。桓宣再次求见祖约，祖约却闭门不见，桓宣于是与祖约断绝了来往。祖约派祖逖的儿子祖沛、内史祖涣、女婿淮南太守许柳一同率兵与苏峻会师。祖逖的妻子许氏是许柳的姐姐，她一再劝阻，却无人听从。苏峻有祖约率军前来援助，便立即发难。当即就有警报传入建康，朝廷命尚书令卞壸、会稽内史王舒、吴兴太守虞潭三人筹备出兵。右丞孔坦、司徒司马陶在王导面前说道："苏峻已经叛乱，必然会率兵东来。现在应当趁着苏峻还没有到，切断阜陵，据住江西，阻拦叛兵，以逸待劳，一战可胜。如果苏峻不发兵，我军也可回去进攻历阳，否则我军还没有到，敌军已经攻打过来了。人心一动，便不能作战了。"王导满口称好，转告庾亮。庾亮不懂兵法，犹豫不决。才过了两天，果然得到姑孰警报，苏峻带领韩晃、张健等人攻入姑孰，盐米都被掠去。庾亮后悔不已，颁诏严加戒备。封右卫将军赵胤为冠军将军兼任历阳太守，命赵胤和左将军司马流戍守慈湖，另派前射声校尉刘超为左卫将军，侍中褚翜负责征讨军事，并派庾翼带领数百人驻守石头。

宣城内史桓彝起兵赴难，调集数千人马进屯芜湖。苏峻的将领韩晃趁桓彝刚到，冲杀过去。宣城兵弱，敌不过历阳锐卒，不一会儿就被打败了。韩晃进攻宣城，桓彝退到广德。韩晃纵兵四掠，满载而归。徐州刺史郗鉴上表请求带兵保卫京师，朝廷令他镇守边陲，不必移兵。当时已经是残冬，雨雪交加，不便行军，于是两军相持到第二年。

没过多久便是咸和三年正月。江州刺史温峤进屯寻阳，派遣督护王愆期、西阳太守邓岳、鄱阳太守纪睦为前锋，进军直渎。荆州刺史陶侃也派督护龚登率兵与温峤合兵。苏峻屡次督促韩晃等人进攻慈湖。慈湖守将司马流生性懦弱，未战先怯，请求支援。庾亮又提拔侍中钟雅为骁骑将军，令他统领水师前去支援司马流。不料司马流却被韩晃袭击，最终兵败而死。赵胤不敌韩晃，慈湖被韩晃夺去，只剩下钟雅一支水军退回。苏峻率领祖涣、许柳等人，拥兵两万横江东渡，直接登上牛渚，进军蒋陵复舟山。台军节节败退，警报像雪片一样纷纷传来，庾亮非常惶恐。陶回献计道："石头设有重兵把守，苏峻必定不敢直接进攻。我想他必定会从小丹阳步行前来，如果我们在路上设下埋伏，一定可以生擒苏峻。苏峻一旦被擒，祖约等人自然撤退。"庾亮不肯听从。后来庾亮听说苏峻果然取道小丹阳，后悔不已。苏峻进入京城，都中大乱，吏民纷纷逃散，朝臣也各自带着妻儿到外地避难。只有左卫将军刘超带着妻儿住到宫中，以安定众心。

庾亮又传出诏书，命卞壶负责大桁以东的军事，钟雅、赵胤、郭默等人的军队都由卞壶调遣。卞壶与母亲诀别后，便带着儿子卞眕、卞盱慨然赴敌，在西陵与苏峻交战。苏峻士兵凶悍远远胜过台军，不管卞壶如何忠勇，终究是孤掌难鸣。叛军节节向前，台军步步退后，结果自然是台军大败。随后，苏峻又进攻青溪栅，卞壶又率军抵御，两军攻守多时，难分胜负。可是天公不作美，竟然起了一阵东风，苏峻借风纵火，烟雾弥漫，转眼间青溪栅就被烧成了废墟。卞壶决心以死报国，便率领左右奋勇力战。由于用力过度，卞壶背上的疮伤突然破裂，卞壶大叫一声，倒地而亡。卞壶的儿子见父亲战死，索性杀入敌阵，斩杀了数十名叛党，最后也倒地牺牲。部下带回卞壶的尸体，卞壶的母亲裴氏抚尸大哭道："父亲是忠臣，儿子是孝子，我想你应该也没有什么遗憾了。只是我这把年纪了，却还要遭遇如此悲痛的事情，老天为什么这样对我呢？"

卞壶，字望之，济阴冤句人，阵亡时年仅四十八岁。丹阳尹羊曼与黄门侍郎周导、庐江太守陶瞻都战死沙场。庾亮在宣阳门内麾兵布阵，但士兵都逃走了，庾亮不得已只好带着弟弟及郭默、赵胤逃往寻阳。临走的时候，庾亮对侍中钟雅说道："一切都交给你了。"钟雅答道："今天的局面是谁造成的？"庾亮答道："事已至此，说这些有什么用呢？"说完，庾亮匆匆出城，坐船逃走。乱兵沿途劫掠，庾亮弯弓射贼，却误射了船工。船上的人都大惊失色，庾亮镇定说道："慌什么，我这双手还能杀死逆贼。"众人见他神态从容，这才定下心来，划船而去。

苏峻带兵进入台城，毁去署衙，焚掠一空。司徒王导快马加鞭进入宫廷。王导及光禄大夫陆晔、荀崧、尚书张寔一同保卫幼主。苏峻大军呼噪而至，令褚翜下殿。褚翜站立不动，厉声呵斥道："苏峻来觐见皇上，士兵怎么能一起进来？"苏峻的士兵被他呵斥，竟然不敢闯入殿门。

士兵转到后宫，将所有奇珍异宝掳掠一空，又去劫掠豪门。前任江州刺史王彬与乱兵争论了几句，竟然被乱兵用鞭子抽死了。最可怜的是官宦家的妇女，都被乱兵糟蹋污辱。苏峻也不加制止，纵兵横行。有人对侍中钟雅说："您性格直率，一定不为贼寇所容，为什么不先去外地避一避呢？"钟雅答道："身为臣子，不能救护国家和君主，却想着避难求生，朝廷还要我们这些臣子做什么？"

随后，苏峻让成帝下诏大赦，只有庾亮兄弟不在赦免之列。苏峻平日很敬重王导，所以仍让王导担任原职，自己则担任骠骑大将军，兼任尚书事。令祖约为太尉，许柳为丹阳尹，马雄为左卫将军，祖涣为骁骑将军。弋阳王司马羕拜见苏峻，对苏峻大加赞扬，苏峻心里十分高兴，便封司马羕为西阳王兼任太宰。苏峻又派兵攻打庾亮的弟弟吴国内史庾冰。庾冰不能抵御，弃郡投奔会稽内史王舒。庾亮逃到寻阳，宣读太后诏书，命温峤为骠骑将军，又加封徐州刺史郗鉴为司空。温峤辞官不受，分兵给庾亮，誓师讨伐苏峻，并派使者奉送表文到建康，问候二宫的起居。苏峻早有防备，屯兵湖阴，温峤的使者只好返回。太后庾氏忧心忡忡，不久便患病身亡，年仅三十二岁。

勇将毛宝

建康被苏峻占据后，宫中的事情外人都无从得知。江州刺史温峤原本打算进兵讨逆，因对京城的情况一无所知，也不敢贸然进攻。恰巧京城里有个叫范汪的人跑到寻阳，报称："苏峻政令不一，残暴凶横，百姓怨声载道，朝廷也盼望援兵早日征讨逆贼。"温峤让范汪转告庾亮，庾亮随即令范汪为参护军事。温峤与庾亮互推为盟主。温峤的堂兄温充在温峤幕下做事，向温峤进言道："陶侃位重兵强，为什么不推他为盟主呢？"温峤听了这话，便派王愆期赶往荆州，劝说陶侃同赴国难。陶侃与庾亮不和，对庾亮怀恨在心，说道："我是戍守边疆的将士，不敢过问朝廷之事。"王愆期回去转告温峤，温峤写信劝陶侃，陶侃始终不愿意。温峤又派使者给陶侃送信，只说："您尽管驻守边疆，我去营救朝廷了。"

使者出发后，参军毛宝从外地回来，急忙拜见温峤说道："想要成大事，就该与天下共谋，单枪匹马怎么能成功？请您立刻追回使者，另写一封信送去，只要言辞恳切，料想陶侃不会再固执。"温峤便追回使者，另写一封书信，诚恳地推陶侃为盟主。果然陶侃派督护龚登率兵拜见温峤。温峤的七千士兵洒泪登舟，同时在各镇张贴告示，历数苏峻的罪状，号召各地响应，同时举义。

龚登前往船上拜见温峤，说是陶侃来信，请温峤速回镇地。温峤莫名其妙，慌忙将龚登留住，又派王愆期送信给陶侃。王愆期把信交给陶侃，陶侃展信一看，看到"慈父雪爱子之痛"一句的时候，不禁流涕道："我儿子果真死了吗？"陶侃的儿子是庐江太守陶瞻。陶瞻战死一事，陶侃虽然有所耳闻，但不敢确定，此次看了温峤的信，得到证实，陶侃悲痛万分。王愆期说道："公子殉难，确有其事。苏峻如同豺狼，如果让他得逞，恐怕四海之内就没有明公的立足之地了。"陶侃将信放下，立即召集将士披甲登舟，与王愆期同赴温峤军营。快到寻阳时，陶侃令王愆期先行禀报。王愆期到了温峤军营，向温峤禀明原委，温峤喜出望外。庾亮担心陶侃前来报复，赶紧先与温峤商量。温峤说道："陶侃既然答应前来，就不会再记恨前事。即使他心中还有芥蒂，只要你向他道歉就没事了，不用担心。"双方见面后，陶侃见庾亮也来了，故意不理睬他，庾亮只好硬着头皮向陶侃道歉。陶侃捋着胡须冷笑道："庾亮竟然来拜见陶侃吗？"庾亮见陶侃语气不好，慌忙赔罪，情辞恳切至极。加上有温峤在旁边婉言劝说，陶侃就此释怀。三人一同进入寻阳城，大摆宴席。第二天率领四万戍卒登舟起程，前往建康。

徐州刺史郗鉴在广陵接到庾亮的书信和太后的诏旨后，誓众出兵。郗鉴听说陶侃、温峤联兵东行，就派将军夏侯长对温峤说："您仗义兴师，郗鉴愿意为您效劳。听说叛贼想要挟天子到会稽，请您先修建营垒，屯据要害，以防贼众逃跑。然后断了逆贼的粮道，叛贼进不得攻，退不能守，不出几个月，自然溃散。"温峤赞同郗鉴的计策，立即麾舟进发。

苏峻得知四方兵起，便用参军贾宁的计策，从姑孰退兵，据守石头。然后分兵拒敌，同时进宫将幼主劫持到石头城。司徒王导与苏峻力争，王导拗不过苏峻，只能眼睁睁看着苏峻挟持幼主登车。八岁的天子突然遭到胁迫，不禁捂着脸哭泣不已。将军刘超、侍中钟雅一路跟随幼主。到了石头城，刘超、钟雅扶成帝下了马车，住进柴房。苏峻令亲信许方等人以夜间巡逻为名，时刻监视刘超、钟雅。刘超与钟雅随时侍奉在成帝左右，右光禄大夫荀崧、金紫光禄大夫华恒、尚书荀邃、侍中丁潭等人也跟随成帝左右。成帝在宫里的时候，曾经学习过《孝经》、《论语》，尽管身处险境，刘超仍然坚持给成帝授课。苏峻既嫉妒又敬佩，经常给刘超一些赏赐，刘超都拒绝了。左光禄大夫陆晔被苏峻胁迫，驻守行台，苏峻的党羽匡术戍守台城。尚书左丞孔坦逃到陶侃那里，陶侃令他做长史，二人共商计策。孔坦说："我们必须联合东军，两面夹攻，才能剿灭贼众。"陶侃也认为是良策，但担心道路不通。

这时候，司徒王导也派密使到三吴，伪称太后诏谕，令东军起义，营救天子。会稽内史王舒封庾冰为奋威将军，命他领兵西渡浙江。吴兴太守虞潭、吴国内史蔡谟、前任义兴太守顾众等人都闻风响应。虞潭的母亲孙氏是吴国孙权的族孙女，她青年守寡，教子有方。她令家里所有的仆人都跟随虞潭出战，并当去首饰和衣物充作军资。她还对虞潭说："你应该为国尽忠，舍生取义，千万不要牵挂我。"虞潭听后，立即整兵出发。孙氏听说会稽内史王舒儿子王允之担任督护，就对虞潭说："王舒派儿子出征，你为什么不效仿他？"虞潭于是令儿子虞楚为督护，让他做前锋去和王允之会合。王允之与庾冰同时到达吴国。虞冰曾经任吴国内史，蔡谟让虞冰重新担任吴国内史一职，二人同心协力，相继西进。途中，蔡谟、虞冰与苏峻将管商、张健等人相遇，两下交锋，互有杀伤，一时不能到达京师。这时候，陶侃、温峤进军茄子浦。温峤的军队不善陆战，温峤便下令军中，如果有人擅自登岸，立即处死。

苏峻给祖约送去粮食，祖约派司马桓抚率兵前去接应。此事被温峤手下的前锋将毛宝听说，便想上岸劫粮。部将不许，毛宝奋然道："将在外，君命有所不受。现在贼众的军粮就在路上，难道让他们把粮食运过去吗？"毛宝没有报告温峤就麾兵上岸，杀退桓抚及运粮的人，把粮米夺了过来，然后向温峤请罪。温峤大喜，说道："你能随机应变，立功不小，何罪之有？"温峤因此推荐毛宝为庐江太守。陶侃也上表请命让王舒负责浙东军事，虞潭负责浙西军事，郗鉴统领扬州八郡军事。郗鉴率众渡江与陶侃等人会合，雍州刺史魏该也引兵会合陶侃。陶侃麾动舟师，直逼石头，屯军查浦。温峤此时也屯军沙门浦。苏峻听到西军攻来，亲自登上烽火楼，见长江一带舟楫如林，不禁大惊失色，说道："我原本就担心温峤能得众心，如今果然如此。"说完，苏峻就下楼派兵分道扼守。庾亮派督护王彰领兵进击，被张曜击败。庾亮就派司马殷融送信给陶侃，说想要退兵。陶侃答道："古人三败尚且坚守，您不过战败两次

166

而已，何必如此灰心丧气呢？现在形势急迫，更不能自乱军心。"陶侃于是下令静守。陶侃的部下都想决战，陶侃说道："苏峻势力还很强大，不能和他正面交锋，不如再等几日，用计破贼，才是上策。"众将听后都按兵不动。

苏峻又派部将韩晃进攻宣城。宣城内史桓彝前次出兵被苏峻打败，长史裨惠劝桓彝依附苏峻，桓彝拒绝，并派偏将俞纵戍守兰石。俞纵戍守没多久就听说韩晃攻来，连忙驱兵出战。韩晃是身经百战的悍将，部众又都勇猛，俞纵的兵力却很薄弱。俞纵不愿退军，长叹道："我受桓彝厚恩，理当以死相报，绝不能辜负桓彝。今天是我绝命的时候了。"说着，俞纵策马上阵，奋力拼杀，最终战死沙场。韩晃乘胜进攻宣城，桓彝困守多日，势孤力单，最后兵败被杀。

桓彝与郭璞是至交，桓彝曾经让郭璞为自己卜卦，郭璞卜完却用手搅乱了，怅然说道："你的卦与我的一样。大丈夫就是这样，都没有什么好的结局。"然后对桓彝说："我与你是多年好友，你如果来看望我，尽可以进屋里，但千万不可以去厕所。倘若你不小心犯忌，你我都会有大祸。"桓彝记在心中，不敢犯忌。一天，桓彝喝醉了，闯入郭璞家里，不见郭璞，便去厕所找他。郭璞家人忙来拦阻，但已经来不及了。桓彝见郭璞对着厕所站着，裸着身子披散着头发，嘴里还衔着一把刀，禁不住狂笑起来。郭璞回头一看，见是桓彝，不禁大惊，说道："我以前对你说过，让你不要来厕所，你竟然失约，不但给我招来杀身之祸，你也不能避免啊。到底是天数难逃。"桓彝似信非信，还怀疑郭璞捣鬼，便大笑而去。谁料后来果真如郭璞所言，二人都不得善终。

陶侃、温峤屯兵江上，已经好几个月了。温峤本来主张急攻，但是屡次出战都失利。陶侃于是决定坐守，不与苏峻交锋。当时温峤刚刚战败，苏兵在一旁耀武扬威，陶侃的士兵见了心中都很惧怕。监军李根建议陶侃修筑白石垒。陶侃于是派兵连夜修筑，天亮的时候就修好了。这时，陶侃大军忽然听到苏峻的军营中有炮声，将士十分惊慌。长史孔坦说道："苏峻若想攻垒，一定会等到刮东北风的时候。今天天气清朗，苏峻必定不敢前来，各位将士不要多虑。"将士问为什么会有炮声，孔坦说："我猜他是发兵堵住东来的各路人马。"诸将还是不肯相信，这时侦骑来报，说苏峻出兵击败王舒、虞潭等东来各军。孔坦献计道："苏峻既然已经打败东军，必然会来进攻白石垒，必须派遣重兵镇守。另外东军败退，京口岌岌可危，应该让郗鉴速速回去镇守，方可无忧。"陶侃便

167

令庾亮率两千精兵镇守白石，又令郗鉴与后将军郭默戍守京口，修建大业、曲阿、溲亭三个营垒，以分散苏峻的兵力。苏峻果然率上万兵马攻打白石垒，幸亏庾亮严阵以待，苏峻才无隙可乘，仓促退去。陶侃听说祖涣、桓抚等人来袭击湓口，就令雍州刺史魏该率兵抵御。不巧有军吏来报，说魏刺史病故了。陶侃惊疑道："魏刺史病故，只好由我亲自出征了。"陶侃便去和温峤会师，让温峤暂统各军，自己率偏师援助湓口。温峤还没答言，旁边有一将应声道："您是主帅，怎么能亲自出征？此等小贼，应当由末将等人前去剿杀。"陶侃回头一看，原来是毛宝，便让毛宝前去支援。途中，陶侃接到谯国的急报，说祖涣、桓抚已经将谯城围住。陶侃就派毛宝兼程前去赴援，毛宝刚到城下就被祖涣、桓抚等人围攻。毛宝向前力战，被箭射伤。他拔出箭，流血满靴，却连眉头都不皱一下，略微包扎了一下伤口，随即下令收军，暂时后退。等到箭声中断，又转身杀去。祖涣与桓抚自以为得胜，丝毫不加防备。毛宝忽然跃马冲去，祖涣与桓抚一时来不及拦阻，竟然被毛宝杀得连连后退。毛宝的部下见主将受伤还如此奋勇，不由得激起一腔豪气，奋力拼杀，敌阵瞬间即被捣乱。桓抚见打不过，拨马先逃。祖涣独力难支，也只好逃跑。谯城之围得以解除。内史桓宣出城迎接毛宝，毛宝见他憔悴得很，便让他前往温峤的军营，自己留下来率军进捣东关，攻破合肥戍垒。这时，温峤军营派来使者召毛宝东归，毛宝于是带兵退去。祖约听说毛宝已经退去，又想派兵进击，不料原尚书令陈光却来攻打祖约。陈光好容易把祖约擒住，仔细一看，却是一个假祖约。此人和祖约长得很像，名叫阎秃，是祖约帐下的从吏。而真的祖约已经从后墙逃跑，无从追捕了。陈光斩了阎秃，担心祖约带兵来攻，不能抵敌，就奔往后赵向石勒求援。石勒令石聪、石堪领兵渡过淮河，直抵寿春城。石勒又让陈光寄密信诱惑祖约的将士，让他们做内应。石勒内外勾通，将祖约打败。祖约逃往历阳，石聪北还。

苏峻的败亡

苏峻的部将路永、匡术、贾宁等人听说祖约逃往历阳，担心势孤援绝，不能成事，就建议苏峻杀死司徒王导以断绝晋人的希望。苏峻十分敬重王导，不忍心杀害王导，路永因此有了二心。王导探知消息后，立即派参军袁眈劝路永归顺，路永随即投靠王导。王导本来想带成帝逃跑，担心被苏峻拦阻，就只带了儿子与路永逃往白石。

陶侃、温峤与苏峻相持日久，一直没有交锋。苏峻分兵四出，东攻西掠，胜仗连连。见苏峻锐不可当，陶侃不禁灰心。温峤发怒道："你们怎么能长他人志气，灭自己威风呢？"温峤虽然嘴上这么说，但屡战不胜，自己也感到胆寒。很快温峤军粮不接，向陶侃求援。陶侃愤然说道："你之前跟我说，不怕没良将、没兵粮，只要我做主帅就行，可是现在屡战屡败，良将在哪？荆州靠近胡、蜀二虏，如果没有兵马粮草，怎么镇守？我看我还是先回去，等想到了灭敌的办法，再来剿灭贼党也不迟。"温峤听了大惊，连忙说道："打仗贵在人和，所以曹操官渡之战能以寡胜众。苏峻、祖约罪行滔天，苏峻骄傲自大，以为天下没有人是他的对手。如果诱他出战，一定能生擒他，我们怎么能不战自退呢？何况天子被幽禁，社稷危急，凡是做臣子的都该奋不顾身，誓死讨伐逆贼。温峤与您同受国恩，怎么能坐视不管？你要是独自返回，恐怕将士反而要攻打你了。"陶侃听了，默不作声。

温峤退了出来，与参军毛宝商议计策。毛宝说他有办法留下陶公，说完就去拜见陶侃，进言道："您本该镇守芜湖，作为声援。既然已经东下，就不宜再回去。军法有进无退，况且一旦撤退，将士必然离心，士气低落，那时必败无疑。过去杜弢猖獗，您一举剿灭了杜弢，因而享有盛名。今天难道不能剿灭苏峻吗？贼众也怕死，未必个个都是勇士。您先拨兵给我，待我上岸截粮，如果毛宝不能立功，那时您再离开，众人也不会恼恨您。"陶侃听了，封毛宝为督护，并拨了数千士兵让他调遣。毛宝奉命即行。竟陵太守李阳对陶侃说："现在温峤缺粮，向您借粮，您如果不给，温峤的大军必然溃散。到时候各军都会怨恨您，那时您即便有粮食，恐怕也不能安稳。"陶侃于是送去五万石米粮接济温峤。毛宝前去截粮，将句容、湖熟的屯粮通通截获，满载而归。苏峻那边没了粮食，军心自乱。陶侃得知后，继续在江上屯守。

苏峻派韩晃、张健等人攻打大业的戍垒。大业戍垒由后将军郭默镇守，韩晃等人率兵围攻，郭默镇守不住，匆匆逃跑，只留下戍卒守着。郗鉴驻守京口，听说郭默逃跑，不免担忧。参军曹纳进言道："大业是京口的屏障，大业失守，京口恐怕也难以保全，不如先回广陵。"郗鉴摇手不答，只命人召集属下。等到众人到齐，郗鉴对曹纳说道："我受先帝之命，却不能救国于危难之中，即使捐躯九泉，也难逃罪责。现在苏

169

峻作乱，众人心志不定，你劝我退归，教我如何面对众人？"说完，郗鉴便要将曹纳斩首。曹纳跪地哀求，属下也替他说情，郗鉴才免了曹纳一死。郗鉴于是派兵驻守大业，并向陶侃求援。

陶侃打算亲自前去，长史殷羡进谏道："我军不擅长陆战，如果去营救大业，非但不能得胜，反而会元气大伤。不如进攻石头，只要将石头城拿下，大业自然解围。"陶侃与庾亮、温峤、赵胤等人商议后，派庾亮率步兵南进，陶侃亲自率领水军攻打石头城；庾亮等人分别率步兵登岸南行，赵胤为前锋，温峤与庾亮为后应。苏峻听说步兵来攻，亲自率领八千人迎战，派儿子苏硕与部将匡孝阻击赵胤。匡孝骁勇善战，与赵胤相遇后，拿着一杆铁槊左挑右拨，赵胤的士兵纷纷落马，无人能挡。赵胤只好边战边退。苏峻在马上看见，不禁嫉妒起来，说道："匡孝不过如此，难道我还不如匡孝吗？"说着，就带着几个骑兵追杀赵胤。可巧温峤率军赶来援助赵胤，两军合力将匡孝杀退。匡孝已经回马逃跑，苏峻却冒冒失失杀来。温峤、赵胤两军已经排齐队伍，准备攻杀。苏峻见打不过，正要回去，忽然"扑通"一声，马倒在地上，苏峻也随之倒地。苏峻正要下马，不防背后被一硬物击中，跌下马背。此物名钩矛，也称钩头枪。苏峻是被彭世、李千用钩头枪打落的。彭世、李千两人是陶侃的部将，跟随温峤出战，见苏峻逃跑，就策马力追。苏峻听到后面有追兵，手忙脚乱，马缰一松，倒了下去。彭世、李千担心苏峻脱逃，所以用力将钩矛投掷过去，没想到竟然一击即中。彭世、李千立刻奔到苏峻跟前，下马拔刀，将苏峻杀死。苏峻的部下逃得一个不剩。温峤、赵胤等人齐集白木阪，众人欢呼不已。苏峻的八千士兵纷纷逃散，只剩下石头城还没有拿下。苏峻的弟弟苏逸被司马任让等人奉为主将，闭城自守。韩晃得知苏峻已死，就从大业撤退，赶往石头城。其他将领如管商、弘徽还在进攻庱亭垒，被郗鉴的部将李闳及长史滕含打败。管商投降，弘徽投奔张健。温峤在石头城外设立大营，暂时作为行台。官吏陆续来到，都想趁机立功。

两军相持着过了残年。光禄大夫陆晔被苏峻派去驻守行台，匡术被派去戍守台城。这时，陆晔令弟弟陆玩劝匡术投降。匡术见大势已去，乐得变计求生，就归附了西军。百官也乘势出头，推举陆晔负责宫中的军事。这时候，陶侃又派毛宝镇守南城，邓岳守卫西城。建康已经平定，只有石头城还没有攻下。右卫将军刘超、侍中钟雅与建康令管旆等人打算带着成帝逃跑，不幸密谋泄露，司马任让奉苏逸之令带兵入宫，将刘超、钟雅抓捕。成帝抱住刘超、钟雅二人，哭道："还我侍中、右卫。"司马任让丝毫不理，用力扯开成帝，然后把刘超、钟雅二人推出去，一刀杀死。

苏逸发兵进攻台城，韩晃为前锋，苏逸与侄子苏硕紧随其后。他们用弓将火球射入城中，大火烧毁了太极东堂，一直烧到秘阁。毛宝带兵士扑救，亲自拿着弓箭登城守卫。弓弦响处，苏军无不倒毙。韩晃见毛宝箭法如神，仰头对毛宝叫道："君自称勇果，为什么不出来与我一战？"毛宝也答道："君自称健将，为什么不敢进来与我决一死战？"韩晃不禁大笑，正想攻城，忽然接到消息说石头城被攻破，慌忙收兵退去。苏逸、苏硕也随即撤离。围攻石头的兵马是陶侃与温峤，扼守京口的郗鉴也派长史滕含等人前去援助陶侃。滕含带着步兵在石头城下与苏逸交战。苏逸被滕含痛击一阵，伤亡惨重。苏硕与滕含混战，杀开一条路，与苏逸一同进城。等到韩晃到来，滕含已经退去。苏硕自恃骁勇，渡过淮河前来赴战，中途却被温峤截住。苏硕擅长陆战，不善水战，一经交战立即被温峤击毙。石头的戍兵得知苏硕战死，顿时士气大落。韩晃逃跑后，士兵争相逃跑，互相践踏，死伤无数。滕含正在城外巡视，趁机进攻，混战中苏逸被滕含刺落马下。李汤从旁边杀进，将苏逸擒住。司马任让急忙过来营救苏逸，却已经晚了。滕含麾众围攻任让，任让走投无路，只好束手就擒。成帝当时还在行宫，曹据抱着成帝来到温峤的船上。温峤率群臣迎驾，不久，陶侃也赶来。众臣奉成帝进京，并杀死苏逸和任让。西阳王司马羕及他的儿子司马播、司马充也都被问罪处斩。司徒王导从白石进入石头。朝廷颁诏大赦。

张健逃到曲阿，弘徽、韩晃等人也先后赶来。弘徽因为与张健意见不合，被张健用佩刀杀死。张健令韩晃等人乘车而行，自己乘舟从延陵赶往吴兴。此时，东军还没有退去，王允之亲自带领将士截住水、陆两路叛党，大破张健、韩晃。张健、韩晃带着剩下的人向西逃去，途中被郗鉴拦住，张健、韩晃于是朝岩山方向逃去。郗鉴派参军李闳前去追击，张健等人逃到山冈，不敢出战，只有韩晃在山腰弯弓射击。李闳麾众登山，前锋多半中箭倒毙，直到韩晃的箭射完，李闳才冲杀上来，将韩晃围住，一刀两段。张健出来投降，李闳将他杀死。至此苏峻乱党被全部歼灭。冠军将军赵胤又派部将甘苗前去攻打历阳，祖约部将牵腾开城迎进甘苗。祖约带领家人及部下数百人，投奔后赵去了。

171

叛党消灭后，建康宫阙已成灰烬，一时来不及修建，只好先将建平园作为皇宫。温峤建议迁都豫章，三吴人士却要迁都会稽，司徒王导则主张不迁。王导说道："孙仲谋与刘玄德都说建康有王者之气，正适合做皇都，怎么能无端迁都呢？只要休养几年，国家就能恢复元气，日益昌盛，否则移居乐土也是枉然。现在应该做的是治理好国家，这样才没有后顾之忧。"温峤一听，认为还是王导有远见，就不再提迁都一事了。然后任命褚翜为丹阳尹。褚翜安抚百姓，京城逐渐安定。朝廷论功行赏，升陶侃为侍中太尉，封为长沙公；郗鉴为侍中司空，封为南昌公；温峤为骠骑将军，加封散骑常侍，封为始安公；陆晔被封为江陵公。朝廷还追赠卞壶、桓彝、刘超、钟雅、羊曼等人官爵，并各赐谥号。苏峻的党羽路永、匡术、贾宁相继归顺，王导想给他们加官晋爵。温峤反对，王导只好作罢。

陶侃请求镇守巴陵。朝廷准奏，陶侃出发。温峤也要求回去，朝廷希望温峤辅佐朝政，温峤推荐王导。见京城资用不足，温峤就将自己的财物献给宫廷，然后西行。庾亮拜见成帝，谢罪请命，又上表辞官，想带领全家前往山海。成帝下诏挽留。庾亮接到诏书后，依旧不愿留在京城，暗中备好舟楫准备从暨阳前往山海。朝廷派人收缴了所有船只，庾亮只好请求镇守边疆。朝廷于是让庾亮掌管江西宣城的军事，封庾亮为平西将军，让他担任豫州刺史和宣城内史，镇守芜湖。

温峤从建康回到武昌，坐船经过牛渚矶。牛渚矶的水深不可测，相传有怪物潜藏在水中。温峤突发奇想，派人拿犀牛角照水，果然见到很多穿着红色衣服的怪物。他们有的骑马，有的坐着马车，形态各异，见所未见。这天傍晚，温峤在船中休息，梦见一个很奇异的人对他说道："我和你阴阳相隔，互不相干，你为什么要用犀牛角照我？"温峤正想询问，却被那人用东西击中门牙，温峤感到疼痛就醒了。第二天，温峤依然觉得牙痛难忍。他本来就有牙痛的毛病，现在更是痛得受不了。温峤索性就将疼痛的牙齿拔落，没想到还是不管用，反而弄得自己中风。温峤到任以后，医治无效，不到一个月便去世了，年仅四十二岁。江州百姓非常悲痛。朝廷下诏封温峤为侍中大将军，赐谥号忠武。

朝廷封刘胤为江州刺史。陶侃、郗鉴上表称刘胤不能胜任，应该另任他人，王导不肯听从。刘胤纵酒贪色，不理政事。后将军郭默曾被刘胤侮辱，一直怀恨在心。当时，郭默屯军淮北，竟然率兵夜袭武昌。郭

172

默突然攻进来，诈称奉诏捉拿刘胤。刘胤部下将士不知真假，不敢反抗。郭默冲进卧室将刘胤拉下床，一刀砍死。郭默见刘胤的妻妾容貌秀丽，便将她们占为己有，又掠得大量金银财宝，自称江州刺史。同时将刘胤的人头送到建康，诬告刘胤谋逆。王导担心不能遏制郭默，只好暂时令郭默为豫州刺史，也不敢问罪郭默。武昌太守邓岳将事情告知陶侃，陶侃立即上表请求讨伐郭默，并写信给王导，说道："郭默杀死刺史，就让他当刺史，倘若他再害死宰相，难道还让他做宰相吗？"王导回信说让他担任刺史，只是权宜之计。陶侃看后大笑道："这是在姑息贼臣，养虎为患。"陶侃于是率兵登舟，直指武昌，四面围攻郭默。郭默的部将张丑、宋侯等人忌惮陶侃的威势，就将郭默绑住，向陶侃投降。陶侃将郭默斩首，送到京师，朝廷下诏令陶侃兼管江州，并担任刺史一职。

刘曜失洛阳

后赵主石勒趁晋朝内乱，接连夺下司、豫、青、徐、兖诸州，后来又派兵进攻江淮，攻陷寿春。然后石勒令石虎等人率众从轵关出发攻打刘曜，进逼蒲坂。刘曜率水陆各军，从卫关渡过黄河，作为蒲坂的援应。石虎听说刘曜赶到，就撤围退兵。刘曜追到高候，与石虎交战，石虎大败，石瞻战死，士兵伤亡大半。石虎随后逃往朝歌，刘曜也乘胜南下，进攻金墉城。后赵守将石生竭力抵御，刘曜猛攻不胜，只好引水灌城。城内兵民险些变成鱼鳖，幸亏金墉城坚固才没有坍塌。石生麾兵日夜严防。刘曜见金墉难以攻下，就派兵转攻汲郡、河内，后赵荥阳太守尹矩、野王太守张进等人都不战而降，刘曜士气大振。

这时，右长史张宾已经病死，石勒如同失去左右手，大哭道："天不助我啊，为什么要夺走我的右侯？"后来，石勒令司马程遐代任右长史，程遐智谋不及张宾，只因为妹妹是石勒的宠妾，才得以升官。等到刘曜围攻金墉的时候，石勒打算亲自出援，程遐等人进谏劝阻石勒，石勒大怒。参军徐光酒后忘情，冲撞了石勒，被石勒幽禁起来。后来石勒又想起徐光，就把他放出来，并和他商议道："刘曜进围洛阳，势不可当。刘曜带兵十万围攻，却多日不能得胜，军中士兵势必懈怠。现在出击，不怕不胜。如果洛阳失守，刘曜必定席卷河北，直至冀州，那时我

173

军恐怕只能不战而溃。程遐等人反对我现在出兵，你有什么看法？"徐光应声答道："大王所说确是胜算，如果大王率兵亲征，刘曜必然大败。平定天下，在此一举，大王不必多疑了。"石勒笑道："你才是我的心腹啊。"石勒随即下令调集人马，准备第二天启行。

临行前，石勒去找西僧佛图澄，让他预测一下吉凶。佛图澄说了一句梵语，石勒听了茫然不解，请佛图澄解释话中含义。佛图澄答道："您一定能大胜。"石勒又问梵语出自哪部经书，佛图澄答称是《相轮寺铃音》。石勒将信将疑。佛图澄又说自己能看见未来，请求石勒让他演示一番。佛图澄还说要想看见未来需要等上七天，七天内令一童子斋戒，等到斋戒期满就能看见。眨眼间已经过了七天，佛图澄来拜见石勒，并在石勒面前施法。只见他把麻油及胭脂混合，放在掌心，又用两手摩擦，好一会儿才摊开手掌，掌心顿时粲然有光。石勒等人只看见佛图澄掌中的光芒，其他什么也没看见。斋戒了七天的童子看着佛图澄的手掌，说道："手心里有无数兵马，捉住了一个须长面白的大人。"佛图澄随即对石勒道："这就是刘曜了。"石勒大喜，立即命石堪、石聪前去会合豫州刺史桃豹等人，让他们各自率兵进攻荥阳。石勒又派石虎进据石门，自己则率领四万步兵进击襄国。并下令凡是进谏阻拦的人一律斩首，程遐等人自然不敢多言，任凭石勒上马而去。

佛图澄究竟是什么人，怎么有这种法术？据说佛图澄生于天竺，本姓帛氏，晋怀帝永嘉四年的时候，佛图澄到了洛阳，自称有一百多岁，能连日不吃东西。佛图澄肚子上有一个小孔，平时用棉花塞住，每当佛图澄晚上念神咒的时候，就拔掉棉花，顿时光照满屋。佛图澄曾经在流水边，从小孔中取出内脏清洗一番，然后又将内脏放回腹中。洛阳人都称佛图澄为奇僧。洛阳大乱的时候，佛图澄投靠了石勒的将领郭黑。郭黑跟随石勒到处打仗，每次都能预知行兵的吉凶，石勒非常好奇，就询问郭黑。郭黑回答说都是奇僧佛图澄的功劳，石勒于是召见佛图澄，让佛图澄演示法术。佛图澄取钵盛水，焚香念咒，钵中立刻生出青莲，华光耀日，石勒见了十分佩服。所以，石勒有什么事情都会让佛图澄先预测一番。

石勒做赵王的第五年，襄国大旱，石勒令佛图澄祈雨。佛图澄说祈雨没用，要用别的方法。佛图澄带人在石井岗挖出一条一尺多长的死龙，然后把它放在水缸里，死龙竟然复活。佛图澄给龙念咒，又用酒祭祀，那龙竟然一跃而起，腾上天空，大雨顿时倾盆而下。石井岗因此改名为龙岗。又过了几年，襄国城里的河渠水源突然干涸，石勒求佛图澄施法。佛图澄笑道："城中河渠无水，把龙放出来，前去取水就可以了。"石勒，字世龙，他听了这话，以为佛图澄有心嘲弄，也笑道："正因为龙不能取水，所以才和高僧商议啊。"佛图澄正色道："我说的并非戏言。水泉无论大小，都有神龙居住，现在城里的水源在西北五里的团丸祠的下面，如果不把龙放出来取水，水从哪来呢？"佛图澄说完就走了出去，带着弟子法首等人来到团丸祠。佛图澄坐在椅子上，烧香祷告一番。三天三夜后，有水从祠下流出，一条长五六寸的小龙随水出没，百姓争相观看。佛图澄让众人不要围观。不到半天，水势便汹涌澎湃，流满河渠，小龙也不知去向。佛图澄回去禀报石勒，石勒对佛图澄更加礼敬，称他为大和尚。

赵王刘曜自从踞位称尊后，起初他从善如流，任用游子远为车骑大将军，平定了氐、羌，听从侍中乔豫、和苞等人的劝言，没有大建宫室。刘曜在长乐宫东面设立太学，在未央宫西面设立小学，并下令凡是十三岁到二十五岁之间的百姓都可以前去学习。刘曜命中书监刘均担任国子祭酒，命散骑侍郎董景道为崇文祭酒，尊经讲道，以中原文化教化国民。刘曜在位四年，境内太平，只与后赵不和，经常交战。这年五月，终南山忽然崩塌。长安人刘终在山崩塌的地方拾得一枚白玉，上面刻有篆文："皇亡，皇亡，败赵昌，井水竭，构五梁。"刘终始终不明白是什么意思，将白玉献给了刘曜。大臣们认为这是灭除石勒的征兆，就都来拜贺。刘曜也以为是天赐祥瑞，特地斋戒七日，到太庙中拜受瑞玉，命刘终为奉瑞大夫。只有中书监刘均上疏说是不祥之兆。刘曜经他一说，也觉得似乎是不祥之兆。第二年，又有人从并州献来一方御玺，上面有"赵盛"二字。刘曜这次不再称其为祥瑞，只是将御玺收到库中。不久，刘曜征服仇池王杨难敌。因为秦州刺史陈安叛乱，刘曜便亲自前往征讨。赤亭羌酋姚弋仲也称臣受封。凉州牧张实被部下阎涉杀害。张实的弟弟张茂平定内乱，担任凉州刺史。刘曜又率领二十八万戍卒进攻凉州。张茂惶恐不安，连忙奉表称藩，刘曜于是退兵。之后，刘曜就逐渐沉湎酒色，贪欢作乐。皇后羊氏病死后，刘曜立侍中刘昶的侄女刘氏为后。一年以后，刘氏病死，留下遗言请刘曜纳堂妹刘芳为后。刘芳年方十三就已经亭亭玉立，秀发飘飘。刘曜把她纳入，并册封她为继后，这时已经是光初十一年。

刘曜命骠骑将军刘述为大司徒，侍中刘昶为太保，并且征召公卿以下出众的子弟为亲御郎。尚书郝述、都水使者支当等人，劝刘曜不要整日和武士混在一起，触怒了刘曜，刘曜命他们服毒自尽。当天晚上，刘曜梦见天空中降下三位神仙，个个金面红唇，只向东巡视一番，什么都没说就走了。刘曜恍惚追去，屈身下拜。不一会儿，刘曜惊醒，细想梦兆，不知是吉是凶。第二天早晨，刘曜召公卿解梦。大臣们都交口称贺，只有太史令任义说梦兆不祥。刘曜害怕，就亲自去祭拜神灵，并修缮神祠，大赦天下，减免赋税。第二年春天大旱，刘曜又派兵攻袭仇池、凉州及河南。一年后，刘曜在金墉城一战中击败石虎。后赵主石勒亲自援救金墉。石勒大军在大堨渡河，当时已经是深冬，寒风似刀。石勒正要渡河，天气突然转晴，大风也停了，石勒大军安然过河。石勒的军队刚渡过去，狂风又起。石勒大喜，说道："这是天神在保佑我呢。"于是改大堨为灵昌津。参军徐光也随石勒南行，石勒对徐光道："如果刘曜移兵成皋，据关抵御我，方为上策；如果刘曜以洛水为营，则是下策；要是刘曜坐守洛阳，束手就擒，便是无策了。"很快石勒到了成皋，会集各军进攻，一路上都没看见刘曜的军队。石勒高兴得举手上指，连声呼天。石勒又令兵士从小路出发，昼夜不休赶往洛水，见刘曜退驻在对岸，连营十余里，差不多有十多万人。石勒不禁大喜道："刘曜真是庸才，被我言中了。"将士听了，都向石勒道贺。第二天，石勒部署兵马，整顿器械，准备出战。他命石虎率三万步卒，自城北往西进攻刘曜的中军。石堪、石聪各领八千骑兵从城西往北进击刘曜的前锋。石勒又派人五更天烧饭，将士们在黎明的时候饱餐一顿，然后出城作战。

刘曜围攻金墉三个多月，见金墉城难以攻下，索性不理，整日与群臣饮酒，天天酣醉而卧，丝毫不体恤士卒。有人进言相劝，刘曜便连杀数人。后来听说石勒渡河而来，刘曜才想到派兵堵截石勒。刘曜还没有和大臣商议好，石勒已经抵达洛水。刚好石勒的探子被刘曜士兵捉获。刘曜问道："石勒亲自率兵前来吗？你们带了多少兵？"谍使答道："大王亲自带兵，兵力强大。"刘曜不禁失色，便下令撤围，退到洛水西岸。等石勒兵进城的时候，刘曜仍然拼命饮酒。临战的那天早晨，听说石虎、石堪等人两路杀来，刘曜还要饮酒，喝得醉意醺醺，才披甲上马。马无故悲鸣，立住不动，刘曜挥了几鞭子，马反而后退，几乎把刘曜掀落。刘曜以为是酒力不足，马才敢作怪，便命人拿酒过来，一气喝干，这才策马出营赶往西阳门。说时迟，那时快，石虎从左边杀到，石堪、石聪

176

从右边杀来。刘曜的部众抵挡不住，纷纷逃散。刘曜烂醉如泥，不知进退，只知道向西阳门跑去。这时，石勒带着亲兵从闾阖门绕到西阳门，迎头碰上刘曜。刘曜醉眼蒙眬，只听得一声大喝："刘曜快来受死！"刘曜的十分酒意，顿时吓退三分，连忙拍马往回跑，身后冷箭接连射来，刘曜无从闪避，中了三箭。马也中了数箭，痛得乱跳，竟然被石渠陷住。刘曜慌忙提缰绳，但是马已经没了力气，倒在水滨，刘曜也一同坠下。不久，追兵赶到，用兵器将刘曜钩起。刘曜身上又受了不少伤，便躺在地上，任由追兵捆绑。刘曜勉强睁开眼睛一瞧，面前立着一马，马上坐着一员大将，正是后赵都尉石堪。原来石堪见刘曜西逃，就率马追来，用箭射倒刘曜，擒住他回去报功。

刘曜部下的士兵，一半逃去，一半被杀。石勒下令道："我只捉拿刘曜一人，现在已经将他擒住，其他将士就不问罪了。"随后，石勒收军进城，派人将刘曜押到河南丞廨。然后，宰牛设宴，犒劳将士。连饮三天，石勒才班师回襄国，并派石邃押着刘曜同行。刘曜创伤未愈，行动不便，石勒就派人用马车载着刘曜，又令金创医李永给刘曜沿途疗伤。到了北苑市的时候，孙机请求面见刘曜，石勒同意。孙机拿了一大杯酒，对刘曜说道："帝王应当保卫土疆，您却兵败，丢失洛阳，现在就让我敬你一杯酒吧。"刘曜见孙机浓眉皓首，须发如银，接过酒杯答道："老翁年纪近百，还这么精神。我一定为您喝了这杯酒。"说完，一饮而尽。孙机退了出来。石勒听到孙机的话后，不禁有所感触。等回到襄国后，石勒令刘曜住在永丰小城，派兵监守，不让刘曜私自出入。

以前两赵连年交兵，石勒的将领石佗被刘曜杀死。刘曜的将领刘岳、刘震被石勒擒获后，都没有被杀。岳震等人得到石勒命令，前去看望刘曜。刘曜说道："我以为你们早已化为灰土了呢，没想到石勒如此仁厚，没有斩杀你们。我却杀死石佗，实在有愧于石勒，难怪会有如此大祸。"刘曜留下岳震等人一同饮酒，岳震等人第二天才离开。石勒派人让刘曜给太子刘熙写信，劝刘熙投降。刘曜却嘱咐刘熙与群臣要保住社稷，不必考虑他的安危。石勒知道后，将刘曜杀死。刘曜在位十三年，戊子末年兵败被杀。

石勒称帝

刘熙在长安听说父亲被杀，急忙与南阳王刘胤等人商量对策。刘胤是刘曜的亲儿子，是元配卜氏所生，靳准作乱的时候，刘胤逃到郁鞠部。刘曜即位后，郁鞠部将刘胤送回。刘曜本想改立刘胤为太子，可刘胤的舅舅卜泰及太子太保韩广等人，都说不应该废黜太子，刘胤也坚决拒绝。刘曜于是封刘胤为王，号为皇子，追谥元配卜氏为元悼皇后，提升卜泰为太子太傅。太子刘熙生性懦弱，刘胤也是徒有其表。刘曜率兵南下时，命刘胤为大司马，辅佐刘熙。朝中一切政事都由刘胤裁决。刘胤认为长安难守，不如退到秦州。尚书胡勋进言劝阻，刘胤令人将胡勋斩首。见胡勋冤死，朝中没有人再敢多嘴，刘胤等人随即前往上邽。不久，汝阴王刘厚、安定王刘策也都各自弃镇西逃，关中大乱。

将军蒋英、辛恕拥兵数万，进据长安，并派人奉表后赵，表示愿意投降。石勒派洛阳守将石生，带领部下直奔长安。那时，刘胤正率兵数万从上邽出发，来与石生争夺长安城。陇东、武都、安定、新平、北地、扶风、始平各郡的胡人也都响应刘胤。刘胤驻扎在仲桥，石生据城自守，派人到襄国求援。石勒便让石虎前去援救。石虎走到义渠，与各郡的胡人相遇，大战一场，胡人四散而逃。石虎随即进捣刘胤的军营，刘胤只好出营迎战。两阵对决，锋刃相交，石虎麾动铁骑冲入刘胤阵营，一路纵横驰骋。刘胤慌忙奔逃，石虎在后面穷追不舍，即刻追到上邽城下。上邽城内的将吏见刘胤逃回，立即溃散。石虎麾众登城，擒住赵太子刘熙、南阳王刘胤及王公大臣三千多人，将他们一律杀死，并将后宫妃妾分赏给将士。石虎欢庆几天后，将赵台省的文武官员和关东流民迁到襄国。前赵就此灭亡。自刘渊称帝，共传三代，开始称汉，后来称赵，共三十五年。刘曜在戊子年被杀，刘熙于己丑年被杀。

石虎回到襄国，进献前赵传国御玺，奏请石勒称尊，奉石勒为赵帝。石勒不肯。又过了几年，石勒才称赵天王。石勒立妻子刘氏为王后，世子石弘为太子。封石宏为骠骑大将军，兼大单于、秦王；石斌任右卫将军，封为太原王；石恢任辅国将军，加封为南阳王；晋升中山公石虎任太尉，兼尚书令，由公爵升为王侯；命石虎的儿子石邃为冀州刺史，封为齐王；石生为河东王，石堪为彭城王；命左长史郭敖为尚书左仆射，右长史程遐为右仆射，徐光为中书令兼秘书监。此外，文武百官各有封赏。右仆射程遐建议石勒铲除叛臣祖约，石勒便派人送信给祖约，让他率领子弟前来共叙旧情。

祖约接到信后就带着子弟前来求见石勒。石勒称病不见，只让程遐接待祖约。程遐邀请祖约在屋内共饮，暗中派人假托祖约之言，召来祖约的家眷。祖约见全族到齐，不禁怀疑。又见室外兵士聚集，料知凶多吉少，自思无法脱身，索性拼命喝酒，希望就此醉死。就在祖约半醉的时候，程遐起座将他拿下。祖约突然看见兵役押解一群人前来，仔细一瞧，都是自己的家眷，不禁心如刀割。这时，一个只有几岁的小孩跑到祖约身旁，用小手牵着祖约的衣襟，哭着叫外祖父。祖约将孩子抱在怀里，边哭边说道："外孙，外孙，你外祖父不应该叛国，害了你们啊。"话刚说完，只听得一声炮响，刀光四闪，可怜祖约以下的男子，不论老少长幼都做了无头鬼。只有祖逖的儿子祖道重，被后赵左卫将军王安救走。女子都沦为官奴，做了他人的婢妾。

王安是谁，为什么要救助祖逖的儿子呢？王安原本是一个羯奴，后来侍奉祖逖，很得祖逖的宠爱。祖逖镇守雍邱的时候，对王安说道："石勒与你是同族，你可以去投奔他，这样你也免得常年在外奔波了。"王安不忍分别，祖逖给了他很多路费，让他北去。王安于是依附石勒，官至左卫将军。听说祖约全族被诛，王安便设法救出祖道重，将他藏在寺庙里。当时祖道重只有十岁，等到石勒被灭，才得以南归。祖逖有一个哥哥叫祖纳，与祖约是同父异母的兄弟。祖约投降后赵，祖纳在江东由温峤引荐，做了光禄大夫。祖氏一脉才得以延传。祖道重南归后，便与祖纳的子孙住在一起。

石勒自称天王，群臣恳请石勒加帝号。石勒便称帝，改元建平，由襄国迁都临漳，追尊三代，封妻子为皇后，儿子石弘为皇子，同时封赏百官。

石勒吞并关陇后，打算进攻江淮，令荆州监军郭敬与南蛮校尉董幼进攻襄阳。晋南中郎将周抚不能镇守，退到武昌，襄阳就此陷落。中州流民全部投降，平北将军魏该的弟弟魏遐，也率领军队在石城向郭敬投降。郭敬将百姓迁到沔北，在樊城旁修筑营垒屯兵。赵主石勒任命郭敬为荆州刺史、秦州牧。陇右氐、羌兴众作乱，石勒派河东王石生前去讨伐，石生将氐、羌一鼓荡平，赵威大震。东方的高句骊、肃慎诸国都向赵国进贡，宇文部也进献名马给赵国。凉州牧张骏本来继承叔父张茂的遗命，臣服于晋室，张茂死后张骏继称晋大将军、凉州牧，与前赵屡次交兵。前赵灭亡后，赵主石勒就派使者到凉州，封张骏为征西大将军，兼任凉州牧，张骏不肯受命。等到氐、羌都被石生击败后，张骏担心石生乘胜进击凉州，迫不得已，只好命人前去拜见赵主，进贡称臣。西域各部落也都向赵国进贡。

赵主石勒喜出望外，想修筑邺宫。廷尉续咸上疏劝谏，石勒大怒，将续咸打入大牢。中书令徐光进劝道："陛下是明主，如今却不听直言，难道要变成桀纣吗？"石勒叹道："朕岂能不知续咸的一片忠心，朕只是和他开玩笑。百姓略有家产，就希望能建一处房子。朕富有天下，难道不能营建一座宫殿吗？将来朕是一定要筑造的，现在先暂时不修了。"说完，放出续咸，并加以慰抚。不久，下了好几个月的雨，中山西北的水势忽然暴涨，一百多万根巨木漂到堂阳。石勒听说后大喜，说道："这是天意啊，上天要我修建邺宫呢。"随后大兴土木。第二年正月，石勒在旧殿朝见群臣，并赐盛宴。酒至半酣，石勒对中书令说道："朕的才干能与之前的哪个皇帝相比？"徐光答道："陛下神武谋略赛过汉高祖，雄才伟略在魏武帝之上，能和陛下媲美的只有轩辕黄帝。"石勒捋着胡子笑道："卿言未免太过盛赞。朕如果遇见汉高祖，应该俯首称臣。如果与光武帝同世的话，可以并驱中原。大丈夫行事应当光明磊落，皎如日月，怎么能像曹操、司马懿那样窃取天下呢？轩辕是上古圣人，朕何德何能，怎可与他相比？"群臣听了，都下座叩首，齐呼万岁。

石勒不识文字，但喜欢让人讲读古书，有时候也对书中的事评论一番，说得都很中肯。一天，石勒正在听《汉书》，听到郦食其劝刘邦立六国的时候，不禁说道："大错，这样怎么能得天下呢？"听到留侯张良阻拦的时候，又说道："多亏有张良。"石勒觉得当时没有什么真正的将才，只有晋豫州刺史祖逖与荆州牧陶侃是将帅之才。陶侃刚刚镇守巴陵，就听说襄阳被陷，武昌告急。苏峻的旧将冯铁杀死陶侃之子，并投靠了石勒。陶侃写信派人送往临漳，责怪石勒任用叛臣。石勒便召来冯铁，当着陶侃使者的面将冯铁杀死。陶侃的使者这才告辞。陶侃又令长史王敷送去江南珍宝，与石勒修好。石勒当即收下，款待王敷，并给了王敷许多赏赐，王敷随后回去复命。

陶侃因为襄阳失守，就想设法夺回来，于是设一下计令石勒放松戒备，以便乘虚夺回襄阳。陶侃得到王敷带回来的消息，就从巴陵移兵武昌，命儿子陶斌率领锐卒，会同南中郎将桓宣，进袭樊城。赵将郭敬果然没有防备，还带兵抢掠江西。桓宣等人趁机入城，城中的士兵和百姓都成了俘虏。料到郭敬必定回来援救，桓宣就派陶斌留镇樊城，自己在涅水埋伏，拦截郭敬。郭敬得到樊城的急报立即返回，到了涅水，忽然听见一声号炮，伏兵四出。郭敬毫不惊慌，镇定指挥手下分头抵御。桓宣也率众力战，整整一天才将赵兵杀败，但桓宣的士兵也伤亡过半。桓宣派人报告陶侃，请求支援。陶侃令侄子南阳太守陶臻、竟陵太守李阳率数万兵马一同攻打新野，响应樊城。郭敬回去救援新野，吃了败仗，向北逃去。襄阳城已经被毁，又没人防守，陶侃轻易夺回襄阳，命桓宣镇守襄阳。桓宣重新修筑城寨，召回百姓，免除刑罚，鼓励农桑，襄阳于是又成了重镇。后来赵国一再进攻，始终不能将襄阳攻克。桓宣镇守襄阳十多年，尽心尽力，为政清廉，治城有方，百姓将他比作祖逖、周访，十分爱戴他。

赵主石勒中了陶侃的诡计，整日叹息，暗想陶侃用伪和之计夺去襄阳，自己也可以如法炮制，与晋室讲和。建平四年正月，石勒借着贺年的名义，派使者前去与晋廷修好。偏偏晋廷拒绝来使，且将赵国进献的布帛全部焚毁。赵国的使者碰了一鼻子灰，只得匆匆回去。石勒顿时大怒，本想动兵侵犯，无奈国内忧患重重，终不敢贸然动兵。

建平三年的夏天，疾风骤雨，雷鸣电闪，有五人被雷击死。不久西河介山降下冰雹，一个个有鸡蛋那么大，平地上积水三尺。太原、乐平、武乡、赵郡、广平、钜鹿千余里树木全被摧折，庄稼尽毁。石勒问中书令徐光这些征兆是凶是吉，徐光答道："介子推是在介山被烧死的，他阴灵不散，所以才会这样。只要恢复寒食旧例，立祠供奉他，就可以化凶为吉了。"石勒曾经禁止寒食，因此徐光才这么说。石勒于是命并州恢复寒食。建平四年的夏天，烈日当空，寂静无风，塔上一只铃无故自鸣。佛图澄能识铃音，听到铃音后，说不出一年国家就有大丧。过了数日，一颗巨大的流星，自北极向西南方划过，光芒耀眼，坠入河中，声音大得连九百里之外的地方都能听到。这时，石勒的爱子石斌暴亡，石勒准备将他棺殓。佛图澄忽然跑进来说道："小殿下还没死，为什么要装进棺材呢？"石佛图澄用杨枝沾水，边洒边念咒，果然见石斌开始动弹，手和脚渐渐地能屈能伸了。佛图澄立即向前，握着石斌的手说道："可以起来了。"石斌于是坐了起来。此后，饮食起居也和往常一样。石勒于是命儿子们都住到佛图澄的寺中，由佛图澄照看。只有太子石弘因为已经

181

成年，留在东宫处理军国大事，尚书的奏请也多由太子处理。秦王石宏也处理朝政，和主相权力相当。石虎戍守邺城多年，感到非常不满，对石邃抱怨道："我征战二十多年，大赵基业因此得以建成，大单于的位置应该归我，为什么却给了秦王石宏呢？等主上归天后，我要把他们都杀了才解恨。"石弘、石宏兄弟治理国家的时候，石虎的心情更加郁闷了。

　　石弘喜欢结交文人，石勒对他说："在国家动荡不安的时候，不应重文轻武。"石勒便让刘彻、任播等人教石弘兵书，王阳教石弘击刺，但石弘性格已经形成，始终不脱文人气质。石勒曾对徐光说道："石弘不是将帅之才啊。"徐光答道："汉高祖以马上取天下，孝文帝以文治天下，守业与创业本来就不同，主上不必太过担忧。"石勒听了徐光的话才放下忧虑。徐光又进言道："皇太子仁孝恭顺，中山王石虎残暴多诈，陛下百年以后，臣担心会有内乱。陛下应该趁现在慢慢夺去中山王石虎的兵权，使他不能作乱。"石勒虽然点头，但石虎多次立下大功，一时不便马上夺去他的兵权。随后右仆射程遐进言道："中山王石虎的勇武权智，群臣莫及。除陛下外，石虎谁都不放在眼里。如今石虎威名远扬，又残暴好杀，而且他的儿子也都长大。陛下在世的话，谅他不会发动兵变。陛下百年之后，石虎一定会谋反，还请陛下早日除掉他。"石勒说道："现在天下未平，石弘尚且年少，中山王是佐命功臣，不至于如你说的那么狼子野心。你莫非是因为有中山王在，担心自己将来不能辅政？朕已经早为你打算好了，你尽可安心。"程遐不禁流泪道："臣是为了国家，并不是为了自己。陛下怎么能怀疑臣有私心呢？魏国重任司马懿父子，最后却被他们篡国，现在您怎么能不防呢？陛下现在不除掉中山王，恐怕日后社稷难保啊。"石勒还是不肯听从。程遐只好叩头告退。

石虎擅杀太后

　　程遐退出后，遇到徐光，便与徐光叙谈。徐光说道："中山王对你我二人恨得咬牙切齿，一旦他得势，你我必定深受其害。我们必须设法保国安身才行，怎么能坐等大祸临头呢？"程遐皱眉道："你有什么良策？"徐光想了很久，才答道："你我无智无勇，看来也只能再三进谏，希望能劝动主上，才可转祸为福。"程遐摇头道："只怕主上未必肯听。"徐光道："我再试一试吧。"说完，二人就散了。

过了几天，徐光进谏石勒，见石勒面有愁容，笑着问石勒道："陛下拥有天下，为什么还不高兴呢？"石勒怅然说道："如今天下未平，后世一定会认为，朕不是一个有为的君主，一想到这些，朕就十分忧虑。"徐光应声答道："如今能统一天下的人，除了陛下，还有谁呢？中山王托陛下威严，所向无敌，可他残暴狡诈，见利忘义。况且他们父子都在朝廷占据权位，势倾王室，可他还嫌不够，野心很大啊。不久前，石虎在东宫侍宴时，傲慢不恭，轻视太子。臣担心陛下传位给太子之后，石虎必定叛乱，这才是大患啊。"石勒听了，沉默不语。徐光不好再说什么，只好退下。

不久，安定府报告说有一条蛇和一只老鼠相斗，蛇却被老鼠咬死了。临泾上报说有一匹马忽然长出角来。长安城内又报告说，有一只鸡经常发出奇怪的声音。石勒不以为然，依旧西巡沣水宫，途中受寒患病，只好返回都城。回宫之后，石勒的病情日益严重，就召来太子石弘、中常侍严震与中山王石虎。石虎立即进宫，假托石勒之命，阻拦石弘、石震和王公大臣探望石勒。宫廷内外隔断，不通音讯。石虎又召回秦王石宏及彭城王石堪。可巧石勒病情渐渐好了起来，能起床散步了，忽然见石宏进来请安，石勒惊问道："秦王你怎么在这？我派你出去镇守藩镇，你怎么能擅离职守，究竟是谁召你回来的？我要把这个人斩了。"石虎慌忙答道："秦王想念陛下，只是暂时回来，再让他回去镇守便是了。"石宏听石虎这么说，才知是石虎下的伪诏。只是迫于石虎的势力，忍住没说。过了几天，石勒问石宏可曾离开，石虎撒谎说石宏已经奉诏回去了，石勒于是就不再问了。

石勒病情加剧，难以痊愈，留下遗命，说他死了三天之后就下葬，葬礼从俭，各牧守不必来京城奔丧，只需照常镇守驻地。百姓在皇上出葬之后就脱去丧服，不必禁止婚嫁、祭祀以及饮酒食肉。石勒又嘱咐道："石弘文弱，恐怕不能继承朕的志向，中山王以下官员都要各司其职。石弘与石斌要相互扶持，务必与司马氏和好共处。中山王应当勉力匡辅，朕死也能瞑目了。"说完，声断人亡，享年六十岁，在位十五年。石虎令大臣子弟六十人做挽歌郎，将石勒葬在高平陵，尊为高祖明皇帝。

石虎当即劫持太子石弘，让他升殿，下诏逮捕程遐、徐光。并召进

183

齐王石邃入宫守卫，监视太子。文武百官见情况不妙，都闭门不出。石弘也很害怕，情愿让位。石虎冷笑道："君主驾崩，世子应当继承大位，这是古今通例，臣怎敢违越礼法？"石弘哀求道："我无勇无谋，不堪承担重任，还是让位给你吧。"石虎道："你是否能担当重任，天下人自有公论，皇位是不能随便传给他人的。"石虎逼石弘登位，改元延熙。文武百官各进位一等，只将程遐、徐光斩首。石虎自命丞相，封魏王大单于，占据魏郡等十三个城邑。石虎封妻子郑氏为魏王后，长子石邃为王太子，并任侍中大将军。二子石宣为车骑大将军，担任冀州刺史，封为河间王。三子石韬为前锋将军，封为乐安王。四子石遵为齐王，五子石鉴为代王，六子石苞为乐平王，改任太原王石斌为章武王。所有石虎的老部将都担任台省要职。改称太子宫为崇训宫，石勒的皇后刘氏以下都迁居崇训宫中。宫中有姿色的侍女以及车马、珍宝、服饰等物，都被载入丞相府中。石虎令镇军将军夔安为左仆射，尚书郭殷为右仆射。夔安与郭殷都是石虎的党羽，凡事都禀告石虎后才行动。石虎虽然没篡位，却也同君主无二了。

石勒的皇后刘氏不甘被石虎胁迫，密召彭城王石堪说道："皇室恐怕要覆灭了。您与先帝情同父子，应该保全皇室血脉啊。"石堪说道："先帝旧臣都被遣散，宫廷僚属都是中山王石虎的心腹，连个可以商议的人都没有。臣只有去往兖州，占据廪邱，然后推南阳王石恢为主。然后臣再宣读太后诏书，号召各地的牧守起义讨伐石虎。"刘氏道："事情紧急，你速速出发，我担心日久生变。"石堪于是悄悄出了都城，微服轻骑，进袭兖州。不料兖州有所防备，石堪没能攻下，只好投奔谯城。石虎得知消息，派遣部将郭太等人前去追击石堪。石堪兵少力寡，被郭太围住，活捉回去。石虎见了石堪，命人将他杀死，然后又召石恢还都。并带兵冲进崇训宫，逼迫刘氏自杀，然后尊石弘的母亲程氏为皇太后。

关中镇将石生、洛阳镇将石朗听说石虎擅杀太后，心中很是不平，联兵讨伐石虎。石虎留下儿子石邃据守襄国，然后亲自率步骑进攻金墉城。石朗没料到石虎来得如此迅速，仓促带兵抵御，兵败被擒。石虎命人先斩去石朗的双脚，然后砍掉石朗的脑袋，然后带兵转攻长安，任命石挺为前锋大都督，带兵疾速前进。石生派部将郭权与鲜卑涉瓒部落两万人为前驱，自己率领大军作为后应。郭权等人到了潼关，正遇上石挺领兵前来，两下交锋，鲜卑兵骁悍异常，自然大胜，石挺战死，士兵死亡众多。石虎退到渑池，暗中派人贿赂鲜卑，让他转而攻打石生。鲜卑贪图私利，随即背叛郭权，攻打石生的大军。石生猝不及防，逃往长安，又担心石虎带兵追到，偷偷逃到鸡头山。郭权手下只有三千人，只好退到渭汭。石虎令裨将石广抵御郭权，自己则率轻骑来到长安城下。长安守将蒋英誓死守城，最后阵亡。石虎悬赏捉拿石生。石生的部下贪图厚赏，竟然斩杀了石生，然后投降。郭权孤军在外，只得逃往陇右。石虎令将军麻秋征讨氏酋略阳公蒲洪。蒲洪率部向石虎投降，石虎任命蒲洪为龙骧将军。羌帅姚弋仲也率众迎进石虎，石虎任命姚弋仲为奋武将军，兼西羌大都督，让他移居清河滠头。然后石虎带兵回到襄国，颁令大赦，并且令石弘修建魏台。后来石虎听说郭权占据了上邽，并向晋国投降，晋廷任命郭权为镇西将军、秦州刺史。石虎于是派石广进攻秦州，石广战败。石虎又派将军郭敖及章武王石斌等人，率领四万步骑攻打郭权。大军刚到华阴，上邽人竟将郭权刺死，然后向赵国投降。

石虎因为乱党被平，踌躇满志，便想篡权夺位。这时，秦王石宏触怒了石虎，石虎就将他幽禁起来。石弘更害怕了，亲自把御玺送到石虎面前，石虎还是不肯接受。石弘回宫后，对太后程氏哭诉道："先帝的御玺让不出去啊。"不久，由尚书省上疏，请求石弘将皇位禅让给石虎。石虎大怒："石弘不能君临天下，可以废去，说什么禅让不禅让呢？"石虎于是废石弘为海阳王，令他迁居别处。石弘说道："我不能担当重任，只好听天由命了。"宫人失声痛哭，于是群臣都到魏王府求情。石虎下诏道："王室多难，海阳王自弃，我才勉强担此重任。皇帝尊号，我不敢当，现在暂称居摄赵天王，以不负众望。"群臣不好违逆，石虎于是号居摄赵天王，升殿上朝，改元建武，立儿子石邃为太子。升夔安为太尉，郭殷为司空，韩晞为尚书左仆射，魏概、冯莫、张崇、曹显四人为尚书，申钟为侍中，王波为中书令。石虎又命人将石弘、太后程氏，连同秦王石宏、南阳王石恢等人都软禁在崇训宫，并派兵监守。不久，石虎暗中令党羽，在夜里将他们全部杀死。石弘在位不满一年，终年二十二岁。

各郡镇将都奉表恭贺石虎，姚弋仲却称病没有朝贺。石虎怀疑他有二心，屡次派使者召见姚弋仲。姚弋仲前去拜见石虎，说道："姚弋仲曾经认为大王是当世英雄，没想到你却篡夺帝位。"石虎答道："海阳王年少，不能担任国家重任。我不过代他处理国事，你也太不谅解我了。"姚弋仲听完，愤然离去。石虎也不加罪。

185

徐州从事朱纵杀死刺史郭祥，举城投降晋国。石虎派王朗追击朱纵，朱纵逃往淮南。石虎率众南下，快到历阳的时候，虚张声势，恫吓晋廷，却并没有深入用兵的意思。历阳太守袁耽吓得心胆俱裂，飞书报告建康，说石虎入侵。江南已有好几年没有动兵了，得到消息，朝廷惊愕失措，大臣相顾彷徨。再加上太尉荆州牧陶侃已经病亡，朝廷失去一座长城，更是无人能够抵御赵军，群臣不寒而栗。

原来，自从陶侃攻下襄阳后，晋廷封陶侃为大司马大将军，陶侃不肯受赏。据说陶侃小时候捕鱼，得到一个织布的梭子，就拿回家中挂在墙上。不一会儿，天空忽然下起了雷雨，梭子化为飞龙，破墙而去。后来，陶侃梦见自己长了八个翅膀，奋飞上天，登上天门八重，只有一重不能闯进。里面有一人拿着棒子，打断了陶侃的左翼，陶侃就痛醒了。第二天，陶侃的左腋疼痛不已，过了一段时间才好。陶侃曾经在厕所遇见一个奇怪的人，这个人对他说道："你有长者风范，我今天特地来告诉你，你将来一定能位至八州都督。"说完，这个人就不见了。后来相士师圭给陶侃看手相，说道："你的左手中指有直纹，表示你将被封为公侯。如果再往上一点，你就贵不可言了。可惜，可惜啊。"陶侃于是用细针戳中指上纹，想让纹路往上走一点。忽然手指上的血溅到墙壁上，竟然流成了一个"公"字。等到陶侃统领八州，受封为长沙公以后，陶侃就不敢再有其他奢望了，每次想到断翅的梦兆，更担心功高招祸，屡次想要上疏辞官，都被同僚劝阻。成帝咸和七年，陶侃已经七十六岁，那时他已经病体垂危，于是上表辞官。

表文发出去以后，陶侃将一切都交代妥当。陶侃把府里的钥匙交给王愆期，什么也没带就离开了。王愆期等人将陶侃送到江口，洒泪告别。陶侃说道："今天恐怕要长别了。"随后登舟而去，到樊溪的第二天就病逝了。

陶侃在军中四十一年，为人雄毅果敢，临机善断，明察秋毫，兵民都奉公守法。尚书梅陶曾经给友人写信说："陶公神机明断，忠顺勤劳，不是一般人能比的。"太常卿谢衮的儿子谢安也说："陶公善于用兵。"可见陶侃实为东晋诸臣的翘楚。

陶侃离开后，晋廷调平西将军豫州刺史庾亮镇守武昌。庾亮无才无德，还任命殷浩为记室参军，只会谈论老庄，碌碌无为，哪里比得上陶侃？一听说石虎带兵攻来，庾亮立即慌乱不已，不知所措。晋廷选不出将才，只好让年高望重的王茂弘抵御羯寇。成帝当时已经十四岁了，在广漠门阅兵，并调遣将士，命将军刘仕援救历阳，赵胤屯兵慈湖，路永戍守牛渚，王允之戍守芜湖。司空郗鉴也令广陵相陈光率众保卫京师。

蜀 乱

晋廷为了防备石虎，忙着调兵遣将。忽然有探子报告说赵军已经退到东阳去了，建康城中这才稍稍安定。后来又听说石虎已回到临漳，晋廷于是下诏解严，令桓宣担任平北将军、司州刺史，依然镇守襄阳。石虎返回都城后，派遣征虏将军石遇率领骑兵，渡过沔水，攻打桓宣。桓宣派人到荆州求援。荆州都督庾亮令辅国将军毛宝、南中郎将王国、征西司马王愆期等人援救襄阳。石遇挖地攻城，在城墙的三面挖了三个洞，想从地道攻入城中。桓宣早有防备，让壮士在地道中静候赵军。等石遇率兵进入地道，桓宣就让人放火，石遇大败。桓宣又带兵杀出，石遇无计可施，又听说桓宣的救援部队就要到了，只好连夜撤退。晋廷下诏令桓宣为梁州刺史，毛宝为征虏将军，镇守邾城。

这年是成帝十年，改元咸康。成帝下令文武百官各加官一等，大宴三天。成帝非常推崇王导，小时候见到王导就下拜，即位后写信给王导还必定写"惶恐言"三字，下诏则用"敬问"二字。王导年已六十，常常因病不能上朝，成帝时常亲自前去探望王导。遇有要事召见王导，成帝一定下令准许王导的车驾进殿，并赐座给王导。王导性情温和，经历两次内乱都能保全禄位，安享天年。但王导的妻子曹氏妒忌心强，王导有一次住在姬妾的别院里，曹氏发现后就去找王导理论。王导担心众妾受到欺侮，急忙驾着牛车前去通知众妾离开。等到曹氏到了那里，只看见一间空屋。曹氏就对着王导骂个不停，王导置之不理，曹氏也只好悻悻而回。太常蔡谟得知此事，对王导说道："朝廷要给您赏赐了。"王导说自己无功无德，不敢接受。蔡谟笑道："可惜没有准备东西，只有牛车罢了。"王导听了心里很不是滋味，对僚属说道："我去洛中的时候没听说蔡克有儿子，现在他儿子蔡谟敢来侮弄老夫，也太不懂礼法了。"原来蔡谟父亲名克，曾经是河北从事中郎。新蔡王腾被汲桑所害，蔡克殉难。蔡谟官至太常，为人幽默，喜欢开玩笑。王导当时颇觉不平，后来也就忘了。

成主李雄占据巴蜀，二三十年无事。那时中原大乱，晋廷不能顾及西部，前、后两赵也没有工夫侵占西部。李雄得以占据巴蜀，已经是心满意足。随后兴办学堂，减轻赋税，让百姓休养生息，所以其他地方战乱纷纷，只有蜀地安然无事。只是李雄没有威严，奖惩不明，又舍子立侄，导致后来争端不断。李雄曾经立妻子任氏为后，任氏无子，但其他小妾生有十多个儿子。李雄因为长兄李荡战死成都，而李荡的儿子李班又仁孝好学，李雄就立李荡为太子。李雄的叔父太傅李骧与司徒王达进谏道："先王传子立嫡，是为了防备发生篡夺之事。您册立储君也要三思啊！"李雄叹道："我从前起兵，本来没有称帝的想法。只是正赶上天下大乱，我的兄长又不幸捐躯，他的儿子很有才能，我怎么能偏袒儿子而忘了侄子呢？我已经决定了，你们不要再劝了。"李骧痛哭流涕道："从此要发生祸乱了。"

这时凉州牧张骏派遣使者到蜀地，劝李雄向晋称臣。李雄答道："如果晋主英明，我自然俯首称臣。"后来张骏为赵兵所逼，不得已向赵国称臣。等到赵国发生内乱时，张骏就派人送信到建康，向李雄借路。李雄没有答应。张骏又让治中从事张淳向李雄称臣借路。李雄假意允诺，暗中派心腹扮作盗贼袭击张骏。蜀人桥赞得知消息，通知了张淳。张淳就派人对李雄说道："听说你想让强盗杀臣，不知你对此做何解释？"李雄只得答称："并无此事。"司隶校尉景骞说："张淳是壮士，不如让他留下来吧。"李雄答道："你先问问他吧。"景骞便去见张淳，说道："你身体肥胖，天热不好行走，不如在我国小住一段时间，等天气凉爽了再走也不迟。"张淳答道："我国有难才派我来商议北伐，就是刀山火海，我也在所不辞，何况只是暑热？"李雄召见张淳，问张淳道："贵主英名盖世，地险兵强，怎么不自己称帝？"张淳应声道："我张家世代忠诚，现在因为仇恨未雪，才带兵据守一方，日日枕戈待旦，哪里有闲暇称帝？"李雄说道："我的先人也是晋臣，后来和流民在此地避难，受众人推崇，才有今天的局面。如果晋室中兴，我自然率众归附，你到建康后，请替我传达此意。"说完，李雄就以厚礼馈赠张淳，让张淳上路。张淳谢别，然后往建康走去。

这时，太傅李骧病故，李雄令李骧的儿子李寿为大将军，任西夷校尉。李雄又命太子李班为抚军将军，李玝为征北将军兼任梁州牧。后来，李雄令李寿与征南将军费黑、征东将军任邵一同攻陷巴郡。太守杨谦退到建平，费黑乘胜进逼，建平监军毋邱奥也退到宜都。李寿率兵西归，

188

让任邵屯军巴东。李雄又调费黑攻打朱提。朱提离宁州很近，刺史尹奉发兵援救朱提。费黑屡攻不下，李寿亲自前去攻打。巴郡被围困了几个月，城中已经没有粮食，朱提太守董炳及宁州援将霍彪等人只好开城投降。李寿又移兵攻打宁州，尹奉不战而降。李寿派尹奉镇守蜀地，自己担任宁州刺史。李雄因为李寿有功，加封李寿为建宁王，召他还朝。李寿任命降将霍彪为宁州刺史，爨琛为交州刺史，然后带兵回成都。这时李雄在位已经有三十年了，年过六十的他，忽然头上生疮，脓血淋漓。李雄的儿子车骑将军李越等人厌恶那股怪味，因此不愿靠近李雄。只有李班毫无怨言，昼夜侍奉，甚至亲自用嘴吸吮痈血。不久，李雄去世。

大将军建宁王李寿受诏辅政，李班嗣位，尊李雄为武帝，庙号太宗。李班依古礼守丧，政事都交给李寿处理。李越镇守江阳，回来奔丧，想到大位传给李班，心中很是不平，就与弟弟李期密谋作乱。李班的弟弟李玝看透玄机，劝李班让李越回江阳，并让李期担任梁州刺史，戍守葭萌关。李班不听。李玝再三苦谏，李班反而将李玝调出去戍守涪城。当时，天空中出现六道白气，流动不休，太史令韩豹上奏说："宫中有人要阴谋起兵。"李班不听劝谏，一味在殡宫哭丧。李越与李期当晚发兵作乱，趁李班对着棺木痛哭的时候，突然拔刀砍去，只见刀光一闪，李班人头落地，双眼还有泪滴。李班年仅四十七岁，在位不满一年。

李越又杀了李班的二哥李都，诈传太后任氏的命令，将李班废为戾太子。李越将大位让给弟弟李期。李期继承大位，封建宁王李寿为汉王，任大都督。李期又封李越为建宁王，兼任相国，与李寿一同担任尚书事。封二哥李霸为镇南中领军，弟弟李保为镇西中领军，堂哥李始为征东将军，代替李越镇江阳。李期将李雄的遗柩葬在安都陵。李始因为李期弑主篡位，心中不服，就与李寿密商，意图征讨李期。李寿不敢出兵，李始竟然诬告李寿谋反。李期本来就想杀李寿，正好这时候涪城守将李玝抗命起兵。李期就让李寿抵御李玝，攻打涪城。李寿先派人拜见李玝，陈明利害，指明去路。李玝与部将进会、罗凯等人弃城东逃，向晋乞降。李寿据实报告李期，李期令李寿为梁州刺史，据守涪城。第二年，李期改元玉恒，立妻子阎氏为皇后，尊任氏为皇太后。李期是李雄的四子，生母冉氏地位卑贱。任氏见李期清秀可爱，就收他为养子，所以李期对待任氏就像亲生母亲一样。仆射罗演是李班的舅舅，表面上虽然恭维李期，心中却忌恨他。汉王李寿的属下上官淡与罗演一同密谋废掉李期，改立李班的儿子李幽。李期知道后，杀死罗演、上官淡，并处死李班的母亲罗氏。李期随意任用亲信，倚仗尚书令景骞、尚书姚华田褒、中常侍许涪等人，朝廷大事只让这几个人裁决，纲纪废弛，法度荡然无存，国势也渐渐衰落下来。

代王拓跋郁律是拓跋猗卢的侄子。拓跋普根去世后，拓跋郁律继承王爵。拓跋郁律曾经击败匈奴支部的刘虎，收降刘虎的堂弟刘路孤，又攻取乌孙故地，吞并了勿吉西境。此后，拓跋郁律的军队人强马壮，威震北方。赵主石勒派使者前来，想与拓跋郁律结为兄弟，拓跋郁律却斩杀了使者。东晋授册加封，拓跋郁律也加以拒绝。过了五年，拓跋普根的母亲惟氏想立儿子拓跋贺傉为王。拓跋郁律对母亲向来毫不设防，后来被惟氏杀害。拓跋郁律的儿子拓跋什翼犍，当时还在襁褓之中，生母王氏将他藏了起来，向天祈求道："上天请保佑他，不要让他哭喊。"拓跋什翼犍并不出声，好像睡熟一般，王氏将儿子藏在身上带出帐篷。惟氏派人监视王氏，监视他的人只看见王氏孤身外出，并不知道她已经将孩子带出去了。拓跋什翼犍的哥哥拓跋翳槐，已经长大成人，因长年在外，得以活命。这件事后，他依附了贺兰部酋蔼头。蔼头是拓跋翳槐的舅舅，王氏带着拓跋什翼犍也投奔了贺兰部。惟氏立拓跋贺傉为代王，自己出来训政，总揽朝纲。因担心赵主记念前仇，发兵攻打代国，就派人送信给赵主说："拓跋翳槐已死，现在另立新君，愿与贵国永为友好邻邦。"赵主石勒问明情形后，含糊答应，要求派人质入住赵都。

四年后，惟氏病逝，拓跋贺傉亲政。拓跋贺傉向来懦弱，各部酋长多半不愿听命于他。拓跋贺傉胆怯心虚，迁居东木根山，修筑一城作为都邑。拓跋贺傉又担心各部进逼，整日发愁，不堪消受，竟然憔悴而死。拓跋贺傉死后，他的弟弟拓跋纥那即位。拓跋纥那较为刚猛，制服诸部后，又向贺兰部酋蔼头索要拓跋翳槐。蔼头不肯，拓跋纥那就与宇文部一起进击蔼头。蔼头向赵国求救，赵国拨兵援助蔼头，大破宇文部。拓跋纥那退到大宁，蔼头号召诸部拥立拓跋翳槐为代王，然后向大宁进兵。拓跋纥那逃到宇文部，企图再次进攻拓跋翳槐。拓跋翳槐派弟弟拓跋什翼犍，到赵国做人质以求外援。拓跋纥那不敢动兵，偏偏蔼头只想立功，屡次为难拓跋翳槐。拓跋翳槐于是派人刺杀了蔼头，蔼头一死，各部酋相继叛离。拓跋纥那乘隙而入，再回大宁，与诸部共同攻打拓跋翳槐。拓跋翳槐逃到邺城，赵王石虎派将军李稷等人攻打拓跋纥那。拓跋纥那弃城奔往燕国。拓跋翳槐又成为代王，在盛乐修筑城池，安然居住。拓跋翳槐先后在位九年，病逝前嘱咐弟弟拓跋孤与拓跋屈道："我危在旦夕，活不了多久了。只有立拓跋什翼犍，才能保住社稷。"拓跋翳槐去世后，拓跋孤准备迎回拓跋什翼犍，拓跋屈却故意拖延。各部酋长见不能迎回拓跋什翼犍，私议纷纷，认为拓跋屈残暴多诈，不能立为人主，只有立拓跋孤较为妥当。当即将拓跋屈杀死，催逼拓跋孤即日登基。拓跋孤宁死不肯，坚持要迎立拓跋什翼犍，并亲自跨马出都前往赵都。拓跋孤拜见赵主石虎，说明来意。石虎不肯放人，拓跋孤慨然说道："拓跋孤奉先君遗命，前来迎回拓跋什翼犍，如果大王有所怀疑，拓跋孤情愿留下做人质，但求大王放还拓跋什翼犍。"石虎听了，赞扬道："你忠孝兼全，情义两尽，我怎么能为难你呢？"

当时，拓跋什翼犍已经十九岁了，身高八尺，仪表过人。拓跋什翼犍回去以后，就设坛登位，纪元建国，革除弊制，制订新规，仿效中原设立百官。拓跋什翼犍任用代人燕凤为长史，许谦为郎中令，治政清廉，百姓臣服。拓跋什翼犍在位不到三年，就得到十万百姓，东自濊貊，西至破落那，南到阴山，北到沙漠，各地百姓都归顺拓跋什翼犍。拓跋什翼犍将境内分为两大部，命拓跋孤监守北境，儿子拓跋实君监守南境。拓跋什翼犍虽然已有家室，但妻子出身卑微，不是望族之女。拓跋什翼犍想借册立王后，与强国联姻，以扩大自己的势力。那时候北方除赵国以外，就算燕王慕容皝最为强大。拓跋什翼犍就派使者去燕国求亲。

石虎的家乱

慕容儁是慕容皝的三儿子。慕容皝是鲜卑大单于，他礼贤下士，很有声望。平州刺史崔毖与高句丽、段氏、宇文氏合谋打败慕容皝，瓜分慕容皝的领地。慕容皝与长史裴嶷打败宇文部。段氏、高句丽因为害怕而求和，崔毖逃往高句丽。慕容皝令裴嶷向建康告捷，晋廷封慕容皝为辽东公、平州牧，仍为鲜卑大单于。慕容皝设置百官，立儿子慕容儁为世子，命慕容翰为建威将军，慕容仁为征虏将军，让他们分别戍守要塞。赵国派遣使者前来修和，慕容皝拒绝。赵国唆使宇文部酋长乞得归带兵攻打慕容皝。慕容皝命慕容儁等人抵御，连连打败乞得归，直捣宇文部。乞得归被别部逸豆归追击，死在荒郊野外，逸豆归就成了宇文部的酋长。后来，慕容儁率兵征讨宇文部，逸豆归战败求和，慕容儁这才罢兵。从

191

此，慕容皝威名大震。后来，慕容廆得病身亡，享年六十五岁。慕容廆从晋武帝十年被晋廷封为鲜卑都督，到去世时被封为辽东公，在位有四十九年之久。

慕容皝承袭父位，非常忌恨慕容翰与慕容仁二人。慕容翰投奔了段氏，慕容仁据守平郭，二人与慕容皝为敌。慕容皝率兵攻克辽东，进入平郭，趁慕容仁不备，将他杀死。慕容皝又派将军封奕等人击败段氏、宇文氏，然后自称燕王，立妻子段氏为王后，儿子慕容俊为王太子，任命封奕为国相，韩寿为司马，裴开、阳骛、王宇、李洪等人为列卿。历史上称为前燕。

代王拓跋什翼犍派使者前来求婚，慕容皝早已听说了拓跋什翼犍的才名，非常愿意和亲，便将妹妹兴平公主嫁给了拓跋什翼犍。拓跋什翼犍大喜，立即将兴平公主迎为王后，在盛乐城修筑宫室，金屋藏娇。这时，除了东晋以外共有五个国家，赵国最为强大，其他依次为成国、燕国、代国、凉国。凉州牧张骏没有称王，仍然向晋室称藩，还派张淳去建康觐见成帝，但境内都称他为凉王。晋廷特封张骏为大将军，让他负责陕西、雍、秦、凉州的军事。张骏年年朝贡，到成帝咸康元年冬季，张骏又派参军麹护上表请求北伐。

表文到达建康的时候，成帝正在筹备大婚，哪有工夫去征讨北虏呢？成帝遣回麹护，让他回去待命。第二年二月，成帝册立杜氏为皇后。皇后杜氏是已故镇南将军杜预的曾孙女。此女亭亭玉立，样貌可人。只是杜氏年已十四却还没有长牙齿，因此一直没有婚配。当她被成帝选为中宫的那天晚上，牙齿居然全长了出来。杜氏与成帝同岁，二人乾坤合德，龙凤呈祥，恩爱缠绵。

这时候，张骏又请求北伐。与此同时，赵主石虎迁都邺城。听说张骏常与晋国往来，石虎就命人将凉州派往晋国的使者抓回邺中，张骏的使者因此没能到达建康。石虎又命人在旧都修筑太武殿，在新都建造东西宫，还广采良家少女充作宫妾，多达万人。又教宫女观看星象、学习骑射。石虎每次出游，都让上千名女骑随行，仿佛天女下凡，令人眩目。这时候，境内旱灾严重，两斗米值一斤黄金，百姓饥困交加。石虎却大兴土木，日夜不停，又派牙门将张弥到洛阳宫中，将钟虡、九龙、翁仲等物品搬进邺城。路上不小心把一口钟掉到到河里去了，三百名壮士赶紧下水将钟捞起来，用大船运了回来。石虎大喜，连连赏赐百官粮食和布匹。后来又在邺南投石河中建造一座飞桥，耗资巨大，桥却

192

没修成。

石虎意欲称尊，一次，他穿上龙袍，准备到南郊祭祀，走到镜子前整理衣冠时，却发现镜子里面的自己竟然没有头，石虎心中恐惧，始终不敢称帝。后来群君一再劝石虎称尊，石虎才自称赵天王，然后在南郊筑坛，即位受朝。石虎立后郑氏为天王后，太子石邃为天王太子，其他各子都降王为公，宗室降王为侯。郑天王后小名樱桃，是晋尢从仆射郑世达的歌伎，逃难来到襄国。石虎见她貌美绝伦，就把她纳为妾室。石虎的元配郭氏是征北将军郭荣的妹妹，二人相敬如宾，从来不曾争吵，郭氏一直没生儿子。樱桃进门后，先用柔媚手段把石虎迷住，然后不断地向石虎进谗，妄图窃取正室。郭氏不堪忍受，免不得反唇相讥。哪知石虎竟然袒护樱桃，郭氏就与石虎争执起来。石虎性情火暴，当场就将郭氏打死。石虎又娶清河崔氏女为继室。一年后，樱桃生了一个儿子，崔氏想收养这个孩子，樱桃不肯。不久，孩子死了，樱桃就将事情推到崔氏身上。石虎听了大怒，立即取来弓箭，召进崔氏，弓响箭发，崔氏倒地身亡。

樱桃后来终于成了石虎的继妻，她生有两个儿子，长子是太子石邃，秉性阴险，小名阿铁，次子是石遵，受封为郡公。石虎立石邃为天王太子，常说："司马氏父子兄弟自相残杀，才使朕有机会拥有今天的一切。试想阿铁是我的大儿子，我怎么会忍心杀他呢？"大臣们听了，齐声说道："陛下父慈子孝，为什么突然说这样的话？"然而太子石邃恃宠生骄，因骄而暴，酗酒贪色，纵欲无度。他终日在外四处游玩，看见有姿色的妇女就强迫交欢。石邃还将貌美俊俏的女尼召进宫中，大肆糟蹋，又把她们如同猪羊一般宰割，然后将人肉与猪肉、羊肉混在一起煮，自己吃不完就赏赐给下人。河间公石宣、乐安公石韬都是石邃的弟弟，很得石虎宠爱，石邃却将他们视作仇敌。石虎毫不察觉，左手抱着娇妾，右手端着酒杯，整日里醉生梦死，不问朝事。石邃有事入宫禀报，石虎嫌麻烦，呵斥道："这等小事，禀报什么？"后来石邃不再禀报，石虎又召见石邃骂道："为什么有事却不上报？"石邃不免说到石虎以前不让禀报的事，没想到这一说更触怒了石虎，反而遭了一顿鞭打。石邃屡遭鞭责，心里当然不平，私下对中庶子李颜等人说道："主上很难服侍，我想自立为王，你们肯跟随我吗？"李颜等人不敢说话。石邃就托词患病，不理朝政，暗中却带着五百官僚，前往李颜家聚会喝酒。酒至半酣，石邃对李颜说道："我想杀了河间公石宣。"李颜答言：

"今天只喝酒，其他的事情以后再说。"石邃又狂饮数杯，突然站了起来，跨上骏马对众人说道："快随我去杀河间公石宣，谁敢不从，立即斩首。"众人只好从命。李颜叩头苦苦谏阻，石邃醉得不能支持，踉跄而回。

石虎听说石邃生病，就想前去探视，正要命人驾车前往。忽然一个人跑来谏阻道："陛下不能去东宫。"石虎回头一瞧，是大和尚佛图澄。石虎于是打消了去东宫的念头。以前佛图澄说的话都得到验证，石虎因此很敬信他。佛图澄与石虎谈了一会儿就走了，石虎不禁怀疑，自言自语道："我难道不相信自己的儿子吗?"石虎随即派女官召见石邃。石邃却忽然拔出佩剑，刺向女官。幸亏女官身手灵敏，转身逃出，奔回去报告石虎。石虎大怒，命人逮捕了中庶子李颜等三十多人，并当面审讯他们。李颜将事情和盘托出，石虎责怪他辅导无方，令人将他推出斩首，并将石邃幽禁在东宫。不到半天，石虎召见石邃。石邃照常朝谒，并未叩谢，拜完就退了出来。石虎令人传谕道："太子应当去拜见中宫，怎么能离开?"石邃好像没听见一般，昂首而出。石虎怒不可遏，立即将石邃贬为庶民，并把他拘禁起来。到了晚上，石虎索性派人杀死石邃及他的妻子张氏等人。东宫二百多僚属一同被杀，天王后郑樱桃也被连坐问罪，废为东海太妃。另立河间公石宣为太子，石宣的母亲杜昭仪被封为天王后。

这时，燕主慕容廆派使者向赵国称藩，表示愿意出兵征讨段氏。石虎最喜欢用兵，见慕容皝前来归顺当然高兴，就与来使约定了征讨的日期。石虎当即招募了三万壮士，然后又命横海将军桃豹、渡辽将军王华，统领十万水师进击渝津；虎骧将军支雄、冠军将军姚弋仲，统领十万步骑作为前锋，前去讨伐段氏；石虎也率领亲兵进击金台。段氏酋长段辽得知赵国举兵前来，就令堂弟段屈云进袭幽州，刺史李孟驻守易州。虎骧将军支雄击退段屈云，然后长驱直进，接连攻下四十多座城郭。燕王慕容皝出兵攻掠令支的北面，段辽派弟弟段兰抵御慕容皝，谁知道慕容皝竟然大破段兰。段辽南北两面出兵抵御都遭到大败，后来又听说赵兵已经进入安次，杀死了部酋那楼奇，段辽惊恐不已，连夜逃往密云山。段辽左长史刘群、右长史卢谌、司马崔悦等人封好府库，派使者向石虎求降。石虎令将军郭泰、麻秋，带着两万轻骑追击段辽。郭泰、麻秋行在密云与段辽相遇，段辽将士无心应战，纷纷逃命，段辽也只好逃跑。石虎进入令支，直达段辽宫中。段辽的儿子段乞特真前来投降，并进贡上百匹名马。石虎同意他归附，并迁徙两万百姓到司、雍、兖、豫四州居住。

这时，燕王慕容廆已经班师回朝。石虎恨慕容廆无礼，便想移兵攻打燕国。佛图澄谏阻道："燕国势力强大，我国不宜现在出兵，还是先班师回朝吧。"石虎厉声说道："有我率军进攻，战必胜，攻必取，慕容廆怎么会是我的对手？"太史令赵揽也进谏劝阻，石虎大怒，命人鞭打赵揽，并将他降为肥如长。石虎率众从令支城出发进攻燕国，并派使者招降百姓。燕地各郡县都害怕石虎，相继请降。石虎顺利取得三十六座燕城，随后率兵东进，直捣棘城，数十万人厮杀在一起，呐喊声震彻辽东。燕王慕容皝见此情景，担忧不已，竟然想要逃跑。帐下将士慕舆根进言说："陛下应当固守坚城，稳定士心，观势察变，然后出奇制胜。实在不能抵挡时，再走也不迟。"慕容皝这才决心守城。玄搜太守刘佩说道："强寇在外叫嚣，城内人心惶惑不安，国事安危都系于大王一个人身上，大王应当振奋精神，号令将士。臣愿拼死出击，即使不能大捷，也可以小挫敌锋，安定众心。"慕容皝点头允准。刘佩随即率领数百壮士乘夜出城，突袭赵兵。赵兵虽然有所防备，毕竟月黑风高，不敢迎战。刘佩的将士乱砍一番，杀死数百名赵兵后收兵回城。

慕容皝向封奕问计，封奕答道："石虎凶残，人神共愤。虽然他倾国远来，但也不足为患。用不了多久，石虎大军必将自乱。大王只要守住城池，等他退去时，再派兵追击，必然能取得大胜。"慕容皝于是安心守城。石虎用箭把招降信射到城门上。守兵将信呈给慕容皝，慕容皝一把扯碎，慨然说道："我正要攻取天下，怎么可能投降？"不久，石虎带兵猛攻，守将慕舆根等人奋勇力战，将登上城门的赵兵通通杀死。相持了十多天，赵兵死伤无数。石虎无计可施，只好撤退。走了数里，石虎忽然听见后面有燕兵追来。为首的一员少年将领大声呼道："石虎快来受死。"石虎大怒，令士兵回马迎战，偏偏各军都想返回，不听号令，不管石虎如何调遣，兵士都掉头不顾，落荒而逃。

李寿篡夺西蜀

石虎回兵途中遇到燕兵追击，带头的燕将正是慕容恪。慕容恪是慕容廆的四子，是小妾高氏所生，高氏不得宠，慕容恪自然不被慕容皝疼爱。慕容恪十五岁时容貌雄伟，有勇有谋，慕容皝才对他另眼相看，让慕容恪学习孙吴兵法。此次慕容恪带兵追击石虎，部下不过两千人，却击败十万赵兵，夺回三十六座城郭，奏凯而归。石虎狼狈返回邺城，检点各军，只有游击将军石闵一军全数而归。石闵本来姓冉，世代居住在魏郡。石勒攻破魏郡后，掳获石闵的父亲冉瞻。冉瞻年少有为，石勒非常喜爱他，就收冉瞻为养子。冉瞻从此改姓为石，担任左积射将军，封为西华侯，后来战死沙场。石虎见石瞻战死，对石闵也如同亲人一般，让他继承石瞻的爵位。石闵长大后很有勇略，官至北中郎将游击将军。此次石闵随石虎出师，回来时不损一兵，不折一将，石虎极为赞赏。石虎召赵揽为太史令，同时下令造船屯粮，意图再次攻打燕国。

这时，段辽还在密云山，他先派使者请赵国发兵相助，后来又反悔，转派使者到燕国谢罪投降。燕王慕容皝亲自率领诸军迎进段辽，段辽与慕容皝相见后表示愿意助燕攻赵。慕容皝大喜，令慕容恪带领精骑在密云山设下埋伏。赵主石虎不知道段辽中途变卦，仍然令征东将军麻秋率领三万士兵去迎接段辽。临行前，石虎当面嘱咐麻秋道："受降如同对敌，不可掉以轻心。"石虎又命阳裕为军司马，让他做向导。阳裕本是段氏旧臣，赵军入蓟时战败投降。麻秋领兵前进，只管纵马疾行。快到三藏口，即密云山进入山谷的要道，麻秋远远望见前面只有茂盛的树木没有兵马，于是麾兵进入山谷。刚走到一半，猛然听到一声呼哨，震彻深谷，慕容恪麾动伏兵两面杀来。麻秋慌忙退兵，可是山路崎岖，易进难退，一时情急失措，竟然自相踩踏，赵兵伤亡惨重。再加上燕兵猛力进攻，赵兵三万人死了两万多，只剩下几千残兵，保护着麻秋逃回。当时麻秋的战马受伤，麻秋下马奔逃，才幸免一死。

阳裕被燕兵擒下。赵将单于石亮被围，杀不出去，索性靠着石头坐着。燕兵喝令他起来，石亮厉声说道："我是大赵上将，怎么能听你们这些人的喝令？你们要是能杀了我，只管下手，否则让开路，让我回去。"燕兵见石亮相貌伟岸，声气雄壮，倒也不敢进逼，只是派人报告慕容皝。慕容皝迎进石亮，与他叙谈一番后封石亮为左常侍。石亮见慕容皝以礼相待，也就欣然受命。之前平州刺史崔悫逃跑，妻子和儿女却留在了燕国。慕容皝就将崔悫的女儿嫁给石亮，并任阳裕为郎中令，以上宾之礼相待。第二年，段辽谋叛，慕容皝出兵把段辽杀死。慕容皝又令长史刘翔、参军鞠运到晋廷报捷，并乞求册封。晋廷没有答应，得知赵国被燕国打败，晋廷也蠢蠢欲动，想要北伐。

倡导北伐的是征西将军庾亮。咸康四年，成帝命司徒王导为太傅，郗鉴为太尉，庾亮为司空。王导没有委任赵胤、贾宁等人，庾亮心中不服，写信给太尉郗鉴，说道："公与下官深受皇恩，朝廷有王导这样的大奸人而不能除去，他日到了地下，我们还有何面目去见先帝？下官愿意与公一起铲除奸臣。公为内应，庾亮为外援，定能成功剿灭奸人！"郗鉴看完信后，付诸一笑，并不答复。有人得知此事，劝王导多加防备。王导叹息道："我与庾亮休戚与共，他应当不会有异心。如果真如你所言，我也不怕。"话虽如此，但庾亮身在边境，却要来干预内政，王导心中总有些不平。有一次，西风吹起了很多沙尘，王导就用扇子遮住脸，然后缓缓说道："庾亮就是这种尘污之人。"王导老成持重，既有名望，又是皇帝的老师，所以晋廷的大臣都格外推重王导。太常冯怀劝光禄勋颜含对王导要恭敬，颜含正色说道："王导虽然是相国，但也是臣子，你们见了他屈尊敬礼，我年老不识时务，只知道遵守古礼。"冯怀离去，颜含随即上表辞官，回到琅玡故里。二十多年后，颜含在家乡去世。

庾亮既反对王导，又想借着北伐提高自己的声誉。庾亮将两个弟弟举荐到朝廷任职：一是临川太守庾怿掌管梁、雍二州军事，任梁州刺史，镇守魏兴；一是西阳太守庾翼任南蛮校尉，官至南郡太守，镇守江陵。庾亮又让成帝命征虏将军毛宝，掌管扬州、江西的兵权，与豫州刺史樊峻率领数万精骑戍守邾城。然后庾亮调集十万大兵把守江、沔一带，亲自移兵镇守石城，趁机伐赵。庾亮的表文说得天花乱坠，俨然有运筹帷幄之中，决胜千里之外的气势。成帝看到庾亮的表文后，便颁示给廷臣。太傅王导是朝中领袖，又得成帝诏命升任丞相，这番军国大事当然要王导裁决。王导看了表文，微笑着说道："庾亮能做这么大的事情，还有什么好商议的，就按他说的办吧。"太尉郗鉴说道："我看不行，现在军粮没有储备，兵械也很紧张，怎么出战？"百官也都赞成郗鉴的建议。太常蔡谟更是讲出一篇大论，劝成帝不要北伐。成帝料知北伐是一件难事，就下诏让庾亮停止北伐，不必移师。

这时，太尉郗鉴患了重病，于是上疏让位。上疏后没几天，郗鉴就病逝了，享年七十一岁。郗鉴是高平金乡人，为人正直清廉，能识大体，成帝赐他谥号文成。成帝依照郗鉴的遗疏，提拔蔡谟为徐州刺史，让他负责徐、兖二州的军事，任命郗迈为兖州刺史。丞相王导与郗鉴同时患病，先于郗鉴去世，成帝悲伤不已，特地令大鸿胪为王导办理丧事，赐王导谥号文献。王导享年六十四岁，被称为中兴第一名臣。

成帝任命庾亮为丞相，庾亮上表谢绝。成帝命丹阳尹何充为护军将军，会稽内史庾冰为中书监兼任扬州刺史，与何充同领尚书事。庾冰任贤远佞，鞠躬尽瘁，朝野大臣敬服不已，称庾冰为贤相。庾亮一心想要北伐，打算再次上表请命，却接到邾城失守的消息，就不敢再提北伐二字了。邾城虚悬江北，内无倚靠，外接群夷，非常孤危。之前陶侃镇守武昌，僚属屡次劝陶侃分兵戍守邾城，陶侃带着将佐乘船渡江，说道："此城是江北要塞，差不多是虎口中物。我现在的实力只能保住江南，如果戍守此城，反而会招来祸事。况且我的兵力不过数万，怎么顾得过来？不如将它放弃，只管安守江南。"陶侃去世后，庾亮代他镇守武昌。庾亮视邾城为要地，因而派毛宝、樊峻驻守邾城。石虎立即派大都督夔安带领石鉴、石闵、李农、张貉、李菟等五将，分别率领五万兵马进攻邾城。毛宝急忙向庾亮求救，庾亮却没有发兵支援，最后邾城陷没。毛宝与樊峻突围逃走，被赵兵追杀，二人都投江而死。夔安又转攻沔南，连连攻破江夏、义阳等郡，然后进击石城。多亏竟陵太守李阳发兵将赵兵杀退。庾亮始终不敢渡江，只是上表请罪，自愿贬降三等。朝廷命庾怿为辅国将军，担任豫州刺史，掌管宣城、庐江、历阳、安丰四郡军事，镇守芜湖。庾亮自从邾城陷没后，忧愤成疾，不久病逝，年仅五十二岁。成帝追封庾亮为太尉，谥号文康。成帝又封护军将军何充为中书令，命南郡太守庾翼为安西将军、荆州刺史，代替庾亮镇守武昌。

庾翼年纪尚小，就担当大任，朝臣都担心他不能胜任。庾翼却竭尽所能，为政严明，深谋远虑，令众人信服不已。只是庾翼满口大话，好谈兵事，既想灭赵，又想平蜀，唯独想与燕、凉修好，让他们作为外援。赵主石虎也是雄心勃勃，志在并吞江南，愿与蜀主平分。蜀本来叫成，此时已经改国号为汉，李期被杀，被大将军李寿篡位。李期即位后，滥杀无辜，搜罗资财、妇女充入后宫。镇南大将军李霸、镇北大将军李保都是李雄的儿子，相继暴亡，朝臣都说是被李期毒死的。李期的侄子尚书仆射李戴非常有才，李期心怀妒忌，诬陷李戴谋反，逼迫李戴自尽。李期一直忌惮大将军汉王李寿。李寿侥幸保全性命，在外镇守涪城。每次李期让李寿进宫朝见，李寿都找借口推辞。巴蜀西部的龚壮谒见李寿，为李寿出谋划策，劝他袭击成都。原来龚壮的父亲和叔叔都被李特所杀，龚壮想要报仇却一直没有机会，多年来龚壮一直穿着丧服，乡邻都称他为孝子。龚壮得知李寿与李期不和，就想借李寿之手灭了李期。李寿与掾吏罗恒、解思明谋划进攻成都。李期也一直防备着李寿叛变，屡次派中常侍许涪监视李寿。李期又毒死李寿的养弟安北将军李攸，并与建宁王李越、尚书令景骞、尚书田褒、姚华等人共同商议攻打李寿。等到李期将要发兵，李寿已经先发制人，率领数万步骑由涪城进入成都，派部将李奕担当前锋。李寿之子李势是翊军校尉，当时正在成都，正好可以作为内应。李势开城迎进李奕、李寿。李期没有防备，只得派人迎战。李寿奏称建宁王李越与景骞、田褒、姚华以及李遁、李西都是叛党。李期还没有回复奏折，李寿已经指挥士兵擒获了李越等人，并将其一律处死。李寿又矫称任太后的诏令，废李期为邛都县公，将他幽禁起来，追尊李班为哀皇帝。

罗恒、解思明、李奕劝李寿称镇西将军、益州牧、成都王，向晋称藩，把邛都公送往建康。但李寿的妹夫任调、侍中李艳、司马蔡兴等人却奏请李寿称帝。李寿令人占卜吉凶，占卜之人说李寿可以做数年天子。任调跳起来说道："一日为帝，已经够威风了，何况多至数年呢？"解思明反驳说："数年天子，怎么能比得上百世诸侯？"李寿微笑道："朝闻道夕可死，任卿的话是上策。"李寿于是称帝，改国号汉，纪元汉兴。追尊父李骧为献皇帝，母亲昝氏为皇太后，立妻子阎氏为皇后，世子李势为皇太子；命董皎为相国，罗恒为尚书令，解思明为广汉太守；任调为征北将军、梁州刺史，李奕为西夷校尉，侄子李权为宁州刺史。李寿特地任用龚壮为太师，龚壮却谢绝了。邛都公李期被幽禁后，慨然叹道："我本是天下之主，现在却成了小县公，情何以堪？"说完，解带自缢，年仅二十五岁，在位三年。李期的妻儿也都被杀。李寿赐李期谥号幽公。

庾冰拥立司马岳

汉主李寿得到赵主来信，喜出望外，马上派散骑常侍王嘏、中常侍王广赶到邺中与赵国订立盟约。龚壮曾经劝李寿依附晋廷，李寿不肯。龚壮又谏阻李寿联赵，李寿仍然不听。李寿只管大修船只，储粮缮甲，准备举兵东下。李寿命尚书令马当为六军大都督，调集七万军士来到东场，由李寿亲自阅兵。船只造好后，李寿令水师齐集成都城下。李寿登城远望，见帆樯蔽日，不禁扬扬得意。但群臣多与李寿意见不一，纷纷谏阻道："我国地小兵少，只可以自保，不应进取。"李寿怒斥道："现在赵与我平分江南，正是天赐良机，怎么能白白放弃这么好的机会？"广汉太守解思明反复进谏，李寿始终不听。直到群臣叩头劝谏，李寿才没有发兵。

李寿的老部将李闳被东晋捉住，后来逃往赵国。李寿给赵国写信，要求赵国放归李闳。李寿在信中称石虎为赵王石君，石虎看了有些不高兴。中书监王波进言道："陛下应当遣还李闳，使李寿感恩并归顺于您。何况我国将多士众，何必多留这一个人？现在李寿自称尊号，如果我国下诏，他必定不会接受，不如赠给他国书，以示大度。"石虎便令李闳回到蜀地。这时，挹娄国向石虎进献弓箭，王波说可以将弓箭转赠巴蜀。石虎便派使臣与李闳一同赴蜀，并送去弓箭。使臣回国后，上报说李寿并不称谢，还下令国中："羯使来庭，进献弓箭。"石虎大怒，罢免了王波。不久，凉州牧张骏令别驾马诜到赵国进献宝物，石虎起初颇为高兴，等看完来信，见信中语言傲慢，转而大怒，就想斩杀马诜。侍中石璞劝阻道："江东才是我朝大患，区区河右，不值一提。今天如果斩了马诜，张骏一定会发兵攻打我朝，到时我朝就要出师抵御，而无暇南讨，建业君臣反而能苟延残喘，岂不是失策？况且凉州不是要地，倒不如先安抚张骏，以后再讨伐也不迟。"石虎于是对马诜以礼相待，遣他回国了。

这时，忽然听说燕兵入侵，石虎大加防备，集兵五十万，准备了上万艘船，运了上百万石谷子以及四万多匹征马到乐安城，准备攻打燕国。哪知燕王慕容皝已经探得石虎的密谋，与诸将商议道："乐安城防守严密，固若金汤，但蓟城南北却没有设防。我们不如从小路出发，趁他不备，率兵出击，一定能取胜。"随后，慕容皝整率各军，从蠮螉塞攻入赵国境内，直抵蓟城。幽州刺史石光拥兵数万，却不敢出战，只是闭城据守。燕兵渡过武遂津，来到高阳，沿途掠走幽、冀三万多户百姓。石虎听说燕兵入境，就整军对敌，可是一时不能齐集人马，只好等待几天。等到兵马会集，燕兵已经饱载而归了。石虎这才知道慕容皝颇有智谋，也不敢再轻易出兵了。慕容皝带兵回国。因为使者刘翔等人在江东没有回来，慕容皝就给晋中书监庾冰书写信，责怪他忘仇误国。

当时江左君臣为了燕国求封之事，议论了好久，都没有达成一致意见。燕国使者刘翔请求了好几次，晋廷借口不能封异姓为王，一再推脱。刘翔因为没有得到封号，只好滞留建康。燕王慕容皝写信责问虞冰，虞冰就与中书令何充商议，封慕容皝为王。何充曾与刘翔见过一面，刘翔对何充说道："国家动荡不安，百姓处于水深火热之中，这正是朝廷有所作为，振兴国祚的时候。刘翔只见到诸公以奢靡为荣，以放荡为傲，试问如此下去，怎能强国富民？"何充听了，不禁惭愧，与庾冰联名奏请，请求朝廷封慕容廆为大将军、幽州牧、大单于、燕王。成帝于是下诏册封慕容廆，刘翔奉诏后进宫辞行。朝廷又任命刘翔为代郡太守，刘翔不肯接受，叩头而出，当下与晋臣告别，整装起程。公卿等人为刘翔饯行并将他送到都门，宴饮尽欢之后，刘翔慨然说道："现在石虎、李寿志在中原，王师又没有肃清北方和巴蜀，一旦石虎出兵，再加上李寿来袭，即使我朝占据险要之地，拥有众多谋士，恐怕也不能应付。"中护军谢广当时也在座，说道："刘翔的高论正合我意，我们都应该努力报国啊。"撤席后，刘翔离去，晋臣也纷纷散去。

没过几天，宫中传出大丧，皇后杜氏得病身亡，百官前去奔丧。杜皇后在位六年，没有生下子嗣，年仅二十一岁。成帝下诏丧事从俭，追封杜皇后为恭皇后。杜皇后死后，宫中周贵人最受宠，生有两子，长子叫司马丕，次子叫司马奕。

过了一年多，成帝患病，不能上朝。王公大臣都到宫门请安，没想到却有一道中书符敕颁发出来，说百官不得擅自觐见，众臣大惊失色。中书监庾冰徐徐说道："敕命从何而来？我是监中书，却不知道，可见是假的了。"当下进宫查问，果然没有这个敕令。庾冰告诫僚吏，以后一定要谨慎。庾冰拜谒成帝，见成帝病已垂危，就请求立琅玡王司马岳为嗣。司马岳是成帝的弟弟，比成帝小一岁。庾冰见成帝的两个儿子都还在襁褓之中，所以想立长君。中书何充在一旁，对庾冰说道："父子相传是先王旧制，如果嗣立皇弟，皇子怎么办？"庾冰答道："国家没有安定，倘若再立幼主，如何匡扶社稷呢？"不久，成帝传召大臣，命庾冰、何充、武陵王司马晞、会稽王司马昱、尚书令诸葛恢都到榻前受旨。庾冰请立琅玡王司马岳为嗣，成帝同意，令庾冰代草嗣位遗诏。

遗诏起草完后，庾冰等人退出。三天后，成帝驾崩，年仅二十二岁。成帝幼年即位，受制于舅舅庾亮。苏峻叛乱，实由庾亮一人激成，等到乱事告平，庾亮出守边镇，成帝才得以亲理朝政。庾亮让儿子和弟弟在朝中担任要职，庾冰居内，庾翼居外。二人还算有些才干，能够担当大任。只是豫州刺史庾怿曾经与江州刺史王允之有嫌隙，就派人送去毒酒谋害王允之。王允之却也小心，先拿酒让狗试饮，狗一饮即死，王允之将此事禀报成帝。成帝不禁动怒道："大舅已经使天下大乱，小舅也要这么做吗?"这话传到芜湖，庾怿又悔又怕，加上当时庾亮已死，失去了一个靠山，庾怿怕被问罪，竟然服毒自尽。王公大臣也敬畏成帝的英明。成帝崇俭恶奢，治政严明，可惜刚刚成年就死了。

琅玡王司马岳即皇帝位，称为康帝。康帝封成帝的儿子司马丕为琅玡王，司马奕为东海王，追尊成帝为显宗，将成帝奉葬在兴平陵。升中书令何充为骠骑将军，中书监庾冰为车骑将军，令他们二人同心辅政，匡复王室。此外文武百官各有封赏。康帝立王妃褚氏为皇后，皇后褚氏是豫章太守褚裒的女儿。褚裒，字季野，京兆人，谨慎寡言，颇有盛名。桓彝曾经说褚裒皮里春秋，外无臧否，内寓褒贬。谢安也极为推重褚裒，曾说："褚裒有四时正气。"郗鉴起用褚裒为参军，后来褚裒又任司徒从事中郎，不久，又任给事黄门侍郎。成帝听说褚裒之女端庄贤淑，就将她聘为琅玡王司马岳的妃子。如今夫尊妻贵，褚氏坐上了中宫之位，母仪天下。褚裒刚刚接任豫章太守一职，康帝就下诏将他升为侍中。褚裒有志避嫌，坚持外调。这时江州刺史王允之病逝，康帝就令褚裒为江州刺史，镇守半洲。

第二年元旦，康帝改正朔为建元元年。建元二字，是庾冰议定的。庾冰拥立康帝，虽然是以长君利国为名，但是未尝不是另有打算。康帝是成帝的弟弟，当然也是庾氏的外甥，庾冰的地位并没有动摇。年号定为建元，取再兴中朝之意。有人对庾冰说："郭璞曾经说'立始之际丘山颓'。如今年号建元，建的意思是立，元的意思是始，丘山是嗣皇的名字。这样看来，这年号应该马上改了，不应该自应谶语。"庾冰大惊，叹道："吉凶早定，只改年号，恐怕不能避开灾祸。"所以晋廷仍用建元二字。果然康帝在位时间不久便去世了。

此时，燕王慕容皝已经接受晋朝的册封，任刘翔为东夷校尉，担任大将军长史。慕容皝又令内史阳裕为左司马，在龙山西麓督工建城。慕容皝建立宗庙宫阙，取名龙城，然后率众迁居，将龙城作为都城。慕容翰曾经逃奔段氏。段氏灭亡之后，慕容皝又投靠宇文部，部酋逸豆归嫉妒慕容翰的才名，想要加害他。慕容翰就装疯酗饮，一会儿披发狂呼，一会儿拜跪乞食。逸豆归以为慕容翰真的疯了，就不再监视他。慕容翰

202

于是到处游走，将山川地势的情形一一记下。慕容皝追忆慕容翰的才能，特令商人王车到宇文部接回慕容翰，并在路上埋伏弓箭手。慕容翰偷了逸豆归的名马，带着两个儿子逃回燕国。逸豆归听说慕容翰逃走，连忙令数百骁骑追击慕容翰。眼看就要被追上，慕容翰回头说道："我既然已经上马，断无再回去的道理。我之前不过是佯装愚狂而已，你们要是再苦苦相逼，就是自取灭亡。"追兵见他手下不过寥寥几人，不肯退回，仍然穷追不舍。慕容翰又朗声说道："我长时间住在你们国家，不忍心杀人。你们不妨握着刀，站在离我百步之远的地方，我如果射中刀，你们就回去，如果我射不中，你等尽可追杀我。"追兵于是握刀而立，慕容翰发箭射去，"咣当"一声，正中刀环，追兵见了，纷纷退回。慕容翰因而安然回到燕国。

慕容皝得知慕容翰回来，欢喜不已，任命慕容翰为建威将军。慕容翰向慕容皝献计道："宇文部强盛已久，多次侵扰我国。逸豆归不是将帅之才，国无防卫，军无部伍。臣熟悉地形，我国如果发兵必胜无疑。高句丽时常窥探我国，我国如果灭了宇文部，高句丽自然也会害怕。我国若出兵攻打宇文部，高句丽一定会乘虚深入我国。我国留守兵卒不足以自守，而多留兵卒又不能远行。臣料想宇文部不会远道而来攻打我国，因此不如先攻取高句丽，再进击宇文部。将这两国平定之后，我国国富兵强，中原也指日可下了。"慕容皝连声称赞，召集将士进攻高句丽。

高句丽古时称为朝鲜，是周朝时箕子的封号，汉初燕人卫满篡位，传了两世即亡。到汉元帝时，汉威已衰，高朱蒙纠众自立，创建高句丽国，后来日渐强大，多次攻打辽东。慕容氏占据辽土，与高句丽时常交战。高朱蒙十世孙高钊号称故国原王，与慕容廆处在同一个时期。慕容皝与诸将商议军情。诸将说去高句丽有两条路，北路坦平，南路险狭，我们不如从北路进兵，较为容易。而慕容翰却道："不入虎穴，焉得虎子？臣觉得应该南北并进，使他应付不来，才能取胜。而且高句丽一定知道我国会从北道进军，防守时必定重北轻南。我们正好可以避实击虚，以南道为正兵，北道为偏师。大王亲自率锐骑从南道进军，出其不意，直捣都城。令他将进兵北道，迷惑敌军。"慕容皝采纳慕容翰的建议，命慕容翰为前锋，由南道进兵，自己则率四万领劲卒作为后应。慕容皝另派长史王宇等，率领一万五千士兵从北道进攻。

高句丽王高钊果然如慕容翰所料，将国中精锐悉数集聚北道，命弟弟高武为统帅，在北面抵御，自己则带着老弱残兵防备南道。没想到慕容翰带着锐卒从南道杀来，长驱杀进高句丽阵营中，如同虎入羊群，所向披靡。高钊勉强抵御，东拦西阻。等到慕容皝跟进，燕兵势如潮涌，无坚不摧，高句丽兵羸弱不堪，哪里招架得住？高句丽将士不是被杀，就是逃走，高钊也只好逃窜。燕兵乘胜追击，攻进高句丽的都城。高钊的母亲及妻子都被燕兵抓住，父亲高利的墓也被挖开，库中珍宝及百姓都被燕军掳获。高句丽的都城丸都，被抢掠一空，成了废墟。慕容皝将高钊父亲的尸体、高钊的母亲及妻儿，以及百姓玉帛等一并带回燕国。临行时，慕容皝又毁掉了丸都。高钊无所归依，只好向燕称臣，请求燕主归还父亲的尸体及母亲和妻儿。慕容皝将高钊父亲的尸体送还，留高钊的母亲为人质。高钊无可奈何，只得收拾残众，迁都国内城。

功臣的结局

慕容皝攻破高句丽，开始谋取宇文部。宇文部酋逸豆归派国相莫浅浑带兵进击燕军，慕容皝下令士兵不准出战，严加防守。莫浅浑数次宣战，都无人应战，还以为燕兵怯弱，不足为患，就上报逸豆归，说燕兵畏懦，不敢出战。逸豆归信以为真，整日酣饮纵乐，不再防备。哪知过了一个月，燕兵猛力进击莫浅浑，莫浅浑大败而逃。逸豆归这才着急，慌忙派遣骁将涉奕干等人调集精兵截堵燕军。慕容皝乘胜大举，令建威将军慕容翰为先锋、刘佩为副将，率领两万骑兵作为正兵；再分别派遣广威将军慕容军、渡辽将军慕容恪、平狄将军慕容霸及折冲将军慕舆根三道并进，自己率领亲兵作为后应。左司马高诩说道："我军讨伐宇文部，不怕不胜。"说完，高诩派人转告家人，然后从军前行。

涉奕干自恃骁勇，麾众大战。慕容翰、刘佩、高诩等人与他厮杀，足足战了半天，始终不分胜负。天快黑时，慕容翰等人正要收兵。忽然对面兵阵内一声梆响，顿时箭如雨发，燕兵多被射倒。慕容翰不禁大怒，就与刘佩、高诩断后，麾军退还。谁知竟有飞箭朝慕容翰等人射来，慕容翰、刘佩、高诩三将都中了箭，忍痛支持，边战边退。慕容翰

204

等人回营后，检点兵马，发现伤亡不少。慕容翰令受伤士兵到后帐休养，自己与刘佩、高诩拔去箭头，敷上金疮药，然后派人将兵情报告燕王慕容皝。慕容皝派人回复道："涉奕干勇冠三军，不可轻视，不如暂避敌军锋芒，等他松懈下来再率军出战，定能制胜。"慕容翰奋然说道："逸豆归将精锐兵卒都给了涉奕干，如果我们杀败了他，其他敌军必然不战自溃。涉奕干有勇无谋，只要稍用小计就能擒住他，为什么要避敌示弱，自挫我军士气呢？"慕容翰装病数日，暗中却与平狄将军慕容霸定好了夹攻计。慕容霸年仅十八，却有万夫不挡之勇，他本来与慕容翰等人分道进兵，后来收到慕容翰的信，才与慕容翰约期会合，一同进攻涉奕干。

涉奕干屡次进逼慕容翰的兵营，再三宣战，慕容翰始终按兵不动。涉奕干令兵士指名辱骂慕容翰，慕容翰置若罔闻，并且告诫将士不得妄动。约莫过了三五天，慕容翰知道慕容霸即将率兵而来，就整顿兵士，披甲上马，一跃而出。涉奕干正好前来叫战，以为对方不会出营，因此没有多带兵马。没想到慕容翰一马当先，厉声大呼道："涉奕干休要啰嗦，今天便是你的死期。"涉奕干见慕容翰突然杀出，不禁慌乱，忙令部众上马，后退一里。部众不明就里，以为是涉奕干要退兵，于是相继逃走。慕容翰带兵杀出，好似摧枯拉朽一般，刺倒好几百名敌兵。涉奕干大吼一声，舞着大刀挺身接仗。慕容翰与他交锋，一来一往，约有几个回合，刘佩驰马冲到，代替慕容翰大战涉奕干。慕容翰随即退下，又命高诩接替刘佩大战涉奕干。涉奕干连战三将，并不退缩，刀法盘旋，没有漏洞。高诩伤口还没有愈合，敌不住涉奕干。涉奕干刀法一紧，没头没脑地劈来，高诩眼花缭乱，几乎不能招架。忽然旁边冲出一员大将，左手拿剑架住涉奕干的刀锋，右手用刀刺入涉奕干的心窝，涉奕干来不及闪避，仓促被刺，一声狂叫，死在马下。

来将正是慕容霸。慕容霸刺死涉奕干，趁势大杀敌兵，敌兵没了主将，四处逃窜。慕容霸在前，慕容翰在后，直接杀入宇文部，沿途无人阻挡，一任他杀到大殿。逸豆归部下离心离德，一哄而散，各自逃去，仅剩下逸豆归家眷如何固守？逸豆归急忙窜往漠北，宇文氏从此散亡。

燕王慕容皝接到捷报，驰入宇文氏都城，将畜产资货全部掳获，开辟一千多里土地，将宇文五万部众迁到昌黎。以前涉奕干居住的南罗城，是宇文部的名城，慕容皝将它改为威德城，让弟弟慕容彪据守，自己率军还都。宇文部是赵国的藩国，每年宇文部都向赵国朝贡不绝。赵主石虎得知逸豆归被燕国攻打，就派右将军白胜和并州刺史王霸出兵相救。白胜和王霸来到宇文部，宇文部已经成了废墟，二人只好进兵威德城。白胜和王霸连日攻城，都无法攻下，只得撤兵退去。途中被慕容彪追击一阵，死了上千士兵。石虎听说白胜等人大败而回，只能付诸一叹，又探得逸豆归已经在漠北病逝，更是叹息不已。

不久，高诩、刘佩箭疮迸裂，相继去世。高诩擅长占卜天文，慕容皝曾对他说道："卿有好书，却不肯给我，未免不忠。"高诩答道："臣听说人君做大事，人臣做劳苦之事。所以后稷播种，尧都不知道。想要占卜天文，必须深夜不睡，陛下何必这么劳苦呢？"慕容皝听后，才没再说什么。此次慕容翰还军，因为箭疮没有痊愈，卧床多日。后来慢慢好了，慕容翰在家试着骑马。有人与慕容翰有过节，就向慕容皝进谗，诬陷慕容翰装病不上朝，私自练习骑马，说他要叛变。慕容皝虽然佩服慕容翰的勇略，但心里常嫉妒慕容翰，于是不辨真伪，就想赐死慕容翰。慕容翰得知，一声长叹："我负罪出逃，侥幸回来，直到今日才死，已经是迟了。但羯贼占据中原，我想要为国家荡平贼寇，此志不能实现，遗恨无穷。也许这一切都是命数使然，我又能怎么样呢？"说完，服毒自尽。

那时，代王拓跋什翼犍因为慕容皝的妹妹兴平公主病亡，又向燕国求婚。慕容皝要他用一千匹马作为聘礼。拓跋什翼犍不愿，回信中多有傲慢之语。慕容皝就派世子慕容俊等人征讨代国，拓跋什翼犍逃到别处躲了起来，慕容俊也就退兵回国了。后来，拓跋什翼犍又令部酋长孙秩向燕国谢罪，慕容皝就将女儿嫁给拓跋什翼犍作为继室，同时慕容皝要求拓跋什翼犍将女儿嫁给自己为妃。拓跋什翼犍将拓跋翳槐的遗女嫁给慕容皝。燕、代二国仍旧和好。

晋安西将军庾翼镇守武昌，府舍中屡有妖怪作乱。庾翼就想移镇乐乡，于是就向朝廷上疏。朝中大臣议论纷纷，征虏长史王述向车骑将军庾冰写信，劝他不要移镇乐乡。庾冰看完信后，继续镇守武昌。骠骑将军何充原本与庾冰同受遗诏，辅佐晋室。后来何充见庾冰自恃是贵戚，遇事独断专行，就不想在朝为官，于是请命外调。朝旨令何充镇守京口，统领扬、徐二州军事，兼任徐州刺史。从此庾冰主内政，庾翼主外务，东晋江山马上就要改姓庾了。

琅玡内史桓温是宣城内史桓彝的儿子，桓彝死后，晋廷特别优恤，将南康公主许配给了桓温。桓温性情豪爽，与庾翼关系颇好。庾翼也很器重桓温，成帝健在的时候，曾经上疏道："桓温是当世英雄，希望陛下对他委以重任，他一定能使国家渡过难关。"成帝便令桓温为琅玡内史。桓温与虞庾翼互相写信勉励。庾翼曾经想灭赵取蜀，得到桓温支持励，更加跃跃欲试，就派使者与燕王慕容皝、凉王张骏联合，并上表请求出兵。

表文呈上后，庾翼调发六州兵马，昼夜出兵。百姓不堪战乱，怨声载道。康帝派使者阻止庾翼出兵，朝中人士也都写信劝阻，车骑参军孙绰也上疏力谏。庾翼一概不听，直接率众从夏口出发，又上表请求镇守襄阳。康帝并不赞同，臣僚们也多有异议，只有庾冰、桓温与已故谯王司马承的儿子司马无忌极口赞成。庾冰、庾翼都是国舅，康帝拗不过，只得听他们的。庾冰见庾翼移镇襄阳，也想镇守外地。康帝就让庾冰掌管江、荆、宁、益、梁、交、广七州及豫州四郡军事，担任江州刺史，镇守武昌，作为庾翼的援应，并让庾翼负责征讨。朝廷征徐州刺史何充入朝辅政，让他担任尚书事。调琅玡内史桓温统领青、兖、徐三州军事，担任徐州刺史。召还江州刺史褚裒为卫将军，担任中书令。

转眼间就是一年，庾翼带领四万兵马驻守在襄阳。会见僚佐时，庾翼亲自授予各将弓箭。分完后，手中还剩下三支，庾翼起身说道："我今日率众北行，犹如此箭。来人，竖起箭靶站到百步之外，看我能不能射中？"说着，军吏已经摆好箭靶。庾翼三射三中，军中顿时喧声如雷。庾冰当即令梁州刺史桓宣进击丹水。桓宣出兵，来到丹水附近，正好与赵将李罴相遇。李罴骁勇过人，部下又都是精锐，很快就将桓宣杀败。桓宣战败奔回，庾翼上奏要求贬桓宣为建威将军。桓宣忧愤成疾，不久逝世。庾翼令长子庾方之为义城太守，代为统领桓宣手下的将士。又任司马应诞为襄阳太守，参军司马勋为梁州刺史，让他们一同戍守西城。

赵王石虎此时大兴土木，接连修筑四十多座台观，又要修建洛阳、长安二宫，甚至还想从邺城建造一座阁道，直达襄国。石虎在河南四州准备舟船和兵械，计划南侵。在并、朔、秦、雍四州筹集兵马，准备西征，在青、冀、幽三州储积米粮，准备东攻。诸州军士赶造铠甲，共有五十多万人，还有舟夫篙工十七万名。公侯牧宰也不闲着，竞相营图私利，横征暴敛，使得赵国民不聊生。贝邱人李弘乘势作乱，号召党羽，设置百官。石虎派兵剿捕，李弘被诛。石虎以为乱党已平，无人再敢作乱，就日日出游，纵情淫乐。石虎又微服出行，巡察工役。侍中韦㟴婉言规谏，但是石虎仍然放荡如故。秦公石韬是石虎的儿子，很受石虎的宠爱。太子石宣妒忌石韬，右仆射张离就向石宣献媚，说应该减削诸公府吏，免得他们侵逼东宫。石宣听后大喜，令张离上疏奏请。得到石虎允许后，石宣就下令秦、燕、义阳、乐平四公府只准留一百九十七名吏官和两百名士兵。此外，石宣在各处裁兵，将腾出的四万士兵全都充到东宫。诸公因此含怨，心中很是不满。石虎如同睡在梦中，对此丝毫不知。

这时，青州守吏报称，济南平陵城北的一尊石头雕制的老虎忽然活动，走到城的东南，后面还跟着上千只狼和狐狸。石虎大喜，说道："石虎便是朕的名字。虎从西北走到东南，大约是天意让朕荡平东南。天意不可违，明年朕就亲率六军南讨。"群臣恭贺。石虎令每五户百姓必须缴纳一辆马车、两头牛、十五斛米和十匹绢，违令者斩。可怜百姓无从筹措，卖儿卖女上供军需，还不能凑齐的，只好自缢。乡村林麓，遗骸累累。与此同时，泰山上面的石头突然自燃，烧了八天才灭。东海有大石忽然直立起来，旁边有鲜血流出。邺城西山石头出血，流出十多步远。太武殿刚盖成，壁上绘制的古圣先贤、忠臣孝子、贞夫烈妇面目忽然变得狰狞可怖，过了十来天，那些画像的头都不见了，只看到头巾。石虎也觉得惊异不已。石虎向佛图澄询问。佛图澄却只是流泪，不发一言。不久，石虎在太武前殿宴飨群臣，忽然看见白雁翔集，石虎命群臣张弓射击，却无一人射中。石虎去射也没有射中，不禁惊诧起来，召问太史令赵揽。赵揽说道："白雁集庭是宫室将空的预兆。陛下一定要静守宫城，不能南行，这样才能安然无事。"石虎便到宣武观大阅兵士，并且令士兵散归。当时石虎已经无意南下，只是让各戍将严守，不得擅离。所以晋朝的庾翼、庾冰主张北伐，调兵遣将，闹了一年多，虽没有成功，但也未经大敌，未受大创。康帝建元二年九月的时候，康帝暴病，险些要归天了。

桓温平巴蜀

康帝的病一天比一天严重，却还没有册立太子。大臣们担心康帝驾崩后没人继承王位，便在一起商议。庾冰、庾翼都想推立长君，希望立会稽王司马昱为太子。何充却建议立康帝长子司马聃为太子，蔡谟等人都赞成。当时，庾冰、庾翼都在外镇守，鞭长莫及，朝廷之事都由何充作主。朝廷便册立司马聃为太子。庾冰、庾翼无可奈何，只有暗中恼恨。不久，康帝驾崩，年仅二十二岁，在位只有两年。太子司马聃即位，史称穆帝。司马聃当时只有两岁，每天都要人抱着，怎能处理政事？何充、蔡谟就尊康帝皇后褚氏为皇太后，请褚太后临朝摄政。

何充向褚太后建议，让褚太后的父亲褚裒总揽朝政。褚太后便命褚裒为侍中，兼任卫将军，领尚书事。偏偏褚裒以近戚之名避嫌，请求外调。褚太后只好让褚裒负责徐、兖、青三州及扬州二郡的军事，兼任徐、兖二州刺史，仍然担任卫将军，镇守京口。褚太后征江州刺史庾冰入朝。庾冰当时正在病中，不便回京，后来病情加重，临终时，庾冰对长史江虨说道："我就要死了，却仍没有实现报国的大志，难道这是天意？我死以后，给我穿平常的衣服就行，不用另外准备寿衣。"说完，合目而去。庾冰一生清廉，死后不带任何随葬物品，也没有妾室和家产。朝廷追封庾冰为侍中司空。庾翼得知庾冰去世，就令儿子庾方之戍守襄阳，自己返回夏口，接管庾冰的部众。朝廷令庾翼治理江州，并担任豫州刺史。庾翼请求镇守乐乡，朝廷不同意。晋廷后来派遣益州刺史周抚、西阳太守曹据攻打蜀境，大获全胜。

第二年元旦，晋廷改元永和，皇太后抱着穆帝在太极殿上临朝，颁诏大赦。朝廷下令任武陵王司马晞为镇军大将军，任镇军将军顾众为尚书右仆射，同时召回褚裒辅佐朝政。吏部尚书刘遐及长史王胡之向褚裒进言，推荐会稽王司马昱辅政。褚裒于是上表说会稽王司马昱可以担当辅政大任。朝廷下诏令司马昱为抚军大将军。司马昱清淡泊名利，曾经举荐刘惔、王濛、韩伯为谈客，郗超为抚军掾，谢万为从事中郎。

这时，江州都督庾翼上表报称病重，并且举荐次子庾爱之为荆州刺史。不久，庾翼病死，朝廷追封庾翼为车骑将军。朝廷大臣都说："庾家世代在西藩，不如答应庾翼请求，令庾爱之继任。"何充却驳斥道：

"荆楚是我国西部门户，有百万人口，如此重要的地方怎么能交给一个白面少年？我看徐州刺史桓温才略过人，足以驻守西藩。"会稽王司马昱也颇以为然。丹阳尹刘惔对司马昱说道："桓温确有大才，但心术不正。如果此人得志，国家一定会遭殃。荆州地势险要，怎么能交给他镇守？不如您自请镇守，臣愿为您效犬马之劳。"司马昱没有听从，而是派遣使者传诏，命桓温代替庾翼掌管荆、梁诸州军事。

刘惔，字真长，世居沛国，祖父刘宏曾经担任光禄勋。兄长刘粹官至侍中，弟弟刘潢官至吏部尚书，父亲刘耽也曾担任晋陵太守。刘惔与母亲任氏住在京口，以织布为生。刘惔后来做了官，娶明帝的女儿庐陵公主为妻。会稽王司马昱待刘惔如同上宾。连桓温也佩服刘惔的才能。桓温曾经问刘惔："近日会稽王的玄学进展如何？"刘惔答道："大有进展，不过只是排在第三流。"桓温又问道："第一流是什么人？"刘惔答道："当然是我们了。"桓温听后，与刘惔一笑而散。

桓温是宣城内史桓彝的儿子。桓温不足月就出生了，温峤得知后，逢人便说这孩子不是凡人。又听得桓温声音洪亮，温峤更是喜欢。桓彝见温峤很喜欢这个婴儿，就给小孩取名为温。温峤笑着说道："你竟然把我的姓变成孩子的名了。"桓彝后来被苏峻的部将韩晃和江播害死。桓温十五岁的时候，立誓要为父亲报仇。过了三年，江播病死发丧，桓温装扮成吊客挟刀而去，杀死了江播的儿子。朝廷认为桓温是一个孝子，就没有问罪。桓温成年后，相貌伟岸。刘惔说道："桓温是孙权那样的英雄啊。"后来，桓温与公主成亲，官至荆梁都督，为人豪爽不羁。桓温手握重兵后就想做些大事，以逞威风。永和二年，何充病死，晋廷令顾和为尚书令，殷浩为扬州刺史。顾和以孝著称，正直有余，才干不足。殷浩谈吐不俗，是庾亮的参军。桓温曾说小时候与殷浩骑竹马，自己将竹马丢了，殷浩就去找回来，可见殷浩是自己的部下。桓温命殷浩为扬州刺史，殷浩不肯受命。会稽王司马昱写信劝勉殷浩，殷浩才受命就职。桓温只想建功立业，无暇顾及朝事，一心与僚佐商议出师胡、蜀。江夏相袁乔对桓温说："胡、蜀都是我们的祸患，蜀地虽然险固，却比胡地容易攻打。趁蜀地没有防备的时候出兵攻打，一定能取胜。"桓温大喜道："你说得很对。"将佐们却不同意："我军进入蜀地，赵国必然乘虚袭击我们，不可不防。"袁乔说道："赵国现在起了内讧，听说我们万里出征，一定会以为我们有防备，不敢轻举妄动。即使赵国南来，沿江诸军也足以抵御赵军，不用担心。蜀地富实，号称天府之国。如果我们能攻下蜀地，不是一件有利于国家的事情吗？"桓温说道："卿可为我做先驱，我为卿做后应，灭蜀在此一举。"袁乔应声遵命。桓温便令袁乔率领两千水军为前锋，自己与益州刺史周抚、南郡太守谯王司马无忌等人领军继进，上呈表文后，不等回复就起程了。晋廷接到桓温的表文，担心桓温兵少无援，难以成功。丹阳尹刘惔却笑着说道："桓温今日伐蜀，如果自知不胜，怎么肯出兵？只是桓温胜了，他也将成为朝廷的隐忧。"

蜀地此时已经称汉，汉主李势就是李寿的太子。李寿篡位后，曾经想与赵国联合灭晋，龚壮再三谏阻，李寿才没有出兵。龚壮劝李寿向晋称藩，李寿始终不肯，龚壮便辞归故里。李寿开始还崇尚节俭，后来羡慕石虎的华丽宫殿，也大修宫室。左仆射蔡兴进宫谏阻，李寿将他处死，右仆射李嶷也因为直言劝谏被杀。过了五年，李寿忽然得了一种怪病，不停地胡言乱语，不是说李嶷来索命，就是说蔡兴要申冤，折腾了好几天，痛苦不堪，一命呜呼。太子李势即位称汉帝，改元太和，尊养母阎氏为皇太后，生母李氏为太后。阎氏无子，李势是李寿的小姜李氏所生。父亲李凤被李骧所杀，李氏被押回汉朝。见李氏貌美动人，李寿就把她纳为妾，后来生下李势。李势的妻室也姓李。李势即位后，册妻子李氏为皇后。李皇后接连生了好几个女儿。

李势的弟弟汉王李广，要求李势封自己为太弟，李势不同意。老臣马当、解思明一同进谏道："陛下兄弟不多，如果不能善待兄弟，恐怕会势单力孤啊，不如答应汉王的请求，这样也可以稳固国家的根基。"李势默不作声。马当、解思明又向李势进谏，李势大怒，将他们轰了出去。后来李势怀疑马当等人与李广密谋造反，就派相国董皎杀死马当、解思明。解思明很有智谋，敢于直谏，临刑时长叹道："国家没有灭亡是因为有我们这些人，今天我们无罪被杀，国家离灭亡也不远了。"马、解二人深得人心，受刑之后，士卒无不哀痛万分。李势把李广贬为临邛侯，李广不堪凌辱，服毒自尽。

李势任命李奕为镇东大将军，让他镇守晋寿。第二年，李奕竟然谋反，发兵攻打巴东，进攻成都。李势登城守卫，守兵趁李奕不注意，暗放冷箭，射中李奕的头，李奕当场毙命，叛众随后逃散。李势率兵前去抄家，见李奕的女儿长得漂亮，就赦免了她的死罪，将她带回宫中。当晚就令李奕的女儿侍寝，第二天早晨便封她为妃，大赦天下，改元嘉宁。李势贪财好色，经常派人四处访求美女，只要面貌秀美的都充入宫中。

后宫妇女多至数百，李势日夜淫乐，不问国事。大臣再三劝谏，李势根本不听，反而杀死许多忠臣。张氏妖淫善媚，深得李势宠爱。一天晚上，张氏忽然变成大蛇，被李势逐出宫门后，窜进苑中。到了半夜，大蛇又爬进宫中，并且躺在李势的床上，吓得李势拼命呼喊。武士一拥而上，将大蛇杀死。郑美人也是李势的爱妃，一天忽然变为雌虎，在宫里四处吃人。宫里的人不敢驱逐，雌虎后来无故暴死。李势不思悔改，依然荒淫无度。

李势忽然得到边戍急报，说晋廷桓温率兵前来攻打，前锋已经到了青衣江。李势派叔父右卫将军李福、堂弟镇南将军李权、前将军昝坚等人带领数千人，从山阳赶往合水堵截晋军。将士说应该镇守江南，以逸待劳，但昝坚坚持引兵渡江，向犍为进发。那时候晋军已经进入彭模，与汉兵相距不远。桓温想要两路并进，袁乔说道："今天我们带兵远征，没有退路，要么成功破敌，要么全军覆没。现在我军只有同心并力，争取一战取胜，如果分作两路，反而会使军心不稳，一旦失败，就彻底完了。所以不如全军进发，只带上三天的干粮，破釜沉舟，也许可以取胜。"桓温采纳了袁乔的建议，留参军孙盛、周楚在彭模镇守，自己率兵攻打成都。蜀将李福进攻彭模，被孙盛一鼓击退。桓温进攻李权，三战三捷，蜀兵大败，逃回成都。昝坚到了犍为才得知桓温的进攻路线，急忙返渡沙头津，援救成都。昝坚到了十里陌，见晋军已经排好阵势，不由得魂飞魄散，手下的将士也吓得纷纷逃命。

李势听说全军大败，就亲自带兵出战。到了笮桥正好与桓温相遇，两下交战，蜀兵迎头痛击晋军。晋国参军龚护阵亡，桓温不肯撤退，仍然麾军作战，不防前面突然射来一箭，险些射中桓温的头部，亏得桓温眼疾手快躲了过去。桓温吓得勒马不前，士兵也都不敢进攻，桓温令鼓吏击鼓退兵。偏偏鼓吏误敲进鼓，袁乔率军力战，人人奋力拼杀。李势不能抵御，逃回成都。桓温进入成都后到处放火，焚毁城门。汉国中书监王嘏、散骑常侍常璩劝李势投降。李势又问侍中冯孚，冯孚答道："即使投降，恐怕也不能保全。"李势便在深夜打开城门，与昝坚等人突围逃走，奔到葭萌城。桓温进入成都后正想派兵追击李势，可巧李势派散骑常侍王幼送来降书。

桓温得到降书后，准许李势投降。桓温开营纳降，令李势前来拜见，并给李势松绑，以礼相待。随后，桓温将李势等人送往建康，汉国司空谯献之等人仍然担任参佐，蜀人大悦。只有汉国尚书仆射王誓、镇东将军邓定、平南将军王润、将军隗文等人誓死不从。王誓、王润被杀，邓定、隗文逃走。桓温在成都待了三十天，然后返回江陵，留益州刺史周抚镇守彭模。后来邓定、隗文又返回成都，迎立已故国师范长生的儿子范贲为帝。一两年后，范贲被益州刺史周抚带兵剿灭。李势到了建康，被封为归义侯。李氏占据蜀地总共有四十六年。十二年后，李势在建康去世。

谢艾凉州破敌

晋廷商议给桓温加封，准备将豫章那样的大郡赏赐给他。有人反对道："桓温如果再收复河洛，陛下要赏他何地？"朝臣回头一看，是尚书左丞荀蕤，众人一时瞠目结舌，不知如何作答。穆帝于是改封桓温为临贺郡公，兼任征西大将军。穆帝加封谯王司马无忌为前将军，袁乔为龙骧将军，封为湘西伯。

桓温平定蜀地后，威名远扬。会稽王司马昱也不禁畏惧起来，便用殷浩牵制桓温。殷浩因为父亲去世而辞官，扬州刺史一缺由蔡谟担任。殷浩丧期满了以后，司马昱让他任扬州刺史，兼建武将军。秘书丞荀羡是尚书左丞荀蕤的弟弟，殷浩就引荐荀羡为征北将军，兼义兴太守。不久，殷浩担任吴国内史。对桓温的奏请，殷浩与荀羡每次都有所驳回。此时，桓温的势力强大起来，怎肯再受制于殷浩和荀羡？桓温勉强容忍，心里却恨透了这二人。

已故丞相王导的侄子王羲之，见多识广，素有清名，与王导之子王悦、王湛之子王承一同被称为"王氏三少"。太尉郗鉴曾经派门生到王导府中选女婿，王导就让郗鉴的门生去东厢挑选。门生看完就回去向郗鉴报告说："王家的子弟都很好，但听到'择婿'二字都拘谨起来，只有一个人若无其事地躺在床上，饮食如常，此人应当是王家的翘楚了。"郗鉴惊喜道："佳婿，佳婿，等我访明情况后，就与王家联姻。"后来郗鉴探知躺着人的是王羲之，当即将女儿嫁给了他。

王羲之擅长书法，尤其擅长隶书。相传王羲之的笔势，飘若浮云，矫若惊龙。魏太傅钟繇曾以擅长书法闻名于世，他的曾孙女钟琰颇得祖传，能文善书。钟琰后来嫁给晋国司徒王浑为妻，与王浑的弟弟王湛的妻子郝氏亲如姐妹。钟琰虽然出身世家，但并不轻视郝氏；郝氏出身卑微，也不曾向钟琰献媚。当时人们称她们为"钟有礼，郝有法"。古人最重妇德，所以对钟夫人的书法反而搁起不提。钟琰的女儿后来嫁到卫家，就是已故太子洗马卫玠的母亲。卫玠的祖父卫瓘擅长草书，父亲卫恒也擅长草书和隶书，卫氏子女也都擅长书法。卫恒的堂妹卫铄嫁给了太守李矩。卫铄笔法高妙，冠绝一时，人称卫夫人。王家世居琅玡，与王浑都是晋阳人，同姓不同宗，但也互相往来。王羲之小时候很羡慕钟繇的书法，见到卫夫人笔迹与钟繇的字迹相似，就拜卫夫人为师。王羲之初任秘书郎，接着担任征西长史，后来升为宁远将军。殷浩很赏识王羲之，让他做护军将军。王羲之不肯接受，请求外调，殷浩就命王羲之为右军将军，任会稽内史。王羲之到了会稽后，听说殷浩与桓温不和，就写信劝殷浩以国事为重。殷浩不听。

这时，凉州牧张骏病逝，世子张重华嗣位。张骏本来不愿称王，但境内都对他以凉王相称。到了晚年，张骏才自称大都督、大将军，号称凉王，设置百官，第二年就去世了。张重华自称凉州牧，尊养母严氏为太王太后，生母马氏为王太后，减轻赋税，赈济灾民。石虎听说张骏去世，张重华还没有成年，便决定攻打张重华。他令将军王擢带兵袭击武街，俘虏了守将曹权、胡宣。又令将军麻秋为凉州刺史，进攻金城，凉州一片混乱。

张重华派征南将军裴恒率军抵御赵兵。裴恒驻军广武，逗留不进。凉州司马张耽对张重华说道："臣听说国以兵为强，兵以将为主，将领的优劣关系着国家的存亡。燕国在乐毅之后任用的将领都不称职，以致失去了七十多座城池，可见任用将领不能轻率。如今我朝多用老将，臣觉得不是很明智。试想，汉朝任用韩信，齐国任用穰苴，吴国任用吕蒙，都是用了青年将领才成就霸业。如今国势岌岌可危，如果再不另觅良将，怎么能退敌安民？臣以为主簿谢艾文武兼长，又懂兵法，如果派他出征，一定能取胜。"张重华听了，就召谢艾觐见。谢艾答道："今天殿下信任微臣，臣一定竭立效命，誓破敌军。"张重华大喜，即授谢艾为中坚将军，派他带领五千兵马出击麻秋。

谢艾带兵出发，刚走出振武天就黑了，便命人安营扎寨。到了夜里，有两只猫头鹰在营帐外聒噪。谢艾便说道："猫头鹰鸣叫是胜兆，看来我们必胜无疑了。"说完，谢艾就命人做饭，让将士们饱餐一顿。天还没亮，谢艾便拔寨前进，直逼赵营。赵将麻秋防守懈怠，众将士还

214

在睡觉，哪知营外鼓角齐鸣，谢艾已经带兵杀来。等到麻秋起来，谢艾已经捣破城门，赵兵四散而逃，麻秋也跨马逃去。谢艾带兵乘势追杀，天亮才收军。张重华大喜，封谢艾为福禄伯。贵戚豪门嫉妒谢艾，向张重华进谗，张重华才改任谢艾为酒泉太守。石虎听说谢艾被贬，又派麻秋进攻大夏，大夏护军梁式、执住太守宋晏举城投降。麻秋胁迫宋晏写信招降宛戍都尉宋距，宋距撕毁来信，并将使者逐出。麻秋大怒，立即麾兵进攻。宋距自知不能抵御，就对麻秋说道："宋距宁愿死，也绝不偷生。"说完，宋距杀死妻儿，然后自刎。麻秋带兵进攻枹罕，晋阳太守郎坦认为枹罕城大难守，想弃城逃跑。武城太守张悛说道："不能弃城。外城一弃，众心摇动，内城也守不住了。"宁戍校尉张璩赞成张悛的说法，死守大城。麻秋屡攻不下，就调集八万士兵将枹罕城四面围住，上架云梯，下挖地道，不停进攻。张璩放火烧毁梯子，运土堵住地道，杀死众多赵兵。赵国又派刘浑率领两万兵马，前来帮助麻秋。张璩仍然死守，郎坦暗中却让李嘉带领上千赵兵乘夜登城。亏得张璩防备严密，并且率军力战，才将赵兵杀退。后来张璩查出是李嘉将赵兵带进来的，就将李嘉斩首示众。同时，张璩命人谎称是李嘉的使者，混进赵兵营中，放火烧毁赵兵的兵器。麻秋、刘浑只好退回大夏。

石虎听说麻秋大败而回，就任中书监石宁为征西将军，率领并、司二州的兵马，会同麻秋再次进攻凉州。张重华派部将宋秦带兵抵御。宋秦带兵投降赵国，赵兵长驱直进。张重华只好再召酒泉太守谢艾为军师将军，让他率领三万骑兵去临河堵住赵军。谢艾到了临河，遇见赵将麻秋的兵马，他便叫过裨将张瑁密谋一番，张瑁随后奉命离开。谢艾乘车前行，大喊麻秋。麻秋见谢艾衣着雍容，神情闲定，不由得大怒道："谢艾是个年少书生，身临大敌却如此闲定，这分明是轻视我。我与他没什么攀谈的，待我杀将过去擒住他，然后进攻凉州。"说完，麻秋率领三千士兵猛冲过来。谢艾的部将李伟见赵兵杀过来，忙请谢艾退回阵内。谢艾的士兵都很害怕，谢艾却不慌不忙，反而让人搬出椅子，走下马车坐着，下令士兵不准妄动。麻秋率领赵兵冲过来，距离谢艾不过一丈。麻秋令军士大声呐喊，声音震彻山谷，谢艾好像看不见、听不见一般，仍然镇定端坐。麻秋怀疑谢艾设有埋伏，告诫士兵不要贸然前进，只是呆呆地瞧着谢艾。谢艾让人大喊："麻秋，你为什么不进兵呢？"呼声愈急，麻秋愈不敢前进，猛听得赵兵阵后喊声大震，麻秋回头一看，见凉州兵已经绕到了自己后面，慌忙撤退。谢艾见麻秋退去，立即上马追击。凉州将领张瑁又从赵军后面杀入，两下夹攻，赵兵大败。麻秋部下杜勋、汲鱼被杀。麻秋从小路逃往大夏去了。

张重华提拔谢艾为左长史，封为五千户邑，赏赐八千匹帛。刚刚过了十几天，麻秋又与石宁、王擢等人集兵十二万，分道进攻。张重华想亲自出征，谢艾极力谏阻，从事索遐也进谏道："一国之君不应该出征，左长史谢艾屡建奇功，足以担当大任。殿下只要委任谢艾抵御敌军就可以了。"张重华便派谢艾、索遐率领两万兵马抵御赵兵。谢艾在建牙阅兵，正好有西北风吹来，旌旗飘动直指东南。索遐对谢艾说道："风为号令，今天旗帜指向东南，正是上天要我破贼呢。"谢艾听了十分高兴。随即和索遐进军神乌，打败赵将王擢。谢艾又进击麻秋，麻秋逃回金城。石虎屡次接到兵败的消息，不禁长叹道："我平定九州时，所向无敌。今天以九州的兵力攻打枹罕，反而大败，可见凉州大有人才，不可轻易进攻。"石虎从此无心军事，整日游乐。

太子石宣也大兴土木，令人砍伐古树，充作木材。领军王朗请石虎制止石宣，石宣得知后非常忌恨王朗。当时星象发生变化，石宣就令太史令赵揽进言道："现在星象突变，必定会有祸事发生，陛下只有移祸于臣，才能免灾。"石虎问什么人可以挡灾，赵揽答道："王领军。"石虎踌躇道："此外还有何人？"赵揽想了多时，便说是中书监王波。石虎就下诏将王波打入大狱。石虎将王波和他的四个儿子杀死，又追封王波为司空，封王波的孙子为侯。石虎的五子石鉴被封为义阳公，镇守长安。后来，石虎令乐平公石苞代替石鉴镇守长安，并负责修缮未央宫，又派人修缮洛阳宫阙。同时，石虎让各州百姓献出两万头牛给朔州牧场。石虎又增置女官，让诸公侯七十余国也置女官。凡二十岁以下十三岁以上的女子一律充作女官。郡县官吏为了迎合石虎的意旨，强抢民女三万多人，太子及诸公又强抢一万多人。这四万妇女被带到邺中，由石虎亲自挑选。石虎见她们都是妙龄韶秀，袅袅娉婷，不由得心花怒放。石虎仗着虎力，糟蹋民妇，日夜不休。哪知有很多烈妇不肯应命，或被杀，或自尽。河南百姓都逃往别处，石虎怪罪守令，将守令杀死。金紫光禄大夫逯明前来劝谏，石虎竟然将逯明杀死。从此朝臣之中再也没有人敢进谏了。

尚书朱轨与中黄门严生不和，严生屡次想陷害朱轨。正赶上霪雨连绵，道路泥泞，严生就状告朱轨不修道路。石虎因而将朱轨打入大牢。

冠军将军蒲洪上疏劝谏，石虎看了很不高兴，只因畏惧蒲洪的刚直，不敢加罪于他，只是将朱轨杀死。石虎又派人挖掘前代陵墓，掘取里面的宝物。沙门吴进对石虎说道："赵国将衰，晋国要复兴了，应该征用晋人做苦役，以化解戾气。"石虎便派尚书张群征集十六万人，运土到邺城北面，修筑华林苑。沿苑修筑的高墙，大约有数十里。这年八月忽然天降大雪，积地三尺，冻死数千人。赵揽、申钟、石璞等人进谏："时令错乱，百姓凋敝，应该停止工役。"石虎大怒，说道："我修筑苑墙，关上天什么事？就是有天谴，苑墙早上建成，我晚上就死，我也不觉得遗憾。"然后令张群连夜赶工。忽然天降暴雨，水势大涨，数万人被水冲走。扬州进献的黄鹄，颈长一丈，声音在十里之外也能听见。石虎将黄鹄放在池中游水，黄鹄竟然变成了乌龟，石虎因此将水池叫做玄武池。此外，郡国牧守先后进献十七头苍麟，七头白鹿，石虎命司虞张昌柱负责驯养。

后来石虎又令太子石宣去山川祈福。石宣带领十八万士兵从金明门出发，石虎登上凌霄观，遥见石宣仪仗如林，便笑道："我们父子如此威武，除非天崩地塌，否则还有什么可担心的？我只管抱着孙子，自找乐趣了。"石宣借祈福为名，沿途驻足游玩。到了晚上石宣还下令劲骑驰射，自己与姬妾乘车观看，欢娱忘返。等石宣回邺复命，石虎又命秦公石韬前去祈福，石韬与石宣一样招摇。石宣本来就忌惮石韬，听说石韬的排场与自己一样，格外厌恶石韬。宦官赵生很得石宣宠幸，劝石宣除掉石韬。石宣性情暴戾，与石虎谈话时脸上总有傲色。石虎曾后悔没有立石韬为太子，石韬知道后更加神气。石宣既恨石韬又恨石虎，早就起了杀心。可巧石韬在府中建了一个宣光殿，梁长九丈。石宣说他违背了规定，就命人杀了工匠并毁断梁木。石韬非常生气，令人重新修筑，将梁长增到十丈。石宣就对力士杨杯及幸臣赵生、牟成说道："石韬傲慢无礼，敢违抗我的命令，你们去把石韬杀了，我把他的封邑分给你们。石韬死了，主上必然亲自奔丧，我就可以趁机取得大权。"杨杯等人应声道："殿下吩咐的事，我们一定办到。"石宣大喜，令杨杯等人伺机行事。

石虎怒焚逆子

赵太子石宣意图谋害弟弟石韬，杀掉父亲石虎，担心不能成功，就去拜访高僧佛图澄。石宣与佛图澄坐在寺中，又不便直言心事，听到塔上有铃作响，石宣就问佛图澄道："大和尚能识铃音，不知道刚刚的铃声究竟是什么预兆？"佛图澄答道："铃音的意思是'胡子洛度'四字。"石宣不禁问道："什么叫'胡子洛度'？"佛图澄不好直言相答，只好搪塞过去。这时候，正巧秦公石韬进来，佛图澄连忙起座相迎。等石韬坐定，佛图澄只管盯着石韬看。石韬非常疑惑，就问佛图澄在看什么，佛图澄答道："你身上怎么会有血腥味？"石韬看了看衣襟，毫无血迹，免不得又要诘问。佛图澄只是微笑并不回答。石宣担心佛图澄泄漏机密，就邀请石韬同行，与佛图澄辞别。

第二天，石虎派人召见佛图澄，向佛图澄问道："我昨晚梦见一条龙飞向西南，忽然坠地，不知是吉是凶？"佛图澄应声道："眼前有贼，不出十日，大殿东面恐怕要见血，陛下千万不要东行。"石虎很信任佛图澄，听了他的话之后默不作声。忽然屏风后面走来一个妇人，娇声对佛图澄说道："和尚莫非昏了头吗？宫禁森严，怎么可能有贼呢？"佛图澄见是皇后杜氏，便微笑道："七情六欲都是贼，年老昏庸还没什么妨碍，只要少年人不昏就是幸事了。"

一天，空中出现黄黑色的云彩，由东南方向绵延到西方。等太阳快落山的时候，云彩分为七道，相距数十丈，然后又变成了白色，如同鱼鳞一样，许久才消失。石韬对左右说道："天变不小，恐怕京师有刺客，不知什么人要有灾难了。"这天晚上，石韬与僚属在东明观饮酒，召乐工歌伎弹唱。宴至半酣，石韬不觉长叹："人生无常，离别容易相见难，请诸君畅饮一杯，乘时尽兴啊。"说着，石韬竟然流下眼泪。众人见石韬涕泪横流，也不禁触动悲怀，纷纷落泪。到了深夜，众人散去，石韬留宿在佛寺中。

哪知就在半夜的时候，活生生的石韬竟变成一具血肉模糊的死尸。天大亮的时候，石韬的寝门还关着。侍从见石韬高卧不起，觉得很奇怪，就将门撬开了，进去后，只看见石韬腹破肠流，手断足折，死在了寝榻上。旁边摆着的刀、箭，也不知是何人所放，床上的石韬，也不知是何人所杀。侍从慌乱无措，只好向宫中报信。赵主石虎听到消息后，晕倒在了床上。宫人急忙抢救，石虎好容易醒过来，又悲号不止。石虎哭了很久，便想亲自去奔丧。当时百官已经进宫请安，听说石虎要出宫奔丧，都很赞成。只有司空李农进谏道："现在还不知道是什么人害死秦公，臣觉得此事大有蹊跷，为了安全起见，陛下不宜出宫，应该迅速缉拿凶手，不要让他逃脱了。"石虎听李农这么说，猛然记起佛图澄的话，不由得顿足叹息道："和尚的话，朕现在才明白啊。"石虎打消了出宫的念头，命卫士严守，同时派官吏前去奔丧。太子石宣带着东宫士兵赶到石韬府上，命人掀开棺材查看石韬的尸体。石宣和手下的士兵仔细一瞧，会心一笑，然后掉头离去。石宣回到东宫，下令捉拿石韬的记室参军郑靖、尹武等人。

这时，东宫小吏史科向石虎揭发了石宣的阴谋，石虎火冒三丈，立即命人召太子石宣进见。石虎担心石宣不敢来，派人诈称是杜皇后召见石宣。石宣以为杜皇后另有密谋，就应召进宫。一进宫门，便有人传石虎手谕把石宣带进别室，将他软禁起来。那时候杨杯、牟成、赵生等人已经闻风而逃，赵生稍迟了一步，被卫士抓住，交给刑官拷问。赵生供出石韬被害的实情，原来杨杯等人受石宣的嘱托，趁石韬留宿寺中的时候，在夜里爬梯子进入里屋将石韬杀死。这供词呈上去，石虎不看还好，一看便大呼道："了不得，了不得。"石虎命人用铁环将石宣的下颌骨穿通，把他锁在柱子上，并在木槽中放上粪便，迫使石宣吃下。石虎派人取来杀石韬的刀、箭，见上面还有血痕，便用舌头去舔，边舔边哭，哀声震彻宫中。百官都来劝解，并请来佛图澄。佛图澄见了石虎，将前因后果说明，石虎才停止了哀哭。石虎又想对石宣动用酷刑，佛图澄劝谏道："石宣与石韬都是陛下的儿子，今天石宣杀了石韬，陛下又为石韬杀死石宣，岂不是失去两个儿子吗？陛下今日如果能息怒，还可以让赵国再存六十多年，如果杀了石宣，恐怕他的魂魄会变成彗星，将来要颠覆邺宫。"石虎执意不从，等佛图澄走了，石虎便令人到邺城北面堆积薪柴，把石宣放在上面。石虎又让人拔掉石宣的头发，割掉石宣的舌头，剜出石宣的眼睛，剖出石宣的肠子，砍断石宣的手脚，将石宣的尸体挂在半空，然后放火焚柴。柴燃火盛，烈焰冲天，不一会儿，石宣就被烧焦，尸体掉进柴堆，化为灰烬。石虎还带着数千宫妾，登上高台远望。等火灭了以后，石虎又令人把石宣的骨灰丢到路上，并将石宣的妻儿共二十九人一并杀死。石宣有个小儿子只有几岁，伶俐可爱，石虎不忍心杀他，就把小孩抱在膝上。小孩哭道："不是我的错。"石虎想赦免孩子，但是秦府的人一定要斩草除根，见石虎恋恋不舍，就从石虎膝上抢走孩子。小孩抓着石虎的衣襟哀叫不已，秦府的人却将孩子猛地扔出，小孩顿时断命。石虎掩面进宫，贬黜石宣的母亲杜氏为平民，杀死东宫僚属三百人，太监五十人，东宫卫卒都被发配到凉州。太史令赵揽已经升任散骑常侍，他曾对石虎说道："宫中将有变乱，请严加防范。"石虎杀死石宣后，怀疑赵揽早就知道石宣要谋反，却没说实话，便下令处死赵揽。贵嫔柳氏是尚书柳耆的长女，才貌双全。柳耆的两个儿子在东宫做事，很受石宣宠幸，石虎将他们一并杀死，又令柳女自尽。石虎后来追念柳氏姿容，很是后悔。柳氏还有一个妹妹没有出嫁，石虎就让人把她接进宫恣意淫狎。

过了几个月，石虎想要册立太子，太尉张举说道："燕公石斌有武略，彭城公石遵有文德，还请陛下自己裁夺。"石虎答道："卿言正合我意。"这时候一人说道："燕公石斌的母亲地位卑贱，彭城公石遵与前太子石邃同母，他的母亲郑氏已经被废，怎么能再立她的儿子？还请陛下三思！"石虎一看，说话的是戎昭将军，就是以前把刘曜的幼女掳进宫的张豺。刘曜的女儿安定公主被掳进赵宫后，很得石虎宠爱，生了一个儿子，取名为世，已有十岁。张豺想立齐公石世为嗣，这样石虎死后，石世的母亲刘氏一定会让他辅政，所以再三进谏。石虎沉吟多时，不答一言。张豺趁机说道："必须母贵子孝，才可以册立，以免再生祸端。"石虎说道："卿不用再说，朕已经明白了。"张豺随即退出。第二天，石虎召集群臣说道："朕的儿子年过二十，便想弑父，如今石世年仅十岁，等他长大朕也死了，就是石世再不像话，也看不见了。"石虎还没有说完，太尉张举、司空李农就同时应声道："臣等愿奉诏立齐公。"大臣们齐声附和，只有大司农曹莫不说话。公卿大臣联名上疏请立石世为太子，等奏折起草好了，曹莫又不肯署名。石虎派张豺问曹莫是什么意思，曹莫答道："天下重任不应交给少主，所以臣不敢署名。"石虎叹道："曹莫是忠臣，可惜不能理解朕。只有张举、李农你们二人能体谅朕心，你们就去告诉他原委，免得他误会。"张举与李农应命转告曹莫。石虎随后立石世为太子，刘氏为皇后，命太常条攸为太子太傅，光禄勋杜嘏为太子少傅，并令条攸、杜嘏日夜教导太子，以免重蹈石宣覆辙。

两个月后，石虎在太武前殿大宴百官，佛图澄也来了。酒阑席散后，佛图澄起座告辞，说道："殿乎殿乎？棘子成林，将坏人衣。"说完就走了。石虎料想佛图澄语必有因，就令人搬开大殿下面的石头，果然下面荆棘丛生，立刻命人将它拔去。哪知道佛图澄所说的棘子并不是荆棘，而是棘奴。佛图澄回到佛寺中，环视佛像，叹息道："可悲，可憾，不能长久庄严下去啊。"然后，佛图澄又自问自答，先问道："可以坚持三年吗？"答言："不可以。"又问："两年呢？一年呢？一百天呢？一个月呢？"答言："不可以，不可以。"佛图澄默然无语，随后回到禅房。弟子法祚等人见佛图澄自问自答，都疑惑不解，便跟着佛图澄进了禅房，问是什么意思。佛图澄说道："今年祸端已经萌芽，明年石氏就灭亡了，我还在此干什么呢，不如走吧。"法祚又问道："要去哪里？"佛图澄说道："去！去！自有去处。"法祚等人不敢再问，就退了出来。隔了一个晚上，佛图澄派徒弟和石虎辞别道："师傅要圆寂了。"石虎说道："昨天还好好的，今天就要圆寂了，太奇怪了吧？"石虎便亲自去寺中，只见佛图澄形态如故，更加疑惑。佛图澄说道："生老病死是常理。有德的人，虽死犹生，否则生不如死。贫僧死期已到，自认为生平尚无大过，死又何妨？只是国家心存佛理，建寺度僧本应该得到上天保祐，奈何政治残酷，淫刑酷滥，如此下去怎么能得到福祉呢？如果您能施以仁政，使百姓安居乐业，到时候国家昌盛，贫僧也就死而无憾了。"石虎听了，似信非信，支吾半天，然后回宫了。

石虎之前就为佛图澄建造了坟墓，得知佛图澄快要圆寂了，就又为他扩建坟墓。大约过了十多天，佛图澄圆寂。石虎让人把佛图澄平时所用的锡杖、银钵一起放在棺中，又为他立祠纪念。当时赵国久未降雨，陇土都裂开了，石虎就到佛图澄的祠前虔诚祷告。马上就有两条白龙从天而降，随后天降大雨，泽遍千里。后来有沙门从雍州而来，说在关中见到过佛图澄。郭门守吏听了沙门的话以后，猛然记起前事，说："佛图澄曾经出城，当时我以为自己眼花了，现在沙门也看见了，莫非佛图澄还在人间，并没有死？"石虎听完，很是疑惑，就命石工打开棺材，发现棺中只有一双鞋和一块石头。石虎惊讶道："朕姓石，是朕把石头埋进棺中的，莫非朕要死了吗？"此后，石虎一直闷闷不乐，坐立不安。石虎经常看见已经死了的子孙们站在自己身边，不由得毛骨悚然，悲悔交加，加上连日来不思饮食，身体逐渐虚弱。过了残冬便是赵天王建武十五年的元旦，即晋永和五年。石虎自知活不了多久，就命人在南郊筑坛，即位称帝，改元太宁。将各子晋爵为王，百官各增位一等，颁令大赦，只有以前东宫被贬到凉州的卫卒不在赦免之列。

卫卒中有一个队长，叫梁犊。此时遇赦却不得赦免，梁犊当然心有怨言。一班卫卒也都愤愤不平，梁犊趁机煽动，聚众为乱，自称晋国征东大将军，攻陷下辩；胁迫雍州刺史张茂为大都督，攻克秦、雍城池。梁犊进入长安，手中有十万将士。乐平王石苞派兵出战，大败而归，不得已回城固守。梁犊率军从潼关出发，进兵洛阳。赵主石虎忙命李农为大都督，率领卫军将军张贺度、征西将军张良、征虏将军石闵等人在新安抵御乱军。梁犊大军都带着一种怨气，拼死前来，虽然没有兵甲，却是一可当十，十可当百。李农麾下人数与梁犊相差无几，但气势不如梁犊大军，一战即败，再战又败，只好退到成皋。梁犊又向东攻打荥阳、陈留等郡，声势浩大。石虎又惧又愤，旧病复发。随即令燕王石斌为大都督，与冠军大将军姚弋仲、车骑将军蒲洪合兵讨伐梁犊。

姚弋仲进宫求见，石虎卧床养病，传令免见，让人带姚弋仲到领军省，赐给他御食。姚弋仲怒道："国家有贼令我出击，主上理应面授方略，才能打败叛贼。现在却赐我御食，难道我是来要饭的吗？"有人通报了石虎，石虎就传见姚弋仲。姚弋仲怒气未息，见到石虎便大声说道："有儿子不好好教导，让他造反，现在杀了逆子，你还愁什么？你病了这么久，却立幼儿为太子，万一你有什么不测，天下一定大乱，叛贼还不足以让你担忧呢。梁犊等人作乱，已失民心，我会为你出力，一举平贼。"石虎听他出言不逊，也很生气，只是还要靠他出兵平乱，只好忍耐三分。况且姚弋仲性格耿直，气急的时候往往不顾尊卑，直呼你我，已成习惯。石虎耐着性子让他坐下，亲自授姚弋仲为征西大将军，并赐他铠甲战马。姚弋仲也不谢恩，取了铠甲披在身上，跨鞍上马，在中庭驰骋数圈，然后扬鞭一挥，策马自去。石虎又气又笑，只好静候佳音。

石氏之乱

过了十多天，石虎就接到姚弋仲的捷报，说他在荥阳大破梁犊。不久又有捷报传到，说姚弋仲已经将梁犊杀死，扫平了乱党。石虎封姚弋仲为平西郡公，准许他带剑上朝。又封蒲洪为侍中车骑大将军，让他掌管秦、雍诸州军事，担任雍州刺史，封为略阳郡公。姚弋仲等人还没有回到邺城，石虎的病情已经日重一日。石虎就命彭城王石遵为大将军，镇守关右；任燕王石斌为丞相，张豺为镇卫大将军，并受遗诏辅政。刘皇后心里很不高兴，密召张豺，商议谋害石斌，以除后患。张豺派人对石斌说道："主上的病已经快好了，你要是想游猎，大可以放心前去。"石斌本来就喜好狩猎，听了这话，很是高兴，一连几天都出外游猎。刘皇后就与张豺假传圣旨，说石斌不忠不孝，勒令将他免官，又派张豺的弟弟张雄带领五百士兵将石斌监禁起来。彭城王石遵在幽州，奉诏赶到邺城。刘皇后不让他觐见石虎，只发给石遵三万禁兵，令他前往关右。石遵泣涕而去。石虎对此全然不知。

过了两天，石虎病情好转，问石遵到了没有，侍从回答说彭城王已经走了两天了。石虎大怒道："怎么不让他来见我？"随即亲临西阁，看见龙腾中郎的两军将士。石虎问他们有何请求，众人说道："圣体不安，应该令燕王进宫守卫，请改立燕王为太子。"石虎惊疑道："燕王还没到京师吗？"侍从诈称燕王喝多了，不能进宫。石虎又说道："可以让他坐车来。"左右阳奉阴违，根本不去接石斌。石虎无力支撑，只好回到寝宫。张豺担心留下后患，竟然令张雄矫诏杀死石斌。刘皇后得知大喜，擅自命张豺为太保，掌管各军。侍中徐统对家人说道："大乱就在眼前，我如果活着，恐怕也要被杀，不如早点死的好。"说完，就服毒自尽了。穷凶极恶的石虎此时已经不省人事，晕厥数次，最后终于两眼一翻，两腿一伸，一命呜呼了。

赵太子石世只有十一岁，张豺等人拥他即位，尊刘氏为太后。刘氏临朝称制，任张豺为丞相，张豺情愿让给彭城王石遵、义阳王石鉴。刘氏便命石遵为左丞相，石鉴为右丞相。张豺又与太尉张举密谋杀害司空李农。张举和李农是好朋友，派人密告李农，李农逃到广宗。张豺派张举带兵追杀李农，同时授张离为镇军大将军，让他掌管军事，兼任司隶校尉。当时，邺中群盗四起，到处抢掠，张豺与张离不能遏止，只好紧守宫门，得过且过。

彭城王石遵正赶赴关右，途中听说父亲去世，于是屯军河内。冠军大将军姚弋仲、车骑大将军蒲洪、安西将军刘宁、征虏将军石闵等人班师回朝，与石遵相遇，当下建议声讨张豺。石遵欣然同意，就从河内举兵，直指邺都。洛州刺史刘国等人带兵前去会合。张豺非常害怕，急召张举还军。张举还没回来，石遵已经到了，张豺不得不调兵抵御。偏偏大臣纷纷出城迎接石遵，镇军大将军张离也率军迎候，张豺吓得手足无措。这时，宫中有旨传召，张豺应命进宫。刘太后哭着向张豺问道：

223

"加封石遵官职，能免祸吗？"张豺支吾半天，说不出一句话，只得唯唯听命。

刘太后随即命石遵为丞相，担任大司马、大都督，统领各路军马，并增封十郡。石遵谢绝来使，进军到安阳亭。张豺一筹莫展，硬着头皮出战。石遵带兵从太武门驰进宫中，直登太武前殿，又命士兵将张豺斩首示众。石遵假传刘太后的诏令继承大位，大赦天下。石遵废石世为谯王，降刘太后为太妃，不久将刘氏母子一并毒死。石遵立生母郑氏为太后，妻子张氏为皇后，封已故燕王石斌的儿子石衍为皇太子；封义阳王石鉴为侍中太傅，沛王石冲为太保，乐平王石苞为大司马，汝阴王石琨为大将军，武兴公石闵掌管各路军马，兼任辅国大将军。并下诏召回张举。

李农进宫谢罪，仍然官复原职。石遵嗣位才七天，邺中突然刮起暴风，大树拔地而起，雷雨大作，冰雹碗一样大，大雷击毁了太武、辉华殿，将宫中府库和宫门烧成灰烬，不久又降下血雨。这时沛王石冲镇守蓟城，听说石遵杀了石世，继承大位，就召见僚佐，准备亲自前去征讨。他留宁北将军沐坚镇守幽州，自己率领五万兵马由蓟城南下。等石冲到了常山，已经召集了十万将士。石冲进军苑乡的时候，中使从邺都赶来，传示赦书。石冲忽然改变了想法，说道："石遵也是我的弟弟，既然已经即位，我又何必再去残害他？何况死者不能复生，得饶人处且饶人，不如回去罢了。"部将陈暹却说道："彭城王篡位自立，如果你想回去，可以回去。臣愿去平定京师，然后奉迎大驾。"说完，陈暹率兵自去。石冲见陈暹前进，只好麾兵随行。途中，石冲接到石遵的书信，劝石冲罢兵，石冲不肯。石遵赐铠甲兵器给石闵，令石闵与司空李农等人带十万精兵抵御石冲。两军在平棘交锋。石冲被石闵等人痛击，大败而逃，在元氏县被石闵生擒。石闵随后向石遵报捷。石遵下诏令石冲自尽。石闵担心降兵作乱，就将三万降兵全部活埋，然后班师回到邺城。

石闵对石遵说蒲洪必为后患，应当早除。石遵于是免了蒲洪的官职，蒲洪心生怨恨，派人送降书到晋廷。晋征西大将军桓温已经探得赵国大乱，立即屯兵安陆。赵扬州刺史王浃带着整个寿春城归附晋廷，晋命西中郎将陈逵戍守寿春。征北大将军褚裒上表晋廷请求伐赵。晋廷认为褚裒任重责大，不应该深入，应该先派偏师出击。褚裒不以为然，一再上表。晋廷就加封褚裒为征讨大都督，派他率领三万大军向彭城进发。河朔军民听说褚裒出兵，都来投奔。光禄大夫蔡谟对亲友说道："此举不足以灭胡，就算灭了胡人，也只会给国家带来祸患，不如不出兵。"亲友听了，都很疑惑，蔡谟又道："扫平胡人不是一般人能办到的，而且会劳民伤财。如果财已尽了，力也穷了，战略上再稍有疏忽，还能不危及朝廷吗?"

褚裒发兵北进，鲁郡五百余家百姓前来依附。褚裒派部将王龛、李遇率领三千士兵，将鲁民迎进。王龛、李遇走到代陂，正碰上赵都督李农带兵南下。王、李二人避让不及，不得不上前交战，终因寡不敌众，全军覆没。李农进逼寿春，晋将陈逮毁城而逃。褚裒退到广陵，上表请罪，晋廷命他镇守京口，免去他征讨都督的职衔。褚裒回到京口，沿途听见哭声，很是诧异。侍从道："将士的家属失去了亲人怎么能不哭呢?"褚裒很是惭愧。回到京口不久，褚裒就病逝了。晋廷追封褚裒为侍中太傅，派吴国内史荀羡掌管徐、兖二州及扬州属郡晋陵的军事，担任徐州刺史。荀羡年仅二十八岁，在各诸侯中年纪最小。

赵乐平王石苞得知石冲战败，就想在长安起兵，进攻邺都。左长史石光及司马曹曜等人进谏劝阻，反被石苞杀死。雍州豪酋派人将此事报告晋廷，晋梁州刺史司马勋率军前去。仇池公杨初也遥应晋兵，进袭赵国的西城。仇池公杨茂搜死后，就传位于儿子杨难敌。杨难敌归附刘曜，受封为武都王，不久病逝，儿子杨毅继立。因为刘曜已亡，杨毅就向晋廷称藩。杨毅的族兄杨初图谋篡位，杀死杨毅向赵国称臣，后来听说石氏内乱，就向晋朝通好。晋朝册封杨初为征南将军、雍州刺史。仇池公杨初与晋兵约为掎角，一起攻打赵国。司马勋领兵击破长城、赵成，进军悬钩。距长安约两百多里的时候，司马勋派治中刘焕进逼长安，途中杀死赵京兆太守刘秀离，并攻占贺城。

赵乐平王石苞见形势对自己不利，只好把攻邺计划暂且搁起，专心防备晋廷。随即派遣部将麻秋、姚回带兵抵御司马勋。赵主石遵听说石苞要谋反，就借攻打司马勋为名，派车骑将军王朗带着铁骑前往长安，暗中却令王朗击退晋兵后将石苞带回邺城。晋司马勋听说赵兵前来，不敢进军。赵将石遇奉赵主石遵的命令攻陷宛城，擒获晋南阳太守郭启。司马勋移师前去救援，杀败石遇，收复宛城，杀死赵新任南阳太守袁景，然后回到梁州。

当时，燕主慕容皝已经病死，世子慕容俊嗣位。平狄将军慕容霸想趁石氏内乱，兴兵攻赵，就上疏慕容俊。慕容俊踌躇道："邺中虽乱，还有邓恒据守乐安。邓恒兵精粮足，我军如果伐赵，乐安挡住东路，恐怕很难进攻，那样就要绕道卢龙；卢龙山径险窄，如果被人占据险要位置，再夹击我军，我军岂不是首尾受困？"慕容霸道："邓恒虽然是石氏守将，但是部下将士闻乱思家，各怀归志，大军一到，势必瓦解。臣愿前去攻打赵军。"慕容俊转问五材将军封弈。封弈答道："敌强用智，敌弱用势。石虎穷凶极恶，国家大乱，民不聊生，如果大王扬兵南下，施以仁政，百姓哪有不恭迎大王的道理？"慕容俊听完之后，命慕容恪为辅国将军，慕容评为辅弼将军，左长史阳骛为辅义将军，又令慕容霸为前锋都督，调兵二十余万攻打赵国。

赵国尚未接到燕国的战书，内乱已经闹得不可收拾。原来赵主石遵曾答应立石闵为太子，但后来却册立了燕王的儿子石衍，石闵不禁怨恨。石闵骁勇善战，屡立战功，颇得人心。中书令孟准、左卫将军王鸾私下劝石遵裁抑石闵兵权，石遵便疏远石闵，石闵从此更加怨恨石遵。可巧乐平王石苞从长安来到邺城，石遵召石苞进宫，又召见义阳王石鉴、汝阴王石琨、淮南王石昭等人，商议铲除石闵一事，郑太后也来到大殿。石遵说道："石闵目无主上，今天一定要设法除去他。"石鉴等人都说："石闵既然想要谋反，我们就必须杀了他。"郑太后却说道："没有棘奴①，哪有今日？即使棘奴有些傲慢，我们也应该包容他，怎么能杀了他？"

听了母亲的话，石遵没有再说什么。石鉴与石苞等人随即退出，石遵送母亲回寝宫后，便到后宫与妃妾下棋。才下了几局，就听到外面一片嘈杂，石遵惊恐万分，走出琨华殿看是怎么回事。正巧将军周成、苏彦带着许多将士持着刀械，蜂拥而来，边走边喊道："诛杀篡位的逆贼！"石遵颤声喝道："反……反！究竟是什么人要造反？"周成厉声答道："义阳王石鉴应该继立。"石遵又说道："我今天落得如此下场，你们立石鉴为王又能……又能传多久？"话音刚落，石遵已被周成等人乱刀砍死。周成又闯入后宫，将郑太后、张皇后、太子石衍等人统统杀死。石遵在位仅一百八十三天。

乱事过后，石鉴即位，改元青龙。令武兴公石闵为大将军，封为武德王；李农为大司马，张举为太尉，郎闿为司空，刘群为尚书左仆射，卢谌为中书监。石鉴担心石闵篡位，在夜里召见乐平王石苞、中书令李松、殿中将军张才，让他们带兵攻打石闵、李农，三人奉命行事。石闵早有防备，与李农进入琨华殿，派殿中将士守卫宫廷。将士多是石闵的

①棘奴：石闵的小名。

心腹，一个个精神抖擞，通宵守着。石苞等人冒昧闯进，被卫士杀退，霎时间宫中大乱。石鉴得知后，反而降罪于石苞、李松、张才，并下令杀死他们三人，将他们首级送交石闵。石闵早已料到石鉴会这么做，便将计就计，下令将士归队，不得喧哗。新兴王石祗是石鉴的胞弟，听说石闵、李农作乱，就与姚弋仲、蒲洪一起攻打石、李二人。石闵请石鉴令汝阴王石琨为大都督，与太尉张举、侍中呼延盛率兵抵御石祗。中领军石成、侍中石启、前任河东太守石晖密谋杀害石闵、李农，反被石闵、李农所杀。龙骧将军孙伏都、刘铢带领三千人讨伐石闵、李农。石鉴在御龙观看见孙伏都等人鱼贯而入，就问是怎么回事。孙伏都答道："石闵、李农谋反，已经到了东掖门。臣想出兵抵御，所以前来请旨。"石鉴说道："卿是功臣，事平以后，一定重赏。"孙伏都等人应声而出。孙伏都攻打石闵、李农，连战不利，只好退到凤阳门。石闵、李农率兵攻打石鉴。石鉴见石闵、李农等人进来，知道孙伏都已经战败，便连忙传令道："孙伏都谋反，你们不去讨伐，来这里做什么？"石闵、李农等人便去攻打孙伏都。孙伏都、刘铢寡不敌众，战死沙场。石闵又派尚书王简、少府王郁带兵围住御龙观，不准石鉴自由进出。此后，石鉴的饮食起居，都受人监视。

后赵亡国

石闵幽禁石鉴，下令城中："孙伏都、刘铢已经伏法，其他人就不再追究了。只要与朝廷同心，就可以留下，不愿留下的可以自便。"随后大开城门。羯人相继出城，赵人陆续入城。石闵见羯人不为己用，就对赵人说，斩一个羯人的首级送到凤阳门，文官可连升三级，武官可立即封为牙门。不到一天时间，竟有上万人提着羯人的首级献上。石闵索性亲自率领赵人，将二十几万羯人诛杀殆尽。太宰赵庶、太尉张举、中军将军张春、光禄大夫石岳、抚军将军石宁、武卫将军张季及各路公侯、将士担心受到连累，全都逃往襄国。汝阴王石琨逃往并占据冀州，抚军张沈占据滏口，张贺度占据石渎，建义将军段勤占据黎阳，宁南将军杨群占据桑壁，刘国占据阳城，段龛占据陈留，姚弋仲占据滠头，蒲洪占据枋头。这些人各拥兵数万，不肯依附石闵。王朗和麻秋从长安逃到洛阳。石闵招纳麻秋，并命他追击王朗。麻秋偷袭王朗，杀死王朗部下千余名，王朗侥幸逃到襄国。麻秋又忽然心生悔意，转而投奔了蒲洪。

汝阴王石琨和张举、王朗集合七万兵马，到邺城讨伐石闵。石闵率骑兵迎战，列阵城北。遥见敌军蜂拥而至，便跃马出阵，直奔敌军。敌军前队远道而来，早已困乏，自然招架不住，连连倒退。石琨等人见前军退后，以为闵军锐不可当，慌忙拍马逃回冀州。主帅一逃，全军溃退。石闵肆意追杀，斩杀三千敌兵才收兵回城。石闵大获全胜，又和李农领着三万骑兵去攻打石渎。石鉴被软禁在御龙观中，趁看守不注意写了一封信，叫近侍送到滏口，让抚军张沈等人趁虚偷袭邺城。哪知近侍不去报信，反将书信送到石闵手中。石闵大怒，立即回到邺城，一刀了结了石鉴，可怜石鉴在位只有一百零三天便被杀害。石闵还不罢休，索性大肆诛杀石氏子弟，将石虎的子孙全部杀害。石虎之子石琨、石祗居住在外境，才逃过此劫。

石闵见邺城中已无石氏遗种，便打算即位称尊。司徒申钟、司空郎闿接到石闵的密旨，联络朝臣拥戴石闵登位。石闵假意推让给李农，李农誓死推辞。石闵于是在南郊即位称帝，国号魏，恢复原姓冉，追尊祖父冉隆为元皇帝，父亲冉曜为高皇帝，奉母王氏为皇太后，妻子董氏为皇后，儿子冉智为皇太子，其余诸子全部封王。任命李农为太宰兼任尚书，并加封李农为齐王。其他文武百官各升三级。

赵新兴王石祗听说石鉴被杀，就在襄国称帝，改元永宁。起用汝阴王石琨为相国，姚弋仲为右丞相，姚弋仲的儿子姚襄为骠骑大将军。当时姚弋仲占据滠头，蒲洪占据枋头，二人都想称霸一方，心中各有疑忌。秦雍之地的流民纷纷归顺蒲洪，蒲洪的士兵达到十多万人。姚弋仲担心蒲洪强大起来难以控制，就派儿子姚襄带兵攻打蒲洪，谁知却吃了败仗。蒲洪随后自称大都督、大将军、大单于，兼三秦王，改姓苻氏。苻健是苻洪的三儿子，擅长拉弓骑马，被苻洪立为世子。赵将麻秋归附苻洪，做了军师将军。麻秋劝苻洪先占领关中，再东争天下，苻洪深信不疑。没想到苻洪把麻秋当成知己，麻秋却将苻洪视为仇家。一次，二人正把酒言欢，麻秋却在苻洪的酒中下毒，苻洪痛饮数杯而回。回去后不久，苻洪突然腹痛难忍，这才知道自己被麻秋暗算了。苻洪连忙召来世子苻健，说道："我拥众十万，占据险要之地，冉闵、慕容俊等人本可指日荡平，就是姚襄父子也不在话下，没想到功业未成竟被麻秋毒害。我死后，你们兄弟不要进攻中原，不如占据关中，独霸一方。"说完就死了。世子苻健秘不发丧，立即带兵去捉拿麻秋。麻秋正想乘丧作乱，没想到晚了一步，反被世子苻健拿下，一刀劈成了两段。世子苻健报了大仇，立即为父发丧，派人向晋廷报讣，并自削王号。原来苻洪先前投降了晋朝，曾受封为征北大将军，担任冀州刺史。所以苻健自称征北将军，向晋廷请命。赵国石祗刚刚称帝，也想笼络苻健，便命他为镇南大将军。苻健假装受命，在枋头修缮宫室，表示再不复出，暗中却部署兵马，想要攻打关中。

关中本来是赵国的属地，由将军王朗戍守。王朗从长安逃到洛阳，又从洛阳逃往襄国，只留下了司马杜洪据守长安。司马杜洪担心苻氏入关，一直严加戒备。当他得知苻氏父死子继，心已宽了一大半，后来又听说苻健课农筑舍，更加放心。谁知苻健竟自称晋征西大将军，率众西行，在盟津架起浮桥，渡河直入关中。苻健的弟弟苻雄先到潼关，司马杜洪就派部将张先出战迎敌。两兵交战，不分胜负。后来苻健赶到，张先大败而回。苻健虽然战胜，却将名马、珍宝送给司马杜洪，还写了一封信，说要到长安奉司马杜洪即位称尊。司马杜洪担心苻健使诈，仍然召集关中兵士，攻打苻健。苻健进军赤水，派苻雄进攻渭北，苻雄在阴槃将张先擒住；苻健再派侄子苻菁进击其他各城。苻菁所到之处，城池纷纷陷落。司马杜洪连连接到兵败的消息，又听说苻健乘胜杀来，不禁失色。将士更是惊心，纷纷奔逃，最后竟只剩下了几百骑兵。司马杜洪不敢回长安，逃往司竹去了。

苻健将长安据为都城，派使者向晋廷告捷，且向桓温修好。长史贾玄硕等人推苻健为大单于、秦王。苻健便自号秦天王、大单于，建元皇始。史家称为前秦。当即修缮宗庙，立妻强氏为天王后，子苻苌为天王太子，弟苻雄为丞相，兼任车骑大将军，担任雍州刺史，然后封拜百官。又派人访求人才，并免去苛政。关中百姓，才得以片刻安宁。

赵主石祗当时正与冉闵相持，无暇西顾，苻健因此才能顺利地据有西秦。冉闵打算向北攻打赵国，赵主已经派遣汝阴王石琨和张举、王朗统兵十万，前来攻打冉闵。冉闵派人向晋廷求援。晋廷认为冉闵是乱贼，对他置之不理。冉闵想亲自抗敌，又担心李农有二心，于是将李农及他的三个儿子一并杀死。尚书令王谟、侍中王衍、中常侍严震、赵升都被连坐，丢了性命。冉闵料理好一切，派卫将军王泰为前锋，进击赵兵，自己做后应。

这时汝阴王石琨已经进入邯郸，与镇南将军刘国会师并进。途中被王泰打败，死伤近万。石琨退回邯郸，刘国也回到繁阳。后来刘国与段勤、张贺度、靳豚攻打邺城。冉闵派刘群率领十二万将士在黄城阻挡，自己则领着八万精卒与刘国在苍亭大战。刘国那边将令不齐，众心不一，因而大败，白白牺牲了两万八千人。刘国大败而归，靳豚被杀，其他人则四散奔逃。冉闵奏凯而归，举国欢庆。冉闵得胜后，想笼络人心，求才兴学，于是特意准备金帛，礼征陇西人辛谧。辛谧，字处道，博学能文，精通草书、隶书，一直闭门谢交，韬光养晦。刘聪和石勒曾再三征召，都被他一一谢绝。这次冉闵征召，辛谧依然不愿出山，因担心冉闵不肯放过他，竟然绝食而亡。

冉闵率领十万步兵、骑兵攻打襄国，封次子冉胤为太原王，号为大单于，并配给他一千名投降的胡虏。光禄大夫韦谀劝阻，冉闵大怒，不但将他处斩，还将他的儿子韦伯阳一并杀害。然后直抵襄国城下，派兵四面进攻，上筑土山，下挖地道，发誓要攻破坚城。赵主带兵坚守，支撑了一百多天。冉闵让军士建屋耕作，打算长久围困下去。赵主害怕，竟然自去帝号，改称赵王。派张举向燕国求援，并许诺将传国御玺送交给燕王，另派张春到滠头向姚弋仲求援。姚弋仲命姚襄率骑兵援助襄国，燕王慕容俊也令将军悦绾率领骑兵救赵抗魏。赵汝阴王石琨也从冀州赶来，于是三方会合，十多万劲卒直逼冉闵。冉闵派将军胡睦、孙威迎战，二人一出兵即大败而回。冉闵打算亲自出击，卫将军王泰谏阻，道士法饶却力劝冉闵亲自出战，抵御敌军。冉闵倾师而出，与姚襄对阵交锋。可巧石琨从东面驰来，悦绾从西面赶来，赵主石祗又从城中冲出，四面大军将冉闵团团围住，冉军顿时溃败。

冉闵与十多个骑兵拼命飞奔，逃回邺城，哪知次子冉胤已被降胡擒获，投降了襄国。司空石璞、尚书令徐机、车骑将军胡睦、侍中李绹、中书监卢谌尽被杀死。邺城大乱，盗贼四起，饥民自相残食。冉闵潜进城中时，邺人尚不知晓，纷纷传言冉闵已死。射声校尉张艾劝冉闵亲自出来抚慰众人，安定众心。冉闵于是到南郊犒劳军士，谣言才稍稍平息。冉闵将道士法饶父子诛杀，追尊韦谀为大司徒，然后招兵买马，准备再次御敌。姚襄还军滠头，姚弋仲责怪他没能擒住冉闵，杖责百下，但也不再用兵，燕将悦绾也随即退去。只有赵主石祗派部将刘显率兵七万，再次攻打冉闵，一路攻进了明光宫，距邺城只有二十三里。冉闵屡次急召卫将军王泰商议拒敌办法，王泰一直托病不入。冉闵大怒："可恨的巴奴，以为我一定要靠你才能保命吗？等我灭了羯党，再来收拾你。"随即率领众人拼死杀去，大破刘显，斩敌三万多人。刘显无路可逃，只好派使者求降，表示愿意杀死赵王。冉闵当即答应下来，退兵回到邺城。

这时，有人诬陷王泰想要叛逃，冉闵正想杀他，听到这话，怒火上冲，立即将王泰处斩，并灭其三族。

过了数月，刘显报称已经杀了赵主石祗、丞相乐安王石炳、太保张举、太宰赵庶等十多人，并占据了襄国。冉闵大喜过望，还没答复，赵主石祗的头颅已经献入邺城。冉闵于是封刘显为大单于，兼任冀州牧。赵主石祗自称帝建立襄国，只一年就身死国灭。后赵从石勒建国到石祗亡国共历七主，共存二十三年。

刘显投降冉闵还不到一百天就想称尊，谋划着要杀冉闵。冉闵预先探知，发兵杀退刘显，刘显狼狈逃走。冉闵虽然得胜，但所管辖的城郡已纷纷瓦解，徐州刺史刘启、兖州刺史魏统、豫州刺史张遇、荆州刺史乐弘都投降了晋廷。魏平南将军高棠、征虏将军吕护二人擒住洛州刺史郑系，也向晋请降。故赵将周成屯兵廪邱，高昂屯兵野王，乐立屯兵许昌，李历屯兵卫国，也陆续投降晋廷。刘显据住襄国，僭号称尊，率众攻打魏国的常山。常山太守苏彦派使者到邺城求援。冉闵让太子冉智留守邺城，大将军蒋干在旁辅助，自己率锐骑援救常山，一战却敌。刘显前军大司马石宁举枣强城投降冉闵，冉闵于是进兵攻打刘显。刘显逃到襄国，大将军曹伏驹料知刘显能成大事，竟然做了冉闵的内应，开门迎入冉闵的大军。刘显无处可逃，被闵军困住，乱刀分尸。刘显的家眷以及官吏，都被杀净。闵军又放了一把大火，将襄国宫室付诸一炬，襄国遗民都被闵冉赶到邺城。可怜石氏遗种，只剩了一个汝阴王石琨。石琨是石虎的幼子，此时已经是无兵无饷，只得逃到建康，向晋乞怜，希望保住一脉。哪知晋廷追念宿仇，不肯相容，将石琨绑缚市曹一刀劈成了两段，石氏一门至此灭绝。

慕容恪灭魏

晋征西大将军桓温见石氏乱亡，屡次奏请进兵收复中原，朝廷都没有答复。晋穆帝年纪尚幼，褚太后又是女流之辈，一切国政都由会稽王司马昱处理。朝廷任命蔡谟为司徒光禄大夫，诏书频下，蔡谟始终不肯就职。永和六年，蔡谟称自己患了重病，请求回家养老。朝廷没有允准。穆帝上朝议政，派侍中纪璩与黄门郎丁纂去召蔡谟来商议朝政。蔡谟称病不去。会稽王司马昱说蔡谟是中兴老臣，朝中大事必须与他商议才行。

231

从旦时到申时，穆帝派人往返几十次，蔡谟始终不来。当时穆帝只有八岁，见蔡谟一直没来，说道："蔡司徒一直不来，究竟是什么意思？朝野上下为了他一个人等了一天，岂不可恨？难道他不来，今天就不能退朝吗？"褚太后也觉得疲倦，就下令罢朝。

会稽王司马昱恼恨起来，对朝臣说道："蔡公违背上命，眼中还有君主吗？要是我辈都像蔡公一样傲慢，试问朝廷以后还怎么议事？"群臣齐声道："司徒蔡谟虽然患病不方便上朝，但今天皇帝临朝，百官都在，他却如此傲慢，应当明正国法，依律拟刑。"蔡谟得知群臣的议论，惶恐不安，率领家中子弟到朝中请罪。当时有一个人厉声喝道："蔡谟欺君罔上，应该处死！"朝臣听他言辞激烈，也觉一惊，连忙望去，原来是中军将军殷浩。徐州刺史荀羡私下对殷浩说道："蔡公名望享誉朝廷内外，今天如果被诛杀，明天必然有人以此为借口，做出齐桓、晋文的举动。你又何苦呢？"殷浩听到这话，才闭口无言。众臣裁决不下，就交给褚太后裁决，褚太后说："蔡谟是皇帝的老师，我不忍治他重罪。"于是下诏将蔡谟贬为庶人。

桓温听说殷浩擅权，很是愤恨，一时间又没什么事情可以弹劾殷浩，就以北伐为名，写了一篇表文，呈给朝廷，说朝廷要被庸臣所误了。这句话分明是指斥殷浩，殷浩压住桓温的表文，不予批复。谁知桓温竟然率领数万将士顺流东下，屯兵武昌，摆出一副入清君侧的架势。朝廷接到消息，惊愕异常。殷浩急得没法，就想辞官，避开此劫。吏部尚书王彪之对会稽王司马昱说道："如果殷浩离职，百官定会惊慌。皇上刚登基不久，国家尚未稳定，如果发生变乱，谁能担得起这个责任呢？"接着又对殷浩说道："桓温如果要问罪，必然把你定为首恶。你即便辞官，桓温还是不会放过你。不如先让会稽王司马昱修书一封与桓温商讨，他如果不肯罢休，就让太后下诏，那时桓温再不从就是抗命，我们出师也名正言顺了。"殷浩与司马昱采纳了王彪之的建议，立即命抚军司马高崧代司马昱写好书信，派人送交桓温，请他以国家大局为重，不要意气用事。果然一笺书信胜过十万雄师，没过几天，桓温就上表谢罪，收兵回去了。晋廷上下都松了一口气。

后来姚弋仲派人向晋廷投降，朝廷任命姚弋仲为车骑大将军、六夷大都督；任命姚襄为平北将军，让他负责管理并州。姚弋仲年逾七十，有子女四十二人，曾召集他们说道："自古以来，戎狄等少数民族从来没有人可以做天子。我死之后，你们都应当归顺晋廷，竭尽臣子的义务，不要自取灭亡。"第二年为永和八年，姚弋仲因病去世，享年七十三岁。姚襄与苻健之间有宿仇，父亲死后他秘不发丧，径直率领部下攻打秦王苻健。

秦王苻健自称天王后，一直据守关中。得知晋朝梁州刺史司马勋、故赵将军司马杜洪二人带兵侵犯秦川，立即率领士兵出堵五丈原，击退司马勋，再移兵攻打司马杜洪。司马杜洪正想响应晋军，不料张琚忽然变志，竟然将司马杜洪杀害，然后自立为秦王。张琚位子还没坐热，苻健已经率军杀来。张琚冒冒失失出去迎敌，一战即败，落得个身首异处的下场。苻健奏凯而归，自称秦帝，封诸公为王，命子姚苌为大单于。又派弟弟苻雄及侄子苻菁分别攻略关东，招降了豫州刺史张遇，仍让他镇守许昌。苻氏气势正盛，将勇兵精，不管姚襄如何骁悍，一时之间还是不能取胜。姚襄于是转攻洛阳，大军来到麻田，与故赵将李历相遇。两下酣斗，姚襄的马突然中箭，忍痛不住，将姚襄掀倒在地。李历趁机上前，想要生擒姚襄，幸亏姚苌先到一步，把姚襄扶起，救他脱险。然而部众已经逃散，死伤无数。姚襄逃到渨头，将父亲草草治丧，暗暗悔恨自己行事冒昧。于是遵照父亲遗命，投靠了晋豫州刺史谢尚。姚襄为谢尚出谋划策，令建武将军戴施前去占据枋头。戴施奉令前往，兵不血刃，不费一兵一卒就将枋头拿下。魏主冉闵与燕国交战，战败被擒。冉闵之子冉智守卫邺城，将军蒋干在一旁辅助，冉智派人向谢尚求援。谢尚立即调戴施前去救援邺城，并帮助守护三台。

究竟冉闵如何战败的呢？原来冉闵攻克襄国之后，就到常山、中山等郡游玩。故赵将军段勤率领一万多胡羯占据绎幕，自称赵帝。燕王慕容俊派辅国将军慕容恪进军中山，收降魏太守侯龛及赵郡太守李邽。辅弼将军慕容评也奉燕王慕容俊的命令，到鲁口攻打魏戍的将领郑生。后来燕王慕容俊又让建锋将军慕容霸攻打段勤，并调慕容恪专门对付冉闵。冉闵在魏国昌城与慕容恪相遇，不听臣下的劝告，硬要与慕容恪大战。司徒刘茂心想："我君刚愎自用，有勇无谋，这次出兵必是死路一条。我等与其苟活，自取戮辱，不如速死为宜。"于是服毒自尽。

冉闵素有勇名，部兵虽不过万人，却是个个善战。当下与燕兵对决，十战十胜，燕兵通通都被击退。冉闵见燕兵都是骑兵，担心被其冲散，于是将燕兵引到树林。慕容恪巡军时，鼓舞士兵道："冉闵有勇无谋，不过是逞一时的匹夫之勇。况且他的士卒又饥又累，时间一久自然松懈，到那时我们再将他们一举击灭也不迟。我军分为三队，互为掎角，可战可守，怕他什么？"参军高开献计道："我骑兵适宜在平地作战，

233

不宜进入林麓。为今之计应该速派轻骑将他引到平地，然后再纵兵挟击。"慕容恪于是拨兵诱敌，命士兵边走边骂。冉闵果然中计，当即麾兵杀出。燕骑拍马便走，口中辱骂如故。冉闵在林中追了一程，便停住不再追赶。燕骑依然笑骂道："冉贼！冉贼！有本事就到平地来与我大战一场，躲在林中做缩头乌龟算什么本事？"冉闵大怒，索性来到平地列阵待战。

慕容恪早已部署妥当，专等冉闵自投罗网。冉闵胯下的骏马，号为朱龙，每日能行千里。冉闵拍马前来，左手操一杆双刃矛，右手持一柄连钩戟，在燕军阵前连挑带拨，无人能挡。燕兵慌忙射箭，冉闵毫不畏怯，手中的双刃矛飞舞盘旋，将飞来的各箭全部挡落；右手又用戟乱钩，燕兵避得慢了点，就被钩落马下。闵军立即挟刃齐上，将落马的燕兵一一砍死。冉闵杀得性起，只管往前冲。见前面有一面大旗竖着，料是燕军主力，索性冲杀过去，直攻慕容恪。慕容恪正在勒马观战，专等冉闵亲自来送死。见冉闵杀来，便令勇士摇动大旗，指挥各军，合力击杀冉闵。冉闵兵力有限，又被燕军团团围住，单靠他一身勇力，怎么挡得住数万人马？冉闵舍命杀出重围，向东逃了二十余里，才敢下马稍稍休息。见随身而来的兵士不满百人，只有仆射刘群与将军董闰、张温等人还跟着，冉闵形神沮丧，如丢魂魄，勉强按定心神，想与刘群商议怎么逃走。

忽然听到鼓声四震，燕兵从后面追来。冉闵和刘群自知不能再战，仓皇上马，挥鞭狂逃。哪知燕兵跑得更快，一下就将他们追上。刘群回马应战，当即被杀，董闰和张温双双被擒。冉闵所骑的朱龙马本来日行百里，矫捷异常，偏偏跑了一程竟无缘无故地停了下来。冉闵用鞭乱抽，直至鞭折手痛，马不但不动，反而颓然倒地，仔细一看，已经死了，冉闵只好束手就擒。燕将将冉闵送到燕都，交由燕王慕容俊处置。慕容俊命左右鞭打冉闵三百下，然后将他打入大牢。

这时燕王慕容俊接到慕容霸军报，得知伪赵帝段勤已经举城出降。随后又得慕容恪捷书，说已经阵斩魏将金光，占据了常山。慕容俊令慕容恪留守常山，召慕容霸还军，另派慕容评等攻打邺城。邺城大震。冉智与将军蒋干闭城拒守，城外一带都被燕军攻陷。冉智与蒋干只好派使者向晋称降，到谢尚处求援。谢尚命戴施率领一百壮士支援邺城。蒋干见来兵数量很少，大失所望。戴施却说："你们既然已经降顺我朝，应该献出传国御玺才是。你不如将传国御玺交给我，我立即派专使告知天子，天子知道后必派重兵前来援救邺城。那时燕寇自然会退去。"蒋干尚犹豫不决，但邺城大饥，守兵没有吃的，就将宫女煮了充饥。蒋干无奈，只好将御玺交给戴施。戴施假意令参军何融到枋头运粮，暗中却将传国玺付交给何融，让他告知谢尚到枋头迎玺。谢尚令振武将军胡彬将御玺送入建康。晋廷交相庆贺。

邺城被困已经有一个多余，城中孤危得很，幸好枋头运到粮米送入城中，守兵才能勉强支撑。燕将慕容评屡攻邺城不下，燕王俊又派广威将军慕容军、殿中将军慕容根、右司马皇甫真率领骑兵共两万人前去支援。邺城守将蒋干挑选五千锐卒，在半夜的时候开城杀出，直捣燕营。没想到慕容评早设下了埋伏，等到蒋干到来，一声号令，伏兵四起，围住蒋干的兵士，任意杀戮。蒋干扮成小兵模样，才得以逃回邺城，五千人全部覆没。魏长水校尉马愿开城投降，蒋干、戴施则逃往仓垣，魏后董氏、太子冉智及太尉申钟全被送往燕都。魏尚书令王简、左仆射张乾、右仆射郎萧自杀身亡。冉氏篡赵建国，只三年就灭亡了。

当时燕王慕容俊正在常山分派将领驻守魏地。得到邺城捷报后回到蓟郡，命人将冉闵送到龙城，祭告祖庙，然后将其斩首示众。燕相封弈联络一百二十人，劝燕王称帝，燕王慕容俊不肯。冉闵的妻儿等人都被送到蓟城，慕容俊诈称闵妻董氏献上了传国御玺，封董氏为奉玺君，赐冉智为海滨侯，起用申钟为大将军右长史，并授慕容评为司州刺史，令他镇守邺城。故赵将王擢等人向燕国投降，各得官职。只有故赵幽州刺史王午据住鲁口，自称安国王。慕容俊命慕容恪前去讨伐，慕容恪马到成功，大胜王午，王午被部将秦兴所杀。慕容恪等燕臣一致上表，要燕王称帝。燕王慕容俊于是设置百官，升相国封弈为太尉，慕容恪为侍中，左长史阳骛为尚书令，右司马皇甫真为左仆射，典书令张悕为右仆射。随后慕容俊在蓟城即燕帝位，大赦境内。自谓得到传国御玺，改年元玺，追尊祖父为高祖武宣皇帝，父亲为太祖文明皇帝，立妻可足浑氏为皇后，儿子慕容晔为皇太子。晋廷这时才派使者与燕修和，燕帝慕容俊道："我已做燕帝，与晋共分天下。此后如果要修好，不应当再下诏书。"晋使怏怏而归。史家称慕容俊建立的燕国为前燕，即十六国中三燕之一。

多疑的殷浩

晋中军将军殷浩升迁数次，权力大增，统领扬、豫、徐、兖、青五

235

州军事。他听说桓温屡次奏请北伐，便想自担重任，心想如果能侥幸一胜，就能压倒桓温。于是上书自请北伐，以收复许、洛二地。尚书左丞孔严规劝殷浩，让他不要草率行事，应当量力而行，做好本职。殷浩不听，执意将表文呈入。穆帝恩准。殷浩于是派安西将军谢尚、北中郎将荀羡为督统，进兵屯守寿春。右军将军王羲之上书劝谏殷浩，不见回复。谢尚奉令约姚襄一同攻打许昌，姚襄在谯城召集部众，出兵与殷浩会合，一同北行。

秦降将张遇据守许昌，听说晋军要来攻打，立即向关中求援。秦主苻健派苻雄前去援助。苻雄与谢尚在颍上大战，谢尚大败，损失近万人。谢尚逃回淮南，将大事全权交付给姚襄，让他在历阳屯兵。苻雄进入许昌，将张遇的家眷及五万多家百姓全部迁到关中。另派右卫将军杨群为豫州刺史，留守许昌。张遇只好随苻雄入关。张遇的继母韩氏，年逾三十，华色未衰，风姿依旧。苻健听闻，特别召见韩氏。韩氏觐见，苻健仔细端详，果然是芳容绝世，不同凡艳。苻健目迷心眩，韩氏见苻健春秋鼎盛、相貌魁梧，也如醉如痴，彼此相悦，当即凑成一对鸳鸯。不久韩氏便成了苻健的昭仪，张遇也得以升为司空。张遇虽然为此感到羞耻，但此时寄人篱下，只好含垢忍耻。后来听说江东又要出兵，立即令人去探听虚实，想乘此杀了苻健，一雪前耻。晋军再次挑起战火，仍是殷浩的主意。殷浩自从谢尚大败而回，不肯死心，仍要整兵再打。王羲之再次修书一封，劝谏殷浩；另外特意修书给会稽王司马昱，谏阻北伐。

无奈殷浩贪功心切，什么都听不进去。会稽王司马昱又深信殷浩，认为他不会一败再败，对王羲之的痛切陈词并不在意。殷浩再次出屯泗口，派河南太守戴施占据石门，荥阳太守刘遁驻守仓垣。因为军饷不够就停办太学，将办学经费充作军需。谢尚留屯芍陂，派遣冠军将军王侠攻克武昌，秦豫州刺史杨群退守弘农。晋廷这时却命谢尚担任给事中一职，谢尚回到石头城驻守。殷浩刚愎自用，不听人劝，又不能推诚任人，只一味疑猜部下。他听说姚襄在历阳广兴屯田、勤勉练兵，又听说姚襄不曾上表请求北伐，就认为姚襄是别有异图，屡次派遣刺客刺杀姚襄。姚襄为人儒雅和善，很得人心。刺客假装从命，到了历阳反将实情转告姚襄，姚襄因此有所提防，殷浩才没有得逞。殷浩又派心腹魏憬率领五千士兵，偷袭姚襄。姚襄预先探知，做了准备，交战时杀死魏憬。殷浩索性明下军书，迁姚襄到梁国蠡台。姚襄更加疑惧，派参军权翼向殷浩表明心迹，请殷浩坦诚相待。殷浩这才放下心中疑虑，不再为难姚襄。

殷浩又派人招诱秦将雷弱儿等人，让他们杀害秦主苻健，许诺让他们世袭爵位。雷弱儿等人答应下来，并请王师接应。殷浩于是调兵七万，从寿春出发前往洛阳。哪知道雷弱儿是将计就计，伪称内应，并非是真心投降。只有降将张遇因苻健奸占继母，心有不甘，于是贿赂中黄门刘显，准备夜袭苻健。谁知事情泄露，竟被苻健得知，立即将张遇处死，因为韩昭仪没有参与此事，苻健对她仍然宠爱如常。殷浩还以为是雷弱儿已经发难，当即调姚襄为先锋，自己亲自督促大军疾进。吏部尚书王彪之写信给司马昱，说秦人多诈，殷浩不应轻率行军。司马昱不理会，过了几天，刚想让人去查问军情，败报已经传来。姚襄叛命，士兵倒戈，山桑一战，殷浩大败，逃回谯城。司马昱对王彪之说道："你真是料事如神就是张良、陈平也不过如此。"

　　原来姚襄因为前事，已经对殷浩心怀仇恨，所以才叛变。姚襄经次此一战，军备大增，让兄长姚益驻守山桑，自己回淮南去了。殷浩遭到姚襄暗算，惭愤交加，又派刘启、王彬之前去攻打山桑。姚襄从淮南回来援助姚益，内外夹攻刘、王，大获全胜。姚襄随即进兵盱眙，召集七万流民，让他们安居务农，休养生息。然后派人到建康陈述殷浩的罪状，并向朝廷请罪。皇帝下诏命谢尚负责江西、淮南诸军事，镇守历阳。殷浩的名望从此一落千丈，朝廷中人纷纷弹劾他。殷浩的仇家桓温上表严劾殷浩，晋廷只好废殷浩为庶人，让他迁到信安郡东阳县。

　　殷浩到了东阳县，悠然自得。对朝廷的处罚，他不曾吐露一字半句怨言，每天平静地读书、吟诗，逍遥自在。有时想起自己半生所为，不免忧从中来，就用笔在空中写下"咄咄怪事"四个字，以抒解心中烦闷。殷浩有一个外甥名叫韩伯，殷浩非常喜爱他。这次殷浩贬到东阳，外甥韩伯也随同前来。一年后，韩伯有事要回都城建康。殷浩送至渚侧，甥舅二人挥泪告别。殷浩吟了一句古诗送与韩伯："富贵他人合，贫贱亲戚离。"吟诵间泪水滔滔，令人伤感万分。

　　桓温此时权倾朝野，他对掾属郗超说道："殷浩有德有言，是大才。之前朝廷任他做外藩，实在是误用人才。我打算起用殷浩为尚书令，你先写信给他说明我的意思，看他如何答复。"郗超立即挥笔，写好书信，寄给殷浩。殷浩大喜过望，立即写信回复，表示感激以及愿意效劳。刚要寄出去，又担心信中有不周全的地方，于是将信封开闭十多次，弄得精神恍惚，反而把信笺落在了书桌上，竟把一个空函寄给了桓温。桓温打开信封，发现空无一字，以为殷浩故意使刁，心中大为愤恨，就不再起用殷浩。两年后，殷浩病死。

永和十年二月，桓温上表讨伐前秦。桓温统率步骑兵四万余人，从江陵出发，令水师从襄阳入均口直达南乡，步兵由淅川进入武关并命梁州刺史司马勋从子午谷出发，直捣长安。其他军队进攻上洛，擒住了秦荆州刺史郭敬，然后又进军青泥，连破秦兵。秦王苻健派太子苻苌、丞相苻雄、淮南王苻生、平昌王苻菁、北平王苻硕在蓝田驻守。

淮南王苻生天生一副无赖像，一只眼睛是瞎的。祖父苻洪在世时，非常不喜欢苻生，曾对苻生身边的人说道："我听说瞎子哭时只流一行眼泪，不知是否可信？"左右连声称是。苻生听见，竟然拔出佩刀自刺瞎目，直到出血，然后对苻洪说道："这岂不是一泪吗？"苻洪不禁惊骇，于是用鞭子抽打苻生。苻生不觉疼痛，反而大喜道："我经得起刀槊砍伤，用鞭子抽打算什么！"苻洪呵斥道："你这贱种，只配当奴才。"苻生又说："难道如石勒不成？"苻洪当时正在石氏手下当差，担心苻生妄言招灾，急忙起身掩住苻生的嘴巴，以免他再说出什么大逆不道的话来。随后命人召来苻健，对他说道："此儿狂悖，将来必定招来祸害，应当早早把他除掉。"苻健虽然答应，但毕竟是父子，始终不忍心下手。弟弟苻雄也劝阻道："现在孩子还小，难免不懂事。等他长大成人了，自然会改，何必残杀自己的骨肉呢？"随后又到苻洪面前求情，苻生才得以不死。时光易过，转眼间苻生已经长大成人。他力举千钧，雄悍好杀，能手擒猛兽，跑起来如同奔马，击刺、骑射冠绝一时。桓温入关时，苻生与太子苻苌等一起率兵抵抗。苻生单骑前驱，勇猛杀入。温将应诞上前拦阻，才交手就被苻生大喝一声，劈落马下。刘泓挺枪接战，没打几个回合，也被苻生杀死。温军连死两名将领，前队大乱。苻生执刀旋舞，出入自如，太子苻苌也一起杀入，几乎把晋军前队全部斩尽。

苻生等人正杀得天昏地暗、日月无光，忽然听到晋军阵后，发出一声鼓号，鼓声还没停下来，就见箭如飞蝗般射了过来。苻生用刀拨箭，毫不慌忙，偏背后有人狂叫，音带悲酸。苻生急忙回头一看，只见一人落下马跌在地上。当时情势危急，苻生自顾已经不暇，但又不能不救，于是赶紧下马，将跌落在地的人扶起。原来此人并非别人，正是行军的统帅，太子苻苌。太子苻苌身中两箭，疼痛难忍，跌落马下。苻生见太子苻苌气息微弱，只好将他抱上马，自己一路勇猛冲杀，想护送太子回营。哪知晋军竟然如同潮水般涌来，势不可当。秦兵刚刚还所向披靡，转眼间竟然如同衰草一般不堪一击。苻生虽然勇猛异常，但毕竟已经力

238

战多时，气力不继，加上又要保护太子苻苌，一心只想奔回兵营，因此不能再逞威风。主帅尚且不能抵挡，士兵又能如何？眼见得秦军全军溃散，一败涂地。

桓温的弟弟桓冲进军白鹿原，再次与秦丞相苻雄交锋。二人交战数回，打得天地无光，最终苻雄不敌桓冲，晋军又得胜仗。桓温这时也越战越勇，气势大振，于是麾军进驻灞上。秦太子苻苌经此一败，不得不退到城南。秦主苻健率领老弱残兵驻守长安，将精兵三万交给雷弱儿率领，升雷弱儿为大司马，让他率领将士出城与太子苻苌会合，一起抵抗桓温。

桓温得胜后，下令抚恤当地居民，让他们重操旧业，并下令严禁士兵抢掠。秦民大喜，纷纷归顺晋军。许多秦民牵着牛担着酒，来到晋军军营犒赏士兵，城中百姓无论男女纷纷前来观看。晋军大得民心，三辅郡县也纷纷派遣使者向桓温请降。

这一天，忽然来了一位儒生。他衣着褴褛，神态却从容镇定，要求谒见桓温。桓温得胜以后正想招揽人才，无论贫士贵族，一概好礼相待，当下传他相见。这儒生见到桓温，只弓身长揖，然后昂然就座。边捉着身上的虱子，边滔滔不绝，旁若无人。军中将士都惊讶异常，把他当怪人看。桓温也极为惊诧，问他姓名，才知他是北海人王猛。

王猛，字景略，幼时贫贱以卖畚箕为生。在洛阳卖畚箕时，有人愿意出高价买下，但身上没带钱，叫王猛随他一同回家去取钱。王猛跟着他进入一片深山老林，看见一白发老者端坐在胡床上，王猛当即下拜，老者笑问："王公为什么无端拜我？"说着，就让人取来畚箕钱，另外送了王猛十两白银，然后将他送出山口。王猛出来后，回头一看，除了巍峨的大山竟然没有一个人。问及当地人，才知此处是中州的嵩岳。王猛拿着钱回去买了几本兵书，早晚认真阅读，深得其中奥义。后来在华阴山中遇见一个异人，王猛拜他为师，隐居学道，等待时机施展平生所学。

苻生继任秦位

听到桓温入关的消息，王猛特意出山，前去拜见。桓温问道："我奉天子之命，率十万锐兵为百姓扫除残贼。然而三秦豪杰却没有人来依附，这是为何？"王猛答道："你距离长安不过咫尺，却一直逗留灞上，不渡灞水。百姓还没有明了将军的心志所以不敢前来归附。"桓温沉吟多时，对王猛说道："江东虽然有很多名士，但像你这样的有识之士还是很少。"随即任命王猛为军谋祭酒。

秦相苻雄等人收集残兵败将，又来攻打桓温。桓温与之交战数次都大败而回，士兵伤亡近万人。桓温初入关中，粮运艰难，就想到秦地借粮。偏偏秦人早已窥透桓温的打算，先将麦子割去，然后与桓温相持。桓温无粮，只得下令班师，迁徙关中三千余户百姓一同南归。临行时赐王猛车马，拜他为高官督护，邀请王猛一同回建康。王猛说先得回去辞别老师，二人于是约好会面日期。王猛向老师辞行，老师慨然道："你留在这里自有富贵，何必随桓温远行呢？"王猛听了就没有赴约，只修书致歉。桓温南返，途中被秦兵追杀一阵，损失惨重。司马勋带兵走出子午谷后被秦兵掩击，逃回汉中。桓温到了襄阳，晋廷派使臣慰劳。桓温自命不凡，私下以司马懿、刘琨自比。有人说他与王敦相像，桓温心中大为不乐。在西南的时候，桓温遇到一个老婢女。这个老婢女曾经是刘琨的歌伎，见到桓温便潸然泪下。桓温惊问原因，老婢答道："你太像刘司空了。"桓温一听大喜，连忙整理衣冠，让老婢细说他与刘司空哪里相似。老婢徐徐答道："面相甚似，可惜薄了点；眼睛甚似，可惜小了点；身材甚似，可惜矮了点；声音甚似，可惜柔了点。"桓温听后沮丧万分，昏睡了一天一夜，好几天都不见欢容。

秦主苻健击退晋军，正要论功行赏。东海王苻雄字元才，突然得病身亡，苻健闻讣大哭，边吐血边说："难道是上天不让我平定四海吗？为什么要夺去我的元才呢？"苻雄位兼将相却谦恭奉法，礼贤下士，名望重极一时。苻雄的次子苻坚承袭爵位。相传苻坚的母亲苟氏，曾经到西门豹祠中祈子。当夜梦见与神交合，不久就怀孕了。一年后生下苻坚，当时有神光从天上照下，亮彻庭中。苻坚出生时背上有一行赤文，仔细辨认，是"草付臣又土王咸阳"八字。祖父苻洪很是惊奇，就将臣又土三字拼做一字，给他取名为坚。苻坚自幼聪颖，臂长过膝，目有紫光，长大后很是孝顺，博学且有才艺。苻健曾经梦见天使降临，要他拜苻坚为龙骧将军，醒来后诧异不已。苻健因此在曲沃设坛，将龙骧将军印绶授予苻坚，叮嘱道："你的祖父曾受此号，现在你为神明所命，应当效仿你的祖父。"苻坚从此更加努力，遍寻英雄豪杰，略阳名士吕婆、楼强汪、梁平老都成了他的门客。苻坚也因此驰誉关中。此外，淮南王苻生

240

升为中军大将军，平昌王苻菁升任司空，大司马雷弱儿升为丞相，太尉毛贵晋升太傅，太子太师鱼遵担任太尉。后来太子苻苌箭疮复发，与世长辞。苻健立苻生为太子，命平昌王苻菁为太尉，尚书令王堕为司空，司隶校尉梁楞为尚书令。

不久，苻健忽然患了重病，奄奄一息。平昌王苻菁阴谋自立，率兵杀入东宫，想要谋害太子。凑巧当时太子苻生进宫侍奉苻健去了。苻菁索性率军攻打东掖门，谎称主上已死，太子暴虐。苻健知道后带病出宫，登上端门，下令军士对叛军格杀勿论。苻菁手下将士见苻健还活着，惊愕不已，纷纷逃命。苻菁拍马想逃，却被亲军追到，斩首了事。过了几天，苻健病情加剧，任命叔父武都王苻安为大将军，令他负责朝中一切军务。然后召入丞相雷弱儿、太傅毛贵、太尉鱼遵、司空王堕、尚书令梁楞等人嘱咐后事，并对太子苻生说道："我死之后，无论爵位如何显赫的人，只要不听你命令的，都要设法早早除掉，切勿养虎为患！"苻生欣然受教。三天后，苻健病死，年仅三十九岁。

太子苻生当日即位，大赦境内，改元寿光。然后追谥苻健为明皇帝，庙号世宗，尊母强氏为皇太后，立妻梁氏为皇后。命太子门大夫赵韶为右仆射，太子舍人赵诲为中护军著作郎，董荣为尚书。又封卫大将军苻黄眉为广平王，前将军苻飞为新兴王。命大将军武都王苻安为太尉，晋王苻柳为征东大将军镇守蒲坂，魏王庾为镇东大将军镇守陕城。二王受命，苻生亲自给他们送行，顺便闲游。忽然看见一个穿着丧服的妇人跪在路边，自称是强怀的妻子樊氏，来为他的儿子请封。苻生问道："你的儿子有什么功绩，竟敢要求封典？"妇人答道："我的丈夫强怀之前在与晋军的大战中牺牲，没有得到任何抚恤。陛下现在新登大位，赦罪铭功，所以特来求恩，希望能沾上皇泽。"苻生呵斥道："应不应当封典须由我来决定，你一个草民怎么能妄求？"那妇人不知进退，还伏在地上，喃喃不休。惹得苻生大怒，取弓搭箭，飕的一声，箭穿颈而过，樊氏当场毙命，苻生也快快回宫。第二天上朝，中书监胡文和中书令王鱼上奏道："近日星象不吉，臣等担心不出三年国有大丧，大臣戮死，愿陛下修德消灾。"苻生默然不答。退朝后，饮酒解闷，自言自语道："星象告变，难道是要应在我身上？我和皇后共临天下，如果皇后死了也算应了大丧吧。毛太傅、梁车骑、梁仆射都是辅政的大臣，难道也该戮死？"近侍听了，还道他是醉语。谁知过了数日，苻生竟持着利刃，闯入中宫。梁皇后见御驾到来，起身相迎，还没开口，刃已及颈，霎时间倒在地上，玉殒香消。苻生杀了皇后，又让人前去逮捕太傅毛贵、车骑将军梁楞、仆射梁安，将他们全部推出法场，一同斩首。毛贵是梁皇后的舅舅，梁安是皇后的生父，梁楞也与皇后同族，朝臣还以为他们做了什么大逆不道的事，哪知他们并无罪过，只因为胡文、王鱼的几句胡言乱语，竟然丢了性命。

苻生于是令辛牢为尚书令，赵韶为左仆射，董荣为右仆射，赵诲为司隶校尉。苻生本想让赵俱做尚书令，赵俱以有病在身为由推掉了，并说："赵韶、赵诲二人不顾祖宗，竟做出这种伤天害理之事！试想毛贵等人有什么罪，竟要将他们诛死？我有什么功劳，竟然要升官？我情愿速死，不忍日后看到你们被灭的惨象。"没过多久，果真忧愤而终。丞相雷弱儿刚直敢言，见赵韶、董荣等人总是引导主上作恶，常常当面斥责他们。董荣于是暗地里进谗，诬陷雷弱儿想谋反，苻生杀死雷弱儿及他的子孙。雷弱儿是南安羌酋，羌人向来信服他，见他无辜受诛，当然生怨。苻生不以为意，仍然任性妄为。即位没多久，从后妃、公卿到奴仆，有五百多人被他无辜杀死。司空王堕被董荣以天变之名处斩，王堕的外甥洛州刺史杜郁连坐受诛。

一日，苻生在太极殿大宴群臣，命尚书辛牢为酒监，下令大醉方休。不多时，群臣颇有醉意，辛牢担心他们失仪，所以并不勉强他们喝酒。苻生大怒，立即取过雕弓，一箭射穿了辛牢的脖子。群臣吓得魂飞魄散，不得不继续喝下去，甚至醉卧地上，吐得一塌糊涂。见此情景，苻生反而拍手欢呼，引为大乐。

第二年二月，苻生让晋王苻柳命参军阎负、梁殊出使凉州，招降张重华。凉州牧守张重华自从击退赵兵后，重任谢艾，凡事都与他商量。偏兄长宁侯张祚与内侍赵长一再诬陷谢艾，惹得张重华疑心大起，竟然让谢艾做了酒泉太守。没有谢艾在身边督促，张重华不免骄怠起来。晋廷曾授张重华为侍中，负责陇右关中的军事，并封他为西平公。当时张重华一心想当凉王，因此不愿受诏，经人再三劝导，才没说什么。燕降将王擢被秦所逼，投靠凉州，做了秦州刺史。王擢与部将张弘、宋修会兵攻打秦国，被秦将苻硕杀败。张、宋二人被俘，王擢脱身逃回。张重华不加怪罪，再拨两万兵马给他。王擢感激不已，拼死报恩，打败苻硕，夺回秦州。张重华于是上表晋廷，请求讨伐秦国。晋廷升张重华为凉州牧，但没有允准攻秦一事。张重华因为晋廷没有出师，也不敢冒昧用兵。

天下不如意事，十有八九。张重华生母马氏与庶兄宁侯张祚，违背伦常，勾搭成奸。张重华得知丑事，心中愤恨难平，想要诛杀张祚，又担心引出大的风波，因此一直没下手，后来竟然忧愤成疾。张重华立子张耀灵为世子，并亲手写下诏书征谢艾回来。谢艾还没到，张重华已经一命呜呼，年仅二十四岁，在位只八年。

张耀灵刚十岁，承袭父位，内政由祖母马氏主持，外政被伯父张祚控制。张祚想要立自己为主，就去求马氏。马氏自然同意，立即废张耀灵为宁凉侯。张祚自称大都督、大将军凉州牧、凉公。张祚得志之后索性大肆淫虐，将张重华的妻子、女儿一一奸污，彻夜寻欢。

第二年正月，赵长、尉缉等人上书劝张祚称王。张祚自然乐意。于是改建兴四十二年为和平元年，追尊曾祖张轨为武王，祖父张实为昭王，堂祖张茂为成王，父亲张骏为文王，弟弟张重华为明王。立妻辛氏和次妻叱干氏为王后。封长子张泰和为王太子，次子张庭坚为建康王，弟弟张天锡为长宁王。随后张祚将谢艾杀害，尚书马岌因为直谏被免官，郎中丁琪因为进谏被杀。

这时晋征西大将军桓温入关。秦州刺史王擢镇守陇西，派使者对张祚说：“桓温擅长用兵，如果攻克秦州，凉州也就危险了。”张祚不禁害怕，又担心王擢叛变，就召回马岌，刺杀王擢。没想到王擢察觉此事，将刺客杀死。张祚更加害怕，于是号令士兵，借口东征，其实是想要西保敦煌。后来桓温南归，张祚就派平东将军牛霸攻打王擢。王擢大败，投降秦国。河州刺史张瓘兵强马壮，张祚常加猜忌，容忍了一年多，还是派部将易揣、张玲带领近万步骑攻打张瓘，并发兵分剿南山诸夷。张瓘大胜张玲，直逼凉州，想要废去张祚立张耀灵为凉州牧。张祚淫虐无道，兵民相继袖手旁观，不愿为他奋身杀敌。张瓘的弟弟张琚与张瓘之子张嵩杀死门吏，招纳外军一起攻打张祚。张祚逃入神雀观。赵长等人怕张瓘等人到时怪罪，急忙请马太后到谦光殿，改立张玄靓为主。然后大开宫门，将宋混等人迎入殿中，士兵顿时齐声欢呼。张祚错以为赵长等人已经平乱，便出去慰劳士兵。谁知殿外列着的，都是宋琨的兵马。张祚无从躲避，只好拔剑大呼，令左右死战。左右无一应答，纷纷避开。之前极力逢迎的赵长，反而手持长槊，向张祚乱刺。张祚仗剑招架，竟被刺中面颊，鲜血直喷。张祚自知不能再战，赶紧逃命，转身跑进万秋阁。谁知迎面跑来一个厨子，执刀劈来，正中张祚的脑袋，张祚当场毕命。下手杀张祚的厨子叫徐黑，他劈倒张祚，然后出去报知外面的士兵。

宋混等人将张祚的首级悬竿示众，并将张祚暴尸路边。凉州百姓齐声欢呼。张祚的儿子张泰和张庭坚全部被杀。张祚篡国仅三年，恶贯满盈，最终身死子灭。

暴君苻生

张瓘率军进入姑臧，推立张玄靓为大将军、大都督、凉王，尊马氏为太王太后。张玄靓年仅七岁，政权自然由张瓘把持。张瓘自任尚书令、凉州牧兼大将军，统领内外兵马。然后任命宋混为尚书仆射，废去和平年号，复称建兴四十三年。陇西人李俨据郡抗命，自立为王，遥奉东晋为正主。张瓘派将军牛霸前去讨伐，中途听说西平太守卫绨也据郡为乱，大军顿时四散奔逃，只剩下牛霸一人回去复命。张瓘又派张琚前去讨伐，一举击败卫绨。西平人田旋劝酒泉太守马基起兵作乱，马基当即响应。哪知司马张姚、王国已经奉张瓘的命令进袭酒泉。马基束手就擒，主谋田旋也被拿下，李俨负隅自守，不敢出兵。

张瓘兄弟自恃有功，逐渐骄奢跋扈起来。秦使阎负、梁殊到了姑臧与张瓘相见。张瓘问道："我凉州世代为晋臣，不敢擅自结交外使，你们二人来这里做什么？"阎负答道："秦王现镇雍州，与贵国是邻藩，所以派使者与你修好，这有什么好奇怪的呢？"张瓘又说："我君臣六代为晋室尽忠，若与你们交好，便是上违先训，下堕臣节，故不敢从命。"梁殊道："晋室衰微，久失天命。大秦却是威德正盛，为何不舍晋事秦，长保福禄呢？"张瓘微笑道："中州无信，经常食言。从前我国与石氏通好却被欺诈，试问又怎敢信服秦？所以和议之事，不谈也罢。"梁殊又道："三王异政，五帝殊风，石氏怎能与我主相提并论？如今我主仁施四海，讲究信义，他人怎么能与之相比呢？"紧接着，阎负、梁殊二人又把苻氏王亲国戚以及文武百官一一陈报。在他们嘴里，文官都是经世奇才，武将都是英勇健将，你唱我和，说得张瓘无言可驳，只好暂时答应与秦修和，做秦的藩国。

与此同时，姚襄投降燕国，燕主慕容俊命他夹攻秦国，姚襄受命。慕容俊于是派将军慕舆长卿率兵攻打幽州，姚襄带兵攻打平阳。晋将军王度趁机进攻青州。秦主苻生命建节将军邓羌回攻燕国，新兴王苻飞抵挡晋兵，晋王苻柳援救平阳。邓羌与燕兵交战，大破燕兵，擒住慕舆长卿，斩敌两千七百余人。晋将王度接得燕军兵败的消息，不战自退。只有姚襄拼死作战，击退苻柳，攻陷平阳城外的匈奴堡，杀死守将苻产。不久，姚襄又向秦伪称愿意退回陇西，秦主苻生刚想答应，东海王苻坚谏阻道："姚襄是当今人杰，如果让他去了陇西，那还了得！不如先以厚利诱惑他，然后再伺机杀死他，方绝后患。"苻生于是授予姚襄官爵。姚襄不受，杀死秦使，进兵侵略河南。苻生大怒，正好并州刺史张平弃燕降秦，苻生就任张平为大将军，令他率兵攻打姚襄。姚襄担心寡不敌众，就厚赠张平，与张平订立盟约，结为兄弟。两军各自撤兵退回。

苻生见战事已平，开始大兴土木，准备修筑渭桥。金紫光禄大夫程肱说此举劳民伤财，苻生将他斩首。光禄大夫强平是苻生的舅舅，入殿劝苻生要爱民如子，减轻刑罚。话没说完，苻生已经大怒，命人取来凿子，要凿穿强平的头颅。卫将军广平王黄眉、前将军新兴王苻飞、建节将军邓羌急忙叩头劝阻。苻生不听，一再催促左右动手。可怜强平就这样脑破浆流，死于非命。苻生还不解气，下令贬黜黄眉为左冯翊、苻飞为右扶风、邓羌为咸阳太守，以示薄惩。强太后哀痛过度以致忧郁成疾，绝食而亡。苻生毫不在意。

一天，苻生在阿房宫附近游玩，一对男女从旁走过，苻生见二人容貌秀丽，就问道："你们看起来就是天生的佳偶，不知道成婚了没？"二人回答说他们是兄妹。苻生狞笑道："朕赐你们为夫妇，就此交欢，不能推辞。"二人不愿意，苻生就拔出剑将这兄妹二人当场刺死。

后来，苻生与妃子登楼远望，妃子指着楼下一人，问那人的姓名官职。苻生望下去，是尚书仆射贾玄石，见他风度翩翩，俊美不凡，心中醋意不禁翻滚，便对妃子说道："莫非你喜欢他？"说着，就叫卫士下去。不到一会儿，卫士上楼，手中多了一个首级。苻生将首级扔到妃子面前说道："我把美男子贾玄石送给你，怎么样？"可怜的妃子早吓得花容失色，只管磕头求饶。苻生倒也怜香惜玉，将美人扶起，携手回宫。

苻生平时最喜欢吃枣子，有一次牙齿痛得厉害，就让御医来看。太医令程延诊断后说道："陛下没有什么病患，只是吃枣吃得太多，所以才会牙痛。"说到这里，听见苻生一声狂吼："大胆！你又不是圣人，怎么知道我吃了很多枣子？"程延胆颤心惊，正想赔罪，不料剑锋已到，人头落地。

第二年，是秦主苻生寿光三年，也是晋穆帝升平元年。穆帝已经十五岁了，准备举行冠礼，即日亲政，于是改永和十三年为升平元年。这年二月，太白星犯东井，秦太史令康权说道："东井隶属秦地，太白星是煞星，只怕会引来兵祸。"苻生狂笑道："太白星入井，可能是它太渴了想要喝水吧，与人事有什么关系？"

过了两个月，边地传来急报，说是姚襄占据黄落，将要攻打长安。苻生不得不遣将调兵，抵抗姚襄。姚襄之前在淮北一带出没，侵扰河南，自称大将军、大单于，妄图侵占洛阳。洛阳本由魏将周成驻守，后来冉魏灭亡，周成投降晋廷，晋廷仍让他驻守洛阳。晋大将军桓温建议迁都洛阳，穆帝没有采纳，只命桓温为征讨大都督讨伐姚襄。这时周成再次叛变，姚襄也带兵回到洛阳，彼此对抗，不分胜负。桓温于是从江陵发兵，派督护高武占据鲁阳，辅国将军戴施屯兵河上，自己则率大军进入伊水。姚襄从洛阳撤回，率军对抗桓温。他先让精锐藏在林中，然后派人对桓温说自己愿意归顺，希望桓温到路旁接受拜见。桓温料到姚襄有诈，不肯前去。姚襄见计谋不成，只得与桓温大战一场。桓温披甲上阵，率众拼杀，姚襄大败，死伤数千人，逃往北山。桓温追不上姚襄，转而攻打洛阳，周成率众投降。桓温命人将周成送往建康，自己则屯兵金墉城，上表朝廷请求调镇西将军谢尚镇守洛阳。谢尚因患病不能赴任，不久便去世了。桓温于是留下戴施为河南太守，派冠军将军陈祐镇守洛阳，自己率大军回去了。

姚襄逃到平阳，收降了秦并州刺史尹赤，又想谋取关中。羌胡及秦民陆续趋附姚襄，得了五万多人，姚襄于是占据黄落。黄落相距长安不过两三百里，秦派广平王黄眉、东海王苻坚及将军邓羌率领步骑直抵黄落。姚襄挖深沟、筑高垒，固守不战。邓羌向黄眉献策道："姚襄被桓温杀败，锐气已尽，现在固垒不战，可见已是惊弓之鸟。姚襄性格刚狠，我们不如鼓噪扬旗，使他怒不可遏，勃然前来。到时我设好埋伏，一定能拿住他。"黄眉就派邓羌率骑兵两千前去引诱姚襄，自己和苻坚则埋伏在三原。邓羌引兵来到襄垒门，大声诟骂，姚襄果然忍耐不住，倾师而出。邓羌边战边退，退至三原才回马力战。此时，黄眉与苻坚也从左右杀出，襄兵支撑不住，被冲得七零八落。姚襄也被生擒，押至阵前，斩首示众。姚襄的弟弟姚苌，忍辱投降。秦兵凯旋班师，秦主苻生任姚苌为扬武将军，对黄眉等人非但不重赏，反而大加斥责。黄眉愤恨不已，起了杀心，准备谋杀苻生。不料事情败露，反被苻生杀害，王公、亲戚数百人遭到连坐。

　　苻生曾经梦到大鱼吃蒲，认为不祥。又听到长安有歌谣唱道："东海有鱼化为龙，男便为王女为公，问在何所洛门东。"这三语其实是隐寓苻坚。苻坚是东海王兼任龙骧将军，住在洛门东边。苻生理解失误，反而怀疑广宁公鱼遵，平白无故地把他和他的七子十孙一并杀死。长安百姓又有歌谣唱道："百里望空城，郁郁何青青？瞎儿不知法，仰不见天星。"苻生一听，就命人将境内的空城全部毁掉，却不知道歌谣其实是寓指清河王苻法。苻法是苻坚的兄长，后来起兵发难。

　　苻生更加荒淫暴虐，日夜狂饮，连月不理朝政，一上朝便妄加杀戮。妻妾臣仆言谈中只要提及残、缺等字，他就疑心是讽刺自己，于是大加杀戮。一天，苻生闲着无聊，便向左右问道："我这样的秦主，不知道外人是怎么评价的？你们一定有所耳闻吧。"有人回答说："圣明治世，举国讴歌。"苻生怒道："你分明是谄媚。"立即将他杀死。第二天又问，旁人就说："陛下稍微有些滥刑。"苻生又说他诽谤自己，也命人将其处斩。苻生又生有一种怪癖，喜欢看宫人与近臣裸体交欢，如有不从，立杀不赦。还常常命人当着他的面生剥牛羊驴马，活烤鸡猪鹅鸭。

　　寿光三年六月，太史令康权上奏说："昨晚孛星入太微，光连东井。自从上个月上旬到今天，天气一直阴沉不雨，臣担心有人要谋害主上。"苻生拍案道："你又来妖言惑众，危言耸听吗？"说完，立即叫人将康权杀死。御史中丞梁平老等人与东海王苻坚交好，私下对苻坚说道："主上失德，人怀二心。燕国和晋国又一直对秦虎视眈眈，伺机欲动。一旦祸发，家国俱亡，殿下何不早作打算？"苻坚颇以为然，但因苻生骄勇暴虐，所以不敢轻举妄动。这时有一个宫婢对苻坚说道："主上昨晚喝酒，曾说'阿法兄弟亦不可信，应当灭除'等话。"苻坚听完立即转告兄长苻法，苻法便与梁平老、强汪等人密商良策。梁平老和强汪主张先发制人，苻法于是派人通知苻坚，自己则与梁、强二人召集数百壮士潜入云龙门。苻坚也与侍中尚书吕婆楼带领麾下三百多人，鼓噪进入宫中。宫中守卫的将士纷纷卸下兵器，听命于苻坚。苻生正喝得酩酊大醉，躺在床上。等到苻坚带兵杀入，方才起来醉醺醺地问道："这些人怎么擅自闯入我的寝宫？"近侍答道："是贼。"苻生醉眼蒙眬，满口胡言道："既然是贼，为何不拜？"寝宫中的将士听到，忍不住窃笑，连苻坚的兵士也忍不住喧哗大笑。苻坚说道："不要你拜，只是让你迁到别处去住。"说着，就命人将苻生拉了出去。苻生醉后无力，任他拉去别处。当时有人进来

247

传旨，废苻生为越王。苻生也不知道是何人来说的，等到醒后，才发现大权旁落，自己已成笼中鸟。虽然懊恼异常，但也无法，只好再向酒中寻乐，终日酣醉。

苻法和苻坚废去暴主，见无人反抗，就商议另立嗣君。二人互相推让，苻法说："苻坚是嫡嗣，又有贤名，理应为君。"苻坚说："苻法年长，应该继位。"兄弟二人谦让多时，始终没有定议。群臣多主张立苻坚，苻坚的母亲苟氏进来说道："社稷大事，我儿既然自知不能担当，不如让人。若担了大位却不能胜任，于国于己都是祸害，他日后悔也来不及了。"群臣听了此话，连忙一齐顿首叩拜，齐言苻坚贤达，必能安邦定国。苟氏听群臣这么说才抛下心中忧虑，欢喜不尽，于是劝勉苻坚不要再推辞，勇承圣位。

慕容俊托孤

苻坚升殿即位，自立帝号，称大秦天王。将董荣、赵韶等二十余人判罪斩首，派使者前去逼苻生自尽。苻生临死前还饮酒数斗，醉倒地上，不省人事。苻生死时只有二十三岁，在位两年多，谥为厉王。苻生的儿子苻馗还很年幼，苻坚法外施恩，没有杀他，让他承袭越王的封爵。然后大赦改元，年号永兴。追谥父亲苻雄为文桓皇帝，尊母亲苟氏为皇太后，妻子苟氏为天王后，儿子苻宏为太子，兄苻法为丞相，负责国中一切军事。其他各王都降封为公侯：永安公苻侯为太尉，晋公苻柳为尚书令，苻融为阳平公，苻双为河南公，苻丕为长乐公，苻晖为平原公，苻熙为广平公，苻睿为钜鹿公。命李威为左仆射，梁平老为右仆射，强汪为领军将军，吕婆楼为司隶校尉，王猛为中书侍郎。

王猛自从回到华阴后，便隐居起来，不问世事。苻坚一心扳倒苻生，就让吕婆楼访求人才。吕婆楼与王猛是旧交，自然举荐王猛。苻坚马上召见，王猛谈及时事口若悬河，说得苻坚心悦诚服。苻坚自谓遇到王猛如同刘玄德遇到孔明，对王猛竭诚相待，予以重任。李威为苟太后的外甥，苻坚向来敬他如父。李威知道王猛是个贤才，常劝苻坚重用王猛。苻坚对王猛说道："李公知君如同管仲。"所以王猛对李威也很敬重。苻坚任薛赞为中书侍郎，权翼为给事黄门侍郎，让他们与王猛并掌机密。薛赞与权翼以前都是姚襄的参军，后来投降了秦国，苻坚一律量才而用，毫不怀疑。

　　苻坚的母亲苟氏虽被尊为太后，却总担心朝中暗含祸乱。见苻法揽有大权，担心将来发生变故，因而对他格外提防。一天，苟太后到宣明台游玩，路过苻法的府第，留心细看，见车马盈门，热闹非凡。苟太后更加忧心，回去后就与李威密谋。当晚发出内旨，将苻法赐死。等苻坚得知噩耗，跑去阻止已经晚了。苻坚伤心得痛哭流涕，呕血不止。随后为苻法发丧，谥号献哀，封苻法的儿子苻阳为东海公、苻敷为清河公。从此，苻坚任用贤才，重视农桑，抚恤穷困，建立学校，表彰节义。尚书左丞程卓散漫无为，被勒令免官，由王猛接替他的职位。不久，并州镇将军张平叛乱，苻坚派建节将军邓羌大战张平。张平的养子张蚝战败被擒，张平这才悔罪投诚，苻坚特旨赦免了他，任命张平为右将军、张蚝为武贲中郎将，调张平的三千部下入关。秋季天旱，苻坚将宫中的金银绸缎拿出来充作赈资。后宫嫔妃也都身着布衣粗裙，并亲自开垦山泽，种植粮食。一时间百姓归心，无不歌功颂德。

　　燕主慕容俊称帝之后盛极一时，大封宗室诸臣。封慕容军为襄阳王、慕容恪为太原王、慕容评为上庸王、慕容霸为吴王、慕容疆为洛阳王。命苟军为抚军将军、苟恪为大司马兼任尚书，二人都在蓟城。任慕容评为征南将军，镇守洛水；慕容疆为前锋，驻守河南；慕容霸担任冀州刺史，留守旧都龙城。慕容霸有勇有谋，其父慕容皝对他疼爱异常，特给他取名为霸。慕容俊很是妒忌，只因慕容霸时常立功，所以不好加罪于他。慕容俊称帝以后，令慕容霸改名为慕容垂。慕容垂在龙城安抚百姓，大力发展农业，东北一带对他很是信服。慕容俊又担心慕容垂势力过大，就将他召回都城。慕容俊的母亲段氏与段辽的侄子段龛是表亲，段龛在父亲死后竟然在广固自号齐王，向晋称藩。然后攻打燕郎山，打败慕容俊的将领荣国，留书斥责慕容俊称帝。慕容俊大怒，派太原王慕容恪和尚书令阳骛共同讨伐段龛。

　　慕容俊的父亲慕容皝临终时，留下遗言给慕容俊，说慕容恪智勇兼济能担大任，阳骛忠诚可信可托大事。慕容俊一直谨记在心，凡是军国重事都与他们二人商量。此次因为段龛势力强盛，所以特意派遣慕容恪和阳骛一同出师。段龛的弟弟段罴骁勇过人且有智谋，听说燕军来了，便对段龛说道："慕容恪擅长用兵，又有阳骛帮助，我们恐怕很难抵挡。你务必固守城中，由我带领精锐抵挡燕军，这样或许能侥幸保住城池。"段龛不肯听从。不久，段罴听说燕军将到淄水，连忙再去劝谏段龛，情

249

急之下二人产生争执。段龛大怒，竟然拔剑将段罴杀死。慕容恪屯兵河上，安排好舟楫准备渡河。听到段龛杀害段罴的消息，认为段龛不足为惧，立即麾兵渡河，继续东进。快到淄水南岸的时候，段龛也率军前来。慕容恪与阳骛将大军分为两路，包抄段龛的大军。段龛招架不住，大败而退。段龛的弟弟段钦被擒，右长史袁范等人相继战死。慕容恪一路追击段龛到广固城，段龛闭门固守。慕容恪命令士兵在广固城四周修筑栅栏，另外分兵招抚周围的郡县。段龛所属诸城依次归附了燕国。慕容恪或令故吏居守，或另外任命新官。慕容恪一直按兵不动，诸将请求速攻，慕容恪说道："用兵没有定法，有时应当缓行，有时应当急取，要依据具体情况而定。段龛恩结贼党，众人并未离心。淄南一战失利，并非他没有实力，而是他用兵不善，况且困兽犹斗，如果恶战，我们的兵士必定伤亡惨重。我认为还是打持久战更为稳妥，不要因为贪恋近功而损兵折将。"军中将士听完，敬服不已，于是静心固守，齐民也都争相运送粮食给燕军。

过了半年，城中已经没有粮食了，段龛不得不率众出战。慕容恪早料到段龛会有此举，于是率兵迎战，密令骑兵抄到段龛背后，截他后路。段龛的士兵已经饿得手足无力，怎么杀得过燕军？一经交锋，便败下阵来，段龛只好退回。不料到了城边又被燕骑截住，段龛的大军进退两难，拼死力战才冲开一条路，回到城中。燕骑也不追逼，只大肆驱杀段龛的士兵，城中守兵见此情景，个个惊心。段龛无计可施，只好派部将段蕴向晋廷求援。晋廷派北中郎将荀羡率兵前来支援，到了琅琊，荀羡探知燕军强盛，不敢轻进。阳郡守将王腾向燕国投降，他想讨好慕容恪，便乘虚夜袭晋国的鄄城。将士刚被调发出去，晋军已经来到城下。原来晋将荀羡逗留太久，担心上面怪罪，正想进攻阳郡以功补过。凑巧阳郡城内空虚，荀羡率军扑城，日夜不休。那时天降下雨，城墙被雨水冲坍。荀羡趁机攻入城中，将王腾杀死。夜袭鄄城的将士得知王腾被杀，纷纷惊散。段龛无法支撑，只能出城投降。慕容恪入城安民，禁止劫掠，百姓大悦，齐地就此安定。慕容恪任段龛为伏顺将军，二人一起回到蓟城，留下镇南将军慕容尘据守广固。段龛回到蓟城后被慕容俊斩首。

晋将荀羡听说广固失陷，就退到下邳，留泰山太守诸葛攸及高平太守刘庄率兵据守琅琊，参军戴逯率兵戍守泰山。燕将慕容兰在汴城据守。荀羡顺道进击，斩杀慕容兰后离去。第二年燕太子慕容晔病逝，谥曰献

250

怀。慕容俊立三子慕容暐为太子，改元光寿。这年是晋穆帝升平元年。晋泰山太守诸葛攸攻打燕国的东郡，并进兵武阳。慕容俊又派慕容恪、阳骛和乐安王慕容臧带兵抵抗诸葛攸。诸葛攸才略有限，哪里是慕容恪的对手，一战即败，逃回泰山。慕容恪率兵渡河，连连攻陷汝、颍、谯、沛等郡县，然后据守上党，收降河内太守冯鸯，平定了河北。燕主慕容俊因此将都城迁到邺城，然后缮修宫殿，重建铜雀台。命昌黎、辽东二郡建庙祭祀慕容廆，范阳、燕郡建庙祭祀慕容皝，并派护军平熙监造二庙。慕容俊一直忌恨吴王慕容垂，慕容垂的妃子段氏是故鲜卑单于段末柸的女儿，才高性烈，自恃高贵，不肯屈心侍奉慕容俊的皇后。皇后可足浑氏大为恼恨，就与中常侍涅浩诬陷段氏好做巫蛊之事，将她打入大狱。亏得段氏抵死不认，慕容垂才免遭连坐。段氏不堪侮辱，竟然死在了狱中。慕容俊过意不去，任慕容垂为东夷校尉和平州刺史，让他镇守辽东。

此时，秦右将军张平又叛秦降燕，占据并州。燕调降将冯鸯为京兆太守，改令吕护代任右将军一职。冯鸯与吕护暗中勾结，一起归顺晋廷，张平也模棱两可，想归附晋廷。慕容俊派上庸王慕容评和燕领军将军慕舆根合兵攻打冯鸯。冯鸯趁夜开城逃跑，投奔了吕护。慕容评随即移兵攻打张平。当时张平正联合兖州刺史李历、安西将军高昌，暗中与秦、晋交好。燕主慕容俊派阳骛讨伐高昌，乐安王慕容臧讨伐李历。张平部下征西将军诸葛骧、镇东将军苏象、宁东将军乔庶、镇南将军石贤等再次降顺燕军。张平于是率兵逃到平阳，向晋廷乞降。

慕容俊率兵大举南下，并想谋取关西，准备来春进攻洛阳，于是下诏征集士兵和粮草。武邑人刘贵上书劝阻，慕容俊不从，只是将时间由来春改为来冬，依旧募兵征饷。不久，晋北中郎将荀羡攻入山茌，擒住燕泰山太守贾坚。贾坚不愿投降，绝食而死。燕将慕容尘派司马悦明前来援救。荀羡一战失败，山茌又被燕军夺回，荀羡愤忧成病，上书辞官。晋廷于是派吴兴太守谢万为西中郎将兼任豫州刺史，再命散骑常侍郗昙为北中郎将，并担任徐、兖二州刺史。只是这二人的才干远远不及荀羡。右将军王羲之写信让谢万与士卒同甘共苦，兄长谢安也告诫谢万不要矜才傲物，谢万都不听从。临行时，谢安亲自一一托付诸位将领要同心同德，谢万却认为兄长多事。荀羡解职还都，不久去世，穆帝追赠他为骠骑将军。

转眼间就是升平三年，晋泰山太守诸葛攸率水陆两路大军讨伐燕国。

从石门朝河渚进发，分别派部将匡超占据碻磝，萧馆屯兵新栅，督护徐冏带领三千水军作为声援。燕主慕容俊派上庸王慕容评领兵五万，抵御诸葛攸。慕容评屡经战事，部下又都是精锐，与诸葛攸刚一交锋，诸葛攸便败退下去。慕容评率兵追击，大杀一阵，乘胜围攻东阿，并分兵进逼河洛。

晋廷诏令西中郎将谢万驻守下蔡，北中郎将郗昙驻守高平。谢万自命清高，瞧不起士卒，士卒也都不服他。谢万不以为然，率众援助洛阳。路上得知郗昙退屯彭城，谢万不禁拍马逃回。部将见他如此无能，相继鄙视，只因谨记着临行前谢安的嘱托，才没有多说什么，只是各走各路，分道回都。谢万无故溃退，晋廷得知后，将他贬为庶人。

燕上庸王慕容评正想平定河洛，忽然接到燕主俊患病的消息，于是收兵回都。原来慕容俊因为太子慕容晔逝世，悲伤过度，又担心慕容暐年轻没有威望，因此寝食不安，酿成心疾。燕主召来大司马太原王慕容恪，说道："我恐怕将要与你们长别了。人的寿数本有定限，死亦何恨？遗憾的是还没有实现一统中原的大业，太子资历尚浅，恐怕难以承担大任。我打算将社稷交付给你，你认为怎么样？"慕容恪答道："太子虽然年少，但他秉性宽厚仁爱，年长之后定能胜任大位。臣怎敢位居正统？"慕容俊变色道："兄弟间还要这样虚伪吗？"慕容恪从容道："陛下既然认为臣能担当社稷，难道臣就不能辅佐少主吗？"慕容俊转怒为喜道："你愿意做周公，我还有什么可忧虑的呢？"慕容俊随后召吴王慕容垂回邺城。不久慕容俊身体好了许多，又想派兵攻打晋国。第二年正月，燕主慕容俊到郊外阅兵，派大司马慕容恪及司空阳骛分别为正、副元帅，让他们定期出兵。当天晚上回到宫中，疲倦不已。第二天慕容俊旧疾复发，生命垂危，立即召来慕容恪、阳骛和司徒慕容评、领军将军慕舆根让他们辅政，随后撒手人世。慕容俊享年五十三岁，在位十二年。燕人称慕容俊为令主。

张天锡弑君

慕容恪受遗命辅政，当然拥立太子慕容暐。百官想推立慕容恪为主，慕容恪哪里肯从，只说国有储君，不容乱统，于是慕容暐升殿嗣位。慕容暐当时才十一岁，慕容恪谨守臣节，率领百官入朝参拜。当下循例大赦，改元建熙，追谥慕容俊为景昭皇帝，庙号烈祖。尊可足浑氏为太后，升太原王慕容恪为太宰。任命上庸王慕容评为太傅，司空阳骛为太保，领军将军慕舆根为太师，令他们三人共同辅政。慕舆根自恃有功，举动倨傲，且有异心。当时太后可足浑氏干预外事，慕舆根就从中播弄，煽乱邀功，先对慕容恪进言道："主上幼小，母后干政，殿下应当预防不测以保全自己。况且安定国家全是殿下一人的功劳，兄终弟及也是古来就有的。殿下应当废去幼主，亲登尊位，这样才能永保国基。"慕容恪惊诧道："你是不是喝醉了，怎么能说出如此大逆不道的话来？我与你同受先帝遗诏，你怎么能生异心？"慕舆根羞愧而去。慕容恪将此事转告吴王慕容垂，慕容垂劝慕容恪立即除掉慕舆根，慕容恪摇头道："国家刚刚经历大丧，二邻都在一旁虎视眈眈。如果因此引发内乱，危及朝廷，不如暂且隐忍。"秘书监皇甫真说："慕舆根已经谋乱，不可不除。"慕容恪仍然不听。哪知慕舆根竟然进宫进献谗言，对太后说道："太宰和太傅欲谋不轨，臣愿率领禁兵捕杀二人。"太后可足浑氏本来猜忌心就很重，听他这么一鼓动，自然点头准许。嗣主慕容暐从旁进言道："二公都是先帝特别选任的至亲至贤的大臣，怎么可能作乱？莫非是太师自己想要作乱，才有此言？"可足浑氏听完，思量了一会，就拒绝了慕舆根的建议。慕舆根又想迁回旧都，太后与慕容暐也都没有听从。

慕容恪知道后，料想慕舆根必将为乱朝廷，就与太傅慕容评联名密陈慕舆根的罪责。随后派右卫将军傅颜，到内省将慕舆根以及他的妻儿、党徒逮捕下狱，处以死刑。朝中辅政大臣突然获罪被杀，其他大臣不免惊恐难安。慕容恪镇定自若，每天从容上朝辅政，身边只带一个仆从。有人建议慕容恪要加强戒备，慕容恪说道："现在情况特殊，大臣们的眼睛都盯着我，如果我惊恐不安，他们又怎么能安定下来。"果然，过了几天，朝中就安定如常了。但是百姓不明详情，以为朝中发生内乱，不免惊慌不已。慕容恪于是任慕容垂为镇南将军，镇守蠡台；又令孙希为并州刺史，傅颜为护军将军，让他们二人在黄河南岸列兵布阵。百姓才知朝中无事，相继安定下来。

晋穆帝亲政后，立散骑常侍何准的女儿为皇后。何准的兄长何充曾是骠骑将军。何氏温顺大方，以名门应选，并正位中宫。会稽王司马昱上表要将朝政交付穆帝，穆帝不许，内政仍由会稽王司马昱参决，外政多被桓温把持。褚太后特意下诏任命蔡谟为光禄大夫，蔡谟称病推辞，不久病逝，穆帝赐谥文穆。从升平纪元开始的这五年中，江淮一带尚无大的变故，不过与燕兵争战数次，接连失利。西中郎将谢万不战而溃，大损国威，此次因罪被罢黜，使得谢氏一门声名扫地。

谢安是谢万的兄长，小字安石。谢安幼时便聪明过人，成人后智识更加高远，擅长行书和作诗，朝中权贵都对他极为钦慕。朝廷屡次征用，谢安都推辞不受。谢安祖籍阳夏，后来随晋东渡建康。谢安独自一人住在会稽，与王羲之等人是挚友，常常游山玩水，歌咏自娱。有人上奏说谢安屡次不受皇命，性情乖纵，应当终身监禁。谢安得知后不以为意，索性更加纵情山水，放浪形骸。会稽王司马昱素闻谢安大名，说道："安石与人同乐，必肯与人同忧。"谢安的妻子刘氏是丹阳尹刘惔的妹妹，见家中叔伯多半富贵，只有谢安隐居不仕，就说道："大丈夫不是该追求富贵吗？"谢安一听连忙捂住鼻子说道："你终究不能免俗，大丈夫岂是非富贵不可？"后来谢万被贬，连累家族名望，谢安年已四十，免不得要顾虑家门，这才想到在仕途上谋取一番作为。可巧征西大将军桓温，上表推荐谢安为征西司马，朝廷立即下旨征召。

谢安来到江陵，与桓温相见，二人相谈甚欢。谢安告辞后，桓温对身边的仆从说道："你们可曾见过这样的佳客？"一次，桓温有事找谢安，来到谢安的卧室，谢安刚刚早起，正在梳理头发。桓温就坐在外面等待，听到室内传令取帻①。桓温朗声道："不必，不必，司马戴便帽就可以相见了。"谢安于是坦然出来，二人商讨事宜，桓温满意离去。晋廷又起用谢万为散骑常侍，谢万受职不久便病逝了。谢安本不想做官，迫于家计才不得不涉足仕途。等到谢万去世，就以治丧为名请求归家。桓温准许谢安回家治丧。不久，朝廷任谢安为吴兴太守。

升平五年五月，穆帝突然患病，没几天就去世了，年仅十九岁，在位十七年。穆帝无子，会稽王司马昱禀明褚太后，请求迎立成帝的长子琅玡王司马丕。褚太后依言下诏。百官备齐法驾，将琅玡王司马丕迎入宫中。二十二岁的司马丕升殿即位，称为哀帝。司马丕曾纳左长史王濛的女儿为妃，即位之后册封王氏为皇后，封弟弟司马奕为琅玡王，奉葬穆帝于永平陵，庙号孝宗。尊生母周氏为皇太妃，穆帝的皇后何氏为穆皇后。第二年改元隆和。

这时，北方降将吕护又背晋归燕，准备带兵攻打洛阳。晋廷命吴国

---

① 帻：一种头巾。

254

内史庾希担任徐、兖二州刺史，镇守下邳；前锋监军袁真为西中郎将兼豫州刺史，镇守汝南。两将刚刚到达各自的镇地，吕护已经率领燕军进逼洛阳了。守将河南太守戴施闻风逃往宛城，冠军将军陈祐派人向桓温告急。桓温急忙令北中郎将庾希、竟陵太守邓遐同率水师援救洛阳。邓遐是建武将军邓岳的儿子，邓岳镇守交、广二州十多年，在岭南一带颇有声威，后因击破夜郎，升为平南将军。邓遐勇力过人，堪比樊哙，桓温升他为参军。后来邓遐跟随作战有功，晋廷任命他为冠军将军。襄阳城北有蛟龙蛰伏在沔水中，屡次出来害人。邓遐拔剑入水与蛟龙搏斗，将蛟首斩下。邓遐后来做了竟陵太守，受桓温之命进屯新城。庾希派部将何谦为前锋，令他驾舟援助洛阳。庾希与燕将刘则在檀邱交战，庾希大获全胜。西中郎将袁真从汝南运来五万斛米接济洛阳，洛阳城既得到外援，又有足够的粮食，当然支撑得住。

桓温再次上表请朝廷迁都洛阳。洛阳一带战乱频繁，早就闹得乱七八糟，不可收拾，此时虽然收复了，但仍是疮痍满目，衰败萧条。况且燕人又屡次窥视洛阳，烽火不绝，怎么能仓促迁都？只是满廷大臣多半畏惧桓温，因而不敢驳斥。只有散骑常侍孙绰上疏反对迁都。孙绰是晋初冯翊太守孙楚的孙子，表字兴公，少年时就心怀大志，曾写有《遂初赋》。桓温知道后很是愤恨，特意派人传话道：“你既有高洁之志，何不看你的《遂初赋》去？来这里干预国事干什么？”朝廷对于迁都也多有忧虑，于是下诏回复桓温，说迁都之事暂且不议。桓温也只好罢议。

燕将吕护攻打洛阳时中箭受伤，退守小平津，后来旧疮崩裂而死。段崇于是收兵北去，晋廷这才解严。庾希从下邳进驻山阳，袁真从汝南回驻寿阳。

凉州大将军张瓘恃功生骄，渐渐地有了异心。仆射宋混素性忠直，张瓘一向忌惮他，就准备谋杀宋混和宋澄两兄弟然后废主自立。于是征兵数万，驻守姑臧。宋混获悉张瓘的阴谋，与宋澄率领数十名壮士潜进南城，对各营兵士说道：“张瓘谋逆，我兄弟奉太后命令逮捕此贼。你们帮助我们则有封赏，协助逆贼则杀无赦。”各营士兵听到后，大概有两千人随同宋混攻打张瓘。张瓘一战即败，慌忙逃走。宋混策马追杀张瓘，忽然一槊横空刺来，差点刺中宋混的腰部。宋混将槊夺住，与他相持，宋澄等人恰好带兵一拥而上。那人不能抵抗，只好丢下槊，回马便逃。宋混乘他转身，把槊用力一横，左右一拥而上将他绊倒在地，把他绑了回去。问明姓氏之后，得知此人叫玄胪。玄胪是张瓘部下的勇士，被擒

255

获后，剩下的残兵全部缴械投降。张瓘势孤力尽，与弟弟张琚自刎而死。宋混随即入城安定民心。凉王张玄靓升宋混为骠骑大将军，让他辅政。宋混劝张玄靓去掉凉王的名号，改称凉州牧。宋混召来玄胪说道："你之前刺过我，幸好没有伤到我。现在落在我的手中，你害怕吗？"玄胪答道："生死由命，何必畏惧。"宋混称玄胪为义士，亲自为他解开绳索，玄胪拜谢而归。不久，宋混得了重病，卧床不起。张玄靓与祖母马氏前去探望，说道："将军如有不测，孤儿寡母应当托付给谁？是否让你的儿子宋林宗继承你的职位？"宋混说还是让弟弟宋澄继任。

张玄靓即命宋澄为领军将军。不到半年，右司马张邕因不满宋澄专政，率众杀害了宋澄及宋澄一门。张邕擅杀大臣，张玄靓反升张邕为中护军，让他与叔父张天锡同掌国政。原来张玄靓的祖母马氏曾与张祚私通，张祚死后，马氏又与张邕做下苟且之事。张邕擅杀宋澄，马氏自然不会处罚他。张玄靓年幼无知，全由马氏做主。从此淫人得志，生杀自专，成为国中大患。

张天锡年未及壮，所结交的人也大多是少年。郭增、刘肃二人是张天锡的心腹。一天，二人对张天锡说道："国家恐怕将要发生大乱了。"张天锡惊问原因，二人齐声道："现在张邕出入宫中如同张祚一般，国家怎能不乱？"张天锡道："那应当如何处置？"刘肃答道："何不让我来杀了他？"张天锡道："你太年轻了，要有人帮助才行。"刘肃于是推荐同僚赵白驹。张天锡大喜，便召集壮士四百人入朝，准备暗杀张邕。等到下手时，谁知张邕颇有勇力，几番跳跃，竟然翻身逃去。张天锡急忙与刘肃等人跑到禁中，关上禁门。不久，就听到门外聒噪不断。张天锡爬上屋顶俯望，见张邕领着数百将兵前来攻门，便大呼道："张邕横行霸道，既灭了宋氏，又想倾覆我国。你们这些将士身为凉臣，怎么忍心对我们兵戈相向？我不怕死，只是担心家国被贼人所灭，所以才出此下策。如果张邕心中无愧天地，我绝不为难他。"张邕带来的将士听到这话，陆续散去，张天锡立即下屋开门。张邕孤身一人，自知不能脱逃，只好引刃自杀。张天锡将张邕的余党一并处斩，然后觐见张玄靓陈述张邕的罪责。张玄靓升张天锡为冠军大将军，让他负责朝中军事，执掌朝政。张天锡于是与东晋通好，改去建兴年号。晋廷封张玄靓为大都督和西平公。

不久，马氏得病而死。张玄靓册封生母郭氏为太妃。郭氏见张天锡揽有大权，就与张钦等人密谋除掉张天锡。张天锡无意中得知，立即派人搜杀张钦，并带兵入宫质问张玄靓母子。张玄靓惊骇万分，情愿让位。张天锡不敢答应，悻悻而出。刘肃当时已是右将军，劝张天锡称尊。张天锡于是派刘肃进宫杀掉张玄靓，对外诈称张玄靓无故暴死。张玄靓年仅十四岁，谥号冲公。张天锡自称大都督、大将军、凉州牧，尊西平严氏为太王太后，生母刘美人为太妃，并派司马纶骞奉表建康，乞求封赏。

桓温石门退师

凉州使臣奉表到晋国，晋廷喜出望外，当下厚待来使，然后将之前封给玄靓的官爵转封张天锡。秦王苻坚也派遣大鸿胪到凉州，册封张天锡为大将军、凉州牧兼西平公。张天锡受两国封册，安然即位，以为从此太平无事，乐得纵情酒色，坐享欢娱。第二年元旦，张天锡只与妃子寻欢作乐，既不受群僚朝贺，也不拜见太后太妃。从事中郎张虑多次劝谏，张天锡并不听从。少府长史纪锡上疏直言，张天锡也搁置不理。太王太后严氏懊恨不已，竟然郁郁而终。张天锡毫不悲伤，只循例举行丧礼罢了。

晋哀帝司马丕登位后，不到一年又改元兴宁。太妃周氏在琅琊府中寿终，哀帝出宫奔丧，命会稽王司马昱总掌朝廷内外事务。不久，燕兵占据荥阳，太守刘远弃城东逃，晋廷升征西大将军桓温为侍中大司马，命桓温负责朝中一切军事。并命西中郎将袁真负责司、冀、并三州的军事，北中郎将庾希负责青州军事。桓温以王坦之为长史、郗超为参军、王珣为主簿。郗超胡须颇多，人称髯参军；王珣身材短小，人称短主簿。有歌谣曰："髯参军、短主簿，能令桓公喜，能令桓公怒。"桓温睥睨一切，自命不凡，却说郗超才不可测，因此格外厚待郗超。郗超也铭记在心，一心效忠桓温。

第二年，哀帝患病，请褚太后临朝摄政，任桓温为扬州牧，派侍中颜旄宣桓温入朝参政。桓温上表推辞，朝旨不许。桓温于是起程，来到赭圻。不料尚书车灌前来阻止说："秦、燕内侵，仍要依赖你在外镇守。"桓温不肯立即回去，便在赭圻暂时驻兵。哀帝因迷信方士，嗜食金石以致中毒，虽然不会立即致命，却也不能痊愈。兴宁三年，皇后王氏暴病而亡，当即棺殓治丧，追谥靖。

这时燕太宰慕容恪又打算攻打洛阳，先派镇南将军慕容尘攻陷许昌、汝南各郡，然后派司马悦希驻扎在盟津，豫州刺史孙兴驻扎在成皋，让他们一同进逼洛水。洛阳守将陈祐检阅部兵，见人数不过两千，粮饷也撑不过数月，就以借兵为名逃出城去，只留下长史沈劲御守洛阳。沈劲是参军沈充的儿子，沈充受诛后，沈劲逃到乡里躲藏起来，三十多岁了还不得入仕。吴兴太守王胡之受调为司州刺史，特请朝廷起用沈劲为参军，朝廷恩准。谁知王胡之忽然患病，不能前去杀敌，沈劲就上书自请到洛阳效力。晋廷于是命沈劲为冠军长史，让他招募兵士赶赴洛阳。沈劲招募了一千壮士到洛阳援助陈祐。陈祐出城的时候将将士多半带走，只剩下五百人和沈劲留守洛阳。沈劲明知孤危，却欣然道："我志在为国捐躯，今日也算得偿我愿了。"率领五百人誓死守城。

陈祐从洛阳出发，逃往新城。晋廷得报，即命会稽王司马昱亲赴赭圻，与大司马桓温商议如何抵御燕军。桓温于是移兵镇守姑孰，令右将军桓豁负责义城及京兆的军事，振威将军桓冲负责江州、荆州及豫州的汝南、西阳、新蔡、颍川诸郡的军事。桓豁、桓冲都是桓温的弟弟，桓温虽然是举才不避亲，但终究还是有暗布羽翼的意思。大军还没进发，突然接到哀帝病体垂危的消息，会稽王司马昱匆匆返回都城。赶到建康，哀帝已经逝世了。会稽王司马昱入见褚太后，商议嗣位事宜。哀帝无子，褚太后只好令哀帝的弟弟司马奕继承大统。

会稽王司马昱奉令出宫，颁诏告示百官。当即迎接司马奕入殿即位，随后颁诏大赦，奉葬哀帝于安平陵。哀帝驾崩时才二十五岁，在位只有四年。晋廷这边丧君、立君忙碌得不行，燕兵那边却乘隙进攻洛阳，弄得壮士捐躯，园陵再陷，河洛一带再次被强虏夺去。

燕太宰慕容恪探知洛阳兵寡，就与吴王慕容垂率兵一同进攻洛阳。慕容恪对众将领说道："洛阳城虽然高大，但守卒不足，应当尽快攻下。倘若时间一久，敌军援军赶来，我们就不能成功了。"随即下令缓攻广固，急攻洛阳。诸将得了命令，个个摩拳擦掌，踊跃直前。一到洛阳城，便四面猛扑，奋勇登城。城中只有五百兵士，怎么挡得住数万雄师？守将沈劲明知城孤兵寡，不能抵御燕军，但一息尚存仍是要奋战到底，他亲自登城守御，力抗燕军。城上一开始便备下大量石块，燕军虽然勇猛顽强，前仆后继，毕竟血肉身躯不能与石头争胜，所以攻了数日，一座孤危万状的围城还是被保住了。后来石头扔完了，沈劲还是仗着一腔热血，赤手空拳与敌军鏖斗，直到势穷力竭，不能支撑。燕兵登上城门，城中不过一二百人，如何阻拦？洛阳城随即陷没。沈劲拼死巷战，毕竟双拳不敌四手，最后被燕兵活捉。慕容恪劝沈劲降燕，沈劲神色自若，连说不降。慕容恪暗暗称奇，本想放他一条生路。中军将军慕容度道："沈劲确是奇人，但他志趣与我们不同，终不肯为我所用。放了他，必是后患。"慕容恪听后，将沈劲杀死，令左中郎将慕容筑为洛阳刺史，留守洛阳；自己与吴王慕容垂谋取河南，率兵直抵崤渑。关中大震。秦王苻坚亲自率领将士到陕城抵御燕军。慕容恪见秦国防备森严，无隙可乘，只好收兵回邺城。燕主任命慕容垂为征南大将军、荆州牧，让他统领十州军事，并配兵一万让他驻守鲁阳。晋廷始终没有发一兵一卒救援河洛，只追赠沈劲为东阳太守。

这年七月，司马奕立妃庾氏为皇后。庾氏是前荆江都督庾冰之女。二人亲上加亲，当然乾坤合德，恩爱异常。只是司马奕后来被废，死后也没有尊谥，历史上只称帝奕。庾氏得列正宫才十个月便归天了，谥曰孝，当即奉葬。会稽王司马昱被升为丞相兼任尚书。这年改元太和，算是帝奕嗣位的第一年。益州刺史周抚病逝，儿子周楚继任益州刺史。周抚在益州三十多年，很有威望，远近之人相继折服。梁州刺史司马勋早就想占据蜀地，见周抚颇有威名，才有所畏忌。得知周抚已死，司马勋立即举兵造反，自称成都王，随即带兵攻入剑阁，围住成都。周楚派使者告急，桓温派朱序前去救援。朱序会同周楚内外夹攻，将司马勋击毙，蜀地平定，朱序随后收兵东归。

燕兵又来侵扰晋境，燕抚军将军慕容厉进攻兖州，将鲁、高平数郡攻陷。晋南阳督护赵亿举宛城降燕，燕廷令南中郎将赵盘驻守。第二年初夏，燕镇南将军慕容尘又侵犯晋朝的竟陵，幸好太守罗崇应变有方，才击退燕军。罗崇又与荆州刺史桓豁合兵攻宛，打败赵亿、赵盘，夺回宛城，然后回到竟陵戍守。桓豁追击赵盘直到雉城，将赵兵杀败，并活捉了赵盘，燕人才稍稍收敛。这时慕容恪病体垂危，不能治理朝政，便将境外军务都暂时搁置一边，没有再进兵侵扰晋国。

慕容恪为燕主的庸弱忧虑不已，又因为太傅慕容评喜好猜忌，担心将来军国重任无人能担当。恰逢乐安王慕容臧前来探看，慕容恪握着他的手说道："我死之后，以亲疏论大司马一职，非你即中山王慕容冲。但你们二人少不更事，只怕难免疏忽。吴王慕容垂天资英敏、才略过人，你们如果能推让给慕容垂，慕容垂定能安内攘外。你们千万不要贪利徇私，为了个人不顾国计民生啊。"慕容臧唯唯而出。不久慕容评前来，慕容恪又将前话重述了一遍。等到弥留之际，燕主慕容暐亲自前来探看，慕容恪又再三叮咛。不久慕容恪病亡，追谥桓。

　　谁知慕容暐偏不听慕容恪的劝告，竟令中山王慕容冲为大司马。慕容冲是慕容暐的弟弟，才能不及慕容垂。慕容暐以为自家兄弟更可信，所以舍慕容垂而任用慕容冲，只任慕容垂为车骑大将军。当时秦将苻庾举陕降燕，请求燕国派兵接应。慕容暐想发兵援救苻庾，以图谋取关右。太傅慕容评素来没什么才干，认为不宜远出劳师。魏尹范阳王慕容德上表请奏出兵，被慕容评阻挠。当时太尉阳骛谢世，皇甫真继任。皇甫真与慕容垂都主张进兵，苻庾也来信极力怂恿。慕容垂私下对皇甫真说道："现在我们应当防备的，莫过于苻坚、王猛二人。主上年少，不能留心政事，太傅才识远不及苻坚、王猛。现在的大好时机如果放过，只怕将来后悔莫及啊。"皇甫真答道："我与殿下所见略同，但言不见用，又能怎样！"说着，与慕容垂相对欷歔，挥泪而别。

　　不久听闻陕城失守、苻庾被杀，苻庾余党苻双、苻柳、苻武等人都被秦将王猛讨平。一个绝好机会，就这样白白丢失，慕容垂与皇甫真更叹息不已。不久，又有警报传来，晋兵大举西犯，前锋攻陷湖陆，宁东将军慕容忠败没。慕容垂立即自请杀敌，燕主慕容暐不允，让下邳王慕容厉为征讨大都督，拨派两万兵马给他，慕容厉受命即行。原来慕容恪去世的消息传出后，桓温就上书请求讨伐燕国，晋廷下令出师。桓温和南中郎将桓冲及西中郎将袁真等人大举西进。参军郗超进谏说漕运不通，应当等一段时间再发兵。桓温不从，派建威将军檀玄为先锋进攻湖陆。檀玄一鼓作气，擒住守将慕容忠。桓温大喜，立即率大军朝金乡进发。

　　当时是太和四年六月，天下大旱，水道不通。桓温让冠军将军毛虎生凿通钜野三百里，引汶水进入清水，然后从清水挽舟入河，舳舻达数百里。郗超建议率军攻打邺城，桓温仍然不从。不久慕容厉领兵来战，桓温与慕容厉在黄墟猛战一场，大获全胜。慕容厉单枪匹马逃去，燕高平太守徐翻望风投降晋廷。桓温又分别派前锋将军邓遐、朱序前去攻打林渚，击败燕将傅颜。桓温连连获胜，燕乐安王慕容臧奉燕王的命令，率领各军堵截晋师，被桓温打败，纷纷溃逃。晋军随桓温进驻武阳，燕故兖州刺史孙元归顺桓温，随后晋军直抵枋头。

　　燕主慕容暐及太傅慕容评连连接到兵败的消息，连忙派散骑常侍李凤向秦求救，并召集大臣谋划逃跑。吴王慕容垂愤然道："臣愿率兵杀敌，如果不能取胜，再逃走也不迟。"慕容暐于是任慕容垂为南讨大都

260

督，令他与范阳王慕容德调集五万步骑，抗击晋军。左长史申胤、黄门侍郎封孚、尚书郎悉罗腾都担任参军一职。慕容暐担心慕容垂不能获胜，又派散骑侍郎乐嵩到关中催促援兵，表示愿以虎牢西境作为交换条件。秦王苻坚与群臣商议，群臣因为之前桓温攻打秦国时，燕国不肯相助而不愿发兵。秦王苻坚退到后庭，召王猛问话。王猛答道："如果桓温进犯山东再占据洛阳，到时恐怕秦国也要灭亡了。不如与燕合兵，一起击退桓温，随后再趁机一举攻下燕国。"苻坚拍手称好，立即派将军苟池、洛州刺史邓羌率领步骑援救燕国，从洛阳进军颍川，派散骑常侍姜抚到燕国报信。

燕大都督慕容垂带领将士一路进发，快到枋头的时候，命令将士扎营。参军封孚对申胤说道："桓温兵强马壮，乘流直进。我军与他兵不接刃，怎么能击退强敌呢？"申胤答道："现在晋室衰弱，桓温跋扈专制，晋臣未必都服桓温。所以桓温得志，其他大臣肯定会多方阻挠，使桓温不能成功。桓温兵胜生骄，应变不足，现在本应该速攻，他却坐失良机。等到他师劳粮匮时，必然会不战自溃了。"封孚听了大喜。

第二天慕容垂升帐，命参军悉罗腾与虎贲中郎将染干津，带领五千士兵出营与桓温交战。罗腾在中途遇见晋将段思，便与他交锋。一场厮杀之后将段思活捉。落腾派人将段思解送到大营，自己则与染干津前往魏郡。路上碰到晋军李述的部队，染干津跃马摇枪，杀向前去，几个回合之后，大胜李述。染干津将李述首级割下，然后回营报功。慕容垂已令范阳王慕容德与兰台侍御史刘当，分别率领骑士屯兵石门，以求截住桓温的漕运。另派豫州刺史李邦带领五千州兵，截住桓温的陆运。当时桓温正命袁真攻克谯梁，打算通过石门来运粮，偏燕将慕容德等人已将石门堵住。慕容德让将军慕容寅前去引诱晋军，然后用埋伏计，诱杀了数千晋兵。桓温得知粮道被堵，交战失利，又探得秦兵要来援助燕国，只好焚舟弃仗，退回晋地了。

慕容垂奔秦

桓温从枋头逃回晋地，命毛虎生担任东燕太守。桓温的军队沿途饥渴交加，困顿不堪。燕大都督慕容垂并不急追，诸将请求追击，慕容垂道："行军应当知道缓急，不能轻动。桓温刚带兵退去，必然严兵断后。

261

我不如延缓一两天，等他放松戒备，再举兵痛击。"说完慕容垂就亲自率领八千精骑，一路尾随晋军。果然如慕容垂所料，桓温行了七百里后，不见燕兵来袭，以为可以安枕无忧了，就安营休息。慕容垂派范阳王慕容德率领四千劲骑埋伏在东涧中，截断桓温的去路，自己率领四千骑兵直逼桓温军营。桓温麾下数万人，因连日奔波已经不堪再战，忽见燕兵大肆杀来，顿时人人失色，个个惊心。桓温也捏了一把冷汗，当即出营厮杀，且战且逃。逃到东涧附近，又听得一声呼哨，旷野中许多铁骑大肆杀来。晋军吓得你奔我逃，燕兵则前拦后逼，见一个杀一个。晋军好容易逃脱，残兵剩下不到一半。桓温垂头丧气，逃回谯郡。谁知路上又有一队彪军将桓温截住，桓温拼命冲杀，后队被来兵拦截，死伤又近万人。来兵是援救燕国的秦军，统将叫做苟池。苟池得胜归去，晋军七零八落地回到姑孰，五万大军只剩下六七千人。

桓温经此挫败，自觉脸上无光，不得不设法推卸责任。正好袁真从石门逃回，桓温就弹劾他拥兵观望、贻误饷源以致自己粮尽丧师，并将邓遐也牵连其中。晋廷忌惮桓温，只好贬袁真为庶人，夺去邓遐的官职。邓遐并不在意，但袁真却心有不甘，也上表弹劾桓温。好几天不见朝廷的复诏，袁真索性带兵占据寿春，然后投降燕国，派人到邺城求援。燕国派大鸿胪温统封袁真为征南大将军、宣城公。温统在半路病逝，免不得拖延了好些天，袁真等不到消息，就向秦国乞降去了。

燕故兖州刺史孙元起兵响应晋军，等到晋军败去，孙元还在武阳抵御燕军。燕国派左卫将军孟高率兵讨伐孙元，孙元战败被擒，自然毙命。晋东燕太守毛虎生无法在淮北立足，就退到了淮南。桓温任毛虎生为淮南太守，令他镇守历阳。晋廷派侍中罗含犒劳温军，并升世子桓熙为征虏将军，令他担任豫州刺史。

吴王慕容垂大胜晋军，威名大震。太傅慕容评对慕容垂更加忌讳，凡是慕容垂列举的应当封赏的将士，慕容评都置之不理。慕容垂愤愤不平，在朝堂之上与慕容评争论。燕主慕容暐不能裁决，燕臣又惧怕慕容评的威势，全都不敢言语。可怜慕容垂舌敝唇焦还是没有一点效果，反招来慕容评更多的怨恨。

慕容垂受到排挤，还另有一段缘由。慕容垂的妃子段氏冤死狱中之后，慕容垂想娶段妃的妹妹为继室。偏太后可足浑氏硬要把亲妹妹长安君嫁给慕容垂。慕容垂勉强遵命让长安君居正位，仍另娶段氏的妹妹。慕容垂心中不乐，对长安君也只冷淡敷衍，二人虽为夫妻，却形同陌路。

长安君遭夫白眼，自然常常在太后面前哭诉，可足浑太后因而时常恼恨慕容垂。再加上燕主慕容㬙的皇后是可足浑太后的侄女，姑侄变成婆媳，自然联同一气，交相毁谤慕容垂。太后见燕主也恼恨慕容垂，就召太傅慕容评商议，想要置慕容垂于死地。故太宰慕容恪的儿子慕容楷获悉太后的密谋，立即通知慕容垂，让他先发制人，除掉太傅慕容评及乐安王慕容臧。慕容垂慨然道："我宁愿自己死，也不能做出骨肉相残的事！"第二天晚上，慕容楷又来劝慕容垂先发制人。慕容垂答道："如果事情不可避免，我宁可出奔他方！"话虽如此，但到底如何应付这次危机，慕容垂也不知道，只能踌躇不决，在家闷坐。

世子慕容令见父亲面有忧色，就问道："父亲莫非是因主上庸弱、太傅猜疑，担忧自己功高身危吗？"慕容垂说道："你有什么良策？"慕容令答道："要想保全自身，同时又不失大义，不如逃往龙城，然后上表谢罪。像古时候的周公一样，静待主上自己省悟，然后再回邺城，这是最好的了；否则就不如固险自守。"慕容垂说道："你说得是，我知道该怎么做了！"第二天早上，慕容垂以游猎之名带着一家人奔向龙城。到了邯郸，少子慕容麟竟然背地里逃回都城，去告发父亲。慕容垂向来不喜欢慕容麟，早就料到慕容麟会去告发。因此令世子慕容令断后，自己则率军前进。果然半天都不到，西平公慕容疆就率骑兵追来，幸亏追兵不多，慕容令在后面将来军截住，慕容疆倒也不敢进逼。等到日落的时候，追骑才渐渐退去。慕容令对慕容垂说道："现在事情已经败露，我听说秦王正在招揽人才，我们不如暂时投奔他吧！"慕容垂不愿意，摇头道："我自有打算，何必投秦呢？"然后带着家人从南山绕道回到邺城，暂时在城外的显原陵休息。这时有数百猎人环集而来，慕容垂进退两难，仓皇失措。幸好这时猎鹰四下飞散，猎人追鹰而去，慕容垂才得以安然无恙。世子慕容令又说道："太傅慕容评妒贤嫉能，邺中人士莫不瞻望父王。如果我们杀入城中，都中人士必定欣然响应，到时一定能马到成功。事情成功以后，除掉祸害、匡辅主上，既能安国，更足保家。这是上计，机不可失。只要给孩儿数骑，这些都可办到。"慕容垂沉吟半天才说："你说的那些，事成是大福，事不成则追悔莫及。你之前曾劝我西入关中，今天不如依你前言，就此西奔吧！"于是派人召来段夫人、侄子慕容楷及段兰建等人一同奔往秦国。

秦王苻坚突然听到关吏来报，说慕容垂弃燕来奔，不禁大喜，急忙率官吏到郊外迎接。苻坚亲切地握着慕容垂的手说道："今天你如果是真心前来依顺我，我当与你共定天下。他日如果成功，你依然可以回到本邦，世封幽州。这样一来，你仍不失为孝，对我也不失为忠，岂非一举两得？"慕容垂拜谢道："远方羁臣蒙您收下，已是万幸了，怎敢还有他望？"符坚又接见慕容令、慕容楷，称赞他们是后起英雄，将他们都接到都城，优礼相待。关中百姓素来仰慕慕容垂的贤名，见他入关自然欢喜。只有王猛入谏道："慕容垂父子犹如龙虎，以后如果得志，必不可限制，不如早除为是！"符坚愕然道："我正想招揽英雄肃清四海，怎么能杀降臣？况且我对慕容垂推诚相待，视同心腹，匹夫尚不食言，难道万乘之主反要骗人吗？"符坚随即封慕容垂为宾都侯，慕容楷为积弩将军。

这时，秦国与燕国刚刚和好，时常派使臣互相往来。燕散骑常侍郝晷及给事黄门郎梁琛相继来到秦国。郝晷与王猛之前就认识，彼此叙谈，郝晷免不得将燕廷的事情约略告知王猛。梁琛则非常谨慎，不肯泄露一言一语。王猛劝符坚留下梁琛，符坚自然听从。直到慕容垂入秦，符坚才让梁琛回到燕国。

梁琛兼程回国，一进邺城便去见太傅慕容评，说道："秦人意图东攻，必定不会与我国长久和好。现在吴王又投靠了秦国，太傅应当早做筹备！"慕容评问秦王为人如何，梁琛说英明善断。慕容评又问王猛如何，梁琛说名不虚传。无奈慕容评听了始终不信，只是冷笑作罢。梁琛将情况上报燕主慕容暐，慕容暐也不以为然。梁琛于是又去与皇甫真商议，皇甫真上疏请朝廷拨兵驻守边疆，对和议不要报太大希望。慕容暐于是召慕容评商议，慕容评嚣张地说："秦国国力弱小，符坚是贤主，未必肯接纳叛臣，我等何必加自扰呢？"慕容暐点头称善。

尚书左丞申绍见燕国内政日益紊乱，可足浑太后和慕容评贪得无厌、任用非人，不由得忧愤交加，于是上疏言事，极陈时弊。这篇书牍正是救燕的良策，偏偏燕主慕容暐毫不在意，反令他出守常山。这时秦使奉命前来，要求燕国履行前约，割让虎牢西境给秦国。燕太傅慕容评对秦使说道："路人看到别人有难，都会出手帮助，邻国不也应当这样吗？怎么能索要重贿呢？"秦王符坚早就想灭掉燕国，只是没有借口兴兵，此次燕人负约，正给了他一个出兵的机会。符坚立即命王猛、梁成和邓羌率领三万步兵直压洛阳。洛阳守将是武威王慕容筑，他听说秦兵入境，当然集合兵力守城。无奈兵少力弱，挡不住雄师，只好派遣使者到邺城求援。当时是燕国建熙十年冬季，燕廷正准备过年，竟把洛阳战事搁置。

264

第二年元旦，燕廷依旧庆贺，喜气洋洋，哪里知道洛阳已是十万火急，等到警报再三催促，才派乐安王慕容臧出兵援洛。慕容筑苦守孤城已是焦急异常，这时有敌书从城外射入，军吏拾起交给慕容筑。慕容筑看完书信，想到吴王慕容垂尚且投靠了秦国，燕国必定危亡，不如依了敌书投降秦军，于是出城请降。王猛欢颜接见慕容筑，然后麾兵入城，抚众安民。洛阳就这样被秦兵占领。

王猛当下命偏将杨猛前去探路。杨猛在石门正碰上燕乐安王慕容臧引兵前来，杨猛无从趋避，手下又不过数百骑，被燕军活捉了去。慕容臧于是进据荥阳，王猛得到消息，便派梁成、邓羌率众前去抗击。梁、邓二人击败慕容臧，斩敌一万多。慕容臧退到石门，梁、邓二将乘胜进逼，双方相持了几十天。后来王猛召梁、邓二人速回洛阳，梁成和邓羌才退兵。乐安王慕容臧不知好歹，见秦兵引退还以为有机可乘，急忙率兵追赶。先锋杨璩是个冒失鬼，与梁成交战时，被生擒而去。梁成斩敌三千多人，慕容臧吓得逃回石门，梁成这才收兵返回洛阳。王猛给他们一一记功，留邓羌镇守金墉城，自己与梁成等人退到关中。

王猛出发时，令慕容令为参军，让他做向导，并到慕容垂府里叙别。慕容垂设宴给王猛饯行，王猛边喝酒边说道："现在我就要远别了，你有什么东西能赠予我吗？也好让我睹物思人。"慕容垂虽然感到莫名其妙，但还是解下佩刀赠给他。王猛辞行后，慕容令当然随他一同前去。到了洛阳，王猛却召入帐下一名叫金熙的走卒，让他诈称是慕容垂派来的使者，拿着慕容垂所赠的佩刀去见慕容令，并伪传慕容垂的话："我父子奔入关中，无非是为免除一死。秦王虽然仁厚，王猛却忌恨我父子。如果我们父子终究不免一死的话，为何不死在自己的家国呢？现在听说东朝已经悔悟，我决计东归，已经上路了，你也速行为要！以佩刀为证。"慕容令不知道这是王猛的计谋，而且金熙曾在慕容垂那里做过役使，佩刀又是真的，自然不起疑心。当下让金熙回去，自己悄悄逃出军营，投奔乐安王慕容臧。王猛随后上表说慕容令叛逃，慕容垂知道后，只好也逃走。到了蓝田，被追骑追上，慕容垂回到关中。秦王苻坚召慕容垂入见，慕容垂惶恐谢罪。苻坚坦然道："你家国失和才来投奔朕，令儿贤德，不肯忘本，仍然返国，朕也不深究。不过燕国是必定要灭亡的，你回去也不过是羊入虎口，有损无益。朕非暴主也知父子情深，不会怪罪于你，你又何必畏罪逃走呢？"慕容垂拜谢而出。

265

苻坚灭前燕

慕容令奔到石门，求见乐安王慕容臧。慕容臧担心他是秦国的奸细，因此表面欢迎，心中却很猜疑，暗中上报燕廷，表明己意。燕主慕容暐立即下令将慕容令贬到沙城。沙城在龙城东北六百里，慕容令见此地满目荒凉，郁闷不已，心想不如冒险联合沙城戍卒，谋划袭击龙城。偏偏龙城守将预先做好了防备，害得慕容令只能恼丧而返。戍卒担心被牵累，竟然将慕容令刺死，把他的首级送到燕国。

桓温自从枋头大败以后，一直想要再次攻打燕国。听说秦人正在攻打洛阳，于是修筑广陵城，亲自率领麾下兵士从姑孰移镇广陵。当时征役繁重，民不堪命。秘书监孙盛是一个写文章的妙手，与散骑常侍干宝齐名。干宝曾著成二十卷《搜神记》，刘惔称之为鬼董狐；后来又著有二十卷《晋纪》，世称良史。孙盛也写了《魏晋春秋》直言时事，如桓温枋头大败，他都据实记载，毫不讳言。桓温读了孙盛的文章，怒不可遏，便召来孙盛的儿子孙潜说道："枋头虽然失利，可也没到那样不堪的地步，此史如果传下去，你的家人也别想保全！"孙潜吓得魂不附体，慌忙下拜，表示回家一定让父亲修改。桓温这才将孙潜斥退。孙潜知道孙盛家法素严，老了性情更辣，但此时为了身家性命，不得不回家禀明详情。孙盛愤愤道："桓温丧师辱国，还想让我替他掩饰？我若写下曲笔，那还算什么史家？"孙潜跪着求道："现在桓氏权盛，朝廷尚且怕他，还望父亲三思！"孙盛大怒道："我不怕死！"孙潜及一门家口，无论长幼都跪在孙盛面前，请他略作删改以保全家门。孙盛拂袖进屋，不肯改动，还另外抄录了很多本寄往北方。孙潜急得没法，只好瞒着父亲，私下修改，拿给桓温看。桓温这才转怒为喜，然后部署兵马，准备讨伐袁真。

袁真据守寿春，受燕国的册封，担任扬州刺史，不久病逝。陈郡太守朱辅与袁真是好友，也随袁真投降了燕国。朱辅命袁真的儿子袁瑾担任豫州刺史，保住寿春，另派儿子朱乾之及司马彝亮到邺城求援。燕授予袁瑾扬州刺史一职，授予朱辅荆州刺史的官号，并派兵赶往武邱援助袁瑾。晋将竺瑶已奉桓温军令攻打袁瑾，正值燕兵到来，两军大战一场，竺瑶大破燕兵。南顿太守桓石虔攻打寿春，杀入南城。桓温连得捷报，亲率两万人马来到寿春城下修筑长围，以便抵御敌军，并截断燕军的援路。燕左卫将军孟高带兵援救袁瑾，途中接到邺城急诏，催促他返回，抵御秦寇。原来秦兵已经攻克了壶关，孟高只好不顾寿春，急忙返回都城。

王猛因为粮道不通，只好班师回朝。秦王苻坚升王猛为司徒兼任尚书，封他为平阳郡侯。王猛厉兵秣马，打算再次讨伐燕国。筹备了半年多，一切都安排妥当，苻坚令王猛为统帅，率领镇南将军杨安等十位将领及六万步骑出关。苻坚亲自送王猛到灞上，嘱咐道："应当先破壶关，然后平定上党，再攻取邺城，切记一定要速攻。我会亲自率兵为你做后应，舟车粮运，水陆并进。你尽管前行，不要有后顾之忧。"说着，便将酒杯递给王猛让他尽饮。王猛踌躇满志，举杯畅饮。苻坚大悦，再赐王猛上方宝剑。王猛拜谢而去，苻坚随后回都。

王猛麾军直逼壶关，派杨安等人攻打晋阳。燕主慕容暐听说秦兵入境，就令太傅慕容评调集三十万兵马抵抗。当时邺中屡有妖异，慕容暐颇为担忧，召来散骑侍郎李凤、黄门侍郎梁琛、中书侍郎乐嵩询问军事："秦兵有多少？我军大举而出，王猛能战胜我军吗？"李凤答道："秦国国小兵弱，怎能敌得过王师？王猛不过是庸常之才，不是太傅的敌手，不必忧虑！"梁琛与乐嵩却道："将在谋不在勇，兵贵精不贵多。秦兵远来为寇，怎肯不战？我们应当用计谋求胜，怎么能希望他不战而退呢？"慕容暐听得喜忧不定，正在郁闷，外面已传入警报，说壶关失守，南安王慕容越被敌军擒获，郡县相继降秦。慕容暐急得一脸土色，只得派李凤出去催促慕容评速速进兵。

慕容评领兵出发，走到潞川，探知秦兵非常勇锐，便在潞川逗留。朝中虽然一再催促，他却总是顾着自己的命要紧，仍然逗留不前。王猛已经攻入壶关，留下屯骑校尉苟苌守着壶关，自己带兵协助杨安攻打晋阳。王猛来到城下，见城高池深不宜力取，就派虎牙将军张蚝率领数百壮士挖凿地道。等到地道挖成，张蚝与壮士从地道潜进城中。燕东海王慕容庄是晋阳的守将，听到警报连忙率兵拦阻。秦军如潮涌入，慕容庄即便有三头六臂也不能抵挡。慕容庄拍马逃跑，被张蚝刺落马下，捆绑而去。余众多数投降，晋阳陷落。王猛令将军毛当戍守晋阳，自己率大军进入潞川，与慕容评对垒。

慕容评在潞川逗留多日，私下霸占郡固山泉。军中兵士只有缴纳一匹绢，他才给士兵两石水。士兵无可奈何，只得向他买水。慕容评听说王猛来了,关闭营门,不准将士出战。王猛侦查到实情,不禁冷笑道:"慕容评真是个庸奴,就算有百万之众也不足为惧,何况只有二三十万!我此行定能灭燕。"于是令游击将军郭庆率骑兵五千夜袭燕兵。郭庆领命而去,当夜出发,从小路绕到燕营后面。三更时候,令部众各燃火把,跃马登山,大声呼噪。燕兵仓促间惊醒,睡眼蒙眬,向下一望,见有几万火炬,不禁惊恐万分,霎时间逃得精光。郭庆将军需全部烧毁,火盛风炽,山高焰飞,连邺城都能看见。黄门侍郎封孚私下问司徒申胤道:"此城能保住吗?"申胤答道:"此城必亡,我辈也必然会沦为俘虏。"燕主慕容㬊派侍中兰伊到潞川,责备慕容评道:"你身为高祖嗣子,应以社稷宗庙为忧,为什么非但不安抚兵士,反而私卖泉水呢?试想国家府库,朕与你一同享受,你何忧无财?家国破亡之后,纵使有万贯家财,又有什么用?快将钱帛散给三军,振作士气。只有凯旋,朕与你才能安享富贵!"

慕容评惊恐交加,只好致书秦营,与王猛约定战期。开战当天,王猛在渭源向众人宣誓道:"王猛受国厚恩,今天与诸君深入战地,应该有进无退,誓死报国。等到功成归国,加官晋爵,光宗耀祖,岂不是人生一大快事?"众人齐声应命,破釜弃粮,立志决战。王猛见燕军多如蚂蚁,担心寡不敌众,不免踌躇。他见邓羌在旁,便拍着他的背说道:"今日大敌当前,非将军不能将他攻破,成败在此一举,愿将军努力!"邓羌应声道:"若能给我司隶一职,你可无忧!"王猛答道:"这不是我能决定的事,将军如果立功,我一定上表请求封你为安定太守、万户侯。"邓羌默不作声,向后退去。王猛不禁着急,连忙答应下来。邓羌这才与张蚝、徐成等人跨马运矛,杀入燕阵。秦军一齐跟上,勇猛无前。燕兵人无斗志,各思逃避,你推我诿,任凭秦军横冲直入。燕兵大败,秦军乐得追杀,俘斩五万多人,逃去的士兵约有十多万,乞降的有六七万。慕容评单骑逃回邺城。

王猛长驱直入,包围邺城,向秦王告捷。秦王苻坚派人传令:"朕当亲率六军前来,将军可休养将士,静等朕至。"王猛于是屯兵城下,严申军律,远近的百姓都很帖服。燕民各安己业,相互说道:"没想到今天又见到太原王一样的人了。"王猛闻听说后,叹息道:"慕容玄恭确是奇士!"于是亲自去给慕容玄恭祭墓。玄恭,正是太原王慕容恪的表字。

过了七天,秦王苻坚率领十万精锐到达安阳。王猛偷偷前去拜见,苻坚笑说道："昔日周亚夫不迎汉文帝，现在将军为什么临敌弃兵？"王猛答道："陛下何必亲自来呢？"苻坚道："朕留太子监国，李威辅政，国内无忧所以率兵远来，看你灭贼。"王猛叹息道："太子年幼不能守国，如果有什么不测，追悔莫及啊！陛下不记得臣在灞上说的话了？"苻坚只说无妨，直到攻下邺城，才与王猛辞别。

燕宜都王慕容桓率领万余将士屯居沙亭，作为慕容评的后援。听说慕容评大败，就移驻内黄。苻坚派邓羌进攻信都，信都离内黄很近，慕容桓又逃往龙城，邺中更是震惊。燕散骑常侍余蔚等人，在夜里打开邺城北门，迎进秦军。燕主慕容暐与太傅慕容评、乐安王慕容臧、定襄王慕容渊、左卫将军孟高、殿中将军艾朗纷纷北逃。秦王苻坚进入邺城，派游击将军郭庆前去追慕容暐。慕容暐的卫士沿途四散，最后只剩下十几个人跟着，路上荆棘丛生，盗匪四起。孟高服侍燕主，护着二王，一路上不断与盗匪厮杀。走到福禄碰上数十名盗匪，孟高持刀杀伤几个大盗，直到刀折力穷，抱住一贼与他一起扑倒在地上，凄声大呼道："男儿今天死了！"还没说完，就身中数箭，呕血而死。艾朗也被盗贼杀害。慕容暐的乘马中箭，他只好下鞍步行，踉跄奔逃。偏有大队人马从后面来追来。回头一看，是秦将郭庆部下的前驱巨武。巨武指挥兵士上前绑住慕容暐。慕容暐斥责道："你是什么人，敢绑天子？"巨武答道："你不过是个小丑，还敢自称天子！"慕容暐束手就擒，被巨武带回邺中。慕容评向北逃到龙城，其他人都做了俘虏被押到邺中。秦王苻坚见到慕容暐，问他为什么不投降。慕容暐答道："我只想死在先人墓边赎罪。"苻坚不禁怜悯他，让他回宫率领文武百官前来投降。

前燕自慕容廆占据大棘城，到慕容俊称帝，再到慕容暐亡国，共有八十五年。

苻坚又让郭庆进攻龙城，慕容评向东逃到高句丽，慕容桓也逃往辽东。辽东太守韩稠投降秦国，慕容桓攻不下辽东，又因为郭庆追到，就弃兵独自逃走。郭庆派部将朱嶷前去追捕，朱嶷快马加鞭，驰了数十里，遇见慕容桓，将他杀死。慕容评被高句丽人抓住，送到邺城，秦王苻坚赦免了他。封降王慕容暐为新兴侯，命慕容评为给事中，将所有燕宫子女、玉帛都分赐将士，然后下诏大赦。封王猛为冀州牧，晋爵为清河郡侯，令他镇守邺城。封杨安为博平侯，邓羌为真定侯，郭庆为襄城侯。升燕常山太守申绍为散骑侍郎，让他与韦儒充当绣衣使者，到

269

关东州郡体察民情。随后赈济穷困，改革弊政。关东大悦，百姓无不顺服。

秦王苻坚起驾西还，慕容暐以下的后妃、王公、百官全部迁入长安。命慕容暐为尚书，皇甫真为奉车都尉，李蒲洪为驸马都尉，李邦为尚书，封衡为尚书郎，慕容德为张掖太守，平睿为宣威将军，悉罗腾为三署郎，凡是故燕稍有才望的官僚全都得以安置。慕容垂见到燕国故僚，常有气恼的神色。前郎中令高弼对慕容垂说道："他日重造江山，舍你尚有何人？你应当大度，不记恨故燕旧臣的前嫌才好！"慕容垂欣然受教，从此对旧僚和颜悦色，只不肯放过慕容评。慕容垂对秦王说道："臣叔父慕容评是亡燕的首恶，不应当让他再污圣朝，请陛下将他处斩。"苻坚不愿，让慕容评做了范阳太守。燕故太史黄泓叹道："燕必中兴，将来定是吴王立燕，可惜我已经老了，看不到那一天了！"

这时晋桓温已攻破寿春，捉住袁瑾和朱辅，将他们送到建康处斩。秦将王鉴、张蚝被桓温击败后，退归秦地。秦王苻坚特命博平侯杨安带领七万步骑进攻仇池。仇池自从杨初嗣位后，曾派使者到建康向晋称藩。晋命杨初为雍州刺史，封他为仇池公。不久，杨初被族弟杀害，爵位几次传袭后，传到杨纂。杨纂的父亲杨世向秦、晋两国称藩，杨纂嗣位后偏偏不肯与秦国通好，所以秦国兴兵讨伐。秦兵身经百战，仇池兵怎能与敌？一经交手，仇池兵就有一两万人被杀，杨纂拼命逃走。杨纂的叔父武都太守杨统，举城投降秦国。秦军进攻仇池，杨纂保守不住，只好投降。杨安送杨纂入关，秦王苻坚接得捷报，立即命杨安留镇仇池，封杨统为南秦州刺史。

奕帝被废

桓温专权晋廷，威权无比。他本来就目无君王，有非分之想，曾对亲僚说道："我这样籍籍无名，无所作为，恐怕要被司马师兄弟耻笑了！"又说道："不能流芳百世，也当遗臭万年！"经过王敦墓时，桓温又叹息道："英雄！英雄！"以前有人以王敦比桓温，桓温很是不平，如今却羡慕起王敦来，也想作乱。恰巧有一个尼姑远道而来，求见桓温，桓温见她道骨珊珊，料非常人，于是将她留下。尼姑沐浴的时候，桓温从门缝中窥视，见尼姑裸身入水，先用刀剖开肚子，然后斩断两足。桓温看得惊诧不已。不一会儿，尼姑开门出来，全身完好如初。她问桓温道："你已经都看见了吧？"桓温也不隐讳，直接问她吉凶。尼姑答道："你如果要做天子，就是这样的下场！"桓温不禁色变，尼姑飘然远去。术士杜炅能预先知道人的贵贱，桓温向他询问自己的福禄，杜炅微笑道："你当位极人臣。"桓温听了默然不答。

桓温本想立功扬名，但上次在枋头无功败回，让他声誉大降。因此这些这次攻下寿春后，桓温对参军郗超说道："这次战胜，能一雪前耻吗？"郗超说未必能。后来郗超和桓温夜谈，说道："明公一直担当天下重任，年过六十却还没有建立大功，这样如何能让百姓、百官顺服呢？"桓温于是向郗超求计，郗超说道："明公不做出霍光那样的盛举，恐怕始终不能威扬四海。"桓温皱着眉头说："此事怎么做呢？"郗超说道："……如此这般，就不用担心没有借口了。"桓温点头称善。第二天，民间就谣言纷纷，说皇帝司马奕不能生子，米灵宝等人与二美人田氏、孟氏私下生下三男，想要谋夺太子之位。

桓温以此为借口，要太后褚氏废去司马奕，改立丞相会稽王司马昱，并将写好的废立草稿一并呈上。当时褚太后正在佛屋烧香，内侍进来说："外有急奏。"褚太后赶紧出门，奏章已经送到面前。太后看了数行，怅然说道："我原本就怀疑此事。"说着，又看了看废立的草稿，还没看完就挥笔写道："未亡人不幸遭此忧患，感念存亡，心如刀割。"写完，就让内侍送交桓温。第二天，桓温来到朝堂召集百官，将废立的命令下达。百官虽然大惊失色，但也没有人敢抗议。桓温随后将褚太后的命令宣示朝堂，说道："废司马奕为东海王，另立会稽王司马昱为皇帝。"总计司马奕在位六年，没什么过错也没什么功业。

桓温派散骑侍郎刘享到司马奕处取回御玺，并送司马奕出宫。当时正是仲秋时节，天气还很暖和，司马奕穿着单衣走下西堂，乘犊车走出神兽门，群臣相继拜别，歔欷不已。侍御史殿中监领着百名兵士将司马奕送到东海王府，桓温则率同百官迎接会稽王司马昱入殿登基。司马昱当即入宫改穿帝服，升殿受朝，然后改太和六年为咸安元年，史家称他为简文帝。桓温升任中堂，分兵屯卫。桓温本想当面向简文帝陈述他主张废立的本意，但见简文帝神情甚悲，也不知道说什么才好，只好默然告退。

太宰武陵王司马晞与简文帝是同胞兄弟，简文帝对他当然优礼相待。不过司马晞素来崇尚武力，与殷浩的儿子殷涓常常往来。殷浩死时，桓温派人去吊丧，殷涓并不答谢，桓温心中怀恨，对司马晞也心怀不满。新蔡王司马晃是从前新蔡王司马腾的后裔，也与桓温有嫌隙。广州刺史庾蕴、太宰长史庾倩、散骑常侍庾柔都是前车骑将军庾冰的儿子，也是废帝司马奕的皇后庾氏的兄长。庾皇后被废为东海王妃后，桓温担心庾家人多势众，会报复自己，便想出一个办法，准备先扳倒武陵王司马晞。于是诬陷司马晞父子曾与袁真共同谋叛，要将司马晞免官。简文帝不得不从。桓温又迫令新蔡王司马晃自首，说他与武陵王司马晞父子以及殷涓、庾倩、庾柔等人一同谋逆，并将太宰掾曹秀、舍人刘强凭空牵连在内，一股脑儿交给廷尉。御史中丞谯王司马恬，请皇上依律诛杀武陵王司马晞。简文帝不愿残杀手足，桓温却上疏坚持要杀司马晞，语近要挟。简文帝不禁恼怒，桓温一见，不觉变色，于是改奏废除司马晞，让他们迁移到新安郡；将新蔡王司马晃贬为庶人，送到荥阳；殷涓、庾倩、庾柔、曹秀、刘强，一律斩首并灭三族。简文帝不便再驳，勉强同意。庾蕴听说后立即自尽，庾蕴的长兄庾希和弟弟庾邈、庾希的儿子庾攸之一起逃往海陵陂泽。东阳太守庾友因为儿媳是庾温的侄女，才得以赦免。桓温从此气焰更盛，擅自杀害东海王司马奕的三个儿子及田氏、孟氏二美人，然后上奏请命将东海王废掉。简文帝与褚太后不忍心，于是封司马奕为海西县公。吴兴太守谢安远远见到桓温，就立即下拜。桓温惊呼道："谢公为什么要这样呢？"谢安答道："你尚且拜前，臣难道敢揖后吗？"桓温明知谢安有意嘲讽，但他向来敬重谢安，也不便发作，且想起女尼的话不免有了戒心，于是上疏请求回到姑孰。皇上下诏升桓温为丞相，让他在京师辅政。桓温仍然请辞，皇上允准。

桓温虽然回到姑孰，却揽权如故。他留下郗超担任中书侍郎就是为了隐探朝中之事。简文帝格外沉默谨慎，担心桓温再有异图。正好当时荧惑星逆行进入太微，简文帝更加觉得惊慌。原来司马奕被废之前也有这样的星象，简文帝这样一联想，当然觉得危悚异常，对郗超说道："难道前日之事还会发生？"郗超答道："大司马桓温因为要稳固社稷才做出废立一事，臣愿以百口担保，不会再发生这样的事了，请陛下不要忧虑！"简文帝道："如果能如你所说，我还有什么说的呢！"

侍中谢安曾与左卫将军王坦之有事要找郗超商谈，郗超门前车马络绎不绝，谢安、王坦之一直等到太阳快落山了，都没能见到郗超。王坦之想走，谢安道："你难道不能为自己的身家性命忍耐一会？"王坦之于是忍气等着，直到天黑，郗超才有时间来见他们。谢安与王坦之将话说完，立即离开了。郗超的父亲郗愔卸职在家，身体突然不适，就让郗超为他请辞，回老家疗养。简文帝说道："对你的父亲转达朕的歉意，国家弄成现在这个样子，朕也深感愧疚。唉，这些事不是一两句话能说尽的。"说到这里，又咏诗道："志士痛朝危，忠臣哀主辱。"说完不禁泣下，郗超不知道说什么好，只好拜别离开。好容易过了残年，简文帝派王坦之请桓温入朝辅政，桓温还是推辞，但依旧请命外调海西公。简文帝将海西公派到吴县西柴里，并让吴国内史刁彝就近护卫，让御史顾允负责照顾海西公的起居，以防不测。这时有消息传来，说庾希、庾邈勾结故青州刺史沈武的儿子沈遵，在海滨召集党羽，攻入了京口。晋陵太守卞耽猝不及防，逃到曲阿去了。建康震惊，内外戒严。后来又收到庾希等人的檄文，借海西公之名诛杀桓温。京畿一带，谣言四起，百官人人自危，百姓也不得安宁。平北参军刘奭、高平太守郗逸之、游军督护郭龙等人率兵抵御，卞耽也调发县兵一起讨伐庾希等人。庾希不过是乌合之众，一战即败，只好闭城自守。桓温派东海太守周少孙带着数千锐骑，合力攻城。庾希的兄弟子侄以及沈遵等人陆续被擒，被斩首了事。一番乱事，几天就了结了，晋廷大臣入朝庆贺。

哪知吉凶并至，悲喜相连。简文帝忽然得病，医治无效，差不多要归天了。当时皇后以及太子都没有册立。简文帝是元帝的少子，生母郑氏受封建平国夫人，咸和元年病殁。简文帝受封王爵，追号郑氏为会稽太妃，简文帝嗣位后还没来得及追尊郑氏，就已经亡故。简文帝先娶王氏，立王氏之子司马道生为世子，后来司马道生母子都被幽废，王氏忧郁成疾去世了。其他妃子虽也生下过三个儿子，但都相继夭折。简文帝年近四十却连丧诸子，心中伤悲不已，况且膝下无子，自然焦灼。听说术士扈谦擅长卜封，于是将他召进来问话。扈谦卜完说道："后房中有一女当生下两个贵男，长男尤贵，当兴晋室。"简文帝于是转忧为喜。当时徐贵人生下一女，眉目清秀，聪明灵秀。此后却再没听到消息了。简文帝望子心切，不得已访求相士，让他到后宫相人，看哪个妃子能生儿子。他见了后宫众多妃子都摇头不止。最后看到一个纺织的婢女，见她身长面黑，仿佛乡下女子一般，不禁惊诧道："这才算是贵相，必生贵男。"宫人听了，都大笑道："昆仑婢要发迹了！之前的好梦要应验了！"简文帝呵斥道："为何大肆喧闹？"众人不敢隐瞒，只好细细将事情原委道明。原来此婢女姓李名陵容，家世寒微，是一个织坊女工。旁人见她

273

形体壮硕，就叫她昆仑婢。她告诉众人说自己曾经梦见两条龙枕在她的膝盖上，太阳和月亮都跑到她的怀里。简文帝一听，马上令她侍寝，珠胎暗结，十月分娩果然是男孩。临盆之前，李氏梦见一个神人，送给他一个儿子，嘱咐道："此儿给你，为他取名昌明。"李氏伸手接到，忽然感到肚子痛就惊醒了，当即产下一子。李氏告知简文帝，让他给婴儿取名昌明。简文帝于是取昌明二字的寓意，给孩子取名为曜，字昌明。后来简文帝猛然记起以前曾见过一段谶文说："晋祚尽昌明！"不禁感叹道："天数，天数，只好听天由命了！"后来李氏又生下一男一女，男名司马道子，后来得以封王专政，女孩长大后被封为鄱阳长公主。

简文帝弥留之际，立皇子司马昌明为太子，封司马道子为琅玡王。然后召大司马桓温入朝辅政，一天一夜，连发四诏，桓温都不肯来。只好命人草书遗诏，令诸葛武侯、王丞相一同处理国事。当晚，简文帝驾崩，享年五十三岁，在位不满一年。

群臣会集朝堂不敢立嗣，议论纷纷，有人说应当让大司马桓温来拿主意。尚书仆射王彪之说道："天子驾崩，太子继位，这是古今通例，关大司马什么事？"太子司马昌明登上帝位，颁诏大赦，称为孝武帝，当时年仅十岁。褚太后想让桓温摄政，王彪之进言反对，褚太后也就不说什么了。桓温本来以为简文帝临终会禅位给他，或者让他摄政，没想到一场好梦化为泡影，不禁大失所望。

这年十月，彭城妖人卢悚自称大道祭酒，蛊惑愚民八百多人，揭竿作乱；并派许龙到海西公那诈传太后密诏，说要迎接海西公回朝。海西公司马奕差点被骗，幸亏有养母在旁边谏阻，才没有去，幸免一死。

这时，宫廷刚料理完丧葬，葬简文皇帝于高平陵，庙号太宗。葬事刚刚办完，忽然有一帮乱党杀进云龙门，诈称是海西公回都，直奔殿廷。幸好游击将军毛安之带兵进入云龙门，将乱党一一拿下，左卫将军殷康、领军桓秘也并力夹击，乱党才被驱散。乱党头目情急想逃，被毛安之打倒在地，用绳捆住。此人正是妖贼卢悚，当即按律拟罪，将他斩首。海西公经过这场变故之后更加小心，索性对什么都不闻不顾，无思无虑，纵情酒色，得过且过。太元十一年冬，安然病逝，享年四十五岁。

第二年，改元宁康。大司马桓温竟然擅自从姑孰入都。都中谣言大起，人心不安。

274

桓温见鬼丧命

孝武帝宁康元年，国乱粗定，大司马桓温竟然私自从姑孰入朝。朝中大臣纷纷猜测，说桓温无故入朝，不是来废幼主，就是来杀王坦之和谢安。谢安不以为然，王坦之却忧虑不安。偏偏朝廷又让谢安与王坦之到新亭迎接桓温。王坦之吓得面色如土，谢安仍是谈笑自若，对僚属说道："晋朝的存亡，就看这一回了。"然后出都赶往新亭，百官也都跟随前去。百官见桓温卫兵众多，仪仗威严，纷纷跪地下拜，王坦之更是捏着一把冷汗。谢安却从容走近桓温，与他叙聊。桓温见他从容镇定更是敬佩，于是起身让谢安坐下。谢安对桓温说道："谢安听说诸侯有道就应当戍守边疆，明公为何反而回到都城来了呢？"桓温笑着答道："担心朝中有变，所以回来了。"说完，就命人撤去后帐，百官一看，见帐后站着上千名甲士，不禁倒吸一口冷气。谢安与桓温笑谈了好一会儿，才请桓温动身前往建康。王坦之却一直呆若木鸡，一言不发，背上的冷汗已经将里衣湿透。幸好桓温没有责备他，他才略微安心。

桓温入朝拜见孝武帝，问明卢悚一事，除责怪尚书陆始检察不严，将陆始按律治罪外，并没什么举动，朝中大臣这才稍稍安心。桓温在建康的这段时间，谢安与王坦之常到他的住处议事。一天他们正在桓温那照常商讨国事，凉风突然将后帐吹开，只见里面设有一榻，榻上躺着一人，正是中书侍郎郗超。谢安微笑着说道："郗生可以说是入幕宾了。"郗超本来是受桓温密嘱到帐后偷听的，这下露出了马尾巴，不得不起身出帐，与谢安相见。谢安并不出言责怪，桓温、郗超二人更加羞愧。等到谢安等人离开后，桓温心中还是不安，但因谢安名望很高，一时不便下手，只好暂时容忍。一天，桓温打算去祭拜高平陵，在马车上，桓温突然对着空车拜了一拜，途中又对身边的人说道："先帝有灵，你们可有见到？"左右听了，也不知道他说的是什么。到了陵前，桓温下车叩拜，边拜边说："臣不敢！臣不敢！"旁人都莫名其妙。桓温回到住处，问左右道："殷涓长什么样？"有人答道殷涓又肥又矮，桓温不禁失色道："不错，不错，他站在先帝左边呢。"当晚，桓温忽热忽冷，胡言乱语，经过诊治，才稍微好些，于是辞行回了姑孰。

回到姑孰，病情更加严重，桓温还想荣升，特意派人入都请求。谢安、王坦之不敢严拒，只好拖延。等到桓温再三催促，才让吏部郎袁宏起草文件。袁宏很有文才，大笔一挥当即写成，偏偏谢安总是吹毛求疵，让他一再修改，弄得两三个月都没写好。袁宏就问仆射王彪之到底应该如何下笔，王彪之说道："像你这样的大才，哪里还需要什么修改文辞，这分明是谢尚书故意拖延。"

桓温不能如愿，心中当然不舒服。正巧弟弟江州刺史桓冲前来看望他，桓温喟然长叹道："谢安、王坦之不是你们所能牵制的，桓熙等人庸常柔弱，我死后所有部下都由你来统率。"桓温有六个儿子，长子是桓熙，其他五人分别是桓济、桓韵、桓祎、桓伟、桓玄。桓熙听说桓冲要统率所有部众，心中很是不服，就与弟弟桓济谋划，想杀害桓冲。桓冲听说后自然不敢再来姑孰。桓熙在桓温去世后召桓冲回来送丧，桓冲派壮士捉住桓熙和桓济，然后举哀。随即上奏请求罢黜桓熙、桓济到长沙，以少子桓玄为嗣。晋廷追封桓温为丞相，谥号宣武，命桓玄袭封南郡公。

桓玄当时才五岁，桓冲还以为他幼小容易控制，哪知道他长大后，比他的父亲还要凶险。相传桓玄是桓温的庶子，生母马氏晚上赏月的时候，看见流星坠落到水盆里面，舀了一瓢水喝下，后来怀孕。桓玄出生的时候，神光照亮内室，家人都很诧异，就给他取了一个小名，叫灵宝。桓温对灵宝异常宠爱。

桓温死后，皇帝下诏升桓冲为中军将军，兼任扬、豫二州刺史并镇守姑孰，封右将军荆州刺史桓豁为征西将军。桓豁的儿子竟陵太守桓石秀为宁远将军，任江州刺史，镇守寻阳。有人劝桓冲杀了王、谢二人以专揽朝权，桓冲不从。朝中一切生杀予夺大事，桓冲都先奏明上面，然后才施行，因此晋廷上下，略得安宁。

谢安担心桓冲干预朝政，就请褚太后临朝听政。褚太后居住在崇德宫，因此尊称她为崇德太后。尚书仆射王彪之反对让褚太后临朝听政，谢安不从，竟率领百官上奏，坚决要求褚太后临朝。

第二天褚太后开始临朝。升王坦之为尚书令，谢安为仆射。二人同心辅政，晋室才得以安宁。第二年朝廷令王坦之负责徐、兖等州的军事，命谢安总掌中书事务。谢安喜好声乐，即使在丧葬期间也不废丝竹，士大夫争相仿效，成为一时的风俗。王坦之曾为此苦劝，谢安不肯听从。谢安又与王羲之登临冶城，慨然遐想，王羲之规劝他不要清谈误国，谢安不以为然。不久，王坦之病逝，留有遗书给谢安和桓冲，讲的都是国事。晋廷追封王坦之为北将军，赐谥曰献。王坦之为故尚书令王述的儿子，父子二人都有盛名。

中军将军桓冲因谢安名望很高，愿将扬州刺史一职让给谢安。朝廷下诏调任桓冲为徐州刺史，令谢安担任扬州刺史。宁康三年，孝武帝年已十三，册立前司徒长史王濛的孙女为皇后。第二年正月初一，行过冠礼之后，褚太后就将朝政交给孝武帝，然后下诏改元，号为太元元年。升谢安为中书监兼尚书，郗愔为镇军大将军，桓豁为征西大将军，桓冲为车骑将军兼尚书仆射。

苻坚雄踞北方，派兵攻晋，梁、益二州相继沦陷。梓潼太守周虓镇守涪城，派人送母亲和妻子东下避难。不料母亲和妻子在途中被秦将朱肜抓获。秦国以此威逼周虓投降，周虓没有办法，只好同意降秦。秦王苻坚早就听说了周虓的大名，想起用他为尚书令，周虓黯然说道："我受晋室厚恩，本来应该誓死效忠，只是为了老母才屈节偷生，怎么能再享富贵呢？"坚决不肯做官，苻坚更加器重他。周虓有时破口谩骂，甚至直称苻坚为氐贼。秦人无不动怒，苻坚却不以为然，反而优待周虓。苻坚召冀州牧王猛入关，让他担当丞相一职，另外调任阳平公苻融为冀州牧。王猛来到长安后，统管秦国军事。王猛用人得当，奖罚有度，国家大治，秦国逐渐富强起来。

这时有彗星出现在尾、箕星之间，光芒长十余丈，经过太微星，历经夏、秋、冬三季，光芒都没有消失。秦太史令张亚上疏说道："尾、箕二星象征燕国，东井象征秦国。现在彗星直扫东井，恐怕是燕兴秦亡的预兆。十年后燕当灭秦，二十年后，代又灭燕。臣想慕容暐父子是我国仇敌，现在仍在我朝，且贵盛无比，将来必为秦患，不可不防。"苻坚不听。阳平公苻融劝谏要格外留意慕容暐父子，苻坚仍然不听从。不久，又有人闯进明光殿，大声喊道："甲申乙酉，鱼羊食人，可悲可叹啊！"苻坚听到让兵士立即搜捕，那人却不见了。秘书监朱肜、秘书侍郎赵整，请命诛杀鲜卑一族，认为"鱼羊"二字，合起来正是鲜字，苻坚也不理睬。

慕容垂在关中，时常担心遭祸，便让夫人段氏常到秦宫走动，以了解秦国的举动。段氏小字元妃，聪敏有操守，曾对妹妹季妃说道："我必定不是凡人之妻。"季妃也答道："妹妹我也不会是庸夫的妇人。"元妃的姐姐嫁给了慕容垂，后来冤死狱中，元妃后来成为慕容垂的继室。季妃后来嫁给了慕容德，也算是美妇配英雄。元妃随慕容垂入秦，常常去拜见苻坚，凭着她的玉貌冰肌，锦心绣口，惹得秦王苻坚目迷耳软，唯言是从。一天，苻坚竟让元妃与自己同辇，游玩后庭。宦官赵整随辇同行，信口唱道："不见雀来入燕室，但见浮云蔽白日。"苻坚听得歌声，回头一看见是赵整，不禁大觉惭愧，立即命元妃下辇。赵整虽然是宦官却博闻强记，善于讽谏，很得苻坚的宠爱，他的话苻坚多半听取。

秦王苻坚建元十一年，就是晋孝武帝宁康三年，秦丞相王猛患病。秦王苻坚亲自到宗庙为他求福，又派近臣到各大河岳祈祷，希望王猛的病能够好起来。王猛的病稍稍好了些，苻坚又大赦死囚，王猛上书道谢。谁知十多天后，王猛的病情忽然加重，已经奄奄一息了。苻坚前去探望，问到国家大事，王猛喘着气说道："晋廷虽然僻处江南，但终究是正统，民心归顺，上下安和。臣以为有个仁善友好的邻邦，是国家的福气。臣死后，愿陛下不要再想着攻打晋廷，鲜卑和西羌是我国仇敌，终为大患，应当逐渐翦除它们，免得误了社稷！"说到稷字，王猛语不成声，两目一翻，撒手人世，享年五十一岁。

苻坚大哭一场，当即回宫，拨给三千匹帛、万石谷子作为丧费，追封王猛为侍中尚书，谥号武侯。一切安排就绪后，苻坚又到王猛的棺前哭灵，太子苻宏也跟着去哭丧。殓棺时，苻坚对太子苻宏说道："是上天不想让我平定天下吗？为何要让他这么快就离开我呢？"朝野上下哭了三天才罢休。

王猛在世的时候，因为凉州牧张天锡要和秦绝交，王猛奉苻坚的命令特地修书一封给张天锡，让他慎重考虑，自求多福，不要毁了祖上的六世之业！张天锡看完书信后，赶紧谢罪称藩。秦王苻坚也不多加计较，对他待遇如初。只是张天锡沉迷酒色，不问国事。敦煌隐士郭瑀见张天锡不是可为之主，不愿为张天赐所用，就隐居起来。凉使孟公明抓到郭瑀的门人，威胁郭瑀出来就职，郭瑀只好从命。恰好张天锡的母亲刘氏病逝，郭瑀趁机回到南山隐居，张天锡也不强留。将军刘肃和梁景因帮助张天锡杀死张邕而得宠，赐姓张氏。刘肃、梁景的儿子都成为张天锡的义子。刘肃、梁景有了大靠山，渐渐地横行无忌，为非作歹。

张天锡长子张大怀本来已被立为世子，偏偏张天锡非常宠爱焦氏，她的儿子张大豫当时还在襁褓之中，焦氏便屡次要张天锡立张大豫为世子。张天锡为色所迷，竟然同意，于是任张大怀为征西将军，封为高昌郡公，改立张大豫为世子，将焦氏封为左夫人。另有美人阎、薛二姬也大受张天锡的宠爱。张天锡曾经得了一场重病，以为自己将不久于人世，就对二姬说道："我死了你们怎么报答我啊？"二姬齐声说道："妾当随君共赴地下！"后来张天锡病体更加沉重，二姬果然都自杀了。哪知二姬死后，张天锡反而好了，张天锡就以夫人礼厚葬了二姬。

这时，有消息称秦国派河州刺史李辩在枹罕招兵买马。枹罕是凉州要塞，被秦占据，此时突然整顿戎务，当然不怀好意。张天锡在姑臧设立祭坛，宰杀三牲，然后与晋结盟，约为声援。谁知弄巧成拙，得罪了秦廷。晋太元元年仲夏，秦王苻坚下令讨伐凉州，调集十三万步兵和骑兵，分派给各将带领。再命秦州刺史苟池、河州刺史李辩、凉州刺史王统率领三州将士，作为后备军。阎负、梁殊首先出发，直抵姑臧。

张天锡降秦

秦国派阎负、梁殊到姑臧传秦王命令，命张天锡入朝。张天锡召集官属商量计策。经群臣一番讨论后，张天锡大声说道："我决定了，与秦抵抗到底，决不投降，言降者立斩！"接着又对阎负、梁殊说道："你二人是想生还还是死返？"阎负、梁殊毫不屈服。张天锡大怒，让人拿下阎负、梁殊，把他们带到军门，命军吏射死二人，并说道："射不中的人就是不肯与我同心，也要坐罪。"军吏齐声得令，弯弓竞射。张天锡的母亲严氏忽然走出来，边哭边说道："你命人射死秦使，不是更加激怒敌人吗？国必亡了！家必灭了！"张天锡不听，仍然催促军吏快射，阎负、梁殊二人的血肉之躯，怎禁得起这样乱射，当场为国捐躯。

张天锡立即派龙骧将军马建，率领两万兵马抵抗秦兵。秦将梁彪、姚苌、王统、李辩已经来到清石津，攻打凉河会城。凉守将骁烈、将军梁济还没开战就举城投降。秦将苟池于是与梁熙等将领一起攻打缠缩城，又得大胜。凉将马建在途中听说两城失守，不禁惊慌，下令前队变作后队，退到清塞驻扎，然后飞报姑臧请求增兵。张天锡又派征东将军常据率领三万人戍守蒲洪池，自己则率领五万兵马驻守金昌。安西将军宋皓对张天锡说道："秦兵不可轻视，不如请降。"张天锡怒道："你是要我做囚奴吗？"于是将宋皓贬为宣威护军。广武太守辛章保城固守，与晋兴相彭知正、西平相赵疑商议道："马建必不肯为国效死，如果秦兵深入，他肯定会投降。我们还是要靠自己，不如合并三郡精卒，断了敌军粮道，然后拼死一战，或许能保全陇西。"彭、赵二人点头赞成，于是

279

派辛章告知常据。常据告知张天锡，张天锡却不以为然，于是一条好计，成了空谈！

秦兵连日进兵，姚苌为先驱，苟苌等陆续跟进。等到秦兵快到清塞时，马建才出兵迎战，一边是奋勇直前，有进无退；一边是未战先怯，有退无进，自然是秦胜凉败。马建见不能抵挡，就弃甲下马，投降了秦国，其他兵士纷纷逃散。苟苌收降马建之后，移兵攻打蒲洪池。常据率兵奋战，只可惜凉兵都不善争战，一经交锋，便徬徨退缩，不敢直前。秦兵却是连连进逼，东砍西刺很是厉害。单靠常据一腔忠愤终究不能扭转大局，最终只落得旗靡辙乱，一败涂地。常据的马被秦兵刺死，偏将董儒牵来自己的马送给常据，劝他逃命。常据慨然说道："我一生备受荣宠，无人可及。现在受困，应该速死，还要走到哪里呢？"说完，大步回营，脱下铠甲朝西拜了三拜，随后从容自刎。军司席仍见常据大义而死，也慷慨赴敌，格杀秦兵多名，最后伤重身亡。

秦兵进入清塞。张天锡听到消息，立即派司兵赵充哲、中卫将军史荣领五万兵马前去抵挡苟苌。没想到赵充哲毫不中用，赤岸一战竟然全军覆没。秦兵长驱直入金昌城，张天锡只好亲自出战。谁知兵刃初交，狂风大起，天昏地黑，白日无光。凉兵本来就没什么斗志，见到天象大变，立即吓得抱头鼠窜。张天锡也想回城，偏偏城门紧闭，欲归无路。张天锡见城中守兵已经叛变，只好带着数千骑兵逃往姑臧。金昌城内的守吏开城迎进秦兵。秦军苟苌等人休息一晚，就领着大军向姑臧进发。

张骏担任凉州刺史时，有童谣唱道："刘新妇簸米，石新妇炊㱩瓻，荡涤簸张儿，张儿食之口正披。"这种不伦不类的歌谣，众人认为是胡诌。谁知一传十，十传百，百传千万，到了秦兵攻凉的时候，姑臧城内的儿童，无一不会唱此曲。后来有人解释，说歌谣的意思是指刘曜、石虎先后讨伐凉州，都不能攻克，只有秦兵才能攻下凉州。

张天锡住的西昌门以及平章殿无故崩塌。张天锡又梦见一只绿色的狗，体形非常高大，从城东南跳进来要咬自己。张天锡从梦中惊醒，自知此梦不祥，因此常有戒心。回到姑臧没几天，秦兵已经到了城下。张天锡登城一看，见敌军统帅都身穿绿色锦袍，手执令旗，跨马指挥士兵攻城。张天锡问军士，秦帅姓甚名谁，军士中有人答说是苟苌。张天锡猛然悟道："绿色狗，绿袍苟，梦兆要应验了！"随即闷坐厅中，叹息不已。

280

紧接着，警报接连而至，或说东门紧急，或说南门孤危，张天锡听了惊慌不定。左长史马芮跑进来说道："东南门要被攻陷了!"张天锡顿足大叹："怎么办! 怎么办!"马芮道："现在只有投降才能保全一城的百姓和兵士。"张天锡问道："能保全我一门吗?"马芮答道："让我去投降，凭三寸不烂之舌为王请命。"张天锡允诺。不久马芮回来说，秦国赦免张天锡并保他富贵。张天锡大喜，当即投降。秦帅苟苌送张天锡到长安，凉州郡县陆续降秦。秦王符坚命梁熙为凉州刺史留镇姑臧。张天锡入秦受封为归义侯，担任右仆射。从张轨牧守凉州到张天锡降秦，共历九主，计七十六年。

　　秦灭凉后，打算攻打代国。恰巧这时匈奴部酋刘卫辰被代国所逼，向秦求援。秦借此兴兵，令行唐公苻洛与镇军将军邓羌、尚书赵迁、李柔、前将军朱彤、前禁将军张蚝、右禁将军郭禁率领三十万步骑兵去攻打代国。代王拓跋什翼犍颇有能力，曾与燕国和亲。燕被秦灭以后，代国就向秦入贡，彼此互不侵犯。刘卫辰也曾娶拓跋什翼犍的女儿为妻，二人有翁婿情谊。刘卫辰是刘虎的孙子，此人反复无常，不讲信用，一会儿依附代国，一会儿又背叛代国，如同儿戏。拓跋什翼犍恨刘卫辰无礼，所以发兵讨伐。刘卫辰因此投降秦国，乞求秦国派兵抵抗拓跋什翼犍。

　　拓跋什翼犍打算部署兵马攻打刘卫辰，谁知部将长孙斤密图内乱，引兵入帐，准备杀害拓跋什翼犍。亏得拓跋什翼犍的儿子拓跋实奋身格斗，才将长孙斤抓住，乱刀砍死。拓跋实当时也被长孙斤砍伤，不到一个月就去世了。拓跋实曾娶东部大人贺野干的女儿，生下一个儿子取名拓跋涉圭，后来改名拓跋珪。拓跋什翼犍喜得孙子，下令赦免境内死囚，并且再次讨伐刘卫辰，刘卫辰仍然向秦求救。秦于是大发兵众，让刘卫辰做向导，入侵代境。

　　代王什翼犍连忙派白部和独孤部抵御秦兵。两部出战数次都大败而回，拓跋什翼犍改派南部大人刘库仁抵御秦军。刘库仁既与刘卫辰同族，又是拓跋什翼犍的外甥，所以拓跋什翼犍让他率领十万骑兵前去抵御。刘库仁走到石子岭，与秦军战了一场，大败而逃。拓跋什翼犍当时患了重病，不能出兵抵御，只好北逃阴山，直到后来秦兵渐退，才回到云中。拓跋什翼犍的弟弟拓跋孤曾分据部落，先拓跋什翼犍去世。拓跋孤的儿子拓跋斤因为失职被罚，由怨生恨，想趁机作乱。拓跋实死后，拓跋什翼犍还没有立嗣。拓跋什翼犍继妃慕容氏生有数子，但都还弱小，唯独贱妾的儿子拓跋实君年龄最长，但生性凶悍暴戾。拓跋斤于是趁机煽风点火对拓跋实君说道："王将立慕容妃的儿子，担心你不服，正想杀你呢。你难道甘心无辜受死吗？"拓跋实君听了，无名火起，就带兵冲入拓跋什翼犍的营帐，杀死众位弟弟和父亲。慕容妃当时早已去世，拓跋实的妻子贺氏带着儿子拓跋珪逃往贺讷那里。贺讷与拓跋珪有甥舅关系，当然迎纳拓跋珪。士兵仓皇逃散，有几个竟然跑到秦军那里求援。秦兵正在君子津驻扎，听说代国内乱，乐得趁机灭代，于是大军直驱云中。拓跋实君见部下已经疲惫至极，只得投降秦军。秦将露布上疏报捷。秦王苻坚召来代国长史燕凤问明内乱情形后，勃然大怒道："天下有这样的乱贼吗？竟敢弑父杀父，我来杀他。"于是令尚书李柔将拓跋实君和拓跋斤送到长安五马分尸，又派人找寻拓跋珪母子。燕凤建议道："代王刚刚去世，人心不定，幼主无法维持国家的安定。别部刘库仁骁勇善战，刘卫辰则狡猾多变，不如将代国分为两部，让他们二人分别管辖。这两个人向来就有深仇，都不会轻举妄动。等到拓跋珪长大成人后，陛下再册立他，让他重新立国。这样一来，他的子子孙孙都会感恩你，永远做秦的藩国，这不是安定边境的良策吗？"苻坚于是将河东划给刘库仁，河西划给刘卫辰。

刘库仁对拓跋珪母子厚待有加，常叮嘱自己的儿子们道："拓跋珪志趣不凡，将来定能重建代国，你们要好好待他。"刘库仁还招抚战乱中离散的百姓，广施仁政。百姓信服，纷纷归顺。秦王苻坚升刘库仁为广武将军，以示奖励。刘卫辰心中不满，竟然杀了秦五原守吏。秦王让刘库仁讨伐刘卫辰，刘卫辰战败逃到阴山，妻儿都被刘库仁抓住。刘卫辰不得已向秦王谢罪，秦王于是任刘卫辰为西单于，让他驻扎在荒凉的代来城。

秦王苻坚荡平西北，威名大震。东夷、西羌各国都来归顺，苻坚大喜过望，免不得骄纵奢侈起来。慕容垂的侄子慕容绍私下对兄长慕容楷说道："秦王自恃强大，四处征战，弄得民不聊生。现在又大造船只，奢侈至极，恐怕要盛极而衰了！冠军叔父有勇有谋，肯定能重建燕国，我们只要静待时机就可以。"慕容农对父亲慕容垂道："自从王猛死后，秦王便开始懈怠了。父王应当广纳豪杰，兴复燕宗！"慕容垂笑道："天下事不是你们所能预料的，我自有分寸！"

秦王苻坚想要统一全国，计划攻打江南。晋廷得到消息，严令内外诸臣整顿防务。荆州刺史桓豁请调兖州刺史朱序为梁州刺史，让朱序驻守襄阳，孝武帝自然同意。不久桓豁病逝，桓冲继任桓豁的职务，并负责江、荆、梁、益、宁、交、广七州军事。桓冲上奏要去镇守上明，派冠军将军刘波镇守江陵，咨议参军杨亮据守江夏。孝武帝准奏，并下诏广求文武良将。任谢安的侄子谢玄为安侍中、兖州刺史，令他管辖江北。五兵尚书王蕴负责江南军事，担任徐州刺史。

中书郎郗超见谢安握有重权，心中不平，数次出言讥讽，父亲郗愔说道："我曾与谢玄一同在桓公府做事，谢玄确实有大才，足当大任，你怎么能这样小肚鸡肠呢？"果然谢玄出镇广陵后，训练士兵，招募人才，毫不松懈，得到彭城人刘牢之，任他为参军。刘牢之智勇双全，常带领的精锐经常充当前锋，所向披靡，人称北府兵。自从北府兵成立以后，晋廷才能与强秦抗衡，保全江左。郗超又惭愧又愤恨，竟然病死了。他的父亲则在太元九年去世，晋廷追谥他为文穆。

太元三年二月，秦王苻坚大举攻晋，派征南大将军长乐公苻丕负责征讨事宜，率领武卫将军苟苌、尚书慕容晖和七万兵马，攻打襄阳。又命秦荆州刺史杨安率领樊、邓二州兵马做先锋，与征虏将军石越的数万兵马从鲁阳关出发。冠军将军慕容垂、扬武将军姚苌率五万人从南乡出发。领军将军苟池、右将军毛当、强弩将军王显率四万人从武当出发。四路大军都在襄阳城下会齐。襄阳守将朱序听说秦国大军将到，自以为有汉水为阻，一点也不着急。不料秦将石越竟然率领五千骑兵，浮渡汉水，直逼襄阳。朱序仓皇得报，立即调兵守城。城中刚布置妥当，外城已经被石越攻入。秦长乐公苻丕等人同来攻城，城中大震。

朱序的母亲韩氏颇通兵略，亲自带着奴仆登城守御。看到西北角时，韩氏皱着眉头说道："此角很不坚固，怎么能保守得住呢？"说着，就让奴仆在城内修筑一面斜的城墙，奴仆人数不够，就招募城中妇女一起帮忙，并将库中的布帛及一些饰品玩物作为犒赏。只花了一天一夜的工夫，就将斜城修好。刚把城墙修好，西北角坍塌，秦兵一齐拥进。幸亏城内有一道斜城，将秦兵阻住。襄阳人这时才知道韩氏确实有见识，于是将新城取名为夫人城。

谢玄退秦

襄阳被围，西北角坍陷数丈，幸亏朱母预先筑下斜城，才勉强抵挡住了秦兵的进攻。谁知秦兵不肯退去，襄阳单靠一堵夫人城，仍然是危急得很。晋江荆都督桓冲带领七万兵马屯兵上明，见秦兵强盛，不敢直进。秦长乐公苻丕计划急攻襄阳，武卫将军苟苌道："我军人数众多，粮食丰足，应当与敌军打持久战。我们先断了襄阳的兵援和粮道，等襄阳兵断粮绝，自然举城投降，何必多杀将士，急求成功呢？"苻丕依议，让士兵围堵襄阳城。

秦冠军将军慕容垂攻克南阳，抓住了太守郑裔，然后到襄阳会师。秦又派兖州刺史彭超负责东讨的军事，并把后将军俱难调来。右禁将军毛盛和洛州刺史邵保率领七万步骑，攻克淮阳、盱眙，随后进攻彭城。晋命右将军毛虎生率领五万士兵镇守姑孰。两军相持多日，很快就是冬末了。秦御史李柔弹劾长乐公苻丕劳师无功，秦王苻坚因而派黄门侍郎韦华前去责备道："来春如果还不能攻克襄阳，你可就地自裁，不必再来见我了！"苻丕听了，当然惶急不安，等新年一过便率军急攻。朱序固守不战，见秦兵稍微有所松懈，立即出奇兵猛击，杀伤秦兵多人，苻丕退去数里。过了几天，秦兵又蜂拥攻城。朱序仓皇抵御，正在危急的时候，北门忽然大开，秦军如潮水一样涌进城里。事情来得突然，朱序也莫名其妙，只好下城巷战。正在苦战的时候，督护李伯护拍马前来，朱序大喜。谁知李伯护走到朱序旁边，突然拔剑刺伤朱序的坐骑。朱序摔倒在地，李伯护将他捆绑起来，送到秦军大营。原来这李伯护卖主求荣，私通秦国了。朱序的母亲韩氏带着奴婢及数百兵役从西门绕道东归，才免了一死。

朱序被送到长安，秦王苻坚听说朱序是守节之臣，就任他为度支尚书；认为李伯护不忠，将他斩首了事。苻坚派中垒将军梁成担任荆州刺史，率领一万士兵镇守襄阳。秦将军慕容越攻克顺阳，抓住了太守丁穆。苻坚赐丁穆官爵，丁穆不肯接受。晋魏兴太守吉挹粮尽城陷，拔刀想要自刎，却被抓到秦营。吉挹修书一封，悄悄交给参军史颖，让史颖逃回建康，自己则在秦营绝食而死。秦王苻坚得知后，大叹吉挹是忠臣。晋廷从史颖那里得知情况，追封吉挹为益州刺史。

彭城被围已久，晋兖州刺史谢玄率领万人前去援救。来到泗口时，正要派遣使者前往彭城告知太守戴逯，谁知众兵士都互相推诿，不肯前去，只有部将田泓慨然领命。当时彭城外面，到处驻扎着秦兵，简直是水泄不通，无路可入。田泓偷偷潜水到城下，刚刚探出头就被秦国的巡兵发现。巡兵大声呼喊，田泓知道逃也来不及了，索性上岸走到秦营。秦将彭超以厚利诱惑田泓，让他传话城中说南军已败。田泓欣然答应，来到城下，朗声喊道："戴太守以下的将士听着，我是兖州部将田泓，特

284

地前来报知你们，南军就要来援救你们了，还望诸位安心等待。我不幸被贼兵抓获，不能生还了！"还没说完，就被秦将喝令斩首，刀光起处，碧血千秋。

秦兵急攻彭城，旦夕将陷，幸好晋将何谦奉谢玄的命令，来劫秦兵的军需物品。秦将彭超率兵回去抵御，彭城太守戴逯趁机逃出，才没有全军覆没。只是何谦一退，彭城便被秦兵占领。彭超让徐褒守城，自己率兵去攻打盱眙，掳去高密内史毛璪之，将盱眙攻破。秦将俱难也攻克了淮阴。秦将毛当、王显从襄阳出发与彭超、俱难两路人马会合进攻三阿。三阿距广陵只有百里，晋廷大震，立即在江边列兵布阵，派征虏将军谢石率领水军去涂中驻守，右卫将军毛安之率领步兵去堂邑防守。秦将毛当、毛盛，夜袭毛安之，毛安之大败。谢玄从广陵援救三阿，在白马塘斩杀秦将都颜。谢玄来到三阿城下麾军杀去，与彭超、俱难猛战一场，士兵奋勇杀敌，锐不可当。彭超、俱难顿时惊退，一路损兵折将才逃到盱眙。谢玄进入三阿城，与刺史田洛召集五万兵马，然后进攻盱眙。彭超、俱难出战，又被打败，逃到淮阴。谢玄派遣后军将军何谦带领水军当夜纵火烧毁淮桥。秦淮阴留守邵保率兵拦截，怎奈火焰直冲，敌势又猛，只落得焦头烂额，一命呜呼！彭超、俱难见淮桥边上火光照天，不由得害怕起来，连夜逃往淮北。谢玄与何谦、戴逯田洛并力追击，再次大破彭超、俱难。彭超、俱难北逃，只保住了自己的一条小命。秦王苻坚大怒，要逮捕彭超、俱难下狱。彭超畏罪自杀，俱难被削爵为民。秦主命毛当为徐州刺史前去镇守彭城，毛盛为兖州刺史驻扎湖陆，王显为扬州刺史戍守下邳。

晋谢玄回到广陵，将大捷详报朝廷。孝武帝升谢玄为冠军将军、徐州刺史，升谢安为司徒，桓冲被授为开府仪同三司，其他将领各有赏赐。第二年是孝武帝太元五年，即秦王苻坚建元十六年。苻坚贬行唐公苻洛为散骑常侍，令他担任益州牧，镇守成都。苻洛雄武有力，是乱世枭雄，苻坚对他心存顾忌，所以将他外派。苻洛在幽州奉命，心中很是不平，就和诸将商议谋变之事。幽州治中平规建议苻洛兴兵起事，苻洛于是自称大都督、秦王，在幽州发难，率领七万兵马西攻长安。霎时间关中震动，盗贼四起。苻坚派使者责备苻洛道："天下都还没有统一，你我兄弟竟然内斗，我苻氏一门难道就要灭亡了吗？你不要再生事了，若肯就此罢手退回和龙，我决不苛责你，让你依然世封幽州。"苻洛不肯，对来使道："你回去告诉东海王，幽州那种偏僻小地我看不上。我要占据咸

285

阳，继承高祖遗业。如果他东海王能在潼关迎接我的大驾，我可以考虑让他位列上公。"苻坚听了使者的汇报，勃然大怒，立即派左将军窦冲及步兵校尉吕光，率领四万步骑讨伐苻洛。又命右将军都贵发三万冀州兵为前锋，令阳平公苻融为征讨大都督，率兵前去援应窦冲，再派屯骑校尉石越率领一万骑兵偷袭和龙。

苻洛率领众人来到中山，北海公苻重率大军前来会合，共得到十万人马。不久窦冲等人也率大军前来与苻洛交战，苻洛屡战屡败。校尉吕光勇略过人，料到苻洛会奔回，急忙到苻洛的后面，将苻洛的归路截断。苻洛的将领兰殊拍马来战，没几个回合就跌落地上，被捉了去。苻洛大败，想要夺路逃走，谁知马蹄失足，掀倒苻洛，苻洛随即被吕光生擒。苻重逃到幽州被吕光追到，一刀毕命。和龙城中还不知道苻洛已经战败，城中防备松懈。一支秦军以迅雷不及掩耳之势杀入城中，劈死守将平规及叛党百余人。这队人马便是石越的骑兵，他们一鼓驰入，当即攻下幽州。吕光将苻洛和兰殊送入都城，秦王苻坚仍任命兰殊为将军，将苻洛流放到凉州西海郡。升阳平公苻融为中书监，统领诸军并兼任尚书。任长乐公苻丕为冀州牧，平原公苻晖为豫州牧，并令他们分别迁出都城，前往自己的镇地。长乐公苻丕辞行，苻坚亲自送他到灞上，父子失声痛哭。秘书侍郎赵整，唱道："阿得脂，阿得脂，伯劳舅父是仇人，尾长翼短不能飞，远迁族人留鲜卑，一旦缓急能靠谁？"苻坚知道他有意嘲讽，所以一言不发，只是微笑。因为苻洛作乱，苻坚不得不将同族人分派各地，免得横生祸乱，哪知同族不可靠，他族更不可靠。苻坚调左将军都贵为荆州刺史，让他驻守彭城。特地设置东豫州，令毛当为刺史，驻守许昌。都贵派司马阎振及中兵参军吴仲领兵两万，攻打竟陵。晋江荆都督桓冲派侄子石虔与石民迎战，大破秦军。阎振与吴仲退到管城，石虔乘胜攻入，擒住阎振与吴仲，斩杀七千人，俘虏近万人，然后飞书告捷。石虔升为河东太守，桓谦被封为宜阳侯，在江淮一带戒严，严防秦寇。

秦王苻坚好大喜功，一心想统一中原。苻洛叛乱后，苻坚虽有心休养生息，但骨子里还是尚武，始终不忘攻打江南。勉强拖延了两年，正打算大举南侵，偏东海公苻阳及侍郎王皮、尚书郎周虓竟然想要谋叛。苻阳是苻法的儿子，王皮是王猛的儿子，周虓是晋故益州刺史周抚的孙子。逆谋还没实行，消息就已经泄漏了，苻坚派人将他们逮捕，亲自审讯。苻阳反抗道："臣的父亲死得冤枉，臣要为父复仇！"苻坚不禁流涕道："哀公之死，不是朕的罪过，怎么能错怪朕呢？"然后问王皮为什么要谋逆，王皮答道："臣的父亲身为丞相，有佐命大功，我却贫贱如此，为了谋取富贵，不得不冒险一搏。"苻坚呵斥道："丞相临终，只给你留下了十头牛，让你耕田。朕念你先父有功，任你为侍郎，没想到你竟然忘恩负义！"问到周虓时，周虓答道："我周家世代蒙受晋恩，生为晋臣，死为晋鬼，何必再问？"苻坚将他们都打入狱中，叹息着回宫去了。不久，下令将苻阳贬到高昌，王皮和周虓贬到北方塞外。

当时西域的车师、鄯善二国派使者入朝，愿做向导引秦兵攻打西域。秦王苻坚立即派将军吕光为都督，统兵十万攻打西域。阳平公苻融劝谏道："西域荒凉遥远，即使打胜也没什么用，得不偿失，愿陛下三思！"苻坚不听。吕光从陇西出发经过流沙，收服焉、耆诸国，只有龟兹王白纯不愿意归附，被吕光赶走。吕光在龟兹恩威并施，远近之人纷纷臣服，秦威大震。

秦王苻坚在太极殿对群臣说道："现在四方已定，只有东南一角还没有攻下。我国兵士有九十多万，朕欲大举亲征，你们有什么看法？"尚书左仆射权翼道："晋虽微弱，但还有谢安、桓冲这样的将帅之才，他们君臣和睦，内外同心。依臣的愚见，现在并不是我们出兵的最好时机。"太子苻宏和石越应声道："晋有长江天险且民心归顺，臣认为现在还不宜出兵。"群臣各言利害，一时难以定决。苻坚惆怅道："让你们讨论也讨论不出什么，看来只有让我独断了！"群臣见苻坚面有愠色，自然不敢再说，相继退出。只有阳平公苻融还站在那里，苻坚说道："人主欲定大事，只能留一两名臣子谋划，众议纷纭反而不能决策。我与你来专决此事吧。"苻融答道："伐晋有三难，天道不顺，是一难；晋国无衅，是二难；我国屡经征讨，兵力已疲，是三难。群臣认为不宜伐晋，都是忠心为国，愿陛下三思！"苻坚不听还好，一听更是勃然大怒。苻融又说道："能不能消灭晋，还不能确知。现在就劳师大举，实在不是万全之策。鲜卑和羌羯都是大患，陛下如果亲征，京师空乏，一旦发生变故，追悔不及啊！丞相王猛去世时也曾劝陛下不要伐晋，陛下难道忘了吗？"可惜一番苦口忠言，苻坚就是听不进去。

太子苻宏入内问安，苻坚说道："我要伐晋，以强临弱，可保必胜，朝臣却都说不行，我实在不能理解！"苻宏婉言规劝，苻坚仍是固执己见。随后宣召冠军将军慕容垂商议伐晋之事，慕容垂极力赞同。苻坚终于见到一个赞同的人，不禁手足舞蹈道："与朕共定天下的人就你一个啊，其他人都是庸碌之辈，没有远见和做大事的魄力，实在不足与谋！浪费了我不少唇舌。"然后厚赐慕容垂，慕容垂拜谢而出。

苻坚立即命阳平公融为司徒、征南大将军，并调谏议大夫裴元略为巴西、梓潼二郡太守，让他准备船只，指日南下。阳平公苻融推辞不肯受职，一再劝阻南征。苻坚一心要一统天下，哪里听得进去。苻坚仍让苻融为征南大将军，但免去了他司徒的职衔。苻融无奈，只能领命。

苻坚向来信服沙门道安，群臣于是托他劝阻。一天，道安与苻坚一起游览东苑，苻坚笑着说道："朕将与你一起南游吴越，你认为如何？"道安答道："陛下何必如此涉险呢？"苻坚反驳道："天下必须统一，才能太平。天下朕已得八九，难道东南那一块小地方，就拿不下吗？"道安见他心意已决，只好说道："陛下如果一定要南征，也只须派使者到江南示以兵威，让他称臣就行了，不需要圣驾亲自前往。"苻坚还是不听。

不久，后宫也有一人上书，劝苻坚不要伐晋！

淝水之战

秦王苻坚有一宠姜张氏，知书达理，聪敏过人，很受苻坚宠爱，号为张夫人。她听说苻坚要伐晋，认为兵凶战危，不应妄动，于是上疏谏阻。苻坚看完后，搁到一边，自言自语道："妇人家没什么见识，来掺和什么军机大事。"

好容易过了一年，晋将桓冲率领十万大军攻打襄阳。派前将军刘波攻打淝水北部诸城，辅国将军杨亮攻打蜀地的涪城，鹰扬将军郭铨攻打武当。桓冲攻打襄阳连日不下，就分兵攻打筑阳。警报传到长安，秦王苻坚立即派钜鹿公苻睿、冠军将军慕容垂率领五万兵马援救襄阳，兖州刺史张崇援救武当，后将军张蚝和步兵校尉姚苌援救涪城。桓冲听说秦兵大至，就退到淝水南部驻扎。慕容垂为秦军前驱，来到沔水与桓冲夹岸对垒。他想出一个办法，让士兵在晚上各拿十个火把，点燃后绑在树枝上，瞬间火光照彻数十里。桓冲被他吓退，退到上明去了。张蚝退出斜谷，杨亮也率兵东归。桓冲上疏请求让侄子石民为襄阳太守戍守夏口，自己担任江州刺史。朝廷——恩准。

秦王苻坚没想到晋廷竟敢先发制人，震怒异常，下令在全国征兵攻晋。十个男丁中就得有一个当兵，共得到三万多人。任秦州主簿赵盛之为少年都统，且预先下令道："打败晋廷以后，可令司马昌明为尚书左仆射、谢安为吏部尚书、桓冲为侍中。"朝臣听到，都认为现在说这样的大话还太早。只有慕容垂、姚苌纷纷怂恿苻坚立即发兵。阳平公苻融又进谏道："鲜卑、羌虏是我们的仇家，他们怂恿陛下兴兵实在是有私心。望陛下不要轻举大事，否则后患无穷了。"苻坚始终不听，反而让苻融与张蚝、慕容垂一同率领二十五万人马作为前锋，自己率大军充当后应，又命兖州刺史姚苌为龙骧将军负责益、梁二州军事。

慕容楷和慕容绍私下对慕容垂说道："主上日益骄矜，国中人心不齐，叔父此行正好可以匡复燕国。"慕容垂点头道："还要靠大家齐心协力才行，现在什么都不要说，先南下看秦晋交战。"然后跟随苻坚从长安出发，共有六十多万戎卒、二十七万骑兵。当时是晋孝武帝太元八年仲秋，凉风拂地，秋高气爽，正好行军。秦王苻坚左手拿黄金钺，右手执白旄，登上云母辇，留太子苻宏镇守都城，宠妃张夫人也跟随出征。

到了九月初旬，秦王苻坚抵达项城，凉州兵到达咸阳，蜀汉兵刚顺流东下，幽冀兵已到彭城，东西万里，水陆并进。苻融等二十五万前驱兵先抵达颍口。建康警报不断，孝武帝急忙命尚书仆射谢石为征虏将军兼征讨大都督，谢玄为前锋都督与辅国将军谢琰、西中郎将桓伊等率领八万将士抵御秦军，又派龙骧将军胡彬带领五千水军援救寿阳。谢玄担心寡不敌众，因此向谢安问计，谢安微笑不答，从容说道："明天再谈。"到了第二天谢玄再去请教，谢安却召集亲朋好友一同游玩。谢玄只好跟着游玩。谢安绝口不谈军务，反而让谢玄与他对弈下棋。谢玄棋艺本来略胜谢安一筹，此时思绪纷乱无心下棋，反而满盘皆输。连下数局，谢玄少胜多负，很不耐烦。偏谢安硬要他下，直到傍晚才罢手，却始终不提军情。第二天桓冲派人到谢安那里说要派三千精锐入援京师，谢安对来使说道："朝廷自有安排，桓公无须费心；西藩责任重大，千万不要疏忽！"桓冲听了使者的回话，笑道："谢安石虽然有庙堂雅量，可惜不懂军事。现在大敌将至，他还一味玄谈，只派一些不经事的少年防御京师，天下大势由此可知了！"

又过了一个月，秦苻融攻克寿阳，生擒守将徐元喜。晋龙骧将军胡彬听说寿阳被陷，就退到硖石，苻融派兵进攻硖石。秦卫将军梁成率领五万人马进屯洛涧，沿着淮河修好栅栏。谢石、谢玄来到洛涧南岸，距梁成军营二十五里。胡彬因粮食将尽，派人对谢石等人说道："没有粮食，兵力又弱，恐怕我不能再见大军了。"使者走到中途，被秦探子抓到。苻融从他口中获得了晋军情形，派人告诉秦王苻坚应当速攻胡彬。苻坚于是留大军在项城，自己率领八千名轻骑，前去与苻融会合，并派朱序去劝说谢石赶快投降。朱序本是晋臣，志在保晋，因此私下对谢石、谢玄说道："秦兵几路兵马不下百万，如果他们同时杀到，我们恐怕不能抵挡。现在趁秦兵还没有全部会合，应当速战速决。如果能打败秦军前锋，挫了秦军的锐气，秦军就不战自溃了！"谢玄赞成，并让朱序抓紧时机回晋国。谢玄送朱序出营，然后部署进兵事宜。

谢玄派广陵相刘牢之率领五千精骑直趋洛涧。秦将梁成在洛涧列阵，静待一场厮杀。刘牢之麾兵渡水，杀退秦兵，将梁成一槊杀死。秦弋阳太守王咏赶来援救梁成，与刘牢之交手，被劈成两段。秦兵既失梁成又丧王咏，吓得心胆俱裂，各自逃生去了。再加上谢玄和谢琰前来接应刘牢之，大杀一阵，数千兵士溺水而亡。秦扬州刺史王显被擒，总计秦兵死伤一万五千人，所有器械军资都被晋军截获。晋军随后水陆两路并进。

苻融听说洛涧兵败，立即赶回寿阳与秦王苻坚登城遥望，见晋军踊跃前来，步伐有序很是严整，不禁暗暗生惊。又见东北隅的八公山上似乎有千军万马，布阵等候，苻坚愕然说道："这分明是劲敌！怎么能说他是弱国？"苻融也觉心寒，于是下城部署，想要再决一战。其实八公山上并无兵马，不过是草木茂盛罢了，苻坚由惊生疑，以致草木皆兵。苻坚疑惧交加，寝食难安，但又骑虎难下，只好与苻融等人再与晋军一决雌雄。当下调派各军从寿阳城出发，来到淝水沿岸布阵。谢玄见对岸尽是秦军，苦于无法渡河，派使者对苻融说道："你们麾军而来，志在速战，现在逼水为阵，我军不能渡河，无法交战。你究竟是想速战呢，还是想长久相持？不如退后数里，让我军过河，然后一决胜负。"苻融告诉苻坚，苻坚正想答应，诸将纷纷谏阻。苻坚反驳道："我军远道而来，应当速战速决，若夹岸相抗，什么时候能有个结果？我军不如稍退数里，乘敌军渡到一半，再用铁骑围杀，不是很好吗？"苻融也很赞同，随即麾兵退后。

秦军一听到退军的命令，立即掉头驰去，不可阻止。晋军飞渡，齐集岸上，一面用强弓硬箭向秦兵猛射，一面大声呼喝。秦兵乱成一团，忽然有一人大呼道："秦兵败了！"秦兵顿时大溃。苻融想要阻拦，无奈部众都不肯回头。晋军已经杀到眼前，苻融无计可施，就想西逃。谁知马儿忽然倒地，将他摔落地上。说时迟那时快，晋军并力杀上，刀枪并举，将苻融砍成了肉泥。苻坚见苻融落马，惊恐万分，慌忙逃命。晋军乘胜追击，直达青冈，秦兵大败，死亡兵士不计其数。侥幸逃脱性命的秦兵听得道旁风声鹤唳，以为是晋军来了，吓得昼夜狂奔，一路上风餐露宿，饥寒交迫，百万大军十死七八。

高声大呼之人正是朱序。前凉主张天锡也随朱序归晋，谢石、谢玄带着他们，率兵夺回寿阳，并擒住秦淮南太守郭褒。苻坚宠妃张夫人由亲兵保护，从寿阳城逃回。苻坚身中数箭，单骑狂奔，到了淮北才敢下马休息。无奈饥肠辘辘，身边又没东西可吃，徬徨四顾，只得在坊间乞食。百姓前来问讯，知道他是秦王苻坚，纷纷拿出食物，苻坚才得一饱。正想着该怎么报答，凑巧张夫人来了，随身带有锦帛等物。苻坚又悲又喜，取下锦帛若干，分赏百姓，百姓辞谢不受。苻坚深为叹息，见张夫人花容憔悴、云鬟蓬松，不由得怜悯起来，想到自己如此狼狈，前日威风大失，放声哭道："我还有何面目再治天下？"张夫人相对落泪。不久，有散骑陆续赶来，报称冠军将军慕容垂全师部众三万人不折一名。苻坚于是率领骑兵投奔慕容垂，慕容垂将苻坚迎入营中。

慕容垂的儿子慕容宝对慕容垂说道："现在秦王兵败是天要亡秦，让我们兴立燕国，此时不图，尚待何时？父亲不要顾念微恩，自忘社稷！"慕容垂道："你说的有道理，但秦主诚心投奔我，我又怎么能加害他呢？上天如果真的要亡秦，何患不亡？不如暂时保护他以报旧恩，以后有机会再举事也不迟，这样才能让天下信服。"奋威将军慕容德说道："秦强盛时吞并我燕，现在秦弱正可报仇雪耻，兄长怎么能坐失良机呢？"慕容垂说道："我以前为太傅所逼，无处容身，秦王以国士之礼善待我，恩礼备至。后来我被王猛欺骗，幸好秦王明白我的心迹，对我没有任何责怪，此恩此德，如何能忘？如果苻氏必亡，我当匡复故国，但关西却不是我要谋取的。"冠军行参军赵秋道："明公应当速速兴建燕国，今天时机已到还等什么？如果杀了秦王，占据邺都，然后西进，三秦唾手可得，何必迟疑？"慕容垂始终不从。苻坚与慕容垂带兵同回都城。走到洛阳，其他兵众陆续归来，大概有十万兵马。慕容农对慕容垂说道："有秘语说，燕若复兴，当在河阳。请父亲快点下定决心！"慕容垂点头道："我自有主意。"

大军从洛阳抵达渑池，将要进入潼关，慕容垂对苻坚说道："北方

291

百姓听说王师战败，互相煽动作乱。臣愿领诏前去安抚，请陛下准议！"符坚自然答应，慕容垂欣然告退。

左仆射权翼进谏道："国家刚败，四方皆有二心。陛下应立即召集名将回到京师，守卫国家。慕容垂勇略过人，投奔我国也不过是为了避祸。一个冠军职衔怎么能让他满足？陛下见过养鹰吗？饿的时候依附人，一遇大风便想直飞凌霄，因此只可用绳将它系住不放，若让它走了，怎么还会回来呢？"符坚道："你说的是有道理。但朕已经答应他了，又怎么能食言呢？天命如果真的有废兴，也不是一人之力所能挽回的，只好听天由命了！"权翼又说道："陛下重小信，轻社稷，实在不是明智之举。臣担心慕容垂一去不返，关东祸乱从此要开始了！"符坚不听，派李蛮、闵亮、尹固率领三千士兵前去送别慕容垂，又令骁骑将军石越率领三千精卒戍守邺城，骠骑将军张蚝率领五千羽林军戍守并州，镇军将军毛当率领四千士兵戍守洛阳。

权翼偷偷派遣数百壮士潜伏在河桥，意图谋刺慕容垂。慕容垂为预防不测，让典军程同扮作自己前行，自己却微服轻装，从凉马台乘着草筏悄悄渡河。程同带着僮仆，在夜里过桥，遇到伏击，幸好程同跑得快，才捡回小命。权翼听说慕容垂逃脱，暗自恼恨计策不成，垂头丧气地跟着符坚入关。符坚回到长安，在郊外辟坛祭祀符融，大哭一场，追谥哀。然后入城，下令大赦，抚恤士兵家属。

谢石、谢玄破秦，便上疏告捷。司徒谢安当时正和客人下围棋，接到捷书草草一看，就搁置在案上，依旧下棋。客人问是什么事，谢安慢慢答道："小儿辈已经破贼了！"客人起身道贺，谢安仍无喜色，只一个劲地让客人将棋下完。好不容易等到下完，客人离去后，谢安连忙跑回内室。谁知跑得太急，木屐上面的齿牙都折断了。不久，谢石班师回朝，晋廷自然又有一番封赏。

慕容垂建后燕

谢石班师回到建康，孝武帝按功封赏，升谢石为尚书令、谢玄为前将军、谢安为太保，其他将领也各有赏赐。谢玄辞去前将军之职，孝武帝就赐钱百万、彩锦千尺。并封张天锡为散骑常侍、西平公，朱序为琅玡内史。晋廷内外从此得以解严。谢安上疏要求继续攻打淮北，朝廷命前锋都督谢玄和冠军将军桓石虔带兵，前去平定兖、青、冀三州。这三州都被秦占据，守吏向长安告急。淝水之战，秦兵大败，国内乱事四起，秦王苻坚内政都忙不过来，哪里还能顾及远方！

陇西的乞伏氏是鲜卑族的一支。其中一部的酋长乞伏纥干雄悍过人，统一了附近部落，自称乞伏可汗。传到乞伏祐邻的时候，部众兴盛，占据了高平川。乞伏祐邻以后传了四代，乞伏司繁在位的时候迁到度坚山，被秦将王统打败，投降了秦国。秦王苻坚赐号南单于，将他们迁到长安，不久又让他们镇守勇士川。乞伏司繁死后，儿子乞伏国仁被封为前将军跟随大军一起伐晋，由乞伏国仁的叔父乞伏步颓镇守勇士川。淝水之战，秦国大败，乞伏步颓首先叛秦，苻坚派乞伏国仁前去安抚。乞伏步颓将乞伏国仁迎入大寨，表示愿意立乞伏国仁为主，背秦独立。乞伏国仁当仁不让，举酒高呼道：“我当与各位据守一方，奋身杀敌，以谋求霸业！”众人齐声应命。随即召集各部，举起大旗，招兵买马，得了十多万人。

秦王苻坚正打算讨伐乞伏国仁，谁知丁零族的翟斌也起兵作乱，谋划进攻洛阳。丁零是西番部落，世代住在康居，后来进入河洛，归顺苻秦，秦国任翟斌为卫军从事中郎。翟斌见秦国大败，就想趁机作乱，慕容凤、王腾、辽西段延各自率兵前来依附他，翟斌于是兴兵攻打洛阳。

平原公苻晖派人报告苻坚，苻坚派使者让苻丕传旨慕容垂，命他率领将士讨伐翟斌。慕容垂离开长安来到安阳，派遣参军田山问候苻丕。苻丕来到郊外，将慕容垂迎到邺城西部住下。正好这时长安的使者来到，令慕容垂讨伐丁零叛徒。苻丕将情况告知慕容垂，慕容垂答道：“下官是大秦的鹰犬，自然唯命是从！”苻丕要赐给慕容金帛，慕容垂要求赐还以前的田园，苻丕当然答应。另外拨给慕容两千残兵，并派部将苻飞龙率领一千名精骑，作为慕容垂的副手。临行时苻丕叮嘱苻飞龙道：“你是王室的忠臣，官职虽小但责任重大。这次前去既要用兵制胜，又要防止慕容垂有二心，千万不要疏忽了！”说完，苻飞龙告别离开。镇将石越对苻丕说道：“王师刚打了败仗，人心不定。丁零出现叛贼，怎么能派慕容垂去平叛呢？慕容垂是故燕老将，一心想要匡复燕国，现在让他带兵，恐怕是为虎添翼了。”苻丕说道：“你说的我何尝没想到。我让他去攻打翟斌，正是让他们两虎相斗，自相残杀。”

二人正在讨论，一个外吏进来说道：“慕容垂私自祭拜燕庙，杀死亭中的守吏并将亭子毁去了。”石越急忙问道：“慕容垂已经离开了吗？”

外吏道："已经出城了。"石越请求前去攻打慕容垂，苻丕想到淝水一败，只有慕容垂还忠心救主，不忍心杀他。石越说道："慕容垂是燕臣，事燕尚且不忠，怎么可能忠心事秦？今天如果不将他除掉，他日必成后患！"苻丕始终不信。石越出来对身边的兵士说道："长乐公父子好施小仁，不顾大计，恐怕终究要被他人所灭啊！"慕容垂讨伐翟斌时只带家眷随行，将慕容农、慕容楷、慕容绍留在邺城，以打消苻丕的怀疑。慕容垂到了汤池，有私党从邺城来报，将苻丕与苻飞龙的谈话告诉了慕容垂。慕容垂不禁大怒，慨然对部属说道："我丝毫没有不忠苻氏，没想到他们却如此怀疑我，我怎么能束手待毙？"借口兵马太少，在河内招募兵士，十多天招了八千人。秦豫州牧苻晖催促慕容垂进兵，慕容垂对苻飞龙说道："我们现在距离敌兵越来越近了，为了不让他们发现，应当在夜里行军，这样才能乘敌军不备，出奇制胜。"苻飞龙以为是良策，哪里知道正中了慕容垂的诡计。燕被秦灭了以后，慕容麟与母亲仍回到慕容垂身边。慕容垂记恨慕容麟先前告发自己，于是将慕容麟的母亲杀死，却不忍杀慕容麟。这次慕容麟跟随作战，为慕容垂出谋划策，并将苻飞龙及苻飞龙所带的士兵全部斩杀。慕容垂见他有勇有谋，对慕容麟也宠爱起来。慕容垂派田山到邺城让慕容农起兵响应。慕容绍先从蒲池出发，偷了苻丕一百多匹骏马，等候慕容农和慕容楷。到了除夕，慕容农和慕容楷微服出邺，与慕容绍一同奔往列人去了。第二天是太元九年元旦，秦长乐公苻丕大宴宾客，派人前去邀请慕容农，不见他的踪影，才知道慕容农等人已经离开了。苻丕追悔不已。

慕容垂一味拖延，秦苻晖只好与毛当前去围剿翟斌。翟斌与慕容凤商议对敌方法，慕容凤当即披甲上马，当先出阵。丁零将士跟着慕容凤一路杀去，秦兵相继败退。慕容凤闯入秦阵，突然冲到毛当面前，手起刀落将毛当一刀了结。秦兵大溃，慕容凤乘胜攻入凌云台，获得兵士、马匹不计其数。听说慕容垂率领三万兵马将要到达洛阳，慕容凤劝翟斌推慕容垂为盟主。慕容垂到了洛阳，苻晖关着城门不让他进去，并且责备他擅自杀害苻飞龙。慕容垂正在徬徨，正好翟斌派长史郭通前来，说愿意归顺于他。慕容垂当然高兴，翟斌于是率领士兵与慕容垂会合，劝慕容垂称尊。慕容垂委婉拒绝，并对众人说道："洛阳四面受敌，不如向北攻取邺都。"众人齐声称善，慕容垂随即东还。故扶余王余蔚是荥阳太守，他邀同昌黎、鲜卑、卫驹等番部将慕容垂迎入荥阳，慕容垂又得一万多人。慕容垂于是称尊大将军、大都督、燕王，号为统府，接着封拜官爵。令弟弟慕容德为车骑大将军，封为范阳王；侄子慕容楷为征西大将军，封为太原王；翟斌为建义大将军，封为河南王；余蔚为征东将军，封为扶余王。卫驹为鹰扬将军，慕容凤为建策将军，部署已定，就在石门筑起浮桥，向邺城进发。

慕容农奔逃到列人时，在乌桓人鲁利家借住。鲁利做了一桌丰盛的食物招待慕容农，慕容农却只是笑笑，并不下筷。鲁利走到内室对妻子说："慕容郎是贵人，今天来到我们家，我自恨贫困不能好好招待，一桌菜都没他想吃的，我该怎么办？"妻子答道："他是雄才大志之人，怎会在意这样的小事？我想他来这里肯定是另有所图，你不必多疑，只管出去听他说什么就是。"鲁利出去与慕容农谈话，慕容农道："我想在这里招募士兵以复兴燕国，你可愿意跟我一同举事？"鲁利答道："死生唯命！"慕容农大喜，这才喝酒吃饭，宾主尽欢。不久，慕容农又去约乌桓部的张骧一起招兵买马，并让赵秋说服屠各、东夷、乌桓，约好一同举事。不多久，就联合了几万人。慕容农号令威严，任人唯才，上下帖服。

长乐公苻丕派部将石越率领一万士兵讨伐慕容农。慕容农派赵秋及参军綦毋滕前去抵御石越的前锋，赵秋斩杀、俘虏了数百敌军，得胜回营。参军赵谦对慕容农说道："石越兵器虽然精锐，但人心不齐，容易击灭。请火速攻打切勿拖延！"慕容农答道："若白天与石越交战，我军看到敌军兵器精良，难免会害怕。不如等到黄昏的时候再出兵，那时就必胜无疑了！"于是下令军士静候待命，不得妄动。太阳下山后，慕容农鸣锣出兵，以牙将刘木为先锋，自己率领众兵跟在后面。刘木奋勇直前，秦兵抵挡不住，向后撤退。石越向来骁勇善战，不肯退后，于是持枪跃马，来与刘木交手。月光茫茫，彼此一来一往，战了数十回合，不分胜负。谁知慕容农此时又带兵杀来，一时间喊声震地，刀光闪处，血肉横飞，秦兵看得魂魄尽散，纷纷逃命。石越也无心恋战，虚晃一枪，回马便逃。刘木眼明手快，从石越背后直刺一刀，石越大叫一声，跌落马下，被刘木割去了项上人头。刘木又上马追杀秦兵，杀得秦兵血流数里，才收军回城。石越与毛当都是秦国的骁将，秦王苻坚特意让二人帮助两个儿子镇守冀、豫两州，二人却相继败亡，秦军气势大减。

慕容农派刘木将石越的首级送到慕容垂的军营，自己则带着士兵赶往邺城。慕容垂来到邺下，先接到刘木捷报，不久又与慕容农等人会合。慕容垂任慕容农为骠骑大将军，负责河北军事，立世子慕容宝为太子，改秦建元二十年为燕元年。史家称为后燕。服色朝仪都与前燕相同，然后大封宗室功臣。

秦长乐公苻丕派姜让到慕容垂的大营，责备他忘恩负德。慕容垂答道："我并没有辜负秦王厚恩，我只是想保全长乐公，让他奔赴长安，然后复兴故国，与秦永为邻好。如果长乐公执迷不悟，不肯归还邺城，我也只能率众攻打。到时候大战就不可避免，一经决裂，恐怕长乐公匹马求生也不能了。"姜让厉声指责慕容垂乘人之危，落井下石，明明是忘恩负义，却还要装模作样，完全忘了秦王的厚恩。慕容垂听了无言可驳。将领都恨姜让出言不逊，想要杀死姜让，慕容垂摇头道："彼此各为其主，姜让又有什么罪呢？"姜让因此安然回去。慕容垂随后麾众攻打邺城，并派使者送信到长安，表示愿意送苻丕入关，请求秦王苻坚归还邺城。

秦王苻坚看了慕容垂的书信，愤恨不已，当即回复了一封信给慕容垂，责怪他不讲道义。慕容垂看完书信，无言可对，只是发兵围邺，并攻入外城。秦苻丕退守中城，与慕容垂相持了十几天，依然不分胜负。慕容垂将老弱的士兵派到魏郡肥乡，筑造新兴城，并筹备军备，让范阳王慕容德及太原王慕容楷分别攻占枋头、馆陶。关东六州郡县依次投降燕军。秦北地长史慕容泓是前燕主慕容暐的弟弟，听说慕容垂已经起兵复燕，也逃到关东，召集鲜卑遗众数千人，在华阴驻扎下来，自称大将军、济北王。秦王苻坚命钜鹿公苻睿为大将军、并任左将军窦冲为长史、龙骧将军姚苌为司马，拨给他们五万兵马讨伐慕容泓。那时平阳太守慕容冲也起兵河东，攻占了蒲坂。慕容冲是慕容泓的弟弟，秦灭燕时，慕容冲只有十二岁，与姐姐清河公主都成了俘虏。清河公主年方十四，是个绝色佳人，苻坚逼她侍寝，亡国之女不能自主，只好任由摆布。慕容冲也面若冠玉，与姐姐不相上下。苻坚将他当成娈童，非常宠爱。当时长安有歌谣唱到："一雌复一雄，双飞入紫宫。"王猛在的时候时常规劝，苻坚不得已，才让慕容冲出宫。慕容冲长大成人后，苻坚任他为平阳太守。哪知又是养虎为患，慕容冲也乘势发难，起兵造反。秦王苻坚不得不调兵前去讨伐。

凤凰入阿房

慕容冲起兵平阳，进攻蒲坂。秦王苻坚想调兵抵御，一时苦无统将，

296

只好将钜鹿长史窦冲派去抵御慕容冲。钜鹿公苻睿少了一个帮手，不免势单力孤，但他年轻气盛，粗莽任性，不管什么利害，便去攻打华阴。慕容泓听说他来势汹汹，心生怯意，于是率领士兵逃往关东。苻睿打算率兵截击，司马姚苌进谏道："不如由他们退去，都是一群乱党，凶猛残忍，如果把他们逼到死角，反而会激起他们的斗志。我们不如虚张声势，吓吓他们算了。"苻睿悍然说道："他们始终是祸患。俗话说，斩草要除根，能除为何不除？况且我们兵马多于他们，怕他什么？"于是自做前驱，去截杀慕容泓。慕容泓早有防备，在华泽布下埋伏专等苻睿前来。苻睿不探路径，一味向前乱闯，到了华泽附近，见有人马就麾兵杀去。慕容泓将他引进沼泽之中。突然呼哨声起，草丛中钻出许多伏兵，各执长槊前来厮杀。苻睿的兵马被四面包围，苻睿这才知道自己中计，慌忙退兵，身后的队伍也乱成一团，四处乱窜。泽中泥淖很多，一不小心就会滑倒，断送性命。苻睿也陷进淖中，马足越陷越深，一时无从自拔。敌兵趁机杀来，你一槊我一槊，苻睿身上顿时被戳了几百个窟窿，就算是铜头铁臂也活不成了。苻睿的兵马损失大半，剩下的几千残兵得到姚苌的援应，才被救回。

　　姚苌回到华阴检点兵士，十失七八，都难以成军了。只好派遣龙骧长史赵都，到长安报明失败的情形，一面谢罪，一面请示下一步应当如何。哪知赵都离开后却杳无音信，派人探听才知道赵都被杀了，并有敕命来拿自己。姚苌当然着急，偷偷地溜到了马牧。西州豪族尹详、赵曜、王钦、狄广等人有五万兵马，要推姚苌为盟主，姚苌不肯。天水人尹纬一再规劝，姚苌踌躇半天，想到自己已经无路可走，方才答应下来。姚苌占据万年，自称大将军、大单于、秦王，大赦境内，改元白雀。然后起用尹详、庞演为左、右长史，姚晃、尹纬为左、右司马，狄伯支、焦虔等人为从事中郎，王钦、赵曜、狄广等人为将帅。历史上称苻氏建立的秦国为前秦，姚氏建立的秦国为后秦。

　　慕容冲被秦将窦冲打败后，逃到慕容泓那里。慕容泓带着十多万人马驻扎在华阴，修书给秦王苻坚道："吴王已定关东，请速备大驾，奉还家兄慕容晔。慕容泓当率关中燕人迎接卫皇帝回邺都，与秦以武牢为界，分治天下，永为邻好。"苻坚大怒，立即召来慕容晔责备道："你的兄弟们都在作乱，闹得天下不得安生。想当初朕不忍心杀害你们，赐予你们官爵、金银，处处以礼相待。现在王师只不过小败，你们便如此猖獗？慕容垂在关东叛乱，慕容泓和慕容冲也一样兴兵作乱，岂不可恨？

297

现在慕容泓竟然还写来这样的书信，你自己拿去看。你如果要走，我自然送你。像你们这样的宗族，实在是人面兽心，不配我用国士之礼相待。"说着，将来信扔给慕容暐，慕容暐连忙叩头谢罪，苻坚的怒气才稍稍消解，他让慕容暐下诏，令三叛立即罢兵各回长安。慕容暐唯唯而出，名为奉命写信规劝，暗中却派密使对慕容泓说道："秦数已终，燕国可以重兴了。我已经是笼中禽鸟回不去了，况且我不能保住宗庙自知有罪，你们不必管我。你应当建立大业，起用吴王为相国，中山王慕容冲为太宰，你可为大将军兼司徒。听到我死的消息，你马上登位！"慕容泓看完后，发兵前往长安，改元燕兴，并写信给慕容垂互结声援。

慕容垂围攻邺城许多天了，一直没有攻下，于是向右司马封卫问计。封卫建议引漳水灌城。慕容垂依议，引水攻城，依旧不能攻下。慕容垂焦虑不已，就去游猎，顺便在华林园饮酒。没想到城中士兵得知，围住华林园，射入无数飞箭。慕容垂无法突围，幸好冠军将军慕容隆麾骑前来，冲破秦兵，慕容垂才得以逃出。

慕容垂回到军营，太子慕容宝说道："翟斌恃功而骄，怀有二心，不可不除！"慕容垂说道："我们与他订有河南盟约，不能背负。况且他的恶行还没有暴露，我如果下手，世人会认为是我负义，没有容人之量。我们要招揽豪杰，恢复大业，胸怀应当宽广一点！如果他真的有异谋的话，我会预先做好防备。"慕容宝退下后，范阳王慕容德、陈留王慕容绍、骠骑大将军慕容农劝道："翟斌兄弟贪得无厌、骄纵不法，必然成为国患。"慕容垂又驳道："贪必亡，骄必败，怎能为患？让他自作自受吧。"后来翟斌密嘱党羽，代请尚书令一职，慕容垂说平定邺城以后再说。翟斌因此有了二心，暗地里将城中的水泄去。慕容垂知道后依然不动声色，只下令召翟斌等人前来议事。翟斌与弟弟翟檀敏一同前来，被当场拿下，按律斩首了。

翟斌的侄子翟真当夜率领部众逃往邯郸，后来又逃到邺下，想与苻丕内外相应。太子慕容宝与冠军大将军慕容隆凑巧碰上他，于是麾兵上前，迎头痛击，击退翟真。慕容垂又派慕容农和慕容楷带着数千骑兵去追击翟真，在下邑遇见翟真。见他手下多半是老弱残兵，慕容楷正要与他交战，慕容农谏阻道："我兵长途跋涉，又饥饿又疲惫，且贼营内外不见丁壮，肯定有诈。不如安营自固，等机会再下手。"慕容楷不听，执意进攻，果然中计，被伏兵团团围住。幸好慕容农前去援助，杀开一条血路，才将慕容楷救回，但是兵士已折损了大半。慕容垂下令迁往新城，让符丕回长安，再派慕容农去攻打翟真。翟真转到中山，攻下承营，派堂兄翟辽守住鲁口，作为掎角。慕容农先进攻翟辽，翟辽屡战屡败，逃奔翟真去了。

后秦王姚苌进屯北地，秦王苻坚亲自讨伐姚苌。苻坚走到赵氏坞，派护军杨璧带领游骑堵住姚苌去路。右军徐成、左军窦冲、镇军毛盛三面进攻姚苌，连破姚苌，并堵住了姚苌的水道。当时正是盛夏，姚军没有水喝，当然焦渴难耐。姚苌派弟弟姚尹买出营，带领两万劲兵攻打上流的秦兵。谁知一场交锋下来，姚尹买战死沙场，士兵十死八九。姚苌只好挖井取水，依旧未得滴水，逃路又被塞断，危急万分。三五天后，士兵渴死多人，急得姚苌仰天长叹，焦灼异常。忽然间，黑云四布，雷电交加，大雨倾盆而下。姚苌得天相助，军心大振。秦王苻坚指天长叹道："老天，老天！难道你竟然保佑贼人吗？"秦军顿时气馁，姚苌转衰为盛，派使者与慕容泓约为声援。

燕谋臣高盖等人因为慕容泓执法过于严峻，德望不及慕容冲，竟然将慕容泓杀害，立慕容冲为皇太弟。慕容冲起用高盖为尚书令。姚苌将儿子姚崇作为人质送到慕容冲的兵营，让慕容冲速到长安牵制苻坚，并召集七万兵马进攻秦军。秦将杨璧前来抵挡，姚苌冲杀过去，一举击败杨璧。姚苌再分头进攻徐成、毛盛各营，连连获胜。徐、毛二将都被抓住，只有窦冲脱逃。姚苌厚待杨璧、徐成、毛盛三人，与他们一同宴饮，好言抚慰。

秦王苻坚很是沮丧，又接到长安警报，说慕容冲逼近长安，苻坚只好暂时放下姚苌，奔回长安。正好平原公苻晖率领洛阳、陕城七万人马回到长安。苻坚命苻晖统领全国军事，带五万将士前去抵御慕容冲。苻晖在郑西与慕容冲大战，秦兵大败，苻晖逃回。苻坚又派前将军姜宇和少子河间公苻琳率领三万人，在坝上与慕容冲大战，苻琳与姜宇相继战死。慕容冲占据了阿房城。慕容冲小字凤凰，当时长安有歌谣唱道："凤凰，凤凰，至阿房。"秦王坚还以为阿房城内将有真凤凰到来，特别种植了数十万株梧桐、翠竹专等凤凰飞来。哪知来的是人中凤凰，不是鸟中凤凰，使得秦王苻坚一场好梦，就此破灭。

秦已经被慕容氏、姚氏闹得一塌糊涂，偏偏江左的桓、谢各军也乘势侵略，连连攻下淮北好几座城郡。荆江都督桓冲后悔不该轻视谢氏，气愤成疾，竟然一命归西。晋廷追封桓冲为太尉，谥号宣穆。桓冲的侄子桓石虔随谢玄到淮北，占住鲁阳，攻下彭城，除掉秦徐州刺史赵迁。

谢玄上疏奏请任命桓石虔为河东太守，让他镇守鲁阳，自己为彭城镇帅。内史刘牢之攻打兖州，赶走秦守吏张崇。张崇投靠了燕王慕容垂，刘牢之进据鄄城，晋军大振。河南各城陆续归晋，晋任太保谢安为大都督，让他统辖十五州军事。谢玄想要进军青州，特派淮阳太守高素攻打广固。秦青州刺史苻朗韬略不足，急得手足无措，只好投降。谢玄又移兵去攻打冀州，刘牢之进据碻磝，济阳太守郭满进据滑台，将军颜肱、刘袭进逼黎阳。秦冀州牧苻丕急忙派将军桑据到黎阳抵御晋军，不料黎阳陷没，燕军又来围攻邺城。苻丕没奈何，只好派参军焦逵向晋乞和，宁愿割让邺城，以换取粮道，援助长安。焦逵奉命后与司马杨膺商议，杨膺让他将苻丕的求和信改成降书送到晋军营。

晋将谢玄自然答应，前去征求谢安的意见。谢安让谢玄收下邺城，自己则请求带兵镇守广陵。孝武帝当即允准，在西池为谢安饯行，君臣尽欢，从容道别。

慕容垂屯兵新城，派慕容麟攻入常山，收降秦将苻定、苻绍、苻亮、苻评，生擒苻鉴，然后进入中山城。慕容农率兵与慕容麟会合，一起攻打翟真。二人来到承营观察地形，随从只有一千骑兵。翟真趁机发兵围攻，燕兵边战边退，慕容农对慕容麟说道："翟真是懦弱之人，如果我率领精锐专攻翟真，翟真一定会逃走。这样一来，其他人也就散了。"说着，回头看见骁骑将军慕容国来了，就让他率领锐骑一百多人，专门围攻翟真。翟真果然逃跑，其他士兵也纷纷散开。慕容农与慕容麟在后面追击，直到翟真的营前。翟真的部下争着逃命，乱成一团，自相践踏，死伤多半。燕军趁乱混进营门，攻下承营外围。翟真逃入内城，闭门固守。有一半的士兵没来得及进城，只好弃械投降。慕容农收了降兵，再攻内城。翟真偷偷逃到行唐，司马鲜于乞将翟真刺死，自称赵王。翟真的手下不服，又将鲜于乞杀死，推立翟成为主帅，在行唐苟延残喘。

慕容垂听说苻丕要将邺城送给晋廷，不由得怒气上冲，对范阳王慕容德说道："苻丕实在可恨，本应离开却不离开，竟然还要将邺城送给晋廷，我先去赶走他再说。"慕容德也点头赞成，慕容垂就带兵去围攻邺城，留出西门让苻丕逃走。苻丕仍不肯离开，继续守在邺城。

慕容垂在城下围了几天，接到慕容冲来信。信中说故主慕容暐被杀，在秦国的其他宗族也一律被杀，只有慕容垂的幼子慕容柔与孙子慕容盛逃到他那里，幸得无恙，请慕容垂放心，并说自己奉慕容暐遗命已在阿房城称尊即位。慕容垂看了之后，不禁悲叹，对将领们说慕容冲已经在关中称尊，自己不应再称尊。

慕容暐是怎么被杀的呢？原来慕容暐在长安有一千多同宗的人，他本想逃往关东，只是苦无没有机会。慕容绍的兄长慕容肃与慕容暐密谋，打算乘慕容暐的儿子大婚之期谋杀苻坚。婚期将近，慕容暐请苻坚参加婚礼，苻坚答应下来。没想到那天下大雨，苻坚没有来，慕容暐的一番谋划自然就白白浪费了。慕容暐于是决意出逃，谁知百般策划却还是走漏了消息，被苻坚察觉，结果出逃不成，反而丢了性命。苻坚还下令卫兵搜捕鲜卑族人，无论男女老幼全部杀死。只有慕容柔因为寄养在阉人宋牙家，才逃脱一死，后来与慕容盛伺机逃出。

慕容冲为慕容暐发丧，然后即位，在阿房称帝，改元更始。史称慕容冲建立的燕国为西燕，但因他历年短促，不列入十六国中。慕容冲称帝以后又率兵进逼长安。

秦主新城自缢

慕容冲率领数万大军进逼长安。秦王苻坚登城俯视，看见慕容冲在马上耀武扬威，不禁失声道："这奴才从何而来，竟敢如此猖獗！"说完，大声对慕容冲喊道："你们这些奴才只配去放羊，何苦来这里送死？"慕容冲朗声答道："正因为不愿为奴，才来夺你的位置！"苻坚令将士守御，自己下城踌躇多时，派使者取出一袭锦袍送到慕容冲那里，并让使者传话道："特命使臣赐你锦袍，朕对你是何等恩情，你为什么要变志呢？"慕容冲派詹事前去答复，说自己心在天下，如此小惠已经不放在眼中了，秦王如果识时务的话就应该主动投降，自己将厚待苻氏，以报秦王的恩惠。听了这一席话，苻坚气得两目圆睁，又是愤怒又是后悔，叹道："我没听王景略、阳平公的忠言，才酿成今天的大祸啊！"随后调兵出战，互有杀伤。双方相持二十多天，难决胜负。秦王苻坚亲自率领将士与慕容冲在仇班渠交战，大破慕容冲，在雀桑再战，又获大捷。后来进攻白渠，中了埋伏，被慕容冲包围。殿中上将军邓迈、左中郎将邓绥、尚书郎邓琼互相勉励道："我们世代受秦厚恩，现在秦王有难，我们应当竭力奋战，至死方休！"于是各执长矛，拼死突围，三将在前，诸军随后，一齐奋勇杀敌，竟将慕容冲的士兵冲散。秦王苻坚得以突围。

慕容冲收兵不进，到了晚上却派尚书令高盖率领大军偷袭长安。城中一时疏于戒备，被慕容冲的大军杀进。幸好左将军窦冲和前禁将军李辩等人从内城杀出，舍命拼杀才把高盖杀退。高盖败退后，移兵进攻渭北，与秦太子苻宏交战，再次失败，只好逃回慕容冲的军营。秦王苻坚又亲自带兵与慕容冲交战，再次大获全胜。慕容冲退到阿房城，那时城门还没有关上，秦将请命乘胜杀入。苻坚前次遭到埋伏，心有余悸，担心城内有埋伏，于是鸣金收军退回长安。

后秦王姚苌听说慕容冲入关，与大臣们商议攻守之策。大臣建议向西进攻长安，姚苌笑着摇头道："燕人起兵意在收复故土，不会愿意久留关中。我应当屯兵岭北，厉兵秣马，坐等秦亡。待燕人离开后，马上率军入关，长安就唾手可得了。正所谓鹬蚌相争，渔翁得利。我们又何必多损兵力呢?"于是留长子姚兴驻守北地，自己率领部众前往新平。

石虎当政的时候，清河人崔悦担任新平相，被郡人杀死。崔悦的儿子崔液逃到长安。苻坚自称秦王以后，崔液做了尚书郎，上疏说父仇不共戴天，要与新平人拼命。苻坚代为调停，将新平城角削去，作为惩戒。新平的豪杰都以此为耻，一心想要立功雪耻，以表忠心。姚苌到了新平，太守苟辅见自己兵力弱小想要投降。郡人冯杰进谏道："现在天下大乱，正是辨别忠奸的时候。在国家危亡之际，臣子更应当尽心竭力保卫国土，至死方休，怎么能做叛臣遗臭万年呢?"苟辅听后，下定决心死守新平，尽心竭力抵御姚苌。姚苌修建土山，苟辅也修建土山，姚苌挖地道，苟辅也挖地道，并数次派兵挫败姚苌。苟辅又用诈降计布下埋伏，然后引诱姚苌进城，差点将姚苌抓住。姚苌虽然得以逃脱，但损失了近万兵马。从此以后，姚苌不敢再与苟辅交战，只是围困新平城，并截断城内的粮道。苟辅坚守了好几个月，断粮断水，箭也用完了，几乎不能再支撑下去。姚苌探得消息，便派人对苟辅说道："我以义取天下，怎么忍心杀害你这样的忠臣？你可以率领城里的男女前往长安，我只求此城而已。"苟辅信以为真，就率领一万五千男女出城。谁知姚苌也是要诈，早就设下了埋伏，挖了大坑等着苟辅。等苟辅一出来，姚苌立即发兵围攻，一万五千名士兵和百姓全部坑杀，无一幸免。姚苌占据新平。

邺城被燕王慕容垂围困，一再向晋求援。晋前锋都督谢玄派刘牢之率两万兵马前去援助邺城，并送给秦兵两万斛粮米。燕王慕容垂挡不住刘牢之，士兵纷纷溃退，只好撤围北逃。刘牢之不愿入城，依旧率兵追击燕军。秦长乐公苻丕正想出城迎接刘牢之，见刘牢之已经走了，也率军前去追击燕军。刘牢之疾驰两百里，来到董唐渊，眼看就要追上燕军了。慕容垂见两路人马都来追杀自己，决定用计先破晋军再说。于是将军备丢在五丈桥旁，作为诱饵，派慕容德、慕容隆二将埋伏在五丈桥静候晋军。刘牢之的军队走到五桥泽，看到沿途都是军备，大喜过望，纷纷上去争抢，队伍顿时乱作一团。这时慕容德、慕容隆两军从左右杀出，慕容垂也率军杀回。刘牢之三面受敌，难以招架，不得不拍马回逃。回到桥畔，禁不住叫苦不迭，原来桥板已被燕兵拆去，只有涧水潺潺。刘牢之逃命要紧，索性退后数步，将马缰一提，腾空跃起，跳过了五丈涧。部众却没有刘牢之这么好的运气，全部掉到涧中，卷入漩涡，随水漂走了。只有那些会游水的，拣回一条小命。偏偏燕兵穷追不舍，又架起桥板，一路追来。刘牢之正在着急，幸好苻丕率领大军前来，将燕兵击退。刘牢之随苻丕回到邺城，邺中正闹饥荒，先前晋给的两万斛粮食早已吃完。苻丕不得已，率军前往枋头，让刘牢之据守邺城。谢玄因为刘牢之兵败一事，将刘牢之召回。苻丕仍然回到邺城，查出了杨膺的阴谋，将他斩首，依旧不愿臣服于晋。

慕容垂无从觅粮，只好回到中山。大军沿途只能以桑葚充饥，全军将士又饿又累，有气无力。关东曾有谣言唱道："幽州缺，生当灭，若不灭，百姓绝。""缺"是慕容垂的原名。慕容垂与苻丕相持一年，百姓不能安心耕种，以致四野无青草，人自相食。

慕容冲败回阿房，稍做休整后又四处侵掠。秦平原公苻晖屡次被慕容冲打败，秦王苻坚忍不住责备道："堂堂秦王之子，拥兵数万，竟然连一个小奴才都制服不了，活着还有什么用？"苻晖少年气盛，听到这话，羞愤难当，竟然自杀了。高阳公苻方与尚书韦钟父子在骊山驻守，与慕容冲交战，苻方战死，韦钟父子被擒。慕容冲命韦钟的儿子韦谦为冯翊太守，让他招降三辅百姓。冯翊垒主邵安民等人责备韦谦道："你是雍州的望族，却背信弃义，投降贼人，还有什么面目见人，竟敢来这里饶舌？"韦谦羞愧难当，回去告诉父亲韦钟。韦钟不胜后悔，服毒自尽，韦谦南下逃奔晋廷。秦左将军苟池和右将军俱石子率领五千骑兵，与慕容冲争割麦子。西将军慕容永将苟池击毙，俱石子逃往邺城。秦派遣骁将杨定带兵抵挡慕容冲。杨定是故仇池公杨纂的族人，仇池被攻陷后投降了苻秦。苻坚见杨定骁勇有才，将他招为女婿，任他为领军将军。杨定领着精骑与慕容冲交手数回，十荡九决，无人敢挡，慕容冲大败。杨定俘虏了一万多人，回都城报功，苻坚命令将俘虏一律坑杀。杨定在坝上大破慕容永，慕容永对慕容冲说，对付杨定不能力敌，应当智取。

慕容冲于是先休养生息，打算养足锐气再出兵。后来听说长安城上有群鸟翔鸣，悲声连连，关中术士都说长安要被攻破了。慕容冲于是出兵攻打长安，秦王苻坚亲自防守，却连中数箭，满身是血，不得已退回城中。

慕容冲纵兵抢掠，百姓四处流亡，道路断绝，千里不见人烟。冯翊三十余所堡壁推平远将军赵敖为统主，共结盟誓，并派人运粮食给苻坚，但途中多被燕兵所杀，只有两三个人进入长安。三辅豪杰请求拨兵攻打慕容冲，愿做内应，并在城中放火。苻坚不赞同，让他们三思而行。偏偏三辅豪民情愿效死，苻坚于是派八百骑士前去攻打慕容冲。豪民随即放火，无奈风势不顺，火反而朝着自己烧去，三辅豪民无一幸免。

苻坚听到消息更加悲伤，就在长安设立祭台为他们招魂。并命护军仇腾为冯翊太守，前去安抚郡县士兵百姓，众人都感激涕零，发誓效命。无奈天意难回，长安城中谣言纷纷。苻坚让太子苻宏留守长安，派将军杨定从西门出发去攻打慕容冲。自己与宠妃张夫人、幼子中山公苻诜、幼女苻宝锦正准备起程去五将山祈福，突然有人来报，说杨定被慕容冲擒获。苻坚大惊，匆匆出城。

长安城中的战将首推杨定，杨定被擒，全城惊恐。燕兵又猛攻不息，秦太子苻宏见不能抵御，带着母亲妻儿逃往下辨。百官也都逃散，权翼等人投奔后秦。慕容冲即刻攻下长安。秦王苻坚逃出长安赶往五将山。

后秦主姚苌派骁骑将军吴忠带领骑兵围攻五将山。吴忠星夜前进，来到五将山，一声鼓噪把山围住。秦兵纷纷逃散，只剩下十多个人跟着苻坚。苻坚神色自若，平静进膳，从容下筷，不慌不忙。不久，后秦兵赶到，将苻坚擒获，带往新平。张夫人以下的妃子都被俘虏，幽禁在新平的佛寺中。姚苌不见苻坚，只派人逼苻坚交出御玺，另派右司马尹纬前去逼迫苻坚禅位。苻坚见尹纬身材魁梧，身长八尺，不由得惊问道："你在朕朝，是否做官？"尹纬答道："曾做过几年的吏部令史。"苻坚叹息道："你的仪容不亚于王景略，也是宰相之才，朕竟然不知道你，怪不得今朝亡国啊！"尹纬将来意说明，苻坚大怒，说姚苌是叛贼，忘恩负义，不配做一国之主。姚苌听说后，派人来逼苻坚自尽。苻坚临死时，对张夫人说道："不能让羌奴玷污了我的女儿。"随即拔出佩剑，杀了女儿宝锦，然后投缳自尽，终年四十八岁。张夫人抚尸大哭了一场，拾起佩剑往颈上一横，刹那碧血飞溅，红颜凋落。中山公苻诜也取剑自刎，随着父母的亡魂，一同奔赴鬼门关去了。姚苌向外伪称苻坚父子自尽，将他们殡葬，追谥苻坚为壮烈天王，总计苻坚在位二十七年。两年后，

304

燕军进入长安。

秦太子苻宏逃到下辩，想投靠南秦州刺史杨璧。杨璧的妻子顺阳公主，是太子苻宏的姐姐。杨璧为求自保不认郎舅，拒绝了苻宏。苻宏无计可施，只好投奔武都。顺阳公主恨丈夫薄情寡义，随弟弟苻宏一起走了。姐弟二人担心杨璧发兵来追，索性往南逃去，向晋廷投降。晋廷让他们在江州安身，授予苻宏辅国将军职衔。秦长乐公苻丕回到邺城，手中还有三万部众。当时王猛之子王永与平州刺史苻冲在壶关驻守，派使者来迎苻丕。苻丕担心燕军再来攻打邺城，就率领六万百姓前往潞州。秦骠骑将军张蚝和并州刺史王腾在半路等候，让苻丕到晋阳去。王永知道后，留苻冲镇守壶关，亲自去接苻丕，将长安失守，故主身亡的事情一一呈报。一行人在晋阳举哀，三军缟素，追谥苻坚为宣昭皇帝。

苻丕即日继位，为苻坚立庙，号称世祖，改建元二十一年为太安元年。命张蚝为侍中司空，王永为侍中兼任尚书令，并负责军事，王腾为中军大将军，苻冲为西平王。立杨氏为皇后，子苻宁为皇太子。前尚书令魏昌公苻纂从长安投奔晋阳，苻丕任苻纂为太尉，封他为东海王。苻定、苻绍、苻谟、苻亮等人都派使者前来谢罪。中山太守王兖据守博陵，苻丕封他为平州刺史。令苻定担任冀州牧，苻绍为冀州都督，苻谟为幽州牧，苻亮为幽、平二州都督，四人全部晋爵郡公。秦左将军窦冲、秦州刺史王统、河州刺史毛羝、益州刺史王广也全部归来。领军将军杨定从燕营逃回陇上，南秦州刺史杨璧也来投靠苻丕。苻丕大喜过望，封杨定等人为州牧，令王永声讨伐慕容氏及姚苌。

慕容冲之死

苻丕嗣位以后，下令侍中王永负责讨伐慕容氏及姚苌。无奈苻氏已经衰落，匡复宗室谈何容易！

秦将吕光收复西域以后，受封为西安将军、西域校尉。他听说关中大乱，本打算到龟兹躲避战火，西僧鸠摩罗什却劝吕光回到关中，吕光一向信任他，就听从了鸠摩罗什的建议。吕光用两万多头骆驼驮着各种稀奇的珍宝，带着一万多匹骏马，起程前往关中。

鸠摩罗什世代居住在天竺，祖父曾当过国相，父亲鸠摩罗炎秉性聪慧，辞去相国之位，出家去了。后来，鸠摩罗炎东度葱岭，来到龟兹。龟兹王早就听说了他的大名，将他迎入朝中，尊为国师。龟兹王的妹妹年方二十，才慧过人，见了鸠摩罗炎，芳心大动，愿与他结为丝萝。鸠摩罗炎虽不愿意，但国王一心撮合，只好听从王命，结成一番欢喜缘。不久，公主怀孕，十月怀胎后生下了鸠摩罗什。七年后，鸠摩罗炎让鸠摩罗什出家。鸠摩罗什过目成诵，日读千偈，无不记忆，而且全部通晓。鸠摩罗什的母亲携子远游，在沙勒颇得国王优待，就在沙勒国住了下来。鸠摩罗什博览《五明密论》及《阴阳星算》，能够预知吉凶。二十岁时，鸠摩罗什声名大噪，国人多奉他为师。龟兹国王派遣使者将他迎回国内，鸠摩罗什广说诸经，学徒遍及四方，无人能及。鸠摩罗什的母亲也悟彻禅机，前往天竺求佛，后来修成正果。鸠摩罗什留在龟兹，以大乘教教授学徒，国人对他无不景仰。秦王苻坚也听说了鸠摩罗什的大名，打算密迎鸠摩罗什。可巧太史奏称西域分野出现一颗异常明亮的星星，说将有大智之人入辅中原，苻坚暗想："莫非就是鸠摩罗什？"将军吕光受命西征的时候，苻坚特地交代他一定要将鸠摩罗什请到长安。鸠摩罗什听说吕光率领大军前来，便对龟兹王白纯道："龟兹国运已衰，将有劲敌从中原来。你应以礼相迎，不要与他正面交锋，否则就会国破家亡。"白纯不听，果然被吕光打败。白纯得以逃脱，但家眷多半被俘。吕光找到鸠摩罗什，见他还没有妻室，就想将龟兹王的女儿许配给他。鸠摩罗什坚决不从，吕光就不再说什么。一天，吕光设宴招待鸠摩罗什，将他灌得酩酊大醉，然后把他扶到密室，让龟兹王的女儿与他同寝。鸠摩罗什酒醒以后，才知道自己中计，只好将错就错，听命于吕光。

一次，吕光带军出巡，鸠摩罗什跟随左右，在山麓安营扎寨。将士们都躺下来休息了，鸠摩罗什说道："将军在这里停下，到时候下大雨，恐怕会弄得狼狈不堪，最好是到陇上安营住下。"吕光认为是妄言，一笑置之。到了半夜，天下大雨，水深数丈，溺死几千人，吕光目瞪口呆，从此对鸠摩罗什佩服之至，言听计从。

吕光走到玉门，凉州梁熙认为吕光不该擅自还师，于是派儿子梁胤、部将姚皓和别驾卫翰率领五万人马拦阻吕光。谁知梁胤一战即败，再战又败，逃跑时被吕光的将领杜进生擒。武威太守彭济诱捕梁熙，向吕光乞降。吕光杀死梁熙父子，然后进入姑臧，自任凉州刺史，升杜进为抚国将军，并封他为武始侯。随后陇西郡县陆续归附吕光，只有酒泉太守宋皓和南郡太守索泮不肯归附。吕光发兵攻打他们，两战两胜，捉住宋皓、索泮，责备他们违抗命令，不肯臣服。索泮朗声道："将军受诏平定西域，但没有受诏侵犯凉州，梁公有什么罪，竟被将军所杀？索泮不能为国报仇，自觉惭愧，主灭臣死，何必多言？"吕光一听大怒，下令斩了索泮、宋皓。

张天锡南逃时，世子张大豫来不及跟随，只身逃往长水校尉王穆家。王穆与张大豫一同逃到黄河西岸。魏安人焦松、齐肃、张济等带领几千人投靠张大豫，奉他为主帅，占据一方。吕光进入凉州后，令部将杜进招降张大豫。张大豫不从，麾众杀退杜进，打算进军姑臧。王穆上前谏阻，张大豫一心求胜，不肯听从，派王穆到岭西求援。建康太守李隰、祁连都尉严纯、阎袭等人纷纷起兵相应。鲜卑旧部秃发思复鞬，是晋初叛酋秃发树机能的侄曾孙，一直避居在黄河西岸，此时也派儿子秃发奚于等人前往姑臧，援助张大豫。张大豫屯兵城西，王穆与秃发奚于屯兵城南。吕光突然在南门发兵，袭击秃发奚于的兵营，秃发奚于事先没有做好防备，一战即败。王穆因此被牵动，顿时全军大溃，兵败如山倒，张大豫率领的兵士也纷纷逃跑。张大豫逃往广武，王穆逃往酒泉。广武人擒住张大豫，将他送到姑臧斩首了事。

吕光接到长安音信，才知道秦王苻坚被姚苌所害。随即下令士兵丧服举哀，在城南设坛祭祀，追谥苻坚为文昭皇帝。然后大赦辖内，建元太安，自称大都督、大将军，担任护匈奴中郎将、凉州牧、酒泉公。

吕光是秦太尉吕婆楼的长子，祖上是氐族，一直居住在略阳。吕婆楼是秦王苻坚的佐命功臣，故得享尊荣，惠及子嗣。相传吕光出生时室内有奇光环绕，因此取名为光。十岁的时候与村童玩打仗的游戏，吕光总是要做统领，他部署精详，次次获胜。不喜欢读书，只喜欢骑马驰骋。成年后，吕光身长八尺四寸，目有重瞳，左肘有肉印。王猛认为他一定会成为大才，举荐吕光为美阳县令。吕光在当地做官，颇有政绩，不久升任鹰扬将军，后来又调任步兵校尉，战功显著。攻打西域时，他左臂的肉印中现出赤文，有"巨霸"二字。晚上安营的时候，营外有一个黑黑的东西，头角崭然，目光如电，接着云雾弥漫，什么都看不见了。吕光怀疑是黑龙，杜进说是龙飞九五的预兆，吕光心中大喜，从此志向也大起来了。吕光占据凉州以后，趁机自立，史称后凉。

与此同时，乞伏国仁也在勇士川筑城为都，自称大都督、大将军、大单于，担任秦、河二州牧，改元建义。设置将相，将属土分为十二郡，史称西秦。与吕光裂土而居，不相统属。故尚书令魏昌公苻纂是苻丕的宗亲，从关中奔到晋阳。苻丕任命苻纂为太尉，封为东海王，共图恢复前秦大业。哪知还没有发兵，邺城已被燕将慕容和占去。博陵守将王兖本是苻氏第一忠臣，偏被燕王慕容麟率兵围住，弄得粮尽援穷。功曹张猗出城投降，并为慕容麟招募丁壮，编成队伍，号为义兵。张猗率义兵来到城下，劝王兖投降，王兖登城斥责道："你是秦人，我是你的主子。你现在投降贼人，还招募兵士称为义军，真是不知羞耻。古人说，求忠臣于孝子之门，你把你的老母亲丢在城里自己去投降，还说什么忠义！你这样不忠不孝的人还有什么面目活在世上？"说着，弯弓搭箭要射张猗。张猗急忙策马后退，才没有受伤。过了几天，城池被攻破，王兖遇害。秦固安侯苻鉴也被慕容麟所杀。

慕容麟向慕容垂报功，当时慕容垂已经走到中山，见城郭坚固，宫室崭新，府库充盈，便对诸将说道："这是乐浪王的大功，汉代萧何也不过如此。"乐浪王是前燕主慕容俊的四子慕容温，慕容垂起兵攻打邺城的时候，慕容温跟随作战，被封为乐浪王，与慕容农等人一同平定中山，后来留下来据守中山。慕容温重视农桑，知人善用，抵御丁零，安抚郡县，吏民臣服，百废俱兴，城中逐渐富足。慕容垂以中山为国都，在南郊焚薪祭天，自称燕帝，改元建兴。设置公卿百官，修缮宗庙社稷，立世子慕容宝为太子，慕容农为辽西王，慕容麟为赵王，慕容隆为高阳王，范阳王慕容德为尚书令，太原王慕容楷为左仆射，乐浪王慕容温为司隶校尉并担任冀州刺史。追尊生母兰氏为文昭皇后，废皇后可足浑氏，尊慕容俊的昭仪为景德皇后，追谥先妃段氏为成昭皇后，册立继室段氏为皇后。太子慕容宝是成昭皇后所生，后来慕容宝失德，段皇后劝慕容垂另立储君，因此惹出了许多祸乱。

西燕主慕容冲打败了秦王苻坚父子，入据长安，怡然自得，渐渐荒淫起来。加上他赏罚不均，号令不明，引来众多臣子的不满。慕容盛年仅十三，一天对叔父慕容柔道："一个人要成为人主，必须先有大德大智，然后才能使天下归附。中山王慕容冲智识并不出众，大业尚未建成就骄奢淫逸起来。据我看来，恐怕不能持久！"慕容冲派尚书令高盖率五万兵马前去讨伐后秦。高盖走到新平南境与姚苌兵马相遇，两下交战，高盖大败，士兵损失大半。高盖担心回去会获罪，索性投降了姚苌，姚苌任高盖为散骑常侍。消息传到长安，慕容冲如同失去臂膀，无奈之下，只好令左仆射慕容恒、右仆射慕容永处理政事，却不怎么信任他们，导致众叛亲离。将军韩延等人见人心不稳，就与前将军段随商议道："主上越来越骄奢，臣民不安，只怕迟早会有祸乱。我与将军疆场百战才得关中，怎么能让庸主葬送呢？"段随道："依你之见，应当如何？"韩延附耳说了两语，段随只是摇头。韩延变色道："将军如果不这么做，恐怕难免灭族了！"段随大惊，韩延说道："韩信和彭越功高天下尚且被诛，试问将军能比得过韩、彭二人？"段随听到这话也惊恐起来，就采纳了韩延的计策。到了黄昏，段随密召数百士兵攻入宫中。那时，慕容冲正在酣饮，见有乱兵闯进，刚要斥责，刀已伸到脖子上了。霎时间颈血模糊，慕容冲倒在地上，一命归西。韩延立即登上大殿，召集文官武将，高声说道："慕容冲荒淫无度，不堪为主，我等已为众人除暴，决定另立新君。段将军威德有信，可当燕主，愿诸公同心辅戴，不得有违！"文武百官全都惊诧不已，不知所措。韩延环顾左右厉声道："如不服新主，便当处斩！"众臣听到"斩"字，自然不敢违抗，只得拥立段随。段随当即登位，改元昌平，然后下令殡葬慕容冲。之前慕容冲手下的将领王嘉曾劝慕容冲回邺城，慕容冲见长安宫阙宏伟，后宫妃子众多，便想久居享乐。王嘉作歌唱道："凤凰，凤凰，何不高飞还故乡？何故在此取灭亡？"无奈慕容冲志在苟安，始终不听，最终享乐不成，反遭到杀身大祸。

慕容永、慕容恒与慕容冲同族，怎肯坐观成败，让外人安然称王？几人当下密谋，召集旧部将段随、韩延等人杀死，推立宜都王慕容恒的儿子慕容颙为燕主。慕容恒是慕容俊的弟弟，曾留镇辽东，燕亡时被秦将朱嶷杀害。慕容永、慕容恒二人拥立慕容颙为燕王，改元建明，然后率四十万鲜卑男女，出关东行。走到临晋，慕容韬竟将侄子慕容颙刺死。慕容永与武卫将军刁云攻打慕容韬，慕容韬战败而逃。慕容恒再立慕容冲的儿子慕容瑶为燕主，改元建平，谥慕容冲为威皇帝。将领都不服慕容恒，都投靠了慕容永，转而攻打慕容恒，慕容恒大败而逃，慕容瑶死在乱军之中。众臣于是一同推立慕容永为燕主，慕容永推辞不受，改立慕容泓的儿子慕容忠。慕容忠继位，改元建武，任慕容永为丞相，封为河东公。众人往东走到闻喜，才知道慕容垂已称尊号，于是在闻喜县筑造燕熙城，在那里驻守。谁知武卫将军刁云又杀死慕容忠，一定要立慕容永为主，慕容永于是自称大将军、大单于、河东王，一面派使者到中山向慕容垂称藩，一面派使者到晋阳向秦主苻丕借道。这燕主与慕容永有不共戴天的大仇，怎么可能答应？

苻秦多烈妇

博陵失守以后，燕兵大至，冀州牧苻定、镇东将军苻绍、幽州牧苻谟、镇北将军苻亮都向燕国请降，受封列侯。王统、王广、毛兴等人，也互相攻夺。王广战败逃到秦州，被鲜卑人匹兰所擒，押送后秦。枹罕诸氏刺死毛兴，改推卫平为河州刺史。苻坚的族孙苻登素有勇略，受封南安王，兼任长安令，后来因连坐被贬为狄道长。关中被攻破以后，苻登依附毛兴，做了河州长史。毛兴很欣赏苻登，特意将女儿许配给他，并升苻登为司马。后来毛兴被害，苻登孤掌难鸣，只好暂时含忍过去。枹罕诸氏见河州刺史卫平年老体弱，不能服众，便想另选有才干的人接替他。一时没有合适的人选，好几天都没有决定下来。七夕这一天，枹罕诸氏设宴与臣下同乐，席间，他拔剑大呼："现在天下大乱，豺狼当道，我等荣辱与共，不堪再被庸帅统领。前狄道长苻登虽然是王室之人，但有雄才大略。今天我愿与在座的各位废昏立明，共图大事！如果有不愿意的，就提出更好的法子来，总之不能一误再误了！"说完，仗剑离座，怒目四视，咄咄逼人。众人不敢仰视，纷纷俯首答应。于是苻登被拥立为抚军大将军，称为略阳公。随后苻登率领众将士往东攻占南安，然后派使者到晋阳请命。秦主苻丕不能不从，并封苻登为南安王，命他讨伐姚苌。

当时，王永担任左丞相一职，两次颁发征讨姚苌的檄文，并定下征讨的日期。苻丕留将军王腾据守晋阳，右仆射杨辅戍守壶关，自己率领四万兵马进屯平阳。这时慕容永派使者来借道，自愿东归，苻丕当然不许，并下令誓死捉拿乱贼，以报国仇！

苻丕一声令下，诸军并出，总以为是旗开得胜，马到成功。哪知天下不如意事，十常八九。苻丕在平阳静待数日，开始还接到平安军报，后来就都是坏消息了，不是前锋都督俱石子战死，就是左丞相王永阵亡，后来甚至全军覆没。苻丕大惊，忙问及东海王苻纂的下落，负责侦察的小吏报告说苻纂也已败逃，但士兵死伤不多。这话一出，急得苻丕失声大呼，连说不好。为什么呢？原来苻纂从长安逃奔晋阳，麾下壮士本来有三千多人。苻丕担心苻纂作乱，逼他将麾下壮士解散。苻丕担心苻纂报复，惊慌不已，来不及细想，便领着几千名骑士狼狈赶赴东垣。苻丕探得洛阳兵备空虚，想去偷袭洛阳。洛阳当时已经归晋，晋西中郎将桓石民探知消息，立即派扬威将军冯该从陕城去攻打苻丕。苻丕半道遇敌，仓促交战，部下纷纷逃命。苻丕跳上马，往回奔逃，谁知马失前蹄，将他掀翻在地，可巧冯该追到，顺手一槊了结了苻丕。苻丕称帝不过两年。秦太子苻宁、长乐王苻寿及左仆射王孚、吏部尚书苟操都被晋军擒获。冯该将他们连同苻丕的首级一起送到建康。蒙晋廷厚恩，将苻丕的首级埋葬，太子苻宁以下全部赦免，交给苻坚的儿子苻宏管束。

东海王苻篡与弟弟尚书平侯苻师奴召集人马，占据杏城。此外的后妃、公卿大多被慕容永掳去。慕容永随即即位称尊，上殿受朝，改元中兴。他见苻丕的皇后杨氏华色未衰，就召她到后庭侍寝。杨氏貌若芙蓉，心似松柏，怎肯失节事仇，含羞受辱？当下拒绝。慕容永劝道："你如果肯依从我，我就封你为上夫人。否则就是死路一条！你自己选吧。"杨氏听后，心中忽然有了主意，便说道："妾曾是秦后，本来不应侍奉大王。既然大王见怜，妾一定会报答大王的恩遇，但必须先受了册封才行。"慕容永听了，自然答应。第二天，下令册封杨氏为上夫人。吃完晚饭，慕容永就迫不及待地来到杨氏的寝宫，要与她调情。杨氏起身相迎，连连拜谢，慕容永见杨氏浓妆如画，秀色可餐，比昨日所见更要鲜艳三分，禁不住欲火上升，便要与她同做好梦。偏杨氏慢慢说道："今晚得以侍奉大王，妾敬奉大王三杯，聊表敬意。"慕容永不忍推辞就让侍女取出酒肴，让杨氏侧坐一旁。杨氏先斟满一杯，慕容永一饮而尽，第二杯也照样喝干。到了第三杯的时候，杨氏左手端着酒杯递到慕容永的嘴边，右手却从怀中拔出短刀猛刺慕容永。也是慕容永命不该绝，身子一闪竟然避过了刀锋。杨氏扑了空，又因用力过猛，刀子插进了椅子，一时拔不出来。慕容永左手用力一挥，杨氏跌倒地上。杨氏自知不能成功，竖起黛眉骂道："你是我国逆贼，夺我都，杀我主，还想凌辱我，我岂能受你凌辱？我死罢了！只恨不能将你碎尸万段。"还没说完，被慕容永抽刀一掷，正中玉颈，顿时鲜血四溅，玉殒香消。慕容永余怒未消，喝令左右将杨氏的尸身拖出去，然后找其他妃子寻欢去了。

慕容盛叔侄跟随慕容永来到长子，见慕容永所作所为很是荒唐，担心自己遭殃，便劝叔父慕容柔投奔中山。慕容柔也以为然，就与慕容盛等人悄悄走了，途中被一群盗贼拦住去路。慕容盛慨然说道："我是六尺男儿，入水不溺，火烧不焦，你们谁敢挡我？各位如果不信，不妨到

311

离我百步之远的地方，高举手中的箭镞。我若射中，你们便放我们过去；如果射不中，我束手就擒，由你们处置！"盗贼见他年纪轻轻却出言不凡，也想看看他到底有什么本事，就退到百步以外，举着箭镞。脚才站定，听得飕的一声，有箭射到，不偏不倚正中箭镞。群盗不禁咋舌，拱手让道，并取出钱财赠送。慕容盛也不推辞，受赠作别，赶往中山去了。

慕容永听说慕容盛等人私自逃往中山，勃然大怒，竟将慕容俊的子孙全部杀死。后秦主姚苌探得慕容永出关，就从新平进入长安，上殿称帝，改元建初，国号大秦。立妻蛇氏为皇后，子姚兴为太子，然后分置百官。追谥父姚弋仲为景元皇帝，兄姚襄为魏武王，命弟姚绪为征虏将军留守长安。自己则率军前往安定，击破平凉胡金熙及鲜卑支酋没柔干，然后乘势转攻秦州。秦州刺史王统是苻氏旧将，出兵相抗，连战失利，只好举城投降。姚苌令弟弟姚硕德为征西将军、秦州刺史，镇守上邽。这时，秦南安王苻登也召集夷夏三万多人进攻秦州。姚苌从上邽出发，打算回长安，途中听说秦州被攻，立即带兵回去救援，与姚硕德一同截击苻登。不料苻登部下勇健善斗，个个冲锋奋战，姚苌的士兵无一敢挡，纷纷丢盔弃甲，四处逃窜，死伤两万多人。姚苌连忙往回奔，背上中了一箭，箭头深入骨髓，幸好没有击中要害。姚苌忍痛逃回，姚硕德也逃回了上邽。

当时正闹饥荒，饿莩载道。苻登每战杀敌后，都将敌兵的尸肉蒸来吃，号为熟食，并对将士说道："你们每天早上出阵杀敌，晚上回来就能饱食人肉，还愁什么饥荒呢？"军中将士听了，争食人肉，每食必饱，健壮如飞。姚苌察悉情形，急忙召姚硕德回来，说道："你若不来，恐怕麾下的士兵就要被苻登吃光了！"姚硕德于是离开秦州，返回长安。

这时，苻丕的尚书寇遗与苻丕的儿子渤海王苻懿、济北王苻昶投奔苻登。苻登于是为苻丕发丧，并打算立苻懿为嗣主，部众纷纷劝阻，共同推奉苻登为秦主。苻登在陇东设坛，嗣为秦帝，改太安二年为太初元年，设置文武官属。在军中设立苻坚神位，仍依苻丕旧谥，称苻坚为世祖宣昭皇帝。当下集合五万人马，准备讨伐后秦。

出兵前，苻登在军前诵读祝文，欷歔泣下。将士无不悲痛，志在必死，因而所向无前。前中垒将军徐嵩、屯骑校尉胡空各自领着五千士兵结垒自固，后来二人接受姚苌的官爵，以避战祸。苻坚遇害后，徐嵩领

312

回苻坚的尸首，以王礼将他安葬。苻登称帝后，徐嵩与胡空前来请降。苻登任徐嵩为镇军将军、雍州刺史，胡空为辅国将军兼任京兆尹，用天子礼改葬苻坚。第二年正月，苻登立毛氏为后，渤海王苻懿为皇太弟，派使者授东海王苻纂为太师兼任大司马，封为鲁王；命苻师奴为抚军大将军，封为朔方公。苻纂怒斥苻登妄自称尊，不肯受封。长史王旅进谏道："苻登已经称尊，万难更改。现在国虏未平，宗室内不宜发生争斗，还是先依了他，等平定了贼人，再作打算。"苻纂这才受职。苻登调梁州牧窦冲为南秦州牧，雍州牧杨定为益州牧，南秦州刺史杨璧为梁州牧，并任乞伏国仁为大将军、大单于，封他为苑川王。

杨定与东海王苻纂一起进攻后秦，正好在泾阳与姚硕德相遇。姚硕德被两路夹攻，大败而归。姚苌亲率兵前去援救姚硕德，苻纂退守敷陆，传令其他各镇前来援助。窦冲攻打后秦汧、雍二城，姚苌移兵对抗窦冲，战败退回。秦冯翊太守兰犊带领两万人从频阳到和宁，并修书给苻纂约他一起攻打长安。苻纂正高兴得了一个帮手，偏偏弟弟苻师奴说不如背弃苻登自己称尊。苻纂不肯听从，竟被苻师奴杀死。苻师奴随即自称秦公，发兵攻打长安，途中遇到姚军，一战即败，逃往鲜卑。兰犊得到消息，也撤兵了。姚苌于是派将军梁方成攻打秦雍州刺史徐嵩的军垒，徐嵩兵单力弱，很快被姚苌攻陷，自己也被生擒。梁方成责备徐嵩为人反复，不忠不义。徐嵩怒骂说梁方成认贼作父，不明事理。梁方成大怒，向徐嵩连刺三剑，徐嵩当场殒命，部下也全部被梁方成坑杀。姚苌正好也带兵来会合，于是掘开秦王苻坚的坟墓，劈棺鞭尸。苻登听说姚苌如此猖獗，从胡空堡出来，召集十余万戎夏民进军朝那。此时，苻懿得病而死，谥号献哀。苻登立儿子苻崇为太子，苻弁为南安王，苻尚为北海王。姚苌移兵占据武都，与苻登大小数十战，多败少胜，只好退到安定扎营。苻登令大军到胡空堡寻找粮食，然后亲率精兵围攻姚营。姚苌见苻登军中载着苻坚神位，怀疑是苻坚有灵，因此苻登才每战必胜。当下也在军中立起苻坚神位，然后带兵退入安定城，并派姚崇去偷袭大界营。大界营是苻登储备军资的地方，苻登的皇后毛氏及苻登的儿子苻弁、苻尚等都在营中。苻登得知姚崇要偷袭大界营，急忙率军回去，在路上大破姚军，姚崇狼狈而逃。

苻登得胜后，以为姚苌不敢再来偷袭，留尚书苻愿据守大界营。自己进攻平凉，再进拔苟头原，逼攻安定。哪知姚苌又率领三万铁骑夜袭大界营。苻登的皇后毛氏善长骑射，仓促上马，带领壮士大战，左手张弓，右手发箭，弦声所至，姚军无不倒地，一共射死了七百多人。箭放完后，毛氏就弃弓用刀，拼死格斗，终因寡不敌众，与儿子苻弁、苻尚一起被俘。

姚苌见毛氏亭亭玉立，刚健婀娜，能武能文，别有一番风情。便令军士给毛氏松绑，涎脸说道："你如果依从我，仍让你做国母。"毛氏当面唾骂道："呸！我贵为皇后，怎能为羌贼所辱！"姚苌恼羞成怒道："你不怕死吗？"毛氏又道："你这羌贼，要杀就杀，不要废话！皇天后土，岂肯容你长活？"姚苌大怒，命人将毛氏母子推出去斩首。

北魏崛起

姚苌掠得五万余人之后，仍旧回到安定。苻登听说大界营失陷，妻儿被杀，又悲又悔。经左右从旁劝慰，才退回胡空堡，暂时休养生息，两秦因而罢战半年。

当时中原除江东司马氏外，列国分峙，大小不一。秦分为三：秦、后秦、西秦，燕分为二：燕、西燕，加上凉州吕光建立的后凉，共计六国。此外又有一国突然兴起，扫清河朔，在北方称雄，传世九代，共一百五十年，在当时诸国中最为强盛。这建国者正是代王拓跋什翼犍的孙子拓跋珪。

拓跋珪与母亲投奔刘库仁后，刘库仁非常优待他们，母子二人安然居住下来。不久，刘库仁被燕将慕舆文所杀，刘库仁的弟弟刘头眷代为统领部众。刘头眷攻破贺兰，打败柔然，兵势颇盛。偏刘库仁的儿子刘显刺杀刘头眷，自立为主，并想杀害拓跋珪。刘显的弟媳是拓跋珪的姑母，知道刘显的阴谋后，赶紧告诉拓跋珪的母亲。刘显的谋臣梁六眷是代王拓跋什翼犍的外甥，也派人将刘显的阴谋告诉拓跋珪。拓跋珪当时已经十六岁了，聪颖过人，立即与母亲谋划出逃。贺氏当晚备好宴席，召刘显前来畅饮，百般殷勤招待，再三劝酒。贺氏虽然半老，但丰韵犹存，刘显目眩神迷，尽情纵酒，醉得呼呼大睡。拓跋珪与旧臣长孙犍、元他等人趁机逃走。到了早上，贺氏来到马厩中鞭打群马，马受鞭长嘶。刘显从梦中惊醒，急忙到马厩中探视，见贺氏好像在找什么东西，就问她找什么。贺氏大哭道："我儿子今天忽然不见了，莫非是被你杀死了？"刘显连忙说："哪有此事！"贺氏不信，仍然号啕不休。刘显极力劝慰，贺氏才返回后帐。刘显并不动疑，也没有派人追寻拓跋珪。

拓跋珪奔入贺兰部投奔舅舅贺讷，说明详情，贺讷惊喜道："贤甥智识不凡，必能再兴家国，他日光复故国，不要忘记老臣！"不久，贺氏的堂弟贺悦也率领部众投奔拓跋珪。贺悦本来在刘显手下做外朝大人，直到他率众逃走，刘显才知阴谋已经败露，于是持刀去杀贺氏。贺氏藏在神车中三天，幸亏得到刘亢埿夫妇的帮助才幸免一死。南部大人长孙嵩也投靠了拓跋珪。刘显去追长孙嵩没追到，怅怅而回。中部大人庾和辰趁机带上贺氏一起投奔了贺兰部，刘显气得须眉直竖。拓跋珪在贺兰部数月，深得众心，但贺讷的弟弟贺染干不服，派党人侯引七刺杀拓跋珪。代人尉古真向拓跋珪告发此事，拓跋珪严加防备。侯引七无隙可乘，只好罢手。贺染干于是亲自带兵围住拓跋珪，贺氏出来说道："染干！你是我亲弟弟，我与你有什么仇，你竟然要杀死儿子？"贺染干无话可说，只好带兵退下。

拓跋珪于次年正月在牛川登代王位，纪元登国。任长孙嵩为南部大人，叔孙普洛为北部大人。命张衮为左长史，许谦为右司马，王建和叔孙建、庾岳等为外朝大人，奚牧为治民长，让他们共同掌官宿卫。拓跋珪嫌牛川太偏僻，把都城迁到盛乐。北人称土为拓，后为跋，因此以拓跋为姓。拓跋珪改代为魏，自称魏王。

前秦灭代时，曾将代王拓跋什翼犍的少子拓跋窟咄送到长安。后来慕容永令拓跋窟咄为新兴太守。刘显派弟弟刘亢埿去迎接拓跋窟咄，说拓跋窟咄才是真正的代王，诸部因此骚动不安。魏王拓跋珪身边的于桓等人与部下合谋，想抓住拓跋珪投靠拓跋窟咄。幸亏于桓的舅舅穆崇预先告诉了拓跋珪，拓跋珪于是诛杀了于桓等人。因担心内难未绝，暗算难防，拓跋珪再次翻越阴山前去贺兰部，并派遣外朝大人安同向燕求救。燕主慕容垂派赵王慕容麟去救援拓跋珪。慕容麟还没赶到，拓跋窟咄又与贺染干联合侵犯魏国北部。北部大人叔孙普洛不战而逃，竟然投奔了刘卫辰。魏都大震。慕容麟急忙派安同归前去报信，说援军快到了，魏人才稍稍安心。拓跋窟咄屯兵高柳，拓跋珪与燕军一同攻打拓跋窟咄，杀得拓跋窟咄大败而逃，奔投刘卫辰，刘卫辰却把拓跋窟咄杀死。由于拓跋珪不问前罪，拓跋窟咄的余众纷纷归顺北魏。拓跋珪任命代人库狄干为北部大人，并犒赏燕军，欢送他们回国。燕主慕容垂封拓跋珪为西单于兼上谷王，拓跋珪不愿受封，托词说自己年少才庸，不堪为王。

刘卫辰久居河西，招军买马，日见强盛。后秦主姚苌封刘卫辰为河西王、幽州牧，西燕主慕容永任命刘卫辰为朔州牧。刘卫辰派遣使者到燕国进献名马，中途被刘显的部众将马夺去。使者逃到燕都，两手空空，不得不向燕主哭诉。燕主慕容垂勃然大怒，打算兴兵讨伐刘显。可巧魏主拓跋珪担心刘显又来逼迫，再派安同到燕国求援。燕主慕容垂一举两得，立即派赵王慕容麟与太原王慕容楷率兵前去。刘显自恃地广兵强，日渐骄横奢侈，将士无论亲疏都对他不满，因此与燕军刚刚交锋就纷纷溃散，刘显只好逃往马邑西山。魏王拓跋珪又率领士兵与燕军会合，一起攻打刘显。刘显大败，逃到西燕，所有军备物资以及牛马都被燕、魏两军获得。

从此魏国的势力日渐强盛，接连打败库莫奚、高车、叱突等部落，称雄北方。魏王拓跋珪渐渐有了攻打燕国的心思，于是派太原公拓跋仪以通好为名，到燕都窥探虚实。燕主慕容垂责问道："魏王为什么不自己来？"拓跋仪答道："先王与燕王曾经一起侍奉晋室，结为兄弟，臣今天奉命来访也并没有失礼。"慕容垂发怒道："朕现在威加四海，怎么能跟先前相提并论？"拓跋仪从容说道："夸耀兵威是将帅们的事，不是使臣的事。"慕容垂虽然怒气填胸，却也无词可驳。慕容垂留拓跋仪在燕国待了几天，拓跋仪回到魏国对拓跋珪说："燕主衰迈，太子柔弱，范阳王自负有才，肯定不会甘心做少主的辅臣。只要燕主一死，燕国一定会发生内讧，那时候我们就有机可乘了。不过现在还不是攻打燕国的最佳时机！"拓跋珪点头称好，仍然与燕国友好往来，和平相处。

彼此敷衍了一两年，拓跋珪与慕容麟在意辛山会合，一同攻打贺兰附近的纥奚等部落。大军所向披靡，战无不胜。刘卫辰安静了一阵又来出头，让他的儿子直力鞮攻打贺兰部。贺讷向魏国求援，魏王拓跋珪率兵前去支援贺讷，直力鞮望风逃走。拓跋珪将贺讷的部众迁到魏国的东边。不久，贺染干与贺讷兄弟不和，挑起内乱。拓跋珪打算吞并贺兰部，于是想出一条借刀杀人的计策。他派使吏向燕国请命，讨伐贺讷兄弟，表示自己愿意做向导。燕主慕容垂于是派慕容麟前来攻打贺讷。贺讷本没有什么能力，再加上兄弟间闹得一塌糊涂，怎么能抵御燕军？魏国又不支援，贺讷兵败力竭被慕容麟擒获，贺染干不战而降。燕主慕容垂得到捷报之后，让慕容麟归还贺讷的部众，将贺染干带到燕都，班师回朝。慕容麟回到都城，让慕容垂提防拓跋珪，慕容垂于是让拓跋珪派使者到燕都朝拜。拓跋珪让弟弟拓跋觚到燕国修好，慕容麟劝慕容垂留下拓跋

316

舰，并向魏主索求良马。拓跋觚不肯，派张衮到西燕求和。燕国于是扣押拓跋觚，拓跋觚伺机逃走，被燕太子慕容宝追回，燕国与魏国从此失和。

西燕主慕容永称帝数年，屡次出兵侵犯晋国，不久又攻打晋洛阳。当时晋太保谢安在广陵患病，卸职回都后病逝。晋廷追封谢安太傅之位，追谥文靖。命琅玡王司马道子任尚书事，负责全国的军事。命前锋都督谢玄统辖七州军事。因为淝水战功，晋廷封谢安为庐陵公，谢石为南康公，谢玄为康乐公，谢琰为望蔡公。泰山太守张愿背叛晋国，北方再次叛乱，谢玄上疏请求罢职。孝武帝没答应，只让谢玄回来镇守淮阴，另外调豫州刺史朱序镇守彭城。谢玄又称病辞官，不久病逝，年仅四十六岁，比谢安的寿数少二十年。晋廷追封谢玄为车骑将军，谥号献武。命朱序戍守洛阳，谯王慕容恬镇守淮阴。慕容永进攻洛阳，朱序带领兵马从河阴渡河，击败慕容永。慕容永逃到上党，朱序追到白水还没有收军。忽然洛阳守吏递来急报，原来丁零翟辽正谋划攻打洛阳。朱序返回洛阳，路上与翟辽相遇，一阵猛击，翟辽仓皇逃去。

翟辽逃回黎阳。丁零遗众奉翟成为主帅，驻守在行唐。后来翟成在与燕国的交战中战死，只有翟辽幸存。晋黎阳太守滕恬之对翟辽非常信任，翟辽却起了歹心，乘滕恬之外出之际关上城门。滕恬之投奔鄄城，路上被翟辽抓回，从此黎阳就被翟辽占据。高平人翟畅擒住太守徐含远向翟辽投降。高平当时是燕的属土，燕主慕容垂亲自去讨伐翟畅。命太原王慕容楷为前锋都督，让他杀往黎阳。翟辽的士兵都是燕赵的旧兵，因此相继向燕军投降。翟辽只好投降，慕容垂任命他为徐州牧，并封他为河南公。没到几个月，翟辽见势不妙，背叛燕国，不久又派司马眭琼到燕国谢罪。燕主慕容恨他反复，就将司马眭琼斩杀了。翟辽于是自称魏天王，改元建光，据守滑台。暗地里派人到冀州，向乐浪王慕容温诈降，然后伺机将慕容温刺死。阴谋得逞后，翟辽暗自庆幸，转而攻打洛阳。

朱序击败了翟辽，留下将军朱党镇守石门。翟辽雄心不死，又命儿子翟钊攻打晋国的鄄城。晋将刘牢之领兵前去，大胜翟钊，并进逼滑台，再次得胜。翟辽进城固守，刘牢之猛攻不下，只好撤兵退回。

没过多久，翟辽病死，翟钊继位，改元定鼎。翟钊继承父亲的遗志，带兵攻打邺城，挫败而回。随后又派部将翟都进攻燕国的馆陶，并在苏康修筑垒台。燕主慕容垂忍无可忍，下令亲征。翟都抵挡不住，逃回滑

317

台。翟钊听说燕兵大至，也不禁惶急起来，连忙向西燕求援，西燕主慕容永拒绝借兵。翟钊没办法，只好调集部众在黎阳奋力抵抗。燕主慕容垂来到黎阳北岸安营扎寨。第二天，慕容垂忽然下令拔营，迁往西津。在黎阳以西四十里的地方，准备了一百多艘牛皮船，准备沿河东上，进逼黎阳。翟钊见慕容垂带兵西逃，只好向西追去，防止他渡河。哪知慕容垂是故意迷惑他，到了半夜，慕容垂暗中派桂阳王慕容镇等人仍然回到黎阳津渡河。当夜风平浪静，燕军顺利渡河。翟钊听说燕军渡河，急忙麾众赶回，争夺燕寨。偏燕军就是按兵不动，翟钊一再挑衅都被燕军射退。到了中午的时候，翟钊的士卒又饥又渴，正想返回，不想这时燕营内却杀出雄兵猛将。翟钊立即返回与燕军交战，正在酣战，突然又杀来一路人马，为首的是辽西王慕容农。两路兵马左右夹攻翟钊，翟军被燕军杀得七零八落，只剩得几百名残兵逃回滑台。燕军夺下黎阳，乘胜进逼，翟钊带着妻儿渡河，逃到了白鹿山。

燕军追到白鹿山下，见山路险仄便在山下安营。燕军先是包围山下，断了山上的粮草，然后又假装退兵，设下埋伏，专等翟钊下山。翟钊果然中计，下山还没走几里路就被燕军围攻。翟钊乘着骏马，独自一人飞奔而去，妻儿及部下都被燕军俘虏。翟钊所统领的七郡将吏也都投降了燕国。慕容垂让侄子章武王慕容宙镇守滑台，彭城王慕容脱据守黎阳，然后带兵回中山了，命辽西王慕容农屯兵邺城。翟钊被西燕主慕容永收留，封为车骑大将军和东郡王。偏翟钊贼心不死，心生叛志，慕容永察觉他的阴谋，将翟钊杀死了事，翟氏一门从此绝后。

姚苌的噩梦

秦主苻登退到胡空堡后一直按兵不动。后秦主姚苌派弟弟姚硕德镇守安定，堂弟姚常戍守陇城，邢奴戍守冀城，姚详戍守略阳。秦益州牧杨定进攻陇冀，斩杀了姚常并捉住了邢奴。姚详听到消息大为惊恐，急忙丢下略阳城，逃往阴密。杨定于是自称秦州牧、陇西王。秦主苻登一时不便斥责，只好允许他暂称王号，并升杨定为左丞相、上大将军，另升窦冲为大司马，杨璧为大将军，让他们三人一同攻打后秦。又令并州刺史杨政和冀州刺史杨楷率领兵马会合，共图大事。

姚苌派将军王破虏进攻秦州，王破虏被杨定打败，狼狈逃回。秦主符登攻打鸳泉堡，姚苌亲自出马将符登击退。姚苌让东门将军任瓮写信给符登，约为内应。符登大喜，正打算出兵。征东将军雷恶地得知此事，劝道："姚苌多诈，不可轻信，请三思！"符登才没有中计。后来听说任瓮是诈降，符登惊呼道："雷恶地料敌如神，如果不是他提醒，我差点就送命了。"雷恶地因谏阻有功不免得意起来，言语之间渐有骄纵之色，偏偏符登又喜欢猜忌，所以对雷恶地渐渐疏远。雷恶地担心被杀，竟投奔了后秦。姚苌任雷恶地为镇军将军。

不久，秦镇东将军魏揭飞自称冲天王，号召氐胡部落围攻杏城。当时戍守杏城的是后秦安北将军姚当成。姚苌得到姚当成的求援书信，立即带领一千多精兵支援杏城。哪知雷恶地竟然叛变，倒戈攻打姚苌。雷恶地与魏揭飞合兵，共有数万兵马。姚苌只防守不出战，假装怯弱。魏揭飞见姚苌兵少势弱，心存藐视，不加防备，谁知队伍后面突然被姚苌攻入，全军溃散。姚苌又亲自率领将士杀入魏揭飞的前营。魏揭飞前后受敌，吓得手足无措，到处乱撞，偏偏撞上了姚苌，正想回马返奔，已经来不及了，好好的一颗头颅当即被砍下。魏揭飞的三万士兵，死一万，降一万，逃一万，营地霎时被夷为平地。杏城守将姚当成将姚苌迎入，姚苌命人在营址植树纪念。姚当成嫌营地太小，姚苌笑道："我与人交战数百回，从没有过这样奇特的胜利。试想我军不过千人，却能将三万贼众打败，可见营地以小为好。像魏揭飞那样的大营，又有什么用处呢！"说完就移兵攻打雷恶地。才刚起程，雷恶地已经亲自前来谢罪。姚苌也不计较，令他一起回长安，依然善待他。过了一年，冯翊人郭质忽然起兵应秦，与姚苌为敌。郑县人苟曜不服郭质，投奔了后秦。秦任命郭质为冯翊太守，后秦任命苟曜为豫州刺史。苟曜与郭质交战，郭质屡战屡败，逃回洛阳。后来苟曜被秦国收买，密约秦主符登出兵，愿做秦国的内应。符登带兵前去，竟然一路无阻。到了马头原，姚苌上前交战，大败而回，右将军吴忠阵亡，姚硕德拼命拦截才勉强收军。姚苌下令军士饱食一顿，然后再战，姚硕德问道："陛下每战不胜就有奇谋，不知这次又有什么良策？"姚苌答道："符登向来用兵迟缓，这次轻兵直进，肯定是苟曜与他通谋，所以才冒险前来。如果再不与他交战，时间久了，祸害更大。因此不如再战，使他和苟曜不能会合。那时符登肯定犹疑，我们就有机会转败为胜了。"说完就率军进攻符登。符登大惊，仓皇交战。士兵们毫无斗志，纷纷溃退，符登只好逃往郿城，姚苌大胜而回。不久又听说符登移攻安定，姚苌带兵前去抵御，命太子姚兴据守长安。

临行时嘱咐姚兴道："苟曜为人奸诈善变，他听说我北行后，一定会来见你。到时你就将他捕杀，免得留下后患。"姚兴唯唯受教。果然姚苌前脚刚走，苟曜后脚就跟来了。姚兴在大殿之上拿下苟曜，将他斩首，然后报知姚苌。姚苌听说苟曜已死，更加安心前行。在安定城东与符登相遇，姚苌立即麾兵大战，击退符登。姚苌入城犒劳将士，宴席上诸将进言道："如果魏武王还在的话，必定不会让符登猖狂这么久。陛下一直以来只是防守，而不主动出击，所以才养寇至今。"姚苌自嘲道："我本来就比不上亡兄。我兄身长八尺五寸，臂长过膝，令人望而生畏，这是我不能比的；我兄胆气过人，即便遇到十万雄师也毫不畏缩，我却不能；我兄谈古知今，善结英雄，广纳俊杰，我也比不上他；我兄履险如夷，军中上下臣服，人人愿尽力效命，这我也不能比。我事事比不上亡兄，却能建立功业、策任群贤，无非是靠了一些智略。符登不过是一介穷寇，将来总要覆亡，何必急着求功呢？"一番话说下来，众将士全都跪称万岁。第二天姚苌下令诸镇设置学官，录用人才。这时秦骠骑将军没奕于率领士兵前来投降，姚苌任没奕于为车骑将军，并封他为高平公。

不久，姚苌得了重病，派遣姚硕德镇守李润，仆射尹纬据守长安，召太子姚兴速到行营。秦主符登刚刚立昭仪李氏为继后，连日庆宴，听说姚苌得了重病，不禁大喜，于是厉兵秣马，准备再次攻打姚苌。为此还特地向符坚神位祷告，然后大赦境内，率军进逼安定。离城里只有九十余里时，侦察的骑兵回来报告说："姚苌前来迎战了。"符登惊诧道："难道姚苌病愈了吗？"随即带领轻骑继续前行。走到半路，又有探子来报说："姚苌已派姚熙隆从小路绕出，攻我大营去了。"符登担心大营有失，于是勒马回营。望见距离兵营几里远的地方，果然有敌军驻扎。符登见天色已晚，就命部众戒严，好容易过了一夜，正在庆幸没发生什么事，骑兵突然来报告，说："贼营空空洞洞，贼兵已不知所踪！"符登大惊："姚苌是何方神人？他来我没有察觉，他离开我又不知道，人人都说他快死了，他偏又出现在面前。我与此人生于同时，真是大不幸啊！"于是一路小心翼翼地退兵，总算完好无恙地回到雍州。究竟姚苌用的什么计策呢？原来符登出兵时，姚苌的病才刚好一点，他不想与符登交战，就想出了一条疑兵计。诡去诡来，让符登无从揣测。等到符登退兵回雍州时，姚苌本来已经绕到符登的前面，埋伏下来等着他了，但见符登的队伍行列整齐，料想难以得手，也乐得让他过去，就返回安定了。

　　秦雍州牧窦冲此时已晋升为右丞相，在华阴驻扎时被晋河南太守杨佺期打败，他不但不羞愧，还上疏苻登自请加封天水王。苻登不许，窦冲竟自称秦王，改年元光。苻登大怒，带兵去攻窦冲。窦冲情急生变，向后秦乞降。姚苌本想亲自前去援救，尹纬进言道："太子颇有声望，却一直没有用武之地，不如让太子亲征，也好显示太子的威武。"姚苌于是叮嘱太子姚兴道："窦冲屯扎在野人堡，你若前去救援必有一场恶战，胜负难以预料。不如先攻胡空堡，使得苻登撤军回援，到那时既解了窦冲的围困，你也可以全军而回了。"姚兴领命前去，到了胡空堡依计行事，果然全身而退。

　　姚苌久病不愈，命姚兴先回长安，自己则继续前进。到了新支堡，晚上住在驿道中，蒙眬中似乎看见一金甲皇帝领着将士毁门而进。仔细一瞧，那皇帝不是别人，正是秦王苻坚。姚苌吓得想逃，回头一望，恍惚中看见宫门开着，便跟跄跑进去了。可巧有宫人出来，姚苌便向他们呼救，宫人手拿长矛向前刺去，谁知没有刺中敌军，却刺中了姚苌的肾囊。姚苌顿时觉得痛彻肺腑，更可恨的是敌兵居然拍掌欢笑道："正中死处，正中死处！"姚苌那时又痛又愤，咬着牙根，将长矛拔了出来。长矛拔出后，血狂流不止，姚苌忍不住大声号呼，突然惊醒，才知是做了噩梦。挑灯一看，什么都没有，不过肾囊上却有些暴痛，细细一看，略略红肿，也不知是什么病症。等到天亮，红肿更加严重，于是召来医官查看，外敷内治全不见效。医官不得已，只好用针治疗，姚苌痛得晕厥过去，不省人事。好容易醒过来了，却仍然神志不清，狂言乱语。或说臣苌该死，或说杀死陛下的是姚襄不是自己。部下于是带着姚苌匆匆回到长安。姚苌回长安后突然清醒，召太尉姚旻、尚书左仆射尹纬、右仆射姚晃、尚书狄伯支等人受遗辅政，且嘱咐太子道："这些辅政大臣都是我的患难至交，如果有人无端诬毁他们，一定不要轻信！如果你以仁厚之心对待骨肉兄弟，对大臣以礼相待，待物以信，待民以恩，四德具备自然能够长治久安，我虽死也无忧了！"说完阖然长逝，享年六十四岁，在位八年。

　　姚兴担心内外有变，于是秘不发丧，急调叔父姚绪镇守安定，姚硕德戍守阴密，召弟弟姚崇回来镇守长安。姚硕德的部下对姚硕德说道："你威名赫赫，部众最强，现在故主去世，新君刚刚继任，恐怕不免对你有所猜忌，你不如先到秦州再图自立。"姚硕德悍然说道："太子宽明仁

321

厚，对我断然不会猜忌。现在苻登未灭就起二心，实在是自取灭亡，我宁死也不愿做出这样的事！"随即起程赶往长安，与姚兴相见。姚兴对姚硕德优待如常，令他镇守阴密，然后自称大将军，任尹纬为长史，狄伯支为司马，部署将士，严防苻登。

苻登探得姚苌已死，欣然道："姚兴小儿，怎能敌得过我？我只要拿根棍子就足以让他屈服了。"于是留安成王苻广镇守南安，太子苻崇戍守胡空堡，自己则率领大军进击关中，并派使者封金城王乞伏乾归为河南王。乞伏乾归就是乞伏国仁的弟弟。乞伏国仁曾被苻登封为苑川王，不久病逝。部众推乞伏乾归为大将军、大单于，改元太初，定都金城。秦派使者册封乞伏乾归为金城王。乞伏乾归雄壮威武，风采不亚于兄长。他连连征服附近的各大部落，威震边陲。立妻边氏为王后，起用出连乞都为丞相，悌眷为御史大夫。苻登打算攻占长安，便加封乞伏乾归，与他结为同盟。后秦始平太守姚详据住马鬼堡，堵截苻登。姚兴担心姚详不能抵挡，特派长史尹纬前去助战。尹纬来到废桥与苻登相抗，尹纬麾众出战，部下一当十，十当百，竟将苻登杀败。苻登损兵折将，落荒而逃。尹纬班师回朝。

姚兴这才安心为父发丧，命人在槐里筑坛，然后登上帝位，大赦境内，改元皇初。不久，姚兴从长安赶到安定，调集人马，攻打苻登。苻登战败回到南安，不料苻广与苻崇早已听到打败的消息，竟然扔下城镇，远逃他方了。苻登先逃到平凉，后来又逃到马毛山。突然听说姚兴又率众来攻，心惊不已，于是派苻崇到金城向乞伏乾归求援，封乞伏乾归为梁王，将妹妹东平长公主嫁给乞伏乾归。乞伏乾归派前将军乞伏益州和冠军翟瑥前去救援苻登。苻登听说援兵要来，出山探看，遥见山南有士兵奔来，以为是援兵，便高兴地出去欢迎。等到相遇才叫苦不迭，原来来的不是援兵，而是姚兴派来的索命大军。那时避无可避，逃不能逃，只好交战，不到一会，部众死的死，逃的逃。最后只剩下苻登一人一马，孤掌难鸣，无论怎么狂奔乱跑，终逃不过一死。总计苻登在位九年，终年五十二岁。

苻登的儿子苻崇逃窜到湟中，草草登上大位，改元延初，再派人到乞伏乾归处求援。哪知乞伏乾归得知苻登已死，立即撤回援军。苻崇孤立无援，只好投奔陇西王杨定。杨定召集兵马，与苻崇攻打乞伏乾归。乞伏乾归得到消息，说道："杨定穷兵黩武，恶贯满盈，我看他这次是前来寻死。"随后派凉州牧乞伏轲殚、秦州牧乞伏益州、立义将军诘归等人出兵抵御杨定。

乞伏益州骁勇善战，是乞伏乾归的弟弟，此次带兵来到平川，正遇上杨定麾兵杀来。乞伏益州兵少，杨定兵多，双拳不敌四手，乞伏益州被杨定杀败，夺路逃回。乞伏轲殚、诘归也纷纷退回。冠军将军翟瑥来到乞伏轲殚营中说道："我王英明神武，东征西讨，所向披靡。将军身负重任，理应誓死效命，保家安国。秦州虽然失败，二军犹得保全，为什么不前去救援却只想着逃跑呢，将军有什么面目回去见我王？翟瑥虽然不才，愿为国效死！"乞伏轲殚听了，不禁惭愧万分，于是任翟瑥为先锋，亲自率领骑兵继续前进，且勉励乞伏益州和诘归坚持到底。于是三军会合，夹攻杨定。杨定无法抵挡，慌了手脚，翟瑥舞着大刀左斩右劈，如入无人之境。杨定正想着如何对付，翟瑥的大刀已经横空劈来，砉的一声，头颅落地。符崇没来得及逃，也被敌军杀死。秦国自苻健称号，传到苻崇，一共传了六人，共计四十四年。

苻秦亡国后，乞伏乾归占据陇西、巴蜀等地，声威大震。

北魏争雄

乞伏乾归自称大将军、大单于。任长子乞伏炽磐为尚书令左长史，边芮为尚书左仆射，秘宜为右仆射，翟瑥为吏部尚书，翟勍为主客尚书，杜宜为兵部尚书，王松寿为民部尚书，樊谦为三公尚书，方弘、麴景为侍中。杨定死后，天水人姜乳占据上邽，乞伏乾归派乞伏益州前往讨伐。边芮、王松寿入谏乞伏乾归道："乞伏益州屡立战功渐渐骄纵，神态间常有得意之色。古人说骄兵必败，现在让他独自一人统兵在外，恐怕不是很适宜啊。"乞伏乾归道："乞伏益州骁勇善战，其他将领都不能及，我也担心他刚愎自用，不如另派一名大将与他同行，就能无忧了！"于是派韦乾为行军长史、务和为司马，令二人与乞伏益州一同前行。到了大寒岭，乞伏益州果然对部下不加管制，纵容他们卸甲游玩，日夜酣饮，并下令道："敢言军事者斩！"韦乾看不过去，与务和一同进谏道："将军是王室懿亲，受命专征。如今贼兵已经逼近，怎么能如此懈怠呢？还望将军三思！"乞伏益州大言道："姜乳不过是乌合之众，此次见我带兵前来，识相的就应该早早逃命。如果一定要与我决战，也是来送死。

323

我自有擒贼的方法，你们不要担忧！"韦乾只好退出，暗地里加强戒备。没过多久，姜乳果然率兵来劫营，乞伏益州未曾预防，仓皇之间竟然大败。亏得韦乾救护，乞伏益州勉强逃生。乞伏乾归听说乞伏益州大败，叹息道："都是我的错啊！"于是下令休兵，暂停干戈。

杨定没有儿子，堂弟杨盛在仇池镇守，为杨定发表，追谥杨定为武王。然后自称秦州刺史、仇池公，派使者到东晋称藩，晋廷封杨盛为仇池公。杨盛与杨定都是氐族人，杨盛于是分氐、羌为二十部，令他们各自镇守，不设郡县。乞伏乾归也不愿过问，仇池稍得安宁。

燕主慕容垂扫灭丁零，回到中山，听说翟钊逃到西燕，便决定兴兵攻打慕容永。于是发兵七万，派镇西将军慕容瓒、龙骧将军张崇攻打晋阳，征东将军平规进攻沙亭，自己进攻邺城。晋阳守将是慕容永的弟弟慕容友，沙亭守将是西燕镇东将军段平。慕容永担心这两处有失，特派尚书令刁云、车骑将军慕容钟率领五万兵马到潞川戍守，作为援应。慕容垂命令太原王慕容楷从滏口出兵，辽西王慕容农从壶关出兵，自己则从沙亭出发，前去攻打慕容永。

慕容永急忙令征东将军小逸豆归、镇东将军王次多、右将军勒马驹等前去戍守台壁，并派遣诸将分道拒守。偏燕军沿途逗留，一个多月了，都没有进军。慕容永莫名其妙，但担心慕容垂声东击西，假装从邺城进兵，暗中却分兵潜入太行绕击背后，所以预先做好防备。慕容永特调诸军扼守太行，严守轵关，留下台壁军原地驻守。没想到慕容垂正是要慕容永调开各军，好让他的部众前进。得知慕容永中计，慕容垂立即与慕容楷会合，一同进攻滏口，进入天水关，直抵台壁。小逸豆归飞报慕容永，慕容永派太尉大逸豆归到台壁助战。大逸豆归在路上碰上慕容垂的将领平规，免不了交锋一场。平规一阵痛击，大逸豆归大败而逃。小逸豆归又上前与平规交战，正杀得昏天暗地，慕容楷、慕容农忽然杀到，两军纵横驰骋，锐不可当。小逸豆归急忙收兵，杀出一条血路，回到台壁城，一万多名部兵死伤了六七千。王次多、勒马驹也相继战死，连骸骨都无从夺回。更可怕的是，台壁外面都是慕容垂的士兵，把台壁城围得跟铁桶一样严实。小逸豆归坐守孤城，眼巴巴地向西望着，专待援军到来。

慕容永见大逸豆归狼狈而回，大惊失色，于是亲自率领五万精兵前来援救台壁。慕容永在河曲驻扎，并下战书给慕容垂。慕容垂与他定好战期，然后在台壁南面列阵，分慕容农、慕容楷二军为左右翼，又派慕容国埋伏在深涧下面。第二天两军交战，将对将，兵对兵大战起来。不到一会儿，慕容垂竟拍马往回奔跑，将士也佯装失败，纷纷逃跑。慕容永不管好歹，麾兵就追，将士们争着从深涧上跃过。不料走到半途，慕容楷和慕容农两军突然杀出，夹攻慕容永，慕容垂又转身回来，痛击慕容永。慕容永三面受敌，不能抵挡，只得回马奔逃。慕容永奔到涧水边，不料慕容国又从旁杀出，截住了他的去路。慕容垂与慕容农、慕容楷又在后面穷追不舍，慕容永进退两难，全军大乱，死了无数士卒。慕容永命不该绝，侥幸逃脱，奔回长子。

晋阳、沙亭、潞川的守将全部闻风逃散，慕容钟向慕容垂投降。慕容永听说后，就将慕容钟的妻儿通通杀害。他担心长子被围，打算留太子慕容亮据守长子，自己奔逃后秦。侍中兰英道："为今之计，应当坚守不战。"慕容永依议，据守长子。燕兵陆续到来，聚集城下，四面筑栅，把一座长子城团团围住。一攻一守，相持了大概四五十天，城池虽未陷落，却已是孤危得很了。慕容永派中山公带着御玺趁夜出城，向晋雍州刺史郗恢求救。晋廷虽答应发兵援救，但远水解不了近渴。慕容永担心晋兵不来，又派太子慕容亮向魏求援。慕容亮一出城，就被燕将平视擒获，只有一个随骑逃到盛乐向魏王拓跋珪求援。拓跋珪命陈留公拓跋虔和将军庾岳见机行事。怎奈长子城一日比一日危险，晋、魏的援兵又都没有来，守城将士大逸豆归与部将窦韬都起了歹心，竟然开城迎敌。慕容永大惊，急忙带着家眷，往北门逃去。不巧碰着了燕军的前队，燕军一声呐喊把慕容永围住。慕容永束手受擒，家眷也无一逃脱。慕容垂说他滥杀宗族，罪无可恕，将慕容永及其妻儿全部斩首。刁云等四十多人也全部被杀。大逸豆归自以为开城有功，能得到重赏，偏偏慕容垂骂他不忠，赏了他一刀两段。总计西燕自慕容泓改元到慕容永亡国，更易六主，合计只有十一年。

慕容垂灭了西燕，慕容永统辖的八郡都被他收去。令宜都王慕容凤为雍州刺史，镇守长子；丹阳王慕容缵为平州刺史，镇守晋阳。然后自己回邺城去了。后来慕容垂又东巡阳平、平原，听说晋想援救慕容永，就派慕容农渡河与镇南将军尹国，先后攻下晋的廪邱、阳城。晋平东太守韦简带兵截击，大败亡身。晋高平太守徐含远派使者到刘牢之那里乞援，刘牢之不能赴援，高平、泰山、琅玡诸郡相继陷没。慕容农进兵临海，也大获全胜。慕容垂北上龙城，在太庙告捷。

不久，接到北方军报，说魏王珪出师秀谷，侵逼附塞诸郡。慕容垂本打算亲征，但年已衰迈，力不能及，于是派太子慕容宝为统帅，辽西王慕容农、赵王慕容麟等人率领八万人马从五原出发，讨伐魏国。当时慕容柔、慕容楷等人相继病逝，慕容德、慕容绍掌兵如故。慕容垂令慕容绍带一万八千兵马做慕容宝的后应。散骑常侍高湖上疏进谏道："魏与燕通好已久，前次因求马不得，扣留了拓跋珪的弟弟。他直我曲，因此不应当兴兵。况且拓跋珪既善谋又世故，兵精士盛。太子年少气壮，一定会轻视拓跋珪，万一挫败国威必然大挫，愿陛下慎重。"慕容垂非但不听，反而罢免了高湖，并令慕容宝等人向北进发。

魏王拓跋珪刚刚讨平刘卫辰，斩杀了刘卫辰父子及五千党羽。刘卫辰的少子刘勃勃逃到薛干。拓跋珪一共掠得三十多万匹战马、四百多万头牛羊回到盛乐。不久向薛干索要刘勃勃，薛干酋长太悉伏拒绝魏使，将刘勃勃送到后秦高平公没弈于那里。魏王珪恨他抗命，率兵大破薛干，大掠财物，从此国富民强，士饱马腾。此次燕军大举来攻，长史张衮对拓跋珪说道："燕灭了丁零，随后又杀死慕容永，攻陷滑台、长子，肯定骄傲轻敌，以为我们也是一战即败。我们不如暂避锋芒，假装羸弱，麻痹燕军，让他放松警惕，然后我们再发兵，定能取胜！"拓跋珪大喜，将部落里的畜产都迁到千余里外的地方。

燕军来到五原，然后进军临河，砍树造船。大约十多天就造了一千多艘。魏王拓跋珪听说燕兵要渡河，立即发兵抵御，并派右司马许谦到后秦借兵。燕太子慕容宝刚刚备齐船只，让士兵们登船，河中忽然刮起一阵狂风，将船只吹动，有几十艘船竟顺风漂到了对岸。正好被魏兵前队看到，就将船拦住，船上的三百多名士兵都被俘虏。魏王拓跋珪说道："燕主已经死了，燕太子为什么不早点回去，反而还要渡河呢？"说完，就把他们放了。燕兵回去就将拓跋珪的话告诉慕容宝。燕太子慕容宝不免惊疑。原来慕容宝带兵到五原后，派使者到中山传达消息，数次都不见答复，听了这话，还以为慕容垂果真发生不测。其实中山并非没派使者，只不过被魏国暗地里截获而已。魏王拓跋珪放中山使者回去，说燕主已死，慕容宝更加惊慌，士兵们也惊骇不已，因此不敢渡河。拓跋珪于是派陈留公拓跋虔率领五万骑兵驻屯河东，东平公拓跋仪率十万骑兵驻屯河北，略阳公拓跋遵率领七万骑兵绕出河南，堵住燕军回去的路。加上后秦派杨佛嵩带兵来援助，魏国的势力更加强盛。

燕太子慕容宝走到幽州，车轴突然无缘无故地断了，术士勒安连说不祥，劝慕容宝道："天时不利，急速还军，才能幸免！"慕容宝仍然不听。勒安叹道："我们都要弃尸荒野，不能生还了！"赵王慕容麟的部将慕舆嵩以为慕容垂真的死了，于是密谋作乱，奉慕容麟为主，后来事情败露被杀。慕容宝因此忌恨慕容麟。当时是初冬，还不是很冷，河水都没有结冰，慕容宝认为魏兵无法渡河，就没有派人去侦察敌情。偏偏隔了一晚，北风暴吼，天气骤冷，河水全部结冰。魏王拓跋珪带着两万精兵顺顺当当地过了河，一路追赶燕军。

燕军驻扎在参合陂，慕容宝以为魏军追不上了，一路更是没什么戒备。沙门支昙猛见天象忽变，连忙劝慕容宝早做防备，派兵断后，慕容宝不以为然。范阳王慕容德也劝道："宁可先做预防，也不要事后后悔。"慕容宝就派慕容麟负责断后。但慕容麟总认为魏兵不会追来，虽然奉命，却并不认真戒备。

魏兵昼夜兼行，到了参合陂西部，燕军还没有察觉。靳安对慕容宝说道："今天西北风很是强劲，肯定是追兵快到的征兆，我们应当快马回都，否则就难逃大祸了！"慕容宝不听，当夜还是安营住下。第二天天大亮的时候，正准备起程，山上已鼓角乱鸣，震天动地。抬头一望，魏兵正从山腰冲下来，好似泰山压顶一般。这一惊非同小可，吓得燕军个个胆战心惊，只想着逃命，没有一个肯为慕容宝效死，只听一声哗噪，全都弃营四逃。燕军急不择路，都往河涧中乱走。有的滑倒，被人马一通乱踩，有的溺死，有的被魏兵杀死。等过了河涧，死伤已有一万多人。魏拓跋遵又率兵冲出，截住燕军去路。燕军四五万人都恨慕容宝不听劝告，害得他们陷入绝地，索性丢兵弃甲，束手就擒。只有数千将士奋力杀开一条血路，才保住慕容宝。陈留王慕容绍被杀，鲁阳王慕容倭奴、桂阴王慕容道成、济阴公慕容尹国等文武将吏数百人被擒。慕容宝的宠妻、东宫的侍女以及兵器、军粮都被魏兵抢走。魏王拓跋珪本打算留下数人，其余的全部放还，偏有一人出来拦阻道："不可，不可！"拓跋珪顺着声音看过去，原来是中部大人王建。

司马道子专权

中部大人王建劝魏王拓跋珪务必将燕军俘虏全部杀尽，他说："燕国自恃强盛，屡次侵犯我国。如今喜获大捷，理应将俘虏全部斩杀，免留后患。"拓跋珪道："这样做只怕会激起民愤，失了民心还怎么得天下呢?"无奈军中将士都支持王建,拓跋珪也不好固执,就命人将一万多俘虏全部坑死,然后回盛乐去了。燕太子慕容宝狼狈不堪地回到都城,自觉惭愧,再次请命攻打魏国。范阳王慕容德对慕容垂说道:"参合陂一败有损国威,应当再次发兵征讨,挫挫对方的锐气,令他不敢轻视我国,否则后患无穷!"慕容垂于是命清河公慕容会担任幽州刺史,镇守龙城,又让阳城王兰汗为北中郎将镇守蓟郡。慕容会是太子慕容宝的次子,与慕容盛是同父异母的兄弟。慕容盛的妻子兰氏是兰汗的女儿,且与慕容垂的生母兰太后同宗。慕容垂派慕容会、兰汗二人分别接替慕容隆和慕容盛,是要调回慕容隆和慕容盛,一同进攻北魏,定好来春发兵。太史令劝道:"根据天象来看,来春发兵对主帅不利,而且这次发兵实在是太过急躁。躁兵必败啊!"慕容垂并不相信,仍然部署兵马准备出师。参合陂大败之后,精锐多半伤亡,虽然又招募了一些士兵,但还是不够。幸好高阳王慕容隆带来的龙城将士,军容精整,士气高昂。慕容垂派征东将军平视发兵攻打冀州。不料平视居然背叛燕国,平视的弟弟海阳令平翰也起兵作乱。镇东将军余嵩奉令阻击平视,战败而死。慕容垂不得已,只好亲自出兵讨伐逆臣,平视慌忙逃走。平翰攻下龙城之后,被清河公慕容会打败,逃往山南。

慕容垂留慕容德镇守中山,自己则秘密翻过青岭登上天门,凿山开道,进兵云中。魏陈留公拓跋虔据守平城。慕容垂到了猎岭,起用慕容农和慕容隆做前锋,令他们袭击拓跋虔。拓跋虔不曾设防,直到慕容农和慕容隆两军来到城下,他才冒冒失失地出来应战。龙城兵奋勇争先,锐不可当。拓跋虔抵挡不住,见燕军很是厉害,急忙收兵,想要返回城中。谁知慕容隆已经从他背后突然杀出,堵住了城门。拓跋虔被他当头一槊,死在了马下。魏兵见拓跋虔被杀,吓得目瞪口呆,纷纷弃械投降。慕容隆带兵入城,收降魏兵三万多人。慕容隆随即向慕容垂报捷。慕容垂来到参合陂,见太子慕容宝去年交战的地方积尸如山,不禁悲叹。随后设席祭奠,军士哀号不已,悲声震动山谷。慕容垂由悲生愤,竟然呕血,几乎晕倒。左右忙将他扶入马车,并准备退兵。慕容垂不许,仍然率军前行,在平城西北三十里的地方驻扎下来。

太子慕容宝本来已经赶往云中,接到慕容垂呕血的消息,立即往回走。魏王拓跋珪听说燕军大举而来,惊心不已,后来听说慕容垂已经病死,就大胆率众南追。途中又接到平城兵败的消息,就退到阴山。慕容垂在营中待了十天,病情恶化,后来在上谷病逝。慕容垂遗命丧礼从简,秘不发丧，等到了中山才能举哀治葬。太子慕容宝一律遵行，回到中山才为慕容垂发丧。慕容垂在位十三年，享年七十一岁。

太子慕容宝嗣帝位，谥慕容垂为神武皇帝，庙号世祖，尊母亲段氏为太后，改建兴十一年为永康元年。慕容宝命范阳王慕容德担任冀州牧，镇守邺城；辽西王慕容农，担任并州牧，镇守晋阳；赵王慕容麟为尚书左仆射，高阳王慕容隆为右仆射，长乐公慕容盛为司隶校尉，宜都王慕容凤为冀州刺史。慕容宝是慕容垂的四子，年少时轻狂狡猾，没什么志向和操守，弱冠后被立为太子才砥砺自修，崇尚儒学，擅长谈论和写文章，一直在慕容垂身边承欢膝下。慕容垂对他也格外宠爱。其实慕容宝是故作姿态以窃取大位，得偿心愿之后，自然故态复萌，朝廷内外无不失望。

慕容垂的继后段氏曾对慕容垂说道："太子优柔寡断，如果做守成的君王的话，还可以胜任。如今国运艰难，太子不是济世英雄，恐怕不能承继大业！辽西、高阳二王都是贤子，何不选他们当中的一个继承大业呢？赵王慕容麟奸诈刚愎，他日必会成为国患！"慕容垂听了大怒，将段氏斥责了一番。段氏一片好心却落得一番数落，只好暗暗流泪。原来慕容宝是前任段皇后所生，慕容麟、慕容农和慕容隆等人都是其他姬姜所生，段氏的亲生儿子慕容朗和慕容鉴都还幼小，慕容垂怀疑段皇后是心怀嫉妒，因而从中进谗。段氏怏怏退出，对胞妹季妃说道："太子不才，朝廷内外都知道，只有主上被蒙在鼓里。我为社稷着想进言提醒，却被主上猜忌，真是有怨没处说。我想主上百年以后，太子必丧社稷，赵王也必会生乱。宗室中的人多半是庸才，只有范阳王慕容德气度非凡，有王者之风啊！"季妃不便多言，只是静静听着罢了。

然而隔墙有耳，这番话随即被四处传播。太子慕容宝和赵王慕容麟听到后当然怀恨在心。慕容宝已经登上大位，大臣按照旧例，尊段皇后为皇太后，慕容宝一时不好拒绝，只好暂时依议。过了半个月，慕容宝指使慕容麟威胁段太后自裁。段太后又怒又悲，哭着说道："你们兄弟胆敢逼杀母后，如此大逆不道还想保住先业吗？我岂是怕死之人，只怕国家将亡，祖宗受辱啊！"说完饮鸩自杀。慕容麟出宫告知慕容宝。慕容宝与慕容麟认为段氏所作所为不合母道，不应当为她发丧，群臣也不敢进谏。只有中书令眭邃劝谏道："向来没有儿子废母亲的道理，况且传闻是否属实还不能确信。依臣之见还是应当遵礼发丧。"慕容宝这才为段太后举丧，追谥为成哀皇后。

晋孝武帝亲政以后，尽心国事，委任贤臣。淝水一战击退强秦，收复青、兖等州，晋威稍振。太元九年崇德太后褚氏驾崩。孝武帝的皇后王氏嗜酒成性，有失礼仪，孝武帝特召王皇后的父亲王蕴进宫训导皇后。王蕴遵旨入宫，规劝王皇后，王皇后潜心改过，五年后病逝了。当时后宫有个陈氏，出自教坊，擅长色艺，因能歌擅弹应选入宫。孝武帝正值壮年，哪有不好色的道理。于是朝拥夜偎，尝尽温柔滋味。不久，陈氏生下二男，长子司马德宗，次子司马德文。陈氏出身微贱，不能被册封为正宫，孝武帝不得已，只好将她封为淑媛，但中宫之位一直空着。然而红颜薄命，太元十五年，陈氏也一病不起，撒手而去，孝武帝悲悼异常。幸好有一张氏娇娃，聪明伶俐不亚于陈淑媛，闭月羞花更胜陈淑媛一筹。孝武帝册封张氏为贵人，欢情依旧，才把陈淑媛渐渐忘记。

张贵人得宠之后，孝武帝沉迷美色，眷恋深宫，连接几天不理政务，所有军国大事都交给琅玡王司马道子办理。司马道子是孝武帝的胞弟，二人都是李昆仑所生。孝武即位以后曾尊李氏为淑妃，后来又晋封李氏为皇太妃。司马道子受封为琅玡王，担任骠骑将军，权势一天比一天大。太保谢安在位时，看不惯司马道子恃宠弄权，因而与他不和。谢安的女婿王国宝是故左卫将军王坦的儿子，性格奸诈，喜欢阿谀逢迎。谢安不喜欢王国宝，始终不肯引荐他做官，王国宝因此怀恨在心。恰好王国宝的堂妹入选为司马道子的妃子，王国宝于是极力巴结司马道子。司马道子常常入宫进谗，说尽谢安的坏话。孝武帝素来倚重谢安，所以始终不信谗言，谢安又一直避居在外，因而得以善终。谢安去世后，司马道子手握大权，负责全国的军务，并担任扬州刺史。司马道子嗜酒渔色，夜夜欢歌纵饮，有时还入宫与孝武帝纵酒寻欢。他还崇尚佛理，府中僧尼众多。司马道子升王国宝为侍中，对他委以重任，王国宝因此更加肆无忌惮，作威作福。

会稽隐士戴逵志操高洁，不愿做官，见朝政日益混乱就逃往吴郡。吴国内史王珣在武邱山建有别馆，戴逵逃到那里，与王珣一起游玩了十多天，托王珣向朝廷请辞，免得朝廷再召他。王珣代为请求，戴逵才得以回到会稽，在剡溪隐居下来。会稽人许荣担任右卫领营将军，他上疏指陈时弊，将一腔热血，满心忠诚，尽情挥洒。无奈朝廷并不在意。

孝武帝册立司马德宗为皇太子。司马德宗愚笨异常，连寒暑、饥饱都分不清，饮食起居都要人随身伺候，被立为储君后，依旧待在后宫。许荣又上疏说太子应当搬到东宫，不宜留养后宫，孝武帝置之不理。

司马道子权倾朝野，门庭若市，孝武帝心中不免有所猜忌。王国宝想奉承司马道子，就上了一份奏折，请求任司马道子为丞相。奏书一呈上去，孝武帝大怒，将原奏驳了下来。

中书侍郎范宁、徐邈刚正不阿，指斥奸党毫不留情。范宁尤其敢言，无论亲贵，凡是坏法乱纪之人，必受抨击。王国宝是范宁的外甥，范宁认为他为人卑鄙，而且屡教不改，上疏请皇上贬黜王国宝。王国宝仗着有司马道子这个大靠山，反去诬陷范宁。范宁对他又恨又怕，只好请求外调，愿做豫章太守。据说豫章太守这个职位很不吉利，凡是担任这个职位的官员都不能寿终，因此朝臣都不愿担任这个职位。孝武帝看到范宁的奏折也大惊道：“豫章太守这个职位不好，范宁为什么要以身试死呢？”但范宁一再坚持，孝武帝也只得允准。

王国宝因之前被范宁弹劾，就派陈郡人袁悦之致书后宫，让妃子们为自己说好话。孝武帝看到书信，怒不可遏，下令处斩袁悦之。王国宝更加惶恐，只好托司马道子进宫，请李太妃代为调停，袁悦之这才捡回一条小命。

司马道子越来越放肆，甚至卖官鬻爵。嬖人赵牙献金献妓，得了魏郡太守一官。钱塘小吏茹千秋纳贿上万，被授予谘议参军一职。赵牙为司马道子监工修筑府第，叠山穿沼，植树栽花，费资亿万。司马道子在河沼旁开设酒肆，让宫人在那里卖酒，自己常与众人乘船前去饮酒，放浪形骸。孝武帝听说后也要前往游览，司马道子不敢拒驾只好答应。孝武帝游览完说道：“府内有山以供游玩远眺，不能说不好，但太过奢华，恐怕有违勤俭之德！”司马道子无词可答，只好随口应命。孝武帝回宫后，司马道子召来赵牙说道：“皇上若知此山乃版筑而成，你就死罪难逃了！”赵牙笑道：“有大王在，赵牙怎么敢死？”司马道子大笑。茹千秋倚势敛财成为巨富，儿子茹寿龄担任乐安令贪赃枉法，犯下死罪却安然无事。孝武帝得知后虽怀怒意，但因司马道子一心袒护茹寿龄，也就没有深究。加上李太妃又特别宠爱司马道子，司马道子出入宫禁如同出入自家府邸，完全不守君臣之礼。

孝武帝想选用名士镇守藩镇，以牵制司马道子。当时中书令王恭和黄门郎殷仲堪都很有名望，孝武帝召入太子左卫率王雅问道：“我打算起用王恭、殷仲堪，你认为怎么样？”王雅答道：“这二人虽然博学能

331

文，但都器量狭窄。天下无事，他们或许还能称职，一旦有变，很可能会成为乱贼。愿陛下另选贤良，切勿轻用他们！"孝武帝不以为然，命王恭为平北将军，担任青、兖二州的刺史，镇守京口；段仲堪为振威将军，担任荆州刺史，镇守江陵。又升尚书右仆射王珣为左仆射，王雅为太子少傅。孝武帝在朝廷内外都安插了心腹，无非是想牵制司马道子。哪知内患未除，却惹出一场外患来。

张贵人弑君

司马道子窥透孝武帝的心思，就用王国宝为心腹，琅玡内史王绪为爪牙。兄弟二人彼此猜忌，暗中较劲。孝武帝待司马道子与从前大不相同，还亏李太妃在一旁调解，二人才算神离貌合，勉强维持君臣关系。司马道子又想推尊母妃以增加内援，于是启奏孝武帝，请求尊李太妃为太后。孝武帝不好拒绝，只好改太妃名号，尊为太后，让她居住在崇训宫。然后封司马道子为会稽王，改立皇子司马德文为琅玡王。司马德文比太子聪慧，孝武帝常让他陪侍太子，规劝教导太子的一言一行。司马道子仗着内有太后撑腰，外有近臣支持，骄纵贪婪始终不改。

太子洗马南郡公桓玄，是前大司马桓温的少子。桓玄五岁的时候承袭爵位，长大以后颇通文辞。朝廷因为他父亲的关系，不给他官做，到了二十三岁才让他当了太子洗马。桓玄认为自己才大官小，心中很是不快，于是去拜访司马道子，谋求高升。司马道子当时正在大宴宾朋，桓玄进去拜见。司马道子已经喝得酩酊大醉，因此任桓玄拜伏，没有让他起身，并对众人说道："桓温晚年想做反贼，你们听说过吗？"桓玄一听，吓得汗流浃背，趴在地上不敢起来。长史谢重在旁说道："故宣武公桓温罢黜昏君，扶持圣主，功劳堪比霍光。外面的人议论纷纭，未免混淆黑白！"司马道子这才点头，用吴语说道："侬知！侬知！"因此让桓玄起身，一起饮酒。桓玄拜谢而起，饮了一杯便借故出去了，从此仇恨司马道子。不久，桓玄担任义兴太守一职，但他始终感叹自己不得志。一次登高望见鄱阳湖，叹息道："父做九州伯，儿做五湖长，岂不可耻？"因此上表请辞。孝武帝看也不看，随手丢到一旁。

殷仲堪镇守江陵时，桓玄正在南郡。两地很近，免不得互相往来。

荆州百姓颇为畏服桓氏，殷仲堪见桓玄风神秀朗，能言善辩，便对他格外优待。不久，殷仲堪大权旁落，反被桓玄牵制。桓玄曾在殷仲堪的大厅前舞槊，殷仲堪站在一旁观看，桓玄竟然举着槊假装刺向殷仲堪。中兵参军刘迈在一旁看到，忍不住说桓玄马槊有余，精理不足。桓玄一听，立即对刘迈怒目而视，殷仲堪也不禁失色。桓玄走后，殷仲堪对刘迈说道："你真是狂人出狂言，桓玄久居南郡，手下岂无党羽？如果他派遣刺客暗杀你，我都无法相救啊。刚刚见他悻悻而出，估计在想如何报复你，你还是赶紧到远方避祸去吧。"刘迈于是悄悄逃走了，桓玄果然派人追赶，幸亏刘迈走得早，侥幸不死。征虏参军胡藩路过江陵，对殷仲堪说道："桓玄志趣不定，心中怨气太深，日后恐怕会危及你。"殷仲堪默然不答，似信非信。

殷仲堪连一个桓玄都控制不了，又如何能牵制司马道子呢？因此司马道子威权如故，孝武帝更加不能安心。中书侍郎徐邈劝道："兄弟至亲应当谨慎相处，宽容相待。"孝武帝这才放下猜忌，仍然重任司马道子。

王国宝兄弟数人都官居显位。长兄王恺担任右卫将军，颇能尽职。次兄王愉为骠骑司马，升任辅国将军，弟弟王忱风流倜傥、睥睨傲物。王恭、王珣才望都在王忱之下。王恭出镇江陵以前，荆州刺史一职由王忱担任，旁人总以为他少不经事，不能胜任。谁知他一上任，便深得人心，在桓玄面前也是谈笑自如，令桓玄叹服不已。只是王忱喜好饮酒，一醉几天都醒不了，因此酿成酒膈。后来王忱因病辞官，不久就去世了。王国宝回去奔丧，上表请求解职，朝廷不许，但给了他假期。偏王国宝又心生悔意，徘徊着不肯回去。中丞褚粲上疏弹劾王国宝。王国宝担心获罪，只得再求司马道子帮忙挽回，但又不敢露出形迹，于是男扮女装，谎称是王家女婢，混入司马道子的府邸。司马道子且笑且怜，替他设法，总算让他如愿。

不久假满复官，王国宝更加骄纵不法，后房妓妾数百，天下珍玩满屋。孝武帝听说后，召他询问，王国宝哭诉一番，反而让孝武帝一腔怒气烟消云散。他向来是个逢迎妙手，探得孝武帝对司马道子有意提防，于是竭力迎合孝武帝，并且重贿后宫的张贵人，让她为自己说尽好话。一夕之间竟从相府爪牙，一跃成为皇宫心腹！司马道子知道后心中不平，在内省遇见王国宝就斥骂他忘恩负义，并拔剑相向。王国宝吓得魂飞魄散，撒腿飞奔。司马道子举剑朝王国宝扔过去却没刺中，被他逃脱。后来经百官多方劝说，司马道子才作罢。孝武帝知道后，对王国宝更加信任，常让他在一旁侍宴。一次，孝武帝喝酒喝得兴起，与王国宝谈及儿女的婚姻大事。王国宝说自己的女儿秀外慧中，孝武帝便随口说要纳他女儿为琅玡王妃，王国宝喜出望外，叩头拜谢。出宫之后，等了十多天都不见有圣旨下来，王国宝于是转问张贵人，才得"缓日结婚"四字，王国宝只好静心等待。

太元二十年，皇太子司马德宗迁到东宫。会稽王司马道子兼任太子太傅，王珣兼任太子詹事，与太子少傅王雅，上疏请朝廷征用会稽隐士戴逵。孝武帝下诏起用戴逵，戴逵仍称病不受，不久逝世。

孝武帝整日溺情酒色，日益荒淫，因为一句戏言，竟酿出一宗内弑的骇闻，使得这位春秋鼎盛的江东天子，眨眼间奔赴黄泉！孝武帝在位时，白天出现了太白星。太元二十年七月，又有长星出现在南方，光芒数丈。孝武帝在华林园设宴，抬头看见长星，不免惊慌，拿着酒杯，向天空说道："长星你也喝一杯酒吧。自古以来，就没有万年天子，你又何必出现呢？"后来国内水旱不断，时不时还发生地震，孝武帝却仍然沉湎酒色。仆射王珣是故相王导的孙子，虽然风流儒雅，但从不抗颜谏诤。太子少傅王雅虽然很有见识，但处事谨慎，态度模棱两可。孝武帝本来是让二人做耳目，二人却都做了好好先生，还有什么人敢直言不讳？再加上后宫之中的张贵人整日蛊惑圣聪，酒不醉人人自醉，色不迷人人自迷，孝武帝更是荒废政务，昏庸糊涂。

太元二十一年秋天，孝武帝在清暑殿中与张贵人饮酒作乐，彻夜流连，不但外人难见孝武帝，就是六宫嫔御与孝武帝也好似咫尺天涯，无从相见。不过请安故例总须照行，有时孝武帝醉卧不起，连日在床，后宫的嫔妃不免生疑，以为孝武帝有什么疾病，于是纷纷前去探望，大献殷勤。张贵人恃宠生骄，见到那些妖媚娇娃，简直如眼中钉一般，恨不得一一驱逐，单剩自己一人陪着君王终生享福。有几个伶牙俐齿的妃嫔窥透张贵人心中的醋意，免不得冷嘲热讽。张贵人满腔愤恨无处发泄，烦恼不已。

一天晚上，孝武帝与张贵人共饮，张贵人心中不快，勉强陪饮。孝武帝饮了好几杯，睁着一双醉眼，凝视着张贵人的脸庞，见她似乎有些不快，默想了一会儿，猜不出她为什么气恼。问她是否安康，她说无恙。孝武帝猜不出张贵人到底哪里不满意，索性也不多想。孝武帝所爱唯酒，以为酒入欢肠，百忧俱消，因此就让张贵人多饮几杯。张贵人酒量本来就小，更因怨气积胸，根本不愿喝。但君命难违，前两杯还是耐着性子勉强喝干，到了第三杯实是饮不下了。孝武帝还要苦劝，张贵人就说一会儿再喝。偏偏孝武帝担心她不肯喝，于是先自己狂喝数杯，然后举酒示意张贵人道："你应陪我一杯!"说着，又是一口吸尽。张贵人拗他不过，只得抿了几口。孝武帝不禁怒从心起，逼她喝完，令侍女斟满张贵人的酒杯，说她故意违命，应当罚饮三杯。张贵人烦闷难忍，就拿侍女出气，斥责侍女斟得太满，然后对孝武帝道："陛下也应该节饮，如果陛下长醉不醒，臣妾就有罪了!"孝武帝话没听明白就说道："朕不说你有罪，谁敢说你有罪？如果你今天违令不饮，朕就要治你的罪!"张贵人蓦然起身说道："臣妾偏不饮，看陛下如何罚妾？"孝武帝也起身冷笑道："你不必多嘴，你也快三十了，年老色衰应该废黜了! 后宫年轻貌美的佳丽多得是，你以为朕离不开你吗？"说着忽然一阵眩晕，想要呕吐，一时隐忍不住，竟对着张贵人喷了过去。可怜张贵人的玉貌云裳，被吐得肮脏不堪。侍女看不过去，连忙将孝武帝扶到御榻，服侍他睡下。孝武帝头一挨枕，便昏昏入睡了。

张贵人自从得宠以来，从没有受过这样重的责罚。此次忽然横遭斥辱，哪里禁受得起？一双凤目不知道坠下了多少泪珠儿。张贵人啜泣多时，忽然柳眉双竖，将泪珠收起，让侍女撤去酒席，自己洗过了脸，换过了衣裳，收拾得干干净净。又踌躇了半晌，然后将心腹侍婢召进去，轻声嘱咐了数语。侍婢吓得连连后退，面有难色，张贵人大怒道："你如果不肯依我，便叫你一刀两段!"侍婢无奈，只好战战兢兢地来到御榻旁边，颤抖着双手用被子蒙住孝武帝的头，然后将重物压在孝武帝身上，使他不能动弹。等了好一会儿，才敢揭开被子察看，只见孝武帝已经目瞪舌伸，毫无气息了。这孝武帝笑责张贵人，明明是酒后的一句戏言，张贵人一直伴驾，难道不知道孝武帝的心性？不过因华色将衰，正担心被人夺宠，听了孝武帝的戏言不由得触动心事，竟狠下毒手结束了孝武帝的性命。总计孝武帝在位二十四年，改元两次，年仅三十五岁。

张贵人杀了孝武帝，自知罪责深重，不能不设法瞒骗。于是取出金帛钱财堵住众口，好为自己消灾。然后命人报告宫廷，说孝武帝暴崩。太子司马德宗比西晋的惠帝还要呆笨，自然不能为父雪冤。会稽王司马道子巴不得孝武帝早日归天，欢喜还来不及，哪会再费心追究？太后李氏以及琅玡王司马德文也万万不会想到张贵人竟敢弑主。王珣、王雅等人都是糊涂虫哪里会去认真追查。于是一个弥天大案就这样化于无

335

形了。

王国宝当晚得知噩耗，立即飞奔上马，心里盘算着要入殿代拟遗诏，好担当辅政大臣。偏偏侍中王爽拦住了他，严词喝道："大行皇帝刚刚驾崩，在太子还没到之前，任何人不得擅自进入，违者立斩不赦！"王国宝叹息不已，只好怅然回家。

第二天，太子司马德宗即位，按照惯例大赦天下，史称安帝。有人奏请，说会稽王司马道子功勋显著，应升任太傅。安帝自然依从，仍令司马道子在朝摄政，无论大小政事，一律经司马道子的首肯才能施行。司马道子权位日益尊贵，声威日益显盛，朝廷里的官僚大半趋炎附势，争相奔走权门。最可怪的事是，王国宝不知道用了什么手段，又取得了司马道子的欢心，使得司马道子不念前嫌，依旧优待他，还将他引为心腹，赏了王国宝一个领军将军的职位。堂弟王绪见阿兄转风使舵，自然也随风敲锣。

小人王国宝

平北将军王恭到都城送葬，见了司马道子就厉声斥责。司马道子想到自己刚刚摄政，内外应当安定，所以耐着性子，忍着闷气，勉强与他周旋。偏偏王恭不肯通融，谈论时政尽情批驳，声色俱厉，司马道子因而心中怀恨。王绪想讨好司马道子，因此与王国宝密商，说不如趁王恭入朝时设伏谋杀。王国宝认为王恭在朝野内外颇有名望，不能贸然下手，所以没有听从。王恭也非常厌恶王国宝，有人建议王恭召入外兵，除去王国宝。王恭因冀州刺史庾楷与王国宝同党，而且兵马强盛，颇为担忧，就去找王珣商量。王珣说道："王国宝始终是个祸害，但现在他的劣迹还没有显露出来，我们贸然动手反而会导致朝局动荡。况且如果您没有得到皇上旨意就拥兵入京，反而给他们找到借口来陷害您。您白白担受恶名，岂不失算？不如等到王国宝恶贯满盈的时候，再为民除逆，到时候名正言顺，还怕不能成功吗？"王恭点头称好，二人一笑而散。

过了一个月，安帝奉葬先帝于隆平陵，尊谥孝武皇帝。事情办完后，王恭上疏辞行，准备回到自己的镇地，因而与司马道子等人告别。王恭离开的时候对司马道子说："主上刚刚登基，宰相责任重大。愿宰相纳直言，远佞人，保邦治国，这样才不愧为良相！"说着，睁眼直视司马道子。又看见王国宝在旁边，脸上顿生怒色，眼珠瞪了又瞪。王国宝不敢直视，只好低下头去。司马道子也觉得愤愤不平，但又不好骤然发作，只得敷衍几句，送王恭出朝。

第二年元旦，安帝改元隆安。司马道子升左仆射王珣为尚书令，领军将军王国宝为左仆射。尊太后李氏为太皇太后，立王氏为皇后。王皇后是故右军将军王羲之的孙女，王献之的女儿。王献之也以书法闻名，官至中书令，有女无子。等到女儿被立为皇后，王献之已经去世，朝廷追封他为光禄大夫。据说王羲之有七个儿子，王徽之和王献之以旷达称扬于世，二人也最和睦。王献之病逝后，王徽之前来奔丧，并不痛哭，只是来到灵床上，取来王献之的琴抚弹许久，始终不成调，悲叹道："呜呼子敬，人琴俱亡！"说完竟然晕倒了，好久才苏醒。王徽之本来就有背疾，此次悲痛过分，引发旧疾，一个多月后也去世了。

王国宝当了仆射，手握大权，司马道子又让他统领东宫兵甲，他的气焰更加嚣张。王绪升为建威将军后，与王国宝朋比为奸，朝野为之侧目。王国宝心中忌惮的人只有王恭和殷仲堪，因此曾建议司马道子黜夺王恭和殷仲堪二人的兵权。虽然司马道子没有照行，但谣言已经传遍朝野。王恭镇戍京口，离都城较近，对都中的事情当然早知道一些，于是修书一封寄给殷仲堪，与他商量讨伐王国宝。殷仲堪曾与桓玄谈论国事，桓玄正想利用殷仲堪动摇朝廷，于是趁机进言道："王国宝专权怙势，最忌惮的人就是你。如果他说动皇上召你入朝，不知你如何应对？"殷仲堪皱着眉说："这正是我担忧的事啊，不知你有什么良策？"桓玄答道："王恭嫉恶如仇，正好与他联手兴兵，入都城，清君侧，东西并举，还愁什么？桓玄愿率荆楚之地的豪杰率先响应。"殷仲堪一听，立即拍手称好。于是召来雍州刺史郗恢、堂兄南蛮校尉殷顗以及南郡相江绩，一同商议起兵。殷顗拒绝道："人臣应当各守本分，朝廷的是非与藩臣无关，我不插手！"江绩也极言不可，惹得殷仲堪大动肝火。殷顗从旁劝解，江绩昂然说道："大丈夫各行己志，怎么能以死相逼呢？况且我也年过六十，只怕不能死得其所，哪里还会怕死！"说完，就大踏步走了出去。殷仲堪怒气难平，于是免了江绩的职，令司马杨佺期代任。殷顗也是托病请辞。殷仲堪前去探望，见殷顗躺在床上，气息虚弱，就说道："兄长病成这样，实在令人担忧。"殷顗睁开眼睛说道："我生了病，大不了自己死，你的病却会让全族灭门啊。你应当自爱，不必挂念我！"殷仲堪闷

337

闷不乐，回到家后接到郗恢的回信，郗恢也不赞成举兵，殷仲堪不免踌躇起来。这时王恭的书信到了，殷仲堪便想出一条圆滑的法子，他让王恭先起兵，自己做后应。王恭看了回信，自然大喜，便立即派人将讨逆檄文呈给朝廷。

晋廷大臣看了檄文，个个心惊。安帝立即传旨内外戒严，司马道子惴惴不安，召来王珣一起商量大计。王珣本为孝武帝所信任，孝武暴崩后，王珣没有得到顾命，因此并没有什么实权。司马道子问道："二藩为逆，你知道吗？"王珣随口答道："朝政得失，王珣不敢议论，王、殷发难，臣从哪里得知呢？"司马道子无词可驳，只好询问王国宝。王国宝只知阿谀逢迎，对这种事情实在无能为力，急得不知所措，只好派遣数百人到竹里戍守。这数百人夜行时遇到大风雨，四散而逃，王国宝更加惶恐不安。王绪说道："王珣与二藩互相勾结，车胤与王珣也是同党。为今之计，不妨假托宰相的命令将这二人杀死。消除了内患，再挟持主上讨伐二藩，人心一致，还有什么好怕的呢？"王国宝迟疑不定，被王绪厉声催逼，才派人召来王珣和车胤。等到他们前来，王国宝又不敢加害，反而同王珣商量方法。王珣说道："王恭、殷仲堪与你本没有什么深仇大怨，不过为了争权才生出这样的心思。"王国宝不等他说完，愕然问道："莫非把我当作了曹爽不成！"王珣说道："这也太严重了，你并没有曹爽那样的罪过，王孝伯又怎么比得上宣帝？"王国宝又问道："车公以为如何？"车胤答道："如果朝廷发兵讨伐王恭，王恭必定会据城固守。到时候如果京口没有攻下，而荆州军又到了，你将如何对付呢？"王国宝失声惊道："怎么办，怎么办？看来只好辞官了！"王珣与车胤窃笑而出。

车胤，字武子，南平人，少时好学，家境贫寒没有灯油，夏天的时候就抓取萤火虫放在囊中照明读书。囊萤照读的故事说的就是车胤。车胤成人后，进入仕途，做了护军将军。王绪因王国宝不听他的计策，放走了王、车二人，不禁叹道："我们都要死了！"王国宝不加理睬，上疏自请解职，没有得到朝廷的慰谕，他又起悔心，于是矫诏自复官位。不料司马道子却当场翻脸，说他假传诏命，派人抓捕王国宝及王绪，赐死王国宝，将王绪斩首。然后修书给王恭自陈过失，且说王国宝兄弟已经伏诛，请他立即罢兵。王恭于是带兵回到京口。殷仲堪听说王国宝已死，才派杨佺期去接应王恭，不久又接到司马道子的书信，知道王恭已经退兵，因此也召回杨佺期。一场风波，总算平息。

侍中王恺、骠骑司马王愉与王国宝是异母兄弟，但素来不相来往，因此得以免坐。会稽世子司马元显年方十六却才敏过人，担任侍中一职，他对父亲司马道子说："王、殷二人，终必为患，不可不防。"司马道子于是上奏升司马元显为征虏将军，所有卫府及徐州文武全由司马元显调遣，以防备王、殷。

凉州牧吕光背秦独立，占据河西。武威太守杜进是吕光麾下第一功臣，权重一时，出入仪仗与吕光不相上下。一天，吕光的外甥石聪从关中而来，吕光问道："中州人知道我的大名吗？"石聪答道："中州人只知杜进，不知舅舅。"吕光不禁愕然，随后将杜进杀死。后来，吕光大宴群僚，谈及政事，参军段业进言说刑法过于严峻。吕光笑道："商鞅立法极为严峻，秦室却因此而强盛，你说这是为什么呢？"段业答道："公要君临四海，就应当效法尧舜，怎么能用严刑峻法来压制百姓？难道归附明公的人都是来求死的吗？"吕光听了，随即革除苛政，推崇宽简。

王穆攻占酒泉后，也自称大将军、凉州牧，与吕光部将徐炅、张掖太守彭晃互相勾结。吕光派兵讨伐徐炅，徐炅逃到张掖，吕光直抵张掖城下。彭晃仓促守城，并向王穆乞援。王穆的援军还没到，城中将领却开城迎入吕光。吕光将彭晃斩首，随后移兵攻打酒泉，王穆正出援张掖，途中听说酒泉失守，慌忙返回。偏部将相继逃散，只剩下王穆一人一骑逃到骍马。骍马令郭文顺手杀死王穆，将他的首级献给吕光。吕光从酒泉回来，金泽县令报称麒麟出现，百兽相随。吕光大喜，于是自称三河王，改年麟嘉。立妻石氏为王妃，子吕绍为世子，追尊三代为王。中书侍郎杨颖上疏请命追尊吕望为始祖，吕光因而自命为吕望后人。

当时段业担任著作郎，见吕光用人时贤奸混淆，就称病到天梯山休养，并写下九首表志诗呈给吕光。吕光虽然褒扬，但始终不听从劝告。

南羌部酋彭奚念进攻白土，守将孙峙不能抵御，退到兴城。吕光派庶长子吕纂与强弩将军窦苟前去支援，大败而回。彭奚念占据枹罕，吕光亲自率领大军前去讨伐。彭奚念命人在白土津旁建立石堤，环水自固，并派精兵守住河津。吕光派将军王宝偷偷潜到河水上游，绕过石堤，夜袭彭奚念的营垒；自己则从石堤直进，隔岸夹攻。守兵全部溃散，吕光又与王宝合力攻打彭奚念。彭奚念逃走，吕光急追，趁势攻下枹罕，逼得彭奚念逃往甘松。吕光留将士戍守枹罕城，然后班师。

之前，吕光想将西海百姓迁走，散居在自己管辖的郡县内。侨民不愿迁居，吕光担心他们作乱，就把他们迁回。又因西海外接胡虏不可不防，于是派儿子吕复负责玉门以西的军事，兼任西域大都护，镇守高昌。

吕光又自号天王，称大凉国，改年龙飞，立世子吕绍为太子。升中书令王详为尚书左仆射，著作郎段业等五人为尚书。当时是晋孝武帝太元二十一年。史家称吕光建立的大梁国为后凉。西秦王乞伏乾归向吕光称藩，不久又背叛吕光。吕光曾派弟弟吕宝前去攻打乞伏乾归，交战失利，吕宝兵败而亡。吕光称尊后就想吞并西秦，可巧乞伏乾归的堂弟乞伏轲殚投奔吕光，吕光不禁大悦，下令即日亲征。

吕光带兵进攻长最，派杨轨、窦苟与吕纂一同攻打金城，作为中路。又派梁恭、金石生会合秦州刺史没奕于，从东路进兵。再命天水公吕延带领枪罕守卒进攻临洮、武始、河关，向西杀入。吕延骁悍骠勇，首先发兵，奋勇前驱，所向无敌。

警报传到乞伏乾归耳中，乞伏乾归已迁都西城，并召集将佐商议抵御大事。众人多说退到成纪避祸，乞伏乾归摇头道："吕光兵马虽多，将帅却都没有远略，吕延有勇无谋，不足为虑。我能用计制服吕延，一旦吕延失败，其他各路也会退走，到时我们乘胜追击，就能将他们一举歼灭了！"

三分凉土

乞伏乾归正在与大臣商议，金城使者来报，说形势危急，乞伏乾归只好救援金城。走到中途又接到急报，说金城已经陷没，太守卫鞬被擒。接着又连失数地，临洮失守，武始失守，河关失守，乞伏乾归大惊失色。

乞伏乾归连连接到警报，不禁惶急起来。沉思了很久，才哭着对将士们说道："今天已经无从逃命，只有死中求生了。凉军虽然四面扑来，毕竟相距甚远，不能立即聚集。只要我们能击败其中一军，不怕凉军不退。"将士听了，踊跃应声道："愿效死力！"乞伏乾归道："我主张先杀退吕延。吕延骁勇善战，不可力敌，我应用计智取。"接着，乞伏乾归分派将士散伏在要隘，让他们静候不动，又让几名死士假装探子，故意被抓，谎称军队要退走。吕延果然中计，让那几名死士做向导。等到吕

340

延的大军被带入陷阱，死士却突然不知去向。听得数声呼哨之后，伏兵四面杀出，把吕延的人马冲成数段。吕延情急之下，正要寻路往回跑，谁知敌军万箭齐发，吕延瞬间成了箭靶，一命呜呼。吕延的司马耿稚早就劝吕延不要轻率进军，吕延不听，才落得如此下场。多亏耿稚在后队与将军姜显结阵自固，才安全退回枹罕。吕光听说吕延战败而死，神色沮丧，下令各军退回，自己匆匆返入姑臧。乞伏乾归再次进据枹罕，随后派定州刺史翟瑥镇守枹罕，召入彭奚念为镇卫将军，命镇西将军屋弘破光为河州牧，然后还师。

吕光遭此一败，声威顿减，部将离心，不久又生出南、北二凉来。南凉为秃发乌孤所建，秃发乌孤是秃发思复鞬的二子。秃发思复鞬曾派长子秃发奚于协助张大豫抵抗吕光，秃发奚于后来被吕光杀害。不久，秃发思复鞬也去世了，秃发乌孤登位以后发誓为兄长报仇，因此派大将纷陁谋取凉州。纷陁说道："凉州不能急取。请先休养生息，养精蓄锐后再报前仇。"秃发乌孤从谏如流，没几年势力就强盛起来。吕光想要笼络秃发乌孤，特派使者前去，封秃发乌孤为冠军大将军、河西鲜卑大都统。秃发乌孤问诸将道："这官职能接受吗？"诸将说道："吕氏与我们有仇，怎么能与他讲和？况且我们士强兵盛，难道还要受制于人？"秃发乌孤道："我也这么想。"独有一人抗声道："我们是要消灭吕光，但不是现在。"秃发乌孤一瞧，是卫弁石真若留，便诘问他道："你怕吕光？"石真若留答道："现在我们还不足以对抗吕光，因此还不能轻举妄动。吕光现在势力尚未大衰，地大兵众。如果他全力攻打，我们恐怕不能抵挡，不如暂时受屈，让他放松戒备，到时再伺机而动，就能一举成功了。"秃发乌孤点头称好，随即接受册封。凉使走后，秃发乌孤立即整顿兵马，攻破乙弗、折掘二部，又派石亦干修筑廉川堡，然后迁都廉川。

秃发乌孤登上廉川大山，不禁垂泪。石亦干在旁劝道："大王今日不乐，想是为了吕光一人。吕光已经年迈，数次出师都无功而返。而我们占据大川，养精蓄锐，将来一可当百，还怕吕光不成！"秃发乌孤道："我是想到先祖广施德威，使其他部落纷纷归顺。如今我继承祖业，却还没有制服诸部，难免悲从中来。"大将苻浑道："大王何不振兵誓众，征服邻近的部落？"秃发乌孤道："你等若肯同心协力，我自当出师。"苻浑等将领齐声应命。秃发乌孤随即下令，发兵四出，连破诸部。

吕光听说秃发乌孤日渐兴盛，于是封秃发乌孤为广武郡公。广武人赵振素有谋略，前来依附秃发乌孤。秃发乌孤立即与他见面，谈及国政，赵振见解独到，秃发乌孤听了，大喜道："我得赵生，大事成了！"这时凉州又有使者前来封秃发乌孤为征南大将军、左贤王。秃发乌孤对来使说道："帝王崛起，本无常种，有德即兴，无道即亡。我将应天顺人，为天下主，不愿再屈服于吕王了！"于是拒绝册封，自称大都督、大将军、大单于、西平王，纪元太初，这年是晋安帝隆安元年。秃发乌孤在广武整顿军队，率兵攻打凉国的金城。凉王吕光派将军窦苟前去支援金城，窦苟在街亭被秃发乌孤兵重创，狼狈逃回，金城沦陷。秃发乌孤又攻取凉乐都、湟河、浇河三郡，收纳岭南羌、胡数万家，连凉将杨轨、王乞基也率众归附。秃发乌孤改称武威王，史家因他在凉州南面，所以称其为南凉。

南凉既兴，北凉又起，首先发难的是沮渠蒙逊。沮渠蒙逊是张掖郡卢水胡人，先祖是匈奴左沮渠王，因此以沮渠为姓氏。沮渠蒙逊有两位伯父，沮渠罗仇和沮渠麹粥，二人曾随吕光讨伐西秦。吕延战死后，沮渠麹粥对兄长沮渠罗仇说道："如今兵败将亡，主上必然多番猜忌，我们兄弟向来被他忌惮，他必定不会相容。与其枉死，不如奋臂一呼，攻下凉州。"沮渠罗仇道："你说得有道理，但我家世代忠良，宁可人负我，我却不忍负人。"不久吕光果然听信谗言，将战败的罪名推到沮渠罗仇和沮渠麹粥身上，将二人杀死。沮渠蒙逊素来有谋略，博览经史并通晓天文，突遭此变，当然悲愤交加，不得已只好将伯父殓葬。诸部多为沮渠氏的姻戚，葬礼当天，前来送葬的人上万，沮渠蒙逊向众人哭诉道："吕王滥杀无辜，我先祖曾统辖河西如今却受人侮辱，岂不可耻？我打算与诸公合力，为我伯父复仇雪恨，不知诸公肯助我吗？"众人听了，无不应命。当即结盟起兵，进攻临松郡，阵斩凉国护军马邃。凉主吕光派儿子吕纂率兵抵御，沮渠蒙逊招架不住，逃入金山。

沮渠蒙逊的堂兄沮渠男成在晋昌起兵，响应沮渠蒙逊。酒泉太守垒澄带兵出击，大败而亡。沮渠男成随即进攻建康①。建康太守段业正受仆射王详的排挤，沮渠男成派人劝段业归附，但遭到拒绝。段业向姑臧求援，援兵始终不到，郡人高逵、史惠劝段业归附沮渠男成，段业无可奈何，只得依从。沮渠男成于是推段业为大都督、龙骧大将军、凉州牧，号为建康公，改吕氏龙飞二年为神玺元年，后又派人

---

① 建康：此地与东晋的都城异地同名。

342

召回沮渠蒙逊。段业封沮渠男成为辅国将军，沮渠蒙逊为镇西将军兼张掖太守。

沮渠蒙逊说："西郡为岭南要隘，应当立即攻取。"段业于是令沮渠蒙逊带兵前去攻打。沮渠蒙逊到了城下，观察地势，见城西有一条河，就假装攻打城池，暗中却派人堵住河道。西郡太守吕纯是吕光的侄子，正专心在城上守着，没想到河水突然灌入城中，汹涌澎湃，兵民大乱，四散而逃。沮渠蒙逊趁机杀入，攻下城池，擒住吕纯。晋昌太守王德和敦煌太守孟敏见势不妙，举郡投降。段业封沮渠蒙逊为临池侯，命王德为酒泉太守，孟敏为沙州刺史，然后派沮渠男成和王德进攻张掖。吕光次子常山公吕弘镇守张掖，不战而逃，张掖沦陷。段业进入张掖，率兵追击吕弘。沮渠蒙逊谏阻，段业不以为然。吕纂正好在这时领兵与吕弘会合，望见段业，便分部兵为两队，吕弘率右翼，自己率左翼，夹道等待段业。等段业一到，吕纂一声号令，两队夹击，杀得段业落荒而逃。幸好沮渠蒙逊前来救援，段业才全身而退。吕纂见段业有援兵才收兵离去。段业叹道："我不纳忠言，才有此败！"懊怅了好几天，又率兵修筑西安城，起用部将臧莫孩为太守。沮渠蒙逊又谏道："臧莫孩有勇无谋，知进忘退，恐怕不能胜任。"段业还是没有听从。不久吕纂兵至，臧莫孩战死，西安城失守，沮渠蒙逊从此轻视段业。段业却很自大，自号凉王，又改元天玺，升沮渠蒙逊为尚书左丞，梁中庸为右丞，以张掖为国都。张掖在凉州北面，所以史家称其为北凉。南北相对，都从后凉分出。后凉吕氏，就此渐渐衰败了。

后燕主慕容宝嗣位以后，弑杀了太后段氏，因而大失人心。不久慕容宝又违背父命，溺爱少子，立储非人，导致内乱。慕容宝的儿子中，年龄最长的是乐公慕容盛，其次为清河公慕容会，然后是濮阳公慕容策，但都不是嫡出。慕容策的母亲出自将门，最受慕容宝宠爱，慕容盛和慕容会二人颇有智略，但他们的母亲都比较卑下。不过，慕容垂生前却十分喜受慕容会，经常对他委以重任，临死前还嘱咐慕容宝立慕容会为太子。慕容宝心中爱怜少子，不肯立慕容会。慕容盛自己立储无望，也不愿慕容会嗣立，索性请立弟弟慕容策，此举正合慕容宝心意。慕容宝与赵王慕容麟商量，慕容麟怀有私心，自然极力赞成立少子。慕容宝于是立慕容策为太子，并立慕容策的母亲段氏为皇后。慕容策当时年仅十二，外表看上去清秀，其实蠢笨异常。慕容盛与慕容麟各怀鬼胎，都极力支持立这样一个庸弱之人做太子。慕容会虽然被晋封为王，却一直不能释

343

怀。祸乱的种子就此种下。再加上北方的后魏刚刚兴盛，常来惊扰燕境，内乱外患也接踵而来。

魏王拓跋珪养兵蓄锐，日见强盛。于是称尊号，建天子旌旗，改登国十一年为皇始元年。魏人忌惮的只是慕容垂，慕容垂死后，魏人无不暗自心喜。拓跋珪大举进攻燕国，率领四十余万兵马从马邑出发，翻过句注山。旌旗蔽空，战马萧萧，绵延两千余里，直逼晋阳，并分兵往东袭击幽州。燕并州牧慕容农与骠骑将军李晨挡不住魏兵，退回晋阳。不料守城的司马慕舆嵩忽起歹心，竟将慕容农的妻儿驱出城外，然后将城门紧闭。

慕容农在城外遇到妻儿，气得不可名状，但退无可退，进无可进，只好带着妻儿向东逃去。部众沿途四散，只剩下几十个骑兵跟随着。到了潞川，魏将长孙肥带兵追来。慕容农逃命要紧，连妻儿都无法顾及，后来中了一箭，忍痛逃脱，好不容易才回到中山，入见燕主。燕主慕容宝不好斥责，略略宽慰后，令他回府休息。第二天，警报传来，晋阳投降，并州陷没。又过了两三天，魏将奚牧攻入汾州。燕主慕容宝急召群臣商议。中山尹苻谟、中书令眭邃、尚书封懿各持己见，争论不休。慕容宝听得脑袋发麻，始终拿不定主意，只好问赵王慕容麟。慕容麟答道："魏兵锐不可当，应当闭城固守。等他粮尽力竭，然后再出击，不怕不能取胜。"于是修筑城墙，囤积粮粟，准备打持久战，并命辽西王慕容农驻屯安喜，作为外援。所有军事调度都由赵王慕容麟负责。

魏主拓跋珪的大军一路夺下井陉，进攻常山，擒住太守苟延。常山以东的各郡县，或望风投降，或弃城逃生。只有邺城与信都二城固守不下。拓跋珪命东平公拓跋仪攻打邺城，将军王建和李栗进攻信都，自己率兵直攻中山。城中已有防备，自然不容易攻下。拓跋珪围攻数日，毫无进展，便决定放弃中山。临走之前，拓跋珪为了示威，再麾众猛攻一场，南城墙不甚坚固，差点被魏兵攻入。燕高阳王慕容隆一面派兵修缮城墙，一面奋勇力战。到黄昏时分，魏兵才退下南走。

慕容宝命章武王慕容宙送葬完毕后，将前镇军慕容隆的部众带回中山。清河王慕容会当时镇守龙城，却将部下多半扣留。慕容宙拗他不过，只好带着慕容隆的家眷及部下前往中山。途中听说有魏寇，就转而奔往蓟州，与镇北将军慕容兰登城守御。魏将石河头进攻蓟州，数天都不能攻克，就退到渔阳。魏主拓跋珪抵达鲁口，博陵太守申永弃城逃往河南，高阳太守崔宏也弃城逃往海渚。拓跋珪曾经听说过崔宏的大名，急忙派人将他追回。然后任用崔宏为黄门侍郎，让他与给事黄门侍郎张衮共同参决机要，创立礼制。博陵令屈遵投降魏国，后来当了中书令。拓跋氏之后的各种制度及所有谕旨，多出自崔宏和屈遵二人之手。

慕容宝逃跑

范阳王慕容德镇守邺城，他听说魏将拓跋虔要来攻打邺城，便让安南王慕容青夜袭魏营。拓跋虔来不及防备，大败而逃，退到新城，慕容青则回城报功。第二天，慕容青还想带兵追打，部将韩掉劝阻道："昨夜是因为对方没有防备，才打了胜仗。现在魏军已经加强戒备，穷追猛打反而会激起敌军的斗志。况且彼众我寡，实在不宜再追。为今之计，不如挖深沟，建高垒，与魏军相持不战。魏军远道而来，粮草不足，必定不能久撑。时间一长，自然就会退去。"慕容德认为确是好计，当即采纳。

魏辽西公贺赖卢是魏主拓跋珪的舅舅，奉命与拓跋仪合兵进攻邺城。魏别部大人没根很有胆识，因遭拓跋珪的忌恨，就投奔了中山。燕主慕容宝任没根为镇东大将军，封为雁门公。没根有勇有谋，请命偷袭魏营。慕容宝还不敢深信他，只给了没根一百多个骑兵。没根带兵靠近魏主拓跋珪的大营，当时太阳正要下山，没根走到僻处，让士兵吃了干粮，悄悄伏着。一直等到半夜，才向魏营走去，口中喊着魏兵的口号，一行人大模大样地叩营进去。魏兵以为他们是巡卒，就没有阻拦。没根一路无阻，直到进入中帐才被拓跋珪的卫兵拦住。一场厮杀在所难免，两下里动起手来，喊声震天。魏主拓跋珪从梦中惊醒，光着脚逃入后帐，急忙让将士抵御。没根等人东砍西劈，斩下了数百人头。见魏兵陆续围来，没根大喝一声，带领骑兵夺路而逃。魏兵因月黑风高，不敢追赶，任凭没根逃之夭夭。这次魏营被劫，虽然没什么大的损失，但魏主拓跋珪已有了三分怯意。

拓跋虔围攻邺城一年多，始终不肯退去。范阳王慕容德力倦神疲，只好派使者入关，向后秦求援。后秦太后蛇氏当时正卧病在床，姚兴颇有孝心，整日侍奉母亲，因此不愿出兵，使者只好回去。守兵听说后秦不肯援助，更加担忧不已。这时城外有书信射入，守兵拾来呈给慕容德，慕容德一看，脸上颇有喜色。原来魏辽西公贺赖卢自恃是国戚，不愿受拓跋仪节制，二人互相猜疑，各怀心思。拓跋仪的司马丁建暗地里与慕容德通好，因此射书入城，报明魏营的情形。慕容德得知魏军必有变动，当然转忧为喜。又过了几天，大风暴起，白日如昏，赖卢营中点燃火炬照明，丁建伪报拓跋仪道："贺赖卢已纵火烧营了，军中必乱无疑。"拓跋仪心中一慌，急忙率军后退。贺赖卢莫名其妙，见拓跋仪退去，也只好撤还。丁建趁机进入邺城投降，并建议攻打拓跋仪。慕容德于是派慕容青带着七千精骑追击魏兵，果然打了个大胜仗，夺下了魏军许多军械。燕主慕容宝得到邺城捷报，派左卫将军慕舆腾收复博陵、高阳，杀掉魏国的守令诸官，堵塞了魏军的粮道。

魏主拓跋珪因邺城久攻不下，信都也没有攻克，决定亲赴信都，支援冠军将军王建。燕宜都王慕容凤在信都已经守了七十多天，粮食将尽，又听说拓跋珪亲自前来围攻，吓得半夜逃到中山去了。信都没了主帅，将军张骧、徐超只好开城投降。

燕国虽然丢了信都，却也攻占了杨城，杀死杨城三百守兵。燕主慕容宝计划全力出击魏国，于是将府库金银全部取出，招募壮士，不论良莠全部录用，金帛不足就将宫中闲散的侍女作为赏赐。于是盗贼、无赖通通混进了军队，几天就招了数万人。没根的侄子丑提是并州监军，担心受到没根的牵连，被魏主问罪，索性回国作乱。拓跋珪担心国都被困，就想结束与燕国的战争，于是派遣国相涉延向燕求和。燕主慕容宝恨拓跋珪负恩，不肯接受和谈，反而率领十二万步卒、三万六千骑兵大举出发，在滹沱河沿岸扎营。魏主拓跋珪听说燕主不肯和谈，勃然大怒，也带领军队来到滹沱河南岸，与燕军夹岸列寨。

燕主宝见魏兵势盛难犯，不禁担忧。高阳王慕容隆想出一计，打算夜劫魏营。慕容宝点头赞同，自己在营中戒严，以做后援。慕容隆挑出万名勇士，每个人都拿着火具，等到夜深寂静无声的时候，悄悄渡河。一登上对岸立即乘风纵火，边烧边向魏营杀入。魏兵从睡梦中惊醒，见漫天大火，顿时乱作一团，抱头乱窜。拓跋珪仓促起来，见外面火光漫天，不由得胆战心惊，连衣服和帽子都来不及穿戴，就匆匆逃跑。燕将乞特真捣入魏主的寝帐，魏主已经走远，只剩得一些衣服、靴子，只好作罢。军粮兵械都被燕兵全部搬走，燕兵你抢我夺，竟然私斗起来。魏主拓跋珪逃到数里之外，发现后面没有追兵，才敢稍稍休息。等到士兵们都回来，依然择地安营。拓跋珪登高遥望，见燕军互相抢夺，自相争斗，不禁大喜，笑道："今夜还可以转败为胜呢！"随即回营召集士兵，在营外遍插火炬，然后带着骑兵大肆进攻燕兵。

燕兵的私斗刚刚停息，正捆载各物，准备渡河回营。没想到魏兵突然如怒虎咆哮一般猛扑过来。燕兵阵势大乱，又没什么斗志，逃的逃，死的死，将军高长被魏兵俘虏。慕容隆看到这种纷乱情况，也只好自顾性命，奔回慕容宝的兵营。慕容宝连忙出兵援应，救回一两千人。第二天，魏兵又在河边整队，与燕军对营相持，军容威不可犯，燕人顿时气馁。慕容麟与慕容农劝慕容宝还师回都，慕容宝拔营而返。魏兵一路追杀，大胜燕军。当时春寒料峭，风雪交加，士兵大多被冻死。慕容宝一路狂奔，顾不上全军，只带了两万旧兵，匆匆向北逃走。因担心被魏兵追上，命令士兵将兵械全部扔掉，数十万的兵器就这样抛洒一路。

尚书闵亮、秘书监崔逞、太常孙沂、殿中侍御史孟辅等人都被魏兵俘虏，投降了魏国。崔逞素有才名，魏主拓跋珪任命他为尚书，委以政事。然后继续进兵，竟然到了中山城外，在芳林园驻扎下来。

燕主慕容宝回到中山，还没来得及喘息，尚书郎慕舆皓竟想谋杀慕容宝，推立赵王慕容麟为燕主。幸好消息走漏，慕容宝立即派兵严查，慕舆皓只好逃奔魏国。慕容宝本想治慕容麟的罪，但魏兵一直进逼，外患未除，只好先含忍过去；另派使者到龙城，召清河王慕容会来中山支援。慕容会心中怨气未消，自然要拖延一番。只派了库傉官伟与余崇，让他们各率五千士兵先行。库傉官伟到了卢龙，等了三个月，粮饷都已经吃完，甚至宰牛杀马充饥，但慕容会一直没来。当时中山已经被困了很多天，燕主慕容宝一再催促慕容会，慕容会却一直找借口拖延。库傉官伟在卢龙也是焦急万分，打算先派轻骑去侦察敌军的强弱，并支援中山，谁知诸将都互相推诿，不肯奉令，余崇愤然说道："都城危急，匹夫尚思奋身杀敌，各位身为将领，身担重任，怎么能如此贪生怕死？如果社稷倾覆，各位又能自保到几时？余崇愿前往杀敌，虽死无憾！"库傉官伟极口褒许，派给余崇数百精骑。余崇一行在渔阳遇到魏国上千名游骑，余崇勉励众人道："彼众我寡，不战必死，只有奋勇杀敌，才能求得一线生机。"说完一马当先，冲上前去，其他士兵也抖擞精神，挥刀大战。余崇杀死魏兵数十人，活捉十多人，击退魏骑，随后带兵回营。当下审讯俘虏，得知魏主也不愿久战，立即派使者报告慕容会。慕容会这才出兵，沿途还是一再逗留，好几天才到蓟城。燕都将士都要求出战，高阳王慕容隆说道："魏国的兵马也大半死伤，人心思归。现在正是我

347

们反击的大好机会，而且城中将士士气高昂，都想大战一场，彼衰我盛，战无不克。倘若一直拖延下去，士气低落，恐怕事久生变。"慕容宝颇以为然，于是让慕容隆整兵出战。偏偏慕容麟多方阻挠，慕容隆孤掌难鸣，一番好计划又付诸东流。

慕容宝急得没法，只好派使者到魏营请和，愿送还魏主的弟弟拓跋觚，并割让常山西境，以常山作为燕、魏的分界。拓跋觚的母后贺氏因过度思念拓跋觚而谢世，拓跋珪心中不免悲伤。听到燕国使者的话，自然乐得罢兵，当即答应退兵。燕使请求魏主拓跋珪立即撤围，然后照约履行协议，拓跋珪带兵退到卢奴。谁知慕容宝突然反悔，不肯履行和约。魏主拓跋珪等了好几天，见燕主杳无音信，就再次进攻中山。燕将士数千人都到大殿上请命，说道："臣等早就想出战，陛下一再禁止，难道要我们等死不成？臣等见内外形势，强弱悬殊，魏主必定不肯轻易离去，请陛下准许我们与魏兵决战！"慕容宝当面允许，又命慕容隆率众出击。慕容隆披甲上马，正要出城，偏慕容麟急忙赶到，不准开门。慕容隆不便与他争执，只好回去。众将士从此灰心，各自怏怏散去。

到了晚上，慕容麟竟带领部众，逼迫左卫将军慕容精入宫，弑杀慕容宝，慕容精不从，被慕容麟拔刀杀死。随后慕容麟带着妻儿出城，逃往西山去了。朝野上下人人震骇。

燕主慕容宝闻报大惊，担心慕容麟会攻打慕容会，正打算派将领会和慕容会，一同追击慕容麟。可巧慕容麟麾下属吏段平子逃回，报称慕容麟正赶赴西山，召集余众，谋划偷袭慕容会，以占据龙城。慕容宝顿足叫道："果然不出我所料，怎么办？怎么办？"说着，召慕容农、慕容隆二王商议，打算放弃中山，带兵保卫龙城。慕容隆应声道："先帝栉风沐雨才成就基业，作为儿孙怎么能轻易扔下祖宗社稷呢？如今外寇正盛，内乱又起，百姓人心不稳。北迁旧都只会引起不必要的骚乱，万万不可。龙城土地狭窄，百姓贫困，不适合做都城。"慕容宝答道："你说得是有道理，但是如今情况危急，不能不迁了。"慕容隆默然退下，慕容农随后退出。辽东人高抚对慕容隆说道："殿下北行将非常不利。如果让主上独自前往，殿下留守都城，殿下不但无祸，还能得立大功。"慕容隆摇头说道："国有大难，主上蒙尘，我怎么能另生异志呢？"于是召来部下，告知他们出发的日期。属下多半不愿走，只有司马鲁恭、参军成岌没有异议。慕容隆喟然道："愿走的走，不愿走的也得走，这是命令！"属下只好各自打理行装，准备出发。慕容农也即日整装，部将谷会归进谏道："城中士兵因为参合战败，恨不得与敌拼命，以报国仇家恨。士兵们都愿意杀敌战死，而不愿北行。大王应当带领众将士击退魏军，然后奉迎大驾重整河山，这样不是忠勇兼全吗？"慕容农气恼道："你不要多说，我心意已决，立即出发！"谷会归只得告退。当天晚上燕主慕容宝开城出发，慕容农、慕容隆、太子慕容策、长乐王慕容盛一同随行。

燕都无主，百姓惊慌不已，东门连夜不闭。魏主拓跋珪听说后，正准备带兵入城，偏冠军将军王建劝魏主等到天明再去。等到晨鸡报晓，旭日已升，魏主拓跋珪来到东门，城门已经关闭。见城上守兵却比之前更为勇猛，拓跋珪不由得惊诧起来。拓跋珪率兵攻打，没捡到半点便宜，反而损伤了数百人。第二天又来进攻，仍然没得到好处。于是派人喊话，道："慕容宝已经弃城逃跑，你们这些百姓还把守什么？难道你们都不怕死吗？"守兵齐声答道："从前参合一战，投降的人都被杀害。既然守是死，降也是死，不如死守！况城中并非无主，去一君立一君，难道魏人能杀尽我吗？"魏主拓跋珪听了，气得双目圆睁，暗怪王建当日不该阻拦，于是派长孙肥和李栗去追攻慕容宝。长孙肥和李栗走到范阳，没看见慕容宝，见新城戍兵寡弱，索性攻了进去。魏主拓跋珪一心想要攻克中山，不肯撤围。究竟中山由何人主持？原来是燕开封公慕容详。慕容详是慕容青的弟弟，他没有出城，被守兵奉为主帅，闭城死守，中山城才算暂时保全。

中山变乱

慕容宝一行人走到阰城，竟然与赵王慕容麟相遇。慕容麟大惊，还以为是慕容宝亲自出兵来征讨，顿时麾众逃往蒲阴。慕容宝并不追击，继续北上，直到蓟城。随从卫士逃的逃，死的死，所剩无几。只有慕容隆部下还有四百骑兵。慕容会率领两万骑兵来到蓟南，听说慕容宝已经进入蓟城，于是进城与父亲相见。父子叙谈的时候，慕容会言谈中多有讽刺，脸上也时常露出不平之色。慕容宝等慕容会退出后，召来慕容农和慕容隆二人，说起慕容会的种种情形。二人都说道："慕容会是陛下的儿子，年纪还小，难免任性骄纵，但他一定不会有异心。"慕容宝心有疑虑，因此想夺去慕容会的兵权，交给慕容隆。慕容隆担心慕容会报复，坚决拒绝。慕容宝仍将慕容会的士兵分拨给慕容农和慕容隆，又派西河

349

公库偯官骥率领三千士兵前去助守中山，然后将蓟城的库藏全部带到龙城。

魏将石河头在夏谦泽追上慕容宝。慕容宝不想与他交战，慕容会道："臣日夜训练士卒，就是为了今天。现在士兵人人踊跃，个个效命，何不大战一场，挫挫敌军的锐气？如果总是不战，贼寇必定认为我军无能，更想歼灭我们，到时候龙城也不能长保了。"慕容宝于是下令列阵抗敌。慕容会一马当先，慕容农与慕容隆二军分攻魏兵左右，三路夹击，大胜魏兵，斩敌数千。慕容隆对故吏阳璆说道："今天虽然大胜，我还是遗恨无穷啊。"说完，仰天长叹，落泪数行。慕容会却因为此次大捷，更加骄躁，慕容隆不得不在旁训勉。慕容会很是愤恨，又担心慕容宝到龙城后，将大权交给慕容农和慕容隆，自己更加失势，竟然起了作乱的心思。幽、平两州的士兵都被慕容会笼络，不愿受慕容农和慕容隆二王节制，并向慕容宝奏请道："清河王勇略过人，臣等愿与他同生共死。请陛下与太子诸王留住在蓟宫，臣等愿意跟随清河王前去解救京师。"慕容宝似信非信，默然不答。众人退后，又有人进言道："清河王没能当上太子，已经愤愤不平，而且他武略过人，善于收买人心。陛下如果让他们前去，只怕京师解围以后，必会发生弑君杀父的大事，陛下不可不防啊。"慕容宝连连点头。侍御史仇尼归是慕容会的私党，探知慕容宝的情况后，私下对慕容会说道："王爷所担心的无非是皇上，现在皇上已经对王爷起了杀心；王爷所能倚靠的唯有兵权，如今兵权已经被剥夺，试问大王要如何自保呢？不如诛杀二王，废掉太子。王爷自己做太子兼任将相，匡复社稷，方为上策。"慕容会犹豫不决。

慕容宝对慕容农和慕容隆道："我看慕容会已经有了造反的念头，现在不除他，难免贻祸。"二王齐说不可。慕容宝慨然道："逆子已经不顾君父，你们还能宽恕他，不忍心诛杀。一旦他作乱，必先灭掉你们，然后是我，到时候只怕后悔也来不及了。"慕容宝虽然这么说，但也不肯急切下手，只是依旧向龙城进发。

到了广都黄榆谷，天色已晚，大军驻扎下来。半夜，忽然听到一片哗噪，慕容隆急忙起身，已经有十多个人持刀进来。慕容隆正想转身，背上已经中了一刀，痛彻心扉，当即晕倒，接连又是一刀，立即送命。慕容农正想跨马逃走，偏被一人阻住，用刀乱砍。慕容农急忙闪避，左臂已经被刀砍伤，忍痛走脱。几个勇猛的士兵捉住一个头目，仔细一看，正是侍御史仇尼归。于是将他捆住，送到慕容农那里。慕容农仔细讯问仇尼归，得知他是受慕容会指使，于是裹好伤口，天亮后报知慕容宝。

慕容宝在晚上听到变故，正在惊慌，慕容会跑进来说道："农、隆二王谋逆，臣已经将他们除去了。"慕容宝明知慕容会狡诈，但也无计可施，只得说道："我向来怀疑二王不忠，没想到他们果然谋变。现在你把他们除了，很好！很好！"慕容会大喜而出。第二天早上，慕容会带着士兵，拥着慕容宝继续前进。建威将军余崇请命收殓慕容隆的尸首，运到龙城，慕容会开始不肯，经余崇一再坚持才勉强同意。正好慕容农押着仇尼归赶来要见慕容宝。慕容宝不容慕容农诉明实情，就呵斥道："你为什么负我？"然后命人将慕容农拿下。仇尼归乐得狡赖，反而说是慕容农作乱。慕容宝让人给他松绑，并官复原职。

大军走了十多里，停下来吃午饭，慕容宝召群臣一起吃，并商议给慕容农定罪。慕容会刚就座，慕容宝目示将军慕舆腾，让他杀了慕容会。慕舆腾拔剑出鞘，向慕容会刺去。慕容会把头一低，头冠被劈掉，身上略受了微伤，起身逃走了。慕舆腾追杀不及，慌忙护送慕容宝，飞奔二百多里，抵达龙城。当时太阳已经下山，慕容会召集部下，并派仇尼归为前锋进攻龙城。慕容宝让壮士乘着夜色出击，大破仇尼归。慕容会上疏诛杀佞臣，并立自己为太子，慕容宝当然不肯答应。慕容会掠去了众多后妃和器物，分别奖赏给将吏。然后自称皇太子，兼任尚书，以讨伐慕舆腾的名义，率领众人再次进攻龙城。慕容宝登上城门谴责慕容会不忠不孝，慕容会跨马扬鞭，意气自如，还下令士兵鼓噪扬威。城中将士见慕容会如此无礼，无不义愤填膺，开城迎战慕容会。城中将士一鼓作气，锐不可当，将慕容会杀退。慕容会大败，灰溜溜地回到营中。到了半夜，侍御史高云又从城中悄悄潜出，带着一百多名死士袭击慕容会的兵营。慕容会大败，士兵相继逃散。慕容会只带了十多名骑兵奔往中山。开封公慕容详怎能容得下慕容会？立即将慕容会抓住，斩首了事，并派人传报龙城。慕容宝于是颁令大赦，论功行赏，封侯拜将，升慕容农为左仆射，兼任尚书令，封高云为夕阳公，并认他为义子。追封高阳王慕容隆为司徒，谥号康。龙城城内，暂得安宁。

邺城此时尚被围困，慕容详仍然坚守到底。魏主拓跋珪命东平公拓跋仪撤围，到钜鹿筹运粟米。慕容详暗中派遣士兵偷袭魏营，杀败守兵。拓跋珪因粮道未通，不便相持，于是率兵退到河间。慕容详认为自己威震天下，竟然自称皇帝，改元建始。起用新平公可足浑谭为车骑大将军，兼任尚书令，此外也设置百官。听说慕容麟在望都，慕容详立即派兵进

351

攻,将慕容麟逼到山上,俘虏慕容麟的妻儿回都。燕西河公库傉官骥助守中山,慕容详僭位以后,库傉官骥反抗不成,被慕容详杀害。慕容详又杀死中山尹苻谟及其全族。苻谟的两个女儿苻娀娥、苻训英,娇小玲珑,幸得走脱。慕容详称帝以后,淫荒嗜酒无度,对部下横加杀戮。尚书令可足浑谭直言进谏,慕容详酒醉糊涂,竟不分青红皂白,喝令左右把可足浑谭推出去斩首。官吏不服,慕容详就派人监视,凡是私议政事的人,不论贵贱,全部处斩。不到一个月,就杀了五百多人,城内城外从此再也没有人敢议论什么了。

当时城中缺粮,大闹饥荒,百姓想到外面觅粮,偏慕容详下令严禁,出入,以致饿死了很多人。因此全城百姓都恨慕容详无道,想要投靠赵王慕容麟。慕容详因为城中缺粮,就派辅国将军张骧到常山运粮。慕容麟趁机偷袭骧军。张骧大败,仓皇逃去。随后慕容麟带着将士悄悄来到中山,城门当时没有关闭,众人一拥而入。城中百姓见慕容麟到来,无不欢喜,引着慕容麟进入伪宫去捉慕容详。慕容详正在酣醉当中,被众人七手八脚捆住,送到慕容麟面前。慕容详睡眼模糊,听得一片杀声,眼睛一睁,刀已横到脖子上了,话都没说,头颅就掉了。慕容麟随即僭号称尊。

魏主拓跋珪听说中山变乱,立即派长孙肥带领七千轻骑偷袭中山,一举攻入外城。慕容麟急忙抵御,长孙肥只好退去。慕容麟带着步骑追击,双方交战一场,各有杀伤。慕容麟丧失铁骑两百名,长孙肥也身中数箭,两军各自退回。拓跋珪移兵到常山九门,然后令略阳公拓跋遵带兵攻打中山。拓跋遵顺路割取稻行禾,满载而归。中山没有了粮食,大闹饥荒。慕容麟镇守不住,只好率众进据新市。

魏主拓跋珪已进兵攻打慕容麟,太史令晁崇进谏道:"今日进军,恐怕不吉。"拓跋珪问起原因,晁崇答道:"纣王在甲子这天亡国,所以后世称甲子日为疾日。今天正是甲子日,所以不宜出兵。"拓跋珪笑道:"纣王在甲子这天灭亡,周武王不是在甲子这天兴盛吗?"晁崇一时无言以对。拓跋珪随后来到新市,与慕容麟对垒。慕容麟退到派水。彼此相持了好几天,魏兵进压,慕容麟不得已,开营出战,一经交手,哪里敌得过魏兵?两万人死了九千多,逃了一万多,只剩下几十个骑兵跟着逃入西山,慕容麟从小路赶赴邺城。魏主拓跋珪进入中山,公卿将吏及守城士卒两万多人无不投降。燕国的皇帝玺以及图书、府库、珍宝,后宫妇女都被魏主拓跋珪夺得。并得到慕容详的一个女儿,此女年轻貌美,秀色可餐，魏主拓跋珪纳她为姜媵，让她侍寝。然后论功行赏，大赏将士。慕容麟逃到邺城，与范阳王慕容德相见，并劝慕容德放弃邺城，奔赴滑台。慕容德被他说动，准备南迁。凑巧滑台的守将慕容和派人来迎接慕容德，慕容德因此决计迁移。过了残冬，就是燕永康三年，即晋安帝隆安二年。正月上旬，慕容德迁往滑台，将吏当然随行。魏东平公拓跋仪被封为卫王，带兵攻入邺城。慕容德到滑台后自称燕王元年，任慕容麟为司空，慕容法为中军将军，慕舆拔为尚书左仆射，丁通为右仆射。南燕由此建立。慕容麟并不是真心依附慕容德，只不过想将慕容德当作傀儡，一心谋划着迁往河南后，废掉慕容德，自立称尊。哪知阴谋泄露，反被慕容德赐死，狡猾半生，最后还是不得善终。

慕容宝尚未得知滑台情形，册封慕容德为丞相，封为南夏公，大阅兵马，仍想收复中原。正好魏主北归，慕容德命侍郎李延报知慕容宝，说："魏军已经返回，中原空虚，正好及时收复。"慕容宝心中大喜，计划南行。慕容农和慕容盛劝阻，连说不行，慕舆腾却极力鼓动慕容宝进兵。慕容宝就留慕容盛镇守龙城，命慕舆腾为前军大司马，慕容农为中军，自己为后军，统率三万步骑，从龙城依次出发。

士兵们此次南行各有怨言。卫弁段速骨、宋赤眉等人本是慕容隆的旧部，后来当了宿卫。他们见人心躁动，就纠集众人一起作乱，逼立慕容隆的儿子慕容崇为主帅，并杀死慕容宙、段谊等人。河间王慕容熙因向来与慕容崇交好，由慕容崇代为庇护，才免了一难。燕主慕容宝突然遭遇变故，急忙逃到慕容农的兵营。但是各军已全都逃散，就连慕舆腾的部下也都溃散。慕容宝与慕容农只好奔回龙城。不久乱兵也进逼城下。

慕容盛复国

段速骨等人带着乱兵，进逼龙城。城中守兵不多，慕容盛招募了一万百姓，奋力守城。段速骨人数虽多，但同谋的人不过百人，其他人都是迫于形势，不得已才作乱，所以没什么斗志。尚书顿邱王兰汗是慕容垂的舅舅，又是慕容盛的岳父，却起了歹心，与段速骨同谋作乱。段速骨等人更加有恃无恐，每天都大肆鼓噪，威吓城中，并诱惑慕容农出城招抚，假意讲和。慕容农担心守不住城池，夜里悄悄出城，前去招抚乱兵，反被拘禁。第二天早晨，段速骨又率领众人攻城，城上守兵拼死抵抗，段速骨死伤众多。守兵得势，正相互庆贺，忽然见慕容农被段速骨捆绑牵来。守兵大惊失色，也不问明情由，便一哄而散。段速骨缘梯登城，纵兵大肆杀掠。燕主慕容宝与慕舆腾等人往南奔逃。

段速骨将慕容农幽禁在殿内。同党阿交罗打算废掉慕容崇，另立慕容农，偏被慕容崇手下的虮让、出力鞬二人得知，将慕容农和阿交罗一并杀死。慕容农手下的将领宇文拔逃到辽西，段速骨将谋杀慕容农的罪名推到虮让、出大鞬身上，将他们斩首。哪知与他作对的，不是别人，正是同谋兰汗。兰汗暗中一直忌惮段速骨，乘他不备，突然兴兵，将段速骨等亲党一股脑儿送入阴曹地府。当下废去慕容崇，推立太子慕容策监国，然后颁诏大赦，并派使者迎慕容宝北归。

慕容盛等人跟着慕容宝一同进了蓟城，召见兰汗的来使。慕容宝想要北还，慕容盛进谏道："兰汗是忠是诈还不清楚，怎么能冒然前去？万一有变，后悔也来不及了。不如往南投奔范阳王，然后合兵攻打冀州。"慕容宝于是从小路进入邺城，到了黎阳，暂时在河西驻扎，命赵思去召北地王慕容钟前来迎驾。慕容钟是慕容德的堂弟，曾劝慕容德称尊，见到赵思就将他逮捕入狱，并报告慕容德。慕容德与部下商议道："你们为了国家社稷劝我摄政，我推辞不得，才暂时接受。今天嗣主南来，我将奉迎圣驾，谢罪回府，从此不再过问国事，你们认为如何？"黄门侍郎张华和将军慕容护等人纷纷劝阻。慕容德半天才说："逆取顺守，终不妥当，所以我中道徘徊，怅然未决。"慕容护道："赵思这次来，虚实不明。臣愿为陛下前去探查，然后再作打算。"慕容护率领数百壮士带着赵思，往北走去。慕容宝偶然从一个樵夫口中得知慕容德已经称尊，料想不能被慕容德所容，于是转身北上。慕容护没有追到慕容宝就带着赵思回去了。慕容德想将赵思招为己用，赵思慨然拒绝。慕容德于是命人将赵思斩首。

慕容宝派慕容盛与慕舆腾在冀州招兵。慕容盛因为慕舆腾激成祸乱，且素来不法，将他杀死。慕容宝听说兰汗祀燕宗庙，便想回龙城，不肯再留在冀州。于是召慕容盛速回，即日起程。到了建安，留宿在豪杰张曹家。张曹素来勇武，自请效命。慕容盛劝慕容宝慎重行事。慕容宝派李旱前去见兰汗，自己在石城等候。这时兰汗派左将军苏超到石城迎接慕容宝，说尽兰汗的忠诚。慕容宝信以为真，不等李旱回来，就从石城出发。慕容盛劝阻不住，只好跟在后面。慕容盛与张真不肯进城。慕容宝却匆匆而去，到了索莫汗陉，距离龙城只由四十里，城中欢喜不已。兰汗派弟弟兰加难出迎，又令兄长兰提关上城门，禁止行人出入。兰加难来到陉北，与慕容宝相见，一副恭恭敬敬的样子。慕容宝让他护驾，昂然前行。余崇对慕容宝说道："兰加难形色不定，必有异谋，陛下应三思而行。"慕容宝只说无妨。又走了十余里，兰加难忽然喝令骑士捉拿余崇，余崇徒手格斗，毕竟寡不敌众，被兰加难拔刀杀死。慕容宝后悔不已，只好进入龙城。兰加难不让慕容宝入殿，只让他在外邸住下，并派兵监守。到了晚上，派遣壮士潜入外邸中，将慕容宝杀死。兰汗知道后，将慕容宝殓葬，追谥曰灵。又将太子慕容策及王公卿士一百多人全部杀害。随后兰汗自称大都督、大单于、大将军、昌黎王，改元青龙，任兄兰提为太尉，弟兰加难为车骑将军，封河间王慕容熙为辽东公。

慕容盛得知变故，打算前去奔丧，将军张真极力劝阻。慕容盛说道："兰汗应当会顾念我是他的女婿，不忍心加害我。"随后入城赴丧，并先让妻子兰氏去求兰汗的妻子为自己说情，以求免除一死。兰汗本想杀了慕容盛，但见一妻一女宛转哀鸣，免不得心肠软了下来。兰提和兰加难都说斩草留根，必成后患，要求立即杀死慕容盛。兰氏在一旁磕头，哀求不已，兰汗说道："我就赦免了他，但你应当替我传话，让他感念我的恩德。"然后迎入慕容盛，当即为慕容宝治丧，令慕容盛及宗族亲党一律前去送葬，并任慕容盛为侍中，兼任左光禄大夫。太原王慕容奇是慕容楷的儿子，同时也是兰汗的外孙，被授予征南将军的官职。慕容奇与慕容盛二人心怀国仇家恨，当然患难相亲，时常一起密谋。

兰提等人随时防着，屡次劝兰汗杀死慕容盛，兰汗始终不从，兄弟间从此有了嫌隙。加上兰提为人骄狠荒淫，时常逾越礼法，即使与兰汗相见也往往恶语相加，二人因此嫌隙更深。慕容盛又在中间屡加挑拨，还让慕容奇到外面私招士兵。慕容奇潜入建安，募集了几千丁壮，让他们据城自固。兰提听说后，报告兰汗，兰汗立即派兰提前往讨伐，慕容盛说道："慕容奇胆小如鼠，怎么敢起事？莫非是有人假借此事，阴谋做内应？"兰汗说道："此事由太尉报告，应该不会有假。"慕容盛低声说道："太尉骄横狡诈，不宜轻信。如果让他发兵出讨，倘若起了二心，祸患就更大了。"兰汗于是就改派抚军将军仇尼慕前去讨伐慕容奇。当时龙城几个月都没有下雨，干旱异常。兰汗怀疑得罪了燕祖，才有这样的天谴，所以每天都到燕太庙中祈祷，又在故主慕容宝神位前，叩头说谋害慕容宝都是他的兄弟的主意，与自己无关。兰提与兰加难知道后，怒

355

不可遏，竟然擅自领着将士进攻仇尼慕。

仇尼慕侥幸不死，回去报告兰汗。兰汗不禁大惊，派长子兰穆率军出讨。兰穆临行时，对兰汗说道："慕容盛与我为仇，现在慕容奇起兵，慕容盛必然会响应。这是心腹大患应当尽早除去，然后再平内乱也不迟。"兰汗半疑半信，打算召见慕容盛时将他杀害。兰氏稍有耳闻，连忙转告慕容盛。慕容盛谎称生病，闭门不出。兰汗也就搁置不提了。燕臣李旱、卫双、刘忠、张豪、张真等人本来与慕容盛是旧交，见兰穆的势力越来越强，就与他虚与周旋。兰穆却将他们引为心腹，并派李旱等人去监视慕容盛。哪知李旱却一心为慕容盛谋划起事。

兰穆击破兰提等军，回城告捷，兰汗大犒将士，欢宴终日，父子喝得酩酊大醉，各自回去休息。有人悄悄通报慕容盛，慕容盛立即直奔东宫。李旱等人一见慕容盛来了，立即起身，带他进屋搜寻兰穆。兰穆当时还高卧未醒，李旱手起刀落，兰穆立即毙命。慕容盛提着兰穆的首级，传示众人。众人听说慕容盛杀了兰穆，都踊跃赞成，愿意听从慕容盛指挥，进攻兰汗。兰汗醉卧宫中，直到众将士冲进宫去，他才惊醒。起来一看，遥见一片火光，滚滚而来，火光中还露出许多白刃，料知不是好事，急忙命卫卒保护。偏骗卫卒早已逃散，不知去向。他想逃走，却头晕眼花，不能移步。兰汗正焦急不已，一柄大刀已经横空劈来，霎时间人头落地。

兰汗的另外两个儿子兰和与兰杨，分别戍守在令支和白狼。慕容盛连夜派李旱、张真前去，将他们一一杀害。兰提和兰加难也被慕容盛一并解决。百姓大悦，内外服帖，慕容盛因妻子是兰汗之女，因此逼令她自尽。亏得献庄太子妃丁氏在旁边力争，才保住兰氏的性命。献庄太子是慕容垂的长子慕容令，慕容令早已不在人世。慕容垂称帝时，曾追谥慕容令为献庄太子。慕容令的妻子丁氏，被慕容宝迎来，养在宫中，以礼相待。

慕容盛报了父仇，便祭告太庙，大赦境内，一时不称尊号，仍以长乐王自称。随后召太原公慕容奇回都城。慕容奇听信谗言，竟然背叛慕容盛，在距龙城十里的横沟驻扎。慕容盛亲自出兵讨伐，慕容奇不敌，被箭射倒马下，在龙城被处死。随后命河间公慕容熙为侍中，改谥先主慕容宝为惠闵皇帝，庙号烈宗。封弟弟慕容元为阳城公，东阳公慕容根为尚书令，张通为左仆射，卫伦为右仆射，李旱为辅国将军，卫双为前将军，张真为右将军。又升刘忠为左将军，张豪为后将军，并赐姓慕容氏。

不久，步兵校尉马勒等人谋反，事情败露被杀。高阳公慕容崇也被牵连，慕容盛将他赐死。当天晚上，大风暴起，宫阙前的七棵大树拔地而起，宫廷震惊。偏偏群臣一味迎合，一再要求慕容盛称尊。慕容盛于是即燕帝位，改元建平，追尊伯考献庄太子为皇帝，慕容宝的皇后段氏为皇太后，献庄太子妃丁氏为献庄皇后，谥太子慕容策为献庄太子。后来张豪、张真、张通、尚书段成、昌黎尹留忠等人相继谋叛，都被逮捕问罪，东阳公慕容根也被牵连处死。然后任用阳城公慕容元为尚书令，改封为平原公。不到一年，改元长乐。每有罪犯，慕容盛必当亲自察明，并且吸取慕容宝的教训，对待宗族勋旧非常严格，稍有过失便用重刑。辽西太守李朗在郡十年，威行境内，慕容盛屡次征召他都不来，还暗地里召来魏兵恐吓燕廷。慕容盛查明后，就将他留居在龙城的家眷全部处死，并派遣辅国将军李旱前去讨伐李朗。李旱奉命出发，忽然朝使又召他回都。李旱只得奔回。回到都城，马上进宫询问原因。慕容盛说："我只是担心你过于劳累，所以召你回来。"过了一晚，慕容盛又派李旱速速出兵，群臣都莫名其妙，李旱也摸不着头脑，但只能依命行事。

李朗听说李旱率兵出击，当然防守。后来又听说李旱中途退回，还以为龙城发生了什么变故，就放松了戒备，只让儿子李养守住令支，自己到北平迎候魏兵。李旱兼程前进，潜进令支，斩杀了李养，然后派孟广平去追李朗。李朗还没到北平，就被孟广平追上。李朗慌忙抵抗，与孟广平战了几个回合都不分胜负。李朗见部下纷纷溃散逃跑，不免胆怯，一不留神，被孟广平刺中，坠落马下。孟广平再加一槊，断送了李朗的性命，当下割了李朗的首级回去报捷了。慕容盛得到捷报，大喜道："我之所以召李旱回都，就是为了让李朗放松戒备。等他不再防备了，再派李旱出击，杀他个措手不及，如今果然得胜了！"群臣听完，自然奉承不已。慕容盛将李朗首级悬示三天，召李旱班师。李旱应召西归，途中听说卫双被诛杀，不禁大惊，慌忙弃军而逃。慕容盛连忙派使者前往，对李旱说："卫双有罪，不得不诛，与李旱无关，李旱可即日还朝。"李旱这才入都谢罪，慕容盛仍让他复职，但对他讨平辽西的功劳只字不提。

慕容盛讨平了辽西，魏兵也已经出境，燕魏交战在所难免。

王恭受戮

魏主拓跋珪从中山还军以后，迁都平城。建宫室、造宗庙，任人唯贤，励精图治。命吏部郎刘渊订立官制，仪曹郎董谧勘定礼仪，三公郎王德制定律令，太史令晁崇考察天象，任黄门侍郎崔宏为吏部尚书。魏皇始三年十二月，拓跋珪即皇帝位，改元天兴，命朝野官员都要束发戴帽，追尊远祖二十七人，皆称皇帝。尊六世祖拓跋力微为神元皇帝，庙号始祖，祖父拓跋什翼犍为昭成皇帝。将代郡以西，善无以东，阴馆以北，参合以南，都划归都城。平城附近有一个秀容川，酋长尔朱羽健归附魏主，并随同魏主攻打晋阳、中山。尔朱羽健立有战功，魏主拓跋珪特别加赏，将秀容川方圆三百里地作为封土赏给了他，尔朱氏因此也强盛起来。

燕李朗向魏借兵，魏主就派材官将军和拔进攻幽州。幽州刺史卢溥抵挡不住，被和拔攻入，兵败被杀。燕主慕容盛派孟广平前去救援幽州，已经来不及了。慕容盛于是去皇帝号，贬自己为庶人天王，封弟弟慕容渊为章武公，慕容虔为博陵公，儿子慕容定为辽西公。当时，太后段氏病逝，谥为惠德皇后。襄平令段登与段太后同宗，忽然谋变，被慕容盛治了死罪。前将军段玑是段太后的侄子，担心连坐被杀，逃往辽西。不久又回到都城谢罪，慕容盛赦免了他，赐号思悔侯，并把公主许配给他。慕容盛尊献庄皇后丁氏为皇太后，立子辽西公慕容定为皇太子。并在新昌殿遍宴群臣，让他们各言志趣。七兵尚书丁信年仅十五，说道："在上不骄，居高不危，这是微臣的志愿。"丁信此番话是因慕容盛好杀，故而暗加讽谏，慕容盛明白丁信话中所指，微笑答道："丁尚书年纪轻轻，怎么会有如此老成的论调呢？"话虽如此，但慕容盛依旧苛刻寡恩，免不得激成众怒，酿成大祸。

晋青、兖刺史王恭与荆州刺史殷仲堪分别镇守长江，权倾朝野。会稽王司马道子担心他们进兵，就命世子司马元显为征虏将军以防不测；并将谯王司马尚之以及他的弟弟司马休之招为谋士。司马尚之对司马道子进言道："大王何不分割藩镇的权力，外树心腹，自增藩位？"司马道子听了，立即任命王愉为江州刺史。偏豫州刺史庾楷不愿分权，上疏抗议，朝廷没有答复。庾楷因此派儿子庾鸿去劝说王恭："司马尚之兄弟是会稽王的羽翼，打算借助朝廷之手削弱藩镇，王愉又是王国宝的兄弟。公如果不早作打算，恐怕他们必来报复前嫌，到时候就有大祸了。"王恭本来就担心司马道子报复，听了这话，当然着急，忙派人报告殷仲堪。殷仲堪立即与桓玄商议，桓玄本就是个闯祸的头目，自然极力怂恿。殷仲堪当即写好回信，愿推王恭为盟主，约好日期一同前往建康。王恭收到信后，正要发兵，刘牢之进谏道："将军身为国舅，王恭也是孝武皇后王氏的兄长，会稽王是天子叔父，又当国秉政，彼此都是国家栋梁，义利休戚相关，一损俱损，一伤俱伤。之前会稽王因将军责备，诛杀了王国宝和王绪，并且自割所爱向将军道歉，将军也可谓得志扬眉了。现在王愉出镇江州，又没有什么大损失，就是豫州四郡都割给王愉，对将军而言又有什么损失呢？"王恭不肯听从，上疏请命征讨王愉及司马尚之兄弟。

司马道子听说后，派人对庾楷说道："我之前与你恩如骨肉，帐中共饮，算是亲密无间了。你如今弃旧交，结新援，难道忘了王恭之前对你的欺侮了吗？你若投靠王恭，即使王恭得志，也必定会认为你是一个反复的小人，怎么会诚心信你？到时候只怕你命都不能保住，还想什么富贵？"庾楷一听大怒，让使者回去传话道："王恭之前进兵山陵，相王无计自保，是我发兵前去守卫，王恭才有所忌惮，没有大动兵戈。去年王恭入都兴罪，我也尽力保全相王。我对待相王不曾有负，相王却为了自救而杀了王国宝兄弟。王国宝如此受宠尚且被杀，敢问还有什么人敢再为相王效力？庾楷家有一百口人，怎能不见机行事，难道还要留着让你灭门吗？相王落得今天的境地，应当先自我反省，而不是责备别人。"司马道子向来胆小，听了这些话，更是急得不知所措。世子司马元显愤然说道："之前放了王恭才有今日之祸，现在如果再姑息的话，朝廷还如何立足？我愿去讨伐逆贼。"司马道子听后，稍稍放心，于是将兵马大权全部交给司马元显，自己则在府中饮酒作乐，聊以消遣。

殷仲堪听说王恭已经举兵，也率兵出发。但殷仲堪没什么将略，所有军事都委托给了杨佺期兄弟，派杨佺期率领五千舟师作为前锋，桓玄带着两万士兵作为后应。杨佺期到了湓口，王愉没有防备，只好逃奔临川。桓玄派偏将追击王愉，把他捉了回来。建康一时大为震动，立即内外戒严。当即命司马元显为征讨都督，派王珣和谢琰率兵讨伐王恭，谯王司马尚之率兵讨伐庾楷。庾楷刚到牛渚，当头遇到司马尚之，一时惊慌失措，部众顿时溃散。庾楷只得单骑投奔桓玄。会稽王司马道子任命司马尚之为豫州刺史，司马休之为襄城太守，司马恢之为丹阳尹，司马允之为吴国内史，各拥兵马，为司马道子声援。不料桓玄带着精锐士兵杀入，所向无敌，连连攻破江东各戍，由白石进入横江。司马尚之与他交战，竟然大败，仓皇逃走。司马恢之也被桓玄攻破，全军覆没。都城大震。司马道子驻守中堂，令王珣驻守北郊，谢琰屯兵宣阳门，严兵防守。司马元显独自驻守石头城，英勇盖世，毫不畏缩，见敌兵来势汹汹，就多方刺探敌情，果然被他察出破绽，想出一条反间计来。

刘牢之言因王恭不肯听自己的劝告，对自己又淡漠，不免灰心丧气，不愿再为王恭效命。正在懊恼的时候，庐江太守高素借入报军机之名，与刘牢之密语，劝刘牢之背叛王恭，说好事成之后即以王恭之位转授。刘牢之怦然心动，却装着踌躇不已。高素又从怀中取出一封书信，交给刘牢之作为凭证。刘牢之一看是会稽王司马道子署名的书信，自然同意，随后对儿子刘敬宣说道："我打算助顺讨逆，你以为可行吗？"刘敬宣答道："助顺讨逆，理应如此，何必多疑？"二人于是细细谋划了一番。

王恭的参军何澹之一直与刘牢之不和，探知机密后连忙告发。王恭不相信何澹之的话，并特意置办盛宴，邀请刘牢之前来聚谈。王恭在席间拜刘牢之为义兄，将所有精兵都交给刘牢之统领；并派颜延为先锋，进攻建康。刘牢之谢宴之后，立即登程。走到竹里，就将颜延一刀劈成两段，并将他的首级送入石头城，随后派刘敬宣和女婿高雅之一同攻打王恭。王恭正出城阅兵，打算为刘牢之做后应。没想到刘敬宣突然麾骑而来，纵横驰骋，乱砍乱剁，霎时间将王恭的人马打得七零八落。王恭匹马回城，城门却已经关闭。抬头一看，城上立着的大将正是东莞太守高雅之。王恭只得纵马奔往曲阿，因不善骑马，髀肉溃裂，流血淙淙，不得已下马找船。正好碰上故吏殷确划舟而来，送他前往桓玄军营。哪知刚走到长塘湖，竟被巡逻的兵吏截住，将王恭送到了建康。王恭到了这时候还有什么希望，只有死路一条，所有子弟党羽全部被杀。晋廷命刘牢之为辅国将军，代王恭镇守京口。

不久杨佺期、桓玄来到石头城，殷仲堪到达芜湖，上表为王恭伸冤，请求朝廷诛杀刘牢之。司马元显见势不妙，不禁畏惧，悄悄带兵返回京师，令丹阳尹王恺等人发动京邑士民到石头城驻守。杨佺期与桓玄正在石头城下耀武扬威，猖獗得很，忽然见建康兵士如蜂拥来，漫山遍野，踊跃前来。杨、桓二人不禁大为失色，立即麾军倒退，回到蔡州。殷仲堪在芜湖拥众数万，气焰嚣张。晋廷担忧不已。桓修建议用重利诱惑桓玄和杨佺期倒戈，攻打殷仲堪。司马道子于是任桓玄为江州刺史，召回雍州刺史郗恢担任中书，命杨佺期管理雍州。任桓修为荆州刺史，即日赴镇，派刘牢之一路保护桓修前行，贬黜殷仲堪为广州刺史，派殷仲堪叔父太常殷茂召殷仲堪回军。

殷仲堪接到诏书愤怒不已，一再催促桓玄、杨佺期进军。桓玄得了朝命，颇为所动，犹豫不决。殷仲堪急忙从芜湖南归，又派人传谕蔡州军士道："你们若不早点散归，我到江陵后，就要屠杀你们的家眷了。"蔡州军士一听，当然畏惧。杨佺期部将刘系偷偷率领两千人回去了，其他人也纷纷返回。桓玄与杨佺期也只好回去，在寻阳与殷仲堪相遇。殷仲堪已经失了官职，不得不倚靠桓玄等人，桓玄等人见殷仲堪兵多势盛，一时也不便翻脸。这三人虽然彼此猜疑，表面上还是一团和气。三人甚至在寻阳歃血为盟，仍不受朝命，并联名上书，提出三大条件：一是要为王恭平反；二是诛杀刘牢之和谯王司马尚之；三是诉说殷仲堪无罪，不应被降黜。这篇奏牍呈了上去，又让司马道子以下的群臣一筹莫展。结果还是召回桓修，仍将荆州给了殷仲堪，并一再慰问他，表示和解。

殷仲堪等人得了诏谕，见自己名位保全，自然得休便休，受了诏命。偏杨佺期又来作怪，建议殷仲堪杀死桓玄。殷仲堪既忌惮桓玄，又忌惮杨佺期，打算让他们彼此牵制，所以没有听从杨佺期。杨佺期孤掌难鸣，只得罢手，辞别而去。殷仲堪也与桓玄作别，回自己的镇地去了。

三镇战火停息，东南却生妖雾，建康城内，人心惶惶。先是钱塘人杜子恭曾经向人借了一柄瓜刀，数日不还。刀主向他索要，杜子恭说道："你放心，自然会还给你，但不一定由我亲自交还。"刀主似信非信，就回去了。正好刀主有事到吴地，乘船走到嘉兴的时候，一条大鱼跳到船中，刀主捉住剖开准备烹煮时，却发现鱼肚子里有一把刀，正是前天自己借给杜子恭的瓜刀。刀主很是惊异，一传十，十传百，顿时轰动远近。琅玡人孙泰听说杜子恭有异术，特地前去拜杜子恭为师，将他的生平密技一一学会。杜子恭病死后，孙泰就将师家秘传试演一二，愚民将他奉若神明。孙泰向来狡猾，往往借此密技敛钱挥霍，见有年轻女子便趁机引诱，占为婢妾。孙泰于是左拥娇娃，右抱美妇，生下六个红孩儿。左仆射王珣听说他妖言惑众，请命会稽王司马道子将孙泰流放广

361

州。偏广州刺史王怀之被孙泰迷惑，竟然让孙泰做了郁林太守。孙泰继续借术行骗，太子少傅王雅竟然向孝武帝推荐他，说他养性有方。朝廷于是将孙泰召回都城，命他担任徐州主簿，不久又升他为辅国将军兼任新安太守。王恭发难后，孙泰带兵讨伐王恭，声誉日盛。孙泰见天下大乱，也号召三吴子弟作乱。会稽内史谢輶揭发孙泰，司马道子便将孙泰引诱到都城，然后将他斩首了事。只有孙泰的侄子孙恩逃奔入海。

才女谢道韫

　　孙恩逃到海岛，还想纠集众人作乱，只是人数不够，免不得要拖延些时间才敢发兵。那时候会稽王司马道子生病在家，不能料理朝政。司马元显竟然上疏，要求朝廷将司马道子扬州刺史的职位授予自己，朝廷竟然同意。司马道子病情稍微好转才知道此事，不禁懊恼不已，但也无可奈何。司马元显得官以后，召集亲朋，并将东土诸郡的大部分百姓迁到京师，充作士兵。东土百姓各有怨言，孙恩见民心骚动，站出来振臂一呼，数千人陆续归附。孙恩一行人从海岛出发，登岸进入上虞，杀死当地的官员并占据上虞，然后进攻会稽。

　　当时的会稽内史是王凝之。王凝之是前右军王羲之的二子，极其迂腐，除了擅长书法以外，没什么才能。安西将军谢奕的女儿谢道韫是有名的才女，小时候就擅长写诗作文，一次叔父谢安问她："《毛诗》中哪一句最好？"谢道韫答道："《大雅·嵩高篇》中的'吉甫作颂，穆如清风。仲山甫永怀，以慰其心'最好。"谢安听了一再点头称赞，连说谢道韫是个雅人。一个冬天，天上正下着大雪，谢安一家人聚在一起吃饭。谢安特意问道："此雪何所似？"侄子谢朗说道："撒盐空中差可拟。"谢道韫微微嘲讽道："未若柳絮因风起。"谢安一听大悦，连夸谢道韫聪慧灵敏。谢道韫长大成人后，嫁给了王凝之。本以为二人郎才女貌，应当是琴瑟相和才是。谁知谢道韫归宁时却快快不乐。谢安问道："王郎是王羲之的儿子，并不恶劣，你还有什么不满的呢？"谢道韫怅然说道："叔父一门有阿大、中郎。我的堂兄弟之中有封、胡、羯、末，都是才华横溢、一时俊杰。我以为天下人都是如此，没想到世上竟还有王郎这样迂腐的人。"谢安听了，也为之叹息不已，但人已经嫁了，还有什么办法呢。阿大是指谢安，中郎指西中郎将谢万。谢万长子谢韶小字为封，曾任车骑司马。胡是谢朗的小字，他官至东阳太守。羯是谢玄的小字，是谢道韫的兄长，在当时最有名望。谢川小字末，青年早逝。这四人都有才名，为谢氏一门的俊才。王凝之的弟弟王献之，风流有才，深得谢安的器重，做了长史。他善于谈玄理，一次与辩客辩论，突然词穷，不知道该说什么。谢道韫在内室知道后，立即让婢女对王献之说道："我来为你解围。"满堂宾客听说，惊讶不已。不一会儿，谢道韫就来到屏风后面，接着王献之的话题向辩客发难，辩客招架不及，词穷而去。

王凝之到会稽赴任，谢道韫自然同行。半年之后，孙恩作乱，带兵逼到会稽城下。王凝之既不调兵也不做好防备，只在厅室中设天师神位，每天焚香诵经，在天师座下念咒烧符，好像疯子一般。官吏进来拜见，让他发兵讨贼。王凝之神色安然，缓缓说道："你放心，我已经向道祖借了几千神兵神将，让他们分守各处要隘，孙恩兵马再多也无能为力。"然而神兵始终未到，倒是乱贼越逼越近，距离会稽城不过数里了。属吏连番告急，王凝之才准许出兵，兵马还没有调集，乱贼已经杀来。城中百姓纷纷夺门而出，避难逃命去了，王凝之却还在道室内叩拜祈祷。忽然隶役急匆匆跑进来禀报："贼兵已经攻进城了。"王凝之这才着急，连忙带着儿子出逃，连妻子谢道韫都没来得及带去。跑了十里左右，就被贼兵抓到，绑到孙恩面前。孙恩说他殃民误国，应当斩首。王凝之还念念有词，不知嘴里诵的是什么避刀咒，无奈咒语失效，只听得几声刀响，王凝之父子的头颅都被砍去。

谢道韫当时还在内室，得知贼兵已经攻破城池，依旧从容自如，毫不慌张。听到王凝之父子被杀害时，才失声痛哭，流下数行眼泪。她让婢仆等人准备马车，自己带着年仅几岁的外孙刘涛准备逃走。刚出署门，就被贼兵拦住，谢道韫指挥婢仆杀贼兵拼杀。但贼兵越来越多，谢道韫索性亲自下车，与贼奋杀斗起来，接连砍倒了好几个贼兵，终因寡不敌众，被贼兵抓住。谢道韫毫无惧色，请求面见孙恩。来到孙恩面前，谢道韫仍不卑不亢，从容陈述。孙恩见她说得有条有理，心中暗暗称奇，就没有加害她，可见了幼儿刘涛，却要把他杀死。谢道韫慷慨激昂地说："刘涛是刘氏后人，今日之事关乎王门，与他族有什么相关？如果你一定要杀他的话，不如先杀了我！"孙恩不禁动容，不再为难，让他们自行离开。

谢道韫从此寡居会稽，矢志守节。后来孙恩被逐出会稽，太守刘柳特地去拜会谢道韫。谢道韫也早听说过刘柳，坦然出来相见。谢道韫素

363

髻素面，坐在帷帐之中，与刘柳叙谈。刘柳见谢道韫风韵高洁，叙谈清雅，词理通明，不禁感叹道："巾帼中少有此人，只听她几句话就已经让人心神钦服了。"谢道韫也说道："自从亲人长别，心中始终郁郁难解，今日听你数语，却足以开人心胸。"二人惺惺相惜。

同郡张玄有一个妹妹，非常聪慧，后来嫁到顾家。张玄每次都夸自己的妹妹足以与谢道韫媲美。恰好济尼与王、顾两家都有往来，有人就问她谢、张二女谁更高一筹。济尼说道："王夫人神清气朗，自有林下之风；顾家妇清心玉面，也不愧为闺房翘秀。"但古来才女总不免有些命薄，谢道韫中年丧夫，不久自己也去世了。谢道韫所写的诗文脍炙人口，在她去世后都编辑成书，流传于世。

孙恩攻陷会稽后，吴国内史桓谦、临海太守王崇、义兴太守魏隐都弃郡自逃。会稽八郡豪杰蜂起，各地官员多被屠杀。吴兴太守谢邈、永嘉太守司马逸、嘉兴公顾胤、南康公谢明慧、黄门侍郎谢冲张琨、中书郎孔道等人相继被害。谢冲和谢邈是谢安的侄子，谢明慧本是谢冲的儿子，后来过继给了南康公谢石。仇玄达本来是谢邈的门客，因为一时意气就投靠了孙恩，将谢邈一家灭门。

当时三吴的士兵或望风而逃，或投降孙恩。孙恩得兵数十万，自称征东将军，威逼士人做他的官属，称为长生党。士人中如果有人不愿做官，家眷立即被屠杀，连婴儿都不放过。军队无论经过哪里，都大肆抢掠财物，毁坏庐舍，焚烧仓廪，无论男女全部赶到会稽充当劳役。妇人顾念婴儿不肯走，孙恩就将母子二人都投到水中，笑着说道："恭喜你先登仙堂，我随后就来。"百姓残遭屠戮的，不可胜数。孙恩担心师出无名，就上疏历数会稽王父子的罪责，请朝廷将他们问罪。晋廷当然不答应，反而内外戒严，并再次封赏会稽王父子。升司马元显为领军将军，命谢琰、刘牢之征兵讨伐孙恩。谢琰为谢安的二子，颇有名望，既然奉诏督军，当然立即调集兵士，长驱直进。走到义兴，与贼党许允之一场大战，便将许允之首级取来，唾手夺回义兴城。谢琰让前太守魏隐继续驻守义兴城，自己则移兵进攻吴兴，又大破贼兵邱尪。可巧刘牢之也麾军到来，二人于是分头征剿贼众，所向披靡，攻无不克。

谢琰在乌程驻扎下来后，派司马高素前去浙江援助刘牢之。朝廷下诏命刘牢之负责吴郡诸军事，刘牢之升彭城人刘裕为参军。这刘裕是乱世枭雄，后来成了宋武帝。此时的刘裕自然也是英武不凡，与众不同。相传刘裕是汉楚王刘交的二十一世孙，刘交曾受封彭城，后裔都居住在彭城，后来随司马氏东迁到丹徒县。刘裕，字德舆，小名寄奴，幼时贫贱，粗识文字，爱好骑射，擅长赌博。因为无技谋生，只好以编织草鞋为业。一次，他到荻州砍荻草的时候，忽然看到一条几丈长的大蛇。刘裕急忙拔箭，箭射在了大蛇的两眼之间，大蛇负痛离去。第二天，再经过那里时，看见一群儿童在捣药。刘裕便问这药有什么用，一个孩童答道："我们大王被刘寄奴的箭伤着了，派我们在这里采药，捣好后为他敷治伤痕。"刘裕又问："你们大王是谁?"孩童回答说："山神。"刘裕惊问道："堂堂山神连一个的小小的寄奴都杀不了吗?"儿童答道："寄奴以后是要称王的，当然不能杀他。"刘裕听了这话，胆气陡然增加了许多，便斥退这群孩子，将臼中的药拿走了。以后无论受了什么伤，一敷即愈。刘裕志向远大，投在了冠军将军孙无终的麾下。

刘牢之听说刘裕智勇过人，就让他担任参军事，一起商量计策。一次，刘牢之派刘裕带领数十人前去侦察敌情，途中遇到几千贼兵。刘裕挺身相斗，被贼兵逼得坠到堤岸下面。贼兵正想下岸去杀刘裕，刘裕竟拿着长刀，一跃跳上岸，大呼杀贼。贼兵惊骇不已，纷纷逃散。这时刘敬宣正好带兵前来，见刘裕如此英勇，不禁惊叹万分。然后和刘裕一同进击，斩杀上千名贼兵才收兵回营。

孙恩屡次战败，又听说刘牢之已经率大兵来到，不禁叹息道："我割占浙江以东，尚不失为越王勾践啊。"后来刘牢之率领士兵渡江而来，防守的贼兵相继溃散，孙恩扼腕长叹："留得青山在，不怕没柴烧，将来东山再起也不迟。"于是带着二十余万男女，向东逃去，沿途抛散宝物和美女。官军追来，见到珍宝和女子，无不互相争夺，孙恩趁机逃入海岛了。朝廷担心孙恩还会再来侵扰，就命谢琰为会稽太守，率领徐州文武官员镇守海浦。谁知谢琰莅任以后，荒废职务，既不抚民也不训兵，整天闲居厅舍，饮酒消遣，将佐多次劝告也不听从。

不久孙恩卷土重来，一路攻破浃口、余姚、上虞，进逼邢浦。刘宣之带兵打败贼众，孙恩又退回海中。谢琰由此更加认为孙恩不足为虑，自可高枕无忧。孙恩探得官兵撤回，又带兵登岸再次进攻上虞。太守张虔硕被孙恩打败，逃到邢浦。孙恩乘胜进击，戍守的士兵多望风而逃。警报传来，谢琰还不以为意。将吏纷纷献计杀贼，谢琰只付诸一笑，总说孙恩乌合之众，容易消灭，无需多设机谋。

过了一两天，贼兵大至。听到消息时，军中上下都还没吃早饭，谢琰立即召集将士进击贼兵。部下张猛建议应当吃完饭再出击。谢琰非但不从，还命人鞭笞张猛，随后命广武将军桓宝为先锋，匆匆出战。在塘江与贼兵相遇，桓宝颇有胆力，杀贼甚多。谢琰见前锋得胜，连忙麾兵疾进。怎奈塘路狭窄，不能四面直上，只好鱼贯而行。这时江中突然有贼兵乘船而来，个个挽弓射箭，射倒大半官军。贼兵来到岸上，将官兵冲成两段，使官兵前后不能相顾。前面的贼党士气大振，围住桓宝。桓宝虽然骁悍毕竟不能久持，手下的兵士又都饿得无力再战。桓宝索性下马格斗，力战不敌，最后自刎，其他士兵也都做了刀下鬼。

谢琰领着后队退到千秋亭，贼众依然恶狠狠地赶来。忽然后面冲上来了一人，一刀砍断马尾。马疼痛难忍，不禁倒地，谢琰也坠落马下，头上挨了一刀，当即毙命。谢琰究竟被何人所杀？原来是部将张猛。张猛杀了谢琰，逼迫官军投降贼兵，官军或逃或降。张猛与贼兵一同进入会稽，然后大肆屠杀谢琰的家眷，只有谢琰的少子谢混因为在都中，幸得免难。后来刘裕活擒张猛，将他押送给谢混。谢混挖出张猛的肝脏，生食泄愤。朝廷追赠谢琰为侍中司空，谥号忠肃。

孙恩转寇临海，晋廷当然派遣将领抵御。

殷仲堪自误

晋廷派将军孙无终、桓不才、高雅之等人分别讨伐孙恩。孙恩在临海被高雅之击退，逃到余姚。高雅之进兵再战，竟然大败，退到山阴，部众折损大半。朝廷下诏令刘牢之统领会稽五郡兵马，共同抗击孙恩。孙恩大为忌惮，再次逃回海岛。刘牢之于是驻守上虞，派刘裕戍守勾章，让吴国内史袁崧做后备。荆州刺史殷仲堪担心桓玄过于跋扈，于是与杨佺期结为亲家。桓玄戍守在夏口，任用卞范之为长史，庾楷为武昌太守。桓玄上疏朝廷："殷、杨必定会再次滋事，请先给臣特权，以便控制。"会稽王司马道子正想让他们鹤蚌相争，于是委任桓玄负责荆州四郡军事。又让桓玄的兄长桓伟接替了杨佺期的兄长杨广的职务。杨佺期很是不平，杨广更是愤恨不已。正好当时后秦主姚兴进兵洛阳，擒获了河南太守辛恭靖，河洛一带相继陷没。杨佺期想出一条声西击东的计策，立即部署兵马，假意说要支援洛阳，暗中却想攻打桓玄。杨佺期担心兵力不足，就派使者和殷仲堪商量。殷仲堪又担心杨佺期得势，对己不利，因此修书苦劝，并派堂弟殷遹防守杨佺期。杨佺期只好敛兵不动。谘议参军罗企生对弟弟罗遵生说道："殷公优柔寡断，难免遭来大祸。但他对我有知遇之恩，我不能舍他而去，将来必定是与他同死了。"罗遵生也叹息不已。后来荆州发生水灾，殷仲堪大开仓廪，赈济饥民。桓玄想乘虚先攻打殷仲堪，表面上也以援救洛阳为名，筹备军事，派人送信给殷仲堪，约他一起除掉杨佺期。

殷仲堪不答一词。桓玄带兵进入巴陵，夺取谷子作为军粮。当时梁州刺史郭铨奉命赴官，经过夏口，桓玄把郭铨留住，谎称朝廷命郭铨为前锋，并密报桓伟让他做内应。桓伟一时不知如何是好。殷仲堪得到消息，便召桓伟前来问话。桓伟担心被殷仲堪所杀，只好和盘托出，连连辩白与自己无关。殷仲堪让桓伟写信给桓玄，威胁他退军。桓玄微笑道："殷仲堪优柔寡断，必然不敢加害我兄长，我大可不必担忧，尽管准备进兵。"随后派郭铨、苻宏潜到江口，与殷通大战一场。殷通仓促接战，不能抵御，只好逃到江陵。殷仲堪再派杨广及殷道护前去抵御，又被桓玄打败，江陵大震。

江陵城中粮食已经不够，只好用胡麻代替粮食暂时充饥。桓玄乘胜进逼，前锋距离江陵城只有二十里，殷仲堪大为惊恐，急忙请求杨佺期前来支援。杨佺期说江陵没有粮食，不能驻守，让殷仲堪投奔他，二人共守襄阳。殷仲堪不愿放弃江陵，便派人回话："现在已经存储了很多粮米，你不用担心没有粮食。"杨佺期信以为真，立即率领八千步骑直达江陵。杨佺期到了以后，才知道自己被骗，勃然大怒道："这回又要败了！"然后一同进击桓玄。桓玄退到马头，让郭铨留下来戍守江口。杨佺期带兵杀来，郭铨兵少势孤，要不是逃得快，性命都差点丢掉了。杨佺期休息了一晚，士兵们的锐气已经大减。谁知这时桓玄却领着大兵突然杀到，士兵当即溃散，只剩下杨佺期兄弟俩，如何抵御？兄弟二人没办法只好拼命逃生，朝襄阳狂奔而去。途中被桓玄的将领冯该擒获，转献桓玄，桓玄将他们斩首，并把首级传到建康。杨佺期的弟弟杨思平与堂弟杨尚保、杨孜敬逃到蛮荒之地去了。

殷仲堪听说杨佺期被杀，立即奔赴长安。走到冠军城的时候，被桓玄的士兵们追到，手下士兵一哄而散，只剩下侄子殷道护还跟随着。殷仲堪四顾无路，只能束手就擒。叔侄二人被送到柞城。桓玄逼令殷仲堪自杀，殷道护抚尸痛哭，最后也被杀害。后来殷仲堪的儿子殷简之收取他们的遗骸，移葬在丹徒。殷仲堪出逃时，文武官员没有一个人来送行，只有罗企生跟随着他。经过家门时弟弟罗遵生对罗企生说道："今日生死离别，我们何不握手言别？"罗企生伸出手去，罗遵生用力一拉，将罗企生拉下了马车，死死拽住他，不让他脱身。殷仲堪回头，见罗企生被罗遵生拽住，只好独自策马离开。罗企生因此捡回性命。桓玄得了荆州，江陵人士纷纷前去迎接，只有罗企生不去，专心为殷仲堪办理后事。友人劝他道："你为什么这么不识时务？"罗企生道："殷公厚恩，不能辜负。上次不能前去剿灭小人，今天还有什么面目去见桓玄，屈志求生呢？"桓玄听说后当然愤恨，但怜惜罗企生的才华，就派人传话说："罗企生如果肯来向我谢罪，我必不加罪。"罗企生慨然道："我是殷荆州的属吏，殷荆州已死，我还去向谁谢罪？"桓玄只好将他打入狱中，问他还有什么话要说。罗企生说道："我不求生还，只希望能留下我弟弟终养老母。"桓玄说道："你难道真的不怕死？"罗企生道："罗企生只恨自己庸弱，回天乏术，不能剿灭逆党，死已嫌迟，还怕什么？"桓玄恼羞成怒，将他斩首，但赦免了罗遵生。晋廷不但没有责备桓玄擅自杀人，反而调桓玄为荆州刺史，另任桓修为江州刺史。桓玄得了荆州却失去江州，心有不甘。于是上疏索要江州，并擅自委任兄长桓伟为雍州刺史，侄子桓振为淮南太守。朝廷不敢违忤，有求必应。桓玄因此更加肆无忌惮，仗势横行了。

当时，河北诸国中，后秦最强。秦主姚兴任用贤能，精心治理农政，训练士兵，并派弟弟姚崇进攻洛阳。晋河南太守辛恭靖一直战到援绝粮尽，才被俘虏。辛恭靖被送到长安，姚兴问道："你如果肯投降，我以东南重任委任于你，怎么样？"辛恭靖厉声说道："宁为国家鬼，不为羌贼臣。"姚兴虽不免动怒，但也只将他幽禁在别室。后来辛恭靖翻墙逃走，姚兴也不追赶，由他自去。自从洛阳陷没以后，淮汉以北诸城多半投降后秦。姚兴见国内常有天灾，就自削帝号，称为秦王。从此简省法令，清查狱讼，严定赏罚。

西秦主乞伏乾归杀退凉主吕光后，与南凉主秃发乌孤和亲，互相结为声援，又征服了吐谷浑，攻克支阳、鹯武、允吾三城。因为西城南景门无故崩塌，乞伏乾归觉得不祥，就迁都苑川。秦主姚兴担心乞伏乾归以后难以控制，就想先发制人。于是派陇西公姚硕德统兵五万攻打西秦。乞伏乾归亲自率领将士抵御，不久听说姚兴也率领大军前来，就召集诸将说道："我自建国以来，屡次破除劲敌。现在姚兴倾国而来，山川狭窄，不利于作战，不如把他引诱到平川，等他懈怠的时候再出击。国家存亡，在此一战。愿各位将士奋勇杀贼，灭了姚兴，关中便是我们的了。"说完，派卫军慕容允在柏阳屯兵，镇军将军罗敦在侯辰谷驻守，自己带着几千骑兵作为先锋。

谁知大风骤起，大雾弥漫，军中将士惊慌不已，东奔西散，姚兴却在此时率军追来。过了一会儿雾气散了，乞伏乾归开营出战，前队多半伤亡，后队溃散不经一击。乞伏乾归见势不好，连忙弃军逃到苑川，手下的三万多人都向姚兴投降。姚兴进军枹罕，乞伏乾归不能再战，又逃到金城，向将士哭诉道："我实在是庸才。如今一败如此，不能抵挡姚兴，只好逃往允吾。如果率军前往，不能快速行走，一旦被敌兵拦住，必然全军覆没。你们不如暂时留在城里，万一不能保全，尽可投降，以保全家族，此后可不必挂念我了。"军中将士齐声答道："臣等与大王情义深如父子，怎么忍心相离？情愿跟随陛下，生死与共！"乞伏乾归摇头叹道："从来就没有不灭亡的国家。如果天不亡我，日后得以兴复，你们尽可以前来归附，何必今天一同赴死呢？况且我也是向人寄食，不方便带这么多人。"说完，匆匆告别。乞伏乾归一面逃往允吾，一面派人到南凉投降。

南凉主秃发乌孤酒醉坠马，伤重而亡，僭位仅三年。弟弟秃发利鹿孤即位，改元建和，追谥秃发乌孤为武王。不到半年，秃发利鹿孤收到乞伏乾归的降书，令广武公秃发傉檀前去迎接乞伏乾归，将乞伏乾归安置在晋兴，待若上宾。镇北将军秃发俱延对秃发利鹿孤道："乞伏乾归并不是真心投靠，如果他东奔姚氏必定会给我国带来兵祸。不如安排他镇守西陲，这样才能确保无忧。"秃发利鹿孤道："我以信义待人，怎么能这样呢？你不要再说了！"不久，乞伏乾归收到南羌梁弋的书信，说："秦兵已撤回长安，请乞伏乾归回来收复故土。"乞伏乾归打算东行，晋兴太守阴畅听说后，立即禀报秃发利鹿孤。秃发利鹿孤派人监视乞伏乾归。乞伏乾归担心被秃发利鹿孤杀害，就将儿子乞伏炽磐送到西平做人质。果然秃发利鹿孤不再怀疑，乞伏乾归趁机逃走。

乞伏乾归赶到长安向姚兴投降。姚兴大喜，命他担任河州刺史，封为归义侯。不久又让乞伏乾归回到苑川收回原有部众。乞伏炽磐在西平做人质，常想逃跑，一年之后，终于逃回苑川。乞伏乾归大喜，让他入朝拜见姚兴。姚兴任乞伏炽磐为振忠将军，担任兴晋太守。乞伏炽磐父子投靠姚氏，暂时做了秦臣。

南凉秃发氏与后凉吕氏时常发生战争。吕光晚年赏罚不明，大权旁落。北凉段业另行建国，散骑常侍太史令郭黁与杨统一同叛乱，并向南凉借兵。二凉之间战事频繁，打了一年多。郭黁颇识天文，凉人对他非常信赖。当时荧惑星守东井，郭黁对仆射王详说道："凉地将发生兵祸。主上老病，太子柔弱，太原公吕纂凶悍，一旦发生大乱，我们必定丧命。现在田胡、王乞基两部最强，我打算与公共举大事，先推举王乞基为主帅。等占据了都城，再作打算。"王详一听，颇以为然。不料事情败露，王详被斩首。郭黁索性占据东苑，揭竿作乱。凉主吕光急召太原公吕纂讨伐郭黁。吕纂的司马杨统被郭黁所诱，劝堂兄杨桓投靠郭黁。杨桓勃然大怒道："臣子侍奉君王，只有死志，决无二心，怎么能背叛作乱呢？"杨统只好独自一人归附郭黁。太原公吕纂得到西安太守石元良的支援，才将郭黁击败。郭黁之前进入东苑时，曾俘获吕光的八个孙子，兵败之后气愤难忍，将他们全部杀死。

凉人张捷、宋生等人率领三千人起兵，占据了休屠城，与郭黁共推凉后军杨轨为盟主。杨轨因此自称大将军、凉州牧、西平公，令司马郭伟为西平相，率兵前去援助郭黁。郭黁打了好几个败仗，派人到南凉求援。南凉秃发利鹿孤先后发兵前去援救，两路兵共同进逼姑臧，凉州大震。幸亏吕纂严兵把守，郭黁士兵折损大半，剩下的士兵见郭黁天性残忍，早已离心，而且兵粮一天比一天少，军心更是一天天涣散。凉常山公吕弘被北凉沮渠男成逼得要从张掖退回姑臧。凉主吕光令吕纂发兵前去迎接，杨轨听说后，对将士说道，"吕弘带有好几万精兵，如果让他进了姑臧，凉州就再也攻不下了。"于是与南凉兵一同攻打吕纂。吕纂早有防备，驱兵大杀一阵，南凉兵首先败退，杨轨也大败而归，将士纷纷溃散。郭黁往东逃到魏安，杨轨与王乞基等人往南逃到廉川。南凉兵回国，姑臧解严，吕纂与吕宏安然入都。吕光受了一番虚惊，病情加重，竟要归天了。

后凉吕氏家乱

后凉主吕光自觉时日不多，自称太上皇，立太子吕绍为天王，命庶长子吕纂为太尉，吕纂的胞弟吕弘为司徒。并叮嘱吕绍道："南凉、北凉、西秦三国都对我国虎视眈眈。我死以后，你应当让吕纂统领六军，掌管朝政。你只有委重两位兄长才能保住国家。倘若你们相互猜忌，祸起萧墙，恐怕国家就要灭亡了。"说完，又召进吕纂、吕弘嘱咐道："永业①没有拨乱治世之才，但因正嫡有别，才让他登位掌权。如今外有强寇，人心不宁，你们兄弟如果能和睦共存，自然能获得久安。如果你们兄弟互相残杀，大祸就不远了，这样我死也不能瞑目啊。"吕纂与吕弘受命退出。没多久，吕光病势，享年六十三岁，在位十年。吕绍担心发生内变，因而秘不发丧。吕纂听说后，不顾阻拦进宫大哭。吕绍忌惮吕纂，担心自己被他所害，表示愿意禅让君主大位。吕纂始终不肯答应。吕绍于是嗣位，为父发丧，追谥吕光为懿武皇帝，庙号太祖。

吕光有两个侄子，年长的是吕隆，年幼的是吕超，二人都是将领。送完葬后，吕超对吕绍说道："吕纂连年统兵打仗，威震内外，必然成为朝廷的大患。应当设法早点除掉他，社稷才能安定。"吕绍摇头道："先帝早就嘱咐过我，兄弟间不得兵戎相向。况且我刚刚担当大任，正要倚重兄长来安定家国，怎么能起杀心？如果他要杀我，我也只能视死如归，终不忍骨肉相残。你以后不要再说这样的话了！"吕超再劝，吕绍半天才答道："我宁可一死，也不愿残害兄弟骨肉。"吕超叹息道："陛下临机不断，臣担心大势已去。"后来吕绍在湛露堂，吕纂进来禀报朝中的事情。吕超拿着刀屡次回顾吕绍，并用眼睛示意他，要吕绍下令杀死吕纂。吕绍始终不为所动，吕纂从容退去。

吕弘一直得到吕光的宠爱，一心想做世子。吕绍嗣立后，吕弘心中很是不平，派尚书姜纪私下对吕纂说要废了吕绍，另推吕纂为中宗。吕纂踌躇不决，姜纪一再怂恿，吕纂于是在夜里率领几百个壮士潜进北城，攻打广夏门。吕弘也带着东苑卫士进攻蒲洪范门。左卫将军齐从听到禁门外有哗噪声，立即跑去询问。吕纂手下的士兵齐声喊道："太原公有事进宫。"齐从回答道："主上刚刚嗣立，太原公就夜入禁门，莫非想谋乱不成？"说着，拨剑向吕纂刺去。吕纂连忙闪过，额头还是被刺伤，壮士纷纷上前与齐从交手。齐从双手不敌四拳，被吕纂的手下擒住。吕纂认为齐从不失为义士，就放了他。吕绍在宫中听到消息，就派吕开率领禁兵到端门抵御。吕超也带兵抵抗，偏偏士兵们都忌惮吕纂的声威，纷纷溃散。吕纂进入宫内，吕绍无计可施，只好在紫阁自刎。吕超则逃到广武去了。

吕纂见吕弘部众强盛，不得不假装推让，劝吕弘即位。吕弘微笑推辞，不肯接受。吕纂于是称天王，改元咸宁，谥吕绍为隐王。命吕弘为

---

① 永业：吕绍字永业。

尚书事，封为番禾郡公，令齐从官复原职。吕纂笑着对齐从说道："你前次砍我，未免太狠心了。"齐从答道："隐王是先帝所立，臣当时只知有隐王，自然用尽全力。"吕纂听后，认为齐从忠心可嘉，始终优礼相待，且派人说服吕超。吕超上疏谢罪，得以官复原职。

吕弘担心自己功名太盛，不能被吕纂所容，因此常怀戒心，吕纂自然也怀着同样的心思。两下里猜嫌已久，吕弘终于隐忍不住，就在东苑起兵，围攻禁门。吕纂派焦辨抵御，吕弘战败逃往广武。吕纂纵容士兵大肆抢掠，所有东苑将士的妻子全部充作军赏。吕弘的妻子和女儿来不及逃走，也被掠去任人淫污。吕纂自鸣得意，笑着对群臣说道："今天的战事，你们认为如何啊？"侍中房晷应声说道："天要降大祸于凉室，才让衅起萧墙。先帝刚刚驾崩，隐王就被逼自尽。江山刚刚安定，京都就发生兵祸，骨肉相残。而今陛下本应自省责己，却纵容士兵大肆抢掠，污辱妇女。罪过是吕弘一人造成的，百姓有什么罪？况且吕弘之妻是陛下的弟妹，吕弘之女是陛下的侄女，怎么能让无赖小人横加凌侮？天地鬼神又怎么忍心看见这样违背伦常的事情发生？"说完，不禁涕泪交下。吕纂一听也不禁动容，立即禁止士兵骚扰百姓，并将吕弘的妻子和女儿妥善安置在东宫。不久吕弘被擒，吕纂派人将吕弘杀死。

吕纂之妻杨氏是杨桓的女儿，长得美艳绝伦。吕纂将她立为皇后，任用杨桓为散骑常侍并封他为金城侯。见内乱已平，吕纂计划着兴兵攻打南凉，中书令杨颖劝谏他不要轻易用兵。吕纂不听，直接带兵渡过浩亹河，侵入南凉境内。谁知初战不利，被秃发傉檀打败。吕纂不肯罢休，准备移兵攻打张掖。尚书姜纪劝谏道："如今正是盛夏，应当先处理完农事再起兵。废农用兵，利少害多。况且大举出兵，都城空虚，容易被敌军偷袭，还请陛下三思。"吕纂不以为然，说道："秃发利鹿孤有什么大志，知道朕的大军来了，守城都来不及，哪还敢来攻打我国的都城？"随后，进兵围攻张掖。偏偏秃发傉檀不去支援张掖，而是带兵进逼姑臧。吕纂知道后慌忙撤军，秃发傉檀才收兵退去。

吕纂篡位时，姑臧城内发生了几件怪事。先是有一头母猪生下一只三头小猪。后来有一条黑龙从东箱井中飞身而出，蟠卧在大殿上。吕纂以为是祥瑞，就将殿名改为龙翔殿。不久，黑龙又飞到九宫门上面，九宫门就改成了龙兴门。西僧鸠摩罗什闲居姑臧，听说吕纂屡次用兵，就去劝说吕纂道："潜龙出没，猪妖出世，臣担心有人想要谋上。陛下应当施行德政，以获取民心。"吕纂听了虽然下令罢兵，但他喜好游猎，又贪恋酒色，越是醮醉，越是要游玩。大臣一再谏阻，始终没什么用。过了一年，吕超调任番禾太守，擅自攻打鲜卑的思盘。思盘派弟弟乞珍到姑臧状告吕超擅自发兵，吕纂召来吕超与思盘对质。吕超当然害怕，于是密结殿中监杜尚为内援，然后才来觐见。吕纂怒目而视，说道："你仗着兄弟威势，竟敢来欺骗我！只有杀了你天下才能安定。"吕超叩头求饶，吕纂一再呵斥，吕超退下。

吕超走出殿门，心惊不已，赶忙去找兄长吕隆商量，二人决定伺机发兵。也是吕纂命里该绝，第二天，他召来思盘与群臣在内殿饮酒，又召来吕隆和吕超二人，打算让吕超与思盘和解。吕超假装向思盘赔罪，思盘也好言相待。一直喝到太阳下山，群臣都已尽兴，纷纷谢宴回家，吕隆和吕超还不停地劝酒，吕纂是个酒中饿鬼，越醉越贪杯，喝得神志不清，才乘车返回内庭。吕隆兄弟俩借口搀扶吕纂，也跟着进入内廷。马车走到琨华堂东阁停了下来，不能前进。吕纂亲将窦川、骆腾将配剑取下挂到墙上，帮忙推车。吕超顺手抄起剑，上前刺去。因为有车轼隔着，没能刺中吕纂。吕纂一跃下车，徒手与吕超搏斗，无奈醉得头晕眼花，被吕超刺中胸膛，鲜血直喷，急忙奔进宣德堂。窦川、骆腾与吕超格斗，都被他乱剑刺死。杨皇后得知消息，连忙命禁兵围攻吕超，哪知殿中监杜尚反而帮助吕超，带着他进了宣德堂，将吕纂枭首示众。事已至此，众人都不敢反抗。

巴西公吕他、陇西公吕纬镇守在北城，约好一同讨伐吕超兄弟。吕他的妻子梁氏阻拦吕他，不让他前去。吕纬被吕超诱惑，进了都城，结果丢了性命。吕超进入宫中，大肆搜取珍宝。杨皇后厉声喝道："你们兄弟骨肉相残，我不过是个将死之人，要这些金银有什么用？但不知你们兄弟能不能长久享用？"吕超一听惭愧不已，又见她华色未衰，就起了歹心，因此暂且退出。不久又派人来索要御玺。杨氏不肯交付，与侍婢收殓了吕纂的尸体，将他葬在城西。吕超对杨桓说道："皇后如果自杀，定会祸及宗族。"杨桓唯唯而退，将吕超的话转告杨皇后。杨氏料到吕超不怀好意，毅然说道："父亲为了富贵荣华，将女儿卖与吕纂，一次已经够了，怎能再受凌辱呢？"说完，扼喉自尽。

吕绍的妻子张氏因吕绍被杀，出宫为尼，姿色与杨氏不相上下，并且年方二八，正是娇艳之时。吕隆早已垂涎她了，这次得志，自然免不了要逼她为妾。张氏登楼说道："我已受了佛戒，绝不受辱。"吕隆不肯罢手，上楼逼迫。张氏从楼上跳下，瞑然而逝。吕隆扫兴回去，吕超让吕隆嗣位。吕隆于是即天王位，打算更改年号。吕超在番禾时曾获得一尊小鼎，认为是祥瑞之物，因而劝吕隆改元神鼎。吕隆当然赞成，然后追尊父亲吕宝为皇帝，母亲卫氏为皇太后，妻子杨氏为皇后，命吕超为辅国大将军，封为安定公。并为吕纂发丧，追谥为灵皇帝，将他与杨皇后合墓同葬。吕纂在位时间只一年多。一次吕纂与鸠摩罗什下棋，吃了鸠摩罗什的棋子，戏言说要斩胡奴的头。罗什从容答道："不斩胡奴头，胡奴斩人头。"吕纂听了不以为然，谁料吕超正好字胡奴，后来将吕纂砍死。

北凉主段业虽然建国，但是庸弱无才，没有威望。敦煌太守李暠起初是北凉的臣子，后来居然另建年号，建了西凉国。相传李暠是汉朝李广的十六世孙，陇西成纪人。高祖李雍、曾祖李柔都是晋朝的郡守。祖父李弈是前凉的武卫将军，受封为安世亭侯。父亲李旭早逝。李暠，字玄盛，幼年好学，擅长武略，曾与后凉太史令郭黁及宋繇夜谈。郭黁对宋繇说道："君当位极人臣，李君也将治国。如果有骝马生了白额驹，便是你们的时运到来了。"不久段业自称凉州牧，调敦煌太守孟敏为沙州刺史。孟敏任用李暠为效谷令，宋繇为中散常侍。后来孟敏病逝，敦煌护军郭谦等人推举李暠为敦煌太守。李暠不肯，宋繇对李暠说道："段王没什么远略，终究不能成就大事，兄长可还记得郭黁的话吗？白额驹已经降生了。"李暠于是派人向段业请命。段业令李暠兼右卫将军，任索嗣为敦煌太守。索嗣快到敦煌的时候，让李暠前来迎接。李暠正准备动身，宋繇与张邈劝阻道："段王懦弱无能，正是豪杰有为的大好时机，将军已经占据了成业，怎能拱手让人？"李暠问道："那该怎么办？"宋繇与李暠密谈了几句，李暠点头许可，于是派宋繇去见索嗣。宋繇见到索嗣满口称赞，说得索嗣得意扬扬。宋繇回来后对李暠道："索嗣志骄兵弱，容易拿下，请立即发兵。"李暠于是派人前去偷袭索嗣，索嗣不知所措，拍马返奔，逃回张掖，五百人死了一大半。李暠上疏段业，请命诛杀索嗣。段业迟疑不决，辅国将军沮渠男成与索嗣有嫌隙，趁机报复。段业于是将索嗣杀害，并让李暠担任镇西将军。

当时有赤气环绕在李暠的后园，小城里还出现了龙的踪迹，众人都认为这次祥瑞应当应验在李暠身上。晋昌太守唐瑶于是推李暠为大都督、大将军、凉公。李暠得到众人推戴，便颁令大赦，建立西凉，以庚子纪元。追尊祖李弈为凉景公，父李旭为凉简公。命唐瑶为征东将军，郭谦为军谘祭酒，索仙为左长史，张邈为右长史，宋繇为从事中郎，兼任折冲将军。又派宋繇进攻凉兴，并攻占了玉门以西的各个城郡。北凉主段业得知李暠独立，正打算发兵出讨，无奈力不从心，再加上沮渠蒙逊等人从中作梗，连自己的位子尚且不保，怎么还能顾及敦煌？所以李暠安稳了一段时间。而段业的大好头颅竟然被尚书沮渠蒙逊取去。

南燕定都广固

北凉主段业任用沮渠蒙逊为尚书左丞，私底下却不信任沮渠蒙逊。沮渠蒙逊知道后，更加小心谨慎。段业任用门下侍郎马权为张掖太守，马权自恃得宠，时常蔑视沮渠蒙逊。沮渠蒙逊伺机诬陷马权作乱，段业信以为真，将马权杀死。沮渠蒙逊又想设法除去段业，对堂兄沮渠男成说道：“段业信谗爱佞，鉴断不明，不是济世之才。我打算铲除段业，奉你为尊，你觉得怎么样？”沮渠男成道：“段业本来是我们兄弟推立的，对我们信任有加，我们怎么能背叛他呢？”沮渠蒙逊听了沉默不语。过了一晚，沮渠蒙逊就向段业请求调任西安太守。段业正忌惮沮渠蒙逊，巴不得他离开，自然同意。沮渠蒙逊假装到外地赴任，私下写信给沮渠男成，与他约好在兰门山祭祀，暗中却派许成密报段业说：“沮渠男成将以祭祀兰门山为借口请假，妄图作乱。”段业半疑半信。第二天，沮渠男成果然请假，说要到兰门山祭祀。段业于是将沮渠男成拿下，勒令他自尽。沮渠男成说道：“沮渠蒙逊先与臣商量谋反，臣因和他是兄弟至亲不忍告发，只斥责了他几句。本来是他约臣去祭山，现在却诬告臣谋叛。如果臣死了，他必定会发兵叛乱。大王不如诈言说臣已经死了，等到沮渠蒙逊叛乱，再派臣前往讨伐。那时名正言顺，不怕拿不下他。”段业不听，迫令沮渠男成速死。

沮渠蒙逊得知沮渠男成已死，涕泪交加地对部众哭诉：“我的堂兄沮渠男成忠心耿耿，反被大王枉杀，岂不可恨？我等拥段业为主，本来是为了安土息民，谁知段王却如此无道，戮害忠良，我等还能安枕无忧吗？各位如果肯为我兄报仇，请听从我号令。”部众听了，悲愤异常，纷纷主动请命，霎时间就集聚了上万人。沮渠蒙逊于是进逼氐池，镇军臧莫孩向沮渠蒙逊投降，羌胡也多响应沮渠蒙逊，沮渠蒙逊又进兵侯坞。段业此时才后悔不该杀了沮渠男成，连忙释放右将军田昂让他与梁中庸共同讨伐沮渠蒙逊。别将王丰孙入谏道："田昂外表恭顺，内心阴险，不宜重用。况且他被大王囚禁，心中必然怀恨，怎么能派他去讨伐逆臣呢？"段业紧皱眉头说道："我何尝不怀疑他，但事到如今，非田昂不能征讨沮渠蒙逊。"田昂奉命出发，一到侯坞就归降了沮渠蒙逊。梁中庸麾下的将士不战先逃，害得梁中庸无计可施，也只好向沮渠蒙逊投降。

沮渠蒙逊不费吹灰之力，长驱直入张掖。田昂的侄子田承爱做了内应，打开城门迎进沮渠蒙逊。段业惊慌不已，抖作一团。不久，沮渠蒙逊率兵进来，段业更加惊慌，只好哭诉着说要将王位禅让，只求保住一命。沮渠蒙逊回头对部众说道："你杀人时可曾怜悯过别人？如今自己要死了，倒想让人怜惜你。各位将士，你们认为我应当宽恕他吗？"部众听了，喊杀声震动天地。沮渠蒙逊把手一挥，众刃齐进，段业立即毙命。沮渠蒙逊随后召集梁中庸等人，商量册立嗣主的大事。梁中庸等人当然推立沮渠蒙逊，沮渠蒙逊于是自称大都督、大将军、凉州牧、张掖公，改元永安。任沮渠伏奴为张掖太守，封为和平侯，弟沮渠挐为都谷侯，田昂为镇南将军，臧莫孩为辅国将军，梁中庸、房晷为左、右长史，然后大赦境内。

当时南燕王慕容德从滑台迁都广固，随后称帝。先前秦主苻登被姚兴所灭，苻登的弟弟苻广投奔了南燕。慕容德令苻广为冠军将军，命他镇守乞活堡。不久苻广自称秦王，随后出兵击败南燕北地王慕容钟。慕容德于是留鲁王慕容和据守滑台，自己率领精骑征讨苻广，将苻广斩首了事。没想到长史李辩杀死慕容和，举城投降了魏国。慕容德闻报大怒，准备带兵前去讨伐。韩范谏阻道："如今人心大乱，不可再战。应当先占据一方，养足兵力，再来攻取滑台。"正在议论，帐外报称右卫将军慕容云到来，慕容德立即传入。慕容云献上李辩的首级，并说已经救出将士家眷。慕容德军中的士兵正一心挂念家眷，得知消息纷纷前去相认，众人大喜。

慕容德召集将佐商议道："此战虽然平定了苻广，却丢了滑台，进有强敌，退无所依，各位有什么好策略？"张华进言道："彭城是楚国旧都，依山傍水，地广民多，我们应迁都到彭城休养生息。"慕容德不禁犹豫。慕容钟等人建议攻打滑台。尚书潘聪道："滑台四通八达，北通大魏、西接强秦，时刻被这两国窥伺，防不胜防。彭城地势平坦，距晋国太近。我等一旦进兵彭城，晋国必会与我国相争。我军擅长陆战，晋军擅长水战。假使我军取得彭城，到了秋夏之交的时候，江淮水大涨，千里为湖，晋人鼓棹前来，我军又如何抵御？因此进攻彭城并非良策啊。青齐土地肥沃，方圆两千里内有十多万百姓，右有山河，左有大海，易守难攻，是用武的胜地；况且广固山形险峻，易守难攻，足以定为都城。广固如今被辟闾浑占住，辟闾浑本来是燕臣却投敌叛国，辜负国恩。为今之计，应当先礼后兵，拿下广固，再养精蓄锐。"慕容德不能决断，特地派牙门苏抚去征求齐州沙门僧朗的意见。沙门僧朗擅长占卜，苏抚与他相见后，立即自陈来意，并转述群臣的意见。沙门僧朗答道："潘聪的办法最可行。况且现在正是除旧布新的天象。先攻下兖州，然后再进兵琅玡，等到秋天就可以进攻临齐。应天顺人，在此一举。"苏抚又问道："将来能存多久？"沙门僧朗微笑不言，过了好久才说道："只传一世，由父及子。"苏抚惊道："这般短促？"沙门僧朗说道："我只是按照卦象来说的，是不是如此，还要留待以后求证。"苏抚当即告别，回去对慕容德说应当进取广固。

慕容德决意东行，带兵攻入薛城，兖州等郡县望风降附。慕容德另设官员，禁止士兵抢掠，百姓没有受到滋扰，纷纷牵牛端酒前来犒赏士兵。齐郡太守辟闾浑抗命不从，慕容德命慕容钟率兵进攻齐郡，自己则率兵进据琅玡。徐、兖二州十多万百姓陆续归附。兖州守将任安弃城自逃。封孚是后燕的吏部尚书，前次兰汗作乱，他投奔了辟闾浑，做了渤海太守。慕容德到了莒城，封孚献城投降。慕容德大喜，说道："我最开心的不是攻取了青州而是得到了封孚啊。"随即对封孚委以重任，但凡军机大事都与他商量。二人计划进军广固，做慕容钟的后援。辟闾浑调了八千多人驻守广固，派崔诞镇守薄荀、张豁镇守柳泉，崔、张二人都不战而降。辟闾浑孤立无助，急忙带着妻儿投奔魏国，逃到莒城，被刘刚追到将他斩首了事。辟闾浑的儿子辟闾道秀愿意与父亲同死，慕容德叹息道："父虽不忠，子却能孝，我又怎么忍心杀害你？"说完，赦免了辟闾道秀。慕容德定都广固，并特意为沙门僧朗修建了神通寺。第二年，慕容德自称皇帝，改元建平。因不易避讳，就在德字前加一"备"字，叫做备德，诏示境内。然后在皇宫的南面建筑祖庙，追谥前燕主慕容㬒为幽皇帝，任用慕容钟为司徒，慕舆拔为司空，封孚为左仆射，慕舆护为右仆射，立妻段氏为皇后。

慕容备德是前燕主慕容皝的小儿子。他的母亲公孙氏在怀孕之前，曾经梦见太阳钻进自己的肚子，后来就生下了慕容备德。慕容皝说他是倒着

377

生出来的，很像历史上的郑庄公，将来必有大德，于是就给他取名为德。慕容备德长大后做了范阳王，后秦太史令高鲁赠给他一枚玉玺，上面有篆文镌着"天命燕"三个字。传说有图谶秘文，记载着："有德者昌，无德者亡，德受天命，柔而复刚。"慕容备德占据广固，母亲公孙氏和兄长慕容纳却陷落长安。慕容备德与母亲离别时，曾留下金刀。慕容垂起兵背秦，秦苻昌逮捕了慕容备德的家属，杀死慕容纳等人。公孙氏和慕容纳刚刚怀孕的妻子段氏都被关在大牢中。狱掾呼延平是慕容备德的故吏，就带着她们一同逃走了。段氏后来生下慕容超。慕容超十岁的时候，祖母公孙氏去世，逝世前取出金刀交给慕容超，叮嘱他拿着金刀去见叔父慕容备德。办完丧事以后，呼延平带着慕容超母子投奔了后凉。慕容备德屡次派人入关，查问母兄的下落，都杳无音信。后来赵融告知慕容备德，他的母亲和兄长都已经去世，慕容备德悲伤不已。

后燕主慕容盛苛刻寡恩。勉强过了两年，宗族亲旧都对他心怀不满。这时，丁太后宫中发生了一桩丑闻，慕容盛虽然明察秋毫，却始终被丁太后瞒着，毫无所闻。丁太后是慕容盛的伯母，生来就是个尤物。到了中年，依旧丰容盛鬋，雪貌花肤。河间公慕容熙是个色鬼，仗着自己是皇叔，时常出入宫中问候丁太后。丁氏见他年轻力壮，玉树临风，免不得另眼相看。慕容熙就此勾引，朝挑暮拨，惹动了丁氏情肠，你有情，我有意，彼此不顾嫂叔名义，凑成了一番露水缘。宫中侍女虽然知晓，利诱威逼下，自然不敢多嘴。这二人碍着慕容盛，不敢明目张胆，夜夜交欢。加上慕容盛调慕容熙东伐高句骊、北讨奚契丹。情郎远行，闺妇怀愁，个中滋味又不能与外人诉说，所以二人都视慕容盛如同眼中钉一般，恨不得置慕容盛于死地。可巧长乐三年，慕容盛去讨伐库莫奚，大胜而回，满朝欢庆。左将军慕容国与秦舆、段瓒等人谋划率领禁兵偷袭慕容盛。慕容熙与丁氏稍有耳闻，一心希望他能一举成功。偏偏此事被慕容盛察觉，将慕容国等人先行问斩，连坐五百多人，只有秦兴和段泰得以逃脱。过了几天，他们二人串同思悔侯段玑闯入禁中，鼓噪大呼。慕容盛慌忙起床，击退乱党，段玑受伤后，逃到厢屋里忽然不见了。到了半夜，有一个人悄悄潜到慕容盛背后，用力挥刀砍去。慕容盛纵身一跃，虽然没有毙命，但足部已受重伤，回头一看，那人却不见了。慕容盛忍住疼痛，连忙乘辇车赶到前殿，宣召慕容熙。慕容熙还没到，慕容盛已经晕厥断气了。慕容拔和郭仲急忙去禀报太后丁氏，丁氏装出一副哀戚的模样感叹道："嗣主不测，被贼所伤。现在应当册立新君，捕杀贼党。"慕容拔道："太子在外，请速速迎立。"丁氏道："国家多难，宜立长君。太子年幼，恐怕不能担当重任。"郭仲说道："不如迎立平原公。"丁氏摇头。慕容拔等人请太后明示，丁氏这才推出自己那心上人慕容熙，说他德高望重，足以担当大任。然后又笼络慕容拔等人，让他们暂时不要将慕容盛驾崩的消息泄露。正好慕容熙进宫，于是立即准备即位事宜。

天亮后，群臣入朝，才知慕容盛已经暴死。内廷有册立长君的消息，当时平原公慕容元正担任司徒。群臣猜想不立太子，必立太弟慕容元。偏内侍传出太后手诏，却是让河间公慕容熙叔承侄统，众臣不免惊愕不已。但因慕容熙手握兵权，不好反抗，只得联名上疏推荐慕容熙。慕容熙继承大位，并派人捕杀叛臣段玑等人，且将慕容元也牵连入案，迫令他自尽。然后安葬慕容盛，为他举哀。慕容盛在位三年，年仅二十九岁，追谥昭武皇帝，庙号中宗。

丧葬完毕后，改元光始，北燕台改称为大单于台。慕容熙每日除了视朝外，仍与太后丁氏调情取乐，俨然一对伉俪。丁氏也华装盛饰，日夜陪着，还道天长地久，生死不离。哪知男儿本来薄幸，再加上丁氏毕竟年老，慕容熙暗中派人采选美人入宫。凑巧龙城有一对姐妹花被选入。姐妹二人面似桃花，眉似柳叶，目如点漆，发如堆云，体态轻盈，真是春色撩人，无情不醉，惹得慕容熙颠魂倒魄。这两位美人正是前中山尹苻谟的女儿，年长的叫苻娀娥，年幼的叫苻训英。慕容熙得了大小苻女，左拥右抱，欢爱得很，逐渐将丁氏冷淡下去。

刘裕大胜孙恩

大苻女娀娥受封为贵人，小苻女训英受封为嫔。两姐妹轮流伴寝，说不尽的凤倒鸾颠。小苻女娇小鲜妍，比姐姐过要胜过一筹，所以得到慕容熙的专宠。太后丁氏已过中年，任她如何美艳，毕竟残花败叶不及嫩柳娇枝。自从两苻女入宫，慕容熙就与丁氏断绝关系，好几个月不去续欢。丁氏忍耐不住，时常派侍女去请慕容熙，慕容熙哪里肯去，有时还要谩骂侍女。痴心女子负心汉，教丁氏如何不恼，如何不怨？七兵尚书丁信是丁氏的侄子，丁氏召他商议，密谋废掉慕容熙。不料密谋泄露，丁氏成了谋逆首犯，活活被慕容熙逼迫自尽。慕容熙将她殓葬，谥号献幽皇后，并将丁信处斩了事。第二年，慕容熙封大苻女为昭仪，立小苻女为皇后。大苻女喜欢微服出行，四处游宴，慕容熙为她开凿了曲光海、清凉池。酷暑兴工，役夫多半渴死。小苻女喜欢骑马游猎，慕容熙就与她一同出猎，北登白鹿山，东过青岭，南临沧海。沿途百姓不堪骚扰，士兵多被豺狼所害，又因天气忽然转冷，在路上冻死五千多人。慕容熙一心只想讨得美人欢心，哪里会管什么兵民疾苦。

后凉主吕隆称天王后，一心想要逞威风，不遗余力地抓捕内外叛党。杨轨、王乞基等人奔往南凉，郭黁投靠了西秦。南凉主秃发利鹿孤收降了杨轨等人，后来杨轨有了异谋，事情败露后被杀。西秦主乞伏乾归投奔后秦后势力衰弱，郭黁也是苟延残喘。吕隆一心猜疑群臣，怕他们替吕纂复仇，只要谁稍有嫌疑，立即诛杀。群臣惶惶不安，各有戒心。魏安人焦朗派人到后秦怂惥陇西公姚硕德进兵后凉。姚硕德转告秦主姚兴，姚兴命姚硕德率兵进攻后凉。乞伏乾归也领七千骑兵从军作战。姚硕德从金城渡河，直逼姑臧。部将姚国方建议，乘着锐气与敌军速战速决。姚硕德于是严申军律，准备厮杀。吕隆派吕超、品邈出城迎战。

兵刃初交，秦军如潮水涌进，十荡十决，杀死凉兵无数。吕超逃回，品邈迟走一步，被秦军生擒。姑臧大震。巴西公吕他率领东苑兵向秦营投降。吕隆惊慌得很，据城死守。西凉、北凉、南凉纷纷派使者前去祝贺秦国。凉国尚书姜纪投奔南凉，南凉广武公秃发傉檀与他畅谈兵略，很是契合，二人每次坐必同席，出必同车。秃发利鹿孤对秃发傉檀说："姜纪是有才之人，但他必不肯在此久留。如果他投靠秦国，必定会成为我国大患，不如趁早除去。"秃发傉檀大惊，连忙接口道："姜纪不会负我，你不要多疑。"秦凉交兵，姜纪竟然悄悄奔往秦国，向姚硕德献计道："明公率大军围攻，城中危急，势必求降，但并非真心。明公如果班师，吕隆又会抗命。请给纪姜三千兵马，与焦朗等人互为掎角，牵制吕隆，吕隆必然无能为力了。否则南凉如果趁明公退兵，然后占据姑臧，岂不成了将来的大患？"姚硕德大喜，任姜纪为武威太守，派给他三千士兵，让他在晏然驻扎，然后进攻姑臧。城中大臣多建议吕隆与秦军通和，吕隆经吕超一再劝谏，才答应派使者出城，向秦营求降，表示愿意派儿子做人质。姚硕德答应并转报长安。秦主姚兴派桓敦册封吕隆为镇西大将军，封为建康公。吕隆将爱子及文武旧臣慕容筑、杨颖等五十人送到长安。姚硕德率兵而回，一路上秋毫无犯，人称义师。

过了两天，吕超又带兵攻打姜纪，久攻不下，就转攻焦朗。焦朗向南凉求救，南凉广武公秃发傉檀率兵赴援。到了魏安，见城外空无一人，城门紧闭，秃发傉檀很是惊疑，就在城下大呼，催促焦朗出来迎接。城上有人回答道："贼兵已经退走，不劳援军费心，还请退回，恕不相送。"秃发傉檀勃然大怒，正要麾兵攻城，部将俱延连忙出来谏阻。秃发傉檀依仪而行，顺道进军姑臧，在胡坑附近驻营。晚上为了防备凉兵偷袭，蓄火戒严，兵不解甲。果然到了半夜，凉将王集前来劫垒。秃发傉檀带兵出击，内外火炬齐明，如同白昼。王集寡不敌众，竟被砍死。败兵逃回姑臧，吕隆大惊，与吕超密谋想出一条计策。于是修书一封送交秃发傉檀，假装修好，并请秃发傉檀入盟。秃发傉檀担心有诈，派将军俱延前去与吕凉会面。俱延率兵进城，在东苑遭到吕超的伏击。幸亏南凉将军郭祖带兵截住吕超，俱延才得以退回营中。秃发傉檀大怒，立即麾兵进攻显美城。昌松太守孟祎固守不降，后来战败被擒。秃发傉檀问他为什么不早点投降，孟祎说道："我受吕氏厚恩，不战而降怎么对得起吕氏？"秃发傉檀命人给孟祎松绑，要任用他为左司马。孟祎婉言推辞，秃发傉檀也不强逼，任他自去，自己也收兵回去了。

姑臧城里大闹饥荒，一斗米值五千钱，人们互相残食，饿莩塞道。吕隆担心发生变乱，就关闭城门，日夜不开。百姓乞求出城觅食，吕隆恨他们煽动民心，索性把他们抓住，全部杀害，城内尸积如山。北凉趁机进攻姑臧，吕隆不得已向南凉求援。南凉派秃发傉檀前去支援。沮渠蒙逊听说秃发傉檀即将来到，勒兵出战，却被吕隆打败。沮渠蒙逊于是与吕隆讲和，并留下万余斛谷子赈济凉民，然后退回。秃发傉檀中途接到秃发利鹿孤的命令，就转兵征讨魏安守将焦朗。焦朗无力守城，只好投降。秃发傉檀将焦朗送到西平，将魏安百姓迁到乐都，然后进攻姑臧。沮渠蒙逊也去侵扰姑臧。秃发傉檀在南，沮渠蒙逊在北，累得吕隆南防北守，奔走不迭。偏后秦也来作祟，派使者征吕超入侍。吕隆急得没法，只好令吕超带着珍宝，献给秦廷，并表示愿将姑臧送给秦国。秦主姚兴派齐难率领四万兵马前去迎接吕隆，令王尚担任凉州刺史，镇守姑臧，并派人镇守仓松、番禾二城。秦主姚兴任吕隆为散骑常侍，吕超为安定太守。后凉从吕光建国到吕隆亡国，共历四主，仅存十九年。

太史令郭黁叛凉起兵后奔投西秦，不久被秦人追到，割去了头颅。吕隆在秦国称臣数年，被连坐处死。孙恩逃到海岛后，余灰复燃，又率领士兵攻占勾章，然后转攻海盐。勾章守将刘裕率兵抵御，在海盐修筑城堡。孙恩屡次来攻打，都被刘裕麾兵击退，党羽姚盛也被斩了头。孙恩虽然屡次受挫，但余焰不衰。城中兵少势孤，恐怕也不能支撑很久，刘裕就想出一个办法。半夜的时候，将城上旗帜全部拔去，秘密派遣精兵埋伏在城外。到了天明，竟然大开城门，只派几个老弱残兵在城门守卫。孙恩探得城内空虚，连忙驱兵来到城下，见城门开着，便厉声喝道："刘裕在哪里？"城上的兵卒答应道："昨晚已经带兵出逃了。"贼众信以为真，纷纷进城。忽然听得一声鼓响，城门左右两边突然杀出两路伏兵，大刀阔斧地向贼众乱砍。贼众进退无路，除了被杀死外，多半自相踩踏而死。孙恩当时还在城外，连忙掉头逃走，只剩下一半人跟着孙恩逃往沪渎。

刘裕带兵追击孙恩，海盐令鲍陋派儿子鲍嗣之率领一千吴军与刘裕一起追击。鲍嗣之年少气盛，自恃骁勇，请命做前驱。刘裕让他做后援。鲍嗣之道："将军未免太小瞧晚辈了。我决意前行，效力杀贼，虽死无怨。"说着，带兵自去。刘裕无可奈何，只得在后面跟着，并在队伍两旁准备了许多旗鼓。等到前驱遇到贼兵，两下交锋，刘裕就让伏兵扬旗呐喊，擂鼓助威，贼兵以为四面都有伏兵，仓皇退去。偏偏鲍嗣之策马急追，竟然将刘裕远远甩在后面。鲍嗣之冒冒失失地闯进贼兵之中，被贼众团团围住，终因独力难支，战死沙场。贼众打了胜仗，趁势进击刘裕。刘裕见贼众来势凶猛，只得边战边退。退了数里，贼众仍然穷追不舍，刘裕麾下的士兵已有多人死伤。刘裕见此情形索性下马，让手下故作闲暇。贼众见了，不禁生疑，立即勒马停住。刘裕反而上马大呼，麾兵杀贼，贼众纷纷骇退，刘裕得以从容退去。孙恩认为刘裕不好对付，就移兵前往沪渎，攻入守将袁山松的营垒，将袁山松以及部下四千人全部杀死。孙恩劫掠三吴丁壮，胁迫他们为贼，然后坐船赶往丹徒。随后，孙恩带着十多万党羽、一千多艘战船，夜逼建康。都城大骇，内外戒严。

百官会聚朝堂，共同商议对策。朝廷命冠军将军高素驻守石头，辅国将军刘袭堵住淮口，丹阳尹司马恢之戍守南岸，冠军将军桓谦防守白石，左卫将军王嘏屯兵中堂，谯王司马尚之保卫京师。会稽都督刘牢之令刘裕从海盐出发，前去支援丹徒。刘裕接到命令立即出发，手下士兵不到一千人，兼程前进。孙恩刚到丹徒，刘裕就接踵而至。丹徒的守军，本来没什么斗志，百姓也多携妻带子准备逃跑。孙恩率领众贼登上海岸，一路鼓噪着登上蒜山，声震江流，沿岸士兵和百姓惊慌不安。刘裕晓谕城中兵民，让他们不要惊慌害怕，然后亲自率领步兵上山奋击，一当十，十当百，竟把孙恩击退。孙恩狼狈逃回船中，贼党逃跑不及，约有一万多人投崖溺水。孙恩仗着还有八九万人依旧猖獗，他想丹徒有刘裕守住，不能轻进，不如直趋建康，于是步步进逼。会稽世子司马元显发兵抵御，却屡战屡败。会稽王司马道子没什么谋略，每天只会在蒋侯庙中焚香祈祷。蒋侯，名子文，是东汉时广陵人，他嗜酒好色，曾说自己死后会成为神仙。汉末的时候，蒋侯当了秣陵尉，因追杀贼兵在钟山下受伤而死。吴国占据江东以后，有故吏看见蒋子文出现，他骑着白马，手摇白扇，对故吏说道："我将成为这里的土神。"说完就不见了。后来土地祠中果然常发生灵异的事情，吴主于是封蒋子文为都中侯，给他建立庙堂，改钟山为蒋山。司马道子对此非常敬信，所以整天烧香祈祷，一心盼着他暗中显灵，驱除贼寇。哪知贼寇却一天比一天凶狠，越逼越紧，宫廷内外，惊惧得不得了。谯王司马尚之率领精兵赶来，在积弩堂驻扎下来。孙恩楼船高大，又遇上逆风，不能速行，好几天才到白石。到白石后，孙恩探得司马尚之已到建康，都城早已做好了防备，自己孤军深入，倒也不敢立即杀进建康。又担心刘牢之会率领大军截住后路，导致自己腹背受敌，因而放弃了攻打建康的计划，继续乘船前往郁洲。另外派遣党羽攻陷广陵，杀死广陵三千守兵。朝廷有旨调刘裕为下邳太守，召集兵马讨伐孙恩。刘裕仗着谋略，与孙恩大小数十战，无一不胜。孙恩先是逃到沪渎，后来又逃往海盐，刘裕追上去，杀得孙恩抱头狂奔，仍然逃窜海中。安帝六年，改年元兴。孙恩再次进兵临海，太守辛景一场痛击，几乎将贼党杀尽，孙恩投海自尽，妻妾、亲党上百人也相继投海。

孙恩死后，剩下的几千贼众又推出了一个头目。

桓玄夺晋位

孙恩溺死后，他的妹夫卢循被贼众推为头目。卢循是晋从事中郎卢谌的孙侄，双眸炯炯有神，眉宇清扬。少年时擅长草书、隶书，又擅长下棋。沙门惠远善于相人，曾对卢循说道："君可谓风雅之士，可惜志存不轨，终究不会结得善果！"卢循听了倒也不以为意。卢循长大成年后，娶孙恩的妹妹为妻。孙恩纠众作乱，与卢循通谋。卢循常劝孙恩厚待士卒，因此颇得人心。孙恩死后，卢循带着众贼仍然盘踞海岛，不肯归附晋廷。晋廷还想命刘牢之等人出兵剿灭卢循，偏偏长江上游又起了一场大乱，几乎把东晋江山席卷了去。晋廷只好暂时放下卢循小贼，先平定长江乱事再说。

　　长江乱首是谁呢？就是荆、江二州刺史桓玄。桓玄先让兄长桓伟为雍州刺史，晋廷不敢驳议，他就得寸进尺，命桓伟为江州刺史，镇守夏口，司马刁畅为辅国将军，镇守襄阳；并派部将桓振、皇甫敷、冯该一同戍守溢口；还将两千户沮漳蛮人迁到江南，建下武宁郡，又召集上万名流民成立绥安郡，两郡都增设郡丞。晋廷征召广州刺史刁逵和豫章太守郭昶之，桓玄将他们留住，不让他们入都。桓玄自认为地广兵强，一心想篡晋，屡次上疏暗暗讽刺朝廷，还向会稽王司马道子写信为王恭讼冤。会稽王父子看了桓玄的信笺，当然惶恐。庐江太守张法顺对司马元显说道："桓玄刚刚得到荆州，尚未尽得人心。如果派刘牢之为先锋，再派大军跟进，攻下桓玄并不难。"司马元显向来倚重张法顺，自然听从他的建议。正好这时，武昌太守庾楷私下派人对司马元显说愿意做内应。司马元显大喜，立即派张法顺到京口转告刘牢之，刘牢之颇觉为难。张法顺报告司马元显道："刘牢之无意效命，将来必然背叛晋廷。不如召他入京，先斩了他，否则反而多了一个强敌，难免误事。"司马元显听后，不以为然，没有答应，只令整顿水军，准备征讨桓玄。

　　元兴元年元旦，晋廷颁下诏书，历数桓玄罪状。任命司马元显为骠骑大将军，负责调度十八郡军马。刘牢之为前锋，谯王司马尚之为后应，定好日期前去征讨桓玄，升会稽王司马道子为太傅。司马元显想将桓氏一族全部诛杀，骠骑长史王诞是中护军桓修的舅舅，他极力向司马元显说情，说桓修等人与桓玄志趣不同，不能一概而论，司马元显这才收起杀心。张法顺劝谏道："桓谦、桓修兄弟二人都是桓玄的耳目，应该立即将他们正法。战事的成败以前军为重，刘牢之是前锋，一旦他有变故，我军就必败无疑了。最好让刘牢之杀了桓谦兄弟，以此探试他是否有二心。如果他不肯受命，他的心思我们也就清楚了，正好预先防备。"司马元显一听生气地说道："如今非刘牢之不能抵御桓玄，况且三军刚出就杀大将，人心必定不安，此事如何可行？"张法顺再三坚持，司马元显始终不从，反而任用桓谦的父亲桓冲为荆州刺史。桓玄坐镇江陵，一心以为朝廷没有余暇来束缚自己。当听到司马元显已经统军来讨伐，不禁吃了一惊，打算回城据守。长史卞范之进谏道："明公声威远扬，司马元显不过是乳臭小儿，刘牢之又心怀他意。我军如果进逼京畿，他们必然回军自守。这样我们的危机也就解除了，何必将他们引进境内呢？"桓玄立即抗表传檄，斥责司马元显。留下桓伟戍守江陵，自己则举兵东下。经过寻阳的时候，并不见有官军把守，桓玄于是放大胆子疾速进军。又探知庾楷的阴谋，于是分兵袭击庾楷，将他抓住。江东大震。司马元显刚出都门，接到桓玄的檄文，已经心慌，再听到庾楷被囚的消息，免不得惊上加惊，于是停止前行，始终不敢发兵。晋廷上下也不免着急，特派齐王司马柔之拿着驺虞幡告示荆、江二州，下令罢兵。司马柔之途中遇到桓玄的前锋，惨遭杀害。桓玄顺流而下，直入姑孰，派部将冯该进攻历阳。襄城太守司马休之据城固守，桓玄派人堵截洞浦，纵火烧了豫州所有的兵船。豫州刺史司马尚之率领九千士兵列阵以待，又派杨秋屯兵横江。杨秋不战而降，引桓玄攻打司马尚之，司马尚之大败而逃，躲避数日，终被玄军擒去。司马休之出战应敌，不能抵御，弃城逃走。

刘牢之本来一直观望，不愿依附司马元显，他想利用桓玄除去司马元显父子，然后再剪除桓玄。为了自己能独掌大权，刘牢之虽是前锋，却始终不肯效力。下邳太守刘裕是刘牢之的参谋，他请刘牢之立即攻打桓玄。刘牢之摇头不答。可巧刘牢之的族舅何穆暗中得到桓玄的嘱托，因而对刘牢之说道："自古以来，功高必危。不如摆脱司马元显父子，自谋富贵。"刘牢之正有此意，就与桓玄暗中勾结。刘裕与何无忌一再劝谏刘牢之，刘牢之始终不听。刘裕让刘牢之的儿子刘敬宣劝请刘牢之三思而行。刘牢之怒斥道："我也知道击败桓玄是容易的事，但是平定了桓玄以后，试问骠骑能容下我吗？"刘敬宣不好违逆父亲，只得唯唯应命。刘牢之派刘敬宣到桓玄那里投降。桓玄假装优待他们，然后乘势进攻建康。

司马元显正要出发，忽然收到一封急报，说桓玄已经到了新亭。司马元显吓得魂不附体，弃船而逃。过了一天，司马元显在宣阳门外布阵，军中士兵自相惊扰。不久桓玄的前队鼓噪前来，司马元显拍马而逃，奔回东府。将佐纷纷逃散，只有张法顺一人一骑逃了回来。司马元显听说吏部尚书车胤离间司马道子与自己的关系，打算杀害车胤。车胤害怕，竟然自杀。从此公卿以下，无一人敢与司马元显相抗。等到司马元显败回，大臣们大都袖手旁观。只有司马道子念着骨肉之情想替儿子设法，怎奈想了许久，还是束手无策，父子二人只有相对而泣。

不久，从事中郎毛泰引着桓玄的士兵杀来，将司马元显抓去，送往新亭，由桓玄历数司马元显的罪恶。司马元显也不多言，自称被王诞和

385

张法顺所误，懊悔不已。桓玄命人将王诞、张法顺与司马元显一同下狱，随后整兵入京，矫诏解严，自称丞相，任扬州牧。令桓伟为荆州刺史，桓谦为尚书左仆射，桓修为徐、兖二州刺史，桓石生为江州刺史，卞范之为丹阳尹，王谧为中书令，姐夫殷仲文为谘议参军。

晋安帝本来就形同木偶，国事内政全由琅琊王司马德文代理。司马德文无兵无权，如何能钳制桓玄？因此桓玄独断独行，借着天子的名号号令四方，当下将司马元显、司马尚之、庾楷、张法顺及司马元显的家眷一并处斩。王诞被流放岭南。只因司马道子是安帝的叔父，不得不欺人耳目，先给他定罪，然后再处置。于是上疏说司马道子酗纵不孝，罪应弃市。然后将司马道子迁到安成郡，暗中派御史杜竹林毒死司马道子。

刘牢之得知自己被任命会稽内史时，惊叹道：“现在就夺了我的兵权，大祸就在眼前了。”刘敬宣从建康回来，暗中劝父亲偷袭桓玄。刘牢之迟疑不决，私下召刘裕商量道：“我真后悔不听你的话，今天才会被桓玄出卖。现在我打算进兵广陵，起兵讨逆，你愿意跟从我吗？”刘裕答道：“将军率领数万将士，望风投降。如今桓玄已经得志，威震天下。朝野人士已对将军大为失望，将军怎么能再振雄威呢？如果将军要举事，刘裕只有弃官回家，不敢再跟从将军。”说完就退了出去。何无忌在路上看到他，就问道：“你要到哪里去？”刘裕说道：“你不如随我一同到京口。桓玄如果遵守臣节，我与你不妨投奔桓玄，否则的话就一同讨伐桓玄。”何无忌也不向刘牢之告辞，就跟着刘裕到京口去了。刘牢之召集将士，打算据住江北，然后征讨桓玄。参军刘袭进言道：“天下唯有一个反字，最悖情理。将军之前反王恭，近日反司马元显，如今又要反桓玄，一人三反，如何取信于天下？”这几句话说得刘牢之瞠目结舌，无言可答。刘袭说完退出，飘然自去，其他将士也多半走散。刘牢之只好让刘敬宣到京口去接家眷。刘敬宣延误了几天，刘牢之以为机谋泄露，刘敬宣已经被桓玄杀害，于是率领部众北逃。到了新洲，部众几乎全部散尽，刘牢之悔恨不已，又担心桓玄追来，竟然自缢而死。等到刘敬宣奔来，刘牢之已经死了。刘敬宣只好匆匆渡江，逃往广陵。

桓玄假装谦恭，让去丞相之位，改任太尉兼豫州刺史。但国家大事全得经过桓玄的同意才能施行，小事则由桓谦和卞范之决定。自从安帝嗣位以来，会稽父子秉权乱政，闹得一塌糊涂。桓玄初入建康，黜奸佞、任贤才，都中的百姓自然欢喜。谁知才过了一个多月，桓玄就变得奢侈无度，不但凌辱朝廷，甚至克扣宫中供奉。安帝以下不免饥寒，三吴又大闹饥荒，百姓多半饿死。临海、永嘉被孙恩、卢循侵掠，十室九空，百姓流离失所，苦不堪言。桓玄为了安抚东土，派人招抚卢循，让他担任永嘉太守。卢循虽然受命，暗中依旧骚扰不休。桓玄却自诩有功，要给自己加封，并为子侄请封。晋廷不敢不依，封桓升为豫章公，桓濬为桂阳公。桓玄又清除异己，杀害吴兴太守高素，将军竺谦之、刘袭等人。刘袭的兄长冀州刺史刘轨与司马休之、刘敬宣、高雅之等人一同占据山阳，计划起兵攻打桓玄。桓玄察觉，立即先发制人。刘轨等人只好逃奔南燕。

不久荆州刺史桓伟病死，桓玄令桓修继任。曹靖之说道："桓谦、桓修兄弟权势太重，不可不防。"桓玄就任命桓石康为荆州刺史。殷仲文和卞范之是桓玄的心腹，密劝桓玄应当早日揽得大权。桓玄当然心喜。朝中大臣又多是桓玄的党羽，纷纷去逼安帝下诏，册封桓玄为相国、楚王，升桓谦为卫将军兼尚书，王谧为中书监，桓胤为中书令，桓修为抚军大将军。

当时刘裕任彭城内史，桓修召刘裕密问："楚王勋德崇隆，众臣打算让安帝禅让，你意下如何？"刘裕应声道："楚王勋德盖世，登大宝之位，有何不可？"桓修欣然道："你都认为可以，还有什么人敢说不可呢？"刘裕暗暗发笑，然后退出。

新野人庾仄率领众人袭击襄阳，逐走刺史冯该，声讨桓玄。江陵震动。桓石康带兵攻打襄阳，一战即败，投靠了后秦。桓玄假装避嫌，自请归藩。桓修等人却逼迫安帝下诏，慰问并挽留桓玄，安帝不得不从。桓玄又诈言江州有甘露降下，召集百官到庙堂庆贺，并矫诏道："相国至德，感格神灵，所以有此嘉瑞"等等。

卞范之代草了禅诏，派临川王司马宝将诏书拿到宫中，胁迫安帝照文誊录，盖上御印，当即发出。第二天晚上，又派人逼迫安帝交出玺绶，然后逼迫安帝迁到永安宫居住。桓玄于元兴二年十二月初一早上即帝位，改国号为楚，纪元永始。废安帝为平固王，王皇后为平固王妃，降何皇后为零陵县君，琅玡王司马德文为石阳公，武陵王司马遵为彭泽县侯。追尊父亲桓温为宣武皇帝，母亲南康公主为宣皇后，封儿子桓升为豫章王。过了几天，桓玄乘着法驾，驰入建康宫。途中遇到一股逆风，旌旗全部倒地。等到桓玄登上大殿就座，猛然听得"哐当"一声，御座陷了下去，桓玄险些跌落下来。

刘裕入都

御座忽然陷落，桓玄几乎跌下。左右慌忙扶住，桓玄才勉强站住。群臣大惊失色，殷仲文连忙谄媚道："这是圣德深厚，地不能载的缘故。"桓玄听完，心情立即由惊转喜。桓玄出殿回宫后，将安帝迁居寻阳，把桓温的神位安放在太庙，立妻刘氏为皇后。

桓玄性格苛严，喜怒无常，朝令夕改，群臣常常无所适从。桓玄还喜好游猎，每天要出去游玩。兄长桓伟下葬那天，他早晨哭丧，晚上游玩。而且出入都不事先通知，一经下令，侍从奔走不及，稍微迟慢一点，就会被他大肆斥责，众人惶恐不安，怨气盈廷。桓玄心中也不安宁，时常戒备。一天黄昏，有水涌到石头城下。水势突如其来，汹涌澎湃，岸上的人来不及躲避，多半被狂涛卷去，顿时天昏地暗，鬼哭狼嚎。桓玄在建康宫中听到声音，大惊："难道是有人起兵造反吗？这可怎么办？"说着，连忙命人到外面探听。后来得知是洪水作怪，这才放心。

不久，桓玄派使者到益州，加封毛璩为散骑常侍。毛璩将来使扣押，不接受任命。桓玄于是任命桓希为梁州刺史，严防毛璩。毛璩慷慨誓师，东讨桓玄，派柳约之、罗述、甄季之会兵攻打桓希，大得胜仗，随后进屯白帝城。桓玄又命桓弘为青州刺史，镇守广陵；刁逵为豫州刺史，镇守历阳。桓弘令青州主簿孟昶到都城汇报政事，桓玄见他神态雍容，很是器重。孟昶返回青州时在京口与刘裕相遇，彼此叙谈多时，非常投机。刘裕笑着说道："草泽间当有英雄崛起，你可曾听说？"孟昶接道："今日英雄应该是足下吧。"说完，二人相视一笑。

刘裕与孟昶共同商议匡复的办法，当时有数处可以联络：一是弘农太守王元德与弟弟王仲德，二人都是有大志向的人，不服桓玄，此时正好卸职入都，正好可以做内应；辛扈兴和童厚之寓居建康，与刘裕素有往来，也可让他们响应王元德，做个帮手；二是刘裕的弟弟刘道规，刚刚当上青州中兵参军，正好让他暗中偷袭桓弘；三是豫州参军诸葛长民，他是刘裕的密友，可以让他同时举事，攻打豫州刺史刁逵，占据历阳。二人安排妥当，便分头通知。

孟昶回到青州，对妻子周氏说道："现在我决计发难，为了不让你受到牵累，我们就此诀别。以后倘若侥幸得以富贵，再把你接回来也不

388

迟。"周氏答道："你有父母需要奉养，本来不应这么做。你一定要建立奇功，也不是妇人所能谏阻的，万一不成功，妾身一定会继续奉养你的双亲，与你死生与共，请你不必多心。"孟昶沉吟多时，欲言又止，于是离座想到外面走走。周氏已瞧破情形，抱着儿子叫住孟昶说道："看你的行为举止，并非是完全为我着想，不过是想得到我的财物罢了。"说完，指着怀中的孩子对孟昶说道："此儿如果能换成钱，妾身也在所不惜。"孟昶听到连忙起身道谢。孟昶得到周氏丰厚的积蓄后，就与刘道规等人联同一气，伺机起事，并派人报告刘裕。刘裕与何无忌在京口谋划，刘裕决计起兵，令何无忌当晚草拟檄文。何无忌的母亲是刘牢之的姐姐，从旁看见檄文，不禁痛哭流涕道："我虽然比不上东海吕母，但你能这样做，我还有什么好遗憾的？"得知主事者是刘裕，何无忌的母亲大喜道："刘裕为主，桓玄必亡了。"

过了两天，何无忌和刘裕以游猎为名，选取二十名志士作为前队，自己化装成敕使，一马当先，扬鞭进入丹徒城。桓修听到敕使到来，连忙出署相迎。遇到何无忌，正要开口相问，已被何无忌顺手砍下脑袋。何无忌当即大呼讨贼，士兵纷纷逃散。刘裕得知何无忌大捷，立即揭榜安民，不到一会儿就安定了城中百姓，并命人将桓修埋葬在城外。随后召东莞人刘穆之为府主簿，刘穆之受命赴任。徐州司马刁弘得知丹徒有变，率领文武佐吏前来查探虚实。刘裕登城说道："我等奉了密诏诛除逆党，今天桓玄的首级已经砍下了。你们都是大晋的臣子，到这里干什么？"刁弘等人信以为真，当即退去。正巧孟昶、刘毅、刘道规带兵渡江，来与刘裕会合。刘毅奉刘裕的命令追击桓弘，将他杀死了事。

青、徐、兖三州已经占领，只有建康及豫州两路还没有发兵。刘裕令刘毅修书让刘迈起兵，刘迈看完书信踌躇不决。送信人周安穆见刘迈怀疑，担心惹祸，匆匆告归。刘迈当时担任竟陵太守，打算晚上出城避难。忽然接到桓玄的书信，问他："北府情形如何？你最近见了刘裕，他说了什么？"刘迈以为桓玄已经知道刘裕的阴谋，索性和盘托出。桓玄大惊，封刘迈为重安侯，立即将王元德、辛扈兴、童厚之等人斩首。不久，有人弹劾刘迈，说刘迈放走周安穆，是周安穆的同谋。桓玄立即将刘迈斩首。

刘裕被众人推为盟主，负责徐州军事，任用孟昶为长史，檀凭之为司马。当下号召徐、兖二州的壮丁，从竹里出发，声讨桓玄。桓玄命扬州刺史桓谦为征讨都督，并令侍中殷仲文与桓谦一同抵御刘裕。桓谦请

389

命发兵急击，桓玄皱眉道："彼方正锐不可当，我方一旦失败就大势去了，不如屯兵覆舟山下，以逸待劳。刘裕他们白白走了两百里，一场战都没打，锐气必然减弱。我再按兵固守，不与他交锋。刘裕的将士求战不得，自然散去。"桓谦不听，仍然固执己见。桓玄于是派吴甫之和皇甫敷带兵北击刘裕。各军陆续出发，桓玄心中还是很惊慌，在宫中走来走去，徬徨不定。有人从旁劝慰道："刘裕等人不过是乌合之众，成不了大事，至尊何必多虑？"桓玄摇头说道："刘裕是当世的大英雄，再加上有刘毅、樗蒲、何无忌相助，共举大事，何事不成？"说完，忆起以前不听妻子的劝告，不禁怅然不已。

原来刘裕担任彭城内史时，曾在桓修麾下兼任中书参军。桓修进京拜见桓玄时，刘裕也在一旁。桓玄见刘裕相貌非凡，称他为奇杰，每次宴会必召刘裕入座。桓玄的妻子刘氏从屏后窥见刘裕，说刘裕龙行虎步，瞻顾非凡，将来必成大患，因而劝桓玄早除刘裕。桓玄一直不从，谁知刘裕回到京口果然发难，做了桓玄的对头。桓玄怎能不悔？怎能不恨？但事已至此，后悔也无济于事。

刘裕率军攻克京口，走到江乘，正遇上吴甫之带兵杀来。吴甫之向来骁勇，全不把刘裕放在眼中，拍马直前，挺矟向前。刘裕的前队被他挑落数人，吴甫之正杀得兴起，突然一人策马而来，厉声大呼道："吴甫之敢来送死吗？"吴甫之还没看清楚来人是谁，已被来将大刀一劈，斩落马下。来人是谁，竟然如此勇猛？原来正是刘裕。刘裕乘吴甫之不备，一刀将他劈死，然后进军罗落桥。皇甫敷正在对面严阵以待。刘裕打算亲自出战，司马檀凭之却纵马先出，与皇甫敷交锋了数十回合，檀凭之力气弱些，稍一失手，就被皇甫敷刺死。刘裕不禁大怒，立即策马前去接仗。皇甫敷素闻刘裕的威名，不敢与他交手，于是麾众围攻刘裕。刘裕毫不畏缩，靠着大树与皇甫敷力战。皇甫敷喊道："你打算怎样死？"说着，即拔戟刺向刘裕。刘裕大喝一声，吓得皇甫敷倒退数步，不敢靠近。可巧刘裕这边来了援兵，大胜皇甫敷。皇甫敷正想策马逃走，刘裕令军士一齐放箭。皇甫敷额头中箭，一头栽在地上。刘裕持刀向前，正要杀皇甫敷，听到皇甫敷凄声说道："君得天命，皇甫敷应当受死，唯愿以子孙相托。"刘裕一边答应，一边斩杀了皇甫敷，随后令军吏厚恤皇甫敷家人。檀凭之战死军中，刘裕特令檀祗代任檀凭之的职位，然后进逼建康。

桓玄听说二将战死，大惊失色，忙召术士推算吉凶，并询问群臣道：

"朕难道就此灭亡了吗?"群臣都不敢出声。曹靖之说道:"民怨神怒,臣实寒心。"桓玄道:"你之前为什么不进谏?"曹靖之道:"辇下君子都说是时逢尧舜,臣怎么敢多言?"桓玄无词可答,长叹了好几声,随后派桓谦出屯东陵,卞范之出屯覆舟山西面,共有两万兵马。刘裕到了覆舟山东面,让军士饱餐一顿,然后将余粮全部丢弃。先让老弱残兵,登高张旗,作为疑兵,然后与刘毅分成数支小队,杀进桓谦阵营。刘毅与刘裕都身先士卒,将士也奋勇难当。这时又有大风从东北方向吹来,刘裕军处在上风,于是放起一把火来。火随风势,风助火威,烧得桓谦部下都焦头烂额,哪里还敢恋战,全都四散而逃。桓谦与卞范之也一溜烟似的跑了。

桓玄命庾赜之带领精兵支援桓谦,暗中让殷仲文到石头城预备船只,以便逃走。忽然接到桓谦、卞范之两军大败的消息,桓玄连忙召集亲眷,带着儿子桓升和侄子桓濬出了南掖门。参军胡藩谏阻,桓玄没时间回答他,只用鞭子朝天一指,便策马西逃。逃到石头城,船只已经备齐,立即登船逃走。船中不曾备有粮食,桓玄一行好几天都没有进食,不禁饥肠辘辘。等船走到百里以外,才从岸上弄到一点粗粮。桓玄勉强吃了几口,却不能咽下,桓升代为抚胸,惹得桓玄涕泪俱下,心中涌起阵阵酸楚。众人进餐后,乘船前往寻阳。

建康城内王谧等人将刘裕迎入都城。王仲德抱着王元德的儿子王方回,出城迎接刘裕。刘裕见了他们后,将王方回抱入怀中,与王仲德对哭一场,任命王仲德为中兵参军,追封王元德为给事中,然后带兵驰入都中。第二天,移屯石头城,设立留台,令百官照常办事,另造晋室神位奉入太庙。又派刘毅追击桓玄,将所有留居建康的桓氏族党全部处死。再派部将臧熹入宫检收图书、器物,封闭府库。刘裕派尚书王嘏率领百官到寻阳迎回安帝。王谧担任扬州刺史,据守留台。刘裕统领八州军事,担任徐州刺史。当下令刘毅为青州刺史,何无忌为琅玡内史,孟昶为丹阳尹,刘道规为义昌太守。凡军国大事都委任刘穆之。历阳兵民乘乱造反,逐出刺史刁逵。刁逵弃城出逃,正与诸葛长民碰上,刁逵下马受缚,被送到石头城一刀处死。刘裕令魏咏之为豫州刺史,镇守历阳,诸葛长民为宣城内史。

桓玄奔到寻阳,刚想休息一下,又听说刘毅追来。急忙挟持安帝兄弟和何、王二后乘舟西行,留下何澹之、郭铨、郭昶之等人驻守湓口。刘毅不能前进,王嘏无从迎驾,只好回去报告刘裕。刘裕于是假称受安帝密诏，迎武陵王司马遵为大将军，暂居东宫代理朝政。司马遵的父亲司马晞是元帝的第四个儿子，受封武陵。后来司马遵承袭爵位，留官建康，任中领军。桓玄篡位以后，降司马遵为彭泽侯。司马遵即位后大赦，只有桓玄一族，不在赦免之列。可巧刘敬宣和司马休之从南燕奔回，司马遵于是任命司马休之为荆州刺史，刘敬宣为晋陵太守。司马休之奉命赴任，但此时的荆州还被桓石康占据，他怎么肯轻易让给司马休之？再加上桓玄也从寻阳奔往了荆州，桓石康当然要与晋廷相抗。

晋安帝回都

桓玄退居江陵后，仍称楚帝，任用卞范之为尚书仆射，倚作心腹。因担心威令不行，更加严刑重罚。殷仲文劝桓玄从宽，桓玄厉声呵斥，殷仲文不便再劝，只好退出。桓歆贿赂氏帅杨秋，让他进兵历阳。杨秋被魏咏之、刘敬宣击败后逃走，在练固被杀。桓玄再派庾雅祖和桓道恭率领数千人援助何澹之，共同扼守湓口。晋将何无忌、刘道规带兵到桑落洲，与何澹之水战。见何澹之大军的一艘坐船遍插旗帜，何无忌对众将说道："何澹之必定不在这条船上，他无非是虚张声势，迷惑我军，我当先夺此船。"众将道："何澹之既然不在此船，夺下此船也是无益。"何无忌道："彼众我寡，胜负难料。何澹之既然不在这条船上，上面的士兵必然很弱小，我用劲兵猛攻，定能夺取。夺取以后，彼衰我盛，乘势进击，必然破贼。"刘道规深以为然，于是派遣精兵进攻。果然船中没有健将，很快就被晋兵夺来。何无忌令军士大呼："我军已经擒得何澹之了。"何澹之的士兵闻声大惊，哗然不已。晋军也以为擒获了何澹之，勇气倍增。何无忌、刘道规麾军进攻何澹之。晋军一阵猛扑，奋勇杀来，何澹之的士兵顿时逃的逃，死的死。何无忌、刘道规进入湓口，进屯寻阳，取得晋宗庙中的石祏①，奉送回京师。

桓玄接到何澹之兵败的消息，连忙集合荆州两万士卒，几百艘楼船，挟持安帝东下。刘裕派刘毅和孟怀玉带兵到寻阳，与何无忌、刘道规共同抗击桓玄。在峥嵘洲，刘毅手下的士兵才几千人，见桓玄人多势众，不禁心生怯意，打算退回寻阳。刘道规挺身说道："行军打仗贵在士气，

---

① 石祏：宗庙中藏神主的石盒。

不在多寡。桓玄虽然外示声威，其实内心虚怯。况且他军心不稳，人多又有什么用？胜败在此一举，怕他什么？"说完，麾众前进。两方刚刚交锋，江面忽然刮起一阵大风，吹向桓玄。刘道规大喜，立即下令士兵们顺风纵火。滚滚浓烟都朝桓玄那边扑去，桓玄的士兵纷纷逃散，桓玄慌忙挟安帝飞桨西逃。何、王二后也避火乱奔，逃到巴陵。这时，殷仲文突然背叛桓玄，带着何、王二后逃到建康。桓玄挟持安帝回到江陵，冯该请命整兵再战，无奈人心已失，无人听命。桓玄不得已，打算投奔桓希。当晚，桓玄刚刚出城，黑暗中忽然闪出几个人，拿着刀一阵乱砍。幸好桓玄的部下眼疾手快，慌忙抵挡，桓玄才没受伤。桓玄单骑逃脱，上船等了好一会儿，卞范之、丁仙期、万盖等人才赶来，众人上船一同西行。因为城门的一场混战，安帝逃出桓玄的掌心，被王康产送到南郡府舍。南郡太守王腾之率领文武大臣一同保护安帝。琅玡王司马德文始终在安帝左右，须臾不离。安帝这才安下心来。

益州刺史毛璩之前曾要征讨桓玄，被桓希所阻。毛璩的侄子毛修之，听说桓玄战败西奔，正想设法除奸。毛修之于是到桓玄那里诈称蜀地安全，不妨前往。桓玄是只要有路可奔，去哪里都愿意。宁州刺史毛璠病死任上，毛璩派侄孙毛祐之等人护送毛璠的灵柩回江陵。在枚回洲的时候，正巧与桓希相遇，毛祐之眼快，一眼看见桓玄坐在船中，当即大喝一声道："逆贼哪里逃？"一声令下，船上的士兵纷纷拉弓放箭，射向桓玄。桓玄惊慌乱窜，丁仙期、万盖以身护主，都被射死。益州督护冯迁带着壮士，跳到桓玄的船上。桓玄颤声问道："你，你是什么人？竟敢杀天子！"冯迁不屑地说："我来杀忤逆天子的贼臣。"话落刀闪，桓玄的首级已被劈下。桓升急忙扑过来救护，却被冯迁打倒，捆绑而去。毛祐之、费恬等人陆续赶来，劈死桓石康、桓濬，卞范之跳水中逃生。毛祐之等人提着桓玄的首级，带着桓升，赶赴江陵。并派人迎来安帝，暂时借江陵为行宫。安帝命人将桓升斩首，升毛修之为骁骑将军。

刘毅听说桓玄已死，自然安心缓行，一路上又碰上逆风，免不了沿途逗留。哪知桓氏死灰复燃，余孽再起。桓玄的侄子桓振从华容浦带着士兵偷袭江陵城，桓谦也起兵呼应。江陵空虚，王康产、王腾之又没有多加防备。桓振等人突然恶狠狠地杀来，王康产、王腾之二人措手不及，相继战死。桓振提着大刀，径直闯入行宫，向安帝索要桓升，愤然说道："桓氏一门何曾负国，竟然要将我们灭族！"安帝早已吓得面如土色，魂魄皆散，一个字都说不出来。琅玡王司马德文小声说道："这又何尝是我兄弟的本意!"桓振悲愤欲绝,忍不住提刀用力往前一挺,直指安帝。桓谦正好进来,见到这种场面,立即止住桓振,多番劝阻,桓振才平静下马,拜首而出。第二天晚上,桓振为桓玄发丧,伪谥武悼皇帝。又过了一晚,桓谦率领群臣奉还了玺绶。琅玡王司马德文接了玺绶,交给安帝,并婉言让桓谦退下去,等候诏旨。过了一会儿,安帝下诏命司马德文为徐州刺史,桓振为荆州刺史,桓谦为侍中卫将军兼任江、豫二州刺史。桓氏再次专政,安帝身边的人都是桓振的爪牙。桓振叹息道:"我叔父不早用我,才导致国灭身亡。如果叔父尚在,我为前锋,天下早就定了。如今蜗居在这个小地方,也不能长久啊。"桓谦劝桓振东下,自己据守江陵。桓振刚刚夺权,正想纵情酒色,肆行杀戮,安享几天的威福,怎肯再去战场?桓谦只得招募兵马,到马头防守,并派桓蔚戍守龙泉。

　　刘毅、何无忌、刘道规接到江陵警报,立即加速西进。随后击破桓谦,又分兵击破桓蔚,兵势大振。何无忌打算乘胜直取江陵,刘道规谏阻,何无忌不从,坚持带军进逼江陵。桓振倾城而战,冯该、卞范之等人先后赶来支援桓振,在灵溪与何无忌交战。何无忌抵挡不住,退到寻阳,然后与刘毅上疏请罪。刘裕仍命刘毅调度各军,只削去了他青州刺史的官职。刘毅整顿部队,修缮船只兵械,计划着再次西进。刘敬宣储备了足够的粮食,拨给各军。休养了一些日子,刘毅等人从寻阳出发,前往复口。桓振派冯该戍守东岸,孟山图据守鲁山城,桓仙客镇守偃月垒,有上万兵马,水陆两军互相支援。刘毅攻打孟山图,刘道规进击偃月垒,何无忌抵御冯该。从早晨打到中午,晋军大胜,擒获孟山图和桓仙客,冯该逃往石城。刘毅等人继续进军巴陵,军令威严,禁止侵掠,百姓安定如常。

　　刘裕命刘毅为兖州刺史,收复江陵。益州刺史毛璩攻破汉中,斩杀桓希。桓氏势力锐减,只剩下襄阳一城。桓振命桓蔚驻守襄阳,勉强过了残年。到了正月,南阳太守鲁宗之起兵讨逆,杀入襄阳城。桓蔚逃到江陵,刘毅召集各军进攻马头。桓振挟持安帝进屯江津,派使者要求晋廷割让江、荆二州,然后奉还天子。刘毅不肯答应。这时,鲁宗之杀入柞溪,击破桓楷,进驻纪南。桓振不得不去抵御鲁宗之,留桓谦、冯该和卞范之戍守江陵,并监视安帝兄弟。桓谦命冯该堵截豫章口,冯该被刘毅击败,逃奔石城。刘毅率兵来到江陵城下,纵火焚门,桓谦弃城西逃。卞范之迟了一步,被晋军拿下处斩。晋军随后扑灭余火,麾军进城。

桓振到了纪南，杀退鲁宗之的兵马，回来援救江陵。远远望见大火，料知江陵城已经被攻陷，部下将士见此情景四散而逃，桓振无可奈何，只得逃往涢川。安帝改元义熙。因为前丰城公桓冲有功于王室，安帝特别赦免了桓冲的孙子桓胤，让他迁居新安，桓氏其他人则不在赦免之列。升刘毅为冠军将军，所有政令都由刘毅主持。任命鲁宗之为雍州刺史，毛璩为征西将军，毛瑾为梁、秦二州刺史，毛瑗为宁州刺史。派遣建威将军刘怀肃追剿桓氏余党，刘怀肃不负所托，阵斩冯该。桓谦、桓蔚、桓楷、何澹之都逃往后秦。

当时建康留台已经备齐法驾，要迎回安帝。何无忌奉帝东还，留刘毅，刘道规驻守夏口，江陵由司马休之戍守。没想到桓振又从涢川进袭江陵。司马休之不曾防备，仓皇出战，吃了一个败仗，奔往襄阳。桓振再次占据江陵，自称荆州刺史。建威将军刘怀肃急忙援救江陵城，刘毅又派广武将军唐兴协助刘怀肃，让他们两路大军夹攻桓振。桓振出战沙桥，靠着一把大刀，盘旋飞舞，乱劈晋军。刘怀肃知道桓振厉害，早就准备了强弓硬箭。霎时间万箭齐发，桓振的士兵死了一半，逃去一半。桓振拍马欲逃，马也中箭，痛倒地上，桓振坠马落地。刘怀肃抢前一步，手起刀落，将桓振劈成两段。江陵城再次被晋军夺回。

益州刺史毛璩得知江陵再陷，急忙率军讨伐桓振。命毛瑗从外水出兵，参军谯纵从涪江出兵，蜀人不愿远征，多有怨言。谯纵手下将领侯晖与巴西人阳昧合谋，逼谯纵带头造反。谯纵不肯，投水自尽，却被侯晖捞起，逼他攻打毛瑾。毛瑾在涪城听到消息，还没来得及调兵就被侯晖等人攻进城中杀死。侯晖等人推谯纵为梁、秦二州刺史。毛璩走到略城，才知道谯纵等人叛乱，慌忙赶回成都，派参军王琼做前锋，毛瑗做后应，一同讨伐谯纵。王琼来到广汉正好碰上侯晖，立即麾兵杀去，侯晖一时战败，立即引退。王琼乘胜急追，毛瑗也从后面跟进。追到绵竹，谯明子已经暗中设下两重伏兵，守株待兔。王琼陷入第一重埋伏的时候还没有察觉。等到陷入第二重埋伏时，突然呼哨大作，伏兵四起，把王琼困在重围的中心。王琼拼命冲杀，无法突出重围，直到毛瑗带兵赶到，奋力杀开一条血路，才将王琼救出。王琼手下士兵十死八九，毛瑗麾下的士兵也战死了一半。毛瑗与王琼奔回成都，侯晖、谯明子一直追到成都城下，日夜不停地攻扑。益州营户李腾偷偷打开城门引入外寇，毛璩、毛瑗都被杀死。侯晖、谯明子于是占据成都，迎谯纵为主。谯纵令堂弟谯蒲洪为益州刺史，谯明子为巴州刺史，屯守白帝城。顿时全蜀大乱，汉中空虚，氐帅仇池公杨盛派杨抚趁机进据汉中，晋廷正忙着搜捕桓氏余孽，一时顾不来，谯纵得以顺利称成都王。

晋安帝回到建康，下诏任命琅琊王司马德文为大司马，武陵王司马遵为太保，刘裕为侍中兼任车骑将军，刘毅为左将军，何无忌为右将军，刘道规为辅国将军，魏咏之为征虏将军兼吴国内史。刘裕推辞不受，恳请归藩。安帝一再劝说，刘裕仍不愿受命，始终请求调任外镇。安帝于是让刘裕统领十六州军事，驻守京口，刘裕这才没有推辞。

刘毅曾担任过刘敬宣的参军，有人说刘毅是一代雄杰，唯独刘敬宣说他"内宽外忌，夸己轻人，将来得志，必然取祸"。刘毅知道后，一直耿耿于怀。刘敬宣因功受赏，升任江州刺史，刘毅对刘裕说道："刘敬宣并没有立下大功，却让他出任江州刺史，未免太优待他了。"刘裕没有听众。刘敬宣知道后，却自请解职，后来做了宣城内史。刘毅与何无忌分别征讨桓氏的余党，将他们全部荡平。荆、湘、江、豫四州从此肃清。朝廷命刘毅管治淮南五郡，何无忌治理江东五郡。晋室这才稍得安宁。

永安何皇后从巴陵回都城后，不久便病逝了，享年六十六岁，追谥为章皇后。当时，宫廷虽经丧乱，但大祸已除，人心自然思治，共望升平。彭泽令陶潜是陶侃的曾孙，字元亮，又字渊明。一天朝廷派的督邮来到郡中，县吏要求所有的官吏束带出迎。陶潜慨然叹息，不肯为五斗米折腰，在义熙二年解印归田，并写了一篇《归去来辞》表明心志。后来借诗酒自娱，归隐农田直到寿终。

晋廷虽然一时安定下来，但江左尚有乱事。

赫连勃勃建夏

卢循连年侵掠海滨，虽然应桓玄招抚，受职永嘉太守，却一直不肯收敛。因被刘裕堵击，卢循一再战败，只好放弃永嘉，乘船南逃。后来刘裕起义，征讨桓玄，卢循就趁机进攻南海，攻陷番禺，抓获广州刺史吴隐之，自称平南将军，并令姐夫徐道前去攻打始兴。徐道攻进城中，擒获了始兴相阮腆之。卢循占据广州，徐道再次占据始兴。后来晋廷肃清逆党，卢循不免畏忌，就派使者入贡晋廷，窥探虚实。晋廷意在休兵安民，就任命卢循为广州刺史，徐道为始兴相。卢循赠送益智粽给刘裕，刘裕则以续命汤作为回礼。前琅玡内史王诞当时身在广州，卢循逼迫他担任平南长史一职。王诞对卢循说道："我不过是个武将，留在这里也没什么用，不如让我北上。我与刘镇军是多年好友，去了那里必蒙委任，以后或许能帮上将军一点忙。"卢循正要让王诞启行，忽然接到刘裕来书，要求卢循释放吴隐之。卢循不肯，王诞劝说了几句，卢循才释放吴隐之，让他与王诞一同回建康。

后秦主姚兴听说西僧鸠摩罗什道行很高，派人将他迎为国师，让他在西明阁和逍遥园翻译佛经。鸠摩罗什博通经典，见关中通行的佛书错谬很多，便召集沙门僧睿、肇等八百多人一起听他传授佛经，并写下了三百多卷经纶。鸠摩罗什撰写了两卷《实相论》，上呈给姚兴。姚兴将他奉若神明，亲自率领朝臣和沙门前去聆听。鸠摩罗什登座谈经，从容讲述。一天讲了很久，鸠摩罗什忽然下座对姚兴说道："有两个小男孩坐在我肩膀上，致使我有了欲障，不得不向您求取妇人。"姚兴欣然说道："大师聪明超悟，海内无双，一旦入定，法种就无人继承了，那怎么行？"于是当即还宫，选了一名宫女送给鸠摩罗什。后来这名宫女果然生下了两个儿子。鸠摩罗什从此就不住僧房，另住官署。姚兴又送给他十多个宫女。鸠摩罗什得了众多妙龄女子，索性肉身说法，与她们一一结下大欢喜缘。僧徒们都艳羡不已，不免纷纷效尤。罗什得知后，拿出一个钵，对僧徒们说道："你们如果能吃下钵里的东西，就可以蓄养妻妾，否则就不要效仿我。"僧徒听了连忙探看钵中，不看还好，看了之后不禁咋舌。原来钵里面尽是大大小小的绣花针。僧徒面面相觑，自然没人敢吃。鸠摩罗什却拿起绣花针一一塞进口中，那些绣花针到口便软，鸠摩罗什如同吃韭菜一般将绣花针通通吞下。僧徒不禁叹服，从此个个苦守清规。鸠摩罗什又活了九年，后来以七十四岁的高龄去世。

鸠摩罗什讲经以后，道恒、道标、道融、昙无成等人成为鸠摩罗什的高徒，广传佛法。西僧佛陀耶舍、弗若多罗和觉贤法明相继入秦，与鸠摩罗什辩疑析难。秦人信佛成风，但姚氏国运渐衰，已无可挽回。

刘裕因桓氏余孽逃到关中，担心他引来秦兵，因此特地派参军衡凯之与秦国通好。秦国也派遣使臣与晋国互相往来。刘裕向秦国索要南乡诸郡，姚兴慨然答应。廷臣多半谏阻，姚兴说道："刘裕匡辅晋室，讨平逆党，是当世的英雄，我何必吝惜数郡土地呢？"于是将南乡、顺阳、新野、舞阴等十二郡割让给了东晋。仇池公杨盛归附了魏国，姚兴派陇西公姚硕德、徐洛生讨伐杨盛，连得胜仗。杨盛走投无路，只好投降，将儿子杨难当送到长安做人质。姚兴任命杨盛为益州牧，召姚硕德班师回朝。姚硕德为姚氏勋戚，为人忠诚，姚兴非常倚重他，不仅以家人礼相待，每次赏赐也都异常丰厚。这次姚硕德凯旋，顺道拜见姚兴。姚兴盛筵相待，欢庆了好几天。姚硕德辞行回去时，姚兴还特地亲自送别。

当时南凉王秃发利鹿孤已经去世，由弟弟广武公秃发傉檀继位。秃发傉檀自号凉王，迁居乐都，改元弘昌。秃发傉檀少时机警，颇有才略。即位后，见姚秦势力很盛，秃发傉檀不得不与秦国通好，因此上表秦廷，报称嗣立。秦主姚兴册封秃发傉檀为车骑将军、广武公。后来秃发傉檀想占取姑臧，因此自去年号，派参军关尚入贡秦国。秦主姚兴对关尚说道：“朕听说他擅自兴兵，还建造大城，现在却派使者来投诚，究竟他有什么打算？”关尚答道：“王公设险守国，以防备外敌，这是自古以来就有的惯例。试想车骑守地一旦有失，不但危及车骑而且有害大秦，陛下怎么能妄加猜疑呢？”姚兴听了笑着说道：“你说的是，朕错怪车骑将军了。”随后关尚回去复命，秃发傉檀趁机用兵，派弟弟秃发文支击败南羌，向秦告捷，并要求担任凉州刺史。姚兴没有答应，只升秃发傉檀为散骑常侍。秃发傉檀再发兵攻打北凉，沮渠蒙逊率兵力拒，秃发傉檀割了禾苗，掠得牲畜，然后带兵退回。随后再派使者献上三千匹马、两万头羊给秦国，再次请求秦国将凉州城给他。秦王姚兴以为秃发傉檀忠心依附秦国，就升任秃发傉檀为车骑大将军和凉州刺史，命他镇守姑臧，并召凉州留守王尚回长安。

凉州人申屠英派主簿胡威到长安，要求留王尚镇守凉州，姚兴不从。胡威说道：“陛下怎么能贱人贵畜，以臣等换取马羊呢？如果国家需要马匹，只要下达诏命，令臣州三千余户人家各献一匹。陛下早晨下达命令，黄昏的时候臣等就可以办成，这也并非难事。昔日汉武帝倾天下财力，开拓河西，截断匈奴右臂；如今陛下却无故抛弃五郡的百姓给暴虏。臣担心虏人性情狡诈，不但虐待百姓，还会侵略圣朝啊。”姚兴这才后悔，连忙派人止住王尚，并让秃发傉檀缓慢前进。哪知秃发傉檀早已率领三万兵马进城，逼迫关尚出城。关尚不得已，让去姑臧，回了长安。秃发傉檀进入姑臧城，在宣德堂设宴。喝酒喝到一半，仰头望着宣德堂，不禁感叹道：“古人说‘建者不居，居者不建’果然是这个道理。”凉州故吏孟祎进言道：“前凉张骏筑造城苑，缮治宫庙，无非是要传诸子孙，永垂后世。后来秦兵渡河，凉州瓦解。古人有言，富贵无常。此堂建了将近百年，共经历十二主。忠信才可久安，仁义才能永固，愿大王慎图

398

久远。"秃发傉檀听后，大为触动，起座拜谢。秃发傉檀令秃发文支镇守姑臧，自己回到乐都。不久迁居姑臧城，车服礼仪，一如王制，但仍向秦称藩。

魏主拓跋珪称帝后，一时没有册立皇后。拓跋珪本来好色，所得妃妾不下百人。这些女子大都恃娇倚宠，个个想做正宫娘娘。无奈旧不如新，后来者居上，慕容宝的小女儿被掳入魏国后，因为年轻貌美，得宠专房。魏国的风俗是册立皇后之前，必先铸造铜像，铜像铸成了才能册立。慕容氏铸像铸成，随即被立为魏后。约莫过了三五年，拓跋珪又想另选娇娃，特派贺狄干向秦国求婚。秦王姚兴听说魏国已经册立了皇后，当然不肯，并扣押了贺狄干。拓跋珪大怒，亲自率兵出击秦国的没奕于。当时，北狄有个柔然国，是东胡苗裔，姓郁久闾氏，始祖名叫木骨闾，本来是代王拓跋猗卢的骑兵，后来逃到荒漠之中。木骨闾的儿子车鹿会勇武过人，建立了柔然小国。后裔社仑归顺后秦，屡次侵犯魏境。这次社仑援秦拒魏被拓跋珪击败，逃到漠北去了。后来夺下高车，据为根据地，自号豆代可汗。秦主姚兴派遣姚平率兵进攻魏国的平阳，攻下了乾壁。拓跋珪移兵进击姚平，将姚平团团包围。姚平向姚兴求援，姚兴亲自带兵支援，被拓跋珪杀退。姚平不能突围，粮尽箭绝，投水殉难，余将狄伯支等人全部被俘。姚兴因为不能救援，举军痛哭，并派使者向魏国求和。拓跋珪不肯受降，继续进攻蒲坂。守将姚绪坚壁清野，固垒扼守。拓跋珪无从下手，只好带兵退回。后来因为柔然国势大盛，成为魏国之患，魏国才与秦国通好，并放还俘虏。秦国放回贺狄干，释怨罢兵。谁知此举竟惹恼了一个降臣，他恨秦国与魏交好，居然叛秦自立，独霸一方。这个人正是刘卫辰之子刘勃勃。

刘卫辰被魏国所灭，刘勃勃辗转来到秦国，投靠了秦高平公没奕于。没奕于将爱女许配给刘勃勃，并将他举荐给姚兴。姚兴见他身高八尺，仪容伟岸，应对详明，禁不住暗暗称奇，便任命刘勃勃为骁骑将军兼任奉车都尉，所有军国大议，常让他一同参谋。姚邕入谏道："刘勃勃天性不仁，不能重用，愿陛下留意。"姚兴恼怒道："刘勃勃有济世之才，我要平定天下正需要这样的人才，怎么能疏远他呢？"不久，又任命刘勃勃为安远将军，封为阳川侯，让他与没奕于一同镇守高平。并打算让刘勃勃节制刘卫辰的三万遗众，好让他攻打魏国，为父报仇。姚邕又与姚兴力争，直言不可。姚兴问道："你怎么知道他的性格脾气？"姚邕答道："刘勃勃对上怠慢，对下苛严残酷。如果过分宠信他，必然成为祸害。"姚兴这才听从姚邕的劝告。不久，却又升刘勃勃为安北将军，封为五原公，命他镇守朔方。刘勃勃独镇一方，免不得暗蓄雄心。听说秦魏通好，就与秦国有了嫌隙，心中起了叛意。那时柔然部的酋长社仑派使者护送八千匹马入贡秦国，路过大城，刘勃勃竟把他截住，将马匹夺为己有。刘勃勃召集部众三万余人假装到高平川狩猎，顺路拜见岳父没奕于。没奕于不加防备，坦然出去相迎。不料刘勃勃竟然暗中派人刺死没奕于，并将高平的士兵全部收服，一时间兵马上万。

晋安帝义熙二年，刘勃勃自称天王、大单于，改姓赫连，建元龙升，设置百官。自谓是夏后氏苗裔，因此以夏为国号。命长兄赫连右地代为丞相，封为代公，二哥赫连力俟提为大将军，封为魏公，弟弟赫连阿利罗为征南将军兼司隶校尉。然后出击鲜卑、薛干等部，收降一万多人，随后又进攻三城以北的戍垒。

三城是秦国的要塞，由秦将杨丕、姚石生等人驻守。得知赫连勃勃要来攻打，杨丕、姚石生当然带兵堵击。偏赫连勃勃兵锋甚锐，势不可当，杨、姚二将连战失利，相继战死。赫连勃勃到处侵掠，不肯罢休。部将奏请定都高平，赫连勃勃道："我新创大业，士兵不多。姚兴也是一时的英雄人物，有众多将领效命于他。我如果专恃一城，他们必定合力攻我，那时我就必亡无疑了。我不如东西驰突，攻他不备。他顾后必失前，顾前必失后，劳碌奔波，即使不战也会被我方拖累。我游食自如，不出十年，岭北、河东可尽归我所有。等姚兴一死，立即进攻长安。姚泓小儿怎么能抵挡得住我军？到时我自有妙计擒他。古时候的轩辕氏也是迁居无常，二十多年后才定国都，我为什么不效仿他呢？"部将一听，相继拜服。赫连勃勃于是进攻秦岭以北的各个郡城，忽来忽去，忽东忽西，害得秦国各地不得不终日关闭城门，白天也不敢打开。种种警报，频频传入长安，秦主姚兴大为感慨："我不听劝告，才导致了今天的大祸，真是追悔莫及啊。"

秦主姚兴此时也只好严令边城防备。刘勃勃已杀死岳父没奕于，自然不愿意立发妻为后，于是派使者到南凉，向秃发傉檀求亲。秃发傉檀不肯，刘勃勃就带兵进攻南凉。秃发傉檀慌忙移兵阳武，与他对敌。赫连勃勃所向无敌，南凉兵已经疲乏，怎么能招架得住？一场角逐，秃发傉檀大败，与散骑逃入南山才幸免一死。赫连勃勃将战死的敌兵尸体堆成一堆，号为骷髅台。然后又大掠百姓、牲畜，满载而归。

慕容超即位

西秦主乞伏乾归向后秦称藩。姚兴认为他兵势强盛，担心将来不易制服，因此任命乞伏乾归为主客尚书，令乞伏炽磐担任西夷校尉，监抚部众。秃发傉檀想要背秦作乱，曾派使者联络乞伏炽磐。乞伏炽磐杀死使者，把使者的首级传到长安。姚兴这才知晓秃发傉檀已有二心。因而不肯支援秃发傉檀，还要声罪讨伐他。秃发傉檀大为惊惧，急忙带兵回到姑臧，并将三百里内的居民全部迁到姑臧，民怨大起。屠各部的成七儿劫众谋叛，幸亏殿中都尉张猛设法解散叛兵，骑将白路等人追斩了成七儿，姑臧城内才得以安然无事。不久梁裒和边宪等人暗中图谋不轨，消息走漏，秃发傉檀将他们一一治罪。

慕容熙纳了苻氏姐妹，将姐姐封为昭仪，妹妹封为皇后，对她们异常宠爱。为了两位美人，慕容熙大兴土木，筑造宫室，在龙腾苑内建了景云山，后来又建造逍遥宫和甘露殿。慕容熙与苻氏两姐妹朝游暮乐，快活异常。凡是二美所言，慕容熙无不依从，甚至连朝廷刑赏大政也由二美裁断。一次慕容熙到城南游玩，在一棵大柳树下小憩，忽然听到树里面有声音发出，似乎是有人在喊："大王且止！大王且止！"慕容熙好奇不已，命令卫士用斧头将大树劈开。大树刚刚被劈开，就有一条大蛇蜿蜒而出。这蛇长约一丈，全身闪闪发光。卫兵们慌忙用长槊猛刺，才将大蛇刺死。大苻女当时正随同慕容熙游玩，见了这样的大蛇，惊心不已。等回到后宫，突然精神恍惚，身体也变得虚弱至极。过了几天，便一病不起。龙城人王荣自言能治好昭仪，慕容熙连忙让他开方煎药。谁知连服了两三剂，竟把这如花似玉的苻昭仪医得两眼翻白，一命呜呼了。慕容熙不胜悲愤，命人将王荣拿下，推出公车门外，肢解四体，焚骨扬灰。然后用皇后之礼殓葬了苻昭仪，追谥为愍皇后。慕容熙因为苻昭仪骤然病逝，连日不展欢颜。亏得宫中还有个小苻女，有她从旁劝解，慕容熙的悲伤才渐渐淡下去。

光始四年冬季，东方的高句骊国进兵燕郡，杀掠了燕国一百多人。第二年春天，慕容熙率兵东征，让苻皇后一路随行。到了辽东，攻打高句骊城，守兵来不及抵御，差点就要溃败。慕容熙却号令军中："等到铲平寇城，朕当与皇后乘辇进入，你们不要急攻！"将士只好缓进，城内却因此得以喘息，加强了防御，燕军久攻不下。偏偏当时春寒加剧，雨雪霏霏，燕国兵士多半冻僵，慕容熙与苻皇后披裘围炉还觉得冷，只好引兵退回。慕容熙责备辽西太守邵颜供应不周，罢黜了他的官职，并要将邵颜处死。邵颜索性亡命为盗，四处侵掠百姓。慕容熙派郭仲讨伐，用了无数的兵力，才将邵颜杀死。转眼间又到了暮冬，苻皇后偏偏要在这个时候围猎，慕容熙不得不依。围猎完毕，苻皇后却不肯回宫，劝慕容熙偷袭契丹，慕容熙于是在塞外过年。元旦后，探得契丹兵戍严密，难以攻取，打算收兵南归。可是苻皇后硬要出风头，偏要得到战胜的荣誉才肯回去。慕容熙不忍违逆皇后，又不敢进击契丹，只好带兵再攻高句骊。军行三千多里，士兵、战马都疲惫不堪，又遇上大雪，士兵冻死大半。勉强走到木底城，攻打了二十来天，毫无进展。夕阳公慕容云中箭，因伤辞归，士卒也没有什么斗志，苻皇后更没了兴致，随即退兵回国。

慕容宝的儿子博陵公慕容虔、上党公慕容昭，都被慕容熙以谋反之名，相继赐死。苻皇后在仲夏时节要吃冻鱼脍，仲冬时节要吃生地黄。慕容熙让各地采办，稍有差错，慕容熙就大开杀戒。光始七年元旦，改元建始。太史丞梁延年梦见月光忽然化成五条白龙，就在梦中占卜吉凶，说道："月为臣象，龙为君象，这是臣化为君的预兆。"忽然被鸡鸣声惊醒，梁延年想了片刻，起来对家人说道："国运恐怕要到头了。"

这年夏天，苻皇后忽然患病，慕容熙心急如焚，寝食不安，遍求内外名医，多方设法疗治。偏偏昙花易散，芙蓉竟萎。慕容熙悲号恸哭，整日守着苻皇后的尸体，须臾不肯离开，抚尸大哭道："身体都已经冷了，难道你真的不在了吗？"说着，突然眼前一黑，晕倒地上。御医救护多时，慕容熙才苏醒过来。醒来后依旧泪流不止，叮嘱缓几天再入殓。当时是初夏，尸身还不至于腐坏，停搁了两天，才将尸体入殓盖棺。但慕容熙不许移棺，一心痴望着苻皇后，希望她能起死回生，于是命人开棺查看。说也奇怪，那尸体竟然面色如生，依旧是杏脸桃腮，红白相衬。慕容熙看一回哭一回，又俯身亲吻了一下苻皇后，然后召入侍从，把棺木盖下，在宫内设立灵位，让百官依次哭灵。暗中还命人监视，说只有流泪的人才是忠孝之人，没有流泪的就要问罪。群臣大惊，自然畏惧，不得不勉强抛泪。慕容隆的妻子张氏是慕容熙的嫂嫂，素来姿容美丽，人又灵巧，慕容熙令她为苻氏殉葬。又传出命令，凡公卿以下都必须前去筑造陵墓，称为徽平陵。陵墓所花费的金银，不可胜数。

慕容熙交代监吏："你们要妥当办理，朕将随皇后同居此陵了。"启殡时让百官、侍从、宫女全体送葬，只留下慕容云据守宫中。慕容熙披发光足，一步一步跟在灵柩的后面。因为丧车过于高大，不能出城，就将北门拆毁。朝中的老臣叹息道："慕容氏自毁国门，怎么能久享王位呢？"

刚走到南苑，中黄门赵洛生踉跄奔来，报告说发生祸乱了。原来中卫将军冯跋和左卫将军张兴混入城中，与冯万泥等二十二人密结盟约，带领五千多尚方人，推慕容云为主。冯乳陈等人鼓噪入宫，禁卫们立即四散而逃。慕容熙得知消息，奋然说道："鼠子有什么能耐？待朕回去剿灭了他们。"说着，立即穿上铠甲，一路奔回龙城。城门已经紧闭，卫士们攻扑多时，无法取胜，于是退入龙腾苑中。第二天，尚方兵褚头翻过城墙来报慕容熙，声称援兵就要来了，特地前来归顺。慕容熙话没听清，以为是冯乳陈的援军就要来了，慌忙逃出龙腾苑。身边的侍从都没来得及随行，过了半天，慕容熙始终没有回来。部下将士各处找寻，没有慕容熙的下落，只在一条水沟旁看见了他的衣冠。中领军慕容拔对中常侍郭仲说道："眼看就要攻破龙城了，主上却无故出走，实在奇怪。我先去城中，你在这里等主上。"慕容拔说完，立即率领壮士登上北城。城中将士以为慕容熙回来了，纷纷投械请降。过了很久，慕容熙一直没来，众壮士心中又疑又惧，慕容拔没有后援，只好又赶赴龙腾苑。一路上将士纷纷溃散，慕容拔被手下将士杀死。

慕容云占据了龙城，令冯跋等人搜捕慕容熙。慕容熙逃出龙腾苑之后，以为城中的士兵要来攻打，所以躲藏在水沟里。等了好久，不见有什么变动，才走出来，脱去衣服冠带，辗转逃到林子里面。后来被人抓到，送到慕容云那里。慕容云将慕容熙和他的儿子全部处斩，一同葬在城北。总计慕容熙在位七年，终年二十三岁。

当时有童谣云："一束蒿，两头燃，秃头小儿来灭燕。""蒿"字上有草下有木，两头燃烧完了就只剩下一个高字。慕容云本来姓高，是高句骊的一支。慕容跳大破高句骊后，他们就被迁徙到青山，世代为燕臣。慕容云的父亲叫高拔，小名秃头，有三个儿子，慕容云排行老三，所以称为秃头小儿。慕容云在慕容宝执政时，担任侍御郎。后来因为打败慕容会，被慕容宝认为义子，封为夕阳公，并赐姓慕容。慕容云叛乱得手，僭称天王，恢复原姓高氏，大赦境内，改元正始，国号为燕。命冯跋为侍中，封为武兴公。封冯万泥为尚书令，冯乳陈为中军将军，冯素弗为昌黎尹兼任抚军大将军，张兴为辅国大将军。所有慕容熙的故臣仍让他们在职做官。谥慕容熙为昭文皇帝，将他与苻皇后一同葬在徽平陵。从慕容垂僭号称帝到慕容熙，共历四世，总计二十四年。

南燕主慕容备德占据广固，蹉跎了五年，已是六十九岁，一直苦于没有后嗣。后来得知兄长之子慕容超在长安，就立即派使者将他接回。慕容超母子曾与呼延平投奔后凉，后来凉主吕隆投降了秦国，呼延平就带着慕容超母子来到长安。不久，呼延平去世，慕容超痛不欲生，母亲段氏说道："我们母子死里逃生，全赖呼延氏的保护，此恩不报，良心如何能安？呼延平已死，但还有一个女儿。我想让你娶她为妻，以报前恩，你认为如何？"慕容超当然从命。因为担心被秦人陷害，慕容超一直假装疯癫，四处乞食，秦人都把他当乞丐看待。唯独东平公姚绍窥破隐情，对姚兴说道："慕容超必定不是真疯。"姚兴便召慕容超入见。慕容超故意胡言乱语，答非所问。姚兴不明就里，就放慕容超回去，并不再管束他。一天，一个叫宗正谦的相士在路上遇到慕容超，说道："您是大贵之人，怎么混居在市井之中呢？"慕容超一听，连忙将宗正谦带到僻静处，将自己的身世一一告知宗正谦。宗正谦是济阴人，立即派人秘密通知南燕。慕容备德这才知道慕容超，于是派遣济阴人吴辩前来查明真伪。吴辩来到长安，先拜访宗正谦再由宗正谦转告慕容超。慕容超与吴、宗二人改名易姓，悄悄来到梁父，到了镇南长史悦寿的住处才敢吐露真名实姓。悦寿报知兖州刺史南海王慕容法，慕容法担心慕容超是冒充的，因此不肯迎入慕容超。悦寿就将慕容超送到广固，慕容备德得知消息大喜过望。慕容超觐见慕容备德，呈上金刀，转述祖母临终遗言。慕容备德当即封慕容超为北海王，让他担任侍中。慕容超长得威武雄壮，与慕容备德很是相像，慕容备德因此更加宠爱他，打算立慕容超为嗣。还特意为慕容超在万春门内修建了一处宅邸，每有闲暇，必亲自前去与慕容超谈论国事。慕容超曲意承欢，谨慎侍奉，并开府招纳贤人，屈己下人，名望渐隆。

约莫过了一年，暮秋天凉，汝水忽然干涸，慕容备德大惊。过了两个月，竟然卧床不起。慕容超向慕容备德请命，打算前去祭拜汝水神，慕容备德摇头道："命数天定，汝水神恐怕也无能为力。"当天晚上，慕容备德梦见父亲慕容皝对自己说道："你既然没有后嗣，为什么不立慕容超为太子？否则恶人就要夺位了。"慕容备德正要问恶人是谁，偏偏被人从旁唤醒，睁眼一瞧是皇后段氏，不由得欷歔道："先帝有命，令我立储，看来我快要死了。"第二天，慕容备德在东阳殿与群臣商议，准备立慕容超为太子。事情还没决定，地面忽然震动起来。慕容备德支撑不住，只好回宫。晚上，慕容备德已经不能说话了。段氏在旁大声呼道："召中书草诏，立慕容超为太子，好吗？"慕容备德点头同意。段皇后于是宣入中书，让他草定遗诏，立慕容超为皇太子，慕容备德才瞑目而逝。享年七十岁，在位六年。

慕容超登上大殿，嗣为南燕皇帝，改元太上。尊段皇后为太后，命北地王慕容钟任尚书事，南海王慕容法为征南大将军，桂阳王慕容镇为开府仪同三司，尚书令封孚为太尉，追谥慕容备德为献武皇帝，庙号世宗。晚上奉灵出葬，先抬出十多个灵柩悄悄葬在山谷，而葬在东阳陵的却是一口空棺材。

南燕危矣

慕容超继位后，任命亲臣公孙五楼为武卫将军。公孙五楼一心想要离间宗亲，私下里总不免向慕容超进谗。慕容超于是改任慕容钟为青州牧，段弘为徐州刺史。太尉封孚进谏道："慕容钟是国家重臣，社稷所赖；段弘在外戚之间很有威望，百姓信服。应当将内政大事委任给他们二位，不应当将他们调离外镇，更不宜委任公孙五楼辅政。"慕容超却始终信任公孙五楼，没有听从封孚的劝告。慕容钟与段弘心中不平，互相说道："黄犬皮恐怕要补狐裘呢。"公孙五楼听到后，与他们的嫌隙更深了。

慕容超因为回国的事而对慕容法心怀忌恨。慕容备德去世时，慕容法担心慕容超为难自己，就没有前来奔丧，慕容超自然派人责备。慕容法于是与慕容钟、段弘合谋，打算废掉慕容超。谁知事情泄露，慕容超立即下诏召他们入都。慕容法与慕容钟都称病不去。慕容超搜查内党，将慕容统、慕容根、段封等人斩首，封嵩车裂。然后令慕容镇攻打慕容钟，慕容昱攻打段弘，慕容凝、韩范进攻慕容法。封嵩的弟弟封融逃到魏国，召集一群盗贼进袭石塞城。慕容凝也起了异心，谋杀韩范，袭击广固。范侦带兵攻打慕容凝，慕容凝逃往后秦。慕容法支撑不住，弃城投奔魏国。慕容钟在青州大败，也奔往后秦去了。

慕容超平定叛党之后，四处游玩。百姓屡受征调，不堪劳役，多有怨言。慕容超思念母亲和妻子，特地派御史中丞封恺前往长安迎回母亲和妻子。秦主姚兴对封恺说道："燕国如果前来归藩，并将太乐诸伎送还，或者送来一千名吴人，我就将慕容超的妻子和母亲奉还。"封恺回去后，慕容超让群臣一同商议。左仆射段晖说："不能为了顾全私亲，自降尊号。况且太乐诸伎是先代遗音，怎么能送给秦国？万不得已，不如掠来一千个吴人给他。"尚书张华极力反驳段晖，说道："侵掠吴地，必然引来邻怨。彼此交战，将贻祸无穷。况且陛下的亲人都在别人手中，怎能为了虚名不顾孝道？依臣看来，只要降尊修和，一切都能如愿。"慕容超听了张华的话，觉得有理，于是派遣韩范奉表入秦。

秦主姚兴阅读了表文，欣然对韩范说道："封恺上次到这里曾与朕抗礼力争，这次慕容超让你奉表前来依附，是为了母亲而甘愿受屈呢？还是已经懂得大小之别，明白了《春秋》的奥义呢？"韩范从容答道："陛下西面称帝，光大西秦；我朝主上，定鼎东齐，南面并帝；为保长久，派使者互通友好。如果来使高傲过激造成两国误会，恐怕会让大秦堂堂国威和皇燕巍巍美德各有损伤。"姚兴不等他说完，恼怒道："按你这么说，并非以小事大了？"韩范道："大小且不论，单就我主上的一片孝心而言，迎回慈母也是理所应当。陛下以孝治国，定然能体谅我主的苦心。"姚兴这才转怒为喜，欢颜叙谈道："朕见过燕王，为人风骨有余而机辩不足。"韩范答道："古有名言'大辩若讷'，锋芒太露不能继承祖业。"姚兴听了笑道："好口才。"韩范见姚兴心情转好，便趁机劝姚兴放还慕容超的母亲和妻子。当时慕容凝在长安，他对姚兴说道："燕王称藩并非真心。如果放回了他的母亲，他怎么肯再来称臣呢？"姚兴因此改变了主意，借口天气太热，说秋天再将她们送还，让韩范先行回燕国，并派韦宗到燕国通好。慕容超接受了秦国的诏敕，随后派张华、宗正元送乐伎到秦国。姚兴大喜，请张华入宴，命乐伎奏乐，雅韵铿锵，让人入迷。黄门侍郎尹雅对张华说道："昔日殷商将亡，乐师归附了周朝；如今皇秦道盛，燕乐来庭。谁废谁兴，由此可见了。"张华立即接口答道："自古帝王，为道不同。往往欲伸先屈，欲取先予。正所谓祸福相倚，谁盛谁衰要到后来才能知道啊。"姚兴听到此话，不禁动怒，说道："你不过是一个小国使臣，怎么能与朝士抗衡？"张华这才谦逊地说道："臣奉命西来，实在是想与上国友好。谁知上国不体谅臣下，出语损伤臣国社稷，臣怎么能沉默？"姚兴缓和了语气："燕人个个都是辩才啊。"于是放还了慕容超的母亲和妻子。宗正元报知慕容超，慕容超亲自率领六宫臣仆，出宫迎回母亲和妻子。

第二年为太上四年。正月上旬，慕容超追尊父亲慕容纳为穆皇帝，立母亲段氏为皇太后，妻子呼延氏为皇后。慕容超亲自到南郊祭祀，祭祀用的柴火旺盛但没有烟。灵台令张光私下对僚友说道："火盛烟灭，国将亡了。"慕容超将要登坛，忽然一头红色的怪兽来到祭台旁。只见它像马一样大小，形状却像老鼠，不一会儿就不见了。紧接着暴风骤起，天昏地暗，行宫、羽仪、帷幔都被大风毁坏。慕容超极其惶恐，密问太史令成公绥。成公绥答道："陛下信用奸佞之人，诛戮贤良，赋税繁重，徭役过多，所以才有此变象。"慕容超回宫之后，立即下诏大赦，谴责公孙五楼等，但才疏远了他们几天，又对其加以重用。太上五年元旦，慕容超在东阳殿朝会群臣，得知乐伎人数不够，打算南掠吴人作为乐伎。领军将军韩劝谏道："陛下应当嗣守成规，闭关养锐，以图恢复先业，怎么能自寻仇敌与南邻结怨呢？"慕容超大怒："我意已决。你不要多说了！"随后派遣将军慕容兴宗、斛谷提、公孙归率领骑兵进攻晋国的宿豫，掳去阳平太守刘千载和济阴太守徐阮以及两千五百名百姓，将这些吴人都送到广固。慕容超令乐官分别教授吴人，好让他们充作乐伎。随后论功行赏，任命公孙归为冠军将军，封为常山公；公孙五楼担任侍中尚书令，兼任左卫将军，总揽朝政；公孙颓为武卫将军，封为兴乐公。桂阳王慕容镇劝谏道："陛下如此大封爵位，难道不嫌太过分了吗？从来忠言逆耳，臣身为国戚，应当竭尽愚力，直言劝谏。"慕容超默然不答，面有怒容，慕容镇只好退下。群臣从旁察言观色，自然也不敢多言。不久，慕容超又派公孙归攻打南阳，抓住太守赵光，俘掠百姓一千多人。

晋刘裕打算发兵进讨南燕，先令并州刺史刘道怜屯兵华阴，并部署兵马，请命出兵。当时刘裕已晋封为豫章郡公，刘毅、何无忌也分别被封为南平郡公、安成郡公。三公当道，刘裕权势最盛。何无忌素来仰慕殷仲文的才名，又因殷仲文出任东阳太守，所以特地邀请殷仲文前来叙谈。殷仲文自负有才，一心想秉执内政，偏被调出外任，心中快快不乐，因此没有前去赴约。何无忌以为殷仲文看不起自己，就向刘裕进谗道："公打算向北讨伐慕容超吗？慕容超不足为忧，惟殷仲文、桓胤是心腹大病，不可不除。"刘裕深为赞同。适逢部将骆球谋变作乱，事情泄露被诛杀，刘裕借此机会将殷仲文与桓胤牵连问罪，将他们二人及其家眷全部问斩。

不久，司徒兼扬州刺史王谧病逝，按理应由刘裕继任他的官职。刘毅等人不想让刘裕辅政，打算任命中领军谢混为扬州刺史。有人担心刘裕不肯，就建议让刘裕兼任扬州刺史，内政交付孟昶。朝议纷纭不决，就派尚书右丞皮沈前去询问刘裕的意见。皮沈先拜见了刘裕的记室刘穆之，向他详细陈述了朝议。刘穆之假装去厕所，暗中却跑去对刘裕说道："公勋高望重，怎么能一直做藩臣？况且刘、孟等人都有大志，如今身居显位，他日如果与公势均力敌，必然相互吞噬，因此不可不防。扬州一旦落入他人手中，恐怕公要受制于人了。权柄一失，无法再获得。不如借口事关重大需要入朝面议，共同决策。公一到京，朝臣必然唯公令是从。"刘裕极口称善。见了皮沈，便依言照答。果然皮沈回去几天后，朝廷便下诏任命刘裕为扬州刺史。刘裕当然受命，上表自请解除兖州军事一职，令诸葛长民镇守丹徒，刘道怜屯戍石头。

刘裕听说谯纵占据蜀地，窥伺晋境，于是派毛修之与益州刺史马荣期共同征讨谯纵。马荣期先到白帝城，击败谯明子。然后请命让毛修之为后应，自己则带兵进略巴州。不料参军杨承祖忽然叛变，刺死马荣期，自立为巴州刺史。毛修之在宕渠接到这个消息，立即退回白帝城，与汉嘉太守冯迁一同进击杨承祖，打了个大胜仗，将杨承祖枭首。毛修之再次进讨谯纵，偏偏新益州刺史鲍陋一再从旁阻挠。毛修之据实上奏，刘裕上表举荐刘敬宣为襄城太守，让他带兵讨伐蜀地，又命并州刺史刘道规为征蜀都督，掌管军事。谯纵听说后，忙派使者到后秦称臣求援，并致书桓谦，让他一同进击刘裕。桓谦将来书上呈秦主，然后拜辞而去。桓谦到了成都，与谯纵畅谈，二人还算投契。后来桓谦礼贤下士，结交蜀人，谯纵起了疑心，竟把桓谦软禁在龙格，派人日夜监守。不久谯纵出兵，与刘敬宣接战数次，一再兵败，只好派人到秦国求援。秦国派遣姚赏、王敏率兵援助谯纵。谯纵令谯道福据险固守。刘敬宣转战入峡，直抵黄虎。无奈山路崎岖，又被谯道福所阻，不能进军。相持了六十多天，军中没有了粮食，又闹瘟疫，士兵死伤过半，刘敬宣只得收兵。刘敬宣因此被削职，刘道规降为建威将军。刘裕因荐举不当，自请罢职，有诏降刘裕为中军将军。

刘裕因南燕为患太近，于是上表北伐。朝臣多说西南未平，不宜图北，唯独左仆射孟昶、车骑司马谢裕、参军臧熹赞同刘裕。安帝不能不从，便命刘裕率军北行。当时是义熙五年五月，夏日正长，大江水势上涨，刘裕率舟师从建康出发，直抵下邳，然后麾兵登岸。来到琅玡，所过之处燕军都做好了防守。有将领认为不宜深入，刘裕笑道："鲜卑贪婪，哪里懂得什么远谋？诸位不必多虑，看我此行大破虏贼。"于是下令急进，连日不休。

南燕主慕容超召集群臣商议，侍中公孙五楼道："晋兵轻锐只想速战速决，我方不宜急着与他争锋。应当据守大岘山，与晋军打持久战，消耗他的锐气，然后派精骑截断他的粮道，再派段晖带领兖州兵士沿着大岘山东面攻入，腹背夹攻刘裕，这是上计。如果在各处险要关隘分别派兵戍守，筹足军粮，收割禾苗，焚烧田野，使刘裕无从侵掠，到时候他求战不得，求粮无粮，不出几个月，自然受困，这也不失为中策。如果纵容敌兵进入大岘山，再出城迎战，便是下策了。"慕容超却偏偏认为下策是最好的应敌方案，辅国将军贺赖卢道："大岘山为我国要塞，万万不能放弃，一旦失去此界，国家就难保了。"慕容超摇头不答。桂林王慕容镇又谏道："陛下既然主战，何不率军在大岘山进击刘裕？即便不胜，还可以退守。"慕容超始终不从，最后竟然拂袖而去。慕容镇不禁叹道："如此纵敌深入，坐等敌军围攻，必定是死路一条。今年国灭，我必是一死。"慕容超得知后，将慕容镇逮捕下狱。然后召集莒地与梁父的守兵，静待晋兵到来。

刘裕安然越过大岘山，指天大喜道："我军已经越过险隘，消灭燕虏，在此一举了。"慕容超命公孙五楼为征虏将军，让他与贺赖卢和段晖率领五万军兵驻守临朐，自己带领四万军兵作为后应。临朐南面有巨蔑水，距城有四十里。公孙五楼领兵刚到水滨，晋将孟龙符已经杀来，公孙五楼不敌，只好逃走。临朐城下，晋军与慕容超大战一场，不分胜负。参军胡藩向刘裕献了一策，刘裕依计派胡藩、檀韶带兵直攻临朐，并大呼道："我军不下十万人，你们这些守城的兵吏能战就战，否则就快点投降。"城内只有少量老弱残兵，自然很快被攻陷。城南的段晖得知消息，连忙派人报告慕容超。慕容超大惊，单骑逃奔到段晖营中。南燕兵失了主子，四散逃跑。刘裕带兵乘胜冲入段晖兵营。段晖出营拦阻，被刘裕一槊杀毙马下。慕容超策马急奔，晋军长驱追杀。慕容超逃入广固，广固城仓皇无备，被追来的晋军一拥而入，夺去了外城。

慕容超亡国

晋军攻入广固外城，慕容超慌忙紧闭内城大门，派兵固守。刘裕带兵围攻，四面筑栅，安抚降兵，并从中选拔贤俊之人委以重任。慕容超闷坐围城，无计可施，派张纲向秦国求援；并赦免桂林王慕容镇，让他负责军事，又召入慕容镇，殷勤问计。慕容镇慨然答道："秦人也有外患，恐怕无暇分兵救援。现在将散卒召集起来还有数万人，陛下应当拿出金帛充作犒赏，激励士兵决一死战。如果天意助我，定能破敌，万一不能获捷，死亦殉国，比起坐以待毙要好得多了。"话没说完，乐浪王慕容惠接口道："晋兵气势威盛，让赢兵与之决战，必败无疑。秦虽有外患，但他与我国如同唇齿，怎么会不来支援？尚书令韩范在秦国也颇有名望，应当派他前去求援！"慕容超于是令韩范前去求援。

当时，秦主姚兴见秃发傉檀内外多难，想要发兵收复姑臧。于是先派韦宗前去一探虚实。韦宗与秃发傉檀相见叙谈，韦宗见他纵横辩论，洞悉古今，不禁大为叹服。韦宗回去后，对姚兴说道："秃发傉檀机敏过人，不可轻视。"姚兴疑惑地问道："赫连勃勃的乌合之众都能击破秃发傉檀，我军百战百胜，难道还比不上赫连勃勃？"韦宗答道："秃发傉檀只是一时被赫连勃勃所欺，才吃了败仗。我国用大军征讨，他必定全力以对。兵法有言：'两军相见，哀者必胜。'臣因此认为不宜轻攻。"姚兴不信，令广平公姚弼、后军将军敛成、镇远将军乞伏乾归等人一同袭击秃发傉檀，又派左仆射齐难攻打赫连勃勃。吏部尚书尹昭入谏道："不如让沮渠蒙逊和李皓讨伐秃发傉檀，让他们自相残杀，互相消耗，何必劳烦我国兵力？"姚兴仍然不从，派人致书秃发傉檀，伪称："我国发兵讨伐赫连勃勃，请勿多虑！"秃发傉檀信以为真。谁知秦军乘虚直进，攻克昌松，杀死太守苏霸，直达姑臧城下。秃发傉檀这才知道被秦国欺骗，急忙调兵遣将，日夜防守。见秦兵稍有松懈，立即密派精骑劫破秦垒。秦将姚弼退据西苑，暗中买通凉州人王钟等人做内应。偏偏被秃发傉檀察觉，将叛党杀死，再命各郡县以牛羊为饵诱惑秦兵。当秦兵抢掠牛羊时，秃发傉檀派俱延、敬归突然杀去，秦兵大败。

姚弼派人向长安求援。秦主姚兴派常山公姚显前去支援。姚显走到姑臧，令射手孟钦等五人先到凉风门前叫战。谁知凉将宋益已经在城外设下埋伏，孟钦等人一走近就被劈倒毙命。姚显见秃发傉檀早有防备，不易攻克，就派人与秃发傉檀修好，然后退兵。齐难一军驰入夏国境内，沿途四掠。赫连勃勃却退兵河曲，假意示弱，乘齐难不备，突然袭击。齐难慌忙退走，在木城被赫连勃勃擒获，秦兵一万三千人都成了俘虏。岭北一带，纷纷向赫连勃勃投降。

秦主姚兴不免懊悔，打算再次讨伐赫连勃勃，这时南燕又来请求秦国援助。秦主姚兴只好命令张纲先行援助南燕。张纲在泰山被太守申宣抓住，送入晋营。刘裕听说张纲善于制作攻击用的兵器，便对张纲好言抚慰，让他对坚守广固的燕军吏喊道："赫连勃勃大破秦军，秦主无暇来救，你们自寻生路吧。"守吏听了，大惊失色。慕容超只好派使者到刘裕营中请和，愿割取大岘山以南土地给晋廷，世代愿为藩臣。刘裕拒绝。不久有秦使传话给刘裕道："如果晋军不退兵的话，秦国将派十万大军来支援燕国。"刘裕大怒道："你大可回去禀报姚兴，我平定燕国后，便去攻取洛阳。姚兴如果自愿送死，尽管速来。"参军刘穆之道："公为何要挑动敌怒呢？一旦秦国发兵，敢问我们该如何抵御？"刘裕笑道："你不懂，这是兵机。试想姚兴如果真的援救燕国，就不会先派使者前来告知我军了。这分明是虚声吓人，不足为虑。"

秦主姚兴本来派卫将军姚强与燕使韩范到洛阳与守将姚绍合兵，然后前去援救广固。后来赫连勃勃杀败秦军，窥伺关中，姚兴不得不追回姚强，然后用一个虚张声势的计策去吓刘裕。谁知刘裕根本不信，韩范怏怏而归，悲叹道："天要亡燕了。"燕臣张华、封恺出兵抗击刘裕，都被俘虏。封融、张俊相继乞降，张俊对刘裕道："燕人的希望全在韩范一个人身上，只要韩范前来投降，燕城就可以不攻自下。"刘裕于是修书招降韩范。韩范慨然道："燕若灭亡，秦也难保，我不如投降晋廷罢了。"于是投降。刘裕大喜，让韩范到城门下招降守将。城中得知韩范投降，顿时乱成一团。

灵台令张光说天象显示燕国必然灭亡，劝慕容超投降晋廷。慕容超一听，立即拔出佩剑，一刀剁下张光的首级。晋义熙六年元旦，慕容超登上天门，在城楼朝见群臣，杀马犒飨将士。第二天，慕容超与宠姬魏夫人登城，见晋兵势力强盛，不禁欷歔泪下，与魏氏握手对泣。韩诨从旁进言道："陛下遭此厄运，正当努力自强，鼓舞士气，怎么能与女子对泣呢？"慕容超于是擦掉眼泪，勉强振作。尚书令董锐劝慕容超投降，慕容超将董锐打入大牢。贺赖卢、公孙五楼暗中凿通地道，带兵出战。

晋军被杀了个措手不及，幸亏军律向来严格，很快稳住了阵脚，把燕军杀退。城门久闭不开，城内居民无论男女都生了一种脚气病，不能行走。尚书悦寿对慕容超说道："天时人事，现在已经可以知晓了。从来历数既终，尧舜尚且避位，陛下也应达权通变，这样或许还能保存宗庙，保住一方百姓。"慕容超慨然道："兴废原有天命，我宁可奋剑杀敌致死，也不愿衔璧求生。"

刘裕见城中困乏，于是下令破城，士兵们猛扑不已。悦寿在城上望着，料想燕军无法支撑，就开门迎纳晋军。慕容超与左右数十骑兵没走几里就被晋军追到。刘裕叱责慕容超，说他抗命不降，殃及兵民。慕容超神色自若，只将母亲托付给刘敬宣，然后一言不发。刘裕派人将慕容超解送到建康。将燕王公以下三千人全部处斩，将平濛城变成荒地，然后班师。慕容超被押解到晋都后，枭首市曹，终年二十六岁。总计慕容超僭位六年，与慕容备德合计共有十一年，南燕从此灭亡。慕容宝的养子高云已经篡位，恢复原姓，并任命慕容归为辽东公。至此前燕、后燕、南燕三国全部沦亡。即使史家把高云列入后燕，后燕也只延续了一年多就灭亡了。

高云立妻李氏为后，立子彭城王为太子。高云名义上算是一国之君，实际上却是个傀儡，朝政一直都由冯跋把持。高云担心冯跋等人发难，特意豢养壮士作为宿卫。当时卫弁头目，一个是离班，一个是桃仁，白天晚上都随侍在高云身旁，屡次得到高云厚赐。哪知小人好利，贪得无厌，任你高云如何宠幸，总有一两件事不能满足他，小人因此而起杀心。一年以后，离班、桃仁二人突然怀剑直入东堂。高云毫无戒备，桃仁递上一张纸，交给高云展阅。高云接住纸，离班突然抽剑刺来。高云吓得不知所措，随手把案几提起挡住剑锋。谁知逃过离班一剑，却逃不过桃仁随后刺来的一剑。高云腰上中剑，不禁大叫一声，晕倒地下，离班再补上一剑，高云当场毙命。

冯跋得知后，让张泰、李桑冲入东堂，将离班、桃仁一刀砍死。张泰、李桑当下将冯跋迎入大殿，推他为主。冯跋情愿让给弟弟冯素弗，冯素弗道："自古以来，只有父兄得了天下传给子弟的，哪有兄长还在就让弟弟即位的。如今鸿基大业尚未建成，臣民都寄希望于兄长，兄长何必推辞？"冯跋于是在昌黎城即天王位，改元太平，国号燕，是为北燕。

冯跋，字文起，是汉族长乐郡信都人。祖父冯和为了逃避晋乱迁居上党，父亲冯安雄武有力，曾经是西燕将军。西燕灭亡后，冯跋迁到和

412

龙，在长谷居住。传说冯跋的屋顶上经常有云气缭绕，看到的人都惊诧不已，传为奇观。慕容宝即位后，冯跋担任中卫将军。冯跋的弟弟冯素弗性格豪爽，曾经与堂兄冯万泥等人同游水滨，冯素弗竟然捞得一条金龙，众人无不惊异。慕容熙得知，暗加猜忌。慕容熙篡位后，增加了很多禁令。冯跋不小心犯禁，畏罪逃跑。晚上独行时，猛兽见到他纷纷逃窜。冯跋于是奋然起事，与兄弟悄悄潜入龙城，杀了慕容熙立高云。高云既死，冯跋自然称尊。随后为高云举哀发丧，依礼奉葬，又追谥高云为惠懿皇帝。冯跋追尊祖辈，称祖父冯和为元皇帝，父亲冯安为宣皇帝，奉母亲张氏为太后，立妻孙氏为王后，立子冯永为太子，任弟弟范阳公冯素弗为车骑大将军兼任尚书事，二弟汲郡公冯弘为侍中兼任尚书仆射，堂兄广川公冯万泥担任幽、平二州牧，侄子冯乳陈为征西大将军，担任并、青二州牧。

冯素弗弱冠时，曾向尚书韩业家求婚。韩业因冯素弗没有建功立业，断然谢绝。冯素弗再求娶尚书郎高邵的女儿，高邵也拒绝了冯素弗。成了宰辅之后，冯素弗不记前嫌，对韩业等人反而更加仁厚。冯素弗提拔贫寒之士，举贤任能，谦恭俭约，以身作则。而冯万泥和冯乳陈自以为是勋亲，一心想成为公辅，偏偏冯跋将他们调居外藩。冯乳陈性格粗悍，不顾利害，暗地里派人对冯万泥道："我有大谋，愿与叔父共同商议。"二人于是一起兴兵作乱。冯跋派冯弘与将军张兴率领两万军兵前去征讨。冯弘先传书招谕道："我等兄弟数人好不容易能裂土分爵，共享富贵荣华，为什么要自起干戈呢？人非圣贤，孰能无过？过而能改，才不致自误误人。因为你我是至亲，所以坦诚相告，还望你们立即罢兵，也好冰释前嫌。"冯万泥想要罢兵谢罪，冯乳陈按剑怒吼道："大丈夫死生有命，怎能中途生变，不战即降呢？"随即答书约好决一死战。张兴对冯弘说道："贼兵与我约定明日争锋，恐怕今夜就会前来劫营，应命三军格外戒备才行。"冯弘于是密下军令，让士兵各自携带十束草和火种分头埋伏，自己则与张兴埋伏在紧要的路口，静等乱兵前来。

黄昏已过，万籁无声，一直都没有什么动静。到了半夜，忽然尘土飞扬，大概有一千多人飞奔而来。冯弘不禁暗叹道："张将军确有先见，贼众前来送死了。"等了一会儿，见乱兵已经过去，冯弘才吹起一声呼哨，号令各处伏兵。霎时间火炬齐明，呼声四起，乱兵吓得东逃西窜，拼命乱跑。可是四面八方都早已有人拦着，扰乱了小半夜，这一千多乱兵全军覆没。冯弘得胜回营，天色已经大亮了。冯乳陈惊惧不已，只好与冯万泥一同投降。冯弘召他们入营，斥责了二人的种种罪状，命人将他们推出去斩首，然后班师。冯跋提升冯弘为骠骑大将军，改封为中山公。冯素弗为大司马，改封为辽西公。然后废除苛政，惩办贪官，减免徭赋，注重农桑，励精图治。燕人因此得享了几年的太平生活。同时，南凉的秃发傉檀再称凉王，改元嘉平。西秦的乞伏乾归也逃到苑川，再称秦王，改元更始。拓跋珪立国已经二十四年，只三十九岁就被逆子清河王拓跋绍杀死，也算是北魏史上的惊天骇闻。

北魏之变

拓跋珪素来好色，称帝时曾纳刘库仁的侄女为妃，对她宠爱一时。刘女生了个儿子叫拓跋嗣。后来拓跋珪因为慕容氏美丽鲜妍，就将慕容氏立为皇后。拓跋珪的母亲贺氏逝世，追谥为献明太后。献明太后有一个年幼的妹妹入宫奔丧。拓跋珪见她生得貌美如花，纤浓合度，禁不住暗暗垂涎。无奈这位贺姨母已经嫁人，不肯与他苟合，惹得拓跋珪心痒难熬，竟动了杀心，暗地里找了刺客把贺姨父杀害。贺姨母做了寡妇，无从诉冤，只好将丈夫草草发丧。丧葬完后，宫中就来人逼令贺氏入宫，贺氏不得不随他同去。二人见面，自然是衾裯别抱，露水同栖。后来贺氏生下一个儿子，取名为拓跋绍，长得蜂目豺声，与贺氏大不相同。拓跋绍长大后，凶狠狡猾，不服管教。拓跋珪曾将他两手反绑起来，倒悬井中，直到拓跋绍奄奄一息，才把他放出来。从此以后，拓跋绍稍稍收敛，心中却含恨不已。拓跋珪哪里知晓，还以为拓跋绍从此改过自新，特封他为清河王。

后来拓跋珪因为妻妾众多，免不得求服丹药增强精神。哪知药性燥烈，越服越烦躁，越躁越苛厉，拓跋珪因此变得喜怒无常，动不动就杀人。长子拓跋嗣本来受封为齐王，后来立为太子，但拓跋嗣的母亲刘贵人反被赐死。拓跋珪召来拓跋嗣说道："昔日汉武帝将立太子必先杀其母，他这样做是担心妇人干预政事。现在要立你来继承大统，我不得不效法汉武帝了。"拓跋嗣一听，忍不住落下泪来，悲不能抑。拓跋珪大怒，把他斥退。拓跋嗣回到东宫，仍旧痛哭。拓跋珪知道后，又派人召见拓跋嗣。东宫的侍臣劝拓跋嗣不要应召前去，拓跋嗣因而托病不去。

卫王拓跋仪一直被拓跋珪忌惮，拓跋珪夺去他的官职，令他闲居。拓跋仪不免有所怨言，拓跋珪知道后便说他蓄谋不轨，勒令拓跋仪自尽。贺夫人偶然一次违逆了拓跋珪，拓跋珪竟要将贺氏杀死，贺氏吓得逃到冷宫，随后立即派侍女通知拓跋绍。拓跋绍本来心中就有宿愤，又听说生母将要被处死，气得双目直竖，五内如焚。立即招来心腹，贿通了宫女、宦官，让他们做内应，然后趁着天昏夜静，进入宫中。宫中的宦官将拓跋绍带到内寝，拓跋绍破门而入。拓跋珪从梦中惊醒，刚要掀开帐子察看，刺刀已经飞入，拓跋珪顿时毙命。

拓跋绍杀了父亲，就去见母亲贺氏。贺氏得知事情经过，大惊失色，急忙前去察看，见拓跋珪已经断气，不由得簌簌落泪。拓跋绍召集卫士进攻东宫，意图夺位。卫士多半不愿听命。东宫太子拓跋嗣命令将军安同诛杀逆臣拓跋绍。安同慷慨誓众，卫兵们无不愿意，一拥入宫，抓捕拓跋绍。拓跋嗣随后登殿，将拓跋绍斩首，贺氏坐罪赐死。拓跋嗣随即登上尊位，为拓跋珪发丧，追谥为宣武皇帝，庙号太祖。后来又改谥道武。

晋刘裕平定了南燕之后，屯兵下邳，忽然晋廷飞诏刘裕，催促他回来支援。原来，卢循攻陷长沙，徐道复攻陷南康、庐陵、豫章，顺流东下，居然想要逼夺晋都了。卢、徐二人之前虽然接受了晋朝的官职，但阳奉阴违，一直伺机作乱。徐道复听说刘裕北伐后，立即修书给卢循，劝他进袭建康，卢循回复说还要等等再看。徐道复亲自跑去劝说卢循："我等长住岭外，不过是因为刘裕多智善谋，不好对付。如今刘裕出兵北伐，我们正好乘虚攻入晋都。何无忌、刘毅等人都不足为虑。只要攻克了建康，即使刘裕回来也对我们无可奈何了。"卢循依旧迟疑不决。徐道复急道："你如果不肯同行，我就独自起事了。我的兵马虽少，未必不能直指寻阳。"卢循见他言辞甚是严厉，不得已屈志相从。徐道复立即回到始兴整顿舟舰。他蓄谋已久，早就在南康山伐取木材到始兴出售，价钱便宜得很，居民们争相购买，徐道复暗中留贮了很多木材用来造船。徐道复整顿舟舰，与卢循北出长江，一举攻陷石城。

晋廷自然召刘裕回来防守。刘裕令韩范负责八郡军事，封融为渤海太守，让二人一起南行。到了山阳，又接到豫章警报，江荆都督何无忌被徐道复打败，已经阵亡。何无忌是江左名将，突然战死，刘裕自然惊心。何无忌之所以战败，说起来也是他太冒险轻进，有勇寡谋。当时何无忌从寻阳驾舟西进，长史邓潜之进谏道："国家安危在此一举。卢、徐二贼兵舰甚盛，又处在上流，不可轻敌。我们应当暂时将南塘决堤，然后守城自固。我军养精蓄锐，等到卢、徐将士疲惫松懈的时候，再出兵进击，这样才能万全。"何无忌不听。参军殷阐劝谏道："卢循的士兵都是三吴旧贼，历经百战；始兴贼众又骁勇善斗，两军都不能轻视。将军应当留屯豫章，然后征兵。等到兵力集合了再战也不迟。如果现在轻进，万一失利，只怕后悔莫及啊！"何无忌是个急性鬼，哪里肯等，仗着一时锐气，径直进兵到豫章西部。徐道复已经占据西岸小山，带了数百弓弩手狂射晋军。晋军前队大多受了箭伤，不敢前进。何无忌性起，立即改乘小舰向前直闯。西风暴起，将小舰吹回了东岸，余舰也被大浪冲得东飘西荡。徐道复乘着风势驶出大舰。何无忌舟师已散，不能抵挡，顿时溃散。何无忌仍然不肯后退，厉声说道："取我苏武节来。"依旧执节督战。无奈风狂舟破，贼众四集，何无忌身受重伤，手握苏武节而死。

刘裕得知何无忌战死，担心京畿就此失守，急忙卷甲赶回，与数十骑兵快马驰到淮上。可巧遇到朝廷来使，刘裕急忙询问战况，朝使说贼众还没到京都。刘裕放心前进，走到江滨，风急波腾，众人都不敢上船。刘裕慨然道："天若佑晋，风自然停息。否则总是一死！"说着，挺身登舟，众人也随之登船。说也奇怪，大风立即停歇，刘裕等人安安稳稳地到了京口。百姓见刘裕到来，欢庆不已。过了两天，刘裕回到都城。青州刺史诸葛长民、兖州刺史刘藩、并州刺史刘道怜各自带兵前来保卫都城。刘藩是刘毅的堂弟，告知刘裕说刘毅已经起兵拒贼。刘裕说兵宜缓进，不可求速。并修书一封让刘藩转交刘毅，告诫刘毅切勿躁进。刘藩回到姑孰，将信交给刘毅。谁知刘毅信没看完，便瞪着双眼说道："我之前与刘裕一同举义平逆，只不过权宜之中推举他为首，难道我就真的比不上他吗？"说完，将书信扔到地上，立即调集两万水师从姑孰出发。

到了桑落州，正碰上卢循与徐道复合兵前来。卢、徐的船头高大尖锐，刘毅的船舰又低又脆，两船一接触，刘毅的船立即破损。见此情形，刘毅当然躲避。卢、徐乘势冲击，竟然将刘毅乘坐的舟舰撞碎。刘毅慌忙弃舟登岸，徒步奔逃，随行只有几百人，其他士兵都成了俘虏。卢循审讯俘虏，得知刘裕已经回到建康，打算立即退回寻阳，然后攻取江陵，据住江、荆二州以对抗晋廷。徐道复却认为应当乘胜急进。彼此争论了好几天，毕竟徐道复气盛，卢循不得不从，于是麾舟东下。警报传到建康，刘裕立即募民为兵，修筑石头城。诸葛长民、孟昶探得贼势猖獗，

416

有十万大军，不禁魂惊魄散，打算过江暂避敌军锋芒。刘裕不许。孟昶见已方战士已经疲乏，担心刘裕不能抵抗卢循，就主张北迁，朝廷大臣也多半赞成。龙骧将军虞邱、中兵参军王仲德不同意，向刘裕进言道："明公威震六合，妖贼知道明公凯旋，必然惊溃。如果这次逃去，明公威名俱丧，以后又如何重振雄风？还请明公坚持不要北迁。"刘裕闻言，颇感欣慰道："我也这么想。南山可改，此志不移。"正畅谈着，孟昶跟跄着进来，再次建议北迁。刘裕道："一旦迁动，必然导致全军瓦解，江北还能再夺回吗？如今兵士虽少，但还能与贼兵一战。万一不胜，刘裕自当横尸庙门，以身殉国。难道你们愿意窜伏草间，偷生苟活吗？我计已决，你不要再说了！"孟昶以死相谏。刘裕愤然道："你先看我打一仗，到时再死也不迟。"孟昶快快退出，回家后服药而死。

卢循到了淮口，京都不得不内外戒严，琅玡王司马德文驻守宫城，刘裕屯兵石头城，派刘粹镇守京口。余将都由刘裕调度，各有职守。刘裕登城遥望，见居民多临水眺望贼兵，不禁动疑。凝望片刻，召来将佐说道："贼兵如果从新亭直进，势必锐不可当，我军也只好暂时回避。如果贼兵停泊在西岸，贼势必然松懈，便容易破贼了。"将佐听了，便一心打探贼舰消息。徐道复本想进兵新亭，可是卢循不肯冒险，并说："我军还没到建康，孟昶已经惧祸自裁，看来晋都空虚，必然自乱。你又何必急着作战，多伤士卒呢？"徐道复叹息道："我必为卢公所误，看来大事难成啊！"

刘裕登上石头城，见敌兵驻扎在蔡洲，脸上略有喜色。龙骧将军虞邱请命伐木为栅，保护石头、淮口，修筑越城和增筑查浦、药园、廷尉三垒。刘裕都依言施行，城中人心渐渐安定。刘毅逃到建康，晋廷降封刘毅为后将军。刘裕对他多番慰勉，再派刘敬宣屯守北郊，孟怀玉屯守丹阳郡西，王仲德屯兵越城，刘默驻守建阳门外。卢循知道后大悔，连忙调派十几艘战舰进攻石头城。栅中守卒只用神臂弓竞相射箭，一发数箭，无不摧陷，卢循只好退去。不久又在南岸设下伏兵，扬言要进攻白石。刘裕留沈林子、徐赤特防备南岸、截堵查浦，嘱令他们坚守勿动，然后自己与刘毅、诸葛长民前往戍守白石。卢循得知刘裕北去，自喜得计，随即带兵攻下查浦，进攻张侯桥。徐赤特带兵出击，中途遭遇伏兵，大败逃回淮北。贼众趁势进攻防栅，喊杀连天，亏得沈林子奋力抵御，刘钟、朱龄石相继来援，才将贼众击退。卢循转而赶往丹阳。

刘裕到达白石，才知道上当。急忙回到石头城，斩了徐赤特，然后令诸葛叔度、朱龄石渡过淮河追击贼众。贼众转掠各郡，各郡守都坚壁防守，贼众毫无所得。卢循对徐道复说道："不如退到寻阳，合力攻取荆州再说。"于是留下范崇民据守南陵，然后向寻阳退去。晋廷晋封刘裕为太尉、中书监，王仲德为辅国将军，刘钟为广州太守，蒯恩为河间太守，并让他们与孟怀玉继续追击卢循。刘裕回东府整治水军，修造楼船；特派孙处、沈田子进袭番禺，直捣卢循巢穴。刘裕叮嘱孙处道："大军十二月份必破妖贼。你务必先倾覆贼巢，截断贼兵的归路。"

卢循退到寻阳，派人联结谯纵，约他夹攻荆州。谯纵于是向后秦求援，秦主姚兴派苟林率兵与谯纵会合。谯纵放出桓谦，任命他为荆州刺史；又让谯道福担任梁州刺史，与苟林进兵荆州。荆州与建康音讯不通。刺史刘道规派王镇之、檀道济、刘彦之支援建康。王镇之走到寻阳，被苟林击败，只好退走。卢循任命苟林为南蛮校尉，并拨兵相助，合兵一起攻打荆州。桓谦又沿途招募了两万兵马，进据枝江。与此同时，苟林入屯江津。二寇进逼江陵，荆州大震。雍州刺史鲁宗之亲自从襄阳率军前来支援荆州，刘道规单骑而出，将鲁宗之迎进城中，坦诚相待。当即留鲁宗守城，自己带着各军进击桓谦，水陆齐进，直达枝江。天门太守檀道济大破桓谦。桓谦逃跑不及，被刘道规乱箭射死。苟林不战先逃，被刘遵击毙。刘道规随后率军回到江陵，鲁宗之当即带兵回去。忽然听说徐道复率领三万贼众将要抵达江陵，城中一片惊哗。刘道规只好强作镇定，招募士兵守城。可巧刘遵得胜回来，刘道规与他合兵与徐道复大战，打得徐道复走投无路，拼死逃往湓口。

平定西蜀

刘裕得知江陵无恙，当然心喜，便打算亲自出兵讨贼。刘毅自请效劳，长史王诞对刘裕说道："刘毅既然已经败落，不宜让他再立功。"刘裕于是把刘毅留在府中，自己带兵出发。此前王仲德、刘钟各军已经奉刘裕的命令追击贼兵，在南陵与贼党范崇民猛战一场。范崇民败逃，晋军夺回南陵。凑巧刘裕到来，便合兵前往大雷。过了一晚，贼众大批赶到，舳舻衔接，蔽江而下。刘裕不慌不忙，命令轻舸尽出，又让步兵和骑兵带着火具前去屯守西岸，叮嘱他们等贼众到了才能出战。右军参军

418

庾乐生逗留不前，刘裕立即将他斩首示众。众人畏惧，奋勇向前。刘裕又命前驱带着强弓硬箭，乘着风势大射贼众。风逐浪摇，把贼船逼到了西岸。岸上晋军见贼兵前来，便将火具扔入贼船，顿时烈焰翻腾，满江俱赤，贼众纷纷骇乱，四散狂奔。卢循、徐道复逃往寻阳。

刘裕得此大捷，又麾军进击左里。左里贼栅遍竖，无路可通。刘裕率众猛扑，众将士气如虹，当下攻破贼栅，俘虏上万人。卢、徐二贼分路而逃。刘裕派刘藩、孟怀玉等人继续追剿贼众，自己则率领余军凯旋建康，当时是义熙六年冬季。转眼间便是义熙七年了，徐道复逃到始兴，部下只剩了一两千人。晋将孟怀玉一直追击到始兴城下，徐道复硬着头皮，拼死守城。毕竟贼势孤危，抵挡不住骁勇的官军，一着失手，便被攻入。徐道复被晋军乱矛刺死。

卢循垂头丧气退往番禺。途中却接到警报，说番禺已经被晋将孙处、沈田子占据了。原来，卢循只留下老弱残兵与亲党数百人据守番禺，孙处、沈田子乘着大雾迷漫带兵杀入城中，守兵或被杀或乞降。孙处下令安民，只将卢循亲党问罪，其他人全部赦免，因而全城大定。沈田子等人前去收复岭表各郡。得知番禺失陷，卢循不由得悲愤交加，火速赶到番禺，誓众围攻。孙处孤军对抗了二十多天，晋将刘藩和沈田子急速援救番禺。沈田子兼程赶路，到了番禺城下，便扑向卢循的大营，喊杀声传入城中。孙处登城俯望，看见沈田子，喜出望外，当即麾兵出城，与沈田子夹击卢循，斩敌上万。卢循狼狈南逃。孙处与沈田子合兵杀到苍梧、郁林、宁浦境内，三战三捷。可惜孙处途中突然患病，不能行军，行军速度不免稍稍迟缓，卢循因而得以逃入交州。

此前，九真太守李逊作乱，被交州刺史杜瑗平定。不久杜瑗去世，晋廷令杜慧度承袭职位。杜慧度还没接到诏书，卢循已经袭击合浦，捣入交州。杜慧度号召中州文武大臣共同抵御卢循，在石琦大胜卢循。卢循带着剩下的三千人以及李逊的余党李脱等人，并召集五千蛮兵，依旧垂死挣扎。卢循又来到龙编南津，窥伺交州。杜慧度拿出所有的私财犒赏将士，将士感激不已，更加奋勇无畏。卢循乘船出战，杜慧度手下都是步兵，水陆不便交锋，杜慧度于是在两岸列兵，点燃火炬扔入贼船。卢循三万船只全被烧着，连卢循的坐船也被点燃，卢循连忙扑救，已经来不及了。卢循自知死路难逃，先将妻儿毒死，然后召来妓妾问道："你们愿意同死吗？"妓妾当中凡是不愿意的，卢循就将她们一一杀死，投尸水中。然后自己也一跃入江，溺死了事。杜慧度命军士捞起卢循的

419

尸首，砍下他的首级，然后又杀死李脱父子。南方十多年的海寇终于被荡涤一空，不留遗种了。晋廷当即奖赏功臣、厚恤死者。

荆州刺史刘道规积劳成疾，上表请辞。晋廷令刘毅代镇荆州，调刘道规为豫州刺史。刘道规不久病逝，荆州百姓听到消息，无不悲哀叹惜。刘毅生性贪婪刚愎，自以为建有大功，此次外调，自然郁郁不欢。刘裕只是个武将，刘毅却能武能文，因此朝中的文臣大多依附刘毅。仆射谢混、丹阳尹郗僧施与刘毅非常投合。刘毅奉命西行，谢混、郗僧施等人都前去送行，刘裕也去送行。将军胡藩私下里对刘裕说道："公以为刘荆州甘心居于人下吗？"刘裕徐徐答道："你这么说是什么意思？"胡藩答道："将军战必胜攻必克，刘毅也知道在统兵打仗方面比不过将军。但在诗文方面，刘毅却颇为自得。最近很多文臣学士依归刘毅，我担心刘毅未必肯屈居人下，不如早点灭了他。"刘裕半天才说："我与刘毅共同匡复朝廷，刘毅现在也没什么罪过。还是以后再说吧。"随即与刘毅欢然作别。随后，刘裕上表朝廷，降刘毅的弟弟刘藩为兖州刺史，据守广陵。刘毅因兄弟都据守地方，于是任用私亲，作为羽翼。调郗僧施为南蛮校尉，毛修之为南郡太守，并擅调豫、江二州的文武将吏充作自己的僚佐，又向刘裕请调刘藩做副手。刘裕疑上加疑，于是命刘藩入朝，说让他转赴江陵。刘藩不知是计，卸任入都便被拿下。仆射谢混一并被削职，打入狱中。过了一天，传出诏旨，大意是说"刘藩兄弟与谢混同谋不轨，当即赐死。刘毅是首谋，应发兵声讨"。并令司马休之为荆州刺史随军同行，刘道怜为兖、青二州刺史，留镇京口。豫州刺史诸葛长民监管太尉府，刘穆之做副手。

刘裕命王镇恶为振武将军，与龙骧将军蒯恩率领一百多艘战舰作为前驱，并授予他们密计。王镇恶昼夜行船，来到豫章口，离江陵城只有二十里的时候弃船步行，扬言说是刘藩前来赴任。荆州城内不知道刘藩已死，自然不加防备。等到王镇恶快到城门的时候，刘毅才得知并非是刘藩前来，而是王镇恶带兵来攻。当即传令四闭城门，哪知门还没来得及关闭，王镇恶已经进城，很快就将城中的兵吏驱散了。刘毅率领一百多人逃出江陵城，夜投佛寺，寺僧不肯收留，刘毅进退唯谷，只好投缳自尽。王镇恶将刘毅枭首，上报刘裕。刘裕大喜，立即赶到江陵，杀了郗僧施，赦免毛修之，减免赋税和徭役，荆州民众大悦。刘裕留司马休之镇守江陵，然后率领将士东归。有诏升刘裕为太傅，兼任扬州牧，刘裕推辞不受。

豫州刺史诸葛长民得知刘毅被诛，私下对亲眷说道："昔日醢①彭越，今日杀韩信，大祸就要降临到我头上了。"诸葛黎民进言道："刘毅覆亡就是诸葛氏的前鉴，我们为什么不乘刘裕还没回来，先发制人呢？"诸葛长民犹豫不决，问刘穆之道："人人都说太尉与我不和，究竟是为什么？"刘穆之道："刘公西征，以老母稚子托付足下。如果刘公不信任你，怎么会这样做？！"诸葛长民松了一口气，立即修书给冀州刺史刘敬宣道："刘毅自取灭亡，如今正是做一番大事的大好时机。愿与君共图富贵，望君切勿推辞！"刘敬宣答书道："下官常恐福分太过，反而导致灾祸。富贵之事不敢妄图，谨以此复命！"将回信发出，并将诸葛长民的书信呈给刘裕。刘裕阅信，拈须自喜道："阿寿真是不负我呢。"阿寿是刘敬宣小字。说完，派人报知朝廷自己入都的日期。

　　诸葛长民不敢轻率动手，仍然恭恭敬敬，到了刘裕所说的还朝日期，就与公卿等人出去等候，却一直没见到刘裕，只好返回。第二天、第三天还是没见到刘裕，众将士免不得议论纷纷。谁知黄昏时分，刘裕竟然率领轻舟径进，然后悄悄潜入太尉府，与刘穆之密议多时。到了第二天早上，刘裕升堂，诸葛长民才知道刘裕已经回府，慌忙前去问候。刘裕下堂相迎，殷勤握手，并带他进入内厅。诸葛长民很是惬意，没想到突然两只手从座位的后面把他拉住，诸葛长民一声怪叫，顿时骨断血流，立即毙命。随后，刘裕收捕诸葛黎民、诸葛幼民和诸葛秀之，将他们全部处斩。

　　刘裕升任西阳太守朱龄石为益州刺史，让他率领宁朔将军臧熹、河间太守蒯恩、下邳太守刘钟率众伐蜀。时人都怀疑朱龄石名望太轻，难担重任。唯独刘裕说他文武兼备，因而对他破格重用。臧熹是刘裕的妻弟，官职本在朱龄石之上，此时也要归朱龄石统领。临行时，刘裕与朱龄石密商道："刘敬宣曾经进兵黄虎，无功而返。这次不宜重蹈覆辙了。"然后交给朱龄石一个锦函，让他到了白帝城再打开。朱龄石走了几个月才到白帝城。一到白帝城，朱龄石就召集将士，取出锦函，当着众人展开，原来是刘裕的亲笔书信，信上说："众军全部从外水进攻成都，臧熹从中水进攻广汉，老弱之兵乘坐船舰从内水攻向黄虎。"众将士看了密令，全无异议，于是加速西进。

　　蜀王谯纵早已接到警报，以为晋军仍由内水进兵，所以倾兵驻守涪

---

　　① 醢：将人剁成肉酱的酷刑。

城，令谯道福为统帅扼住内水。黄虎是内水要口，此次刘裕只令老兵弱将前去，分明是虚张声势以迷惑谯纵。外水一路才是主军，由朱龄石亲自统率，进军平模，距成都只有两百里。谯纵得知，连忙派遣秦州刺史侯晖、尚书仆射谯诜出兵驻守平模夹岸，筑城固守。当时正是盛暑时节，赤日当空。朱龄石与刘钟商议休兵养锐。刘钟答道："不可，不可。我军以内水作为疑兵，所以谯道福不敢去涪城。侯晖见了我军自然惊心，我军乘他惊疑未定的时候，大肆进攻，不患不克。攻克了平模，成都也就容易攻取了。"朱龄石听完，立即誓众进攻。

　　蜀军有南北二城，北城地险兵多，南城较为平坦。诸将都认为应当先攻南城，朱龄石道："攻占了南城，却不一定能攻下北城。但如果攻下北城，南城却能不战而得。"于是率军猛攻北城，将士前仆后继，一举将北城攻陷，斩了侯晖、谯诜，然后移兵攻打南城。南城已经没了守将，士兵们纷纷逃命，晋军随即占据南城。可巧臧熹也从中水杀进，斩了牛脾守将谯抚之，赶走打鼻守将谯小狗，留兵据守广陵，然后自己前来与朱龄石会合。两军攻向成都，敌兵的各个屯戍望风大溃，晋军如入无人之境，成都大震。谯纵魂飞天外，慌忙带上爱女，弃城逃走。先到祖墓前告辞，爱女打算殉难，流泪道："即便逃命也终究难免一死，还不如死在先人墓前。"谯纵拦阻，爱女竟然咬着银牙，用头撞上墓碣，砰的一声，一道贞魂，渺然而逝。谯纵痛失爱女，心里虽然悲伤，却也不敢久留，即刻纵马投奔涪城。途中遇到谯道福，谯道福勃然大怒道："我正因为平模失守，带兵前来救援，没想到主子竟然匹马逃跑！大丈夫有如此基业都断然抛弃，在其他地方还能成什么事？人生总有一死，难道就怕到这种程度？"说着，拔剑投向谯纵。谯纵连忙闪过，利剑击中了马鞍。谯纵挥鞭往回奔，跑了数里，马突然停住，然后轰然倒地。谯纵下马休息了一会儿，暗想无路求生，不如一死了事，于是解带悬林，自缢而亡。巴蜀人王志斩了谯纵的首级，送给朱龄石。当时朱龄石已经攻入成都。蜀地尚书令马耽封好府库，献上图籍。朱龄石下令搜诛谯氏亲属。谯道福当时还未被搜到，他将家财拿出来犒赏兵士，号令军中道："蜀地存亡与否就看今日了。今天尚足以一战，还望大家努力！"众人虽应声称诺，等到金帛到手，却都私下逃走了。谯道福孤身逃窜，被巴蜀百姓杜瑾抓到，解送到晋营，结果自然是头颅一颗，枭示军门。总计谯氏僭称王号共有九年。

南凉国灭

朱龄石攻入成都后，上疏告捷，晋廷叙功加赏，命朱龄石负责梁、秦二州军事，并赏赐丰城县侯的爵位。朱龄石为了防止降臣马耽在蜀地生事，特意将他迁往越巂。马耽到了越巂，私下对亲眷说道："朱侯不把我送到北凉，无非是想杀我灭口，看来我难免一死了。"说完盥洗沐浴，然后躺到床上自杀了。不一会儿朱龄石果然派人前来杀马耽。那人见马耽已死，立即回去报告，朱龄石这才稍微安心。后来朱龄石派遣使者到北凉宣谕晋廷的威德，北凉王沮渠蒙逊也有些畏惧，就上表晋廷称臣。

这时候，沮渠蒙逊已攻下了南凉的姑臧城，把都城从张掖迁到姑臧，自称河西王，改元玄始。此前多年，南、北二凉之间互相仇恨，争战不休。南凉王秃发傉檀背秦僭位，称妻折掘氏为王后，立子秃发虎台为太子，设置臣僚，封拜百官。并派左将军枯木与驸马都尉胡康侵犯北凉，掠去临松千余户百姓。北凉怎肯甘休？沮渠蒙逊立即亲自率领骑兵进入南凉的显美，大掠一番离去。南凉太尉俱延带兵追击，沮渠蒙逊回军奋击，俱延大败而回。秃发傉檀征兵五万，准备攻打沮渠蒙逊。左仆射赵晁和太史令景保谏阻，说不宜再动干戈。秃发傉檀勃然道："沮渠蒙逊侵犯我国边疆，我如果不征讨他，如何保国？"景保道："陛下令臣观察天文，臣见天象显示动兵必然失利，所以劝阻。"秃发傉檀道："我带领五万轻骑亲征沮渠蒙逊，可战可守，有什么不利的呢？"景保还要强谏，惹得秃发傉檀性起，索性将景保锁起来，随军一起出发，并说道："此次出征如果成功，就斩了你示众；无功而返的话，就封你为百户侯。"随后带兵直奔穷泉。

两军交战，北凉兵非常厉害，杀得南凉兵人仰马翻，纷纷逃散。秃发傉檀单骑逃走，只有景保因为被锁着，不能自由行走，被北凉兵擒去，送到沮渠蒙逊面前。沮渠蒙逊问道："你既然精通天文，为什么还要违天犯顺，自取此辱？"景保回答："并非臣不劝谏，而是主上不肯听从，多说也是无益。"沮渠蒙逊道："你回去如果能获得大功赏，我就放你回去；只怕你的主子见了你反而要杀了你。"景保答道："臣本不望封侯，也不担心遭到祸端。释还与否，悉听尊便。"沮渠蒙逊于是放了景保。景保回到姑臧，秃发傉檀向他赔罪，并封景保为安亭侯。

　　沮渠蒙逊围攻姑臧，城内大为惊恐，百姓多半惊散。秃发傉檀只得派使者求和，将儿子秃发他及司隶校尉敬归送去做人质。沮渠蒙逊这才带兵退去。敬归在胡坑时趁机逃了回来，可没逃多远又被抓了回去。秃发傉檀担心沮渠蒙逊再来侵犯，就率领亲党迁居乐都，只留大司农成公绪戍守姑臧。秃发傉檀刚出城门，魏安人侯谌就闭门作乱，占据了南城，推焦朗为大都督，自称凉州刺史，并秘密与沮渠蒙逊约为内应。沮渠蒙逊再次进兵姑臧，焦朗不知道侯谌的阴谋，依然召集士兵守城。侯谌暗中打开城门，迎进沮渠蒙逊。焦朗来不及逃走，束手就擒。沮渠蒙逊大开恩典，赦免了焦朗，然后移兵进攻北城。成公绪早已逃走，沮渠蒙逊占领姑臧城。沮渠蒙逊令沮渠挐为秦州刺史，戍守姑臧。随后，沮渠蒙逊随后率兵攻打乐都。

　　秃发傉檀慌忙带兵守城，与沮渠蒙逊相持了几个月，全城无恙。但秃发傉檀见守卒伤亡太多，总觉得岌岌可危，不得已再与北凉讲和。沮渠蒙逊要求秃发傉檀以爱子秃发安周为人质。秃发傉檀不得已答应，沮渠蒙逊这才退兵。过了几个月，秃发傉檀又想攻打沮渠蒙逊，邯川护军孟恺进谏道："沮渠蒙逊刚刚攻下姑臧，势力正盛，我国不宜速攻，应以保卫境土为是。"秃发傉檀一心想要复仇，不听孟恺的劝告，当即分兵五路，同时举兵大进。到了北凉番禾、苕藋等地，劫掠了五千多户百姓，然后商议是否班师。部将屈右认为士兵已经疲惫，应当班师回都。卫将伊力延反驳道："示人以弱，这难道也算良策？"秃发傉檀采纳了伊力延的意见。屈右私下里对弟弟说道："主上偏偏不采纳我的建议，这难道是天意吗？恐怕我们兄弟不能生还了。"秃发傉檀一路慢行，途中遇到大风雨。北凉兵忽然从天而降，喊声四震，吓得南凉兵魂不附体，撒腿飞跑。秃发傉檀一路丢兵弃甲，狼狈逃回。沮渠蒙逊追到乐都，四面围攻，秃发傉檀送出儿子秃发染干做人质，沮渠蒙逊才罢兵回去。

　　当时，西秦王乞伏乾归叛秦独立，立妻边氏为王后，子乞伏炽磐为太子兼尚书事。乞伏乾归屡次侵犯秦境，攻陷了金城、略阳、南安、陇西各郡。秦主姚兴派使者前去招抚。乞伏乾归正图谋攻取南凉，就与秦国修和，答书谢罪。姚兴册封乞伏乾归为河州牧、大单于、河南王，封乞伏炽磐为左贤王、平昌公。乞伏乾归随后令乞伏炽磐、乞伏审虔攻打南凉。二人击败南凉太子秃发虎台，掠得牛马数万。不久，西秦就背弃与秦国的约定，进掠略阳、南平。然后迁徙数千户百姓前往谭郊，令乞

424

伏审虔在谭郊修筑城池，然后迁都，留乞伏炽磐镇守苑川。

乞伏公府是乞伏国仁的儿子，已经长大成人，自恨不能得以嗣立，因而对乞伏乾归深怀怨恨。一天，乞伏乾归到五溪游猎，当晚就在猎苑过夜。谁知乞伏公府带着党羽，突然冲进乞伏乾归的卧房，刺死了乞伏乾归。乞伏公府担心乞伏炽磐讨伐，随即逃往大夏。乞伏炽磐得知变故，立即命乞伏智达、乞伏木奕干带兵讨逆，留骁骑将军娄机镇守苑川，然后亲自率领将佐赶到枹罕城。不久，乞伏智达攻占大夏，在嵝嵛山擒住乞伏公府及他的儿子，将他们全部车裂。乞伏炽磐随后自称大将军、河南王，改元永康，将乞伏乾归安葬在枹罕，追谥为武元王，号称高祖。任命翟勍为相国，麹景为御史大夫，段晖为中尉。随后兴兵攻讨吐谷浑，俘获两万八千人。过了两年多，有五色云在南山出现，乞伏炽磐认为是祥瑞，喜气洋洋地对群臣说道："今年王业要大告成功了。"然后缮甲整兵，等待时机。正好南凉王秃发傉檀西讨乙弗，乞伏炽磐拔剑奋起道："平定南凉，在此一举了。"当下征兵两万，立即出发。

秃发傉檀连年发兵，国威大挫。唾契汗乙弗居住在吐谷浑的西北面，本来是南凉的臣属，此时却兴兵叛乱。秃发傉檀决意西征，邯川护军孟恺进谏道："不如与乞伏炽磐结盟，等筹到充足的粮食，再伺机而动，这样才能保得万全。"秃发傉檀不听，命太子秃发虎台戍守都城，自己率兵亲征，约定一个月之后回都。大兵西去，大破唾契汗乙弗，掳得四十多万头牲畜，满载而归。哪知乐极悲生，福兮祸倚，路上遇到安西将军秃发樊尼，报称乐都失守，王后和太子都成了俘虏。秃发傉檀听到如此噩耗，险些晕了过去，勉强按定心神，问明情形，才知是乞伏炽磐偷袭了乐都。秃发傉檀见退无可退，踌躇了好一会儿，号令众人再次向西进掠，夺取唾契汗乙弗的所有资财。接着，又麾众西进。众将士一心想要东归，路上多半逃走。不久，连将佐都散得只剩下秃发樊尼、纥勃、洛肱、阴利鹿。秃发傉檀叹道："沮渠蒙逊、乞伏炽磐从前都是我的藩臣，如今我如果向他们投降，岂不可耻？但四海虽广，却没有我的容身之地。与其同死，不如分开，分开或许还有一线生机。秃发樊尼、纥勃、洛肱你们都可以去投降。我已经老了，与妻儿同死罢了。"秃发樊尼与纥勃、洛肱听命离去。秃发傉檀掉头东走，见随从只剩下阴利鹿一个，不禁凄然说回答："我的亲属都离开了，你为什么还要留下呢？"阴利鹿道："臣家里还有一个老母亲，但忠孝不能两全，臣不能为陛下保住国家，怎么能弃陛下独自远逃呢？"秃发傉檀感叹道："要了解一个人实在不

425

容易。大臣亲戚纷纷弃我自去，只有你始终追随，你没有负我，我却实实在在地有愧于你啊。"说完，泪如雨下。阴利鹿也不禁落泪。二人一路同行。

途中，二人探知乞伏炽磐已经回师，留下部将谦屯镇守乐都，任秃发赴单为西平太守，镇守西平。秃发赴单是秃发乌孤的儿子，秃发傉檀的侄子。秃发傉檀当即去投靠秃发赴单。秃发赴单上报乞伏炽磐。乞伏炽磐从前在南凉做人质，秃发利鹿孤曾将宗族之女许配给乞伏炽磐为妻，乞伏炽磐回国后，秃发傉檀将他的妻子送回。乞伏炽磐这次攻入乐都，见秃发傉檀的小女儿艳丽动人，就逼令她侍寝。因为这层姻亲关系，所以乞伏炽磐听说秃发傉檀前来投奔，就特意派遣使者迎回秃发傉檀，以上宾之礼相待，封他为左南公，对秃发虎台也同样优礼相待。阴利鹿这才离开。自从乐都失陷，南凉各城都归附了西秦，只有浩亹守将尉贤政固守不下。乞伏炽磐派人招降尉贤政，尉贤政拒绝。乞伏炽磐让秃发虎台前去招降尉贤政，尉贤政见了秃发虎台，正色道："你身为储君却弃父忘君，向敌国投降，贤臣义士岂肯为你效命？"秃发虎台一听，惭愧不已。后来，尉贤政听说秃发傉檀受封为左南王，才举城归附西秦。乞伏炽磐彻底吞并了南凉，于是自称秦王，立秃发傉檀的女儿秃发氏为王后。后来又担心秃发傉檀成为后患，就派人用鸩酒毒杀了秃发傉檀。秃发傉檀终年五十一岁，在位十三年。南凉自秃发乌孤立国，兄弟相传，历三主，共十九年。

保周破羌、利鹿副周，还有秃发乌孤的孙子秃发承钵，全都投靠了北魏。魏国封他们为公爵，并赐保周破羌姓名，叫做源贺，后来源贺成了北魏的功臣。秃发樊尼也在魏国任职。秃发虎台仍在西秦，北凉王沮渠蒙逊派人引诱秃发虎台，许诺给他番禾、西安二郡，并表示愿意借给他兵马为父报仇。秃发虎台自然答应。偏偏此事被乞伏炽磐得知，将他召入宫廷软禁起来，但表面上还是不露声色。皇后秃发氏强作欢笑，侍奉乞伏炽磐，但心中总不能忘记君父，自恨身为女流，无法报仇。可巧兄长这次被召进宫中，她就趁机对秃发虎台说道："秦与我有不共戴天之仇，我与兄长怎能不思报仇呢？"秃发虎台点头退出，秘密与之前的部将越质、洛城等人定好计谋。不料宫中出了一个奸细，将他们兄妹告发。

此人正是乞伏炽磐的左夫人，也姓秃发。她因为秃发皇后而失宠，又平白地失去皇后之位，心中自然愤愤不平。但表面上却毫不流露，还假装与皇后亲近。秃发皇后与她以姐妹相称，对她坦诚相待，所以免不得将报仇的计划与她叙说。她假意赞成，盘问清楚了所有底细，然后一一告诉了乞伏炽磐。乞伏炽磐听了密报，勃然大怒，立即把皇后兄妹等人一并处死。左夫人秃发氏再度获宠。乞伏炽磐的元妃早死，留下几个儿子，其中次子乞伏慕末被立为太子。后来乞伏炽磐去世，左夫人秃发氏做了寡妇，竟与乞伏慕末的弟弟乞伏轲殊罗私通。二人担心被乞伏慕末发现，就计划谋杀乞伏慕末。后因事情泄露，乞伏慕末将弟弟鞭责一顿，并勒令秃发氏自尽。

后秦灭亡

秦主姚兴嗣位后，曾立昭仪张氏为皇后，长子姚泓为太子，其他的儿子都封为公爵。姚弼受封为广平公，他阴险狡诈，心里时刻谋划着夺取储君大位，表面却装作一副孝顺的样子，因此深受父亲的宠爱，担任雍州刺史。降臣姜纪叛凉归秦，依附在姚弼的麾下，他劝姚弼勾结、笼络姚兴身边的人，然后请求入朝参与内政。姚弼依言行事，姚兴果然下诏，任命他为尚书侍中大将军。姚弼从此招纳朝中人士，勾结党羽，势倾东宫。左将军姚文宗与东宫太子常常往来，很是亲昵。姚弼于是借机陷害姚文宗。姚兴不察虚实，将姚文宗赐死。群臣因而更加畏惧姚弼，再也不敢多言。姚弼任命尹冲为给事黄门郎，唐盛为治书侍御史，让他们伺察机密，监视朝廷。右仆射梁喜、侍中任谦、京兆尹尹昭实在看不过去，就向秦主姚兴进谏："家庭父子之事，外人本来不应当妄加议论。但君臣恩义如同父子，臣等不敢有负君恩，所以才斗胆进言。广平公姚弼势倾朝野，意在谋篡储君之位。陛下却给他威权，任他所欲为。外面传言说陛下有废立的意思。如果真有此事，臣等宁死不敢奉诏。"姚兴愕然道："哪有此事？"梁喜等人劝道："陛下既无此意，对姚弼就应当加以裁制，不能一意纵容他。"姚兴默然不答，梁喜等人只好退下。大司农窦温、司徒左长史王弼为姚弼说情，劝姚兴改立姚弼为太子。姚兴虽然没有应允，但也没有严加驳斥。朝中大臣更加生疑，惶惶不安。

不久，姚兴得了重病，太子姚泓入宫侍奉。姚弼趁机作乱，暗中召集上千党羽，准备等姚兴一死就杀了姚泓。姚裕察觉了姚弼的阴谋，立即派人通知各位兄长。上庸公姚懿、陈留公姚阁、平原公姚谌都悄悄做好了讨伐姚弼的准备。后来，姚兴渐渐痊愈，姚弼的阴谋才没有得逞。

征虏将军刘羌在大殿之上揭发了姚弼的阴谋，姚兴慨然道："朕教子无方，才使得他们兄弟不和，为此朕深感惭愧。愿各位爱卿各陈己见，以安社稷。"京兆尹尹昭、右仆射梁喜都建议将姚弼问斩，姚兴始终不忍，只免除了姚弼尚书一职。不久姚懿、姚洸、姚谌和长乐公姚宣四人一起入朝，让弟弟姚裕先报知姚兴，请求陈述时事。姚兴心中不快，说道："你们无非是要议论姚弼的事，那些我已经都知道了，不劳烦你们进言了。"姚裕答道："姚弼如果真的有过失，陛下就应当听取；如果是姚懿他们妄言诬告，陛下也可以将他们问罪，为什么连见一面都不肯呢？"姚兴于是在谘议堂召见了姚懿等人。听完姚宣的陈述，姚兴说道："姚弼的事，我自然会处置，你们不必如此忧烦。"后来又有大臣上疏请求废黜姚弼，姚兴仍然不从。就这样蹉跎过去了一年。

晋荆州刺史司马休之、雍州刺史鲁宗之与太尉刘裕失和，向秦国求援。秦主姚兴派姚成王、司马国璠前去支援，指日出发。司马休之、鲁宗之因为什么与刘裕失和了呢？司马休之镇守江陵，颇得民心。司马休之之子司马文思承袭了谯王之位，居住在建康，为人豪爽，粗枝大叶，太尉刘裕对他很是忌惮。有人弹劾司马文思将一名小吏棒打致死，朝廷下诏宽恕了司马文思，只诛杀了司马文思的党羽。刘裕将司马文思送交给司马休之，让他严厉教导，心里想让司马休之处死司马文思。但是司马休之只是上疏请求废黜司马文思，并修书一封给刘裕，暗寓讥讽。刘裕心中极为不快，特意让江州刺史孟怀玉管理豫州六郡，监视并牵制司马休之。第二年，朝廷赐死了司马休之的儿子司马文质和侄子司马文祖，并任命刘裕担任荆州刺史，然后带兵讨伐司马休之。刘裕令弟弟刘道怜管理太尉府，让刘穆之兼任左仆射，从旁协助刘道怜。司马休之得知后，连忙与雍州刺史鲁宗之和竟陵太守鲁轨合兵抵御。刘裕派参军檀道济、朱超石出兵襄阳。江夏太守刘虔之被鲁轨暗中偷袭，一战而死。刘裕的女婿徐逵之与别将蒯恩、沈渊子在江夏中了鲁轨的埋伏，除了蒯恩逃脱外，其他将士全部阵亡。

刘裕大怒，立即麾军渡江，要一决胜负。司马休之担心不能抵御，因而向后秦求援。司马文思与鲁宗之子鲁轨集合四万兵马，夹江扼守。刘裕等人乘舟靠岸，将士见了峭壁，不敢上岸。刘裕披甲出船，将军胡藩连忙用刀在峭壁上挖洞，以便于攀登。将士陆续跟上，奋勇力战。转瞬间，刘裕已经上岸，随即麾军大进，顿时将司马文思击退，然后直指江陵。司马休之和鲁宗之得知，立即弃城北逃，鲁轨退到石城。刘裕令

428

阆中侯赵伦之和沈林子攻打鲁轨，另派武陵内史王镇恶带领水军，追击司马休之和鲁宗之。鲁轨战败，狼狈而逃，与鲁宗之等人一同奔往襄阳。襄阳参军李应之紧闭城门，司马休之等人只好奔往后秦。在南阳遇上秦将姚成王，得知荆州、雍州已经被刘裕夺去，只好一同前往长安。

司马道赐与王猛子等人合谋将刘敬宣刺死。刘敬宣的府吏将司马道赐和王猛子斩首，青、冀二州平定。就在这个时候，刘裕凯旋班师。朝廷升刘裕为太傅、扬州牧，刘裕推辞不受。过了一年，朝廷再任刘裕为中原大都督。刘裕得知后秦国内骨肉相残，决定西讨，于是敕令戒严，准备起行。

秦主姚兴任命司马休之为镇军将军、扬州刺史。当时后秦诸子相争，动荡不安，天灾地变频繁，姚兴也不免担忧。第二年，姚兴与魏国和亲，将西平公主嫁给拓跋嗣，同时派鲁宗之父子进兵襄阳。鲁宗之在路上亡故，鲁轨带兵独行，被晋国雍州刺史赵伦之击退。姚兴到华阴调兵南下，无奈旧疾复发，只好回到长安。太子姚泓打算前去迎接，宫臣劝阻道："如今主上身边有奸臣，殿下如果出去迎接，进不得见主上，退又有大祸。"姚泓因而在黄龙门下迎候姚兴。

尚书姚沙弥让黄门侍郎尹冲将姚兴迎到姚弼的府第。尹冲却打算入宫作乱，因而没有听从。姚兴入宫后，命太子姚泓担任尚书事，又召入东平公姚绍，让他与右卫将军胡翼度掌管禁军，以防不测。并派殿中上将军敛曼嵬，将姚弼府中的兵器全部没收。不一会儿，姚兴病情加剧，几乎说不出话了。宫中人士纷纷传言姚兴即将去世。姚兴少子姚耕儿对兄长姚愔说道："主上已经驾崩，请速决计！"姚愔立即号召党羽尹冲、姚武伯进攻端门。敛曼嵬勒兵抵御，胡翼度率领禁兵闭守四门。姚愔在端门外面放起火来。宫内的大臣、嫔妃见外面火光照天，自然嘈杂不已。秦主姚兴听到声音，才知有人作乱，马上传旨逮捕姚弼，将他赐死。禁兵见姚兴出来，士气大振。姚愔兵败，逃奔骊山。姚愔党羽建康公吕隆逃奔雍州，尹冲与尹泓奔往晋国，秦宫稍稍安定。姚兴在弥留之际，召来姚绍、姚赞、梁喜、尹昭、敛曼嵬等人，让他们受诏辅政。第二天姚兴逝世。姚泓派人追捕姚愔、吕隆等人，然后发丧，追谥姚兴为文桓皇帝。总计姚兴在位二十二年，终年五十一岁。

姚泓继位，改元永和。北地太守毛雍起兵叛乱，姚泓命东平公姚绍征讨，毛雍战败被斩。长乐公姚宣受参军韦宗的鼓动发兵作乱，东平公姚绍移兵征讨，大破姚宣，并将姚宣斩杀。后来西秦王乞伏炽磐、仇池公杨盛、夏主赫连勃勃先后侵犯，秦土日益危困。

晋刘裕兴兵讨秦。令世子刘义符留住太尉府，处理政事。左仆射刘穆之担任监军、中军二府军司，在东府总管内外朝政大事。左将军朱龄石守卫殿省，徐州刺史刘怀慎守卫京师。部署好了之后，刘裕率军出都。令王镇恶、檀道济从淮淝出发赶往许洛，朱超石、胡藩前往阳城，沈田子、傅弘之进入武关，沈林子、刘遵考率水军从石门出发赶往汴达河，又命王仲德为征虏将军做前锋。各路大军得令出发，陆续西进。刘裕也从彭城出发，一路连连接到前军捷报。王镇恶收复漆邱，檀道济攻克项城、新蔡、许昌，沈林子攻下仓垣，王仲德进入滑台。晋军势如破竹，先声夺人。

滑台是魏国的属地，守将尉建见晋军到来，立即逃去。魏主拓跋嗣派部将叔孙建、公孙表率兵渡河，途中遇到尉建，将他抓住，一刀斩首，投尸河中。随即质问城上晋兵，为什么无故侵犯。王仲德让手下竺和之答道："这次出兵，无意侵略魏境，只是因为魏将弃城而去，王将军才暂借空城，让兵士休息，过几天就将原城奉还。"叔孙建派人飞报魏主。魏主拓跋嗣让叔孙建致书刘裕，刘裕婉词答复道："洛阳是我朝旧都，我朝准备收复，因而西讨秦国。这次是向贵国借道，绝无侵犯之意。滑台一军，断然不会久留。"魏主无词可驳，只好按兵不动，等着王仲德早日离去。

晋将檀道济攻下秦阳、荥阳，直抵成皋。秦征南将军姚洸屯戍洛阳，向关中求援。秦主姚泓派遣姚益男、阎生率领一万三千士兵援救洛阳，又令并州牧姚懿屯兵陕津，作为声援。姚益男还没到洛阳，晋军已经降服成皋，然后进攻柏谷。秦将赵玄劝姚洸据险固守，等待援师。谁料司马姚禹已经暗通晋军，一再劝说姚洸发兵出战。姚洸令赵玄率兵堵截柏谷，石无讳出守巩城。赵玄与司马骞鉴驰往柏谷，正遇上晋军，自然交锋。晋军越来越多，赵玄只有一千人，又没有后援，如何拦截得住？赵玄与司马骞鉴力战而死。石无讳从石阙逃回，姚禹投降晋国。晋军直逼洛阳，四面围攻。姚洸没等到援军，只好出降。檀道济将四千多名俘虏释放，然后进城安民，秦人大悦。

姚益男得知洛阳失陷，就折回关中。刘裕令毛修之前去镇守洛阳，命檀道济等人继续前进。西秦王乞伏炽磐表示愿意共同攻打秦国，刘裕于是封乞伏炽磐为平西将军、河南公，然后亲自带领水军从彭城出发去接应前军。秦主姚泓惶急得很，谁知并州牧姚懿却意图篡位，竟然反戈攻打长安。秦主令东平公姚绍征讨姚懿，姚懿兵败被擒。齐公姚恢想趁

430

机篡位，兴兵长安，被姚绍打败。姚泓晋封姚绍为鲁公、太宰，率领五万大军援助潼关，并令姚驴戍守蒲坂。晋将王镇恶攻入渑池，进逼潼关，同时命檀道济、沈林子进攻蒲坂。蒲坂一时难以攻下，沈林子就与王镇恶合兵攻打潼关。姚绍与晋军交战，被檀道济击败，损失近千人，不得已退到定城。随后令姚鸾截击晋军粮道，姚鸾却被沈林子击毙。姚绍又派东平公姚赞截堵晋国的水军，姚赞也被沈林子击败，逃回定城。

秦主姚泓只好向魏国求援。晋刘裕正好也派人向魏国借道。魏主拓跋嗣于是召集大臣商议，大臣多认为应当援救秦国，崔浩却进谏道："秦国将亡，救无可救。不如借道让刘裕西上，然后发兵堵塞东路。如果刘裕大胜，必然感激我国；如果刘裕战败，我国也有救秦的美名。"拓跋嗣不听。拓跋夫人劝拓跋嗣援秦拒晋，拓跋嗣于是派兵阻拦晋军。刘裕命朱超石领着弓弩手登上马车大射魏兵，魏兵大败，魏将阿薄干阵亡，刘裕大军安然西去。

魏主拓跋嗣后悔没有听从崔浩的建议，就召崔浩商议军情。崔浩建议拓跋嗣静观秦晋之争，按兵不动。晋将王镇恶驻守潼关，见粮食将尽，就到弘农劝说百姓输送粮食，百姓无不应命。沈林子击破河北秦军，斩杀秦将姚洽、姚墨蠡、唐小方。姚绍愧愤成疾，呕血而亡。秦兵失了姚绍，更加无心作战。晋将沈田子、傅弘之攻破武关，进屯青泥。秦主姚泓率兵前去抵御，但姚泓未曾经历大战，骤然看见晋军各执短刀，好似虎狼一般，不由得魂飞魄散，急忙逃跑。主帅逃跑，士兵当然溃散。沈林子见秦主已经逃走，立即派兵追击。刘裕到了潼关，令王镇恶进兵长安，自己率军继续前进，斩杀了姚强，赶走了姚难，直达渭桥。姚丕扼守渭桥，被王镇恶击败。姚泓带兵前去援救姚丕，反被姚丕的士卒冲散，自相践踏，不战而溃。姚泓单骑而逃，王镇恶追到平朔门。长安已破，姚泓只好带着妻儿逃往石桥。姚赞回军援救姚泓，胡翼度投降晋军。姚泓无法可施，只得投降。后秦自姚苌僭号，一共传了三代，历经三十二年而亡国。

刘裕篡晋

姚泓十二岁的幼子姚佛念料想父亲即使投降，也难免一死，便哭着对姚泓说道："陛下即使投降恐怕也不得赦免，还不如自裁。"姚泓沉默不语。姚佛念竟然登上宫墙，飞身一跃，坠地身亡。姚泓率领妻儿、群臣到王镇恶营前求降，王镇恶命属吏将他们收管，一面抚慰城中百姓，严申军令，城中这才稍稍安定。随后，王镇恶到灞上迎接刘裕，刘裕慰劳道："此次成就霸业，你的功劳最大。"王镇恶俯身拜道："全赖明公之威和诸将之勇，王镇恶何功之有啊？"刘裕笑道："将军过谦了。"说完，二人携手入城，将秦国的法器都送往建康，将金帛珍宝分赏给将士。秦平原公姚璞、并州刺史尹昭、东平公姚赞前来投降，刘裕下令将他们一一处斩。姚泓被枭首，终年三十岁。司马休之父子及鲁轨逃入北魏。

晋廷派遣琅玡王司马德文和司空王恢之到洛阳拜谒五陵，又下诏升刘裕为相国，不久又封刘裕为王。当时夏主赫连勃勃雄踞朔方，在黑水南面修筑一城作为夏都，自谓要统一天下，君临万邦，给都城起名为统万城。又说祖宗跟随母姓，实属不该，特改刘氏为赫连氏，取徽赫连天之意。得知刘裕伐秦，赫连勃勃笑道："姚泓不是刘裕的对手，况且秦国内乱不已，眼见是要灭亡了。但刘裕不会久留，必然要南归，只留将领据守，到那时我正好谋取关中呢。"于是秣马厉兵，进据安定城。秦岭以北的郡县都向赫连勃勃投降。

刘裕得此消息，知道赫连勃勃必然图谋关中，就与赫连勃勃约为兄弟。刘裕本想留守西北，却接到建康急报，说左仆射刘穆之得病身亡。刘裕视刘穆之为心腹，府中大事全由他裁决。刘穆之忽然病死，令刘裕不得不顾念内忧，当即决定东归，留次子刘义真为安西将军，让他镇守关中。刘义真年仅十三岁，刘裕就命王修为长史、王镇恶为司马，沈田子、毛修之、傅弘之为参军，让他们共同辅佐刘义真，然后率军启行，三秦父老含泪拜送刘裕。王镇恶恃功贪婪，盗取库中钱财无数，又与沈田子等人不和。沈田子屡次对刘裕说："王镇恶贪婪不法，而且家在关中，不能尽信。"但刘裕始终不责罚王镇恶。刘裕起程的时候，傅弘之等人再次请求刘裕惩治王镇恶，刘裕答道："猛兽不如群狐，你们十几个人难道还怕一个王镇恶？"说完就起程离开了。

夏主赫连勃勃听说刘裕已经离开关中，立即向大臣王买德请教，问他应当如何进取关中。王买德道："刘裕让幼子据守关中，自己匆匆东返，无非是急着去篡夺晋位，因而必定无暇顾及中原。现在不取关中，更待何时？青泥、上洛是南北险要之地，可先派兵将这两处占住，再向东塞、潼关发兵，断了晋军的水陆要道，然后传檄天下。区区刘义真如同网中之物，自然手到擒来了。"赫连勃勃大喜，命儿子赫连瓒率兵攻向长安，赫连昌屯守潼关，任王买德为抚军长史进兵青泥，然后亲率大军在后面跟进。赫连璝来到渭阳，当地民众多半投降。关中守将沈田子、傅弘之带兵抵御，听说夏兵气势强盛，不敢前进，退到刘回堡，并派人上报刘义真。王镇恶对王修道："大敌当前却拥兵而退，试问何时才能平定贼兵？"说着，就率领部众前去支援沈田子。沈田子得知王镇恶对自己不敬，更加记恨王镇恶，随即造出谣言，说："王镇恶要自立为王，将刘义真送回建康，还要杀尽南人。"士兵们听说后惊慌不已。王镇恶到来，沈田子把他带入傅弘之的军营，诈称有密计相商，让王镇恶屏退左右。王镇恶贸然而去，被一刀刺死。沈田子等人伪称是奉了刘太尉的密令刺死王镇恶。傅弘之得知内情，急忙奔到长安将事情上报长史王修。王修披甲登城，安排士兵们在城外设好埋伏，将沈田子拿下问斩，随后命毛修之代任司马一职。毛修之与傅弘之连破夏兵，夏兵这才退去。

王修派人报知刘裕，刘裕推荐彭城内史刘遵考为并州刺史，让他担任河东太守，镇守蒲坂。任命荆州刺史刘道怜为徐、兖二州刺史，调徐州刺史刘义隆镇守荆州。刘义隆是刘裕的三儿子，年纪还小，刘裕于是派刘彦之、张邵、王昙首、王华等人在旁边辅佐。四方重镇，都由刘氏子弟驻守，刘裕之心已经昭然若揭了。刘裕正要着手篡晋，却接到关中警报，说长安大乱，夏兵四逼，非但秦地难以守住，连爱子刘义真也危在旦夕。刘裕不禁着急，急忙派遣辅国将军蒯恩率兵前去召回刘义真，再派朱龄石镇守关中。

关中变乱全是刘义真一人酿成。刘义真年少无知，耽于游乐，赏赐无度。长史王修从旁规劝，众小人对王修心怀忌惮，于是大进谗言，诬陷王修谋反。刘义真不明曲直，便派手下刘乞刺杀了王修。王修一死，城中人心离散，纷争四起。刘义真于是召入外兵守卫，闭门拒守。这消息传入夏境，赫连勃勃立即发兵南下，占据关中郡县。随后亲率大军进据咸阳，截断长安的水路，长安大震。刘义真自然向父亲刘裕求援。刘裕派蒯恩入关，催促刘义真东归。可是刘义真身边的小人放不下金银玉帛，一时不肯动身；等到朱龄石到了之后再三敦促，刘义真才出长安。部下趁机抢掠，满载妇女珍宝而行。傅弘之、蒯恩随军保护，因为财物过重，一日只行十里。夏世子赫连璝轻骑追来，傅弘之让刘义真将财物丢弃，赶紧出关，刘义真不肯。不一会儿，夏兵赶到，尘雾遮天，傅弘之令刘义真先行，自己与蒯恩断后，边战边逃。夏兵穷追不舍，傅、蒯

433

二人奋战了好几天，杀得人困马乏，才到青泥。夏长史王买德带兵前来，傅弘之、蒯恩虽然拼死力斗，最终还是被擒。刘义真躲在草丛中，后来乘着夜色才得以逃脱。

夏主赫连勃勃进攻长安，长安只有朱龄石据守。百姓不服朱龄石，将他撵走。朱龄石将前朝宫殿付诸一炬，然后逃往潼关。路上与弟弟朱超石相遇，兄弟二人一同赶到潼关。夏将赫连昌率兵来攻，先截水道，后攻营垒，将其攻下。朱龄石让朱超石速速离开，朱超石哭泣道："人谁不死？怎么能丢下兄长自寻生路呢？"于是兄弟二人继续御敌，最后力竭被擒。赫连勃勃进入长安，占据关中。朱龄石兄弟及傅弘之等人矢志不屈，最终被杀。赫连勃勃命人在灞上设坛，自称皇帝，改元昌武。不久，赫连勃勃回到统万城，留世子赫连璝担任雍州牧并镇守关中。

刘裕听说长安失守，刘义真生死未卜，顿时怒不可遏，打算兴兵北伐。后来得知刘义真被段宏救出，才没有发兵。当时是晋义熙十四年，即安帝二十二年。西凉公李歆派使者到建康，上报父亲大丧与自己继位之事。李歆的父亲是李暠，自从与北凉脱离关系后，占据了秦、凉二州郡县，初称凉公，后来称秦、凉二州牧，改年建初，由敦煌迁都到酒泉。李暠注重文教，颇有贤名。李暠在位十九年，终年六十七岁，病重而亡。李暠弥留之时对长史宋繇说道："我死后，我儿就托付给你了，望你善加训导，不要辜负我一片心意。"宋繇受命。李歆称西凉公，担任凉州牧，改元嘉兴，追谥李暠为武昭王，尊李暠的继妻尹氏为太后。李歆登位以后，任命宋繇为武卫将军。宋繇劝李歆继续向晋室称臣，尹太后也从旁规劝，所以李歆派使者上报晋廷。晋廷任命李歆为镇西大将军，封他为酒泉公。北凉王沮渠蒙逊得知这个消息，也向晋廷称臣。晋廷任命沮渠蒙逊为凉州刺史，此次诏旨是琅玡王司马德文颁发的，因为当时晋安帝已经被刘裕杀害了。

刘裕年逾六十，急着要篡夺晋室。一次查阅谶文，见有："昌明后尚有二帝"一句。昌明正是晋孝武帝的表字。刘裕因此决意弑主应谶，密令中书侍郎王韶之买通安帝身边的人，谋杀安帝。安帝原是傀儡，一切事情全仗弟弟琅玡王司马德文代为处理。司马德文自从到洛阳拜谒帝陵之后，就回到都城，日夜不离安帝左右。王韶之等人无隙可乘，无法下手。后来司马德文患病，不得不回府调养。王韶之趁机入宫，指挥内侍用散衣打了一个结，套住安帝的脖颈，将安帝活活勒死。安帝终年三十七岁，在位二十二年。王韶之报知刘裕，刘裕托称安帝暴崩，并伪传

434

遗诏让琅玡王司马德文继位，称为恭帝。第二年正月初一，改元元熙，立妃子褚氏为皇后。过了元宵，恭帝将安帝安葬，追谥为安皇帝，并加封百官，封刘裕为宋王。刘裕老实受封，迁居寿阳。不久，朝臣受到刘裕的暗示，纷纷劝谏恭帝晋封刘裕的母亲萧氏为王后，世子刘义符为太子。恭帝无法不从。

好不容易过了一年，刘裕在寿阳宴集群僚，假意说要奉还爵位，归老京师。僚属莫名其妙，中书令傅亮悉心揣摩，居然窥透刘裕心意。等到席散之后，傅亮前去拜见，说道："臣也想回都城。"刘裕捋须一笑。傅亮随即告辞，仰头望见天空中长星出现，光芒四射，不禁长叹道："我一直不信天文之说，现在才知道天道终归是有所凭据的。"天亮之后，傅亮立即奔赴都城。不久，就有诏命传出，让刘裕入都。刘裕留四子刘义康镇守寿阳，参军刘湛在旁辅助，然后率领亲军匆匆启行。到了建康，傅亮已安排妥当，逼迫恭帝禅位。傅亮写好诏书呈给恭帝，令他照稿誊抄。恭帝强作欢颜，执笔写成交给傅亮。取出玺绶交给光禄大夫谢澹、尚书刘宣范，让他们交给宋王刘裕，然后带着皇后褚氏凄然出宫。当时，司马氏中只剩下司马楚之屯据长社，司马文荣屯据金墉城南，司马道恭屯据城西，司马顺明屯守陵云台。这些人都是晋室遗胄，虽然志在匡复晋室，但群龙无首，好似散沙一般，如何能成事？最后都被各处戍将驱逐出境，一同逃往北魏去了。

宋王刘裕得了禅诏，假意再三推让，以示谦恭。那一班攀鳞附翼的臣僚连番劝进，刘裕就在南郊筑坛，祭告天地，即皇帝位，国号宋。颁诏大赦，改晋元熙二年为宋永初元年。废晋恭帝为零陵王，晋皇后褚氏为零陵王妃，让他们迁居秣陵县城，由冠军将军刘遵考带兵管束。东晋从此亡国。那心狠手辣的刘裕，暗想废主尚存始终是祸根，不如一律铲除。晋元熙二年九月中旬，刘裕用鸩酒毒杀了零陵王司马德文。起初刘裕派琅玡郎中令张伟前去毒杀司马德文，谁知张伟竟然自饮毒酒，毒发身亡。刘裕得知后，就命兵士前去逼迫司马德文服毒自尽。司马德文不肯，竟被兵士用被子捂住，活活闷死。可怜司马德文在位才一年多便遭惨死，年仅三十六岁。宋主刘裕为他举哀，追谥为恭。总计东晋从元帝到恭帝，共历十一主，一百零四年。两晋合计共历十五主，一百五十六年。

东晋亡国时，西凉也遭灭亡。西凉主李歆好兴土木，又崇尚严刑，百姓不安，变乱迭出。北凉主沮渠蒙逊趁机攻打西凉。他假意要攻打西

435

秦，暗中却屯兵川岩，伺机攻打西凉。李歆打算乘虚袭击北凉，武卫将军宋繇苦口谏阻，尹太后也危词劝诫，李歆始终不听，执意出兵。行军途中遭遇沮渠蒙逊的大军，双方交战，李歆一败涂地。但李歆还是不肯退到酒泉自保，慨然道："我违逆母亲，自取此辱。不杀此胡，有何面目再见母亲？"当下集合残兵继续与敌兵厮杀，再战再败，直到战死。沮渠蒙逊进据酒泉，灭掉西凉。西凉自李暠独立传到李歆亡国，历二主，共存二十二年。西凉太后尹氏前往伊吾，与孙子们生活在一起，得以寿终。北凉沮渠蒙逊传位于儿子沮渠牧犍，后来被魏国所灭。西秦乞伏炽磐传到儿子乞伏慕末时，被夏国所灭。夏国、北凉以及仇池杨氏，最后都被魏国吞并。这些就都是刘宋时候的事了。

两晋世系图

(公元265年—公元420年)

西 晋

(公元265年—公元317年)

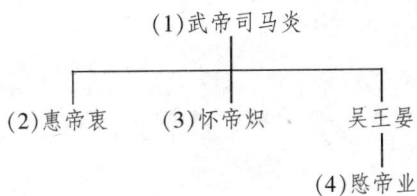

(1)武帝司马炎
- (2)惠帝衷
- (3)怀帝炽
- 吴王晏
  - (4)愍帝业

东 晋

(公元317年—公元420年)

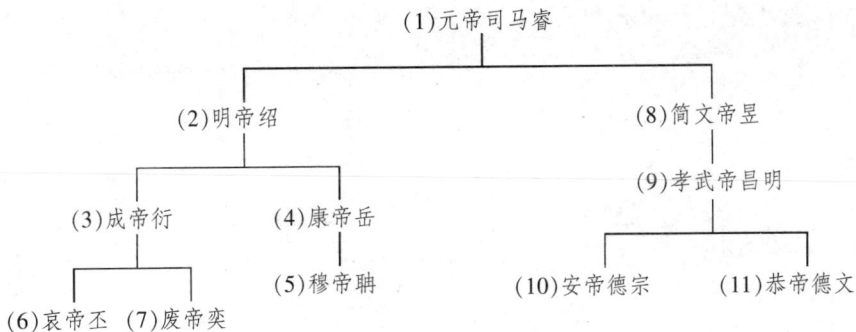

(1)元帝司马睿
- (2)明帝绍
  - (3)成帝衍
    - (6)哀帝丕
    - (7)废帝奕
  - (4)康帝岳
    - (5)穆帝聃
- (8)简文帝昱
  - (9)孝武帝昌明
    - (10)安帝德宗
    - (11)恭帝德文

图书在版编目（CIP）数据

两晋 / 蔡东藩著；刘军译释. — 北京：北京联合出版公司，
2014.10（2019.3重印）
（蔡东藩中华史）
ISBN 978-7-5502-3356-0

Ⅰ. ①两… Ⅱ. ①蔡… ②刘… Ⅲ. ①章回小说—中
国—现代 Ⅳ. ①I246.4

中国版本图书馆CIP数据核字(2014)第173262号

两晋

出版统筹：新华先锋
责任编辑：喻　静
特约编辑：王亚松
封面设计：王　鑫
版式设计：朱明月

北京联合出版公司出版
（北京市西城区德外大街83号楼9层　100088）
大厂回族自治县德诚印务有限公司印刷　新华书店经销
字数413千字　787毫米×1092毫米　1/16　28印张
2019年3月第2版　2019年3月第3次印刷
ISBN 978-7-5502-3356-0
定价：69.00元